Tierra de lobos

NICHOLAS EVANS

TIERRA DE LOBOS

Traducción de
Jofre Homedes

PLAZA & JANÉS EDITORES, S.A.

Título original: *The Loop*

Primera edición: octubre, 1998

Printed in Spain – Impreso en España

ISBN: 84-01-01181-7
Depósito legal: B. 37.626 - 1998

Fotocomposición: Lozano Faisano, S. L.

Impreso en Printer Industria Gráfica, s. a.
San Vicenç dels Horts (Barcelona)

L 0 1 1 8 1 7

A mi madre Eileen,
y en memoria de mi padre,
Tony Evans

Los personajes y acontecimientos de esta novela son ficticios, al igual que el pueblo de Hope, Montana. Toda semejanza con personas, acontecimientos o lugares reales es pura coincidencia.

AGRADECIMIENTOS

De los libros que he utilizado en mi investigación, me han sido de especial ayuda: *Of Wolves and Men*, de Barry López, *War Against the Wolf*, editado por Rick McIntyre, *Wolf Wars*, de Hank Fischer, *The Wolf*, de L. David Mech, y *The Company of Wolves*, de Peter Steinhart.

En cuanto a las muchas personas que me han ayudado, deseo mencionar a Bob Ream, Doug Smith, Dan McNulty, Ralph Thisted, Sara Walsh, Rachel Wolstenholme, Tim y Terry Tew, Barbara y John Jrause, J. T. Weisner, Ray Krone, Bob y Ernestine Neal, Richard Kenck, Jason Campbell, Chuck Jonkel, Ieremy Mossop, Huw Alban Davies, John Clayton, Dan Gibson, Ed Enos, Kim McCann y Sherry Heimgartner.

Debo especial gratitud a la familia Cobb, Ed Bangs, Mike Jiménez, Carter Niemeyer, Bruce Weide, Pat Tucker y Koani, el único lobo de quien puedo declararme amigo sin demasiado temor a equivocarme.

Por último, hay una serie de personas cuya paciencia, apoyo, consejos, agudeza y muestras de amistad durante la redacción del libro merecen el más cálido agradecimiento: Ursula Mackenzie, Linda Shaughnessy, Tracy Devine, Robert Bookman, Caradoc King y la maravillosa Carole Baron.

La Fuerza del Mundo actúa siempre de forma circular. El cielo es redondo y he oído decir que la Tierra es redonda como una pelota, al igual que las estrellas. El viento nunca sopla más fuerte que cuando da vueltas. Los pájaros hacen nidos circulares, pues su religión es la misma que la nuestra. El sol se alza y vuelve a caer en círculo. Lo mismo hace la luna, y ambos son redondos. Hasta las estaciones forman un círculo con sus cambios, y siempre vuelven al punto de partida. La vida del hombre es un círculo que va de niñez a niñez. Y así sucede con cuanto lleva fuerza en su interior.

ALCE NEGRO,
siux oglala (1863-1950)

VERANO

1

Algunos creen que el olor de las matanzas persiste durante años en un mismo lugar. Dicen que impregna la tierra, de donde es absorbido poco a poco por un laberinto de raíces; con el tiempo todo lo que crece lleva su marca, desde el liquen más minúsculo al árbol más alto.

Quizá el lobo lo sintiera al moverse silencioso por el bosque con el crepúsculo en ciernes, mientras las ramas más bajas de pinos y abetos le rozaban el lustroso pelaje de verano. Y quizá lo que en su olfato era apenas vago indicio de que ahí, un siglo atrás, habían muerto muchos de los suyos, debería haberle hecho retroceder.

No obstante, siguió descendiendo.

Había emprendido el viaje la tarde anterior, dejando a los demás en las regiones altas, donde en pleno julio todavía quedaban flores primaverales y restos de nieve en barrancos inaccesibles a la luz del sol. Había iniciado su recorrido por una cresta orientada al norte, antes de desviarse por uno de los tortuosos cañones de roca viva por los que la nieve fundida se abría paso hacia los valles y llanos inferiores. El lobo había permanecido en las alturas, evitando los senderos, y más los que tenían agua cerca, dado el peligro de presencia humana en aquella época del año. Aun de noche se había alejado lo menos posible de las lindes del bosque, trotando por las sombras con tal agilidad que sus patas parecían no tocar el suelo. Aparentaba ir en busca de algo.

Al salir el sol, se detuvo a beber. Después encontró un hueco resguardado en lo alto de la pedregosa ladera y pasó durmiendo las horas más cálidas del día.

Mayores dificultades le planteó el descenso final hacia el valle. El suelo del bosque era empinado y estaba cubierto de vegetación seca que el lobo tuvo que ir sorteando con cuidado. A veces volvía sobre sus pasos y cambiaba de recorrido, sólo para no perturbar el silencio con el crujido delator de una rama seca. Algunos rayos de sol atravesaban el techo vegetal, creando manchas de intenso verde por las que el lobo evitaba pasar.

Era un noble ejemplar de cuatro años, el jefe de su manada. Tenía patas largas y un pelaje negro como el carbón, salvo algunas sombras grises en los flancos, el cuello y el hocico. De vez en cuando hacía un alto y bajaba la cabeza para olfatear un arbusto o mata de hierba. Acto seguido levantaba la pata y dejaba su marca, reclamando para sí lo que llevaba mucho tiempo perdido. Otras veces se detenía a husmear el aire, y una luz amarilla se encendía en sus ojos al percibir los mensajes que le llevaba el aire cálido del valle.

En una de esas ocasiones su olfato percibió algo más próximo. Volvió la cabeza y, a diez metros de distancia, descubrió a dos ciervos de cola blanca, madre e hijo, bañados por un rayo de sol. Ambos lo miraban sin moverse. Los ojos del lobo trabaron con ellos una comunión ancestral que entendió hasta el cervatillo. Todo quedó inmóvil, salvo un luminoso torbellino de esporas e insectos que daba vueltas por encima de los ciervos. Al final, como si ciervos e insectos tuvieran la misma importancia para un miembro de su especie, el lobo apartó la vista y volvió a olfatear el aire.

El valle, situado a dos kilómetros de distancia, propagaba sus múltiples olores. Ganado, perros, el olor punzante de la maquinaria... Y si bien el lobo debería haber comprendido por instinto el peligro de esas cosas, siguió adelante una vez más, vigilado por los ojos de los ciervos, negros e inescrutables, hasta que desapareció entre los árboles.

El valle en que acababa de penetrar se extendía quince kilómetros al este, hondanada de origen glaciar que se iba ensanchando en dirección al pueblo de Hope. Sus laderas eran escabrosas, densamente pobladas de pinos, y, a vista de pájaro, parecían dos brazos buscando con fervor las vastas y soleadas llanuras que partían del pueblo hasta diluirse en infinitos horizontes.

En su parte más ancha, de sierra a sierra, el valle casi medía siete kilómetros. Aunque no era tierra muy adecuada para pastos, muchos vivían de ello, y hasta había permitido crear alguna que otra fortuna. Todo eran piedras y matas de salvia. A la mínima que el prado parecía cobrar impulso, algún barranco o cauce de arroyo se atravesaba en su camino, abrupto socavón lleno de rocas y matojos. Hacia la mitad del valle confluían varios de ellos, formando el río que dibujaba su curso errático hasta Hope entre bosquecillos de álamos de Virginia, y de ahí salía en busca del Missouri.

Todo ello podía contemplarse desde el observatorio del lobo, un peñasco de caliza que emergía del bosque como la proa de un barco fosilizado, presidiendo un brusco descenso en cuña. Al pie de aquella cicatriz en la montaña, formada a base de derrumbes, el prado se iba haciendo con un protagonismo disputado metro a metro. Un rebaño desperdigado de vacas negras y terneros pacía perezosamente. Más lejos, al borde del prado, había una casa pequeña.

La habían construido sobre una loma, en el recodo de un riachuelo cuyos márgenes estaban cubiertos de sauces y cerezos virginianos. Tenía a un lado establos y corrales de vallas blancas. La casa era de tablas de madera, recién pintadas de rojo oscuro. El ala sur albergaba un porche, que en esos instantes, con el sol hundiéndose entre las montañas, recibía un último rayo de luz dorada. Las ventanas del porche estaban abiertas de par en par, y una brisa hacía temblar los visillos.

Dentro de la casa se oía la voz de un locutor de radio. Quizá fuera eso lo que impedía a quien estaba dentro oír el llanto de un bebé. El cochecito azul oscuro colocado en el porche sufrió un ligero balanceo, y dos brazos sonrosados se asomaron al borde, reclamando atención. No acudió nadie. Después de un rato, distraído por la luz del sol que dibujaba formas cambiantes en sus brazos y sus manos, el bebé cambió los lloros por balbuceos.

Sólo el lobo lo oyó.

Kathy y Clyde Hicks llevaban casi dos años viviendo en la casa roja, y, puesta a ser sincera consigo misma (cosa que en el fondo prefería no hacer, visto que no había remedio, de modo que ¿por qué pasarlo mal?), Kathy lo odiaba.

Claro que quizá la palabra odio fuera un poco fuerte. En verano se estaba bien, aunque se seguía teniendo la sensación de estar demasiado lejos, demasiado desprotegido. De los inviernos mejor no hablar.

Se habían instalado hacía dos años, justo después de casarse. Kathy había confiado en que la maternidad cambiaría su manera de ver la casa, y así había sido en parte. Por lo menos tenía con quien hablar cuando Clyde trabajaba en el rancho, aun tratándose más de un monólogo que de una conversación.

A sus veintitrés años, había veces en que deseaba haber esperado un poco más para casarse, en lugar de hacerlo al salir de la universidad. Era licenciada en gestión de industrias agropecuarias por la Universidad de Bozeman, Montana, pero el único provecho que le sacaba al puñetero título eran tres días por semana mareando los papeles de su padre.

Para Kathy, la casa de sus padres seguía siendo su hogar, aunque a Clyde no le sentara muy bien oírselo decir. Pese a los pocos kilómetros que separaban ambas casas, cuando Kathy subía al coche después de un día con sus padres tenía una sensación extraña, no tanto pena como sorda desazón. La manera de que se le pasara era ponerse a hablar con el niño, que estaba en el asiento de atrás, o sintonizar una emisora de música country y cantar con el volumen al máximo.

Kathy tenía puesta su emisora favorita. Estaba delante del fregadero, quitando la farfolla de las mazorcas de maíz. Miró a los perros, que dormían al sol junto a los establos, y empezó a sentirse mejor. Emitían aquella canción que tanto le gustaba, la de la canadiense de voz chillona que decía a su marido lo bien que le sentaba que «le diera a la manivela de su tractor». Cada vez que la oía se echaba a reír.

¡No podía quejarse, caramba! Tenía un buen marido y un bebé que, además de sano, era una preciosidad. ¿Que su casa estaba en el quinto pino? Sí, pero al menos era suya. En Hope había mucha gente de su edad que habría dado el brazo derecho por estar en su situación. Además era alta, con un cabello precioso, y aunque todavía no hubiera recuperado la figura de antes del parto, se sabía lo bastante guapa para darle a la manivela de cualquier tractor.

Kathy nunca había tenido problemas de autoestima. Era hija de Buck Calder, y eso era a lo más que podía aspirarse en la zona. El rancho de su padre era una de las mayores explotaciones ganaderas de Helena a aquella parte, y Kathy había crecido con la sensación de ser la princesa del lugar. Una de las pocas cosas que no le gustaban del matrimonio era renunciar a su apellido. Hasta había comentado a su marido la posibilidad de hacer lo que las mujeres de carrera, las grandes ejecutivas: ponerse dos apellidos y hacerse llamar Kathy Calder Hicks. Clyde había dicho que bueno, pero su falta de entusiasmo saltaba a la vista, y su mujer, que no quería darle un disgusto, optó por seguir siendo Kathy Hicks.

Echó un vistazo al reloj. Faltaba poco para las seis. Clyde y el padre de Kathy estaban abajo, en los pastos, trabajando con el riego, y a las siete vendrían a cenar. La madre de Kathy no tardaría en llegar con el postre, un pastel casero. Kathy limpió el fregadero de farfolla y puso el maíz a freír en una sartén. Acto seguido se limpió las manos con el delantal y apagó la radio. Sólo faltaba pelar las patatas; después de eso, seguro que el pequeño Buck se ponía a berrear de hambre. Kathy le daría de comer y lo bañaría para dejarlo bien limpito para su abuelo.

Cuando el lobo salió de los árboles, todas las vacas de la parte alta del prado volvieron la cabeza al mismo tiempo. El lobo se detuvo donde empezaba el pasto, como si quisiera darles tiempo de examinarlo. Nunca habían visto un animal como ése. Acaso lo tomaran por una especie de coyote, más grande y oscuro. Los coyotes sólo eran un peligro cuando nacía un ternero. O quizá se pareciera más a uno de los perros del rancho, que a veces se paseaban entre ellas y a los que sólo había que prestar atención cuando amenazaban con morderles las patas, obligándolas a moverse.

El lobo apenas miró las vacas. Estaba concentrado en otra cosa, algo próximo a la casa. Bajó la cabeza y se internó por el prado en su dirección, caminando con mayor lentitud y cautela que antes. Pasó entre las vacas, sin esforzarse por evitarlas; pero su falta de interés era tan manifiesta que ninguno de los animales se apartó, y volvieron a pacer como si tal cosa.

Al esconderse el sol detrás de las montañas, una franja de sombra barrió el prado delante de la casa y fue invadiendo el porche como una marea, de modo que primero las ruedas y después la parte baja del carrito quedaron sumidos en la oscuridad, y el rojo de la pared adquirió tonos más oscuros.

El lobo ya había llegado al otro extremo del prado. Se detuvo junto a la cerca, donde Clyde había instalado una tubería y una tina vieja para que el ganado bebiese cuando se secaba el arroyo. Dos urracas emprendieron el vuelo desde los arbustos de la orilla y revolotearon en torno al lobo, riñéndolo, como si desaprobaran sus intenciones. El lobo no les hizo caso. En su cochecito, sólo a una veintena de metros, el bebé hizo una imitación bastante correcta de los pájaros, y la repitió varias veces entre grititos de entusiasmo. Dentro de la casa sonó el teléfono.

Era la madre de Kathy, a quien se le había quemado el pastel, pero no pasaba nada porque en el congelador tenía otro postre que podía calentarse en el microondas.

–Ah, y dice Luke que si le dejas venir.

–¡Qué pregunta!

Luke, el hermano de Kathy, acababa de cumplir dieciocho años. Si estaba en el rancho cuando Kathy iba a ver a sus padres, trataba al bebé con cariño, pero no se llevaba muy bien con Clyde, y desde la boda sólo había ido a visitarlos un par de veces. De pequeño no había tenido mucha relación con Kathy. Ni con ella ni con nadie, a decir verdad. Sólo se salvaba su madre, la única que no tenía problemas con su tartamudeo.

Kathy siempre había sido demasiado impaciente. Ya en edad de tener más tacto, seguía acabándole las frases cuando veía que no podía seguir. Hacía unos meses Luke había salido del colegio, y desde entonces Kathy apenas lo había visto. Tenía la impresión de que se estaba volviendo cada vez más solitario, siempre paseando a solas por el bosque, sin más compañía que la de aquel caballo de aspecto tan raro.

En fin, bien estaba que viniera a cenar.

La madre le preguntó por el niño. Kathy contestó que estaba muy bien, y que prefería no seguir hablando, porque faltaba poco para darle de comer y aún no lo tenía todo preparado.

Justo después de colgar empezaron a oírse ladridos.

Normalmente, Kathy no se habría fijado. Los perros se pasaban el día desgañitándose por cualquier bichejo. Sin embargo, algo en sus ladridos la hizo mirar por la ventana.

Maddie, la vieja collie, se escabullía por detrás del cobertizo con la cola entre las patas, mirando hacia atrás. *Prince*, el labrador amarillo que Kathy había recibido de su padre al cambiar de casa, se paseaba arriba y abajo con el pelaje erizado, levantando las orejas y dejándolas caer sucesivamente, como si no estuviera muy seguro. Alternaba los ladridos con extraños gañidos, y miraba fijamente algo que estaba más allá de la casa, en el prado.

Kathy frunció el entrecejo. Más valía averiguar qué los traía tan asustados. Oyendo que la sartén del maíz empezaba a chisporrotear, se acercó a los fogones y bajó la llama. Cuando salió al patio por la puerta mosquitera de la cocina, la collie había desaparecido. *Prince* pareció aliviado de verla.

–¡Eh! ¿Qué pasa?

El perro avanzó hacia ella y se detuvo. Quizá la presencia de Kathy le hubiera devuelto la pizca de valor que le faltaba, porque echó a correr como loco y dobló en la esquina de la casa dejando un rastro de polvo.

De repente, Kathy se acordó. ¡El niño! En el porche había algo que se estaba acercando al niño. Echó a correr. Debía de ser un oso, o un puma. ¡Qué estúpida, por Dios! ¿Cómo no se le había ocurrido?

Al doblar en la esquina, vio algo al borde del porche. Al principio lo tomó por un perro negro de gran tamaño, quizá un pastor alemán. El animal plantó cara al labrador, que seguía corriendo hacia él.

–¡Vete de aquí! ¡Largo!

El animal la miró. Viendo el fulgor amarillo de sus ojos, Kathy supo que no era un perro.

Prince se había detenido en seco delante del lobo, y tenía las patas delanteras tan estiradas que casi tocaba el suelo con el pecho. Gruñía, ladraba y enseñaba los dientes, pero todo ello con tal timidez que parecía a punto de ponerse patas arriba en señal de rendición. Pese a no moverse, el lobo parecía haber crecido, y superaba al perro en estatura. Tenía la cola en alto. Poco a poco apartó los belfos y gruñó, mostrando unos colmillos largos y blancos.

De repente, el lobo arremetió contra el perro y le clavó los colmillos en el cuello, derribándolo como si fuese una liebre. El perro aulló. Kathy gritó y echó a correr hacia el fondo del porche. Tuvo la sensación de que cientos de kilómetros la separaban de su hijito.

¡Dios mío, por favor, que no esté muerto!, suplicó. ¡Haz que no esté muerto, te lo ruego!

No vio nada raro en el cochecito, pero los gañidos del perro no le impidieron advertir el silencio del bebé, y sollozó al pensar en lo que estaba punto de ver.

Casi no se atrevía a mirar. Con un gran esfuerzo, vio la cara del pequeño vuelta hacia ella, mostrándole las encías con una sonrisa. Lo cogió en brazos, gritando de alivio, pero lo arrancó del cochecito con tanta brusquedad que el pequeño rompió a llorar, y todavía lloró más al sentir la presión asfixiante de los brazos de su madre. Kathy dio media vuelta y, apoyada contra la pared, se fijó en el otro extremo del porche.

El lobo estaba de pie, olisqueando al labrador con el hocico. Kathy advirtió que el perro estaba muerto. Sus patas traseras temblaron por última vez, como cuando dormía delante de la chimenea. Tenía el cuello desgarrado y la tripa abierta, igual que un pescado recién limpiado. De su cuerpo manaban hilillos de sangre. Kathy volvió a gritar, y el lobo dio un respingo, como si hubiera olvidado su presencia. La miró fijamente. Ella vio brillar la sangre en su hocico.

–¡Fuera de aquí! ¡Que te vayas, te digo!

Miró alrededor en busca de un objeto arrojadizo, pero no hizo falta. El lobo ya se había puesto a correr, y en cuestión de segundos pasó por debajo de la cerca y se metió entre el ganado, que había dejado de pastar para ver qué pasaba. Cuando llegó al borde del prado, se detuvo y volvió la cabeza hacia Kathy, que seguía contemplando el cadáver del perro, llorosa y con el niño en brazos. Después desapareció en la oscuridad del bosque.

2

Las oficinas del programa de repoblación de lobos del Servicio de Fauna y Flora de Estados Unidos ocupaban el tercer piso de un discreto edificio de ladrillo rojo, en un barrio tranquilo de Helena. No había ningún cartel que lo anunciara, y poco habría durado si lo hubieran puesto. En la región abundaba gente poco amiga de organismos gubernamentales, y menos de uno cuyo único objetivo era proteger a la bestia más odiosa de la creación. Dan Prior y su equipo sabían por experiencia que en cuestión de lobos valía más pasar desapercibidos.

En el primer despacho había una vitrina con un lobo disecado, que observaba con expresión más o menos benévola las tareas del equipo de Dan. Según la placa montada en el lateral, el ocupante de la vitrina era «*Canis lupus irremotus*, lobo del norte de las montañas Rocosas.» Sin embargo, por motivos que ningún trabajador del despacho era capaz de recordar, el lobo recibía el nombre informal de *Fred*.

Dan se había acostumbrado a hablar con *Fred*, sobre todo durante las largas noches en que se quedaba solo en la oficina, enfrentado al enésimo conflicto político suscitado por un colega de especie de *Fred*, sólo que más movedizo. En tales ocasiones no era raro que Dan dirigiera a su silencioso acompañante nombres distintos, más enérgicos.

No iba a ser el caso de aquella noche; y es que, por primera vez desde tiempos inmemoriales, Dan estaba a punto de marcharse temprano. Tenía una cita. Y, por haber cometido el error de decirlo, llevaba una semana soportando las bromas de sus compañeros. Cuando salió de su despacho, metiendo papeles en la cartera, todos entonaron al unísono lo que tenían ensayado:

–¡Que te diviertas, Dan!

–Muchas gracias –dijo Dan entre dientes. Todos rieron–. ¿Alguien puede explicarme a qué viene tanta fascinación por mi vida privada?

Donna, su ayudante, le sonrió. Era una mujer de casi cuarenta años, corpulenta y con agallas, que llevaba la oficina con serenidad y buen humor en los momentos de mayor trasiego. Se encogió de hombros.

–Supongo que porque hasta ahora nunca habías tenido.

–Quedáis todos despedidos.

Dan subrayó sus palabras con un gesto de mano, dijo a *Fred* que dejara de sonreír de una vez y se dispuso a marcharse. Justo entonces sonó el teléfono.

–No estoy –dijo en voz baja, mirando a Donna para que le leyera los labios.

Salió al pasillo, pulsó el botón del ascensor y esperó a que dejara de oírse ruido de cables detrás de las puertas de acero inoxidable. Un timbre señaló la apertura de las puertas.

–¡Dan!

Esperó con el dedo en el botón, manteniendo las puertas abiertas mientras Donna se acercaba corriendo por el pasillo.

–Respecto a tu nueva vida privada...

–¡Fíjate, Donna! ¡Justo estaba pensando en subirte el sueldo!

–Perdona, pero es que me ha parecido importante. Era un ranchero de Hope, un tal Clyde Hicks. Dice que un lobo ha intentado matar a su hijo pequeño.

Veinte minutos (y media docena de llamadas) después, Dan se dirigía en coche a Hope. Cuatro de las llamadas habían sido a guardabosques, guardas del Servicio Forestal y otros empleados de Fauna y Flora, por si alguno de ellos estaba al corriente de algún movimiento de lobos en la zona de Hope. Nadie sabía nada. El destinatario de la quinta llamada fue Bill Rimmer, agente de control de depredadores. Dan le había pedido que fuera a Hope para hacer la autopsia al perro. El sexto número marcado por Dan había sido el de la encantadora e imponente Sally Peters, mujer recién divorciada que dirigía el departamento de márketing de una empresa de piensos de la región. Dan había tardado dos meses en hacer acopio de coraje para invitarla a salir. A juzgar por su reacción cuando él le dijo que no podía ir a cenar, la próxima vez iba a ser más difícil (suponiendo que hubiera una próxima vez).

De Helena a Hope había más o menos una hora de camino. Al abandonar la interestatal en dirección a las montañas, cuyas negras siluetas empezaban a destacarse contra el cielo rosado, reflexionó sobre el hecho de que, tarde o temprano, los lobos volvieran locos a cuantos trabajaban con ellos.

A lo largo de su carrera había conocido a biólogos especializados en otros animales, desde musarañas enanas a pingüinos, y, pese a darse algún que otro caso de psiquiatra, la mayoría parecía capaz de vivir sin problemas, al igual que el resto de los humanos. En cambio, los especialistas en lobos eran un verdadero desastre.

Abanderaban todos los índices: divorcios, depresiones, suicidios... Considerando las estadísticas, Dan no tenía de qué avergonzarse. Su matrimonio había durado casi dieciséis años, lo cual debía de ser todo un récord. Y aunque Mary, su ex, no le hablaba, su hija Ginny (catorce años) lo consideraba un buen padre. ¡Qué buen padre ni qué...! ¡Estaba loca por él, y él por ella! Pero Dan tenía cuarenta y un años y, aparte de Ginny, ¿qué le quedaba de tantos años de devoción al bienestar de los lobos?

Encendió la radio para no tener que contestarse. Saltándose los anuncios y la inevitable música country (que, después de tres años en Montana, seguía sin gustarle), sintonizó las noticias locales. En poco contribuyeron a levantarle el ánimo.

La última crónica iba del «ataque de un lobo» a un rancho cerca de Hope, y de cómo el nieto de pocos meses de uno de los notables del lugar, Buck Calder, había escapado a una muerte segura gracias a un valiente perro labrador que se había sacrificado por él.

Dan gimió. Los medios de comunicación ya se habían enterado. ¡Genial! Pero aún quedaba lo peor. La emisora ya había establecido contacto telefónico con el propio Calder. Dan había oído hablar de él, pero no lo conocía en persona. Tenía voz de político, profunda y seductora. Asestaba puñaladas con tono melifluo.

«El gobierno federal ha dejado que los lobos corran a sus anchas por Yellowstone. Ahora están por todas partes, amenazando a madres y niños pequeños. ¿Y nosotros? ¿Tenemos derecho a defendernos, a proteger a nuestro ganado y nuestras propiedades? No. ¿Por qué? Porque el gobierno dice que son una especie en peligro de extinción. ¿Sabe qué le digo? Que es absurdo, absurdo e injusto.»

Dan apagó la radio.

Calder tenía su parte de razón. Hasta hacía unos años, los únicos lobos de la región eran los pocos que se habían atrevido a bajar de las Rocosas, pasando de Canadá a Estados Unidos. Un día, tras años de furiosas disputas entre ecologistas y rancheros, el gobierno había decidido potenciar la recuperación de lobos, invirtiendo grandes sumas en capturar a sesenta y seis ejemplares canadienses, llevarlos en camión al parque de Yellowstone y a Idaho y soltarlos.

En respuesta a la indignación local, se permitió a los rancheros que vivían en las llamadas «zonas experimentales» disparar contra cualquier lobo al que encontraran atacando a su ganado. Pero los lobos se habían multiplicado y, como no se les daba muy bien leer mapas (o quizá todo lo contrario), propagado por lugares donde matarlos podía castigarse con cien mil dólares de multa, cuando no una temporada en la cárcel.

Hope era uno de esos lugares y, además, el epicentro del odio contra los lobos. Si a un lobo se le ocurría darse una vuelta por ahí, es que estaba mal de la chaveta.

Hacía unos diez años que Fauna y Flora había organizado reuniones públicas por todo el estado, a fin de que la gente pudiera expresar sus opiniones sobre las propuestas gubernamentales de repoblación. Por lo visto, algunas de esas reuniones habían sido bastante tormentosas, pero la del ayuntamiento de Hope superó todos los récords.

Un grupo de leñadores y trabajadores del campo se había apostado con escopetas a las puertas de la sala, dedicándose a corear insultos durante toda la reunión. Dentro estaban prohibidas las armas, pero la hostilidad del público no era menor. El predecesor de Dan, legendario por su diplomacia, había conseguido aplacar los ánimos, pero al término del acto dos leñadores lo habían acorralado contra la pared y amenazado. Al salir (bastante más pálido que al inicio de la reunión), descubrió que alguien había vertido varios litros de pintura roja encima de su coche.

Dan vio perfilarse Hope a lo lejos.

Era de esos pueblos que pasan casi inadvertidos al viajero: la calle mayor se extendía un centenar de metros en línea recta, atravesada por algunas callejuelas; en un extremo de la calle, un motel venido a menos; en el otro, un colegio; entre medio, una gasolinera, una tienda de comestibles, una ferretería, un bar, una lavandería automática y un taxidermista.

De los ochocientos y pico habitantes del pueblo, muchos vivían desperdigados por el valle. Dos iglesias y dos bares atendían sus diversas necesidades espirituales. También había dos tiendas de objetos de regalo, que demostraban mayor optimismo que olfato comercial, si bien Hope era lugar de tránsito veraniego, pocos turistas decidían detenerse.

Tratando de poner remedio a este último fenómeno, hacía un año que una de las dos tiendas (con mucho la mejor) había instalado un cafetería especializada en cappuccinos.

Las pocas veces que Dan pasaba por Hope siempre hacía una paradita en la tienda, que se llamaba Paragon. Más que el café, que no estaba mal, el motivo era la dueña.

Se trataba de una guapa neoyorquina, de nombre Ruth Michaels. A lo largo de dos o tres encuentros, Dan averiguó que había sido propietaria de una galería de arte en Manhattan y que había venido a Montana de vacaciones tras separarse de su marido. Tanto la había impresionado el lugar que había decidido quedarse. Dan no habría puesto reparos a conocerla más a fondo.

No podía decirse que el cappuccino hubiera calado entre los lugareños; preferían tomar café flojo y recalentado, como lo hacían en el bar de Nelly, al otro lado de la calle. Al pasar y ver que

Ruth había colgado un cartel de SE VENDE, Dan no se llevó ninguna sorpresa. Se puso triste, eso sí.

Vio que Bill Rimmer había aparcado la camioneta a pocos metros, justo delante de donde se habían citado, un bar de mala muerte cuyo nombre lo decía todo: El Último Recurso. Rimmer salió de la camioneta y fue a su encuentro. Su sombrero Stetson y su mostacho rubio hacían honor a su condición de nativo de Montana. Al lado de su metro noventa y cinco de estatura, Dan se sentía un enano. Bill tenía unos años menos que Dan, y era más apuesto; de hecho, Dan no se explicaba del todo su honda simpatía por aquel individuo.

Bajó del coche. Rimmer le dio una palmada en el hombro.

–¿Qué tal, muchacho?

–Pues mira, Bill, la verdad es que esta noche tenía una cita con alguien más atractivo que tú.

–¡Qué pena me das, Dan Prior! ¿Vamos?

–Más vale. Ya ha llegado todo el mundo. ¿Has oído la radio?

–Sí, y mientras esperaba he visto pasar un equipo de televisión.

–Fantástico.

–¡El lobo ese ha escogido un buen sitio para presentarse!

–Ni siquiera estamos seguros de que haya sido un lobo.

Subieron a la camioneta de Rimmer y siguieron por la calle mayor. Casi eran las siete y media, y Dan empezaba a estar preocupado por la luz. De día era más fácil examinar el escenario de una depredación. Le preocupaban las personas que habrían arrastrado los pies por el lugar del supuesto ataque. Ya no debían de quedar huellas.

Dan y Rimmer habían tomado posesión de sus cargos casi al mismo tiempo. Sus dos predecesores habían participado a fondo en el programa de suelta de lobos, y habían renunciado poco después, más o menos por el mismo motivo: cansados de que los rancheros la emprendieran a gritos con ellos por quedarse cortos en el control de la difusión de los lobos, mientras los ecologistas se quejaban de todo lo contrario. Siempre llevaban las de perder.

Rimmer trabajaba en la división de control de depredadores del Departamento de Agricultura, y solía ser el primero en recibir una llamada cada vez que un ranchero tenía problemas con animales potencialmente dañinos, ya osos, coyotes, pumas o lobos. Era juez, jurado y, de ser necesario, verdugo. Biólogo de profesión, se guardaba para sí el amor que sentía por los animales. Ello, unido a su destreza con la escopeta y las trampas, le había permitido ganarse el respeto general, incluido el de quienes desconfiaban por principio de todos los funcionarios.

El hecho de que vistiese como un vaquero, sumado a su actitud relajada y pocas palabras, le daban ventaja sobre Dan a la hora de tranquilizar a los furiosos rancheros que habían perdido (o creían haber perdido) un ternero u oveja en las fauces de un lobo. Para esa gente, Dan siempre sería un forastero de la costa Este. De todos modos, la diferencia principal estribaba en que los rancheros veían en Rimmer al hombre capaz de solucionar sus problemas, mientras que a Dan lo consideraban la causa de ellos. Por esos motivos Dan prefería tener a Rimmer cerca, sobre todo en situaciones como ésta.

Dejaron atrás el último tramo de asfalto y se internaron por la carretera de gravilla que trepaba por el valle en dirección a las montañas. Estuvieron un rato sin hablar, escuchando crujir las ruedas de la camioneta, que levantaban polvo a su paso. La ventana estaba abierta, y Dan notaba en el antebrazo un chorro de aire caliente. Entre la carretera y la masa negruzca de álamos de Virginia que bordeaba el río, un halcón rastreaba las matas de artemisa en busca de merienda. El primero en hablar fue Dan.

–¿Sabes de algún lobo que haya intentado llevarse a un niño?

–No. Lo más probable es que fuera por el perro desde el principio.

–Es lo que he pensado. ¿Y ese Calder? ¿Lo has visto alguna vez?

–Un par. Es todo un personaje.

–¿En qué sentido?

Rimmer sonrió sin mirarlo, al tiempo que se levantaba un poco el ala del sombrero.

–Ya lo verás.

A la propiedad de Calder se entraba por una pesada estructura de troncos viejos cuyo travesaño superior sostenía una calavera de buey. A Dan le recordó la entrada de El Cañón Maldito, unas montañas rusas de Florida ambientadas en el Lejano Oeste, donde él y Ginny se habían muerto de miedo el último verano.

La camioneta traqueteó sobre las barras que impedían el paso del ganado, y dejó atrás el letrero de madera donde ponía RANCHO CALDER. Al lado había otro más pequeño y escueto, recién pintado con la palabra HICKS. Dan supuso que no sería un chiste.[1]

Tras pasar por debajo de la calavera condujeron un par de kilómetros más, circundando pequeñas lomas cubiertas de matojos hasta llegar a la casa de los Calder. Se asentaba con firmeza en la vertiente sur de una colina que debía de proporcionar resguardo contra las ventiscas invernales, amén de una vista excelente sobre los mejores pastos de que era propietario Calder. La casa era de madera recia pintada de blanco, y, aunque tenía dos pisos, su longitud hacía que pareciera más baja, anclada a la tierra por los siglos de los siglos.

Tenía delante un ancho patio de cemento, a uno de cuyos lados se agrupaba una serie de establos pintados de blanco, mientras que el lado opuesto estaba ocupado por silos de pienso plateados que despuntaban cual misiles sobre una trama de corrales. En el prado contiguo, un cedro de ancha copa crecía dentro de un Ford T desguazado cuyo herrumbroso color se confundía con el de los caballos que pacían en torno a él. Los caballos levantaron la cabeza para ver pasar la camioneta, con su rastro de polvo.

Dan y Bill doblaron a la izquierda. Pasados tres kilómetros, salvaron la cima de otra colina y, a la luz tenue del anochecer, vieron la roja silueta de la casa de los Hicks. Rimmer redujo la velocidad para fijarse en todos los detalles.

Delante de la casa había seis o siete vehículos aparcados. Una pequeña multitud se había reunido junto al porche de atrás, aunque la esquina de la casa impedía verla en su totalidad. Parecía que alguien tuviera encendido un foco, y de vez en cuando se veía el flash de una cámara. Dan suspiró.

–Quiero irme a casa.

1. Hicks, el apellido del marido de Kathy, significa también «paletos», «pueblerinos». *(N. del T.)*

–Parece un circo.

–Sí, y ahora llegan los payasos.

–Pensaba más bien en un circo romano; ya sabes, esos donde te echan a los leones.

–Muchas gracias, Bill.

Aparcaron donde los demás coches y se dirigieron a la parte trasera, donde estaba reunida la gente. Dan oyó una voz que reconoció enseguida.

Una joven reportera de televisión entrevistaba a Buck Calder en el porche, a la luz de una batería de focos. La joven llevaba un vestido rojo que parecía dos tallas demasiado pequeño. A su lado, Calder parecía un gigante. Era alto, casi tanto como Bill Rimmer, y mucho más corpulento. Sus hombros eran igual de anchos que la ventana que tenía detrás.

Llevaba un sombrero Stetson de color claro y una camisa blanca con botones de broche, que realzaba su tez morena. A la luz de los focos, sus ojos brillaban con un tono entre gris y azul claro, y Dan reparó en que aquel hombre imponía más por su mirada que por su corpulencia. Calder sonreía a la reportera con tal intensidad en sus ojos que la joven parecía hipnotizada. Dan había esperado encontrar a un hombre con edad para ser abuelo; pero Calder gozaba de una espléndida madurez, y se notaba que era consciente del efecto de su aplomo sobre los demás.

Lo acompañaban Kathy y Clyde Hicks, los dos con cara de no estar cómodos. Kathy sostenía en brazos al niño, cuyos ojos, muy abiertos, miraban a su abuelo con expresión de asombro. Tenían al lado una mesa con algo grande y amarillento. Dan tardó un poco en darse cuenta de que era el perro muerto.

–El lobo es una máquina de matar –decía Calder–. Devora cuanto encuentra. De no haber sido por la valentía de este pobre perro, habría acabado con mi nieto. Eso sí, estoy seguro de que antes el pequeño Buck, aquí presente, le habría dado un directo en la mandíbula.

Todos rieron. Había unas doce personas. El fotógrafo y el joven que tomaba notas eran del periódico local. Dan los conocía de vista. En cuanto a los demás, no tenía ni idea de quiénes eran; sin duda vecinos y parientes. Dos caras le llamaron la atención: una mujer elegante cuya edad calculó en unos cuarenta y cinco años, y a su lado un joven alto que no llegaría a los veinte. Se hallaban en la parte más oscura, un poco apartados del resto. Ninguno de los dos se sumaba al coro de risas.

–La mujer y el hijo de Calder –le susurró Rimmer.

La señora Calder tenía un espeso cabello negro con mechas blancas, recogido para mostrar un cuello largo y blanco. Poseía una belleza melancólica que se reflejaba en el rostro de su hijo.

Un silencio repentino se había adueñado del porche. La reportera de televisión, fascinada por la mirada de Calder, se había quedado en blanco. Calder le sonrió, mostrando una dentadura tan blanca y perfecta como la de una estrella de cine.

–¿Qué, guapa, vas a preguntarme algo más o hemos acabado?

Esta vez las risas sonrojaron a la joven. Buscó con la mirada al cámara, que hizo un gesto de afirmación.

–Creo que ya está. Gracias, señor Calder. Muchas gracias. Ha sido... estupendo, de verdad.

Calder asintió con la cabeza y miró a la gente hasta localizar a Dan y Rimmer, a quienes hizo señas. Todos se volvieron.

–Veo a dos personas a quienes quizá quieras hacer un par de preguntas. Yo sí quiero.

Luke Calder, oculto en la oscuridad del establo, miró el patio donde estaban realizando la autopsia. Se había arrodillado al otro lado de la puerta para acariciar a *Maddie*. La perra estaba estirada con la cabeza sobre las patas; de vez en cuando gimoteaba y levantaba la cabeza para mirar a Luke, pasándose la lengua por los belfos, cubiertos de pelos blancos. Luke siguió acariciándola para tranquilizarla.

Rimmer había hecho poner al labrador sobre la puerta trasera abatible de su camioneta, encima de un plástico. También había instalado unos focos, para ver lo que hacía con su cuchillo. Su compañero, el experto en lobos, lo grababa todo con la cámara de vídeo, mientras el padre de Luke y Clyde observaban en silencio. La madre de Luke estaba con Kathy, preparando la cena dentro de casa. Gracias a Dios, todos los demás se habían marchado.

Aquella horrible mujer de la emisora de televisión había pedido permiso para filmar la autopsia, pero Rimmer había dicho que no. Prior, el de los lobos, había accedido a contestar a un par de preguntas estúpidas, y, tras no decir prácticamente nada, la había mandado educadamente a freír espárragos, porque era necesario realizar el trabajo con el cadáver del perro todavía fresco.

Lo estaban despellejando como a un ciervo, mientras Rimmer se dirigía repetidas veces a la cámara de vídeo, comentando en voz alta lo que hacía y observaba en cada momento. Luke vio cómo retiraba la piel de *Prince* como un calcetín, dejando a la vista una serie de músculos rosados y cubiertos de sangre.

–Hemorragia interna pronunciada y más señales de mordedura en la base del cuello. Heridas muy hondas. ¿Las ves, Dan? Voy a medirlas. Orificios de colmillos, separados por cuatro centímetros y medio, casi cinco. Señal de que el animal era grande.

Debía de haber sido el macho reproductor, pensó Luke, el negro y grande.

Luke llevaba meses al corriente de la presencia de los lobos. Los había oído por primera vez en pleno invierno, cuando el campo estaba cubierto de un grueso manto de nieve que Luke recorría con los esquís. Nada le gustaba tanto como alejarse lo más posible de la civilización.

Nada más ver las huellas, se había dado cuenta de que eran demasiado grandes para pertenecer a un coyote. Las había seguido hasta encontrar los restos de un alce recién devorado.

Y un día de abril había visto al negro.

Estaba descansando en la cima de una alta montaña, a la que había subido primero con esquís y después a pie. Era un día despejado, todavía frío pero con atisbos de primavera. Sentado en la roca pelada, con otro valle a sus pies, vio salir al lobo de los árboles. Lo observó recorrer un prado pequeño cubierto de nieve a medio fundir, en cuyo extremo más alto había un pedregal en pendiente. El lobo había desaparecido como por arte de magia, dejando a Luke con la duda de si lo había soñado.

Ahí era donde la madre tenía su cubil. Y, durante las semanas siguientes, Luke vio a los demás. Una vez fundida toda la nieve, empezó a ir a caballo, asegurándose de tener el viento de cara y dejando atado a *Ojo de Luna* cuando todavía quedaba un buen trecho para subir a la cima. Cubría los últimos metros deslizándose de bruces sobre la roca viva con los prismáticos en la mano, aupándose con los codos hasta tener el prado a la vista. Y ahí permanecía durante horas, a veces sin ver nada, otras viéndolos a todos.

No se lo había dicho a nadie.

Una tarde, durante la primera semana de mayo, vio a los lobeznos. Todavía eran oscuras bolas peludas, con dificultades para caminar; los cinco habían salido a trompicones de la guarida, quedando deslumbrados por el sol. La madre, con las tetas caídas, los vigilaba con orgullo, mientras el padre y los dos adultos jóvenes recibían a los pequeños y los tocaban con el hocico, como si quisieran darles la bienvenida al mundo.

Desaparecieron a finales de junio y por un tiempo Luke tuvo miedo de que los hubieran matado. Pero volvió a encontrarlos en otro prado, subiendo por el cañón. Le pareció un lugar más seguro, bordeado de árboles, con una cuesta poco pronunciada que llevaba a un arroyo donde chapoteaban y jugaban los cachorros. Y fue allí donde, una mañana, vio volver de caza a uno de los adultos jóvenes, henchido de orgullo, como si le hubiera tocado la lotería. Todos los lobeznos se le acercaron corriendo por el prado, empujándolo y lamiéndole la cara hasta que el cazador torció su boca en una especie de sonrisa, bostezó y sacó comida por la boca para los pequeños, como se lee en los libros.

Cuando el prado se llenó de flores, Luke vio a los lobeznos perseguir abejas y mariposas y aprender a cazar ratones. Solía encontrarlo tan cómico que tenía que esforzarse por no estallar en carcajadas. A veces, cuando la madre o el padre dormitaban al sol, los lobatos los acechaban, arrastrándose sobre sus barriguitas entre flores y briznas de hierba larga y verde. Luke estaba seguro de que los padres se daban cuenta, y de que se limitaban a seguir el juego, fingiéndose dormidos. Cuando estaban muy cerca de los adultos, los cachorros saltaban sobre ellos, iniciando un frenesí colectivo de persecuciones, volteretas y mordiscos. La familia entera corría por el prado hasta derrumbarse de cansancio, hecha un ovillo lobuno.

Viendo sus juegos, Luke rezaba en silencio, no a Dios, de cuya existencia apenas había advertido indicios, sino al ente o ser de quien dependieran tales cosas, pidiendo que los lobos fueran lo bastante sagaces para quedarse ahí, en lugar seguro, sin aventurarse por el valle.

Sin embargo, había acabado por suceder. Uno de ellos había bajado.

Viendo a su padre acaparar los focos en el porche, Luke había sentido rabia contra el lobo, no por haber matado al perro de su hermana (por el que siempre había sentido gran cariño), sino por haber sido tan estúpido, tan imprudente con las vidas de sus compañeros de manada. ¿Ignoraba acaso la reputación de los lobos en el valle?

El padre de Luke sabía lo mucho que conocía éste las montañas, su afición a recorrerlas solo en lugar de ayudar en el rancho, como era el deber de todo hijo de ranchero. Y esa misma tarde, antes de que llegara la gente, le había preguntado si recordaba haber visto rastros de lobos en las alturas.

Luke había negado con la cabeza, y había cometido la estupidez de querer decir que no. La mentira había hecho que se trabara con las palabras «no» y «nunca», y su tartamudez, más pronunciada todavía que de costumbre, había llevado a su padre a marcharse sin haber oído el final de su respuesta.

Luke la dejó sin pronunciar, junto con los millones de frases que llevaba dentro, truncadas y sin vida.

Al otro lado del patio, la autopsia había llegado a su fin. Una vez apagada la cámara, Dan Prior ayudó a Rimmer a hacer la limpieza. El padre de Luke se acercó con Clyde, y los cuatro empezaron a hablar en voz queda, impidiendo que Luke siguiera oyendo sus palabras. Luke dio una última caricia al viejo perro y, puesto en pie, salió del establo en dirección al grupo, deteniéndose poco después con la esperanza de pasar desapercibido.

–Bueno, pues está claro que ha sido un lobo –dijo Rimmer.

El padre de Luke rió.

–¿Alguien lo dudaba? Mi hija lo ha visto con sus propios ojos. Creo que sabe distinguir a un lobo de un pájaro carpintero.

–Sí, claro.

Calder se fijó en Luke, que lamentó haber salido del establo.

–Caballeros, éste es mi hijo Luke. Luke, te presento al señor Prior y el señor Rimmer.

Conteniendo el impulso de dar media vuelta y echar a correr, Luke se acercó al grupo y estrechó la mano a los dos hombres. Ambos le dijeron hola, pero Luke se limitó a hacer un gesto con la cabeza, evitando sus miradas por si intentaban hablar con él. Como de costumbre, su padre reanudó la conversación lo antes posible, rescatándolo y al mismo tiempo condenándolo a un nuevo fracaso. Luke conocía el verdadero motivo de que se diera tanta prisa en seguir hablando: no le gustaba que supieran que tenía un hijo tartamudo.

–Bueno, y ¿cómo se explica que no nos dijeran ustedes que hay lobos por la zona?

La respuesta corrió a cargo de Prior.

–Mire, señor Calder, siempre hemos sabido que algunos lobos se mueven por las Rocosas. Ya sabe que en este estado cada vez hay más ejemplares...

El padre de Luke interpuso una risa burlona.

–Algo había oído.

–Y como pueden llegar a cubrir distancias bastante grandes, no siempre es fácil saber dónde están todos en un momento dado, o...

–Creía que tenían que ponerles collares controlados por radio.

–Sí, a algunos sí, pero no todos. Su hija está segura de que el que vio no llevaba collar. Hasta hoy no teníamos noticia de que hubiera lobos en esta zona. Quizá se trate de un lobo ambulante, un ejemplar cuya manada de origen podría hallarse a muchos kilómetros de aquí. Tal vez viva con otros que sí están radiomarcados. Es lo que vamos a tratar de averiguar. Saldremos en cuanto amanezca.

–Eso espero, señor Prior. Y Clyde también, como podrán suponer.

Calder cogió a su yerno por los hombros. A Clyde no pareció sentarle muy bien, pero asintió seriamente con la cabeza.

–¿Qué piensan hacer cuando los encuentren?

–Creo que antes de decidirlo nos harán falta más datos –dijo Prior–. Comprendo su inquietud, se lo aseguro, pero le diré, por si le sirve de consuelo, que en toda Norteamérica no ha habido ningún caso en que un lobo sano en estado salvaje matara a un ser humano.

–¿En serio?

–Sí, señor Calder. Lo más probable es que fuera por el perro. Se trata de una cuestión territorial, como quien dice.

–¡Vaya! ¿De veras? Dígame, señor Prior, ¿de dónde es usted?

–Vivo en Helena.

–No; quiero decir que de dónde viene. Dónde nació y pasó su infancia. Yo diría que en el Este.

–Pues sí, en efecto. Soy de Pittsburgh.

–Pittsburgh. Mmm... Así que creció en la ciudad.

–En efecto.

–¿Es ése, entonces, su territorio?

–Supongo que podría decirse que sí.

–Pues le voy a decir una cosa, señor Prior.

Calder hizo una pausa, y Luke reconoció su mirada, la chispa de desdén y engreimiento que odiaba desde pequeño, por haber precedido siempre a un comentario destructor, una frase tan ingeniosa como mordaz que le daba a uno ganas de alejarse a rastras y esconderse debajo de una piedra.

–Éste es nuestro territorio –prosiguió su padre–. Y también tenemos una «cuestión territorial», como quien dice.

Se produjo un silencio cargado de tensión, que el padre de Luke aprovechó para clavar su mirada en Prior.

–Aquí no queremos lobos, señor Prior.

3

El Cessna 185 rojo y blanco se ladeó en un ángulo pronunciado contra la cúpula de cobalto del cielo matinal, antes de quedar como suspendido en el aire sobre la cresta de las montañas. Al apuntar al sol con el ala derecha y dirigir el morro al este por vigésima vez, Dan miró la sombra de la avioneta, viéndola vacilar y caer como el fantasma de un águila por acantilados de caliza de cientos de metros de altura.

Compartía las estrecheces de la cabina con Bill Rimmer, que tenía el receptor de radio sobre las rodillas y efectuaba una y otra vez un repaso metódico de la lista de frecuencias correspondientes a todos los lobos con collar desde Canadá a Yellowstone. En cada ala había una antena, y Bill cambiaba constantemente de una a otra, atentos tanto él como Dan al golpeteo inconfundible de una señal. Hacía buen tiempo para volar; de no haber sido por la falta de viento, Dan nunca se habría atrevido a bajar tanto.

El relieve no era el más indicado para buscar lobos. Llevaban toda la mañana peinando cumbres y cañones, aguzando la vista tanto como el oído, escudriñando los oscuros intersticios del bosque, oteando crestas, arroyos y prados rozagantes en busca de señales reveladoras: un animal muerto en un claro, una bandada de cuervos, un ciervo corriendo... Vieron muchos ciervos, tanto de cola blanca como negra, y también alces. Una vez, sobrevolando a poca altura un barranco espacioso, asustaron a una osa parda que comía bayas con sus oseznos, a los que envió corriendo a refugiarse en el bosque. Encontraron ganado en varios puntos, paciendo los prados altos que muchos rancheros obtenían en arriendo del Servicio Forestal. Pero ni rastro del lobo o los lobos.

La noche anterior, Rimmer había llevado a Dan hasta su coche, que seguía en Hope; pero antes de separarse habían entrado en El Último Recurso a tomar una cerveza, pensando que se la tenían bien merecida. Era un local oscuro, con las paredes cubiertas de trofeos de caza cuyos ojos ciegos parecieron vigilar a Dan y Bill cuando éstos llevaron sus vasos a una mesa de la esquina. Al otro lado de la sala, dos jornaleros jugaban a billar y metían monedas en la máquina de discos. La música se veía obligada a competir con el televisor de encima de la barra, que emitía un partido de béisbol. Un cliente solitario con manchas de sudor en el sombrero contaba a la camarera cómo le había ido el día. El interés de la camarera era un poco forzado. Aparte de Dan y Rimmer, no había más clientes. Dan seguía furioso por las palabras de Calder.

–Ya te he dicho que era todo un personaje –dijo Rimmer, quitándose la espuma del bigote.

–Ya, pero tanto...

–No pasa nada. Ladra pero no muerde. Es de esos a los que les gusta ponerte a prueba, ver si eres duro.

–O sea que era una prueba.

–Seguro que sí. Y has quedado bastante bien.

–Gracias, Bill. –Dan bebió un largo trago y dejó el vaso en la mesa–. ¿Por qué diablos no habrá esperado un poco antes de llamar a esos malditos reporteros?

–No tardarán en volver.

–¿Por qué lo dices?

–Calder me ha dicho que enterrarán al perro. Un funeral digno de un héroe, con lápida y todo.

–No me lo creo.

–Pues eso ha dicho.

–¿Qué inscripción crees que tendrían que poner?

Reflexionaron. Dan fue el primero que tuvo una idea.

–¿Qué tal algo sencillo, como LABRADOR QUE SOLÍA RESPONDER POR *PRINCE*?[1]

1. Para entender la broma, recuérdese que el cantante Prince dejó de llamarse así hace unos años, pasando a anunciarse como «El artista al que antes se conocía como Prince». *(N. del T.)*

Se echaron a reír como dos adolescentes, mucho más de lo que merecía el chiste; pero les sentó bien y, entre chistes y cerveza, Dan no tardó en olvidar su mal humor. Pidieron otra ronda y se quedaron hasta el final del partido. El local se fue llenando. Era hora de marcharse.

Cuando se encaminaban hacia la puerta, Dan oyó decir por televisión: «En el valle de Hope, un bebé escapa por los pelos a la visita del lobo feroz. Enseguida se lo contamos. Siga con nosotros.»

Decidieron hacer caso al locutor, pero quedándose en la zona en penumbra próxima a la puerta, por si alguien los veía. Después de los anuncios, el presentador retomó la noticia. Cuando Dan vio la sonrisa de cocodrilo de Calder, se le revolvieron las tripas.

«El lobo es una máquina de matar. Devora cuanto encuentra.»

–Debería ir a las presidenciales –masculló Dan.

De repente se vio una toma de Dan y Rimmer intentando pasar desapercibidos detrás de la gente, como estaban haciendo en aquel instante, mientras la reportera decía que lo sucedido había hecho «pasar apuros» a los funcionarios del gobierno. Un fragmento de la breve entrevista concedida por Dan bastó para demostrar lo dicho sin palabras. La intensidad de los focos hacía que Dan desviara la mirada, con la expresión de quien va a ser procesado por crímenes atroces.

«¿Podría tratarse de uno de los lobos que soltaron ustedes en Yellowstone?», preguntaba a Dan la reportera de rojo, metiéndole el micro en las narices. Lo de «ustedes» había sido un golpe bajo.

«Sinceramente, es demasiado pronto para saberlo. Mientras no hayamos examinado el cadáver, ni siquiera podemos confirmar que haya sido un lobo.»

«¿Quiere decir que usted no lo cree?»

«No digo eso, no. Sólo digo que todavía no podemos confirmarlo.» Dan intentaba desarmar a la reportera con una sonrisa, pero sólo conseguía parecer más sospechoso todavía.

–Salgamos –dijo.

Por la mañana, al despegar de Helena con el sol asomando por las montañas, las cosas tenían mejor aspecto. Dan y Rimmer habían comentado con optimismo las posibilidades de localizar una señal. Quizá el pánico hubiera impedido a Kathy Hicks fijarse en el collar. Y, aunque aquel ejemplar no estuviera marcado, quizá formara parte de una manada en que otros sí lo estuvieran. Eran muchos «quizá». En el fondo, Dan sabía que las posibilidades eran escasas.

Desde hacía un par de años, la política vigente consistía en reducir el número de lobos con collar. La idea de reintroducir en la zona una población capaz de reproducirse por sí misma suponía dar a los animales unas condiciones de vida lo más naturales posible. Cuando el número de parejas reproductoras fuera suficiente, el lobo habría dejado de formar parte de la lista de especies en extinción. Para Dan, los collares no eran precisamente la mejor arma para conseguirlo.

No todo el mundo estaba de acuerdo con él. Había incluso quien abogaba por utilizar collares de captura, dotados de pequeñas jeringuillas que pudieran activarse a voluntad para dormir al lobo. Dan los había utilizado un par de veces cuando trabajaba en Minnesota, y sí, facilitaban bastante las cosas, pero cada vez que un lobo era capturado, drogado, manipulado, sometido a análisis de sangre y marcado en la oreja, se volvía menos salvaje, menos lobo. Al final, cabía preguntarse si el control remoto no lo convertía en algo parecido a los barcos de juguete que navegan por los estanques de los parques.

De todos modos, cuando un lobo empezaba a meterse en líos y matar vacas, ovejas o animales domésticos, había que ponerle un collar, tanto por su propio bien como para el de los demás. Se procuraba dar a los rancheros la impresión de que todos los lobos del estado estaban bajo control; si uno se volvía díscolo, había que encontrarlo antes de que alguien se adelantara con una escopeta. Al menos el collar permitía saber dónde estaba el lobo. Y si volvía a las andadas, podía ser trasladado o sacrificado.

El sol seguía su curso ascendente, y los dos ocupantes de la angosta cabina del Cessna estaban tan silenciosos como el receptor de Rimmer. De hallarse por la zona que sobrevolaban algún lobo con collar, ya habían tenido tiempo de sobra para localizarlo. En una región de aquellas características, encontrar uno o varios lobos sin collar era más difícil. Y la pregunta era: ¿quién iba a hacerlo? Peor aún: ¿quién iba a ocuparse de ellos una vez localizados?

Dan se habría encargado con mucho gusto. Llevaba un tiempo sin ver más lobo que *Fred*. Su conversión en biólogo de despacho había llegado a tal punto que solía bromear acerca de su intención de hacer un doctorado sobre las costumbres alimenticias de los blocs de notas. Tenía muchas ganas de volver al trabajo de campo, como en los buenos tiempos de Minnesota, lejos del teléfono y el fax. Pero era imposible. Tenía demasiado trabajo, y sólo podía delegarlo en Donna. Bill Rimmer había tenido la generosidad de ofrecerse a ayudarlo a poner trampas, pero lo cierto era que estaba tan ocupado como el que más.

Políticamente hablando, el tema de los lobos siempre había sido muy reñido, pero en los últimos tiempos daba la impresión de que todos los goles los marcaba el equipo contrario. Al tiempo que crecía la población de lobos aumentaba la polémica en torno a ella. A más incidentes como el de Hope, más dificultades para solicitar un aumento de recursos económicos y humanos. Dan había asistido a un recorte drástico del presupuesto. Pronto no quedaría nada que recortar. A veces, en caso de emergencia, conseguía que se le asignara a alguien de otro departamento durante un par de meses, cuando no recurría a un doctorando o uno de los voluntarios que trabajaban en Yellowstone.

El problema estribaba en que aquella operación iba más allá de poner trampas y collares. Hope podía convertirse fácilmente en la prueba más dura a que se hubiera visto sometido el programa de repoblación.

Dado el recalcitrante odio de que eran objeto los lobos en Hope, y el hecho de que los medios de comunicación ya se estaban cebando en ello, el ayudante de Dan no tenía más remedio que ser muy bueno poniendo trampas y persiguiendo lobos. Tendría que ser un buen comunicador, atento a los sentimientos de la comunidad, pero lo bastante enérgico para plantar cara a bravucones como Buck Calder. Pocos biólogos eran tan versátiles.

El Cessna había ejecutado otra pasada en dirección este. Dan dio media vuelta una vez más y se fijó en Hope, tendido a sus pies como un modelo a escala. Un camión de ganado estaba saliendo de la gasolinera. Parecía que se pudiera coger con los dedos. Entre los álamos de Virginia, los meandros del río brillaban como láminas de cromo.

Echó un vistazo al indicador de carburante. Quedaba lo justo para otra pasada.

Esta vez sobrevoló directamente el rancho Calder, donde unas cabezas de ganado manchaban de negro el prado quemado por el sol, semejantes a un puñado de hormigas. Un coche circulaba por las colinas, siguiendo la sinuosa carretera que llevaba a casa de los Hicks. Sin duda otro de esos malditos reporteros.

En cuanto llegaron al bosque Dan voló a menor altura, descendiendo cuanto permitía la prudencia, con la copa de los árboles y la cima de los cañones desfilando a velocidad enloquecida bajo la sombra de la avioneta. Justo cuando iba a levantar el morro para emprender el último ascenso vio algo delante, una mancha gris claro que desaparecía al otro lado de unas rocas. Miró a Rimmer con el corazón desbocado, y supo que también lo había visto.

No dijeron nada. Los diez segundos que tardaron en llegar se les antojaron muy largos. Dan viró la avioneta y trazó una curva al alcanzar la cima de la cresta. Escudriñaron la ladera por donde había desaparecido el animal.

–Ya lo veo –dijo Rimmer.

–¿Dónde?

–Acaba de meterse entre los árboles, al lado de esa franja de rocas. –Hizo una pausa–. Es un coyote, aunque muy grande.

Se volvió hacia Dan con una sonrisa de consuelo. Dan se encogió de hombros.

–Es hora de volver a casa.

–Sí. Parece que habrá que recurrir a las trampas.

Dan describió una última curva con el Cessna, y el sol se reflejó fugazmente en el cristal. Después estabilizó las alas y puso rumbo a Helena.

Debajo de ellos, en un lugar ignoto que seguía siendo el secreto de un muchacho, los lobos oyeron apagarse el zumbido de la avioneta.

4

Helen Ross odiaba Nueva York. La odiaba todavía más cuando la temperatura pasaba de treinta y cuatro grados y el aire estaba tan húmedo que ella se sentía como una almeja cociéndose en la humareda de los tubos de escape.

En sus escasas visitas a la ciudad, Helen siempre adoptaba una actitud de bióloga, consistente en observar el comportamiento de las extrañas especies que paseaban por las aceras, y tratar de dilucidar por qué algunos ejemplares parecían disfrutar del incesante festival de luces y ruidos. Pero siempre fracasaba de modo lamentable; y, pasada la euforia infantil que se había apoderado de ella al llegar, sentía contraerse su rostro en una hosca coraza de cinismo.

En esos momentos la llevaba puesta. Acodada a una mesa minúscula, en lo que el encargado del restaurante había tenido la risible ocurrencia de llamar el *terrazzo* (refiriéndose a un trozo de acera rodeado de setos polvorientos), Helen se sirvió otra copa de vino, encendió otro cigarrillo y se preguntó por qué demonios su padre siempre llegaba tarde.

Buscó su cara entre la multitud que se volcaba en las aceras para ir a comer. Resultaba increíble lo elegante y guapo que era todo el mundo. Ejecutivos jóvenes y morenos cuyas americanas se sostenían con estudiada naturalidad en un solo hombro conversaban con mujeres de dientes perfectos y piernas kilométricas, sin duda plurilicenciadas de Columbia, Harvard, Yale, etc. Helen odiaba a unos y otras.

El restaurante lo había escogido su padre. Estaba situado en SoHo, un barrio en el que Helen nunca había estado; según su padre era el sitio más *chic* para vivir. Estaba repleto de galerías de arte y de esas tiendas que sólo venden un par de artículos exquisitos, exquisitamente iluminados y repartidos en enormes superficies por las que circulan vendedores salidos de las páginas de *Vogue*. Todos eran igual de delgados, tenían la misma expresión de desprecio, y parecían capaces de impedir la entrada por motivos puramente estéticos a quien tuviera la desfachatez de intentar colarse por la puerta. Helen ya había cogido manía a SoHo. Hasta la ortografía del nombre era una estupidez.

Y no podía atribuirse a mezquindad de carácter, puesto que, en su vida cotidiana, Helen llevaba la generosidad a extremos peligrosos, siempre dispuesta a conceder el beneficio de la duda hasta en los casos más dudosos. Pero ese día, varios factores habían contribuido a sacarla de quicio, además de la ciudad y el clima. Uno de ellos, nada desdeñable, era el hecho de estar a punto de cumplir los veintinueve, edad que le parecía un hito colosal, un mojón en su biografía. Era lo mismo que treinta, sólo que peor, porque al menos a los treinta ya se ha pasado el trauma. Cuando se han cumplido los treinta, ya da lo mismo tener cuarenta o cincuenta. O estar muerto. Porque a esas alturas, a menos que uno ya tenga la vida hecha, es casi seguro que nunca la tendrá.

Su cumpleaños era al día siguiente, y, de no mediar la mano de Dios, Helen amanecería igual de parada, soltera e infeliz.

Ya era todo un ritual que su padre la invitase a comer para su cumpleaños, al margen de sus respectivos lugares de residencia, que solían distar cientos de kilómetros. La que viajaba siempre era ella, porque su padre estaba ocupadísimo, y seguía creyendo que, después de pasar largo tiempo fuera, el viaje a la ciudad era un placer para su hija. Cada verano, al acercarse la fecha del convite, Helen ya no se acordaba de que no lo fuera.

Un mes antes recibía por correo un billete de avión, con detalles sobre cómo llegar a algún restaurante de moda. Entonces cogía el teléfono y concertaba citas con los amigos, cada vez más entusiasmada. Quería mucho a su padre, y casi sólo lo veía en la comida de cumpleaños.

Sus padres se habían divorciado cuando Helen tenía diecinueve años. Por aquel entonces su hermana Celia, dos años menor, acababa de ingresar en la facultad, y Helen estudiaba biología en la Universidad de Minnesota. Ambas volvieron a casa para el día de Acción de Gracias. Finalizada la comida, sus padres posaron los cubiertos y anunciaron con calma que, una vez cumplida la tarea de educar a sus hijas, iban a seguir caminos distintos.

Desvelaron que el matrimonio llevaba años siendo un desastre, y que ambos tenían a otra persona con quien preferían compartir su vida. Venderían la casa familiar, si bien las chicas, como no podía ser menos, seguirían teniendo sus correspondientes habitaciones en los nuevos hogares que la sustituyeran. Todo se hacía racionalmente, sin rencor. Lo cual, para Helen, resultó infinitamente más duro.

Fue un golpe tremendo descubrir que una familia que siempre le había parecido, si bien no exactamente feliz sí normal en su infelicidad, encubriera un sufrimiento tan prolongado. Sus padres siempre habían sido propensos a pelearse, poner malas caras y planear venganzas mezquinas, pero Helen había dado por sentado que a todos los padres les sucedía lo mismo. De pronto resultaba que llevaban años odiándose, y que sólo se habían aguantado por sus hijas.

Celia se había portado de maravilla, como siempre. Lloró y los abrazó a los dos, haciéndolos llorar a su vez, mientras Helen lo observaba todo con asombro. Su padre tendió la mano, tratando de que Helen se sumara a los lloros y todo se resolviera en un espantoso acto conjunto de absolución. Helen apartó la mano de su padre y gritó:

–¡No! –Y, ante los ruegos de su padre, exclamó todavía más fuerte–: ¡No! ¡A la mierda! ¡A la mierda los dos!

Salió de casa hecha una fiera.

En aquel entonces le había parecido una reacción sensata.

Por lo visto, sus padres pensaban que el hecho de no haberse divorciado antes constituía un regalo permanente e indestructible para sus hijas, y que la ilusión de haber vivido una infancia feliz equivalía a haberla tenido de verdad. El verdadero regalo era más crudo, y mucho más duradero.

Y es que, desde entonces, Helen nunca había sido capaz de superar la idea de que todos los padecimientos de sus padres eran culpa de ella. El razonamiento era diáfano: de no haber sido por ella (y por Celia, claro, pero Celia era poco dada a sentirse culpable, y Helen tenía que generar remordimientos suficientes para ambas), sus padres habrían podido «seguir caminos distintos» mucho antes.

El divorcio confirmó viejas sospechas de Helen, en el sentido de que los animales eran más dignos de confianza que las personas. Y, pensándolo bien, no parecía casualidad que hacia esas fechas hubiera empezado a estudiar con pasión a los lobos. Con su devoción y lealtad, y su manera de cuidar a las crías, se le antojaban superiores a los seres humanos en casi todos los aspectos.

Los diez años transcurridos no habían atenuado sus sentimientos acerca del divorcio, pero sí habían hecho que se mezclaran con todas las dudas y desilusiones con que Helen había conseguido llenar su vida. Y, salvando los pocos días en que perdía toda noción de misericordia y un viento oscuro y lleno de reproches barría el mundo a su alrededor, ahora se alegraba de que sus padres hubieran acabado por hallar la felicidad.

Su madre había vuelto a casarse después de obtener el divorcio, pasando a vivir una vida de golf, bridge y, por lo visto, sexo volcánico con Ralphie, un agente inmobiliario bajito, calvo y sumamente amable.

Resultó que Ralphie llevaba seis años siendo «el otro». «La otra» de su padre sólo duró seis meses, y desde entonces había sido sustituida por una serie de «otras otras», a cuál más joven. Su trabajo de asesor financiero (palabras cuyo significado exacto Helen nunca había conseguido averiguar) había llevado al señor Ross de Chicago a Cincinnati, pasando por Houston. Desde hacía un año estaba instalado en Nueva York, ciudad donde el último verano había conocido a Courtney Dasilva.

Ése era el otro factor que contribuía a mitigar la euforia de Helen. Howard y Courtney Dasilva iban a casarse en Navidad. Helen estaba a punto de hablar con Courtney por primera vez.

La semana anterior, al anunciarle la noticia por teléfono, el padre de Helen le había dicho que su futura madrastra trabajaba en uno de los bancos más importantes de Estados Unidos. También se había licenciado en psicología por Standford, además de ser la belleza más espectacular que había visto en su vida.

–¡Fantástico, papá! ¡Me alegro muchísimo! –había dicho Helen, procurando ser sincera.

–¿Verdad que sí? ¡Me siento tan... tan vivo, nena! Estoy impaciente por que os conozcáis. Te encantará.

–Yo también. Vaya, que quiero conocerla.

–¿Qué te parece si viene con nosotros a comer?

–¡Pues claro! Será... estupendo.

Se produjo un breve silencio. Helen oyó carraspear a su padre.

–Quería decirte otra cosa, Helen. –Adoptó un tono confidencial, un poco inseguro–. Tiene veinticinco años.

Y ahí estaba, a una manzana de distancia, cogida del brazo de su padre, con su melena negra moviéndose y brillando a la luz del sol. Conversaba y reía a la vez, habilidad que Helen nunca había llegado a dominar, mientras su padre, radiante, miraba con disimulo a los hombres que pasaban por su lado, buscando señales de envidia en sus rostros. Daba la impresión de haber perdido unos quince kilos, y llevaba más corto el pelo. Courtney lucía un vestido negro suelto, carísimo sin duda, con un ancho cinturón rojo. Sus sandalias de tacón también eran rojas, y la hacían más alta que el padre de Helen, cuya estatura rondaba el metro setenta y siete. El color de su lapiz de labios hacía juego con el cinturón y los zapatos.

Helen también llevaba un vestido. De hecho, era el mejor que tenía. Se trataba de un modelo marrón de algodón estampado, comprado hacía dos veranos en The Gap. Por unos instantes se planteó esconderse debajo de la mesa.

Al verla, su padre la saludó con la mano y se la señaló a Courtney, que hizo lo propio. Helen apagó el cigarrillo a toda prisa y, cuando la pareja llegó al otro lado del seto polvoriento del *terrazzo*, se levantó para abrazar a su padre. El gesto hizo que la mesa se tambaleara y que la botella de vino se derramara sobre el borde del vestido de Helen, antes de caer al suelo y romperse en mil pedazos.

–¡Eh, cuidado! –dijo su padre.

Raudo cual proyectil, un camarero acudió en su ayuda.

–¡Vaya! ¡Lo siento! –gimió Helen–. ¡Mira que soy estúpida!

–¡No es verdad! –dijo Courtney con vehemencia.

Helen estuvo a punto de replicar: «¿Tú qué coño sabes? Soy lo estúpida que quiero.»

Para llegar al *terrazzo*, el padre de Helen y Courtney tuvieron que dar la vuelta y entrar por la puerta del restaurante, lo cual concedió a Helen unos instantes para secarse el vestido, con la ayuda, demasiado íntima por cierto, del camarero-proyectil, que se había puesto de rodillas delante de ella y le frotaba los muslos con un trapo. Todo el mundo los miraba.

–Gracias, ya está bien. En serio, no hace falta que siga. ¡Basta!

Afortunadamente, el camarero le hizo caso y desapareció. Helen se quedó de pie con el vestido húmedo, encogiéndose de hombros y sonriendo con cara de idiota a los ocupantes de las mesas de al lado. De repente vio a su padre y tensó la cara, confiando en remedar una sonrisa. Su padre le tendió los brazos y ella dejó que la abrazara.

–¿Cómo está mi niña?

–Mojada. Y con mucho calor.

Su padre le dio un beso. Llevaba colonia. ¡Colonia! Retrocedió para mirar bien a su hija, sin soltarle los hombros.

–Estás estupenda –mintió.

Helen se encogió de hombros. Nunca había sabido cómo reaccionar a los cumplidos de su padre; ni, ya puestos, a los de las demás personas, que tampoco eran tantos. Su padre se volvió hacia la encantadora Courtney, que había permanecido a un lado observando con mirada afectuosa el reencuentro de padre e hija.

–Nena, te presento a Courtney Dasilva.

Helen se preguntó si tenía que darle un beso. Fue un alivio que Courtney le tendiera una mano morena y elegante.

–Hola –dijo Helen, estrechándosela–. ¡Qué uñas más bonitas!

Hacían juego con el cinturón, los zapatos, los labios y probablemente la ropa interior. Helen, en cambio, tenía uñas de camionero, cortas y rotas de trabajar todo el verano en la cocina de Moby Dicks.

–¡Muchas gracias! –dijo Courtney–. ¡Pobrecita! ¿Se te ha estropeado el vestido? Howard, cariño, deberíamos comprarle otro. Hay una tienda muy buena justo al lado de...

–Estoy bien. En serio. La verdad es que es mi manera de refrescarme. Así, si se nos acaba el vino sólo tengo que escurrir el vestido.

«Howard cariño» pidió champán, y, después de unas copas, Helen empezó a sentirse mejor. Hablaron del tiempo, del calor que hacía en Nueva York, y de SoHo, donde Courtney quería conseguir un *loft*[1] (cómo no). Helen no pudo evitar preguntarle con cara seria qué pensaba guardar en el *loft*. ¿Adornos de Navidad? Courtney le explicó pacientemente que, en aquel contexto, un *loft* era un estudio.

El camarero reapareció para indicar a Helen que estaba prohibido fumar, lo cual resultaba bastante absurdo teniendo en cuenta que se encontraban en el *terrazzo*, respirando el humo de los tubos de escape. También fue un poco decepcionante, porque Helen ya había advertido que Courtney era contraria al tabaco, y tenía ganas de seguir molestándola. Hacía poco que había vuelto a fumar después de siete años, y obtenía una satisfacción perversa de ser la única bióloga fumadora de que tenía constancia.

El camarero tomó nota. Helen, la primera en pedir, optó por la terrina de pescado, seguida por un plato de pasta de armas tomar. Courtney sólo pidió ensalada de roqueta con zumo de limón, sin aliñar. La nueva y esbelta versión del padre de Helen, que ya había explicado, dándose orgullosas palmadas en el estómago, que cada mañana a primera hora iba a un gimnasio frecuentado por famosos, pidió lubina a la plancha, sin aceite, y nada de primero. Además de patosa, Helen se sentía como una glotona.

Mientras el camarero amontonaba en su plato una cantidad humillante de espaguetis a la carbonara, el padre de Helen se acercó a ella para preguntar:

–¿A que no sabes dónde nos casaremos?

Helen quiso contestar que en Las Vegas o Reno, cualquier

1. Almacén o espacio industrial reconvertido en vivienda. Helen lo entiende, o finge entenderlo, en el sentido que le da su uso original. *(N. del T.)*

lugar donde al día siguiente se pudieran sacar de una máquina los documentos de divorcio.

–Ni idea.

–En Barbados.

El padre de Helen cogió la mano de Courtney, que sonrió y le dio un beso en la mejilla. Helen tuvo ganas de vomitar. En lugar de ello dijo:

–¡Uau, Barbados! ¡Uau!

–Pero sólo si prometes que vendrás –dijo Courtney, mostrando una uña larga y roja.

–Por supuesto. Suelo ir de crucero por la zona, así que ¿por qué no?

Helen notó que el comentario sentaba mal a su padre, y se dijo que mejor no seguir. ¡Sé amable, por Dios!

–Si pagáis vosotros voy. –Les sonrió–. No, en serio, me encantará. Me alegro mucho por los dos.

Courtney pareció conmovida. Sonrió y se le empañaron los ojos. Helen pensó que no debía de ser tan mala persona, aunque consideró un misterio que quisiera casarse con un hombre que la doblaba en edad. ¡Si ni siquiera era rico!

Courtney dijo:

–Ya sé que de las madrastras se espera que sean como la reina mala de *Blancanieves*, o algo por el estilo...

–¡Exacto! –repuso Helen–. Pero ten paciencia, que con los años todo se andará. ¡En todo caso las uñas ya las tienes!

Estalló en carcajadas. Courtney sonrió sin saber cómo reaccionar. Helen se sirvió lo que quedaba de champán, notando que su padre la miraba. Tanto él como Courtney se habían pasado al agua mineral. Patosa, glotona... ¿Y por qué no borracha y bruja, para redondear?

–Eres bióloga, ¿no? –dijo Courtney.

¡Sí que se estaba esforzando!

–Friego platos. O los fregaba. Dejé el trabajo la semana pasada. De momento estoy lo que se dice sin empleo.

–Disponible.

–Para quien me quiera.

–¿Y sigues en Cape Cod?

–Sí. Varada en el cabo. Buen sitio para lavar platos. Con tantas olas…

–¿Por qué tienes la manía de menospreciarte? –dijo su padre. Se volvió hacia Courtney–. Sabe muchísimo de lobos. Está escribiendo una tesis que causará sensación.

–¡Sensación, dice! –se burló Helen.

–Es verdad. Lo dice tu director.

–Ése no tiene ni idea. Además lo dijo hace tres años. A estas alturas, seguro que la especie entera se ha vuelto herbívora y vive en los árboles.

–Helen pasó varios años viviendo con lobos en Minnesota.

–¡Viviendo con lobos! ¡Papá, oyéndote cualquiera me tomaría por Mowgli!

–Pues es verdad.

–No «viví» con ellos. ¡Si a esos bichejos no hay quien los vea! Los investigué y punto.

De hecho, su padre no se equivocaba demasiado. Podía discutirse que su tesis fuera a «causar sensación», pero no que se tratara de uno de los estudios más profundos sobre por qué algunos lobos atacan al ganado y otros no. Versaba sobre el dilema clásico entre naturaleza y educación (tema que a Helen siempre le había intrigado), y parecía dar a entender que el hecho de matar reses era cuestión de aprendizaje más que de herencia.

Pero que no le pidieran que hiciera un numerito y soltara su discurso a Courtney, que tenía su preciosa barbilla apoyada en una mano, haciendo lo posible por mostrarse fascinada.

–Cuéntamelo. ¿Qué hacías?

Helen apuró la copa antes de contestar con pose de indiferencia:

–Nada especial; los vas siguiendo. Sigues sus huellas, les pones trampas, les colocas transmisores de radio, averiguas qué han comido…

–¿Cómo?

–Pues más que nada examinando la caca.

En la mesa de al lado, una mujer se quedó mirando a Helen, que sonrió con dulzura y levantó la voz.

–Recoges todas las cacas que encuentras y las desmenuzas

para ver si hay pelos, huesos u otra cosa. Después analizas la procedencia de lo que has encontrado. Cuando hace poco que han ido de caza, la mierda es negra y líquida, cosa que hace más difícil manipularla. Y echa una peste... ¡Jo, lo que puede llegar a oler la caca de lobo! Mejor que lleven un tiempo sin comer, porque entonces los cagarros son más sólidos. Más fáciles de recoger con los dedos.

Courtney asintió juiciosamente con la cabeza. Cabía decir a su favor que no había puesto cara de asco en ningún momento. Helen sabía que su padre la estaba mirando con cara de reproche, y se dijo que ya estaba bien de niñerías. Había bebido más de la cuenta.

–Pero bueno, ya he dicho bastantes tonterías. Vamos a oír las tuyas, Courtney. Trabajas en un banco, ¿no?

–Ajá.

–¿Tienes dinero?

Courtney sonrió con desenvoltura. Tenía clase, la chica.

–Sólo el de los demás –contestó–. Por desgracia.

–Y eres psicóloga.

–La verdad es que nunca he ejercido. Me falta práctica.

–Dicen que la perfección se consigue a base de práctica, y tú ya me pareces bastante perfecta.

–Helen...

Su padre le tocó el brazo.

–¿Qué? ¿Qué pasa?

Helen lo miró con cara de inocencia. Su padre estuvo a punto de decir algo, pero acabó dirigiéndole una sonrisa compungida.

–¿Quién quiere postre?

Courtney dijo que tenía que ir al lavabo, aunque, con lo poco que había comido y bebido, Helen no se lo explicaba, a menos que quisiera retocarse las uñas. El padre de Helen esperó a que se marchara para decir a su hija:

–¿Qué te pasa, nena?

–¿Cómo que qué me pasa?

–No es obligatorio que la odies.

–¿Odiarla? ¿Por qué lo dices?

Su padre suspiró y miró hacia otro lado. De repente, Helen tuvo ganas de llorar. Se apoyó en el brazo de su padre.

–Perdona –dijo.

Su padre le estrechó la mano, mirándola a los ojos con cara de preocupación.

–¿Te pasa algo?

Helen se despejó la nariz y procuró no llorar. ¡No podía ponerse en evidencia tantas veces en un mismo sitio! ¡Acabarían metiéndola en el manicomio!

–Estoy bien.

–Me preocupas.

–No hace falta que te preocupes. Estoy bien.

–¿Has sabido algo de Joel?

Helen había rezado por que no se lo preguntara. Tuvo la certeza de que iba a llorar. Asintió con la cabeza, por miedo a que su voz la delatara, y respiró hondo.

–Sí. Me ha escrito.

No, no iba a llorar. Joel estaba a miles de kilómetros. Además era agua pasada. Y ahí estaba la buena de Courtney, recorriendo el restaurante en dirección a su mesa, sonriendo más que nunca con sus labios recién pintados. Helen resolvió concederle un respiro. No era mala chica. Al contrario, parecía capaz de enfrentarse a cualquier situación, y eso a Helen le gustaba.

¿Quién sabe?, pensó. Quizá acabemos por ser amigas.

5

Esa misma tarde Helen tomó un avión a Boston. Había previsto pasar el fin de semana en Nueva York con unos amigos, pero los llamó desde el aeropuerto, justificando su regreso con una excusa inventada. En realidad, su único deseo era alejarse del calor y el barullo de Manhattan.

El resto de la comida había ido mejor. Su padre le había regalado un precioso monedero de piel italiano. Lo habían escogido entre él y Courtney. Ésta también tenía un regalo para Helen (un frasco de perfume), y ganó muchos puntos a ojos de su futura hijastra comiéndose un trozo enorme de pastel de chocolate.

Hasta se habían despedido con un beso, para mal disimulada alegría del padre de Helen, y no sin que ésta se comprometiera antes a estar en Barbados para la boda. (Eso sí, se había negado en redondo a hacer de dama de honor. Ni siquiera dama de deshonor, había dicho.)

Poco antes de las diez, Helen salía de Boston y se dirigía al este por la carretera número seis, que la llevaría directamente por el cabo hasta Wellfleet.

En sus prisas por salir de Nueva York había olvidado que era viernes por la noche, la hora de más tráfico. Casi todo el recorrido estaba embotellado. Domingueros y turistas llevaban bicicletas y barcas encima de sus coches. Helen tenía ganas de que llegara el otoño, para que no hubiera tanta gente; pero aún le gustaba más el invierno, cuando el viento asolaba la bahía y se podían recorrer kilómetros de playa sin ver más seres vivos que los pájaros.

Llevaba dos años viviendo en una casa de alquiler de la bahía, un par de kilómetros al sur del pueblo de Wellfleet. Todavía la consideraba casa de Joel. Se llegaba saliendo de la carretera y metiéndose por un laberinto de calles estrechas en pleno bosque, al término de las cuales un camino de tierra muy empinado descendía hasta el agua.

Conduciendo entre árboles, lejos del tráfico (¡por fin!), Helen apagó el aire acondicionado de su viejo Volvo familiar y bajó la ventanilla para aspirar el cálido aroma del bosque. Probablemente no hiciera más frío que en Nueva York, pero el calor era distinto, la atmósfera despejada, y casi siempre corría brisa.

El coche fue dando saltos por los baches hasta que Helen vio a sus pies la negra extensión del océano, y las tres casitas por cuyo lado tenía que pasar antes de emprender el descenso final hacia la suya. Paró junto al buzón, pero estaba vacío. Llevaba un mes sin escribirle.

Vio luz en casa de los Turner, la familia que cuidaba de *Buzz* en su ausencia. Aparcó delante de la casa y oyó ladridos de bienvenida. *Buzz*, al otro lado de la puerta mosquitera de la cocina, meneaba la cola mirándola. La señora Turner acudió y lo dejó salir.

Buzz era un perro castrado de origen desconocido, sacado por Helen de una perrera de Mineápolis la Navidad antes de conocer a Joel. Se trataba, pues, de su relación más larga con un ser de sexo masculino, salvando a su padre y a un hámster con malas pulgas que había formado parte de su colección infantil de animales domésticos. *Buzz* estaba hecho una bola peluda. En contraste, cuando Helen lo había visto por primera vez, acababan de cortarle el pelo al rape para librarlo de unos temibles parásitos. Sus manchas violeta de desinfectante lo convertían en el ejemplar más feo de la perrera, sin rivales que le hicieran sombra. Helen no había podido resistirse.

–Hola, desastre. ¿Qué tal? Baja las patas.

Buzz se metió en el coche y esperó en el asiento del copiloto mientras Helen daba las gracias a la señora Turner y charlaba un rato sobre lo desagradable del verano en la ciudad. A continuación recorrieron el último medio kilómetro de mala carretera que los separaba de la casa.

Era un viejo caserón cubierto de madera blanca medio podrida. Cuando el viento soplaba del oeste, lo que sucedía a menudo, todas las planchas se ponían a temblar. Parecía un transatlántico varado al borde del agua, con vistas sobre una ensenada pantanosa de la bahía. La semejanza con un barco se acentuaba en el interior. El suelo, el techo y todas las paredes estaban cubiertos de planchas de madera barnizada de oscuro. En el piso de arriba había dos ventanas gemelas que daban a la bahía, como ojos de buey. El puente del barco era un ventanal que se proyectaba hacia el exterior desde la pared del salón. Con marea alta, uno podía mirar fuera e imaginar que el barco había acabado por soltar amarras, poniendo rumbo a la tierra firme de Massachussetts.

Helen era capaz de pasarse todo el día mirando por el ventanal, contemplando las formas y colores que el clima, pintor infatigable y perfeccionista, modificaba a su antojo. Le encantaba ver los reflejos cambiantes de las nubes en la hierba encharcada. Al bajar la marea, disfrutaba del punzante olor a sal y de las huestes de cangrejos violinistas que pululaban por el barro sin estarse nunca quietos.

La luz de la puerta de atrás, accionada por temporizador, estaba encendida. Un comité de bienvenida formado por insectos zumbaba en torno a ella, proyectando en el suelo sombras cinco veces más grandes que su tamaño real. Helen dejó la bolsa delante de la puerta. Se le ocurrió dar un paseíto por la playa, para que *Buzz* corriese un poco. Estaba cansada, pero era de haberse pasado demasiado tiempo sentada en el avión y el coche. Además, cualquier excusa era buena con tal de no entrar enseguida. Desde que en la casa vivían solos ella y el perro, todo resultaba demasiado grande y silencioso.

Recorrió el camino de tablas resquebrajadas y bajó por unos escalones a la franja de arena que separaba la ensenada del mar.

Era agradable tener la brisa de cara. Respiró a fondo el aire salobre. Al otro lado de la bahía vio las luces de una pequeña embarcación que aprovechaba la marea para salir. La luna menguante buscaba desgarrones en las nubes y, cuando encontraba uno, hacía rielar una cinta de luz en el océano. *Buzz* corría delante, deteniéndose a veces para hacer pipí o husmear los residuos recién alineados por la marea.

Antes de marcharse Joel, Helen se había acostumbrado a dar con él el mismo paseo cada noche. Al principio, cuando no podían aguantar cinco minutos sin acariciarse, solían buscar un hueco en las dunas para hacer el amor, mientras *Buzz* iba por libre, cazando cangrejos en la hierba mojada o persiguiendo pájaros a los que había obligado a levantar el vuelo, antes de volver en busca de la pareja y hacerlos gritar sacudiéndose el agua sobre sus piernas desnudas.

Tras unos dos kilómetros de playa había el casco de una vieja embarcación de vela. Quizá en otros tiempos alguien se hubiera propuesto arreglarla, pero ya estaba demasiado podrida. La habían arrastrado hasta donde sólo alcanzaban las mareas más altas. Unas cuerdas cubiertas de musgo la sujetaban inútilmente a dos viejos árboles. Era como el esqueleto de un arca de Noé con menos pretensiones, abandonada a merced de las ratas, a las que *Buzz* hacía visitas nocturnas. Ahí estaba justamente, gruñendo en la oscuridad. Helen se sentó en un trozo de madera llevado por la marea, encendió un cigarrillo y dejó que *Buzz* se divirtiera.

Helen y *Buzz* habían llegado al cabo por primera vez hacía dos años, a principios de junio. La hermana de Helen había alquilado una casa para todo el verano, una de esas residencias de lujo colocadas en un promontorio, con vistas espléndidas sobre la isla Grande y escalera propia de madera para bajar a la playa.

Celia se había casado con su novio del instituto, Bryan, un hombre inteligente pero aburrido que acababa de vender su empresa de software a un gigante informático de California, recibiendo a cambio una suma astronómica. Antes de eso ya habían conseguido ser todo lo felices que cabía esperar, y habían engendrado sin problemas a dos criaturas rubias y perfectas: Kyle y Carey, niño y niña. Vivían en Boston, en una urbanización en primera línea de mar, merecedora, cómo no, de varios premios de diseño.

Helen se había pasado casi todos los cinco años anteriores en los bosques de Minnesota, viviendo en plena naturaleza, y tardó un poco en acostumbrarse a tanto lujo. La suite de invitados de la casa alquilada por Celia en Cape Cod tenía hasta jacuzzi propio. Helen se había propuesto quedarse una semana y volver a Mineápolis para trabajar en su tesis, respondiendo a la insistencia de su director.

Al final se había quedado con Celia todo el verano.

Bryan venía de Boston los fines de semana. Durante unos días, las dos hermanas recibieron la visita de su madre y Ralphie, que se las arreglaron para romper una de las camas. Por lo demás, estaban solas en casa con los hijos de Celia. Se llevaban bien, y Helen agradeció la oportunidad de conocer más a fondo a sus sobrinos, aunque seguía sin desentrañar el enigma de su hermana.

Celia no daba señas de inmutarse por nada, ni siquiera cuando *Buzz* se comió su mejor sombrero de paja. Siempre tenía la ropa limpia y planchada. Era imposible verla con kilos de más, despeinada o con el pelo sucio. En las pocas ocasiones en que Kyle o Carey lloriqueaban o pataleaban, su madre se limitaba a sonreír y consolarlos hasta que se les pasaba el berrinche. Participaba en obras de caridad, jugaba al tenis con elegancia y cocinaba de maravilla. En media hora era capaz de improvisar un banquete para diez. Nunca tenía problemas de dolor de cabeza ni falta de sueño, y la regla no la ponía de mal humor. Seguro que casi nunca se tiraba pedos, ni siquiera estando sola en el lavabo.

Hacía tiempo que Helen había descubierto que no valía la pena intentar escandalizar a su hermana. Era imposible, además de que ya eran adultas, y no está bien hacerle eso a quien te lava la ropa interior y te trae a diario una taza de café a la cama. Hablaban mucho entre ellas, casi siempre de tonterías, aunque, muy de vez en cuando, Helen intentaba averiguar la opinión de Celia sobre las cosas importantes de la vida (o las que ella consideraba como tales).

Una noche, después de cenar, con Bryan fuera y los niños recién acostados, Helen preguntó a Celia lo que pensaba del divorcio de sus padres. Estaban sentadas bajo los árboles, acabando una botella de vino de la que Helen se había bebido la mayor parte, para no faltar a la costumbre. El sol se estaba poniendo detrás de la isla, perdiéndose en la franja negra de la costa de Massachussetts. Helen quiso saber si para Celia el divorcio había sido igual de traumático que para ella.

Celia se encogió de hombros.

–Creo que siempre me ha parecido una buena decisión.

–Pero ¿nunca te da rabia?

–No. Era su manera de ser. Querían seguir juntos hasta que fuéramos lo bastante mayores para no tomárnoslo demasiado mal.

–¿Y tú no te lo tomaste «demasiado mal»? –preguntó Helen, sin acabar de creérselo.

–¡Pues claro! Pasé un tiempo muy enfadada con ellos, pero no puedes dejar que esas cosas te afecten demasiado. A fin de cuentas es cosa suya.

Helen había seguido insistiendo un rato, tratando de encontrar alguna rendija en lo que quizá no fuera más que una coraza protectora. No hubo manera. Tal vez fuera cierto que lo que a ella la había dejado hecha polvo, dando pie a años de descontrol (al menos en cuanto a amores), no hubiera hecho mella en su hermana. ¡Pero qué raro, pensó, que dos personas con los mismos genes fueran tan distintas! Quizá a una de ellas la hubieran cambiado al nacer.

Después de un mes de nadar, leer y jugar con Kyle y Carey en la playa, Helen empezó a ponerse nerviosa. Una amiga de Mineápolis le había dado el teléfono de un tal Bob, que trabajaba en el Centro de Biología Marina de Woods Hole, situado en el mismo cabo pero más al sur. Helen lo llamó una tarde.

Por la voz parecía simpático. Preguntó a Helen si le apetecía ir a una fiesta el fin de semana siguiente. Había invitado a unos amigos para ver unas imágenes «asombrosas» del útero de un tiburón toro, rodadas por un miembro del equipo de Woods Hole. No era exactamente lo que Helen entendía por salir y pasárselo bien, pero acabó aceptando. ¿Por qué no?

Se fijó en Joel Latimer nada más entrar.

Parecía uno de esos fanáticos del surf que corrían por California en los años sesenta: alto, delgado y moreno, con una mata de pelo rubio, casi blanco por el sol. Mientras Bob hablaba de Woods Hole con Helen, Joel la sorprendió mirándolo, y la franqueza de su sonrisa estuvo punto de hacer que a la nueva invitada se le cayera la copa de vino.

Era de esas cenas en que cada cual se sirve en la cocina, y Helen coincidió con Joel delante de la lasaña vegetariana.

–Así que eres la que sigue a los lobos.
–Sí, pero nunca los alcanzo.
Viendo reír a Joel, Helen quedó impresionada por lo azul de sus ojos y lo blanco de sus dientes. Notó un nudo en el estómago, y le pareció una tontería. ¡Si ni siquiera era su tipo! Aunque eso del tipo nunca lo había tenido muy claro... Joel le sirvió un poco de ensalada.
–¿Has venido de vacaciones?
–Sí. Me ha invitado mi hermana, que está en Wellfleet.
–Entonces somos vecinos.
Joel era de Carolina del Norte, y se le notaba en el acento. Su padre tenía un negocio de pesca. Explicó a Helen que estaba haciendo un doctorado sobre el xifosuro o «cangrejo de herradura», animal que según dijo no tenía nada que ver con los cangrejos. Lo describió como una especie de fósil viviente, un animal que ya era una reliquia en tiempos de los dinosaurios y que llevaba unos cuatrocientos millones de años sin evolucionar.
–Me recuerda a mi director de tesis –dijo Helen.
Joel se echó a reír. ¡Pues sí que estaba ingeniosa! De costumbre, en presencia de hombres apuestos, a Helen se le trababa la lengua, o se dedicaba a decir tonterías. Preguntó a Joel por el aspecto de los cangrejos.
–¿Sabes los cascos que llevaban los nazis? Pues son iguales, sólo que en marrón. Y dentro hay como una especie de escorpión.
–Igual que mi director de tesis.
–Y tiene una cola puntiaguda que le sale de la espalda.
–Mi director no la enseña.
Joel dijo que la sangre de los xifosuros poseía múltiples aplicaciones médicas, y que hasta se usaba para el diagnóstico y tratamiento del cáncer. Sin embargo, era una especie sometida a muchas amenazas, y uno de los problemas que había en Cape Cod era que los pescadores de anguilas los mataban para usarlos de anzuelo. Joel se proponía evaluar el impacto de dicha práctica sobre la población local de xifosuros. Vivía en una casa vieja de alquiler, justo al sur de Wellfleet. Dijo que parecía un barco, y que a ver si Helen pasaba a verlo un día de ésos.
Se llevaron la comida a un rincón. Joel le explicó quiénes eran

los demás invitados, y qué vídeo iban a ver. Ella le preguntó cómo se podía rodar dentro del útero de un tiburón.

–Con grandes dificultades.

–Supongo que el tiburón tendrá que ser muy grande...

–O el que lleve la cámara muy bajito.

–Eso. Y encima ginecólogo.

Helen asistió a la proyección apretujada en el sofá entre Joel y otra persona, preguntándose si el primero se daría tanta cuenta como ella de la proximidad de sus cuerpos. Joel tenía los tejanos rotos, y Helen no pudo evitar mirar de reojo la piel morena visible a través del desgarrón.

El que había rodado el vídeo habló durante toda la proyección, explicando que después del apareamiento se forman varias cápsulas de huevos fertilizados en dos úteros distintos, en los que surgen a corto plazo embriones completos de tiburón, con dientes y todo. En ambos úteros, uno de los fetos se impone por su fuerza y empieza a devorar a sus hermanos. Por lo tanto, sólo nacen dos, expertos ya en el arte de matar.

Subrayando las palabras del conferenciante, la minicámara endoscópica recorría los viscosos túneles y recovecos de color rosa del tiburón madre, como una cámara de mano en una película de terror barata. Se veía una sopa de tiburoncitos muertos, pero ni rastro de la diabólica criatura que los había matado. De pronto, al fondo del útero, un ojo amarillo emergía de la sopa, mirando directamente a la cámara. El público, integrado por curtidos biólogos, rompió a gritar al unísono. Durante las risas que siguieron, Helen se dio cuenta de que se había aferrado al brazo de Joel, y se apresuró a soltarlo, avergonzada.

Después Bob la llevó a conocer a una serie de personas, pero su mirada no dejaba de buscar a Joel. Éste siempre se daba cuenta y le sonreía, aunque estuviera enfrascado en una conversación. Al despedirse le preguntó si le apetecía ver xifosuros, y ella dijo que sí con sospechosa prontitud. Él propuso el día siguiente. Helen contestó que muy bien.

Bastó una semana para que se hicieran amantes, y dos para que Joel le propusiera vivir juntos, diciendo que tenía la sensación de conocerla desde siempre, como si fueran «almas gemelas», y que si Helen se instalaba en su casa podrían pasar juntos el invierno, redactando sus tesis respectivas. A ella le pareció el colmo del romanticismo, pero encontró raro que un hombre se comprometiera con tanta facilidad y dijo que no, que ni hablar, que vaya ridiculez. Se mudó la mañana siguiente.

Nunca le había faltado tan poco para escandalizar a su hermana.

–¿Te vas a vivir con él? –había dicho Celia, mirando el equipaje.

–Sí.

–¿Y sólo lo conoces desde hace dos semanas?

–Mira, hermanita, a falta de príncipe azul a veces vale más pájaro en mano.

Desde el divorcio de sus padres, la vida amorosa de Helen había sido una sucesión de aventuras fracasadas. No se entienda como que había sido promiscua; aun en caso de habérselo propuesto, el hecho de vivir casi todo el año en plena naturaleza se lo ponía difícil. El problema era su extraña habilidad para dar con los hombres menos indicados. Salvo alguna que otra excepción, se trataba de individuos a los que otras mujeres veían venir a la legua, tipos que llevaban un letrero luminoso en la frente con las palabras «gilipollas», «tramposo» o «cabrón»; hombres que ni le gustaban ni le parecían deseables, pero que, por un motivo u otro, siempre acababan en su cama.

Helen no se explicaba su falta de tino. Quizá rebajara sus expectativas por la secreta convicción de carecer de encantos para un buen partido. Tampoco podía decirse que sus despreciables amantes le encontraran muchos, puesto que solían ser ellos quienes ponían fin a la aventura, salvo cuando ella tenía la certeza de que estaban a punto de dejarla, y conseguía tomar la delantera.

En general, sin embargo, Helen se aferraba a la relación, procurando que las cosas funcionaran hasta en el peor de los casos, y buscando desesperadamente la aprobación del canalla de turno hasta que éste se iba, empezaba a engañarla o aprovechaba una última cena en un restaurante barato para anunciárselo con tacto: mira, cariño, quizá sea mejor que lo dejemos.

Como nunca había vivido con ninguno de ellos, la propuesta de Joel le produjo un ataque de pánico. Pasó semanas despertándose en plena noche con el corazón a cien, avasallada por la certeza de que en cuanto se hiciera de día aquel hombre tierno y maravilloso que roncaba discretamente a su lado le diría que todo había sido un error y que preparase las maletas, cogiera su perro y se largase de una vez.

Pero no fue así, y con el tiempo Helen fue sintiéndose más tranquila. Hasta empezaba a parecerle que no eran dos personas, sino una. Lo había leído en los libros, pero nunca se lo había creído. Pues bien, era cierto. Muchas veces se adivinaban los pensamientos sin decir nada. Tanto podían pasarse la noche entera conversando como no hablar en todo el día.

Cuando alguien se interesaba por su trabajo, Helen salía del paso con tres o cuatro bromas y se apresuraba a cambiar de tema tomando la iniciativa de las preguntas. ¿Importarle a alguien lo que ella hacía? Inconcebible. A Joel, en cambio, no había quien lo distrajera de su meta; y, como quien no quiere la cosa, ella empezó a explicarle lo que siempre se había guardado para sí. Él la convenció de que su director de tesis tenía razón: era una buena investigadora. Incluso excepcional.

La primera vez que Joel le dijo que la quería ella no supo cómo reaccionar, y se limitó a murmurar y besarlo. No se sentía capaz de contestar lo mismo, por muy cierto que fuera. Quizá él perteneciera a esa clase de hombres que se lo dicen a todas sus compañeras de cama. Pero su timidez tenía otros motivos: declarar su amor por Joel tenía algo definitivo que la asustaba, como formar un círculo uniendo los dos cabos de una cuerda. Suponía completar algo. Acabarlo.

No obstante, con el invierno en puertas y el Cape Cod cada vez más vacío de turistas, escasas ya las grandes bandadas de aves migratorias, tuvo la sensación de que ella también se despejaba. Libre de dudas e inhibiciones, consiguió aceptar lo que habían descubierto entre los dos. Segura de que Joel la quería, se convenció de ser digna de su amor. Por primera vez en su vida, los piropos que le echaba Joel la hicieron sentir guapa de verdad. ¿Y por qué no declararle su amor, aunque probablemente ya lo supiera? Por eso, la segunda vez que se lo oyó decir contestó que ella también.

Trasladaron al salón la mesa grande de la cocina y la colocaron delante del ventanal con vistas a la bahía, llenándola de papeles e instalando en ella sus ordenadores portátiles. Pero apenas trabajaban. Se pasaban casi todo el día hablando o contemplando la espuma de las olas grises, segada por el viento. Alimentaban constantemente la estufa de leña, y cada día sacaban a pasear a *Buzz*, con quien daban largas caminatas por la playa en busca de madera.

Joel sabía tratar a los animales, y *Buzz*, tan rebelde hasta entonces, no tardó en convertirse en su esclavo fiel, obedeciendo sus órdenes de sentarse o levantarse y de ir corriendo a buscar palos lanzados al agua a distancia inverosímil. A Helen la asustaba ver al pobre perro zarandeado por las olas, que llegaban a cubrirlo por entero. Estaba convencida de que iba a ahogarse, pero Joel no hacía más que reír. Al rato, una cabeza empapada salía de la espuma con los dientes hincados en el palo, objeto de constantes y milagrosas recuperaciones. Después de muchos esfuerzos, *Buzz* conseguía llegar hasta la arena, se acercaba a él y deponía su trofeo, ansioso ya de nuevas correrías.

Joel acababa de descubrir la ópera. Helen, que siempre se había declarado enemiga acérrima del género, se quejaba cada vez que le veía poner un disco, y todavía más cuando lo oía cantar; pero un día él la sorprendió tarareando un fragmento de *Tosca* en la ducha, y ella tuvo que admitir que había cosas buenas. Eso sí, Sheryl Crow era mucho mejor.

Se daba la circunstancia, difícil de explicar, de que los propietarios hubieran dejado unas estanterías llenas de mohosas traducciones de clásicos rusos. Joel dijo que siempre había querido leerlos, pero que nunca se le había presentado la ocasión. Empezó con Dostoievski y, transitando por Pasternak y Tolstói, no tardó en llegar a Chéjov, en quien descubrió a su favorito.

A Joel le gustaba cocinar, y aprovechaba el momento de hacer la cena para contarle el argumento del libro que tenía entre manos. Ella sonreía y observaba sus movimientos. Después de cenar delante de la chimenea, se tumbaban juntos en el sofá. A veces leían, y otras hablaban de lugares que habían visitado o tenían ganas de conocer.

Joel recordó que su padre solía llevarlo de noche a buscar cangrejos con sus hermanos. Bogaban en barca por la bahía, soltaban las nasas y encendían una hoguera en la playa. Después salían otra vez al mar y recogían las nasas. Su padre, que no tenía manías, las vaciaba en la barca misma.

–La barca era pequeña y sólo llevábamos el traje de baño, sin zapatos ni nada. ¡Imagínate! ¡Todo lleno de cangrejos y langostas corriendo a oscuras por el fondo de la barca, alrededor de nuestros pies! ¡Vaya si no gritábamos!

Le contó que una vez, al recoger la nasa, habían encontrado una bolsa de plástico con una botella de whisky y una nota que decía: «¡Gracias por la langosta!» Según él, debía de haber sido cosa de algún yate.

A Helen le encantaba oír sus historias. Después hacían el amor, acompañados por el repiqueteo de los tablones de madera y el gemido del viento en los aleros.

Ese invierno, por primera vez en años, la nieve fue abundante y tardó casi un mes en fundirse. Hacía tanto frío que la bahía se heló. Mirando por el ventanal de la casa, cubierto de escarcha, ambos tenían la impresión de estar en plena tundra, con el horizonte gris a lo lejos. Joel dijo que eran como Jivago y Lara, aislados en su palacio de hielo. Según él sólo faltaba oír los aullidos nocturnos de esos lobos de Minnesota a que tan aficionada era ella.

Aquella primavera y aquel verano fueron para Helen los más felices de su vida. Alquilaron una pequeña embarcación y él le enseñó a navegar. Algunas noches se internaban en el bosque hasta llegar a un estanque de agua dulce, donde nadaban desnudos. La oscuridad del agua hacía resaltar sus cuerpos, que ondulaban como gasas blancas, henchidos todavía de sol. Escuchaban abrazados el croar de las ranas, y el rumor del oleaje más allá de las dunas.

Helen prefería ayudar a Joel que trabajar en su tesis. Parecía que los lobos hubieran pasado a formar parte de una época remota, un lugar de su pasado en que reinaba la desolación. Su vida estaba ahí, en aquella bahía de playas inmensas y cielos luminosos, con un aire tan cargado de sal y ozono que respirarlo era como limpiarse el cráneo por dentro.

Volvió a su tesis el segundo otoño. Siguiendo la promesa que se habían hecho un año antes, trabajaron juntos al lado del ventanal. A veces se pasaban el día discutiendo un problema con que había topado uno de los dos. También se daba el caso de que apenas hablaran. Joel iba a hacer té a la cocina y se lo dejaba a Helen encima de la mesa, aprovechando para darle un beso en el pelo. Helen se lo devolvía en la mano, sonreía y seguía trabajando en silencio.

Pero algo empezó a cambiar, muy gradualmente al principio. Joel se volvió más reservado, y a veces corregía las palabras de Helen. La criticaba por nimiedades, como haber dejado platos por fregar o haberse olvidado de apagar la luz. A ella no le molestaba mucho, pero tomaba nota y procuraba no volver a incurrir en los mismos errores.

Siempre habían estado en desacuerdo sobre el tema central de la investigación de Helen: naturaleza contra educación. Para Joel, los actos de todo ser vivo estaban condicionados por sus genes de forma casi absoluta, mientras que ella consideraba al aprendizaje y las circunstancias como factores que podían tener el mismo peso. Habían dedicado muchas horas al debate, caracterizado siempre por su moderación; pero él empezó a impacientarse cuando salía el tema, y una noche se puso a gritarle, tratándola de idiota. Más tarde pidió perdón y Helen no le dio más vueltas, pero estuvo dolida varios días.

Por Navidades fueron a casa de Celia, y Joel y Bryan discutieron por una nueva catástrofe en África central. Los programas de noticias mostraban imágenes de cientos de miles de refugiados hambrientos huyendo de masacres tribales, rodeados de inmundicia y con barro hasta las rodillas. Un grupo de ayuda norteamericano, víctima de una emboscada, había sido asesinado a machetazos. Bryan estaba viendo la tele en el salón, estirado en su tumbona de piel. Comentó que no entendía tantos esfuerzos.

–¿Qué quieres decir? –preguntó Joel.

Helen reconoció su tono desde el pasillo. Había estado leyendo un cuento a los niños, y acababa de darles un beso de buenas noches. Carey le había preguntado si iba a casarse y tener hijos con Joel, a lo que Helen había contestado en broma, para no tener que dar una respuesta seria.

Bryan dijo:

–Pues que tampoco es cosa nuestra.

–¿Entonces qué? ¿Dejamos que se mueran?

–Llevan siglos matándose, Joel.

–¿Y eso lo justifica?

–No, pero no tiene nada que ver con nosotros. De hecho, la intervención occidental me parece muy paternalista. Es como decir que somos los únicos civilizados, cuando ni siquiera entendemos los motivos que los llevan a matarse. Y cuando uno no entiende acaba por empeorar las cosas.

–¿Ah sí?

Helen no se decidía a entrar. Celia salió de la cocina y pasó al salón, haciendo una mueca a su hermana. Preguntó alegremente si alguien quería café, lo cual significaba: «Vale, tíos, cortad el rollo.» Bryan y Joel rehusaron.

–Siempre acabamos apoyando a los que no hay que apoyar –dijo Bryan.

Joel asintió con la cabeza, como si estuviera pensando en las palabras de Bryan. No contestó nada, pero Helen nunca le había visto una mirada tan fría. La siguiente noticia explicaba el caso de una pitón de cinco metros hallada bajo la casa de un matrimonio de jubilados de Georgia. Llevaba años viviendo en el mismo lugar, y sólo la habían descubierto después de que a alguien le extrañara la cantidad de perros desaparecidos en el barrio.

–¿Qué, qué piensas? –preguntó Bryan, al parecer desconcertado por el silencio de Joel.

Joel lo miró fijamente y después dijo con serenidad:

–Que eres un capullo.

El ambiente no volvió a ser el mismo en el resto de las vacaciones.

Regresaron a la casa del cabo, y todo pareció volver a la normalidad; sin embargo, a medida que se alejaban las fiestas, Helen advirtió en Joel un nerviosismo cada vez mayor. Cuando estaba sentada delante del ordenador, se volvía hacia él y lo sorprendía mirando al vacío. También se daba cuenta de que lo irritaba con detalles como su costumbre de tamborilear sobre el teclado cuando estaba absorta en algún punto de la tesis.

No tardó en tener la impresión de que él juzgaba todos sus actos en silencio, y de que el veredicto no era favorable. De repente se levantaba, cogía el abrigo y decía que iba a dar un paseo, dejándola sentada con la sensación de haber hecho algo mal, aunque sin saber qué. Helen miraba por la ventana y lo veía caminar por la playa con la cabeza gacha y el viento de cara, sin mirar siquiera los palos que *Buzz* dejaba a sus pies para que se los tirara, hasta que el perro entendía que los juegos eran agua pasada.

Una noche, después de acostarse, Joel, que se había quedado mirando el techo, dijo que quería hacer algo que valiera la pena.

–¿Y te parece que lo que haces ahora no lo vale? –preguntó Helen. Reparando en cómo la miraba, se apresuró a añadir–: No me refiero a lo nuestro, sino a tu trabajo.

En realidad se refería a ambas cosas, pero Joel le tomó la palabra y dijo que sí, que en cierto modo valía la pena.

–Pero dudo que vaya cambiar el mundo salvando a un par de cangrejos. Los mares se están echando a perder, y todo el planeta está siendo destruido. Mira, Helen, el mundo está lleno de gente muriéndose de hambre o matándose como animales. ¿Y yo qué coño hago? ¿Qué son unos cangrejos comparado con eso? Es como tocar la cítara mientras se quema Roma.

De repente ella sintió un escalofrío. Joel le hizo el amor, pero fue diferente, como si ya se hubiera marchado.

Una noche de finales de abril, durante la cena, Joel le dijo que había escrito a una ONG solicitando colaborar en su programa de ayuda a África. Querían entrevistarlo. Ella intentó no mostrarse ofendida.

–¡Vaya! –dijo–. Qué bien, ¿no?

–Bueno, sólo es una entrevista...

Él siguió comiendo sin mirarla a los ojos. Un grito mudo de acusación resonó en la cabeza de Helen, que procuró adoptar un tono que no la delatara.

–¿En África hay cangrejos que pasan hambre? –se le escapó. Joel la miró. Era la primera vez que oía de su boca un comentario hiriente. Helen siguió adelante, resuelta a que sus palabras pasaran por una pregunta de verdad–. Me refiero a si necesitan licenciados en biología.

–Supongo que se han fijado más en mis dos años de medicina –dijo él con frialdad.

Por segunda vez se produjo un largo silencio. Joel empezó a amontonar los platos.

–No me habías dicho que fueras a presentarte.

–No estaba seguro de querer el trabajo.

–Ya.

–Y sigo sin estarlo.

Pero Helen se dio cuenta de que sí lo estaba. La semana siguiente Joel tomó un vuelo a Nueva York, donde lo esperaban para la entrevista. Lo llamaron al día siguiente, proponiéndole empezar en junio. Entonces pidió consejo a Helen, y ésta le dijo lo que quería oír: que aceptara. ¡Por supuesto! Era lo mejor.

Pasó mucho tiempo antes de que volvieran a hablar del tema. De hecho no hablaban mucho. Fuera empezaba a hacer calor. Se oía el reclamo de los chorlitos, y volvían a verse correlimos por la playa, jugando incansables con las olas. En casa, sin embargo, persistía el invierno. Una nueva torpeza caracterizaba su relación, haciendo que chocaran en la cocina por falta de espacio, ahí donde en tiempos habían sabido prever sin esfuerzo los movimientos del otro, con la naturalidad de una pareja de bailarines. Se relacionaban con fría cortesía, bajo la cual Joel ocultaba su sentimiento de culpa y Helen su rabia.

Intentó convencerse de que no tenía motivos. Tampoco estaban casados, ni se les había ocurrido estarlo. ¿Qué impedía a Joel marcharse y hacer «algo que valiera la pena»? La idea era buena; más aún, digna de encomio. Él era un trotamundos. Así de sencillo. Formaba parte de su «naturaleza».

La rabia se fue diluyendo, sustituida poco a poco por la vieja sensación de haber vuelto a fracasar; sólo que esta vez era peor, y Helen se daba cuenta de ello: esta vez no sólo había intentado caer en gracia, sino que se había abierto de par en par. Joel lo sabía todo de ella. No quedaba nada a lo que aferrarse como consuelo, nada que le permitiera pensar: si lo hubiera visto no se habría marchado.

Lo había dado todo, pero ese todo había dejado que desear.

En mayo, cuando las aguas del cabo empiezan a calentarse, los xifosuros abandonan en masa sus profundos refugios invernales; y al alinearse el sol y la luna, momento en que se producen las mareas más altas del año, los cangrejos invaden los bajíos en busca de comida.

En esas fechas, durante los últimos dos años, Joel había marcado a cientos de ejemplares, clavando chinchetas de acero inoxidable en la parte trasera de sus caparazones. La idea era ver cuántos volvían. Dos semanas antes de partir para África se propuso hacerlo por última vez.

Con la cautela que había pasado a caracterizar sus relaciones, preguntó a Helen si quería ayudarlo, como había hecho el año anterior. Poco antes, queriendo demostrarle lo poco (o lo mucho) que la afectaba su partida, Helen había entrado a trabajar de ayudante de cocina en el Moby Dick, un restaurante de marisco al lado de la carretera; pero como tenía la noche libre dijo que muy bien, que si él necesitaba ayuda no tenía inconveniente en acompañarlo.

Era una noche fresca y sin nubes. La luna llena, rodeada por una especie de aura, sólo dejaba ver las estrellas más brillantes. Más tarde, Helen oyó decir que algunos consideraban al aura en cuestión como presagio de catástrofes.

Cargaron el instrumental en dos bolsas grandes, se pusieron botas de pescador y, dejando a *Buzz* en casa, se dirigieron a la franja de arena paralela al borde del estuario. La arena emitía una luz espectral, como de huesos en polvo. Caminaban separados, pero la luz de la luna confundía sus sombras.

Advirtieron la presencia de cangrejos mucho antes de llegar. El agua más próxima a la playa era un hervidero. Al acercarse vieron chocar en la oscuridad a innumerables caparazones abombados y dotados de pinzas. El agua formaba remolinos de espuma fosforescente.

La experiencia del año anterior había enseñado a Helen cómo actuar. Sacaron lo necesario de las bolsas y pusieron manos a la obra sin apenas comentarios. Joel se metió entre los cangrejos, tras protegerse las manos con gruesos guantes de goma. Fue cogiéndolos uno a uno, exponiéndolos al haz de la linterna que llevaba colgada al cuello. Los cangrejos se debatían en sus manos, sacudiendo el extremo articulado de sus caparazones con la intención de clavarle sus colas punzantes. Cada vez que encontraba un ejemplar marcado, Joel anunciaba el número en voz alta y Helen, a su lado, lo anotaba en un cuaderno. En cuanto a los no marcados, indicaba su sexo y tamaño, datos que ella anotaba concienzudamente antes de darle las chinchetas para clavar en los caparazones.

De vez en cuando, sin interrumpir el trabajo, él señalaba algo y daba explicaciones, por ejemplo de cómo varios machos (hasta una docena) se peleaban por una hembra, pero sólo uno conseguía aparearse. Enfocó una hembra con la linterna para enseñársela a Helen. El cangrejo había excavado un nido poco profundo en la arena, lo más cerca del agua que se había atrevido a llegar. Se veían salir a chorro los huevecillos, arracimados en grumos relucientes de color gris verdoso. El macho, bien cogido a la hembra, los cubría con esperma, mientras sus compañeros de sexo luchaban por hacer lo mismo, ajenos a la proximidad de seres humanos.

Helen empezó a preguntar algo, pero de repente se le quebró la voz y dejó la frase a medias, dándose cuenta de que estaba llorando. Hacía un año que ese mismo espectáculo la había llenado de asombro; en aquel instante, sin embargo, el frenesí, la ferocidad ciega y primitiva con que aquellas ancestrales criaturas se empeñaban en sobrevivir y perpetuar sus genes a través de los siglos por espacio de millones de años, como una demostración de poder inmenso e implacable, la llenaron de miedo y tristeza.

Advirtiendo la tensión de su expresión, Joel se acercó a ella chapoteando por el agua y la abrazó. Helen se aferró a él, sollozando contra su pecho como una niña desconsolada.

–¿Qué? –dijo él, apartando los enredados mechones que cubrían la cara de Helen–. ¿Qué pasa?

–No lo sé.

–Dímelo.

–No lo sé.

–Sólo es un año, Helen. Pasará rápido. Ya verás cómo dentro de un año exacto estamos aquí otra vez, marcando cangrejos entre los dos.

–No hagas bromas.

–Lo digo en serio. Te lo prometo.

Al mirarlo a los ojos, ella tuvo la impresión de que también estaba a punto de llorar.

–Te quiero –dijo.

–Yo también te quiero.

No olvidaría nunca el aspecto de Joel: un fantasma desdibujado, convertido de pronto en otro, un desconocido. Una sonrisa de Joel conjuró la extraña imagen. Después la besó, mientras, ruidosos e incansables, los cangrejos se arremolinaban a sus pies sin hacerles caso, con la luna brillando en sus caparazones negros.

Hacía casi dos meses que se había marchado.

Helen apagó el cigarrillo y llamó a *Buzz*. Ya le había dejado bastante tiempo para hurgar en el arca en busca de ratas, y empezaba a tener frío. Volvió a llamarlo y emprendió el camino de regreso por la playa. Lejos, en el bosque, un búho repetía su queja sin descanso.

Recogió la bolsa que había dejado al lado de la puerta. Los bichos seguían de fiesta en torno a la bombilla. *Buzz* les ladró un par de veces, hasta que Helen le hizo callar y lo empujó por la puerta mosquitera que daba a la cocina.

No encendió la luz. La presencia de Joel lo invadía todo. Había dejado gran parte de sus pertenencias, en un vano intento por convencerla de su regreso: libros, un par de botas, el compact portátil con altavoces de última generación y todos los discos compactos de ópera. Desde que Joel no estaba, ella tenía miedo de escuchar música.

El contestador indicaba tres mensajes pendientes de escucha. Los reprodujo a oscuras, contemplando el reflejo de la luna en la bahía. El primero era de su padre. Esperaba que hubiera llegado a casa sin problemas, y decía estar seguro de que iba a hacerse muy amiga de Courtney. El segundo era de Celia, que sólo quería saludarla. El tercero era de su viejo amigo Dan Prior, otro obseso de los lobos.

Trabajando juntos un verano en el norte de Minnesota, Helen y Dan habían tenido una aventurilla, tan insignificante que casi no merecía ser llamada así. Dan constituía una de las pocas excepciones en el catálogo de imbéciles con que solía salir Helen, pero eso no impedía que hubiera sido un error. Estaban hechos para ser amigos, no amantes. Además, como todos los hombres atractivos, Dan gozaba de un matrimonio feliz. Para colmo, Helen conocía a su mujer e hija y le caían bien.

Llevaban unos tres años sin hablar, y ella se alegró de oír su voz en el contestador. Dan le ofrecía trabajo en Montana, y le pedía por favor que lo llamara.

Echó un vistazo al reloj. La una menos cuarto. Se acordó de que era su cumpleaños.

6

El nombre de bautismo de Buck Calder era Henry Clay Calder III, pero a Buck nunca le había gustado la idea de ser tercero de nadie (ni tercero ni segundo), y siempre había sido mucho más Buck[1] que Henry, tanto para sus allegados como para quienes no lo eran.

Le habían puesto el apodo a los catorce años, después de que se llevara todos los premios en el rodeo del instituto y esperara a después del reparto de premios para revelar que tenía dos dedos rotos y una fractura de clavícula. Ya entonces, las connotaciones más carnales del nombre no habían pasado desapercibidas a las chicas de su clase. Se había convertido en objeto de susurros de admiración, y en cierta ocasión de un severo interrogatorio limitado al sector femenino, tras hallarse su nombre en una pared del lavabo de chicas, unido por la rima a una palabra de la que sólo difería por una letra.[2]

De haber optado alguna de las chicas en cuestión por sincerarse con su madre, quizá hubiera suscitado menor sorpresa de la prevista; y es que la generación anterior de alumnas de Hope había experimentado sentimientos de similar intensidad por el padre de Buck. Según todas las versiones, Henry II había aplicado al beso un método singular que persistía de por vida en la

1. Además de ser un nombre muy frecuente, la palabra «buck» significa «macho de ciertos animales», «joven robusto y enérgico», y también «dólar». *(N. del T.)*
2. Sin duda «fuck», es decir, «follar». *(N. del T.)*

memoria de las chicas. Por lo visto, los genes masculinos de los Calder tenían un fuerte componente de seducción.

Del abuelo de Buck, Henry I, no habían llegado detalles tan íntimos. La historia sólo recogía su capacidad de resistencia. Se trataba del mismo Henry Calder que en 1912 había cargado unas pocas vacas y gallinas, una esposa recién casada y el piano vertical de esta última en un tren que salía de Akron (Ohio) hacia el Oeste.

Al llegar a destino, el primer Henry y su esposa descubrieron que las mejores tierras ya tenían dueño, y él acabó reclamando sus derechos sobre una zona montañosa que la prudencia de los demás rancheros había mantenido en estado virgen. Construyó su casa en el mismo lugar donde décadas más tarde se erigiría el majestuoso rancho actual. Instalados en el escenario de incontables rendiciones, en una zona donde los rancheros eran expulsados por la sequía, el viento y unos inviernos que mataban hasta al ganado más fuerte, los Calder se las arreglaron para sobrevivir, a excepción del piano, que nunca volvió a sonar como antes del viaje.

Henry compró las tierras que sus vecinos no podían pagar, y poco a poco el rancho Calder se fue extendiendo, bajando por el valle en dirección a Hope. Las ambiciones dinásticas de Henry hicieron que pusiera su nombre al primogénito. Se propuso convertir en motivo de orgullo la H y C enlazadas de su hierro de marcar.

El padre de Buck no llegó a ir a la universidad, pero siempre que se lo permitían sus devaneos amorosos leía cuanto podía conseguir sobre la cría de ganado. Hacía que la biblioteca solicitara libros que conocía de nombre e importara de Europa revistas sobre el tema. Su padre consideraba demasiado modernos algunos artículos que le leía el joven Henry, pero siempre tenía la sensatez de seguir escuchando. Fue su hijo quien lo convenció de que se dedicara a las Hereford de pura raza; y, cuantas más decisiones dejaba en sus manos el viejo Henry, más prosperaba el rancho.

Buck creció con toda la confianza en sí mismo que podía darle su situación, unida a una buena dosis de arrogancia. No había rancho más grande que el de los Calder, ni ranchero más listo que su padre. Algunos esperaban que el dinamismo legendario de los Calder corriera con menos fuerza por las venas del tercer Henry. Otros lo deseaban en secreto. Los hechos demostraron lo contrario. Buck tenía dos hermanas mayores y dos hermanos menores, pero quedó clara desde el principio su condición de único heredero legítimo del imperio.

Fue a la universidad en Bozeman, donde recibió una formación exhaustiva en genética. A su regreso contribuyó a que el rancho diera un paso adelante en todos los aspectos. Inició un registro individualizado de los animales, cuya evolución recogía con todo detalle. Facilidad reproductora, instinto maternal, aumento de peso, temperamento, todo ello y mucho más era objeto de inspección y traducido en implacables decisiones. La progenie de los ejemplares que pasaban el examen prosperaba; los que revelaban carencias eran sacrificados sin demora.

Como filosofía, apenas se diferenciaba de la que rancheros y granjeros habían adoptado desde hacía muchos años. Eliminar las peores cabezas de ganado no tenía nada de revolucionario, pero sí el rigor con que se aplicaba en el rancho Calder. Los cambios de Buck provocaron un aumento espectacular del rendimiento en todos los terrenos, y pronto se convirtieron en la comidilla de los ganaderos del estado. El primer Henry Calder murió con la seguridad de que su linaje alcanzaría recio y glorioso el umbral del siglo siguiente.

Pero Buck no había hecho más que empezar. Fallecido el patriarca, defendió la sustitución de la raza Hereford por la Black Angus. Alegó que eran mejores madres, y que no tardarían en hacer furor. Su padre se escandalizó. Dijo que era dar al traste con todo aquello por lo que habían trabajado durante años. Aun así, Buck le arrancó el permiso de criar unas cuantas Black Angus, a ver qué pasaba.

De la noche a la mañana, sus pocos ejemplares superaron a las Hereford en toda regla. Su padre aceptó el cambio, y en pocos años los Calder se habían quedado sin competencia como criadores reputados de Black Angus de pura raza. Los toros criados por Calder y la calidad de su simiente tenían fama en todo el Oeste, e incluso más allá.

Hablando de simientes, el joven Buck Calder no tenía tantos escrúpulos con la suya. Era generoso con sus favores, y recorría grandes distancias para dispensarlos. De Billings a Boise no había burdel decente que no hubiera sido honrado con su presencia. Solía presumir de que un hombre tenía tres derechos inalienables: la vida, la libertad y la búsqueda de mujeres.

La búsqueda de Buck incluía a dos clases de mujeres. Las que salían con él no sabían nada de las que recibían su dinero. Lo sorprendente del caso era que muchas de las primeras tenían hermanos o primos que conocían de sobra a las segundas. Entre dichos jóvenes, uno o dos habían llegado a ver a Buck en plena acción, y celebraban a carcajada limpia el lema acuñado por Calder en una noche de borrachera, según el cual todas las mujeres eran «de usar y tirar».

El silencio de sus amigos en torno al tema, silencio cuya fuente tal vez se hallara menos en la lealtad que en el miedo a comprometerse, permitió que de los veinte a los treinta años Buck no se ganara fama peor que la de «donjuán», según expresión todavía en boca de algunos; lo cual hizo poco por impedir que fuera visto al mismo tiempo como el soltero más cotizado de Hope, salvo por los envidiosos y los menos perspicaces.

Cuando cumplió los treinta, casi todas las mujeres de su edad, incluidas las que lo encontraban tan excitante en el instituto, habían tenido la sensatez de buscar y encontrar otros candidatos. Todas estaban casadas, y casi todas tenían hijos. Ni corto ni perezoso, Buck empezó a salir con sus hermanas pequeñas, y al igual que había hecho su padre acabó por fijarse en una joven diez años menor que él.

Eleanor Collins era hija del propietario de una ferretería de Great Falls, y acababa de concluir sus estudios de fisioterapia. Buck fue uno de sus primeros pacientes.

Se había hecho un esguince en el hombro sacando un carro de paja del lecho de un arroyo. Su visita anterior a la clínica lo había obligado a someterse a las rudas artes de una mujer madura, de quien se burlaría más tarde diciendo que poseía el atractivo físico y el encanto de un conductor de tanques ruso. Por eso, al ver entrar en la consulta a aquella joven diosa, la tomó por una enfermera.

Eleanor llevaba una bata blanca lo bastante ceñida para que el ojo experto de Buck adivinara el tipo que más le gustaba: delgada, grácil y con pechos grandes. Tenía piel de marfil y melena larga y negra, recogida con pequeñas peinetas de carey. En lugar de corresponder a la sonrisa de su paciente, Eleanor se limitó fijar en Buck sus espléndidos ojos verdes, preguntándole qué molestias tenía y pidiéndole que se quitara la camisa. Válgame Dios, pensó Buck al desabrochársela, es como esas historias que salen en el *Playboy*.

De haber sucumbido Eleanor Collins al encanto de que hizo ostentación su paciente, de haber accedido a tomar un café con él después de la comida, de haber sonreído siquiera una vez, el desenlace podría haber sido distinto.

Meses más tarde, recordando aquel día, Eleanor reveló a Buck que había estado más nerviosa que una colegiala; que nada más verlo había descubierto en él al hombre de su vida, y que le había costado mucho esconder sus sentimientos bajo un frío barniz de profesionalidad. El caso es que Buck salió de la clínica con fuego en el hombro y en el corazón. Esto último le bastó para saber que se trataba de algo más que otra aventura de «usar y tirar», ya que habitualmente, el fuego lo sentía en una parte menos noble. Por fin había encontrado a la mujer con quien quería casarse.

De las señales que podrían haber infundido cautela en Eleanor, acaso la más reveladora fuera la tristeza silenciosa y resignada que se leía en los ojos de la madre de Buck. Eleanor podría haber deducido de ella el duro precio que había que pagar por vivir con el primogénito de los Calder; pero lo único que vio en su futura suegra fue (cómo no) una adoración compartida por aquel hombre apuesto y encantador, aquel torbellino de energía que, entre todas las mujeres del mundo, la había escogido a ella como compañera de por vida y madre de sus hijos.

La negativa de Eleanor a acostarse con Buck antes de estar casados no hizo más que azuzar la pasión del novio. Eleanor permaneció virgen hasta la noche de bodas, a partir de la cual cumplió diligentemente con su deber de madre. Fue niño. No hubo discusiones sobre cómo llamarlo. Dos hijas, Lane y Kathy, siguieron a intervalos aproximados de dos años.

–No dejes preñada a tu mejor vaca más de una vez cada dos años –dijo Buck a sus compañeros de copas en El Último Recurso–. Es como se consigue ternera de primera calidad.

Se trataba de una descripción que Buck podía aplicar sin reparos a sus tres primeros hijos. Henry IV era un primogénito Calder hasta la médula, y a veces, cuando iban juntos a cazar, reunir ganado o arreglar una valla, Buck se enorgullecía al ver que su hijo lo imitaba sin darse cuenta, como si fuera lo más fácil del mundo.

¡Dios bendito, pensaba, lo que puede la paternidad! Pero después veía al pequeño Luke, y ya no lo tenía tan claro.

Su segundo hijo no respondía a la imagen de un Calder. A Eleanor le había costado cuatro años y dos abortos tenerlo, y durante ese tiempo algo parecía haber sucedido con los genes Calder. El chico era la viva imagen de su madre: piel blanca de irlandés, pelo oscuro y ojos verdes, penetrantes.

–Seguro que es hijo de su madre –bromeó Buck en el hospital, al ver al niño por primera vez–. Aunque a saber quién será su padre.

Y desde entonces, en presencia de Eleanor, se había referido a Luke como «tu hijo», hasta cuando lo tenía al lado.

Lo decía en broma, por supuesto. Buck era demasiado orgulloso para plantearse la posibilidad de que otro hombre se hubiera atrevido a ponerle cuernos, o de que su mujer lo consintiera. Aun así, albergaba la secreta convicción de que sus genes no habían llegado hasta el chico, o, peor todavía, que habían fallado. Y lo pensaba antes incluso de que Luke empezara a tartamudear.

–Pídelo bien –solía decirle al niño cuando estaban sentados a la mesa. No levantaba la voz. Lo decía con suavidad, pero también con firmeza–. Di: «Leche, por favor.» Con eso basta, Luke.

Y Luke, que sólo tenía tres años, seguía esforzándose en vano, fracasando a cada intento. Sólo le daban la leche cuando rompía a llorar. Entonces Eleanor acudía a su lado, lo abrazaba y se la daba. Acto seguido Buck la acusaba a gritos de ser una estúpida. ¿Cómo iba a aprender el niño si cada vez hacía lo mismo? ¡Vaya por Dios!

Al crecer Luke, creció su tartamudeo. Y los vacíos entre sus palabras parecían unidos por una especie de proceso orgánico al vacío que, poco a poco, se abrió en el seno de la familia: de un lado él y su madre, del otro los demás. Se convirtió más que nunca en el hijo de Eleanor, y no tardaría en ser el único.

Fue en noviembre, un día de nieve, cuando Luke tenía siete años. Dos Henry Calder, su hermano mayor y su abuelo, murieron en un accidente de coche.

El joven Henry, que acababa de cumplir quince años, estaba aprendiendo a conducir, y se hallaba al volante cuando un ciervo se les cruzó en el camino. La carretera era como una superficie de mármol cubierta de aceite y, al virar Henry de modo brusco, el coche resbaló, cayendo por un barranco cual pájaro sin alas. El equipo de rescate lo encontró tres horas más tarde, y el haz de sus linternas localizó a los cadáveres encima de un árbol, cubiertos de nieve, congelados y entrelazados, como después de una espectacular pirueta de ballet.

La muerte del mayor de los Henry, que ya tenía sesenta y seis años, fue la más fácil de asimilar; no así la pérdida de un hijo, abismo del que salen pocas familias. Algunas logran abrirse camino hacia la luz, dando acaso con algún pequeño asidero que la memoria pueda ir cubriendo paulatinamente con su piel de dolor. Otras permanecen para siempre en la oscuridad.

Los Calder encontraron una especie de penumbra, pero cada cual llegó a ella por caminos distintos. La muerte del hijo mayor pareció ejercer una fuerza centrífuga sobre la familia. El hecho de compartir una misma pérdida no les proporcionaba consuelo. Cual pasajeros de un barco que naufraga, y que no se conocen entre sí, nadaban a solas hacia la orilla, como si ayudando a los demás corrieran el riesgo de ahogarse en las olas del dolor.

Las que salieron mejor paradas fueron Lane y Kathy, que optaron por refugiarse con la máxima frecuencia y duración en casa de sus amistades respectivas. Entretanto, su padre, cual valiente pionero, siguió adelante con viril obstinación. Movido quizá por un impulso inconsciente de difundir genes compensatorios, Buck buscó por doquier el consuelo del sexo. Sus incursiones amorosas, sujetas a breve pausa durante el matrimonio, cobraron nuevo empuje.

Eleanor se adentró por una solitaria estepa interior. Pasaba días mirando la tele con expresión ausente. No tardó en conocer a todos los personajes de los culebrones, y ver repetirse temas y caras en los magazines de la mañana, donde veía a mujeres gritando a esposos infieles e hijas acusando a sus madres de haberles robado la ropa y los novios. A veces Eleanor se sorprendía a sí misma participando en el griterío.

Cuando se cansó de la tele probó la bebida, pero no consiguió engancharse. Tenía un sabor horrible, por mucho zumo de naranja o tomate que le pusiera. Servía para olvidar, pero no lo que quería. Le daban arrebatos, como el coger el coche, conducir hasta Helena o Great Falls y una vez allí no tener ni idea de por qué había ido. Bebía con tal discreción que nadie llegó a sospecharlo, ni siquiera cuando se quedaban sin pan o sin leche, ni cuando preparaba la misma cena dos noches seguidas (una vez hasta se olvidó de hacerla). A la larga, Eleanor pensó que no tenía madera de alcohólica y lo dejó como si nada.

Quien más acusó su distanciamiento fue Luke. Se dio cuenta de las muchas veces que se olvidaba de ir a darle un beso de buenas noches, y de lo poco que lo abrazaba en comparación con antes. Eleanor seguía protegiéndolo de las rabietas de su padre, pero sin energía ni pasión, como si se tratara de un deber cuya meta hubiera olvidado.

Nadie vio crecer el sentimiento de culpa del muchacho.

El día del accidente, su hermano y su abuelo se dirigían a Helena para ir a buscarlo a la consulta de la logopeda. Según la lógica inmaculada de un niño de siete años, aquel hecho bastaba para convertir a Luke en culpable. Había acabado de golpe con el padre de su padre y su hijo más querido, el viejo rey y el heredero de los Calder.

Magnífico peso, a fe, para los hombros de un niño.

7

Dan Prior bebía su tercera taza de café sin dar muestras de advertir la presencia del gigantesco oso gris de Alaska que tenía detrás. Tanto el hombre como el oso miraban la puerta de la que salían, descontentos, los primeros pasajeros del vuelo de Salt Lake City. El avión había llegado con retraso, y Dan llevaba una hora esperando; no tanto como el oso, al que habían pegado un tiro el 13 de mayo de 1977, antes de disecarlo y ponerlo sobre sus patas traseras para pavor de los visitantes de Great Falls.

Dan se había pasado casi todo el fin de semana adecentando la cabaña donde se alojaría Helen e intentando arreglar el carburador de la vieja camioneta Toyota que le había conseguido. Confió en que no se escandalizara demasiado por el estado de una y otra. La cabaña, propiedad del Servicio Forestal, se hallaba junto a un lago pequeño, en las montañas más próximas a Hope. Hacía años que nadie pasaba más de una noche en ella, y a juzgar por su aspecto había servido como local para las juergas nocturnas de pájaros, insectos y pequeños roedores.

La camioneta pertenecía al hermano de Bill Rimmer, que tenía un hospital para vehículos moribundos en el patio trasero de su casa. Aunque llevara un carburador nuevo, sus posibilidades de sobrevivir al invierno eran escasas. Faltaba encontrar una motonieve para Helen.

Dan se fijó en las caras de quienes salían por la puerta, preguntándose si Helen estaría cambiada. La noche anterior había desenterrado una foto tomada hacía cinco años en el norte de

Minnesota, cuando trabajaban juntos. Ella volvía la cabeza hacia él desde la proa de una canoa, riendo y mirándolo con sus ojazos marrones. Llevaba su vieja camiseta blanca de siempre, con las mangas cortadas y una leyenda en la espalda: «Peligro: hembra cabeza de manada.» Su melena castaña se había vuelto rubia con el sol, y la llevaba como a Dan más le gustaba, recogida en una coleta, dejando a la vista su nuca morena. Dan, que había olvidado lo guapa que era, se quedó contemplando la foto.

A decir verdad, lo sucedido entre ellos no podía calificarse de aventura: sólo una noche al final de un largo verano de trabajo de campo en común, lo normal cuando dos personas han trabajado juntas en plena naturaleza, compartiendo tal grado de intimidad que casi resulta perverso no dar el último paso.

Dan siempre la había encontrado atractiva; más que él a ella, seguro. Y no sólo porque fuera guapa. Le gustaba su rapidez mental, el humor mordaz con que desviaba la atención de sus puntos vulnerables y que usaba casi siempre contra sí misma. Además, su inteligencia era superior a la de cualquier experto en lobos.

Por aquel entonces Dan dirigía un programa universitario de investigación sobre lobos, y Helen era una de las voluntarias. Dan le había enseñado a poner trampas, y ella lo había superado en cuatro días.

Aquella noche de acampada junto al lago, bajo un cielo plagado de estrellas, Dan había sido infiel a Mary por primera y única vez desde el día de su boda. Y había cometido el error de decírselo el día siguiente, dando al traste con su matrimonio. Visto cómo habían ido las cosas, quizá le hubiera convenido más confesar multitud de adulterios, como si fuera lo más normal del mundo. Había tardado bastante en recuperarse, pero al final lo había conseguido, y Mary y él habían seguido siendo amigos y colegas hasta cambiar Dan de empleo.

Mientras buscaba a Helen entre la multitud del aeropuerto, se preguntó si habría alguna posibilidad de reavivar su relación, al tiempo que se conminaba a dejarse de tonterías.

Entonces la vio.

Acababa de salir por la puerta, detrás de una mujer con cara de agobio cuyos dos hijos pequeños lloraban con desconsuelo. Helen lo vio y lo saludó con la mano. Llevaba tejanos y una camisa militar holgada de color beige. Lo único que había cambiado era su pelo. Lo llevaba cortísimo. Caminó hasta donde la esperaba Dan, a pesar de que los niños llorones le obstaculizaban el paso.

–¿Qué les has hecho? –preguntó Dan.

Helen se encogió de hombros.

–He dicho: «Mirad a ese señor que está al lado del oso», y se han puesto a llorar.

Se abrazaron.

–Bienvenida a Montana.

–Gracias. –Helen quiso echar un vistazo a Dan y se apartó un poco sin soltarlo–. Tienes buena pinta, Prior. No parece que el poder y el éxito te hayan cambiado. Pensaba que te habrías puesto traje.

–Me he puesto algo informal, que es lo que pedía la ocasión.

–Pero todavía no llevas sombrero de vaquero.

–Pues tengo dos en casa. De vez en cuando me los pruebo delante del espejo y no me reconozco.

Helen se rió.

–Me alegro de verte.

–Y yo a ti. ¿Qué le ha pasado a tu pelo?

–¡No, por favor! Me lo hice la semana pasada. Craso error. Lo normal sería que me dijeras lo bien que me queda, Prior.

–Seguro que acaba gustándome.

–Ojalá pudiera decir lo mismo.

Bajaron por la escalera mecánica que llevaba a la zona de recogida de equipajes y siguieron charlando junto a la cinta transportadora. Dan le preguntó si era la primera vez que visitaba la región, y Helen contestó que no, que de pequeña sus padres la habían llevado de vacaciones a Glacier Park. Su hermana había guardado cama la semana entera por culpa de una intoxicación alimentaria.

El equipaje de Helen apareció en la cinta: dos bolsas grandes y un baúl abollado que pesaría una tonelada, herencia, según dijo, de su abuelo. Lo cargaron todo en un carrito.

–¿Ya está? –preguntó Dan.

Helen lo miró con expresión culpable.

–Pues... casi.

Un empleado de la compañía se acercó a ellos con un cajón del que salían fuertes ladridos. Helen se agachó y abrió la puerta de barrotes, dejando salir a uno de los perros más raros que Dan había visto en su vida. El animal se puso a lamer la cara de Helen.

–Te presento a *Buzz*.

–Hola, *Buzz*. ¡Qué raro, Helen! No recuerdo que por teléfono dijeras nada de *Buzz*.

–Ya. Perdona. Si quieres hago que lo sacrifiquen ahora mismo...

–Llevo una escopeta en el coche.

–Estupendo. Vamos a buscarla.

Dan miraba a *Buzz* con cierta perplejidad.

–Venga, admítelo –dijo ella–. ¿A que es mono?

–Pues... confiemos en que a los lobos se lo parezca.

Cuando Helen salió de la terminal, el calor le dio de lleno como una ola. El indicador de temperatura del coche de Dan marcaba treinta y pocos grados, pero no era un calor húmedo, y ella se sintió arropada. Dejó la ventanilla abierta, mientras tomaban la interestatal y ponían rumbo sur en dirección a Helena. Se moría por fumar, pero le daba apuro encender un cigarrillo delante de Dan. Se conformó con el olor a hierba caliente del viento de las llanuras. Detrás de ella, *Buzz* sacaba la cabeza por la ventanilla, parpadeando y enseñando la lengua.

–Ya ves, hasta te hemos dedicado el nombre de una población –dijo Dan.

–¿Te refieres a Hope?[1]

–Eso lo tenemos todos, Helen.

–Es curioso que a estos sitios nunca los llamen Desesperación o Amargura.

1. «Hope» significa «esperanza». *(N. del T.)*

–Mi padre pasó su niñez en un población del oeste de Pensilvania que se llamaba Pánico.

–¡No lo dirás en serio!

–Te lo juro. Y siguiendo por la carretera llegabas a Deseo.

–De donde vienen los tranvías.

Dan se echó a reír. Los chistes ingeniosos de Helen siempre le habían hecho gracia.

–Mi madre siempre aconsejaba no casarse con un hombre por Pánico, pero mi padre decía que, en términos técnicos, la iglesia donde habían contraído matrimonio estaba más cerca de la otra población, de modo que en realidad se había casado con él por Deseo.

–¿Siguen juntos?

–¡Y tanto! Cada año más enamorados.

–Qué maravilla.

–Sí.

–¿Y qué tal Mary?

–Bien. Nos divorciamos hace tres años.

–Cuánto lo siento.

–Yo no, y ella menos. Además, tenemos la suerte de que Ginny esté bien. Ya tiene catorce años. Como Mary aún vive en Helena, Ginny tiene tiempo de estar con los dos.

–Mejor.

–Sí.

Permanecieron callados. Helen se olía la siguiente pregunta.

–¿Tú qué tal? ¿Has...?

–No seas tímido, Prior. ¿Te refieres a mi vida amorosa?

–No. ¡Bueno, sí!

–A ver... Llevamos juntos... pues poco más de dos años.

–¿En serio? ¡Qué bien! Cuéntame cómo es.

–Pues tiene el pelo largo y rubio, los ojos marrones, y no habla mucho. También tiene la manía de sacar la cabeza por la ventanilla del coche y darte golpes con la cola detrás de las piernas.

Dan sonrió.

–Estuve viviendo un par de años con un chico, en el cabo. Pero se ha... Está pasando una temporada fuera. Lo que se dice un compás de espera.

Helen tragó saliva y miró por la ventanilla. Vio montañas a lo lejos. Dan pareció darse cuenta de que pisaba arenas movedizas y cambió de tema, pasando a informarla de todo lo sucedido desde hacía casi un mes, momento en que el lobo se había presentado en Hope por primera vez. No tardó en arrancar carcajadas de Helen con su versión del funeral organizado por Buck Calder para *Prince*, el héroe de la raza labrador.

Calder había traído a un ministro protestante de Great Falls para hacer los honores, hallándose presentes la familia, los amigos y, cómo no, las cámaras de prensa y televisión. La lápida era de mármol negro, y su precio debía de rondar los quinientos dólares. En cuanto al epitafio, no se había optado por la idea de Bill Rimmer (muy aplaudida por Helen), sino por algo un poco más engolado:

AQUÍ YACE *PRINCE*,
QUE NOS DEFENDIÓ DEL LOBO
Y SACRIFICÓ SU VIDA POR UN NIÑO.
¡BUEN PERRO!

Según Dan, desde entonces las aguas habían vuelto paulatinamente a su cauce. Cada cierto tiempo lo llamaba un reportero para saber si ya había localizado al lobo, y Dan quitaba importancia al problema dando la impresión de que todo estaba bajo control, que mantenían una vigilancia constante, y que el hecho de que el lobo no hubiera vuelto a dar señales de vida podía entenderse como prueba casi segura de que se trataba de un ejemplar aislado. Ya debía de haberse alejado cien o doscientos kilómetros. A Dan le habría gustado creérselo, pero no podía: sólo hacía dos días que un guarda del Servicio Forestal había informado de la presencia de huellas al este de Hope.

Al llegar a la oficina Helen conoció a Donna, que se mostró afectuosa y contenta de que Dan hubiera acabado por entrar en razón y contratar a una mujer.

–Y éste es *Fred* –dijo Dan, dando unos golpecitos a la vitrina–. El único de aquí que trabaja.

Pasados unos minutos, Helen encontró a Donna fumando en

el lavabo y se dio el gusto de hacer lo mismo. Donna la hizo partícipe de un hecho poco divulgado: sólo fumaba lo mejorcito de las mujeres... y lo peorcito de los hombres.

Dan encargó bocadillos e invitó a Helen a su despacho, donde pasaron un par de horas rodeados de mapas y fotografías, revisando lo que tendría que hacer ella en Hope.

Dan dijo que ya habían sobrevolado tres veces las montañas sin detectar nada parecido a una señal de radio. Lo que buscaban no llevaba collar, eso seguro; así pues, el trabajo de Helen consistiría en hacer caer al animal en la trampa, ponerle un collar y seguirlo a ver qué pasaba. Bill Rimmer, que estaba a punto de volver de vacaciones, se había ofrecido a ayudarla con las trampas.

En caso de detectarse toda una manada, dijo Dan, ella tendría que averiguar su tamaño y movilidad, de qué se alimentaba, etc. Lo de siempre, vaya. Por supuesto que además de todo ello lo importante era procurar relacionarse con los rancheros de la zona.

Por último, Dan se puso en pie y expuso los términos del contrato de Helen imitando el tono típico de los funcionarios. Explicó que sólo se le permitía tomarla a su servicio como trabajadora eventual. Ello significaba un período de trabajo limitado a ciento ochenta días, tras los cuales podía procederse a una renovación. Recibiría mil dólares al mes, sin beneficios.

–En cuanto a seguros de enfermedad y prestaciones por invalidez o jubilación, nada de nada. Dicho de otro modo, la condición de eventual significa que para el sistema federal no existes. Eres invisible. Hay eventuales que llevan años trabajando para nosotros.

–¿Tienen que pintarme una E roja en la frente?

–Eso es opcional, señorita Ross.

–¿Tendré camioneta o sólo bici?

Dan rió.

–Ahora te lo enseño. ¿Quieres que demos un paseíto?

–¿Hasta Hope?

–Sí, claro; pero a la cabaña no. Eso podemos dejarlo para mañana. Se me ha ocurrido que quizá quieras echar un vistazo al pueblo, e igual después nos apetece cenar algo. Siempre y cuando no estés demasiado cansada, por supuesto.

–No está mal.

Al salir a la zona de estacionamiento, Dan dio a elegir a Helen entre pasar la noche en un hotel o quedarse en su casa. Podía instalarse en la habitación de Ginny, que estaba con su madre.

–¿Seguro? Pues acepto encantada. Gracias.

–Y he aquí lo que estabas impaciente por ver.

Dan se detuvo junto a la vieja camioneta Toyota. Con sol tenía mejor aspecto. La había metido en el túnel de lavado, descubriendo que una vez limpia tenía un tono de metal oxidado, lo cual les venía de perlas. Hasta parecía que el cromo quisiera brillar. Dan dio una palmada afectuosa al capó, provocando la caída del retrovisor y las carcajadas de Helen.

–¿Es mío?

–Hasta el último pedazo. De hecho no hay más remedio. Todos los vehículos federales tienen que ser de fabricación nacional, y no tengo ninguno a mano. Sólo puedo pagarte por distancia recorrida. A diecinueve centavos el kilómetro.

–¡Caray, Prior, tú sí sabes tratar a las chicas!

Helen se puso al volante. Conducir la camioneta era como patinar; para poder tomar las curvas había que planificarlas con tiempo. No obstante, le cogió el truco enseguida y siguió las instrucciones de Dan para salir de la ciudad, dirigiéndose hacia las montañas, donde se estaba poniendo el sol.

Después de toda una tarde hablando, un poco de silencio les sentó bien a los dos. Hacía más frío, y el viento había dejado de soplar. A ambos lados de la carretera sólo se veía el oro claro de los campos recién segados, con enormes balas de heno esparcidas aquí y allá.

Tanto el cielo como la tierra la sorprendieron por su inmensidad y lo vigoroso de sus trazos. Las carreteras eran líneas rectas que llevaban sin vacilaciones a ranchos bien arraigados en la tierra. Se sintió a la vez impresionada, intimidada y empequeñecida. Entonces pensó en Joel, como seguía haciendo diez o doce veces al día, y se preguntó si habría echado raíces en su nuevo mundo, o sentiría su mismo desapego de espectadora con ganas de formar parte de algo, pero siempre a la deriva por un motivo u otro.

Al ir aproximándose las montañas, los cultivos dieron paso a un terreno yermo y rocoso, de abruptos desniveles y tajos llenos de maleza por donde a veces corría agua. Desde la cima de una colina, Helen vio una hilera de álamos de Virginia cuyo follaje dejaba entrever líquidos destellos.

–El río Hope –dijo Dan.

De repente se oyó un bocinazo que los sobresaltó a los dos. Helen había estado fijándose más en el río que en la carretera. Miró el retrovisor, y, viendo una camioneta negra justo detrás, giró hacia la derecha de forma tan brusca que el coche dio un bandazo y se acercó al borde de la carretera. Tras recuperar el control en cuestión de segundos, frunció el ceño sin mirar a Dan.

–Si haces algún chiste sobre las mujeres que conducen, te mato.

–No he visto ninguna mujer que conduzca mejor que tú.

–Te mato.

La camioneta negra se dispuso a adelantarlos. Cuando la tuvo al lado, Helen volvió la cabeza y sonrió con dulzura, pidiendo perdón a los dos inescrutables rostros de vaquero que la examinaban. Debían de tener veintipocos años, pero su actitud hacía que parecieran mayores. Dan les dirigió un saludo amistoso. El pasajero se tocó el ala del sombrero y esbozó una sonrisa, mientras el conductor se limitaba a sacudir la cabeza y seguir adelante con el mismo desdén que el perro que viajaba en la plataforma, plantando cara al viento. Después de adelantarlos, el pasajero se volvió para mirarlos por la ventanilla trasera de la cabina.

–¿Los conoces?

Dan asintió.

–Son los hijos de Abe Harding. Tienen propiedades cerca de los Calder. Seréis vecinos.

Helen lo miró, y vio en su boca una sonrisa burlona.

–¿Lo dices en serio?

–Me temo que sí.

–¡Fantástico! Es lo que se dice empezar con buen pie.

–No te preocupes, que no te odiarán por cómo conduces. ¿Ves el adhesivo del parachoques?

Helen tuvo que acercarse al parabrisas y aguzar la vista, porque la camioneta se alejaba a toda velocidad. Logró distinguir una cabeza de lobo tachada con una raya roja, y al lado las palabras: «¿Lobos? Ni hablar.»

–Fantástico.

–¡Bah! Seguro que en cuatro días los tienes en el bote.

La carretera seguía el río durante seis kilómetros más, pasados los cuales Helen divisó una iglesia blanca sobre una loma, y otras casas asomando por detrás de los árboles. Salvaba el río un puente estrecho con barandas y un letrero de HOPE (819 HABITANTES). Alguien aficionado a los enigmas había añadido tres balazos limpios de perfecta puntuación, condenando al pueblo y sus gentes a un estado de suspensión perpetua.

–Siempre tengo el impulso infantil de coger un espray y escribir delante «no hay».

–Dan, tienes una buena manera de venderme este sitio.

–Ya te he dicho que tiene su historia.

–¿Y cuándo piensas contármela?

Se acercaban al puente. Dan señaló delante.

–Métete por esa curva.

Helen se salió de la carretera y se acercó al río hasta la gravilla de una pequeña zona de estacionamiento. Había un par de coches más. Helen frenó a su lado y apagó el motor.

–Ven –dijo Dan–. Voy a enseñarte una cosa.

Dejaron a *Buzz* en la camioneta y caminaron por un parquecito longitudinal paralelo a la orilla del río. Era un lugar acogedor, con desniveles y sistema de riego automático para mantener el césped en buen estado. El agua de los aspersores servía de pantalla para los reflejos irisados del sol, que proyectaba las sombras de varios sauces de buen tamaño. Para los niños había columpios y barras, pero los que se encontraban en el parque jugaban a perseguirse a través del agua. Sus madres estaban sentadas junto a una de las seis mesas de picnic de madera, regañando a sus hijos sin mucha convicción.

Más abajo, a la orilla del río, perfilándose entre dos álamos de Virginia contra el reflejo líquido del cielo, un hombre mayor con tirantes rojos arrojaba trozos de pan a una familia de cisnes. Helen se fijó en las patas de los animales, que se movían en el agua para contrarrestar la corriente.

Dan tomó la delantera por el camino sinuoso que unía la zona de estacionamiento a una iglesia de madera blanca, situada sobre una colina al final del parque. Parecía estar inspeccionando el suelo. De repente se detuvo y señaló algo.

–Mira.

Helen acudió junto a él, sin ver qué le estaba enseñando.

–¿Que mire qué?

Dan se agachó para recoger un objeto pequeño y blanco. Se lo tendió a Helen, que lo examinó.

–Parece un trozo de concha.

Él negó con la cabeza y volvió a señalar el suelo.

–¿Ves? Hay más.

Estaban por todo el camino, restos blancos de algo gastado y reducido a fragmentos cada vez menores por el paso de zapatillas de deporte y ruedas de bicicleta.

–A veces se encuentran trozos más grandes –dijo Dan–. Seguro que por debajo todo está lleno. Debe de ser el motivo de que el césped crezca tan bien.

–¿Piensas decirme qué es?

–Formaba parte de un viejo camino.

Helen frunció el entrecejo.

–Son huesos de lobo. El camino estaba cubierto de calaveras de lobo.

Ella lo miró, pensando que era una broma.

–En serio. Miles de calaveras.

Y mientras los niños del parque jugaban con el agua del riego, mientras sus risas flotaban por el aire balsámico de la tarde como si el mundo siempre hubiera sido el mismo, Dan hizo que ella tomara asiento junto a una de las mesas debajo de los sauces, y le explicó cómo había llegado a existir un camino de calaveras.

8

Habían pasado ciento cincuenta años desde la llegada al valle del primer contingente de cazadores y tramperos blancos. Los primeros vinieron en busca de castores, después de exterminarlos en el este; siempre en guardia, recorrieron el Missouri con barcas de quilla plana, no sin antes amenazar el equilibrio de las embarcaciones con la cantidad de víveres que estimaron suficiente para pasar el invierno. Primero remaron hacia el oeste y después hacia el sur, hasta encontrar un pequeño afluente (innominado para quienes no fueran «salvajes») que llevaba a las montañas. Lo siguieron y montaron un campamento.

Cavaron refugios similares a cuevas en las cuestas de la loma donde más tarde se construiría la iglesia, poniéndoles techo de madera, hierba y maleza, y dejando como único elemento visible cortas chimeneas de piedras apiladas. En primavera, cuando los tramperos emprendieron el camino de regreso a Fort Benton con su cargamento de pieles, empezaron a divulgarse las buenas perspectivas de caza. En los años que siguieron llegó gente con caballos y carretas, y no tardó en formarse un pueblecito de cazadores y tramperos, auténtica colonia dedicada a sembrar la destrucción, a la que alguien puso el nombre de Hope no porque tuviera esperanza sino en recuerdo de una niña ahogada.

Bastaron pocas temporadas para acabar con todos los castores. El beneficio de la venta de pieles fue derrochado en whisky indio y mujeres indias; en cuanto a las pieles, fueron enviadas al Este para abrigar los elegantes cuellos y cabezas de la gente de ciudad. Llegó el día en que las aguas dejaron de verse agitadas por castores. Fue entonces cuando los primeros habitantes de Hope se fijaron en los lobos.

Desde tiempos remotos el valle había sido un lugar especial para los lobos. Honrado como gran cazador por los Pies Negros, que, como él, llevaban mucho tiempo asentados en la zona, el lobo sabía que el valle era refugio invernal de ciervos y alces, pero también paso entre las montañas y el llano y, por ende, buen lugar para perseguir grandes manadas de búfalos. En 1850 dichas manadas habían empezado a ser diezmadas por el hombre blanco, que en los treinta años posteriores mataría setenta millones de cabezas.

Lo irónico del caso fue que el lobo empezó sacando provecho de la situación, ya que los cazadores sólo querían la piel de los búfalos (a veces también la lengua, y la carne más sabrosa). Con lo que quedaba, los lobos celebraban verdaderos festines. Pero un día, de allende el Atlántico, llegó una gran demanda de abrigos de piel de lobo. No hacía falta ser un genio para responder a ella. Al igual que miles de colegas a lo largo y ancho del Oeste, gente buena, mala y loca de remate, los tramperos de Hope se convirtieron en cazadores de lobos.

Era más fácil que matar castores, siempre y cuando se dispusiera de los doscientos dólares necesarios para el equipo. Un frasco de cristales de estricnina costaba setenta y cinco centavos, y hacían falta dos para impregnar un búfalo muerto; ahora bien, dejándolo en el lugar adecuado podían conseguirse cincuenta lobos en una noche, y todavía daba para otra más. Con las mejores pieles de lobo a dos dólares por pieza, el veneno permitía sacarse doscientos o trescientos dólares en un invierno. Por esa cantidad, bien valía la pena correr ciertos riesgos: morir congelado, o quedarse sin cabellera, ya que de todos los invasores blancos el cazador de lobos era el más odiado, y los Pies Negros mataban a cuantos caían en sus manos.

Los cazadores de Hope salían a diario en busca de cebo. A falta de búfalos, empezaron a improvisar con cuanto tenían a su alcance, hasta pájaros pequeños cuyos pechos sajaban con delicadeza para llenarlos de pasta venenosa. Las carnadas se disponían en círculo que podían llegar a medir kilómetros. A la mañana siguiente, los loberos recorrían su circunferencia y la encontraban cubierta de toda clase de animales muertos o agonizantes. Cualquier pájaro o mamífero que cruzara la línea caía víctima del veneno; no sólo lobos, sino zorros, coyotes, osos y linces rojos, sujetos algunos todavía a vómitos y convulsiones. Los vómitos y babas envenenaban la hierba durante años, matando a todos los animales que pacieran en ella.

Un lobo podía tardar una hora en morir, y los más prudentes, los que sólo husmeaban o lamían lo que sus hermanos y hermanas devoraban a placer, podían durar mucho más. La estricnina les afectaba el intestino, y poco a poco se les iba cayendo el pelo. Quedaban como espectros desnudos, aullando por los llanos hasta perecer de frío.

En lo más crudo del invierno, cuando la cosecha diaria estaba demasiado congelada para despellejarla, los loberos amontonaban los cadáveres encima de la nieve. Por las tardes había menos trabajo, pero se corría el riesgo de perderlo todo por culpa de un deshielo repentino. Y fue uno de esos deshielos lo que dio origen al camino de calaveras.

El invierno de 1877 trajo una de las heladas más prolongadas de la historia de Hope. En marzo, más de dos mil lobos sin desollar seguían formando pilas junto a las cuevas de los loberos, y también alrededor del grupo de cabañas en que habían pasado a vivir casi todos.

De pronto, una mañana, el aire amaneció más templado. Los árboles empezaron a gotear, el hielo del río a crujir, y en poco tiempo un viento cálido bajó con ímpetu de las montañas. Cundió la alarma y los loberos, locos de miedo ante la idea de perder todos los beneficios de la temporada, pusieron manos a la obra con sus cuchillos, como demonios el día del Juicio Final.

Al ponerse el sol no quedaba en el pueblo lobo sin desollar; se había aprovechado hasta la última piel, y los loberos de Hope, borrachos de euforia, bailaron en una mezcla de nieve fundida y sangre que les llegaba hasta las rodillas.

Llevaban años dejando los animales despellejados al lado del río, pasto de cuervos, buitres y otros carroñeros que cometieran la imprudencia de acercarse, pues casi todos morían en poco tiempo por culpa de la estricnina ingerida por los lobos. Aquel día, deseosos de conmemorar su última hazaña, los loberos juntaron todos los huesos y, sumándolos a los restos decapitados de los animales que acababan de despellejar, dibujaron con ellos un camino. Después cogieron las cabezas y, una vez hervidas, usaron de adoquines las calaveras, limpias y blancas. De ese día en adelante, todos los lobos muertos contribuyeron con su cráneo al artístico conjunto.

En noches despejadas y sin nieve, el camino se veía desde las montañas, brillando a varios kilómetros de distancia bajo la luz de la luna.

Con el tiempo, las calaveras fueron dibujando curvas a lo largo de más de un kilómetro hasta alcanzar la zona en que preferían vivir quienes habían seguido los pasos de los loberos, quizá porque el aire era más fragante o porque la compañía lo era menos.

Por todo el valle empezaba a oírse el gemir de las reses, y, en consonancia con su llegada, el pueblo fue haciéndose más grande, capaz de satisfacer las necesidades de los rancheros. El herrero, el barbero, el hotelero, la puta... Todos prosperaron a su modo.

Y al otro extremo del camino de calaveras también prosperaron los loberos de Hope, cuyos actos eran sometidos a juicio desde lo alto del Gólgota en que se erguía una hermosa iglesia blanca (sometidos a juicio y perdonados, claro está, puesto que se consideraba a los lobos tan desprovistos de alma como cualquier animal).

Pero los loberos contaban con orientación espiritual desde antes de construirse la iglesia, gracias, en gran medida, a un sedicente predicador, lobero y ex cazador de indios llamado Josiah King, más conocido por su grey como Reverendo Lobo.

Los domingos por la mañana, dependiendo del clima y la cantidad de whisky consumida la noche anterior, Josiah explicaba a sus fieles que el lobo no era un animal dañino entre tantos, sino la apoteosis andante de todos los males. Y el fervor con que predicaba su aniquilación era tan contagioso que los loberos de Hope llegaron a considerarse modernos cruzados, disputando la frontera a la bestia infiel y descargando sobre ella la venganza del Señor.

Quien sirve a Dios recibe justa recompensa. El trabajo de lobero estaba mejor pagado que nunca. El estado prometía un dólar por cada lobo muerto, y otro tanto ofrecían los ganaderos, cuyo odio a los lobos no precisaba acicates religiosos. Y es que, desaparecidos los búfalos y menguada la población de ciervos y alces, los lobos se habían aficionado a la carne de vacuno. Además, las vacas eran más lentas, más torpes y más fáciles de matar.

A decir verdad, los elementos siempre habían sido más eficaces que el lobo a la hora de acabar con el ganado. El terrible invierno de 1886 mató a casi todas las reses del valle. Sólo subsistieron los rancheros más curtidos de Hope, pero el hielo grabó en sus corazones una indeleble cicatriz de dolor.

Ahora bien, ¿a quién podía culparse del frío? ¿O de la enfermedad, la sequía, los precios lamentables a que se pagaba la carne? ¿Y por qué maldecir al gobierno, el clima o Dios, teniendo a mano al mismísimo diablo? Cada noche se le oía rondar los pastos, aullando hasta descolgar las estrellas del cielo.

De modo que el lobo se convirtió en chivo expiatorio de Hope.

A veces, en pago por sus crímenes, lo atrapaban vivo y lo enseñaban por las calles. Los niños le tiraban piedras, y los más valientes lo atacaban con palos. Después, personas de todas las edades se reunían en la ribera del río, donde los inquisidores más fervientes de Reverendo Lobo quemaban al animal como si fuera una bruja.

Con el cambio de siglo los loberos desaparecieron casi por completo. Matar lobos ya no daba para vivir. Algunos cambiaron de oficio; otros se trasladaron más al norte y al oeste, donde por un tiempo siguieron disponiendo de víctimas abundantes. La industria ganadera había cobrado un peso político enorme, y el gobierno federal, alentado por un presidente-ranchero que calificó al lobo de «bestia de destrucción y desolación», recogió el testigo de la cruzada.

En todos los bosques del país los guardas recibieron orden de matar a cuanto lobo asomara la oreja. En 1915, el Servicio Biológico de Estados Unidos, organismo responsable de cuidar la fauna y flora del país, emprendió metódicamente una política de «exterminación total», dotada de generoso presupuesto.

En cuestión de años, el lobo, que había seguido al búfalo por las llanuras, iba en pos de él por la senda de la extinción.

Quedaban algunos en Hope, cabeza de una región pródiga en naturaleza virgen. Se escondían en los bosques más altos, demasiado sagaces y prudentes para caer en la trampa de un animal muerto que olía a veneno a la legua. Detectaban las trampas mal puestas desde un kilómetro a la redonda, y a veces, como muestra de desdén, las desenterraban y las hacían saltar. Algo más de astucia le hacía falta al hombre para cazar a los de su especie; tenía que pensar como un lobo y conocer todas las sombras, todos los olores y ruidos del bosque.

En Hope sólo quedaba una persona capaz de ello.

Joshua Lovelace había llegado al valle en 1911, procedente de Oregón. Montana le ofrecía una nueva ley que aumentaba la recompensa a quince dólares por lobo. La destreza de Lovelace era tan superior a la de sus rivales que la asociación local de ganaderos no tardó en contratarlo a jornada completa. Se construyó una casa a ocho kilómetros del pueblo, a la orilla norte del río Hope.

Era un hombre taciturno, amigo de la soledad, celoso guardían de los secretos de su profesión. Aun así, había dos sellos distintivos que permitían reconocer su trabajo. El primero (que le había ganado fama de excéntrico o demasiado apegado a los principios) era que nunca usaba veneno. Cuando le preguntaban por ello, declaraba su odio por tales sustancias, diciendo que sólo eran para imbéciles a quienes tanto les daba matar una cosa u otra. Para él, matar lobos era un arte de absoluta precisión.

Su segundo distintivo era un artefacto inventado por él mismo, del que había intentado obtener la patente sin éxito. Según el propio Lovelace se le había ocurrido de niño, en Oregón, viendo a los pescadores de salmones colocar sedales de noche en la desembocadura de un río.

Lo llamaba «aro Lovelace».

Sólo se usaba en primavera, cuando las lobas paren. Consistía en un círculo de alambre fino de unos quince metros, con una docena de trampas de resorte sujetas por alambres todavía más finos. En cada trampa se ponía un bocado de carne (casi todas iban bien, aunque Joshua prefería la de pollo). Después el aro se colocaba con cuidado fuera del cubil, clavado al suelo con una estaca de hierro.

El factor tiempo era crucial. Para obtener resultados óptimos el aro tenía que colocarse entre tres y cuatro semanas después de parir la hembra; averiguar de forma discreta cuándo había sucedido esto último formaba parte del oficio. Era difícil que un lobo adulto cometiera la imprudencia de coger la carnada. Pero el artefacto no estaba ideado para adultos.

El lobezno abre los ojos a las dos semanas; cumplida la tercera le salen los dientes de leche y empieza a oír. Es el momento en que se atreve a hacer las primeras incursiones fuera de la guarida, y ya tiene edad para comer los pequeños bocados de carne regurgitados por los lobos adultos, que los han traído de sus cacerías. Joshua solía jactarse de conocer el momento exacto en que había que tender la trampa. Quería que el pollo fuera la primera carne que comieran los lobeznos. También la última.

Colocaba el aro poco antes de la puesta de sol, y después se escondía hasta la noche en un lugar elevado, desde donde vigilaba la trampa con un viejo catalejo militar comprado tiempo atrás a un indio, supuesto botín arrancado en Little Big Horn al cadáver del mismísimo general Custer.

En ocasiones, si estaba de suerte, Lovelace veía salir esa misma tarde a dos lobeznos, atraídos por el olor a pollo. Una vez, en Wyoming, había atrapado a toda una camada de seis antes del anochecer. Sin embargo, lo normal era que salieran del cubil cuando ya estaba demasiado oscuro para verlos, y el único indicio de su captura eran sus chillidos al sentir en sus cuellos la trampa de triple gancho.

Al amanecer, quien hubiera puesto la trampa encontraba a cinco o seis lobatos atrapados fuera de la guarida, todavía vivos pero demasiado cansados para hacer algo más que gemir. También solía estar la madre, acariciándolos con el hocico y lamiéndolos, perdida toda su cautela por obra del dolor.

Y ahí estaba lo bueno del aro: el que era listo, el que había encontrado un buen emplazamiento y no armaba un escándalo al despuntar el alba, tenía a tiro a toda la manada y podía abatir uno a uno a los adultos a medida que regresaban de su cacería nocturna. Una vez seguro de que no quedaba ninguno por matar, no tenía más que acercarse a los lobeznos y rematarlos con un hacha o la culata de la escopeta.

Lovelace acabó casándose con una mujer mucho más joven que murió unos años después, al dar a luz a su único hijo. El nombre de bautismo del niño era Joseph Thomas, pero su padre lo llamó por sus iniciales desde muy pequeño.

En el momento de nacer su hijo, Lovelace casi había acabado con todos los lobos de Hope. Siguió al servicio de los rancheros a cambio de un estipendio anual, matando a algún que otro ejemplar solitario y también a otros depredadores menos feroces, pero tenidos por molestos. Como a esas alturas su fama había trascendido los límites de la región, le llegaban ofertas de trabajo desde lugares muy distantes, zonas donde seguía habiendo lobos. Desde que J. T. aprendió a caminar, o poco más tarde, Joshua se lo llevó en sus viajes y le enseñó el arte de matar.

El chico tenía ganas de aprender, y no tardó en añadir mejoras de su cosecha a las técnicas de su padre, de quien heredó el odio al veneno. Durante los diecisiete años posteriores los dos pasaron seis meses en Hope y otros seis recorriendo el continente de Alaska a Minnesota y de Alberta a México, por todas partes donde hubiera un lobo inmune a todo intento de ejecución.

Desde mediados de los cincuenta, cuando su padre ya no estuvo en condiciones de viajar, J. T. siguió trabajando solo; y desde que los lobos estaban protegidos por la ley no tenía más remedio que actuar cada vez más en secreto.

En Hope, las tierras ocupadas antaño por el campamento de los loberos mantuvieron tal grado de toxicidad que el condado las valló durante muchos años. El camino de calaveras fue desmenuzándose, y acabó por sucumbir a una invasión de arbustos. Generaciones sucesivas de madres prohibieron a sus hijos coger las bayas.

Un día, mucho después de que el último aullido de un lobo hubiera difundido por el valle sus ecos lastimeros, las excavadoras se dispusieron a nivelar el terreno para hacer un parque. Durante las obras, varios perros murieron de forma misteriosa por culpa de los huesos que habían traído a casa.

Sólo los más ancianos de Hope supieron por qué.

Según el acervo popular indio, los espíritus de todos los lobos de América muertos a manos del hombre siguen vivos. Cuenta la leyenda que fueron reunidos en una montaña lejana, donde no alcanza el ser humano.

Ahí esperan la hora de recorrer una vez más la tierra sin peligro.

9

Luke Calder se apoyó en el respaldo de su silla y esperó a que la logopeda rebobinara la cinta de vídeo. Acababan de grabarlo leyendo toda una página de *Vida de este chico*. Luke sólo se había parado una vez, y aunque le había costado mucho seguir estaba satisfecho consigo mismo.

Miró por la ventana y vio un camión con dos remolques de ganado traqueteando delante de un semáforo en rojo. Una hilera de hocicos rosados y húmedos se asomaba a los listones. Eran poco más de las nueve de la mañana, pero el sol ya convertía las calles de Helena en verdaderas estufas. De camino a la consulta, Luke había oído anunciar lluvia por la radio. Casi no había caído ni una gota en todo el verano. El semáforo cambió a verde, y el camión de ganado se puso ruidosamente en marcha.

–Bueno, Luke, a ver qué tal ha quedado.

Joan Wilson llevaba cerca de dos años ayudando a Luke con su tartamudez. Luke se sentía a gusto en su presencia. Era una mujer corpulenta y simpática, quizá unos años mayor que su madre, con mejillas sonrosadas y ojos que se escondían tras ellas al sonreír. Su colección de pendientes exóticos debía de ser infinita; a Luke le parecía raro, ya que por lo demás iba vestida como una profesora de catequesis.

Joan trabajaba para una cooperativa que prestaba sus servicios a algunos de los colegios más aislados de la región. Las visitas semanales a la consulta siempre habían sido del agrado de Luke. Al principio compartía las sesiones con un chico más joven, Kevin Leidecker, hecho difícil de asimilar para Luke, porque la tartamudez de su compañero era mucho menos acentuada que la suya.

La simpatía de Luke por Leidecker se había disipado al oírlo un día en el vestuario, haciendo una imitación de *Cookie* Calder en pleno forcejeo con el «ser o no ser». Le salía tan bien que los otros niños casi se hacían pipí de risa. El apodo de Luke (algunos preferían Cooks o Cuckoo) procedía del penoso tartamudeo en que solía incurrir cuando le preguntaban su nombre.

Hacía un año que los Leidecker se habían mudado a Idaho, y desde entonces Luke disponía de Joan para sí solo. Durante las vacaciones escolares se volvían las tornas, y cada miércoles por la mañana, en lugar de recibir a Joan en casa, Luke iba en coche a la clínica privada.

Ya habían usado el vídeo unas cuantas veces, casi siempre para practicar técnicas nuevas o ayudar a Luke a ver lo que hacía físicamente cuando se quedaba en blanco. Lo de aquel miércoles se debía a que en los últimos tiempos, además de la rigidez de boca que siempre había notado, Luke había empezado a parpadear y torcer el cuello hacia la izquierda. Según Joan se trataba de algo normal. Eran las llamadas «características secundarias». El vídeo servía para que los dos examinaran con detalle lo sucedido y vieran si había algo que hacer.

En su primera sesión con el vídeo Joan había tenido miedo de que a Luke le afectara verse en la pantalla; pero no, sólo se había encontrado un poco tonto. Era como tener delante a un desconocido. Su voz sonaba rara, sobre todo cuando tenía que decir una palabra peligrosa y empezaba a sonreír con cara de lelo. Joan siempre le decía que era muy guapo, pero eso eran chorradas de terapeuta; muy amables, pero chorradas al fin y al cabo. Luke se veía a sí mismo como un pájaro asustado, a punto de salir volando en menos de un segundo.

El Luke de la pantalla se las estaba arreglando muy bien. Pronunciaba de corrido palabras que lo habían dejado fuera de combate en más de una ocasión, palabras con emes y pes como «música» y «París». Todo le parecía fácil en comparación con lo que estaba por llegar.

Ya había reparado en ello de antemano, y cuanto más se acercaba más seguro estaba de fracasar. Oyó prepararse al Luke de la pantalla, como el motor de un coche subiendo por un puerto de montaña; y, justo al llegar a la eme de «Moulin Rouge», aspiró una bocanada de aire, se le cerró la boca y sus esfuerzos se tradujeron en incipientes parpadeos. Se había empotrado en el muro de ladrillos, y se quedó pegado a él un buen rato. Cinco segundos, seis, siete...

–Pa... parezco un pez.

–Mentira. Muy bien, lo pararemos aquí.

Joan pulsó el botón de pausa y dejó al Luke de la pantalla a mitad de un parpadeo, confirmando lo dicho por su tocayo real.

–Mira, un pez.

–Lo veías venir.

–Sí.

–¿Tiene algo que ver con que fuera en francés?

–No lo sé. No creo. Ta... tampoco es tan difícil. ¡Pero ojalá no pa... parpadeara de esa manera!

Joan rebobinó la cinta y volvió a pasar el mismo trozo, con la diferencia de que esta vez indicó a Luke el momento en que se ponía tenso. La contracción de los músculos de la cara y el cuello se advertía a simple vista. Le hizo decir la frase varias veces y pensar en lo que estaban haciendo su lengua y mandíbula. Después le pidió que volviera a leer el texto entero, y en esta ocasión, pese a algunas repeticiones y bloqueos sin importancia, Luke no parpadeó ni torció el cuello.

–¿Lo ves? –dijo Joan–. Tenías razón. Tampoco era tan difícil.

Luke se encogió de hombros y sonrió. Ambos sabían que una cosa era tener éxito en la consulta y otra en la vida real. A veces Luke se pasaba toda una hora hablando con Joan sin que se le trabara la lengua; después, en casa, una pregunta sencilla hecha por su padre lo dejaba en blanco, aunque la respuesta fuera sí o no.

Las conversaciones con Joan no contaban, como tampoco su costumbre de hablar con los animales. Era capaz de pasarse el día hablando con *Ojo de Luna* o los perros, como si nunca hubiera sido tartamudo. No era como el mundo real, donde las palabras tenían tantísima importancia. Aparte de Joan sólo había una persona en el mundo con quien Luke pudiera hablar con fluidez (bueno, dos contando a Buck junior, que aún no entendía ni jota, hecho que sin duda facilitaba las cosas). Esa persona era su madre.

A diferencia de los demás, Eleanor no apartaba la vista cuando veía a su hijo en problemas; y cuando a Luke se le trababa la lengua, su madre se limitaba a esperar pacientemente, hasta que la tensión abandonaba al muchacho como cuando se vacía una bañera. Siempre había sido así.

Luke se acordaba de cuando su madre lo cogía en mitad de la cena y se lo llevaba a lugar seguro, después de que su padre insistiera en oírle pedir las cosas como Dios manda. Luke se quedaba como pasmado, tanto más rojo cuanto más iba creciendo la pared entre él y la palabra que intentaba decir. Llegaba un punto en que rompía a llorar; entonces su madre corría a buscarlo y se lo llevaba a otra habitación. Se quedaban sentados a oscuras, oyendo echar pestes al padre de Luke, hasta que se oía un portazo y el motor de un coche.

El mundo real era aquello: un lugar donde palabras tan insignificantes como «leche», «mantequilla» o «azúcar» podían hacer que un huracán sacudiera toda la casa, dejando a su paso a gente sollozando, vociferando y temblando de miedo.

Después de la sesión de vídeo Joan pidió a Luke que tartamudease a propósito, para acostumbrarlo a controlar la dicción. Dijo que también podía servir para los parpadeos, y le aconsejó practicar a solas ese ejercicio y otros. El último que había estado practicando consistía en emitir ruidos sin sentido, hacer que la voz fluyera como un río y, a continuación, dejar que las palabras flotaran sobre ella.

Después pasaron al role-play, ejercicio que servía más que nada para divertirse y solía acabar con los dos desternillándose de risa. Joan era una actriz frustrada, y siempre daba lo mejor de sí. La semana anterior había adoptado la identidad del dueño de un chiringuito durante un partido de béisbol. Luke tenía que comentar el partido y pedir al malhumorado personaje palomitas y dos refrescos de cola. Siempre conseguía desbaratar la compostura de Joan con algo inesperado, como su petición de mano de la semana anterior. Hoy tenía que vérselas con una policía malcarada que acababa de interceptarlo por exceso de velocidad. Joan le miró la documentación, se la devolvió y le olió el aliento. Luke tuvo que aguantarse la risa.

–¿Ha estado bebiendo?

–No mucho, señora.

–¿No mucho? ¿Cuánto?

–Cinco o seis cervezas, nada más.

–¡Cinco o seis cervezas!

–Sí, y una bo... botella de whisky.

Luke vio que a Joan le temblaba la boca.

–Pues acaba de caerle una multa.

Como siempre que estaba a punto de reír, Joan evitó mirar a Luke a los ojos. Negó con la cabeza y fingió escribir algo en un bloc. Después arrancó la hoja y se la tendió a Luke, que la leyó. Era la lista de la compra.

–No lo entiendo, se... señora.

–¿El qué?

–Me ha puesto una multa por unas galletas y unas medias.

Aquello fue el acabóse. Joan perdió la compostura, y la risa les duró hasta las diez, hora de acabar la sesión. Se levantaron y Joan pasó un brazo por detrás de los hombros de Luke.

–Vas muy bien. ¿Lo sabías?

Luke sonrió y asintió con la cabeza. Joan dio un paso hacia atrás y lo miró fijamente. Afirmar con la cabeza estaba terminantemente prohibido, como todo lo que sustituyera a las palabras.

–Vo... voy muy bien. ¿Vale así?

–Sí.

Joan salió con Luke de la consulta y lo acompañó por el pasillo que llevaba a recepción.

–¿Tu madre qué tal?

–Bien. Me dijo que te diera recuerdos.

–¿Sigues pensando dejar la universidad para dentro de un año?

–Sí. A mi padre le parece bu... buena idea.

–¿Y a ti?

–Pues no sé... Supongo que sí.

Joan lo miró atentamente, como si llevara la mentira pintada en la cara. Luke sonrió.

–Que sí, en serio –dijo.

Joan conocía las relaciones de Luke con su padre. Era un tema que habían tratado desde el principio, y aunque un sentido absurdo de la lealtad hubiera llevado a Luke a ocultarle muchas cosas Joan tenía la convicción de que el señor Calder era el principal responsable de la tartamudez del chico. De todos modos, Luke solía tener la sensación de que la antipatía era más honda, y que quizá tuviera que ver con lo sucedido a una de sus predecesoras, una mujer mucho más joven que Joan de quien se había encaprichado el señor Calder. Se llamaba Lorna Drewitt, y llevaba un año atendiendo a Luke cuando éste descubrió lo que estaba pasando.

Fue durante las vacaciones de Navidad del año en que Luke cumplía los doce. Su padre fue a buscarlo a la clínica y le mandó esperar en el coche mientras «hacía cuentas» con la señorita Drewitt. Tras diez minutos de espera en la oscuridad del aparcamiento, un hombre dio unos golpecitos en la ventanilla y dijo que no podía sacar el coche, que a ver si podían mover el suyo para dejarlo salir.

Luke volvió corriendo a la clínica para avisar a su padre, y no se le ocurrió llamar a la puerta de Lorna. Irrumpió en la consulta como un idiota, y en la décima de segundo que tardaron en separarse los vio arrimados al archivador. Reparó con toda claridad en la mano de su padre, que acariciaba uno de los pechos de Lorna por debajo de la blusa.

Lorna se alisó la ropa en un santiamén y fingió buscar algo en el archivador. Luke, mientras tanto, se daba cuenta de estar poniéndose rojo por momentos. Intentó decir que fuera había un hombre con problemas para sacar su coche, pero se encalló en la primera eme y permaneció inerme como una ballena varada en la playa, hasta que su padre acudió junto a él y le dijo con calma:

–Muy bien, hijo. Ve a decirle que ahora voy.

El regreso a casa transcurrió en silencio, y nunca se habló de lo que el padre de Luke debía de saber que había visto su hijo. Fue la última vez que Luke vio a Lorna Drewitt, aunque tiempo después oyó decir que se había ido a vivir a Billings, ciudad a la que el señor Calder seguía realizando frecuentes viajes de negocios.

Luke no habría sabido decir con certeza si Joan estaba enterada del incidente o de otro similar. Quizá sólo conociera la fama de mujeriego de Buck Calder, algo sabido de sobra, según había averiguado Luke en el colegio cierto tiempo después de lo ocurrido con Lorna. Fuera cual fuese el motivo, Joan no hacía ningún esfuerzo por ocultar sus sentimientos, y se disgustó mucho al decirle Luke por primera vez que en otoño no iría directamente a la universidad. Según ella, cuanto antes se fuera Luke mejor para él y su tartamudez.

Se despidieron en el vestíbulo de la clínica. Luke se puso el sombrero y se dirigió al aparcamiento bajo un sol de justicia.

Saliendo en coche de Helena, pensó en lo que le había dicho Joan sobre la necesidad de marcharse. Probablemente tuviera razón. Luke no tenía la menor duda acerca de los motivos por los que su padre quería tenerlo todo un año trabajando en el rancho antes de ir a la universidad.

Luke tenía la ilusión de estudiar biología en la Universidad de Montana, con sede en la ciudad de Missoula. Su padre, que tenía a dicho centro por un hervidero de liberales y ecologistas melenudos, prefería que Luke siguiera el ejemplo de Kathy y estudiara gestión de industrias agropecuarias en un lugar más acogedor para los rancheros: la universidad estatal de Montana, sita en Bozeman. Confiaba en que un año en contacto con la realidad diaria del rancho hiciera entrar en razón a su hijo.

Luke no tenía inconveniente en seguirle el juego, si bien por motivos muy distintos.

De ese modo podría seguir observando a los lobos. Y quizá, de confirmarse sus temores, protegerlos.

Cuando llegó al rancho no vio señales de que hubiera nadie en casa. El coche de su madre no estaba. Supuso que habría ido a ver a Kathy, o a dar una vuelta por el pueblo. Reconoció el coche del veterinario de la zona, Nat Thomas. Aparcó su viejo jeep al lado y se apeó. Los dos pastores australianos de la familia salieron corriendo a recibirlo y lo acompañaron dando saltos por la cuesta polvorienta que llevaba a la casa.

Al entrar en la cocina dijo hola, pero nadie contestó. Su madre había dejado algo haciéndose en el horno. Olía bien. En cuanto fuera hora de comer vendrían todos. El único día en que Luke se sentaba a la mesa con los demás era el miércoles, después de su sesión con Joan. Los otros días, desde que su padre le había encargado llevar a pacer al ganado, cogía bocadillos y se los comía solo. No le molestaba en absoluto.

Subió a su habitación a ponerse la ropa de montar, para poder salir directamente después de comer.

Su habitación estaba en el piso de arriba, en la esquina sudoeste de la casa. La ventana que daba al oeste tenía vistas sobre la cabecera del valle, donde empezaba el bosque, y también sobre las montañas, cuyas cimas solían estar cubiertas de nubes.

En realidad eran dos habitaciones convertidas en una. La otra mitad, separada por un arco, había pertenecido a su hermano. Aunque los años transcurridos desde el accidente habían llevado a Luke a colonizar una parte, la presencia de Henry seguía haciéndose notar.

Todavía había ropa suya en el armario, así como estanterías llenas de fotos de instituto, trofeos deportivos y una colección de revistas de caza. La que fuera posesión más preciada de Henry colgaba de un gancho en el estante inferior: un guante de béisbol con la firma desleída de una estrella caída en el olvido. Ponía: «Duro con ellos, Henry.»

A veces Luke se preguntaba si en alguna ocasión sus padres se habrían planteado hacer limpieza general. Suponía que no debía de ser fácil decidir el destino de las posesiones de un hijo muerto. Esconderlas podía ser tan malo como dejarlas en su lugar.

En la mitad que ocupaba Luke las estanterías estaban llenas de libros y un batiburrillo de cosas encontradas por la montaña. La colección, digna de un museo, incluía piedras peculiares por su color, dibujo o forma, viejos trozos de madera que parecían caras de gnomos y fragmentos fósiles de huesos de dinosaurio. También había garras de oso, plumas de águila y búho y cráneos de tejón y lince rojo.

Entre los libros apilados había algunos que Luke nunca se cansaba de leer (Jack London, Cormac McCarthy y Aldo Leopold), amén de toda clase de libros sobre animales. Así como otros chicos esconden revistas pornográficas en su biblioteca, Luke hacía lo mismo con los libros de lobos. Tenía más de una docena, algunos ya viejos, como el de Stanley P. Young, pero otros, los más, obra de escritores más modernos, como Barry López, Rick Bass y el gran especialista en lobos David Mech.

Luke consultó su reloj de pulsera. Faltaba una hora para que viniesen a comer. Decidió matar el tiempo haciendo algunos de los ejercicios de voz de Joan. Se estiró en la cama, cerró los ojos e inició lo que Joan llamaba «exploración corporal». Su respiración se volvió más lenta y profunda. Fue relajando a conciencia todos los músculos de su cuerpo, emitiendo un suave gemido a cada espiración. Poco a poco se notó menos tenso.

A continuación, como le había aconsejado Joan, imaginó que su voz era un río salido de su boca, y que estaba en su mano hacer que cualquier palabra, cualquier tontería que se le ocurriera, flotara plácidamente en ese río que fluía entre él y el mundo.

–Me vuelve loco el pastel de coco. Va flotando el pastel, y tú flotas con él...

El río siguió su curso más allá de la puerta abierta, inundando el pasillo, donde un rayo de sol iluminaba el polvo que flotaba en el aire. Después bajó por la escalera, explorando la casa silenciosa.

–Flota que flotará el pastel de mamá.

Después de un rato su voz se volvió soñolienta y pausada, como si el río estuviera formando un lago y el agua girara lentamente, llenando la casa hasta que Luke acabó por dormirse. Volvió a reinar el silencio. Sólo se oía mugir un ternero a lo lejos.

Así solía estar la casa en los últimos tiempos: silenciosa, sin más presencia que la de los recuerdos. Llevaba así desde que se habían marchado las hermanas de Luke, primero Lane, casada con un agente inmobiliario de Bozeman, y luego Kathy.

Donde más se notaba era en el salón, al que daban todas las demás habitaciones de la planta baja. Era una sala espaciosa, con parquet de cedro y revoque blanco en las paredes, reforzadas por gruesos maderos de pino. Al fondo había una chimenea de piedra donde en las noches de invierno crepitaban grandes troncos, tan lentos en consumirse que sus brasas duraban hasta la mañana siguiente. La campana de la chimenea era de hierro negro y llegaba hasta las pesadas vigas del techo, a las que años de exposición al humo habían dado color de melaza.

Las paredes del salón estaban adornadas con bordados y tapices, elaborados con mística paciencia por la abuela de Luke, y antes de ella por su bisabuela. También había fotografías de todos los Henry Calder, así como una serie de relojes antiguos coleccionados por la madre de Luke en otros tiempos.

Las cajas de los relojes eran de madera de arce y tenían forma rectangular. Todos llevaban una ilustración pintada a mano en el cristal de debajo de la esfera, casi siempre de animales, pájaros o flores. Sólo quedaban cuatro de cinco, desde que el hermano de Luke había destrozado uno demostrando a las niñas lo bien que echaba el lazo, hazaña que le había ganado una buena tunda de su padre.

En otros tiempos la madre de Luke había vigilado la puntualidad y buen funcionamiento de todos los relojes. Cada domingo les daba cuerda y los ajustaba para que dieran la hora al unísono. Muchos invitados se habían extrañado de que fuera posible vivir con tanto ruido y traqueteo. Eleanor, a quien el comentario arrancaba risas, siempre contestaba que ningún miembro de la familia se daba cuenta, hecho cierto a grandes rasgos, si bien Luke recordaba haber tenido una pesadilla de muy pequeño. Había sido durante una de sus frecuentes amigdalitis. Postrado por la fiebre, había soñado que el tictac era en realidad un ruido de cuchillos, y que una banda de piratas sanguinarios subía sigilosamente por la escalera para atacarlo.

Pero los relojes se habían quedado mudos. Su silencio duraba ya más de diez años. ¿Gesto simbólico? ¿Simple descuido? Nadie se atrevía a preguntarlo. El caso era que desde la muerte de Henry su madre nunca había vuelto a darles cuerda. Siendo como eran propiedad exclusiva de ella, y dada la posibilidad de que jugaran algún papel en el llanto por su hijo, nadie más los había tocado. Sus esferas polvorientas registraban las horas de sus respectivas defunciones.

En las paredes del salón y el resto de la casa había adornos de mayor relevancia, al menos para Luke: las cabezas de los animales abatidos por cuatro generaciones de Calders, todos ellos grandes cazadores. El hermano de Luke había matado a su primer alce a los diez años, lo cual, además de infringir la ley, había sido motivo de gran orgullo para su padre. La cabeza, montada sobre una base de madera, presidía la puerta de la cocina. Uno de los trucos favoritos de Henry había sido tirar el sombrero desde seis metros de distancia y colgarlo de las astas. El sombrero seguía en el mismo lugar.

Al pequeño Luke los trofeos siempre le habían dado un poco de miedo. Tenía cuatro años cuando su hermano le reveló que los animales no estaban muertos de verdad, y que a pesar de que no pudieran moverse el cerebro y los ojos seguían funcionándoles.

Luke pasó casi un año entero sintiéndose vigilado en todos sus movimientos, y juzgado en todas sus acciones. Su hermano le dijo que la cabeza más importante era la de un alce enorme cazado por su abuelo, colgada en lugar preferente al pie de la escalera.

–Si los demás te ven hacer algo malo se lo dicen al viejo alce –había susurrado Henry. Aun dándose cuenta de la seriedad con que lo observaban sus hermanas, Luke siguió mirando a Henry con ojos muy abiertos–. El alce lleva la cuenta, y cuando te hayas portado mal demasiadas veces irá por ti.

–¿Cu... cu... cuán...?

–¿Que cuántas veces tienes que portarte mal?

Luke asintió con la cabeza.

–Pues mira, Luke, no estoy seguro, pero una cosa sí te digo: cuando me cargué aquel reloj tan viejo de mamá, vino a mi habitación en plena noche ¡y qué paliza me dio!

–¿Co... co... con qué?

–Con esas astas tan grandes que tiene. Las usa como palas. Y te juro que duele un montón, mucho más que el cinturón de papá. Me pasé una semana sin poder sentarme.

Cada noche, al irse a la cama, Luke se confesaba en silencio delante del alce, diciéndole que sentía mucho todas las veces que se había portado mal durante el día. Pocas veces dejaba de incluir en la lista sus respuestas sincopadas a las preguntas que le formulaba su padre durante las comidas, así como los estallidos de mal genio subsiguientes. Un día su madre lo sorprendió delante del alce, le dijo que todo era mentira y Henry se ganó otra paliza paterna. Aun así, Luke tardó lo suyo en poder pasar tranquilamente bajo el morro del alce y en sentarse en una habitación adornada con cabezas sin la sensación de que podían estar vigilándolo.

Y no era porque les tuviera miedo. Los animales nunca lo habían asustado. Había descubierto que era más fácil trabar amistad con ellos que con los seres humanos. Los animales del rancho (perros, gatos, caballos y hasta terneros) siempre se acercaban a él antes que a cualquier otra persona. En los inicios de su tartamudez, Luke solía recurrir a Mo, un títere viejo con cabeza de zorro que de tan gastado y remendado ya no parecía ni zorro ni nada. Por boca de Mo Luke podía dirigirse a las personas con la misma fluidez que a los animales cara a cara. Pero el títere acabó colmando la paciencia del padre de Luke, que lo metió en un armario bajo llave.

Debido quizá a la broma de su hermano con los trofeos, o a aquellos genes rebeldes que hacían de él un Calder tan poco Calder, lo único que Luke temía de los animales era su opinión. No sólo la que tuvieran de él, sino de toda la especie humana. Veía el daño que les infligía el hombre, y el hecho de tener problemas de habla lo familiarizaba con la sensación de no poder protestar contra la opresión.

El rancho no era lugar muy adecuado para alguien dotado de semejante sensibilidad, aunque Luke siempre había puesto todo su empeño en ocultarla. A tal efecto contribuía a tareas aborrecibles para su conciencia como sujetar a los terneros para que los marcaran, mientras les cortaban los testículos y el olor a carne chamuscada ponía al muchacho al borde de las náuseas. También comía carne, pese a la facilidad con que su sabor y textura le daban ganas de vomitar.

Hasta había salido de caza con tal de caer en gracia a su padre, obteniendo un resultado contrario al buscado.

Seis años después de morir su hermano, su padre le había preguntado si quería ir a por su primer alce. Luke tenía trece años, y al tiempo que le horrorizaba la idea también le ofendía lo mucho que había tardado su padre en proponérsela.

Salieron antes del amanecer, bajo la faz moteada de una luna de noviembre que iluminaba el aliento de los caballos y proyectaba sus sombras sobre un reluciente manto de nieve. Una hora después estaban en el bosque, parados sobre un risco y mirando en silencio hacia atrás para ver al sol encaramarse al borde del mundo y convertir las llanuras nevadas en un mar carmesí.

El padre de Luke siempre sabía dónde había más posibilidades de encontrar alces. Se dirigieron al mismo lugar donde Henry había cazado su primer macho, un cañón apartado donde toda una manada solía buscar refugio y alimento cuando la capa de nieve alcanzaba cierto grosor. Luke había ido solo muchas veces a observar, pero nunca a matar, al menos hasta ese día.

Recorrieron a pie los dos últimos kilómetros, procurando tener de cara el leve viento que soplaba. La nieve, reciente y esponjosa, no era lo bastante alta para molestarlos, aunque de vez en cuando uno de los dos se metía hasta la cintura en un agujero oculto. Hablaban muy poco, y siempre en voz baja. Por lo demás, aparte de su respiración y el crujir de sus botas en la nieve, todo era silencio en el bosque. A Luke no le cabía el corazón en el pecho. Rezó tontamente por que su padre no lo oyera, y más tontamente todavía por que los alces sí se dieran cuenta y se pusieran a salvo.

La escopeta estaba en manos de su padre. Pese a su costumbre de cazar con una Springfield 30.06 o la Magnum que había comprado en otoño, sólo llevaba la Winchester de 27 mm, la misma arma con que, seis años antes, Henry había abatido su primer alce. Tenía menos retroceso que las demás, y sólo hacía unos días que Luke, haciendo prácticas con ella, había dado varias veces seguidas en el blanco, provocando el entusiasmo de su padre: «¡Que me aspen si no eres casi tan buen tirador como tu hermano!»

Tardaron más de una hora en llegar al borde del cañón. Una vez ahí se metieron debajo de un pino viejo, asomándose al espacio vacío entre las ramas más bajas y la nieve amontonada en círculo a su alrededor. Luke recibió los prismáticos de manos de su padre.

Los alces no habían oído los latidos. En la otra vertiente del cañón había una manada de unas treinta hembras. El macho estaba un poco al margen, mordisqueando las cortezas de un bosquecillo de álamos temblones, a menos de doscientos metros de los cazadores. Al devolver los prismáticos a su padre, Luke se preguntó si tendría valor para decirle que no quería seguir adelante. De todos modos, aunque lo intentara se le trabaría la lengua. El efecto de sus palabras sería catastrófico.

–No es tan grande como el de Henry, pero servirá –susurró su padre.

–A lo mejor de... de... deberíamos espe... pe... perar a ver uno más grande.

–¿Estás loco? Es un buen ejemplar. Ten.

Pasó la escopeta a su hijo. Luke sabía que bastaba con rozar las ramas que tenían encima para provocar la caída de un montón de nieve, y quizá asustar al alce. Pensó en hacerlo a propósito.

–No tengas prisa, hijo. Cógela poco a poco.

Su padre le ayudó a meter el cañón entre las ramas y la nieve. El árbol desprendía un fuerte olor a resina que mareó a Luke. Nunca le había pasado, y le pareció extraño. Se puso la culata de la escopeta encima del hombro.

–Ahora ponte cómodo. Encuentra un buen sitio para apoyar los codos. ¿Qué tal? ¿Bien?

Luke asintió con la cabeza y acercó el ojo a la mira telescópica, notando que el ocular se le pegaba a la piel. Al principio sólo vio una rápida y borrosa sucesión de árboles nevados, y las rocas grises y estriadas de la pared del cañón.

–No co... co... consigo encontrarlo.

–¿Ves esas ramas secas? Las hembras están justo debajo. ¿Las ves?

–No.

–No pasa nada. Hay tiempo de sobra. El macho está a la derecha de las hembras.

Luke las vio. Estaban arrancando musgo de unos troncos caídos. Cada vez que levantaban la cabeza y masticaban se les veían los ojos con toda claridad. La cruz de la mira telescópica fue pasando de un animal a otro, centrándose en sus vientres blancos, donde a esas alturas del año empezaban a formarse las crías.

–¿Lo tienes?

–Sí.

El macho estaba arrancando un trozo de corteza de un árbol joven. Al desprenderlo sacudió el árbol, llenándose de nieve la cabeza y la cornamenta. La proximidad de la imagen era desconcertante. Luke era capaz de distinguir uno a uno los pelos oscuros del pescuezo. Veía el movimiento de las mandíbulas, las partes más claras en torno a los ojos que, negros y acuosos, vigilaban a las hembras con mirada impasible, las gotas de nieve fundida encima del hocico...

–Parece un po... po... poco joven para tener manada propia. A lo me... me... mejor hay uno más grande po... po... por algún lado.

–¡Diablos, Luke! ¡Si no disparas tú lo haré yo!

Luke estaba dividido. Por un lado tenía unas ganas locas de dar la escopeta a su padre; por el otro era consciente del valor real de aquel momento, última oportunidad de ser tenido en cuenta por su padre. Si quería ser alguien tenía que arrebatar la vida a aquella criatura.

Su respiración era rápida y superficial, como si tuviera cerradas tres cuartas partes de los pulmones. Su corazón latía a tal velocidad que parecía a punto de estallar, y Luke casi deseaba que lo hiciera. Sentía bombear la sangre en la parte de la cara apoyada contra el ocular. La cruz de la mira se movía por el cuerpo y cabeza del alce como un yoyó.

–Tranquilo, hijo. No te pongas nervioso. Respira hondo.

Luke se sintió observado y juzgado por su padre. Seguro que estaba comparando su actitud con la de Henry en su primer día de caza.

–¿Quieres que lo mate yo?

–No –dijo Luke bruscamente–. Yo pu... pu... puedo.

–Aún tienes puesto el seguro, Luke.

Luke buscó el seguro con dedos temblorosos y lo quitó. El alce había vuelto a acercar el hocico al árbol, pero algo hizo que vacilara justo antes de morder la corteza. Levantó la cabeza, husmeó el aire y de repente, aguzando todos sus sentidos, se volvió hacia la escopeta.

–¿Nos ha visto?

El padre de Luke estaba mirando por los prismáticos, y tardó un poco en contestar.

–Algo ha olido, eso seguro. Mira, Luke, si piensas hacerlo hazlo ya.

Luke tragó saliva. El tono de su padre se hizo más apremiante.

–Tienes ajustada la mira a doscientos –susurró–, que es más o menos la distancia a la que está. No hay viento, así que la línea de tiro es igual que la de visión.

–Ya lo sé.

–Dispárale detrás del codillo.

–¡Ya lo sé!

El alce seguía mirándolo. Luke oyó zumbar la sangre en sus oídos. El mundo parecía haberse convertido en un túnel donde sólo existieran dos seres vivos, en un extremo él y en el otro el alce, penetrando con su mirada en lo más hondo, no sólo la mente de Luke, sino los rincones más oscuros de su corazón; y, entreviendo quizá en él la presencia de la muerte, el animal dio un respingo de alarma y empezó a alejarse.

Fue justo entonces cuando Luke apretó el gatillo.

El alce trastabilló. Ladera abajo, las hembras se alborotaron y echaron a correr todas a la vez, buscando refugio en el bosque.

–¡Le has dado!

El macho estaba de rodillas, pero consiguió enderezar las patas e internarse a trompicones por la alameda. El padre de Luke estaba saliendo de debajo del árbol con la cabeza por delante.

–¿Estás seguro?

–¡Pues claro! ¡Venga!

Luke salvó la barrera de nieve que lo separaba de la luz del sol. Su padre ya se estaba poniendo de pie.

–Dame la escopeta. Vamos por ahí. No llegará muy lejos.

Dicho y hecho. Su padre empezó a bajar por la ladera con la escopeta en alto, dando enérgicas zancadas por la nieve. Luke siguió sus pasos, deslumbrado por el sol, tropezando tantas veces que no tardó en verse cubierto de nieve, y sin dejar de repetir (¿en voz alta o para sus adentros? Ni lo sabía ni le importaba): Dios mío, por favor, no dejes que lo haya hecho, y si es verdad, haz que el alce siga viviendo, por favor. Deja que se marche. ¡Por favor!

Cuando llegaron al bosquecillo de álamos encontraron sangre en la nieve, y siguieron el rastro por un pinar largo y estrecho que cubría la parte más baja de la ladera del cañón.

Oyeron al alce antes de verlo. Luke nunca había oído nada igual: una especie de grito gutural que se le quedó clavado en la memoria, semejante al de una puerta rota chirriando al viento en una casa abandonada. A juzgar por las huellas el alce se había desplomado, desapareciendo al otro lado de unas rocas. El padre de Luke las rodeó con cuidado, caminando entre hierbajos cubiertos de nieve.

–Ahí lo tienes, Luke –dijo, mirando hacia abajo–. Le has dado en el cuello.

Luke sintió una contracción en el pecho. Los gritos del alce cada vez eran más seguidos, y retumbaban en el cañón de forma tan horrible que tuvo que hacer un gran esfuerzo para no taparse los oídos.

»Date prisa, Luke, que tienes que rematarlo. Cuidado, que hay mucha pendiente.

Luke pasó al lado de las rocas sin importarle si se caía o no; más bien lo deseaba, dado su terror a lo que estaba a punto de ver. Llegó junto a su padre y miró hacia abajo. A sus pies había una cuesta muy empinada, cubierta de rocas y guijarros. A media cuesta, un árbol muerto había interrumpido la caída del alce, que seguía entre sus ramas, mirándolos y dando coces al aire con las patas traseras. Tenía un agujero negro en el cuello, y le chorreaba sangre por el codillo y el pecho.

El padre de Luke metió otra bala en la recámara y tendió la escopeta a su hijo.

–Ten. Ya sabes lo que hay que hacer.

Luke la cogió, notando que le temblaba la boca y se le empañaban los ojos. Por mucho empeño que pusiera no podía evitarlo. Empezó a temblarle todo el cuerpo por culpa de los sollozos.

–No pu... pu... puedo.

Su padre le pasó un brazo por los hombros.

–Tranquilo, hijo. Sé lo que sientes.

Luke negó con la cabeza. Nunca había oído estupidez igual.

¿Quién podía saber lo que sentía? Y menos su padre, que debía de haber visto cosas así decenas de veces.

»Pero tienes que hacerlo. Si no no será tuyo.

–¡No lo qui... qui... quiero!

–Date prisa, Luke, que está sufriendo...

–¿Qué te crees, que no lo sé?

–Pues remátalo.

–¡No pu... pu... puedo!

–Sí que puedes.

–Hazlo tú.

Luke devolvió la escopeta a su padre.

–Un cazador no deja las cosas a medias.

–¡Yo no soy un ca... ca... cazador, joder!

Su padre lo miró fijamente. Era la primera vez que oía decir una palabrota a Luke. Con expresión más apenada que furiosa, negó con la cabeza y cogió la escopeta.

–No, Luke, no creo que lo seas.

Disparó al alce en el corazón. Vieron que sacudía las cuatro patas a la vez, como si su alma hubiera salido volando hacia lugares remotos. Después, sin apartar la vista de sus verdugos, el animal tensó todos los músculos, soltó un suspiro largo y entrecortado y quedó inmóvil.

Pero la cosa no acabó ahí.

Ataron una cuerda al cadáver y lo descolgaron del árbol desde abajo. Después, a instancias de su padre, Luke tuvo que ayudar a despellejarlo. Era lo que tocaba, dijo Buck mientras abría el vientre, metía la mano, cortaba la tráquea y extraía las humeantes vísceras del alce: corazón, hígado y pulmones. Había que hacerlo siempre que se cobraba una pieza. Dijo que era un momento sagrado. Después serraron la cabeza y cortaron el cuerpo en trozos para podérselo llevar. Luke lloró en silencio durante todo el proceso; lloró al tocar y oler la sangre caliente del alce, y lloró de vergüenza por lo que estaba haciendo.

Lo que no podían llevarse lo colgaron de una rama alta, a salvo de coyotes y osos rezagados. Cuando emprendieron el camino de regreso, con la cabeza astada balanceándose sin ton ni son sobre la carne sujeta con cintas a los hombros de Buck, Luke, que cargaba con el resto, miró hacia atrás y, viendo el montón de vísceras y la nieve empapada de sangre en varios metros a la redonda, se le ocurrió que el infierno, si existía de verdad, debía de tener aquel mismo aspecto. El infierno, su destino ineludible a partir de aquel día.

La cabeza del alce no llegó a compartir pared con las demás. Quizá lo prohibiera la señora Calder, después de enterarse de lo sucedido. Luke nunca llegó a averiguarlo; sin embargo, a pesar de los cinco años transcurridos, seguía apareciéndosele en sueños de vez en cuando, dirigiéndole miradas burlonas desde el lugar más inesperado. Y Luke se despertaba lloriqueando, empapado en sudor, con las sábanas deshechas.

10

Aquel miércoles por la mañana Hope parecía el escenario de un rodaje salido de madre. La calle mayor era un ajetreo de vacas, coches y niños dispuestos a aturdirse entre ellos a golpes de instrumento musical. En lo alto, dos jóvenes hacían equilibrios sobre escaleras de mano, intentando colgar ristras de banderas de colores de un lado a otro de la calle. El pueblo se estaba preparando para la feria y el rodeo de todos los años.

Después de toda una mañana ensayando, la banda del instituto había empezado a desfilar por la calle con los nervios de punta, bajo la luz deslumbrante del sol de mediodía. Se suponía que estaban tocando *Setenta y seis trombones*, sin duda por iniciativa de algún bromista, ya que en la banda sólo había un trombón, y aun éste veía peligrar su supervivencia porque una corneta dos veces más alta que él acababa de amenazar con cargárselo si volvía a tocarle la espalda con el trombón. Ignorando las estridentes súplicas de su profesora, la pobre Nancy Schaeffer, los músicos empezaron a dividirse en dos bandos, gritando como locos mientras el ganado se arremolinaba en torno a ellos cual tropel de filisteos.

Al parecer nadie se explicaba del todo la presencia de las reses. O habían leído mal el calendario y se dirigían al recinto ferial, o alguien había escogido el peor momento para llevarlas a pastar al otro lado del pueblo. Los hombres que colgaban las banderas seguían trabajando como si nada, indiferentes a la respuesta. Sus escaleras se movían a merced del ganado, hasta que un choque frontal hizo que una se cayera y el que estaba encima de ella no tuvo más remedio que saltar al techo del porche del bar de Nelly, justo a tiempo de ver caer las banderas encima de las vacas, que, engalanadas de tal suerte, se las llevaron fuera del pueblo en alegre procesión.

El señor Iverson chasqueó la lengua y sacudió su cabeza cana.

–Cada año peor –dijo–. Hasta la banda es incapaz de tocar medio bien.

–Bueno, aún les quedan un par de semanas de ensayo –dijo Eleanor–. Y las vacas no se lo ponen fácil.

–Entre ruido y ruido prefiero el de las vacas.

Eleanor sonrió.

–En fin, más vale que me vaya a casa. Hay hombres hambrientos esperando el almuerzo.

Se despidió de Iverson y, cargada con dos bolsas de comida, caminó por la acera en dirección a donde había dejado el coche. Sólo quedaban unas cuantas vacas rezagadas, perseguidas por dos jóvenes a caballo a los que Eleanor no supo reconocer, y a quienes llovían insultos de tenderos y conductores impacientes, víctimas del atasco. La banda parecía haber interrumpido sus ensayos, y las facciones enfrentadas se estaban dispersando.

Eleanor metió las provisiones en el maletero y lo cerró, recriminándose lo excesivo de sus compras. Al igual que casi todos sus vecinos solía ir una vez por semana al supermercado de Helena, el más grande de la zona, y sólo recurría a la tienda de Iverson para subsanar algún que otro olvido. Se sentía tan culpable en sus escasas visitas al establecimiento que siempre acababa comprando toda clase de artículos innecesarios, como los de aquellas dos bolsas. Estaba convencida de que los Iverson, taciturno matrimonio que llevaba al frente del negocio desde tiempos inmemoriales, eran conscientes del síndrome, y lo incentivaban poniendo cara de vinagre cada vez que entraba un cliente. Seguro que cuando volvían a estar solos armaban jolgorio y bailaban desenfrenadamente.

Eleanor se metió en el coche, notando el calor del asiento a través de su vestido de algodón. Cuando estaba a punto de arrancar vio que el letrero de EN VENTA seguía en el escaparate de la tienda de artículos de regalo de Ruth Michaels, al otro lado de la calle. Volvió a pensar en lo que le había dicho Kathy.

Hacía un mes, mientras cambiaban los pañales al pequeño Buck, Kathy había comentado que Paragon estaba en venta, y había planteado la posibilidad de que Eleanor la comprara. Desde su matrimonio, uno de los pasatiempos favoritos de Kathy era discurrir proyectos en que involucrar a su madre, a la que había propuesto de todo, desde ir a la universidad a practicar el yoga, pasando por abrir un restaurante y montar una empresa de venta por correo. Lo último era comprar la tienda de Ruth Michaels.

–No seas tonta –había dicho Eleanor–. No tendría ni idea de cómo administrarla. Ni siquiera sabría preparar un cappuccino.

–¿No ayudaste al abuelo en su tienda? Además no haría falta. Ruth no quiere dejarlo; lo que pasa es que pidió un préstamo demasiado elevado y ya no puede seguir. Podrías comprar una parte del negocio y dejar que siguiera encargándose de todo. Dependería de ti participar mucho o poco.

Kathy había echado por tierra todas las excusas de su madre. Desde entonces no había vuelto a surgir el tema, pero Eleanor le había dado muchas vueltas. A lo mejor era justo lo que le hacía falta. Casadas sus dos hijas, y con Luke a punto de entrar en la universidad, algo había que hacer para llenar el vacío.

En los viejos tiempos, antes de morir Henry, Eleanor solía llevar gran parte del papeleo del rancho, el mismo del que había pasado a encargarse Kathy. El tiempo había reducido sus actividades a la cocina, y le sorprendía la idea de haber disfrutado alguna vez entre fogones. A veces llegaba a tales extremos de aburrimiento y soledad que temía volverse loca.

Con Ruth Michaels sólo había cruzado algún que otro saludo, pero siempre le había parecido una mujer despierta y simpática. Cinco años atrás su llegada a Hope había provocado curiosidad y suspicacia entre la población; para ser más exactos, los hombres habían sentido curiosidad y las mujeres suspicacia, por motivos iguales en ambos casos: su piel morena y aspecto exótico, y el hecho de que fuera soltera. Al final la habían aceptado (dentro de los límites impuestos por su procedencia neoyorquina), y gozaba del aprecio general.

La tienda había causado muy buena impresión a Eleanor las pocas veces que había entrado. No vendía la típica bazofia para turistas (muñequitos de plástico, bolas con paisajes nevados y camisetas de vaquero con chistes impresos). El buen gusto de Ruth se notaba en su selección de joyas, libros y material gráfico.

Eleanor cruzó la calle sin haber tomado una decisión, procurando no pisar lo que habían dejado las vacas ni topar con los últimos músicos de la banda, tan acalorados como antes.

Ruth permitía que la gente pusiera notas y carteles en un tablón colgado del escaparate, donde se anunciaban ventas de objetos usados, cachorros para regalar y acontecimientos tales como comidas comunitarias o bodas a las que se invitaba a todo el pueblo. Eleanor vio que casi todos los anuncios tenían relación con la feria y el rodeo, y sonrió al ver uno donde ponía: «Se precisa trombón. Urgente. Llamar a Nancy Schaeffer ¡ya! Debajo del tablón había un gato negro que dormía, aprovechando el sol que entraba por el escaparate.

La puerta tenía unas campanillas que sonaban al abrirla o cerrarla. Después del resplandor de la calle, los ojos de Eleanor tardaron un poco en acostumbrarse a la poca luz de la tienda. El ambiente era fresco y tranquilo, con música relajante y un denso aroma a café flotando por doquier. No se veía a nadie.

Eleanor avanzó con cuidado entre altas estanterías llenas de objetos de cerámica, juguetes de artesanía y mantas indias de colores vivos, poniendo cuidado en no chocar con la enorme proliferación de móviles y carillones colgados del techo, que tintineaban al dar vueltas y topar unos con otros. Había cestas llenas de pulseras hechas con crin trenzada y teñida, y vitrinas abarrotadas de joyas de plata.

De la cafetería, colocada al fondo de la tienda, llegaban silbidos y ruidos metálicos. Al acercarse, Eleanor oyó la voz de Ruth.

–¡Venga, pedazo de capullo! ¡Decídete!

No se veía a nadie. Eleanor estaba indecisa. No quería interrumpir una discusión privada.

–Una última oportunidad. O la aprovechas o no sales viva de aquí, ¿vale?

De repente, la enorme cafetera cromada de encima del mostrador soltó un chorro de vapor tremendo.

–¡Me cago en tus muertos! ¡Habráse visto cosa más inútil y asquerosa!

–¿Hola? –dijo Eleanor con timidez–. ¿Ruth?

Todo quedó en silencio.

–Si viene de parte del banco o de hacienda, no está.

La cabeza de Ruth se asomó lentamente al borde de la cafetera, con una mancha negra de aceite en la mejilla. Por un instante, al ver a Eleanor puso cara de susto, pero luego sonrió.

–¡Hola, señora Calder! Perdone, pero es que no la he oído. Esta máquina me va a matar, y no lo digo en broma. ¿En qué puedo ayudarla? ¿Quiere un café?

–Si va a explotar no.

–No, si sólo se porta mal cuando cree que no hay nadie.

–Tiene algo en la...

Eleanor señaló la mancha.

–Ah, sí. Gracias. –Ruth cogió un kleenex y se limpió la mejilla usando la máquina como espejo–. ¿Cree en los fantasmas?

–Me parece que sí. ¿Por qué?

–Le juro que esta cosa está encantada. La conseguí a muy buen precio en un local de Seattle que estaba a punto de cerrar. Ahora lo entiendo. ¿Qué tal un cafetito?

–¿Tiene descafeinado?

–¡Cómo no! La leche, ¿desnatada o normal?

–Póngamela desnatada.

–No vale la pena.

–Bueno, es que...

–No, si es el nombre que le he puesto a un descafeinado con leche desnatada. Sin cafeína ni nata no vale la pena. –Ruth se echó a reír de forma curiosa, con una risa ronca y casi vulgar que se le contagió a Eleanor en cuestión de segundos–. ¿Qué, la ha pillado la estampida?

–Me he salvado por pelos. ¡Pobres chicos!

–Siéntese, por favor.

Eleanor ocupó uno de los exiguos taburetes, mientras Ruth obligaba a la máquina a hacer dos cappuccinos. Llevaba tejanos gastados y una camiseta suelta de color violeta, con el nombre de la tienda estampado. Un pañuelo rojo recogía su oscura cabellera. Eleanor calculó que tendría entre treinta y cinco y cuarenta años, y le llamó la atención su gran atractivo.

Se preguntó qué habría provocado la expresión de pánico de Ruth al verla. Quizá fuera cierto que estaba esperando una visita de hacienda. Ruth sirvió el café a Eleanor.

–¿Y qué? ¿Ya ha encontrado comprador? –preguntó Eleanor–. Kathy me ha dicho que quiere encontrar un socio.

–¿Ha visto la cola que hay? No le interesa a nadie.

Eleanor tomó un sorbo de café. Estaba bueno. Se dijo: Venga, dilo ya. Dejó la taza.

–Pues a mí a lo mejor sí.

Buck supuso que el ternero llevaba muerto unos días. No quedaba gran cosa; sus cuartos traseros casi habían desaparecido, a excepción de unos pocos huesos y trozos de piel masticada. Los despojos habían aparecido en lo alto de un profundo barranco, y lo que no se habían llevado los pájaros y otras alimañas lo había dejado tieso el calor del sol. Nat Thomas tenía serias dificultades para averiguar lo sucedido.

Estaba arrodillado delante del cadáver, revolviendo entre moscas y gusanos con su cuchillo y su fórceps. Alrededor todo estaba lleno de saltamontes. Nat, y antes de él su padre, llevaban muchos años prestando sus servicios al rancho Calder, y Buck lo había llamado enseguida. Quería una opinión independiente, antes de que los agentes del gobierno empezaran a manosear el cadáver. Cierto, habían admitido que la muerte de *Prince* era obra de un lobo, pero era lo mínimo teniendo en cuenta que Kathy había visto a esa bestia maldita con sus propios ojos.

Buck no tenía mucha simpatía por el tipo ese de Fauna y Flora, Prior o como se llamara. Tampoco se fiaba de él. El otro, Rimmer, el de control de depredadores, parecía buen chaval, pero a la hora de la verdad, por mucho que disimulen, los funcionarios son funcionarios, qué demonios, y a todos les gustan los lobos.

Buck tenía a Clyde a su lado. Ambos miraban por encima del

hombro de Nat. Era mediodía, y las rocas dispersas por el prado estaban tan calientes que hacían temblar el aire. Sólo se oía el ruido seco de los saltamontes al saltar, y algún que otro mugido que llegaba de más arriba, cerca del bosque. Buck todavía sudaba de lo empinada que era la cuesta. El coche de Nat se había quedado en la casa, y los tres habían recorrido el mayor trecho posible con la camioneta de Clyde, a la que habían tenido que dejar un kilómetro más abajo, al topar con terreno impracticable. El caballo habría sido mejor opción.

El ternero había sido descubierto por Clyde esa misma mañana, y lo que más molestaba a Buck era que Luke no lo hubiera encontrado antes. Justo después de la muerte de *Prince* el muchacho había recibido el encargo de llevar las vacas a pastar. Alguien tenía que vigilar al ganado si había lobos rondando, y nada impedía que ese alguien fuera Luke, visto que conocía el terreno y no servía para gran cosa más.

Buck le había dado instrucciones de fijarse especialmente en ese tipo de cosas, pero Luke no había sabido ver al ternero; sin duda porque se pasaba casi todo el tiempo en las nubes, soñando y leyendo, buscando huesos viejos o a saber qué. Buck no tenía ni idea de cómo convertirlo en un ranchero más o menos aceptable.

–¿Qué, Nat? ¿Cómo lo ves?

–La verdad, no tengo mucho por donde empezar.

–¿Cuánto lleva muerto?

–Pues tres o cuatro días.

–¿Crees que ha sido un lobo?

–Lo que está claro es que lo han dejado en los huesos. ¿Ves las marcas de dientes en el cuello? Señal de que ha sido un depredador con una mandíbula bastante grande, y no creo que se trate de un oso. A lo mejor un lobo, o un coyote. ¿Has buscado huellas por aquí cerca?

–Está demasiado seco –dijo Clyde–, y hay demasiados saltamontes.

–Puede que ese bicho ya se lo encontrara muerto.

–Mis vacas no se mueren solas, Nat. De sobra lo sabes.

–Ya, pero con lo poco que queda igual podría habérselo cargado un rayo o cualquier otra cosa...

–¿Un rayo? No fastidies, Nat.
–Bueno, bueno.
Al mirar el cadáver, Buck se fijó en algo y se agachó a recogerlo. Era un trozo de piel endurecida por el sol. Llevaba la marca del rancho Calder: «HC.» Sopló para apartar a un saltamontes y examinó el trozo de piel desde todos los ángulos.
Algún ternero que otro hay que perder, claro. De vez en cuando siempre hay uno que se pone enfermo o se cae por un barranco. Hacía unos años que un oso había matado a dos antes de que un agente de control de depredadores se hiciera cargo de él. En aquella zona, criar ganado implicaba perder algunos terneros.
No obstante, hacía dos años que todos los animales volvían sanos y salvos de pasar el verano en esos pastos. Al ver su marca en el trozo de piel, Buck se puso furioso.
Estaba seguro de que el culpable era un lobo, ¡y vaya si lo demostraría! Debía de ser el mismo que había matado al perro de Kathy, una de esas bestias dañinas que habían dejado sueltas por Yellowstone los gilipollas del gobierno. ¡Y encima les pedían mantenerse al margen y dejar que se merendaran terneros de quinientos dólares! Daba ganas de vomitar. Buck no estaba dispuesto a soportarlo.
Tiró el trozo de piel y lo vio rebotar por el barranco como las piedras planas que se tiran al agua.
–A ver, Nat, ¿estás dispuesto a darme la razón si digo que es un lobo, o no?
El veterinario se levantó y se rascó la cabeza. Buck se dio cuenta de haberlo puesto en un brete. Se conocían desde niños. Ambos eran conscientes de que Nat y su padre habían obtenido ingresos sustanciosos gracias al rancho.
–Me lo pones difícil, Buck.
–De viejo no se ha muerto, eso seguro.
–Ya, pero...
–Y ya has dicho que no ha sido ningún oso.
–No lo descarto al cien por cien.
Buck le pasó un brazo por los hombros. Nat era bajo, y a su lado Buck parecía un gigante.

–Somos buenos amigos, Nat, y no quiero poner palabras falsas en tu boca, pero ya sabes cómo son esos ecologistas. Se desvivirán por hacer ver que no ha sido uno de sus maravillosos lobos. Sólo quiero que me des argumentos, un poco de munición.

–Podría ser.

–A esa gente no se la convence con medias tintas. A ver, que me aclare. ¿Qué posibilidades hay de que fuera un lobo? ¿Noventa por ciento? ¿Ochenta? Dímelo tú.

–No tanto, Buck.

–Pues setenta y cinco.

–Mira, no lo sé. Puede ser.

–Setenta y cinco. Perfecto. –Buck soltó los hombros del veterinario. Ya tenía lo que buscaba–. Gracias, Nat. Eres un amigo. Ya puedes volver a colocar la lona, Clyde.

Clyde echó encima del ternero muerto una lona vieja de color verde que habían traído dentro de la camioneta. Una nube de saltamontes saltó en todas direcciones. Después de consultar su reloj, Nat Thomas dijo que tenía que irse, porque ya llegaba tarde a su siguiente cita. Buck sabía que el pobre no tenía ningunas ganas de esperar a que llegaran los federales. Le dio una palmada en la espalda y emprendieron juntos el descenso.

–Te llevo. Venga, Clyde, a llamar a los melenudos.

–¿No bajas a comer, Luke?

Luke abrió los ojos y vio a su madre de pie al lado de la cama.

–¿Te encuentras bien?

–Sí, sí. Estaba haciendo unos ejercicios. Debo de haberme quedado dormido.

Su madre le apartó unos mechones de la frente y sonrió, pero Luke leyó en sus ojos que algo andaba mal. Se incorporó, puso los pies en el suelo y empezó a calzarse las botas.

–¿Qué pasa?

Su madre apartó la mirada y suspiró.

–¡Mamá!

–Clyde ha encontrado un ternero muerto. Tu padre está aprovechando para armar un escándalo.

–¿Do... dónde?

–A saber.

–¿En los pastos de arriba?

Su madre lo miró y asintió con la cabeza.

»¿Y cree que ha sido un lobo?

–Sí, y Nat Thomas también. Date prisa, que ya están todos abajo. Cuanto menos dure mejor.

Luke siguió a su madre por el pasillo en dirección a la escalera. ¿Qué iba a decir? Seguro que su padre le echaba la culpa. ¿Se podía saber cómo lo había encontrado Clyde? Además, ¿qué era eso de espiarlo?

Hacía dos días que Luke había topado con el ternero muerto, rodeado de huellas recientes de lobo y algunos excrementos. Había arrastrado el cadáver hasta el fondo del barranco y lo había tapado con piedras. En cuanto a las huellas, las había barrido con una rama de pino. La operación final había consistido en hacer desaparecer los excrementos. Luke no había previsto que nadie echara en falta al animal antes del otoño, cuando bajaba el ganado y se hacía el recuento de cabezas.

Al acercarse a la puerta de la cocina oyó conversar a los comensales. Clyde hablaba con Ray y Jesse, dos jornaleros que estaban colaborando en la siega, y les contaba entre risas lo que había dicho Nat Thomas, pero se quedó callado en cuanto vio a Luke. Todos se volvieron hacia el muchacho. Su padre presidía la mesa.

–Hola, Luke –dijo–. ¿Has dormido bien?

–Esta... ta... ba...

–Siéntate a comer, que se está enfriando.

Luke se sentó al lado de Ray, que lo saludó con la cabeza.

–¿Qué tal va eso, Luke?

–Bi... bi... bien.

Su madre le estaba cortando un trozo de pastel de carne, uno de los pocos platos de carne que le gustaban. Luke, sin embargo, no tenía hambre. Casi todos habían acabado.

–Bueno, a lo que iba –prosiguió Clyde–. Eso que empieza a rascarse la cabeza y a ponerse nervioso, diciendo que si se lo ponen difícil, que si esto, que si lo otro, y entonces va Buck y le dice: «De viejo no se ha muerto, eso seguro.»

Clyde se echó a reír como loco, y los jornaleros también. Luke sabía que su padre lo estaba mirando, pero mantuvo la vista fija en el plato, que su padre llenó de ensalada y patatas antes de ponérselo delante y empezar a servir por segunda vez a los jornaleros.

–Bueno, Luke –dijo su padre–, ya sabes que hemos encontrado un ternero muerto.

Como tenía la boca llena, Luke asintió con la cabeza. Su padre esperó a que contestara.

–Sí. ¿Do... do... dónde lo habéis encontrado?

–Por Ripple Creek –dijo Clyde–. ¿Sabes el barranco que hay paralelo a la parte baja del prado?

–Ajá.

–Pues ahí encima.

Advirtiendo que era una cuestión familiar, los jornaleros se concentraron en la comida. Buck no había dejado de mirar a su hijo.

–¿No me habías dicho que inspeccionabas la zona a diario? –preguntó.

–Sí, pe... pe... pero no siempre bajo al barranco. Voy siguiendo el borde.

–Es donde estaba, en el borde, en pleno descampado.

Luke supuso que algún animal había encontrado el cadáver y vuelto a llevarlo arriba. ¿De qué animal podía tratarse? Quizá habían vuelto los lobos.

–¿Qué lo ma... ma... ma...?

–¿Que qué lo mató?

–Sí.

–A Nat Thomas le parece que un lobo. El tal Prior está intentando localizar a Bill Rimmer para venir juntos esta tarde. Lo que me preocupa es saber cuántos terneros muertos hay aparte de éste.

–No creo que haya...

–Dijiste que te apetecía hacerlo, Luke. Si quieres seguir con el trabajo tendrá que ser como Dios manda. ¿De acuerdo?

Luke asintió con la cabeza.

–Sí.

–De lo contrario tendremos que hacer que se encargue Jesse.

–¡Uf! –dijo Ray, pasándose la mano por la frente con una sonrisa–. ¡Qué bien! Al menos no me comerán los lobos.

La risa general atenuó un poco la tensión del ambiente. Primero se levantó Buck y después Clyde, como atado a él por hilos invisibles.

–De todos modos lo más seguro es que no haya sido un lobo –dijo la madre de Luke.

–Pues Nat Thomas no opina lo mismo –contestó Buck mientras se ponía el sombrero.

Su mujer siguió fregando platos sin mirarlo.

–Si le das diez dólares Nat Thomas jurará que ha sido el ratoncito Pérez.

Cuando oía a su madre decir esas cosas, Luke se daba cuenta de lo mucho que la quería.

Pese a las muchas cosas que le había contado Dan sobre él, Helen se llevó una sorpresa al conocer a Buck Calder. Su presencia física era abrumadora. Hacía que los demás parecieran rémoras alrededor de un tiburón.

Dan hizo las presentaciones en casa de los Calder, diciendo a Buck que Helen acababa de incorporarse al equipo para ayudarlos a encontrar al lobo (en singular). Buck dio la mano a Helen, una mano enorme y más fría de lo normal, y tardó un poco más de la cuenta en retirarla, mirando fijamente a la joven con sus ojos claros. La mirada era tan directa, tan íntima, que Helen no pudo evitar sonrojarse. Cuando Buck le propuso ir hasta el prado con la camioneta, Helen contestó con cierta precipitación que no, que no se molestara, que ya subiría con Dan y Bill Rimmer. Después, en el coche, Dan se dedicó a gastarle bromas.

–Tú te lo has perdido, Helen.

–¡Uf! Mi madre diría que tiene «ojos de cama».

–¿Ojos de cama? –inquirió Bill.

–Sí. La primera vez que se lo oí era muy pequeña, y pensé que significaría algo así como cara de sueño, qué sé yo. Hasta que un día me oyó decir a Eddie Horowitz, el hijo de los vecinos, que tenía ojos de cama. Ese día me llevé una bofetada.

Bill Rimmer rió a carcajadas. Parecía simpático.

La llamada del yerno de Calder a la oficina había coincidido con el momento en que Helen y Dan, que tenían intención de ir a ver la cabaña, cargaban en la Toyota el equipo de Helen y la tonelada de provisiones que acababan de comprar en el supermercado. Todo se había quedado en la camioneta.

Y ahí estaban, junto a la supuesta víctima del lobo, con las botas metidas en un hervidero de saltamontes.

Bill Rimmer estaba de rodillas delante del cadáver, examinándolo sin prisas. Al lado de Helen, Dan manipulaba la cámara de vídeo. Al otro lado de los restos, Calder y su yerno aguardaban el veredicto.

A Helen le pareció una farsa, y a Dan también, a juzgar por cómo la había mirado de reojo al retirar Clyde la lona y emprender el vuelo un número de moscas suficiente para dejar a la vista los despojos del ternero. Quedaba demasiado poco para averiguar de qué había muerto. Tanto podían haberle pegado un tiro como podía haberle fallado el corazón.

Se oyó un relincho. Helen miró al fondo del barranco y vio acercarse a caballo al hijo de Calder. Ya lo había visto antes en la casa, pero nadie se había tomado la molestia de presentárselo. Se había fijado enseguida en lo guapo que era, y le había parecido raro verlo escuchando en un rincón, sin intervenir en las explicaciones de su padre y Clyde.

En cierto momento Helen lo había sorprendido mirándola con aquellos ojos verdes tan penetrantes. El muchacho había apartado la vista de inmediato, a pesar de la sonrisa que le dirigían. Después lo habían adelantado con la camioneta, y Dan había explicado a Helen quién era.

Luke desmontó bastante antes de llegar y se quedó al lado del caballo, acariciándole el cuello. Helen volvió a sonreírle; esta vez el chico la saludó con la cabeza antes de mirar a los demás.

Rimmer se había levantado.

–¿Y bien? –preguntó Calder.

Rimmer respiró hondo antes de contestar.

–¿Dice usted que esto es lo que vio Nat Thomas por la mañana?

–Hará unas tres horas.

–Pues no entiendo cómo puede decir que lo mató un lobo.

Calder se encogió de hombros.

–Cuestión de experiencia, supongo.

Rimmer pasó por alto el insulto.

–Verá, señor Calder, de esto no puede deducirse gran cosa. Podemos llevárnoslo y someterlo a una serie de pruebas...

–Creo que sería mejor que lo hiciera Nat –lo interrumpió Calder.

–Eso tendríamos que decidirlo nosotros; de todos modos, dudo que las pruebas proporcionen algo más que una aproximación. Tanto Dan como Helen han visto bastantes casos de reses atacadas por depredadores. ¿Tú qué dices, Dan?

–Pues me temo que lo mismo.

–¡Vaya, qué sorpresa! –repuso Calder con tono sarcástico–. ¿Y usted, señorita Ross? ¿Tiene inconveniente en emitir su opinión?

Helen volvió a sentir el poder de la mirada de Calder. Carraspeó, confiando en que su voz no delatase su nerviosismo.

–No puede afirmarse que no haya sido un lobo, pero tampoco quedan indicios de lo contrario. ¿Alguien ha buscado huellas antes de llenarse el suelo de pisadas?

–Pues claro –dijo Clyde a la defensiva, dirigiendo a su suegro una mirada fugaz–. Es un terreno demasiado duro, con demasiadas rocas.

–¿Y excrementos?

–No, de eso tampoco había.

Dan tomó la palabra.

–Si nos hubiera llamado primero a nosotros, señor Calder, tal vez hubiéramos podido...

–A quien llame o no es cosa mía –replicó Calder con dureza–. Y, con todos los respetos, creo que la opinión de Nat Thomas es bastante más objetiva que la de otros, y no miro a nadie.

–Lo que quiero decir es que entiendo que haya querido hacer subir a Nat, pero si...

–¿Dice que lo entiende?

–Sí.

–Pues yo creo que los del gobierno no entienden nada. Dejan lobos sueltos, permiten que maten a nuestros animales domésticos y ahora a nuestro ganado, y encima hacen ver que la culpa no es suya.

–Mire, señor Calder...

–No me convierta en su enemigo, Prior. No sería buena idea.

Calder volvió la vista hacia el valle, y nadie dijo nada durante un rato. Un águila chilló en lo alto de las montañas. Calder sacudió la cabeza, miró el suelo y empujó una mata de salvia con la punta de la bota. Los saltamontes se dispersaron.

A Helen le pareció increíble. Todos los presentes eran personas adultas, y aun así Calder los tenía pendientes de sus palabras, como colegiales traviesos en el despacho del director. Siguieron mirándolo en espera de que dijera algo, hasta que Calder dio señas de haber llegado a una conclusión.

–Bueno –dijo, y después de otra pausa miró a Dan–. Bueno. Dice usted que esta jovencita va a dedicar al tema todos sus esfuerzos.

Se limitó a señalar a Helen con la cabeza, sin dignarse ponerle los ojos encima.

–En efecto.

–Entonces más vale que lo haga bien y rápido. Porque le diré una cosa, señor Prior: si pierdo otro ternero puede que tengamos que tomar cartas en el asunto.

–Supongo que no hace falta que le recuerde la legislación sobre...

–No señor, ninguna falta.

Dan y Calder intercambiaron miradas hostiles, y ninguno de los dos estaba dispuesto a ser el primero en apartar la vista. Helen se dio cuenta de que Dan estaba fuera de sus casillas. No la habría sorpendido verlo saltar por encima del cadáver para dar al ranchero un puñetazo en la mandíbula. De repente Calder sonrió como si nada y, mostrando a Helen su blanca dentadura, reactivó todo su encanto.

–¿De modo que va a vivir ahí arriba, al lado de Eagle Lake?

–Eso es. Subiré ahora mismo.

–Puede ser un lugar muy solitario.

–Estoy acostumbrada a la soledad.

Calder le dirigió una mirada de contenido tan explícito como si le hubiera dicho: «¿En serio? ¡Una monada como tú!» Era como esos tíos libidinosos que tocan la rodilla a sus sobrinas.

–Pues nada, Helen, cualquier día de éstos se viene a casa a cenar y nos explica cómo le va.

Helen sonrió.

–Muchas gracias. Será un placer.

11

Helen dedicó el resto del día y tres cuartos del siguiente a deshacer el equipaje y convertir la cabaña en un lugar más o menos habitable. Sin la ayuda de Dan habría tardado todavía más.

En sitios peores la habían metido. La cabaña tenía unos catorce metros cuadrados y estaba hecha de troncos, con una ventana en cada pared y un techo que no tardaría en pedir a gritos una buena reforma. En uno de los rincones había una estufa cuya parte superior podía usarse para cocinar. Al lado de la estufa Dan había dejado una caja con leña para un mes, además de dar a Helen una sierra mecánica para cuando necesitara más. También había un hornillo de gas Coleman con doble llama.

–¡Oye, puedo organizar cenas y todo! –dijo Helen.

–Sí, para tu nuevo amigo Buck Calder.

–¡Dan, por favor!

Al lado de la estufa, una estantería destartalada albergaba una colección de tazas, tazones y platos, todos en mal estado y con el logotipo del Servicio Forestal, por si a alguien muy desesperado se le ocurría robarlos. Aparte de las cortinas, que de tan finas parecían telarañas y amenazaban con hacerse trizas con sólo tocarlas, los únicos adornos eran un mapa plastificado de Hope y unas cacerolas de hierro renegridas colgadas con clavos encima del fregadero. Éste, tan maltrecho como todo lo demás, estaba equipado con una elegante bomba, y desaguaba en un cubo un poco menos elegante. El agua salía de un contenedor de plástico de veinte litros que había que llenar en el arroyo.

En el rincón opuesto había dos literas, dotada la inferior de colchón, sábanas y cojines nuevos por obra y gracia de Dan. Sólo había dos muebles más: un viejo armario ropero y una mesa de madera con dos sillas.

En el suelo de tablones había una trampilla.

–¿Abajo qué hay?

–Nada, el sótano. El cuarto de la lavadora, la sauna... Lo normal, vaya.

–¿Y jacuzzi no?

–Lo instalan la semana que viene.

Al abrir la trampilla, Helen encontró un cubículo de cemento de un metro cuadrado de superficie y metro y medio de profundidad. Servía para evitar que se congelara la comida en invierno y se calentara demasiado en verano.

El único lujo era un pequeño generador japonés que Dan había instalado fuera, al lado de la puerta, para que Helen pudiera cargar su ordenador portátil, su aparato de música y el teléfono móvil proporcionado por el propio Dan. Éste dijo que en teoría se podía conectar el móvil al ordenador para recibir *e-mails*. El problema era que los móviles no funcionaban muy bien en las montañas; la mitad de las veces no se cogía señal. De todos modos, a Helen no le molestaba la idea de estar aislada. Dan tenía previsto ponerle un buzón de voz para facilitar el contacto.

Detrás de la cabaña había una caseta de troncos y junto a ella una especie de ducha improvisada, consistente en un cubo de metal con el fondo agujereado. Varios pájaros habían hecho nido en él, pero bastaría con que Helen lo limpiara un poco para que volviera a funcionar.

–He procurado ordenarlo todo un poco –dijo Dan.

–Está muy bien. Gracias.

–Y diga lo que diga tu amigo Buck Calder, te garantizo que no vas a estar sola.

–¿Cómo que no?

Dan le enseñó las trampas para ratones que había puesto detrás de la estufa y debajo de las literas. Todas habían saltado, y ya no tenían cebo. Tampoco ratones.

–Veo que sigues sin saber poner trampas, Prior.

–Por eso acepté un trabajo de oficina.

–¿Qué cebo habías puesto?

–Queso. ¿Qué si no?

–Ya sabes que un trampero nunca descubre sus secretos.

Durante su primera noche en la cabaña el cansancio impidió a Helen cazar ratones, cosa que lamentó apenas cerrados los ojos. *Buzz* se pasó horas husmeando en busca de roedores, de forma tan ruidosa que Helen acabó por llevárselo fuera y encerrarlo en la Toyota. Una vez a sus anchas, los ratones rondaron los sueños de Helen hasta el amanecer. Al día siguiente, Dan se mondó de risa al ver la sofisticada trampa que había montado su colega.

Se trataba de un método que le había enseñado Joel durante su primer año juntos en el cabo, al convertirse la casa-barco en refugio de los roedores sin techo de la zona. Sólo hacía falta un cubo, un poco de alambre y una lata perforada en ambos lados. Se metía el alambre por los agujeros de la lata y se colocaba de tal modo que tuviera debajo el cubo, en el cual se vertían unos centímetros de agua. Por último se untaba la lata de mantequilla de cacahuete, se encerraba al perro y se iba uno a la cama. Los ratones se subían al cubo, trepaban por el alambre, hacían girar la lata nada más pisarla y acababan en el agua.

–Nunca falla –dijo Helen.

–¡Seguro!

–Te apuesto una cena.

–Hecho.

Por la noche Helen cazó tres ratones y, orgullosa de su hazaña, los dejó a la vista para cuando subiera Dan. Éste llegó por la tarde con todos los collares transmisores, aparejo para trampas y algunos programas cartográficos destinados al ordenador de Helen. Pese a sus tibias protestas de haber sido víctima de un engaño, Dan fue fiel a su palabra, y bajaron a cenar al bar de Nelly al término de otro día de arreglos en la cabaña.

He ahí la explicación de que Helen estuviera luchando por acabarse el bistec más grande que había visto en su vida. Según el menú era un *Hueso de Tyrannosaurus rex*, pero ni siquiera eso le hacía justicia.

Las paredes del bar estaban cubiertas de enormes fotopanoramas de las montañas Rocosas. En otros tiempos debían de haber reducido a mera impostura a su modelo real, tal como se atisbaba por las pequeñas ventanas del establecimiento. Con el paso de los años los colores se habían saturado y el calor había despegado unas partes de otras, oscureciendo los paisajes y cruzándolos con brechas sísmicas de mal agüero. Contra aquel fondo de catástrofe inminente, las mesas, con sus manteles de papel a cuadros rojos y blancos y sus velas flotando en vasitos rojos, defendían con coraje la calidez del local.

Sólo había dos mesas más ocupadas, una por una familia de turistas alemanes con una autocaravana colosal que tapaba las ventanas por entero y otra por dos viejos con sombreros Stetson blancos cuya conversación versaba sobre audífonos.

El único camarero del bar era un risueño gigantón con gafas de aviador azuladas, pelo gris y coleta. Su nombre era Elmer, o así se dirigía a él una voz autoritaria llegada del fondo de la cocina (tal vez la de Nelly). Tanto sus tatuajes como su camiseta negra con el lema «Motoristas con Jesucristo» lo proclamaban dueño de la reluciente Harley aparcada delante del bar. En el momento de entrar y oírle decir «Ángeles sobre vuestro cuerpo», Helen y Dan habían tardado un poco en darse cuenta de que se trataba de un saludo, pero habían evitado mirarse de reojo hasta estar sentados a la mesa.

Helen dejó los cubiertos y se echó hacia atrás.

–El bistec ha podido conmigo, Dan.

Se preguntó si encender un cigarrillo supondría perder la credibilidad de que pudiera gozar con Dan. Decidió no arriesgarse.

Se habían pasado casi toda la cena rememorando los buenos tiempos de Minnesota. Helen recordó la vez en que a Dan se le había movido la mano mientras intentaba administrar un sedante a un lobo. La jeringuilla había acabado clavada en el muslo de Dan, provocando su desplome inmediato. Estallaron en carcajadas, haciendo que los niños alemanes se volvieran varias veces para mirarlos con ojos grandes y azules.

Helen dio gracias por que no hubiera surgido el tema de su breve incursión allende los límites de la amistad. La noticia del divorcio de Dan la había dejado un poco preocupada. Ignoraba si había alguien más en su vida, pero confiaba en que así fuera.

Dan tampoco pudo con su bistec. Bebió un trago de cerveza, se apoyó en el respaldo y sonrió a Helen sin decir nada.

–¿Qué te hace tanta gracia? –preguntó ella.

–Nada, sólo estaba pensando.

–¿Qué?

–Que me alegro de estar aquí contigo.

–¡Yo por una cena gratis voy a donde me digan!

Viendo cómo la miraba Dan, Helen adivinó que no lo había dicho todo. Confió en que fuera lo bastante discreto para no estropear la velada.

–¿Sabes una cosa, Helen? Cuando me separé de Mary estuve a punto de llamarte.

–¿Ah sí?

–Sí. Pensaba mucho en ti, y en que ese verano si no hubiera sido tan...

–¡Dan!

–Perdona.

–No hay nada que perdonar.

Helen le cogió la mano y sonrió. ¡Era tan encantador!

–Somos amigos –dijo con dulzura–. Nunca hemos dejado de serlo.

–Supongo que no.

–Y en este momento lo que más necesito es un amigo, más que... Más que cualquier otra cosa.

–Perdona.

–Si lo dices otra vez no vuelvo a enseñarte mis secretos para cazar ratones.

Dan se puso a reír y soltó la mano de Helen. Elmer acudió en ayuda de ambos y, plantado en sus dos metros de estatura, les preguntó si ya estaban con los bistecs, antes de darles a escoger entre pastel de nata y un suicidio seguro a base de chocolate. Pidieron café.

–Usted es la que acaba de llegar por lo de los lobos, ¿no? –preguntó Elmer mientras les servía dos tazas.

–Sí. ¿Cómo se ha enterado?

Elmer se encogió de hombros.

–Lo sabe todo el pueblo.

Buck volvió a mirar por el retrovisor, cerciorándose de que no hubiera nadie en ninguno de los dos carriles. Si en el momento de llegar al camino de entrada veía algún coche, seguiría conduciendo en línea recta.

Era una suerte poder ir a verla tan lejos del centro, en un lugar donde no había vecinos fisgones y bastaba con aparcar el coche al otro lado de la casa para garantizar su invisibilidad desde la carretera; mucho mejor, sin duda, que quedar con ella en un motel de mala muerte, y mejor que montárselo en el bosque, con el culo al aire o en la parte trasera de la camioneta, dependiendo del frío. Todo eso está muy bien cuando eres joven y tienes tanta energía que te cuesta no explotar, pero con la edad, el amor, como todas las cosas, precisa cierto grado de comodidad.

Llevaban cierto tiempo usando el mismo sistema: cortinas corridas en la ventana más próxima a la carretera, señal de que estaba acompañada y Buck tenía que pasar de largo. Por eso se alegró de verlas descorridas. Al ver luz dentro de la casa, se la imaginó recién duchada y esperándolo. Sólo de pensarlo se le abultó un poco la entrepierna.

A Buck nunca le faltaban excusas para ausentarse de casa. Siempre había alguna reunión a la que asistir, alguna visita pendiente o algún trato que cerrar en la ciudad; y si la cosa se ponía fea (cosa que sucedía muy pocas veces), nunca faltaban amigos dispuestos a encubrirlo. La excusa de aquella noche era una reunión de criadores de ganado en Helena, reunión a la que Buck, de hecho, acababa de honrar con su presencia, si bien de forma breve. En realidad casi nunca tenía que mentir, porque Eleanor no le preguntaba adónde iba. Tampoco lo esperaba despierta.

Como no había moros en la costa, Buck se metió por el camino de entrada y aparcó detrás del viejo coche familiar. Nada más apearse se abrió la puerta. La vio apoyada contra el marco, con su albornoz negro. No se dijeron nada. Una vez junto a ella, Buck metió las manos por debajo del albornoz y, aferrado a sus caderas desnudas, empezó a besarla en el cuello.

–Ruth Michaels –dijo–, eres la mujer más rematadamente sexy a este lado del Missouri.

–¿Ah sí? ¿Y quién es tu amante del otro lado?

Más tarde, en casa, mientras se desnudaba por segunda vez en una misma noche, Buck se concentró en asuntos menos tórridos. Desde el pequeño espacio para armarios que unía el dormitorio y el lavabo, observó a Eleanor, dormida en la espaciosa cama de matrimonio, y se preguntó cómo demonios se le habría ocurrido ofrecer dinero a Ruth.

Ésta parecía encontrarlo divertido. Se lo había comunicado a Buck media hora después de dejarlo entrar en casa, hallándose ambos en la cama, sudorosos y saciados. Al ranchero le había dado por pensar en aquella bióloga tan joven y atractiva, sola en el bosque, y calcular sus posibilidades de seducirla; y justo entonces, como si quisiera vengarse de tales pensamientos, Ruth había comentado que Eleanor iba a sacarla de apuros y convertirse en su socia. Buck casi se había caído de la cama.

–¡Tu socia!

–Imagínate lo nerviosa que me puse al verla entrar. Pensé: ¡Ay, que me las cargo! ¡Ésta lo sabe todo! Entonces va, se sienta con su cappuccino y me ofrece dinero.

–No puede ser. ¡Por Dios, Ruthie, ya te dije que el dinero te lo daría yo!

–No podría aceptarlo.

–¿Y de ella sí?

–Sí.

–No lo entiendo.

–Pues nada, cariñito, te doy un tiempo para que lo pienses.

Acto seguido Ruth se echó a reír, provocando un temblor de senos de efectos desconcertantes para un hombre en proceso de evaluar noticias de peso. A la pregunta de qué le hacía tanta gracia, Ruth contestó que Eleanor había declarado sus intenciones de ser algo más que socio capitalista.[1]

En opinión de Buck no tenía nada de gracioso.

Se metió en la ducha para quitarse el olor de Ruth, y siguió pensando en el tema. Por supuesto que no podía decir nada hasta que su mujer decidiera contárselo por iniciativa propia. Ade-

1. En inglés *sleeping partner*, que también significa «compañero de cama» (como Buck; de ahí la risa de Ruth). *(N. del T.)*

más, ¡qué demonios! El dinero era de Eleanor. Lo había heredado de su padre, y podía tirarlo al váter que más le gustara. Por desgracia, la consumación del proyecto amenazaba con plantear serias dificultades a Buck. Una de las reglas básicas del adulterio es mantener la máxima distancia entre esposa y amante. Le parecía increíble que Ruth no lo considerara un problema.

Se secó delante del espejo, cumpliendo con la costumbre de admirar su cuerpo y comprobar que Ruth no le hubiera dejado señales. Nada. Después se cepilló los dientes, sonrió forzadamente al espejo y entró en el dormitorio, evitando pisar los tablones que crujían. Después de apagar la lámpara de su lado, que Eleanor siempre dejaba encendida para cuando volviera, se deslizó entre las sábanas sin hacer ruido.

Eleanor le daba la espalda, como siempre, y no hizo el menor movimiento. Buck ni siquiera la oía respirar. A veces sospechaba que se hacía la dormida.

–Buenas noches –dijo en voz baja, sin obtener respuesta.

¡Mujeres!, pensó, mientras las líneas del techo iban perfilándose en la oscuridad. Después de tantos años, con todo el trabajo que había invertido en conocer a cuantas pudiera y saber de ellas todo lo posible, seguían constituyendo uno de los grandes misterios de la creación.

Eleanor oyó que Buck suspiraba y se volvía, y supo que lo tenía de cara, quizá incluso con los ojos abiertos, esperando alguna señal de que estuviera despierta. No se movió. Buck no tardaría en emitir otro suspiro y volverse hacia la pared; después, en cuestión de unos minutos, se pondría boca arriba, haría un ruido con la garganta y empezaría a roncar.

Eleanor le envidiaba la facilidad con que se olvidaba de todo. Tiempo atrás, en la época en que el sueño seguía pareciéndole cuando menos una posibilidad, también ella había recurrido al mismo ritual: costado izquierdo, costado derecho, espalda. Pero nunca funcionaba.

Los ronquidos de Buck no eran muy escandalosos, salvo cuando bebía. Se trataba más bien de un ruido sibilante, como el del fuelle que utilizaba en invierno para atizar el fuego del comedor. Eleanor, cuyo ritmo respiratorio era más rápido que el de su marido, procuraba sostenerlo cada noche, pero siempre acababa por rendirse. Estirada en la cama, conteniendo el aire que luchaba por salir, oía latir su corazón cada vez más rápido, y lamentaba que su marido se saliera con la suya hasta en sueños.

A veces, cuando tenía la seguridad de que Buck dormía, se daba media vuelta para mirarlo, con cuidado de no mover el colchón. Contemplaba el movimiento rítmico de su fornido pecho, y el temblor de sus labios al respirar. Su cara, suavizada por el sueño, sorprendía por su aspecto infantil, casi conmovedor. En su frente había una franja de color claro, una especie de halo debido a la acción protectora del sombrero contra el sol. Eleanor buscaba algún rescoldo de amor en su corazón, tratando de recordar los tiempos en que Buck le inspiraba algo más que compasión o desprecio.

Se había casado con él a sabiendas de que era un conquistador, si bien ignorando hasta qué punto. Una amiga de una amiga, que lo sabía por experiencia propia, le transmitió una advertencia fácil de confundir con despecho. Cuando su futura mujer se lo dijo cara a cara, Buck la desarmó con una confesión supuestamente exhaustiva, antes de convencerla de que sus correrías juveniles no habían sido más que una búsqueda cuya meta final era ella.

De no haber dado crédito a sus palabras, sin duda Eleanor habría seguido casándose con él. La afición de Buck a las faldas era una debilidad, y en un hombre cuya fuerza saltaba a la vista las debilidades no carecían de atractivo. Aquélla suscitó en Helen un impulso redentor nacido de su educación católica. No era la primera mujer que se casaba con un hombre creyéndose capaz de salvarlo. Tampoco la última.

Bastaron pocos años para demostrar que o bien Buck Calder no estaba maduro para la salvación, o bien era un caso perdido. Eleanor tardó bastante más en convencerse.

La participación de Buck en la vida política del Estado y su condición de adalid de la industria ganadera le proporcionaban ocasiones abundantes de llegar tarde a casa, y Eleanor confirmó lo justo del refrán: ojos que no ven, corazón que no siente. Buck, hombre diestro y concienzudo en el engaño, elegía a sus mujeres con sumo tiento, evitando a las que pudieran clamar venganza una vez abandonadas. Gracias a ello, quienes se acostaban con él siempre parecían conocer las reglas del juego. Nunca lo llamaban a casa ni dejaban manchas de maquillaje en la ropa; y ni aun en sus más salvajes arrebatos le hacían marcas con las uñas o los dientes.

La tendencia a negar lo que nos molesta es una criatura de infinitos recursos que penetra en lo más recóndito de la mente humana para tejer sus capullos alrededor del miedo y la sospecha. Y Eleanor le abría las puertas de par en par, máxime al ahorrarle Buck buena parte de los oprobios a que, día tras día, suelen verse sujetas las esposas engañadas.

Una mañana, en la peluquería, vio una revista donde salía una foto de Buck en una cena de ganaderos, abrazado a una joven reina del rodeo. Eleanor estaba tan ciega que no vaciló en concederle el beneficio de la duda. ¡Era un hombre atractivo, qué caramba! No era culpa suya. Además le pertenecía a ella, la madre de sus hijos. La quería. Eleanor estaba segura de ello, porque Buck se lo había dicho y demostrado en repetidas ocasiones.

Todo cambió al nacer Kathy.

Eleanor rompió aguas con dos semanas de antelación, hallándose Buck en Houston, donde se celebraba una reunión de ganaderos. Todo sucedió tan rápido que no tuvo ocasión de llamar al hotel hasta muy entrada la noche, cuando ya tenía al bebé sano y salvo entre sus brazos. Pasaron la llamada a la habitación de su marido. Contestó una mujer a quien, por lo visto, Buck no había tenido tiempo de explicar las reglas del juego.

–Aquí la cama del señor Calder –dijo con voz sensual, antes de serle arrebatado el teléfono.

Buck volvió a casa dispuesto a confesar; y en bien de los niños, pero también porque su marido practicaba el arrepentimiento con tanta habilidad como el engaño, Eleanor le perdonó su aventura, la única de su vida matrimonial, según promesa del contrito pecador. Él mismo admitió que lo suyo no tenía perdón; pero estaba solo en una ciudad que no era la suya, y a veces, cuando un hombre ha bebido más de la cuenta, se le olvida lo que está bien y lo que está mal. Vaya, que con Eleanor embarazada y el tiempo que llevaban sin... Pues eso.

Eleanor lo condenó a seis meses de purgatorio, prohibiéndole el acceso al lecho conyugal y procurando no compadecerse de él cuando lo veía jugar a esposo penitente que acepta su castigo con viril resignación. Buck aunaba el cuidado de los niños y el trabajo del rancho, mientras su mujer se ocupaba de la recién nacida.

Aunque hizo lo posible por mantener una actitud fría y distante, Eleanor quedó impresionada al ver a Buck tan ducho en los tediosos detalles de lo que hasta entonces había sido competencia exclusiva de su mujer. Lo estaba haciendo bien. Muy bien. Cada mañana sacaba a Henry y Lane de la cama. Por las noches les daba la cena, los bañaba y los llevaba a acostar. Hacía la compra sin tener que pedir la lista a su mujer. La agasajaba con flores y cenas especiales, que Eleanor comía sin decir nada. Atento y cortés a todas horas, le dirigía tímidas sonrisas cada vez que ella se dignaba mirarlo.

Eleanor ignoraba cuántas avemarías hacían falta para expiar un adulterio, pero empezaba a pensar que Buck ya había hecho suficiente penitencia. Justo entonces, dos amigas compasivas cometieron el error de considerar que era hora de decirle lo que siempre le habían ocultado. Una mañana, a la hora del café, enumeraron en detalle las compañeras de cama que había tenido Buck durante los últimos años, entre ellas algunas mujeres a las que Eleanor contaba entre sus amistades.

Aun dándose cuenta de que lo mejor habría sido seguir el consejo de sus amigas y abandonar a Buck, Eleanor seguía reservando un pequeño recoveco de su corazón a la tímida esperanza de salvarlo. A veces miraba los pastos cubiertos de nieve desde la ventana de la cocina, y, viendo el cedro plantado en la chatarra del Ford T, se decía que todo era posible, que Dios no deja que nada se eche a perder sin llevar dentro una semilla de esperanza.

Al final volvió a admitirlo en su cama, aunque tardaría tres años en permitir que le hiciera el amor. Y no por falta de ganas: más de una vez se despertaba en plena noche hecha un volcán, tan ávida de caricias que necesitaba un esfuerzo supremo para no mover el brazo, despertar a Buck y dejar que la poseyera, haciendo del deseo absolución.

Fue de ese modo, precisamente, como se concibió a Luke. Y durante los meses que siguieron, mientras el último hijo del matrimonio crecía en el útero de su madre, Eleanor y Buck descubrieron en su coyunda una pasión que pareció sorprenderlo y excitarlo a él tanto como a ella. Aunque Eleanor nunca había hecho el amor con nadie más que con Buck, sólo entonces se le despertó del todo la carne a sus abrazos.

Pese a los años transcurridos, cuando Eleanor recordaba aquellos tiempos casi volvía a experimentar la dulce agonía, el sentirse morir en brazos de Buck, y se avergonzaba de haber ardido en semejante fuego. ¡Ojalá hubiera tenido la decencia de poner coto a sus instintos! Quizá entonces no le hubieran pesado tanto las sucesivas infidelidades de que había sido víctima. Mejor no haber conocido a Buck de esa manera; porque el nacimiento de Luke (tan hijo de ella, tan poco parecido a su padre) había puesto fin al brote de pasión.

Con la perspectiva de los años, Eleanor supuso que Buck debía de haberlo vivido como el final de otra aventura, una de tantas.

Recibía como propias las críticas de Buck a su segundo hijo varón; siendo como era Luke su viva imagen, también tenían que ser suyos la fragilidad del niño y sus fracasos.

Sus demás hijos habían tardado poco en aprender a dormir toda la noche, y a hacerlo con sus padres sólo en caso de enfermedad. Luke, en cambio, lloraba como un poseso, y la única manera que tenía Eleanor de tranquilizarlo era llevárselo a su cama y acunarlo hasta que se durmiera.

Al principio Buck insistió en devolver al niño a su cuna, pero Luke siempre volvía a despertarse y a llorar, y, pese a las objeciones paternas, Eleanor acabó dejando que se quedara con ella toda la noche.

Quedó así constituida la nueva geometría de sus vidas: Eleanor, cansada y a la defensiva; su marido, destronado, resentido y reincorporado en breve a sus correrías (que a partir de entonces Eleanor trataría de ignorar a toda costa, al tiempo que hacía ímprobos esfuerzos por considerarlas motivo de compasión); y aquel nuevo hijo varón, que se había interpuesto entre ellos de forma tan literal.

Tal fue el inicio del largo invierno de su matrimonio. A falta de deseo, y agotada en poco tiempo la amistad, ni siquiera les quedó cariño suficiente para consolarse mutuamente de la pérdida de Henry. El momento en que estuvieron más cerca de compartir su dolor fue el día después del entierro, durante una pelea. Al sorprender a Eleanor planchando la ropa del hijo muerto, Buck la había tratado de idiota. Ella le había preguntado qué esperaba. ¿Que la tirara a la basura?

Oyó que su marido se volvía. No tardó en roncar. Eleanor permaneció a la escucha, preguntándose con quién habría estado antes de volver a casa; y, después de tantos años, haciendo lo posible por que no le importara.

Al salir de El Último Recurso, donde habían tomado una cerveza después de la cena, Dan acompañó a Helen a la camioneta. Helen le dio las gracias por lo bien que se lo había pasado y le dio un beso en la mejilla.

–Ángeles sobre tu cuerpo –dijo con el motor en marcha.

–Lo mismo digo.

Faltaba poco para medianoche, y el pueblo estaba desierto. Helen siguió conduciendo hasta el final de la parte asfaltada y se internó por el camino de grava que llevaba al valle. Tenía como copiloto a *Buzz*, que había estado durmiendo en la camioneta.

Como era la primera vez que subía de noche, topó con ciertas dificultades después de abandonar la carretera principal, cerca de la cabecera del valle. No había ninguna indicación, y aunque Helen sabía que tenía que girar dos veces a la derecha y otra a la izquierda, se equivocó en un giro y acabó en un rancho. Alguien oyó ladrar a los perros y se asomó a una ventana del piso de arriba, un rectángulo de luz amarilla. Helen saludó con la mano y dio media vuelta. Se detuvo un poco más lejos para examinar el mapa con una linterna.

Por fin, al llegar al inicio del bosque, encontró cinco buzones en fila, señal de que faltaba poco para llegar a una curva medio escondida entre los árboles. A partir de ahí la tierra sustituía a la grava, y el camino, empinado y lleno de baches, serpenteaba por el bosque seis kilómetros más antes de llegar a Eagle Lake. Los buzones tenían colores distintos. El de Helen era blanco. Supuso que los demás corresponderían a cabañas o casas todavía desconocidas para ella. De momento, los únicos indicios de vida humana que había visto aparte de los buzones eran un autoestopista solitario y un camión enorme cargado de troncos que esa misma tarde había estado a punto de hacerla salir de la carretera.

Mientras la vieja camioneta avanzaba chirriando por el bosque, Helen pensó en lo que había intentado decirle Dan durante la cena. La mujer que cayera en brazos de Dan Prior no podía considerarse desafortunada. La propia Helen lo había comprobado varias veces. Encontró conmovedor que siguiera sintiendo algo por ella, y hasta se sintió halagada por unos instantes hasta que intervino su otro yo, el que insistía en echarle un jarro de agua fría cada vez que se sentía vagamente satisfecha de sí misma. Basta de estupideces, se dijo. El pobre Dan era un hombre divorciado y solo, y debía de estar desesperado por encontrar compañía.

Eagle Lake estaba situado en un claro de un kilómetro de diámetro, una superficie de hierba ligeramente cóncava que en las primeras semanas de verano se convertía en reluciente alfombra de flores. La cabaña ocupaba el borde occidental del prado, a unos treinta metros de la orilla, presidiendo una suave cuesta dividida por un arroyo donde iban a beber los ciervos al inicio y término del día.

Ahí estaban, justamente. Cuando la camioneta salió del bosque, sus faros iluminaron a ocho o nueve ciervos que levantaron la cabeza al mismo tiempo, aunque no parecían muy asustados. Helen frenó para observarlos, mientras *Buzz*, tan alerta como los ciervos, temblaba y gañía. Los ciervos dieron media vuelta y se alejaron sin prisas, hasta que el blanco de sus colas se perdió en el bosque.

Helen aparcó la camioneta al lado de la cabaña, dejando que *Buzz* saliera a explorar la zona. Contempló el cielo con la espalda apoyada en el capó. No había luna, y hasta las estrellas más remotas trataban de ocupar su puesto en el firmamento. Helen nunca había visto un cielo tan incandescente. Olía a pino, y no corría ni pizca de aire.

Helen respiró hondo y tosió. Estaba resuelta a dejar de fumar de una vez por todas. Para siempre. Ése era el último.

Se acercó a la orilla con el cigarrillo encendido, observando con sorpresa que la luz de las estrellas era suficiente para proyectar su sombra. Al borde del lago había una barca de madera. Debía de haber servido para pescar, pero el tiempo la había convertido en víctima de la podredumbre y los juncos. Helen tentó la solidez de la proa y, comprobando que aguantaba, se sentó en ella para fumar el último cigarrillo de su vida, mientras contemplaba el reflejo del cielo en el espejo del agua.

De vez en cuando oía a *Buzz* explorando el bosque, y en un momento dado le pareció oír pisadas de un animal más grande. Por lo demás todo estaba en silencio, sin siquiera el croar de una rana ni el zumbido de un insecto, como si el mundo hubiera enmudecido por respeto a la majestad del firmamento. Helen vio reflejarse en el agua la caída de un meteorito, e imaginó oír también su fragor desde aquella remota orilla del universo.

Llevaba sin ver estrellas fugaces desde su última noche en el cabo. Con los ojos cerrados, formuló el mismo deseo enrevesado de entonces, un deseo que no valía, porque en realidad eran tres: que Joel estuviera sano y salvo, que cumpliera su promesa de volver, y que para entonces quisiera estar con ella (esto último era lo que más dudas le merecía).

Se levantó y apagó la colilla con los dedos. Después se metió el filtro en el bolsillo, preguntándose qué extraña clase de idiota era capaz de preocuparse más por la salud del planeta que por la de sus pulmones ennegrecidos.

La mañana siguiente marcaría el inicio de dos cosas: una vida nueva, y la búsqueda del lobo. Se preguntó en qué parte del bosque estaría el animal. Se hallaría sin duda en plena caza, husmeando la oscuridad, esperando, vigilando con ojos amarillos o recorriendo el bosque en busca de su presa, cual sombra inasible.

Se le ocurrió aullar, por si obtenía respuesta. Dan siempre le había dicho que su aullido era el mejor de la profesión, que no había lobo en Minnesota capaz de resistirse a su llamada. Sin embargo, llevaba tantos años sin aullar que se sintió cohibida, a pesar de que su público se redujera a *Buzz*. Qué demonios, pensó al cabo. Carraspeó y levantó la cabeza.

La falta de práctica se tradujo en un primer aullido desastroso, semejante al rebuzno de un asno afónico. El segundo no salió mucho mejor. Sólo lo consiguió al tercer intento: un ronco gemido que fue creciendo en intensidad y altura, trazando una curva ascendente que acabó perdiéndose en la noche.

Si algún lobo lo había oído, no contestó.

La única respuesta fue la del eco, allá en lo alto de las montañas. Aun así, Helen tuvo escalofríos. Acababa de oír el lúgubre lamento de su alma desolada.

OTOÑO

12

Llegaron a la cresta y, de pie entre rocas cubiertas de liquen, se protegieron la vista del sol, escrutando con ojos entornados el sinuoso cañón que se extendía a sus pies. Helen oyó el susurro del arroyo y vio saltar espuma en los puntos donde el agua se abría camino entre grupos de sauces y alisos. Se quitó una de las correas de la mochila para sacar la botella de agua.

El final de la subida había sido bastante duro, a causa del desnivel y lo fuerte que pegaba el sol a mediodía. Menos mal que en la cumbre corría un vientecillo. Helen sintió refrescarse la mancha de sudor que había dejado la mochila en la parte de atrás de su camiseta. Vio moverse las hojas de los alisos. Después de beber pasó la botella a Bill Rimmer, que al cogerla señaló el otro lado del cañón. Ella siguió la dirección de su mirada y vio una manada de cabras salvajes, que los observaba con inmovilidad digna de un grupo escultórico.

Habían transcurrido tres semanas desde la colocación de las trampas. Dan había llevado a Helen a dar una vuelta en el Cessna, a fin de que pudiera hacerse una idea general de la zona. No habían detectado ninguna señal de radio. Al día siguiente, Helen y Rimmer habían buscado los mejores emplazamientos para las trampas.

Él se había presentado en la cabaña con varios regalos: excrementos de lobo, orina y el famoso cebo del que Dan había hablado a Helen. Rimmer abrió el bote y se lo puso delante de la nariz. Ella estuvo a punto de desmayarse.

–¡Dios mío! ¿Qué es eso?
Rimmer sonrió.
–¿De verdad te interesa?
–Pues no sé...
–Es lince podrido y glándulas anales de coyote fermentadas.
–Gracias por la información, Bill.

Buzz, que también había percibido el olor, estaba fuera de sí, y temblaba de interés cada vez que veía el bote (herméticamente cerrado, gracias a Dios).

Habían encontrado huellas y excrementos de lobo en ese mismo cañón, aunque no eran recientes. Parecía el lugar más prometedor: un pasillo de roca que ocupaba un lugar estratégico en todas las rutas a disposición de los lobos. Así pues, habían decidido escogerlo como emplazamiento para diez de las veinte trampas. Las demás, pensando en Buck Calder, las habían diseminado por las dos rutas que parecían unir con mayor facilidad el bosque y las tierras arrendadas por Calder y sus vecinos como pastos de verano.

Helen, consciente de la reputación de Rimmer como trampero, había contemplado con cierta aprensión la idea de trabajar con él delante; pero Bill se había mostrado generoso, hasta el extremo de alabar su técnica y selección de emplazamientos. Al verla excavar su primer hoyo, comentó en broma que se iba a casa, que no le hacía falta para nada.

Helen se lo pasaba bien con él. Bill conocía la zona a fondo y, sin asomo de condescendencia, le enseñó cómo actuaban los lobos en terreno tan montañoso como aquél, cuáles eran sus presas habituales y qué lugares escogían para cavar sus guaridas. Era un hombre muy sociable, y le gustaba hablar de su mujer e hijos. Tenía dos niños, de cinco y seis años, y una niña de ocho que, según él, tenía a raya a toda la familia. La pequeña sabía que una parte del trabajo de su padre era matar animales, y se lo recriminaba con gran seriedad.

Utilizaban trampas del número catorce modificadas, muy parecidas a las viejas Newhouse que Helen había empleado en Minnesota, y que se caracterizaban por un riesgo bajo de provocar heridas en las patas. A Rimmer no acababan de convencerle; decía que les faltaba fuerza, y que daban demasiadas posibilidades de escapar a los lobos. Prefería trampas con más agarre en la pata, las que fabricaba en Texas el legendario trampero Roy McBride.

Cada cepo estaba atado con cuerda a un collar transmisor escondido en las proximidades, preferiblemente en un árbol. En cuanto algo arrastraba la trampa, la cuerda tiraba de un pequeño imán y el collar empezaba a transmitir señales. Helen y Rimmer se repartieron las trampas y quedaron en que el que atrapara al primer lobo tendría derecho a una cerveza gratis.

Después de tres semanas la apuesta seguía pendiente.

Helen había explorado las ondas a diario sin captar ninguna señal. Cada día salía dos veces a revisar las tres series de trampas. Las dos del bosque no planteaban problemas, porque los caminos de leñadores permitían acercarse a ellas en camioneta. Las trampas del cañón requerían más tiempo. La vieja Toyota casi se hacía pedazos antes de llegar al final de la última senda, desde donde todavía quedaba una hora larga de caminata.

Cada vez que ella subía a la cima donde se hallaba en aquellos instantes con Rimmer, se convencía de que era su día de suerte. Caminaba por el bosque aguzando el oído, a la espera de oír el ruido metálico de la cadena o el crujir de un arbusto donde hubiera buscado refugio un lobo atrapado. Pero siempre pasaba lo mismo.

Nada. Ni lobos ni huellas o excrementos recientes. Ni siquiera unos pelos en las espinas de un arbusto.

Empezaba a sospechar que había perdido facultades o cometido un error. Por eso, después de diez días, trasladó las trampas, modificó la manera de colocarlas y probó otros emplazamientos aparte de las inmediaciones de los senderos, sin duda la vía de desplazamiento más lógica para un lobo. Las dejó en la cima y al lado del arroyo, en campo abierto y sepultadas en la maleza.

Fue inútil.

Se le ocurrió que quizá las trampas fueran demasiado nuevas u olieran demasiado a metal. Se las llevó en varias tandas a la cabaña, las restregó con un cepillo de alambre y después las puso a hervir con astillas de madera en agua del arroyo. Tras pasarlas por cera de abejas fundida, las colgó de un árbol y las dejó secar, poniendo sumo cuidado en no tocarlas sin guantes.

No sirvió de nada.

Se preguntó si el problema sería *Buzz*, que no sólo la acompañaba sino que a veces contribuía con su propio pipí al pipí de lobo con que su dueña rociaba las inmediaciones de la trampa. A Helen le había parecido buena idea; tampoco Rimmer había puesto reparos al enterarse. El olor de un cánido intruso solía atraer a los lobos, tanto si se trataba de otro lobo como de un perro castrado; no obstante, quizá los esfuerzos de *Buzz* los estuvieran ahuyentando. De ahí que ella llevara un tiempo dejándolo en la camioneta o la cabaña, no sin resistencia del interesado. Hasta dejó de fumar unos días, por si lo que los molestaba era el olor a tabaco.

Aun así, las trampas seguían insolentemente vacías.

Por suerte Helen tenía trabajo de sobra. Una vez cargado en su ordenador todo el software S.I.G. (Sistema de Información Geográfica) que le había proporcionado Dan, dispuso de mapas de toda la zona. Había mapas separados para todo (hidrografía, caminos y vegetación), y podían hacerse todas las superposiciones posibles. Helen no se limitaba a introducir en ellos el emplazamiento exacto de cada trampa, sino que hacía constar cualquier dato que pudiera ser útil, como avistamientos o huellas de alces y ciervos u otros animales de que pudieran alimentarse los lobos, incluido el ganado que pacía en lo alto del valle.

Se daba cuenta de que era importantísimo estar ocupada, porque si en algún momento se cruzaba de brazos, aunque fuera un minuto, corría el peligro de recordar a Joel.

Lo peor eran las noches. Cuando volvía de revisar las trampas casi siempre estaba oscureciendo. Desde entonces hasta el momento de acostarse solía hacer cada día lo mismo. Si su teléfono móvil se había cargado (no siempre se daba el caso), y si conseguía cobertura, activaba el buzón de voz y devolvía las llamadas. En cuanto a los *e-mails*, prácticamente había renunciado a ellos. Dado el sistema de transmisión analógica del móvil, el ordenador tardaba una eternidad en cargar la información que llegaba por Internet. Una página podía tardar cinco minutos.

Cada vez que escuchaba los mensajes albergaba la absurda

esperanza de oír la voz de Joel; pero los únicos que llamaban eran Dan y Bill Rimmer, deseosos de saber si había tenido suerte con las trampas. De hecho hacía un tiempo que apenas sabía nada de ellos, quizá porque era un poco violento tener que oír siempre la misma respuesta. De vez en cuando recibía un mensaje de Celia o de su madre, y hacía lo posible por devolverles la llamada.

Después daba de comer a *Buzz*, se duchaba, preparaba la cena y se ponía delante del ordenador hasta la hora de dormir, haciendo anotaciones y leyendo. A medida que caía la noche y el silencio descendía sobre el bosque cual cojín en manos de un asesino (sólo de vez en cuando un grito de búho o de animal moribundo), se hacía más difícil mantener a Joel a raya.

Había intentado ahuyentarlo a base de música, pero sucedía lo contrario. Adivinaba su presencia en el silbido de las lámparas de gas, o en el zumbar de un insecto contra la puerta mosquitera. Quitárselo de la cabeza sólo servía para notarlo en todo el cuerpo, como un peso colgando dentro de la caja torácica, un peso que se traducía en llanto y hacía que Helen, incapaz de seguir soportándolo, saliera corriendo de la cabaña y se sentara a la orilla del lago, sollozando, fumando, odiándose a sí misma, odiándolo a él y odiando a todo el mundo, el maldito mundo.

Por la mañana, indefectiblemente, se daba cuenta de haber sido una estúpida y le daba vergüenza, como si aquella pena absurda fuera un hombre aborrecible con quien se hubiera acostado sin saber por qué. Su faceta de bióloga sensata la advertía del peligro de convertir en costumbre aquellos arrebatos, y, como único remedio, le proponía romper con la rutina.

Siguiendo el consejo, se propuso hacer una sesión de aullidos desde lo alto del cañón, pero fue todavía peor que la noche en que había intentado aullar junto al lago. Después de un par de aullidos aceptables (sin respuesta, lógicamente), se echó a llorar.

Mayor éxito obtuvieron sus tardes en el pueblo, donde estaba empezando a conocer gente. Cenaba en el bar de Nelly y casi siempre encontraba a alguien con quien charlar, si bien todavía no había hecho el acopio de coraje necesario para ir sola a El Último Recurso.

También había aprovechado el tiempo para visitar a casi todos los rancheros de la zona, poniendo todo su empeño en caerles bien. Primero les explicaba el motivo de su presencia y después les pedía que se pusieran en contacto con ella en cuanto vieran señales de lobos. Sus visitas se producían a una hora acordada de antemano por teléfono, casi siempre sobre las doce del mediodía. En general la habían recibido con amabilidad; eso sí, más las mujeres que los hombres.

Los Millward, criadores de toros de pura raza Charolais, se habían prodigado en atenciones, hasta el punto de insistir en que se quedara a comer. Hasta la hija de Buck Calder, Kathy Hicks, había destacado por su amabilidad, sorprendente cuando menos teniendo en cuenta lo que le había pasado a su perro. La mayoría de los rancheros (no todos) le dieron permiso para entrar en sus tierras en caso de necesidad, siempre y cuando no molestara ni dejara abiertos los portones.

Casi había conseguido ver a todo el mundo, a excepción de Abe Harding.

Sus llamadas al rancho habían quedado sin respuesta. Viéndolo un día en la ciudad, delante de la tienda de comestibles, Helen lo saludó amablemente, pero Harding pasó de largo como si no hubiera visto a nadie. Se sintió un poco violenta. Reparó en las sonrisas burlonas de los dos hijos de Harding, que estaban cargando algo en su camioneta. Eran los dos jóvenes que la habían visto hacer eses por la carretera justo antes de su primera visita a Hope.

–Por Abe Harding no te preocupes, mujer –dijo Ruth Michaels al enterarse–. Lo hace con todo el mundo. Es un capullo. Bueno, tampoco tanto; lo que pasa es que está triste y amargado, y puede que un poco loco. Pero a ver quién no, con dos hijos así.

Como Ruth le caía bien, Helen nunca bajaba a la ciudad sin entrar en la tienda a tomar un café. El sentido del humor de Ruth, tan malévolo, siempre le provocaba unas carcajadas de efecto no menos tonificante que el del café; además le iba bien tener a alguien que pudiera ponerla al día en cuestión de chismorreos y describirle a los personajes más destacados de la ciudad.

Con el paso de las semanas, el hecho de no haber conseguido coger al lobo fue convirtiéndose en fuente de molestias para Helen. Empezaban a circular chistes sobre ella. Hacía dos días que se había encontrado a Clyde Hicks en la gasolinera. El joven había sacado la cabeza por la ventanilla para preguntarle cómo iba todo y si ya había cogido al lobo, aun sabiendo de sobra que no era así. Helen dijo que no.

–¿Sabes cuál es la mejor manera? –le preguntó Clyde con una sonrisa más bien repelente.

Helen negó con la cabeza.

–Pero imagino que vas a decírmelo –añadió.

–Consigues una piedra grande, le echas un poco de pimienta, viene el lobo, la huele, estornuda y se queda frito. Bingo.

Helen se aguantó la rabia y sonrió.

–¿En serio?

–Sí. Inténtalo. No te cobro nada por el consejo.

Y el listillo se alejó al volante de su coche.

Helen se pasaba en blanco parte de la noche, tratando de desentrañar la causa de su mala suerte. Pensó que quizá fueran las personas. ¿Y si había alguien más que ella por la montaña, impidiendo que el lobo cayera en una de las trampas? No a propósito, sino por el mero hecho de estar ahí. Helen nunca había visto a nadie, pero sabía que algunos excursionistas llegaban hasta el cañón. También estaban los leñadores, que trabajaban un poco más abajo para la compañía de postes.

A veces encontraba huellas de botas, algunas en el barro del arroyo, aunque demasiado pocas para preocuparse de que alguien pudiera caer en las trampas. Hacía poco que también había visto pisadas y excrementos de caballo. De todos modos los lobos no solían tener miedo ni de excursionistas ni de caballos. Eran animales tímidos, sí, pero no más que los osos pardos o los pumas, y Helen había encontrado huellas tanto de unos como de otros. Era extraño.

Más extraño todavía resultaba el hecho de que, desde hacía cierto tiempo, aparecieran trampas que se habían hecho saltar, sin que el responsable hubiera dejado huellas. Daban la impresión de haber saltado solas, porque no habían sido arrastradas, lo cual habría activado el transmisor de radio. Y seguía sucediendo a pesar de que Helen hubiera ajustado la tensión para hacerlas menos sensibles. Los tres casos descubiertos el día anterior la habían impulsado a llamar a Bill Rimmer y pedirle que la acompañara en su prospección matinal.

Como suele suceder en este tipo de cosas, todavía no habían encontrado ninguna trampa desactivada. Todas las del bosque estaban intactas.

–Vas a pensar que me lo invento –dijo Helen al emprender con Rimmer el descenso del cañón.

–Es como cuando el coche hace un ruido raro, lo llevas a arreglar y de repente no se oye nada.

–Con el mío no sabrían por dónde empezar.

Las dos primeras trampas que verificaron en el cañón estaban como las había dejado Helen por la noche. Por fin, a la tercera, encontraron una que había saltado.

Ella la había colocado al margen de un sendero estrecho con aspecto de ser utilizado sobre todo por ciervos. Rimmer caminó alrededor de la trampa, escudriñando el suelo a cada paso. Acto seguido la levantó poco a poco con la punta de un palo y, después de examinarla, la cogió con las manos y comprobó el mecanismo.

–A esta trampa no le pasa nada.

La devolvió a su sitio y recorrió unos veinte metros de sendero sin pisarlo, con la vista fija en el suelo. Después volvió al punto de partida y repitió la operación en sentido contrario. Helen se limitó a observar.

–Ven a ver –dijo Rimmer al cabo de un rato.

Helen acudió a su lado. Él señaló el sendero.

–¿Ves las huellas de ciervo? ¿Ves cómo se paran de repente?

–Será que el ciervo dio media vuelta.

–No creo. Fíjate en esto.

Volvieron hacia la trampa, pasaron de largo y llegaron al primer punto donde se había detenido Rimmer.

–¿Ves que aquí vuelve a haber huellas? Son del mismo animal, y en la misma dirección.

–¿Estás seguro?

–Sí. Lo que hizo saltar la trampa después barrió el camino. He visto lobos muy listos, pero tanto no.

Buscaron huellas alrededor del sendero, pero había demasiadas piedras y maleza. En la siguiente trampa volvieron a encontrar lo mismo: el mecanismo había saltado y el suelo estaba intacto.

No así en la tercera. Había huellas de lobo, y excrementos justo encima de la trampa. Helen gritó de alegría.

–¡Aleluya! ¡Al menos no se ha marchado!

Rimmer miró el suelo con expresión ceñuda.

–No, pero dudo que la haya hecho saltar él. ¿Ves estas huellas? No hay indicios de que la haya tocado con la pata, ni de que haya dado un brinco al saltar el resorte. Más bien parece que se haya parado a olerlo de camino y haya seguido adelante después de hacer sus necesidades.

–¿Quieres decir que cuando ha pasado ya estaba desactivada?

–Yo diría que sí. Parece que hayan barrido antes de llegar él. Por eso se ven tan bien las huellas.

Rimmer sacó una bolsa de plástico del bolsillo y se cubrió la mano para recoger los excrementos. Después dio la vuelta a la bolsa y se la pasó a Helen.

–Al menos te ha dejado un regalo.

Rastrearon las inmediaciones de la trampa. Rimmer se puso en cuclillas y olisqueó una mata de hierba.

–¡Qué olor más raro! Parece amoníaco. –Arrancó la hierba y se la dio a oler.

–Sí, y a algo más. ¿No podría ser gasolina?

Siguieron buscando hasta que él encontró una rama de artemisa recién arrancada y cubierta de polvo. Se la enseñó a Helen.

–Mira, la escoba. Por aquí hay alguien con ganas de jugar.

Por la tarde, al entrar en la ducha, Helen siguió dando vueltas al misterio.

Había conseguido que la ducha funcionara a la perfección, y estaba orgullosa de sus modificaciones: mamparas nuevas y una puerta con bisagras lo bastante baja para ver el lago (también a cualquier oso que tuviera la mala sombra de pasar por ahí). Pero lo mejor era el recipiente de plástico de veinte litros que había montado en el árbol por encima del cubo agujereado. Como había atado una cuerda a un lado del recipiente, sólo tenía que tirar de ella para hacerlo volcar y llenar el cubo; y si bien estaba segura de que se le caería encima el día menos pensado, por lo menos tenía ocasión de ducharse más tiempo, por mucho que el agua estuviera tan rematadamente fría que la dejaba a una azul de pies a cabeza.

Al coger la toalla le castañeteaban los dientes. Lo único que le gustaba de haberse cortado tanto el pelo era que podía secárselo en cinco minutos.

¿A quién podía interesarle manipular las trampas?

Todos los rancheros a quienes había ido a ver querían que limpiara la zona de lobos, y cuanto antes mejor. No tenía sentido. ¡A menos que fuera una broma! Se enrolló la toalla en la cabeza y volvió a la cabaña.

Una vez vestida se preparó un poco de té, encendió el ordenador e introdujo la localización de las seis trampas reactivadas con ayuda de Bill Rimmer. Pasó largo rato mirando el mapa del cañón donde habían encontrado las últimas. Después hizo «clic» con el ratón para pasar al mapa siguiente. Acercó la taza a sus labios sin apartar la vista de la pantalla, y acto seguido mordió una manzana grande y roja que tenía mucho mejor aspecto que sabor. De repente se fijó en algo.

Al sur del cañón había un viejo camino de leñadores cuya existencia ignoraba, porque siempre llegaba desde el norte y no se había tomado la molestia de explorar la otra vertiente. Volvió a hacer «clic» y amplió el mapa para ver a dónde llevaba el camino. Después de unos ocho kilómetros de curvas por el bosque bajaba por un desfiladero abrupto hasta llegar a una casa situada en lo alto del valle. Helen ya sabía quién era el propietario de la casa, pero quiso cerciorarse y la seleccionó con el ratón. Aparecieron las palabras «Rancho Harding».

¡Qué extraño que no se le ocurriera antes! Quizá aquellos dos chicos le tomaban el pelo; de todos modos, sus sospechas sólo se sustentaban en el hecho de no conocer a nadie más antipático que ellos en las tres semanas que llevaba en la cabaña.

Media hora después pasó con la camioneta junto a una señal rota de PROPIEDAD PRIVADA-PROHIBIDO CAZAR-PROHIBIDO EL PASO. Sorteó los baches del camino de entrada al rancho Harding. *Buzz*, que daba botes en el asiento de al lado, casi parecía tan nervioso como ella, y Helen no tardó en darse cuenta de por qué. Dos perros el doble de grandes que él y diez veces más feroces salieron de los árboles y corrieron hacia la camioneta con los pelos del lomo erizados como aletas de tiburón. *Buzz* gimió.

Aparcó al lado de un trailer para ganado unido al suelo por las malas hierbas, al igual que otras piezas de maquinaria tan oxidadas como él. Paró el motor y se quedó sentada pensando qué hacer.

Tenía buena mano con los perros, pero en aquéllos había algo que la conminaba a no arriesgarse. Uno de los dos apoyó las patas delanteras en un lado de la camioneta, ladrando, gruñendo y babeando a la vez. *Buzz* ladró sin convicción y se echó en el asiento.

–¡Cobarde! –dijo Helen.

Daba pena ver la casa, poco más que una barraca con añadidos de épocas distintas, construidos sin duda al ritmo de los ingresos. Extrañas y caóticas ampliaciones brotaban por todos lados como un cáncer arquitectónico, sin más punto en común que un mohoso encalado. El tejado estaba cubierto de parches de cartón llenos de ampollas. Hasta había parches encima de los parches. La casa estaba acurrucada en una pared de roca viva, como si tuviera miedo de ser devorada por la naturaleza virgen.

Vio dos camionetas aparcadas cerca de la casa. Una de ellas, la negra, era la que llevaban los dos chicos. Aun así, los únicos que daban señales de vida eran los perros.

Se estaba haciendo de noche a marchas forzadas. Vio parpadear un televisor dentro de la casa. El mundo enviaba sus señales a aquel lugar dejado de la mano de Dios mediante una enorme antena parabólica, atornillada de forma precaria a la pared de roca. Dos abetos medio muertos sostenían una cuerda de la que colgaba ropa vieja, camisas y ropa interior puesta a secar, blancas siluetas inmóviles a la luz del crepúsculo.

De repente oyó un grito. Los perros dejaron de ladrar y volvieron corriendo a la casa. Se abrió una puerta mosquitera llena de desgarrones y Abe Harding salió al porche. Gritó a los perros, que se fueron por la esquina de la casa con la cabeza gacha.

Helen esperaba que Harding fuera hacia ella, pero el ranchero se quedó mirándola sin moverse.

–En fin –dijo a *Buzz* en voz baja. Abrió la puerta de la camioneta–. Allá voy.

Después de cerrar la puerta se dirigió a la casa pisando grava entreverada de malas hierbas. Ya tenía escrito el guión. Nada de empezar con acusaciones sobre las trampas. Ni siquiera pensaba hablar de ello. Tenía previsto ser el colmo de la amabilidad.

–¡Buenas tardes! –dijo con voz alta y jovial.

–Mmm.

La respuesta no se caracterizaba por su cordialidad, pero algo era algo. Cuando Helen llegó al pie de los escalones que llevaban al porche, uno de los perros se asomó por la esquina y gruñó mirándola fijamente. Abe le hizo callar con palabras bruscas. Era un hombre enjuto, todo nervio, de ojos hundidos y mirada inquieta. Llevaba un sombrero sucio de color claro, tejanos y camiseta de manga larga. Iba sin botas, con los dedos gordos del pie asomando por los agujeros de los calcetines.

Helen calculó que tendría entre cincuenta y cinco y sesenta años. Según le había dicho Ruth Michaels, Harding había comprado la casa al volver de Vietnam. Helen no sabía si atribuir a la guerra su expresión atormentada y recelosa. Quizá se debiera al hecho de vivir en un lugar tan apartado y deprimente como aquél, siempre de espaldas a la montaña.

Le tendió la mano.

–Señor Harding, soy Helen Ross, del...

–Ya sé quién es.

Harding le miró la mano, y ella temió que no se la estrechara. Por suerte acabó haciéndolo, aunque no muy convencido.

–Bonita casa.

Harding resopló con desdén. Helen no se lo reprochaba.

–¿Quiere comprarla?

Ella rió, excediéndose un poco en su entusiasmo.

–¡Ojalá pudiera!

–Por lo que dicen, ustedes los del gobierno no tienen de qué quejarse. ¡Con todo el dinero que nos sacan!

–Sí, no sé quién debe quedárselo.

Harding volvió la cabeza y arrojó un escupitajo negro de tabaco, que hizo un ruido seco al caer cerca de los escalones. El encuentro estaba yendo peor de lo que había esperado Helen. Harding volvió a mirarla.

–¿Qué quiere?

–Como sabrá, señor Harding, me han encargado la tarea de atrapar al lobo que mató no hace mucho al perro de Kathy Hicks. Sólo quería pasar a verle, como he hecho con todos sus vecinos; para saludar, presentarme... En fin...

¡Qué estúpida se sentía! Como si una rana loca se hubiera apoderado de su lengua.

–Así que todavía no lo tiene.

–Aún no. ¡Pero no será por no intentarlo! –Rió nerviosa.

–Ajá.

Dentro tenían la tele puesta. Emitían un programa de humor, y muy bueno, a juzgar por las carcajadas constantes del público. De repente Helen se dio cuenta de que alguien la observaba desde el interior de la casa. Uno de los hijos de Harding miraba por la puerta mosquitera, que debía de dar a la cocina. Su hermano no tardó en sumarse a él. Ella siguió adelante sin hacerles caso, con toda la buena disposición de que fue capaz.

–Claro que para averiguar si sigue cerca y qué se propone...

–Supongo que comerse a nuestras vacas. Dicen que ya se ha cargado a uno de los terneros de Buck Calder.

–De los restos del animal no podía deducirse que...

–Tonterías. –Harding sacudió la cabeza y miró hacia otro lado–. ¡Si es que son ustedes...!

Helen tragó saliva.

–Algunos rancheros, entre ellos el propio señor Calder, han tenido la amabilidad de darme permiso para entrar en sus tierras. Para buscar huellas, excrementos... Esa clase de cosas. –Intercaló una risa sin saber por qué–. Siempre y cuando, eso sí, tenga mucho cuidado, cierre todas las puertas... En fin, que quería saber si a usted le importaría dejarme...

–¿Fisgonear en mis tierras?

–Fisgonear no, sólo...

–Y un cuerno.

–Ya...

–¿Cree que voy a dejar que el maldito gobierno entre en mis propiedades como Pedro por su casa, metiendo las narices en lo que sólo me importa a mí?

–Sólo quería...

–Está como una cabra.
–Perdone.
–Largo de aquí.
Los dos perros se asomaron por la esquina. Uno de ellos se puso a gruñir hasta que Abe le dijo que se callara. Helen miró de reojo la puerta mosquitera y vio sonrisas burlonas en los rostros de los dos muchachos. Sonrió al ranchero sin arredrarse.
–Pues nada, lamento haberlo molestado.
–Largo he dicho.
Helen dio media vuelta y emprendió el regreso a la camioneta. Se oyó otra tanda de carcajadas televisivas. Le temblaban las rodillas. Confió en que no se le notara. De repente oyó ruido a sus espaldas, y el primer perro arremetió contra ella sin darle tiempo a volverse. El impacto la derribó.
Enseguida los tuvo a los dos encima, uno en el muslo y otro en el tobillo, gruñendo de forma horrible mientras le hincaban los dientes en el pantalón. Helen se puso a chillar y dar patadas. Harding ya había echado a correr hacia los perros, llamándolos a gritos.
Pararon tan de repente como habían empezado, y se fueron al trote, arrepentidos. Harding les arrojó una piedra. Un gañido dio fe de su puntería. Helen se quedó estirada en el suelo, recuperándose del susto. Tenía roto el pantalón, pero no parecía que hubiera sangre. Se incorporó.
–¿Se ha hecho daño?
El tono de la pregunta no transmitía mucha preocupación. Harding estaba de pie junto a ella.
–Creo que no.
Una vez de pie, Helen se quitó el polvo de la ropa.
–Entonces ya puede irse.
–Sí, creo que sí.
Caminó hacia la camioneta sin perder de vista a los perros. Sólo se sintió a salvo después de sentarse y cerrar con un portazo.
Casi era de noche. Antes de entrar en casa, Harding esperó a que Helen hubiera dado media vuelta. Los faros de la camioneta lo iluminaron por espacio de unas décimas de segundo. Helen recorrió el camino de entrada con el corazón en un puño, a punto de llorar. Y lloró, lloró hasta llegar a la cabaña.

13

La feria de Hope había conocido tiempos mejores. Ocupaba un prado reseco en los aledaños de la ciudad, y durante casi todo el año era refugio de conejos, roedores y algún que otro grupo de rebeldes de instituto con ganas de usarlo para sus peligrosas carreras de medianoche.

Las vallas que delimitaban los corrales y la pista de rodeo llevaban años sin recibir una mano de pintura, y las gradas estaban tan viejas y agrietadas que sólo se atrevían a sentarse en ellas los más optimistas o temerarios. Dispuestas por todo el perímetro sin orden ni concierto, las casetas para expositores sufrían el azote de los vientos invernales, que habían combado sus tejadillos de tal modo que varias clases de pájaros los usaban para anidar.

En tiempos pretéritos, el recinto había vibrado durante todo el año con mercadillos de artesanía y concursos de tiro, así como desfiles y rodeos varios. Eran los tiempos en que cada año se celebraba una Reunión de Hombres de las Montañas, a la que acudían de más de un estado vecino gentes de la farándula con barba y zamarra; también un Festival de la Criadilla que gozó por un tiempo de popularidad todavía mayor, salvo quizá entre los terneros que suministraban el manjar, servido eufemísticamente como «ostras de la pradera». VENGA A HOPE Y DIVIÉRTASE UN HUEVO, anunciaban los carteles; pero con el paso de los años cada vez hubo menos gente dispuesta a seguir el consejo.

Algunos festejos se habían extinguido por sí solos, mientras que otros se habían trasladado a terrenos más salubres. El único superviviente de cierta enjundia era la Feria y Rodeo del Día del Trabajo, y aun ésta había sufrido la competencia de otras poblaciones. Obligada a cambiar de nombre y fecha, había pasado a celebrarse a mediados de septiembre, viendo menguada su duración de tres días a un único sábado.

Era costumbre que la feria culminara con un concierto y una *fondue* en que se usaban horcas de campesino para atravesar y hundir en bidones de aceite hirviendo trozos de carne de buey del tamaño de un perro faldero. En años anteriores el cartel del concierto había incluido a estrellas del country de cierto renombre; no así la edición que estaba a punto de celebrarse, ya que los principales artistas invitados eran Rikki Rain y sus Astrosos Vaqueros, procedentes ni más ni menos que de Billings. Para colmo de males, llegó a temerse que el grupo se marchara sin haber tocado ni una nota.

La cosa fue así: tras aparcar las dos furgonetas con el logotipo del grupo al lado de los corrales, lo primero que vio Rikki al bajar fue un cartel donde alguien había escrito «¿Quién?» debajo de su nombre.

Buck Calder y los miembros del comité organizador que habían ido a recibirla tuvieron que escuchar vehementes consejos sobre dónde meterse su asco de feria, si es que podía llamarse feria a cuatro gatos haciendo el gilipollas. Se procedió a retirar el cartel de la discordia con la mayor presteza. Al final, el sol del atardecer, el olor a carne ensartada en horcas y las artes de seducción de Buck Calder consumaron el milagro.

Eleanor estaba tomando un té helado en uno de los tenderetes, atenta al punto de la multitud en que se encontraba su marido. Buck tenía a Rikki cogida por la cintura. La cantante se dedicaba a sacudir sus rizos de rubia oxigenada y reírse a carcajadas de lo que le decía su acompañante. Llevaba camisa negra, camperas rojas y unos tejanos blancos tan apretados que Eleanor temía por su circulación.

–No sabía que se hicieran prótesis dentales tan buenas –dijo Hettie Millward al ver qué miraba Eleanor–. La verdad, me parece bastante más astrosa ella que los Vaqueros.

Eleanor sonrió.

–No te esfuerces, Hettie.

–¡Si es verdad! A propósito, no sabía que Buck estuviera en el comité de este año.

–No, si no está, pero ya lo conoces: siempre a punto para rescatar a jovencitas en apuros.

–¿Jovencita esa? Fíjate en lo desabrochada que lleva la camisa. ¡Si está más arrugada que yo! La ropa que lleva debe de ser de su hija.

–Sí, de cuando tenía cuatro años.

Se echaron a reír. Hettie era la mejor amiga de Eleanor, la única que sabía algo de cómo estaban las cosas entre ella y Buck. Era una mujer campechana y metida en carnes, siempre en guerra con su peso, aunque no parecía que la derrota le sentara demasiado mal. Su marido Doug, amigo de Buck, era uno de los rancheros más populares y respetados de Hope.

Cambiando de tema, Eleanor se interesó por los planes de boda de la hija de Hettie, que parecían cambiar cada semana. Lucy pensaba casarse en primavera y quería celebrar «la boda del milenio» en presencia de todo Hope. Según explicó Hettie a Eleanor, la última locura que se le había ocurrido a su hija era organizar una ceremonia a lomo de caballo. Todos irían montados: los novios, el padrino, las damas de honor... ¡Hasta el cura! ¡Cielo santo! Hettie declaró que el desastre estaba cantado.

A continuación consultó su reloj de pulsera y dijo que tenía que ir a buscar a sus dos hijos, que acababan de ganar los lazos azules en el concurso de terneros. Sus reses iban a subastarse, y estaba a punto de empezar el desfile en el ruedo central.

–Charlie aspira a un mínimo de doce dólares el kilo. Yo le he dicho que ni con ochenta se compensaría todo lo que nos han hecho sufrir esas bestias. ¡Tengo unas ganas de quitármelas de encima! Hasta luego, cariño.

Eleanor se acabó el té y fue a ver las casetas de la feria, cuyo deterioro se disimulaba con banderitas de colores. Había toda clase de artículos, desde placas para perros a botes de jalea de cereza virginiana hecha en casa. Una de las casetas había sido transformada en tipi, y tenía fuera a un grupo de muchachas que aguardaban entre risas a que un «auténtico curandero indio» les predijera el futuro. Más allá, un grupo de niños más pequeños (y más ruidosos) tiraba esponjas mojadas a dos voluntarios del cuerpo de bomberos local, que sonreían con estoicismo tras sus caretas de Daniel Boone y Davy Crockett.

Eleanor llevaba muchos años sin asistir a la feria, a diferencia de Buck, que nunca se la perdía. Los espectadores de cierta edad se acordaban perfectamente de las hazañas del joven Calder en el rodeo. Eleanor había dejado de ir después del accidente de Henry, por miedo a ver la cara de su hijo entre la multitud de jóvenes, unos esperando a enseñar sus novillos, otros apiñados delante de los tenderetes de salchichas y refrescos.

No obstante, había sido idea suya alquilar una caseta para Paragon. Dirigió sus pasos hacia ella, contenta de que el dolor no le hubiera tendido ninguna emboscada. De hecho se enorgullecía de que una de sus primeras sugerencias como socia de Ruth hubiera tenido tanto éxito. El buen tiempo había provocado una gran afluencia de público. Llevaban vendido en un día lo que la tienda en toda una semana, y cubrían de sobra los cincuenta dólares de alquiler de la caseta.

Nada más llegar advirtió que Ruth estaba mirando algo con cara rara, casi de rabia. Vio que el blanco de su mirada era Buck, que seguía haciendo el ridículo con la cantante.

Le pareció conmovedor que se preocupara tanto.

Buck deseó éxito a Rikky y los Vaqueros y dijo que ya se verían después del concierto, aunque tenía sus dudas. Rikki estaba mucho mejor de lejos que de cerca, además de que podía haberse ahorrado lo de guiñarle el ojo antes de entrar en la furgoneta. Bastante tenía con ver hablar a su mujer y su amante como si fueran amigas de toda la vida. Más problemas no, gracias.

Había estado a punto de aprovechar que Eleanor iba a beber algo al chiringuito para hablar a solas con Ruth, pero justo entonces había surgido el problema de Rikki Rain y su amor propio herido. Ya no estaba a tiempo. ¡Qué difícil era a veces ser miembro destacado de la comunidad! Notando que su mujer lo observaba, se alejó en dirección opuesta.

Buck era muy aficionado a la feria y el rodeo, pese a que ya no tuvieran nada que ver con los de su infancia. En aquellos tiempos asistía el condado en pleno, junto a un nutrido público de variada procedencia. Era la época en que uno podía enorgullecerse de haber ganado un premio en el rodeo; no como esos chicos de hoy, que a veces ni sabían dónde estaba la cabeza de un caballo y dónde la cola. Hacía tiempo que la feria no veía un público tan nutrido como el de aquel año, pero seguía sin ser lo mismo.

Fue directo a una de las largas mesas de caballete donde se estaba trinchando la carne de la *fondue*. Al pasar junto al ruedo se fijó en un grupo de jóvenes, chicas en su mayoría, apelotonados en torno a un hombre alto con camisa azul clara y una mujer joven con la piel bronceada y un vestido blanco ceñido.

Parecía que estaban firmando autógrafos, pero Buck los tenía de espaldas y no los reconoció; sí a un fotógrafo del periódico local, que estaba haciendo fotos. El de la camisa azul dijo algo que Buck no entendió, pero que a juzgar por las carcajadas de sus admiradores era muy gracioso. Cuando la pareja se dispuso a marcharse entre sonrisas y saludos, Buck vio que se trataba de Jordan Townsend, aquel presentador de la tele que dos veranos atrás había pagado una pequeña fortuna por las tierras de los Nielsen.

Townsend tenía programa propio, aunque Buck nunca lo había visto. Al parecer visitaba su adquisición con cierta frecuencia, volando de Los Ángeles a Great Falls en avión privado y cogiendo un helicóptero hasta el rancho, cuya administración había encomendado a un forastero.

Tras derribar la vieja casa de Jim y Judy Nielsen, tan acogedora, Townsend se había hecho otra diez veces mayor, dotada de un enorme jacuzzi con vistas a las montañas y un cine de verdad en el sótano, con treinta butacas.

Buck se puso a la cola para comer. En los viejos tiempos, los que servían lo habrían reconocido y le habrían traído un plato gratis rebosante de comida. Ya no. El servicio corría a cargo de dos chicos con acné a quienes no conocía.

Mientras hacía cola, vio desfilar ante la multitud a Jordan Townsend y su bombón de mujercita, como si fueran miembros de la realeza. Townsend intentaba pasar por vaquero, según la versión de Hollywood. Además de camisa tejana y pantalones

Wranglers, todo ello desteñido a conciencia, llevaba un sombrero Stetson nuevo y unas botas hechas a mano cuyo precio no debía de bajar de mil dólares.

Su mujer (la tercera, según Kathy) llevaba las mismas botas, única concesión a la estética vaquera. Por lo demás, con sus gafas de sol de marca y su vestidito blanco que casi no le tapaba nada, era la imagen misma de una estrella de cine; y todas las versiones coincidían en que lo era, aunque Buck no conocía a nadie que la hubiera visto actuar en el cine. Por lo visto tenía dos nombres, uno para su actividad profesional y otro para cuando visitaba Montana de incógnito. Buck no se acordaba de ninguno de los dos.

Corría el rumor de que tenía veintisiete años, justo la mitad que su marido, pero Kathy recomendaba cierto escepticismo, diciendo que casi todas las actrices se pasan años cumpliendo esa edad. Aparte de lo dicho, el único dato que tenía Buck sobre ella (aun viéndose capaz de imaginar unos cuantos más por poco que se lo propusiera) era su último regalo de Navidad a Townsend: una pequeña manada de bisontes.

Cuando le llegó el turno, Buck pagó tres dólares a uno de los chicos por un plato de carne y judías con chile. Después se colocó a un lado de la mesa y empezó a comer, mientras la pareja maravillosa seguía distribuyendo bendiciones y sonriendo a los nativos, incluido Buck.

–Hola, ¿qué tal? –dijo Townsend.

–Bien, ¿y usted? –contestó Buck, consciente de que el presentador no tenía ni idea de a quién estaba saludando.

–De fábula. Me alegro de verle.

Townsend siguió adelante. Vaya gilipollas, pensó Buck.

La carne estaba dura y con demasiada grasa. Buck la masticó con mala cara, atento al balanceo del precioso culito de la actriz, que avanzaba junto a su consorte en dirección a la zona de estacionamiento, ambos con la expresión radiante de quien ha cumplido con su deber ante los lugareños.

Quizá estuviera mal odiar a un desconocido, pero Buck no podía evitarlo. Esa gente era la que estaba comprando todo el estado. Había zonas literalmente infestadas de millonarios, mandamases y estrellas de cine, como si no hubiera forma de ser alguien en Hollywood o Nueva York sin tener un rancho y una parcelita en la «tierra de los grandes horizontes».

De resultas de ello, el precio de la propiedad había subido de forma tan vertiginosa que los jóvenes de Montana no tenían la menor oportunidad. En cuanto a los recién llegados, algunos procuraban mantener la actividad agrícola con mayor o menor éxito, pero la mayoría no tenía ni idea o no le importaba. Para ellos sólo era un lugar donde jugar a vaqueros e impresionar a sus elegantes invitados de la ciudad.

Buck probó las judías y no le parecieron mejores que la carne. Mientras buscaba un cubo de basura distinguió el rostro atribulado de Abe Harding, que estaba acercándose entre la multitud.

Lo que me faltaba, pensó Buck.

Llevaban treinta años siendo vecinos, y aun así apenas se conocían. Las tierras de Harding cabían veinte veces en las de los Calder, y todavía habrían sobrado unas hectáreas. También eran menos fértiles, y todos sabían que Abe había contraído demasiados préstamos, motivo de que siempre estuviera al borde de la bancarrota. Con aquellos ojos atrincherados bajo una frente ceñuda, Abe parecía una morena paranoica escondida en las rocas submarinas.

–Vecino, ¿cómo va eso?

Abe asintió con la cabeza.

–Buck.

Se rascó la nariz y miró alrededor como un ladrón furtivo. Tenía la costumbre de masticar sin descanso una toma de tabaco, cuyo negro jugo asomaba por las comisuras de su boca.

»¿Tienes un rato libre?

–Por supuesto. ¿Quieres un poco de carne? Está buena.

–No. ¿Damos un paseo?

–Adelante.

Abe tomó la delantera y no volvió a hablar hasta considerarse a salvo de oídos indiscretos.

–¿En qué puedo ayudarte? –inquirió Buck.

–¿Sabes el lobo que mató al perro de Kathy?

–Sí. Parece que también se cargó a uno de nuestros terneros.

–Ya, ya me he enterado. Y el lobo ese... Era un bicho negro y grande, ¿no? –Buck asintió–. Pues he vuelto a verlo. Iba con dos más.

–¿Dónde?

–En los pastos de arriba. Habíamos subido a poner más abono. De repente oímos un aullido, y Ethan dice: «Es el coyote más raro que he oído en mi vida.» Entonces los vimos, como me llamo Abe. Eran tres, el grande y otros dos grises.

Abe hablaba moviendo los ojos todo el rato. Las pocas veces que miró a Buck apartó la vista enseguida, como si algo le revolviese las entrañas.

–¿Iban por el ganado?

–No, pero pensar sí que lo pensaban, eso seguro. Si hubiera ido armado les habría pegado un buen par de tiros. Dejé a Ethan arriba y volví a casa a buscar la escopeta, pero ya se habían marchado. Ni siquiera encontramos huellas.

Buck dedicó unos instantes a reflexionar.

–¿Se lo has dicho a esa chica, la bióloga?

–Qué va. ¿Por qué? Si hay lobos es por culpa del gobierno. La muy idiota me pidió permiso para entrar en mis tierras, pero yo le canté las cuarenta.

Buck se encogió de hombros.

–Mira, Buck, tal como están las cosas no puedo permitirme perder ni un ternero.

–Te entiendo.

–No sé si lo entiendes o no, pero es la verdad.

–Ya, Abe, pero si les pegas un tiro y te cogen podrías meterte en un buen lío. Igual hasta acabas en la cárcel.

Abe escupió saliva negra sobre la hierba amarilla.

–¡Maldito gobierno! Te arriendan la tierra, se quedan con tu dinero y después van y sueltan a esas malas bestias para que se te coman el ganado.

–Y encima te meten en la cárcel a la que intentas protegerlo. ¿Verdad que no tiene sentido?

En vez de contestar, Abe entrecerró los ojos y miró al otro lado de la feria. Los músicos estaban montando su equipo en el escenario.

–De momento lo que vamos a hacer es reunirnos a primera hora y hacer bajar a las reses para vigilarlas mejor. Me interesaría saber si estás dispuesto a echarnos una mano.

–Pues claro.

–Se agradece.

–Faltaría más.

–Y palabra que como falte una se arma la gorda.

Luke sólo estaba en la feria porque se lo había prometido a su madre, pero no tenía intención de quedarse mucho tiempo. Rikki Rain y sus Astrosos Vaqueros eran buen motivo para marcharse. Llevaban tocando una hora, pero parecían dos o tres. Otra buena razón era que Luke acababa de fijarse en un grupo de compañeros de promoción entre los que se hallaba Cheryl Snyder, la chica por la que había estado colado desde el primer año de instituto.

El padre de Cheryl era el dueño de la gasolinera, y su hija una de las chicas más simpáticas del instituto, además de la más guapa. De resultas de ello solía ir en compañía de energúmenos como los cuatro que se estaban haciendo los chulos delante de ella y su amiga Tina Richie, al lado del tipi del adivino.

Luke se dirigía a la caseta de Paragon con refrescos para Ruth y su madre, ocupadas ambas en recoger lo que no habían vendido. Por lo visto ni Cheryl ni los demás se habían fijado en él. Justo cuando iba a escabullirse entre dos casetas y dar un rodeo por detrás, oyó que Cheryl lo llamaba.

–¡Luke! ¡Eh, Luke!

Se volvió y puso cara de sorpresa. Cheryl lo saludó con la mano. Luke sonrió y levantó los refrescos para justificar que no le devolviera el saludo, preguntándose si bastaría con eso, y si todavía estaría a tiempo de escapar; pero Cheryl ya había echado a andar hacia él con su séquito de admiradores. Llevaba tejanos y un top rosa que no le tapaba el ombligo. Como tantas veces, Luke recordó la vez que la había besado durante una fiesta de Año Nuevo, dos años atrás. Lo que se dice besar, nunca había besado a ninguna otra chica, cosa bastante triste en alguien de su edad, para qué andarse con mentiras.

–¿Qué tal, Luke?

–Hola, Che... Che... Cheryl. Bi... bi... bien, gracias.

Tina y los chicos llegaron a su lado. Luke sonrió y los saludó con la cabeza. Algunos le devolvieron la sonrisa; otros le dijeron hola con mayor o menor entusiasmo.

–No te he visto en todo el verano –dijo Cheryl.

–Ya, bu... bu... bueno, es que he estado trabajando en el rancho, ayudando a mi pa... pa... pa... padre.

Como siempre que tartamudeaba, Luke miró a los demás a los ojos intentando adivinar si les parecía cómico, embarazoso o digno de compasión. Todo se podía aguantar menos la compasión.

–Eh, Cooks, te vimos por la tele cuando aquel lobo se pulió al perro de tu hermana –dijo Tina.

Uno de los chicos, un bocazas que se llamaba Jerry Kruger, hizo la bromita de aullar. Se había pasado parte del primer año de instituto amargando la vida a Luke, hasta que éste lo había dejado tieso en el patio, ganando muchos puntos entre los demás. Nunca había vuelto a usar los puños.

–¿Lo has vuelto a ver? –preguntó Cheryl.

–¿Al lobo? No. De... de... debía de estar de pa... pa... paso.

–Lástima –dijo Kruger–. Tina tenía ganas de jugar con él a caperucita. «¡Abuelita, abuelita, vaya par de melones que tienes!»

–A ver si creces de una vez, Jerry –dijo Cheryl.

Como a nadie parecía ocurrírsele nada más, se pusieron a escuchar la voz ronca de Rikki Rain. Luke volvió a enseñar los refrescos.

–Te... te... tengo que irme.

–Bueno –dijo Cheryl–, pues ya nos veremos.

Luke se despidió del grupo. Poco después oyó la risa de Kruger, seguida por la frase: «De... de... debía de estar de pa... pa... paso.» Los demás le dijeron que se callara.

Había refrescado, y Helen lamentó no haber traído un jersey. Llevaba shorts, botas y una camiseta arremangada. Se había puesto tiritas en las piernas, donde le habían mordido los perros de Harding. Parecía mentira, pero no le habían atravesado la piel.

Casi toda la gente a la que había conocido en el transcurso de las últimas semanas estaba en la feria, y Helen había hablado con todos a excepción de los Harding. Nadie podía contener el impulso de acariciar a *Buzz*, que se lo estaba pasando en grande. Iba con correa, pero se las había arreglado para comer lo equivalente a varias cenas a base de hurgar en los restos de comida tirados por el suelo.

Helen tenía que acostarse temprano. Calculó que era hora de marcharse, pero le costaba tomar una decisión con tanta gente divirtiéndose. Se daba cuenta de que buena parte de ello se debía a algo tan sencillo como la necesidad de contacto humano.

En otro momento y estado de ánimo nada le habría impedido sentirse excluida o ceder a la envidia, como venía sucediéndole en ocasiones al ver a una pareja joven y enamorada o a una madre de su edad (¡por Dios, cómo podía llegar a ser tan patética!). En lugar de ello se había limitado a disfrutar de la alegría y el bullicio de la multitud, experimentando una paz interior que llevaba mucho tiempo sin conocer.

Observando a los habitantes de Hope en aquella tarde soleada de septiembre, Helen se había sentido conmovida por su sentido de la comunidad, las raíces que parecían atarlos a aquel lugar y a un estilo de vida cuya esencia permanecía intacta a pesar de años de tribulaciones, a pesar del ajetreo de un mundo enloquecido.

Doug Millward, el ranchero favorito de Helen, daba la impresión de ser el epítome de todo ello. Al encontrarse a Helen había insistido en invitarla a un helado. Él también se había comprado uno, y habían visto pasar juntos a la banda de música del instituto. Era un hombre alto, de hablar quedo y ojos azules llenos de amabilidad. El desagrado que le inspiraban los lobos, conocido por Helen, no le impedía mostrarse tolerante y respetuoso con el trabajo de ésta. Al enterarse de lo sucedido en el rancho Harding suspiró y sacudió la cabeza.

–Supongo que es difícil que cambie de opinión sobre él, pero debo decirle que Abe no ha tenido mucha suerte en la vida.

–He oído que estuvo en Vietnam.

–Sí, y dicen que vio cosas muy desagradables. Nunca le he oído hablar de ello, pero sí sé que no anda sobrado de dinero.

Tampoco puede decirse que sus hijos le ayuden demasiado. Han estado metidos en problemas desde que eran niños.

–¿Qué clase de problemas?

–Bah, cosillas. Nada muy grave.

Helen se dio cuenta de que Millward era reacio a hacer el juego a los chismosos. El ranchero se pasó un rato mirando a la banda sin decir nada, como si estuviera calculando hasta dónde llegar en sus revelaciones.

–Digamos que frecuentan a ciertos individuos a los que yo preferiría no ver con mis hijos.

–¿Por ejemplo?

–Hay dos que trabajan para la compañía de postes y les va todo lo paramilitar; ya sabe, eso de ir contra el gobierno, que si pistola por aquí, escopeta por allá... En fin. Hace un tiempo que a esos dos y a Wes y Ethan Harding los detuvieron por caza ilegal. Acorralaron a toda una manada de alces en el cañón y los acribillaron. –Millward hizo una pausa–. Le agradecería que no dijera a nadie de dónde ha sacado la información.

–Descuide.

–Además son la excepción, no la regla. En este pueblo hay muy buena gente.

–Ya lo sé.

De repente Millward se echó a reír.

–¡Caray, Helen! ¡Sí que nos hemos puesto serios!

Dijo que tenía que ir a encontrarse con Hettie en la subasta de terneros. Helen se despidió de él y siguió pensando en lo que le había explicado.

La multitud empezaba a dispersarse, y algunos comerciantes recogían los bártulos, cosa que no podía decirse de los músicos. Rikki Rain se quejaba con voz lastimera de que su hombre estuviera haciendo con otra fuera de casa lo que ella se estaba perdiendo dentro. Helen entendía perfectamente al pobre tipo.

El sol, que se había escondido detrás de un nubarrón rojo y morado suspendido encima de las montañas, se asomó de pronto por un claro e iluminó el recinto, pintando de oro todos los rostros, como si quisiera dar su bendición final a los acontecimientos del día. Mientras Helen caminaba al lado de las casetas se vio rodeada por un grupo de chiquillos que jugaban a perseguirse entre risas incesantes, precedidos en la hierba por sombras gigantescas.

Fue entonces cuando vio a Luke Calder hablando con sus amigos. Observó y escuchó con discreción, y quedó sorprendida por su tartamudez. Al oír a aquel imbécil imitándolo, tuvo ganas de acercarse y darle un sonoro bofetón. Estaba segura de que Luke lo había oído. El muchacho se había internado por la muchedumbre. Helen no tuvo más remedio que seguirlo para llegar a la camioneta.

Aparte del primer día sólo lo había visto dos veces, una en la ciudad y otra en el bosque, montado a caballo. En ambas ocasiones se había mostrado huidizo y no le había dirigido la palabra. Helen sabía que estaba pasando mucho tiempo en los pastos de su padre, con la misión de vigilar el ganado; sin embargo, nunca lo veía al pasar por ellos.

Luke se había detenido en la caseta de Paragon para despedirse de su madre y Ruth. Reanudó su camino hacia el aparcamiento con Helen detrás.

–¡Luke!

Al darse la vuelta y reconocer a Helen el chico puso cara de inquietud. Después sonrió con nerviosismo y se tocó el ala del sombrero.

–¡Ah, hola!

Cuando lo tuvo cerca, Helen se dio cuenta de que era muy alto, al menos quince centímetros más que ella. *Buzz* reaccionó con el entusiasmo reservado a los amigos a quienes llevaba tiempo sin ver. Luke se agachó para acariciarlo.

–Aún no habíamos tenido ocasión de presentarnos –dijo ella–. Soy Helen.

Tendió la mano a Luke, pero éste estaba absorto con los lametones de *Buzz* para darse cuenta.

–Sí, es ve... ve... verdad. –Se fijó en la mano cuando Helen estaba a punto de retirarla–. ¡Ay, pe... pe... perdón, no lo había...!

Se puso de pie y estrechó la mano que le tendían.

–Y éste es *Buzz*, tu nuevo amigo del alma.

–*Bu... Buzz*. Es bonito.

De repente a Helen le costaba tanto hablar como al propio Luke. Por unos segundos no hicieron más que mirarse sonriendo como tontos, hasta que ella movió el brazo con un gesto torpe que pretendía abarcar la feria, las montañas y el sol, así como sus sentimientos al respecto.

–Qué maravilla, ¿verdad? ¡Mi primer rodeo!

–¿Has pa... pa... participado?

–¡No! Quería decir que es la primera vez que voy a ver un rodeo. No, por Dios. Con los caballos soy doña desastres.

–Doña desastres. Tiene gracia.

–¿Tú no participas?

–¿Yo? No, no, qué va.

–¿Tampoco te quedas a escuchar al grupo?

–Pues... no. Te... te... tengo cosas que hacer. ¿A ti te gustan?

Helen frunció el entrecejo y se rascó la cabeza.

–Bueno...

Viendo suavizada por la risa la expresión de los ojos verdes de Luke, Helen vislumbró su verdadera manera de ser, pero la timidez no tardó en imponer de nuevo su coraza.

–Parece que tu padre los ha convencido de que se queden.

Luke asintió.

–Esas co... co... cosas se le dan muy bien.

Apartó la mirada y dejó de sonreír. Helen pensó que tener de padre a Buck Calder no debía de ser fácil para ningún chico. Volvió a producirse un silencio incómodo. Luke prodigaba nuevas atenciones a *Buzz*.

–En fin, temo no haber conseguido encontrar todavía al lobo. ¿Tú no sabrás dónde está?

Luke la miró con recelo.

–¿Por qué iba a saberlo?

Ella se echó a reír.

–¡Si no lo he dicho en serio! Era una pregunta de...

–Nunca lo he visto.

Helen advirtió que él se sonrojaba.

–Ya, ya lo sé. Sólo...

–Te... te... tengo que irme. Adiós.

–Bueno, pues adiós.

Helen se preguntó en qué habría metido la pata. Se dirigieron a sus coches respectivos. Al ver arrancar a Luke, ella lo saludó con la mano, pero el chico ni siquiera la miró. Los dos tomaron la carretera que salía del pueblo, pero Luke conducía más rápido, y cuando Helen llegó al final del tramo asfaltado la otra camioneta había quedado reducida a una nube de polvo gris.

De camino al lago frenó delante de los buzones de la curva, aunque ya había abierto el suyo en el viaje de ida, encontrándolo tan vacío como de costumbre. Desde que estaba en Montana había recibido carta de su madre y su padre, y dos de su hermana. En cambio Joel no daba señales de vida. De hecho no tenía noticias suyas desde una felicitación de cumpleaños enviada con retraso a Cape Cod, y eso que durante aquellas semanas tan largas Helen debía de haberle escrito cinco o seis cartas. Quizá no las hubiera recibido. También era posible que no pudiera enviar las suyas. Helen supuso que en esos países el correo (como tantas otras cosas) no debía de funcionar muy bien.

Sus últimas cartas apostaban a conciencia por el optimismo. Helen describía su nuevo lugar de trabajo y sus actividades habituales, amén de bromear acerca de la captura del lobo. A veces, no obstante, se preguntaba si sus palabras no dejarían entrever de forma inconsciente sus verdaderos sentimientos, su soledad, el terrible vacío que había dejado en ella la partida de Joel.

Buzz, que se había quedado en la camioneta, observó con tristeza la apertura del buzón por parte de su ama. Estaba vacío.

14

Llevaba vigilándola desde su llegada.

Incluidos los dos primeros días, cuando Dan Prior la había ayudado a deshacer el equipaje y poner la cabaña en condiciones. Y también la noche siguiente, cuando se había puesto a fumar a la orilla del agua y había aullado de forma tan increíble. Luke, escondido entre los árboles de la otra orilla del lago (justo donde estaba en esos momentos), había rezado por que no contestara ningún lobo.

No iba todos los días. Tampoco se quedaba mucho. A veces lo único que veía de ella era una sombra gigantesca proyectada por la lámpara dentro de la cabaña. Otras, si seguía caminando por el borde del bosque y se acercaba más de lo prudente, la entreveía al otro lado de la puerta abierta, sentada a la mesa con sus mapas y su ordenador o hablando por teléfono.

En una de esas ocasiones se había subido a una rama seca, provocando un crujido que había hecho ladrar al perro. Viéndola asomarse a la puerta se le había hecho un nudo en el estómago; por suerte Helen había regresado a la cabaña sin darse cuenta de nada. Desde entonces Luke iba con más cuidado, hasta el punto de que limitaba sus visitas a cuando tenía el viento de cara, por miedo a que en caso contrario el perro detectara su olor.

Luke intentaba convencerse de que no estaba espiando. A fin de cuentas no era ningún mirón, ni nada por el estilo. Sólo intentaba que Helen no atrapase a los lobos, y para eso le hacía falta conocer los movimientos del enemigo, como en la guerra. Sin embargo, cuanto más tiempo pasaba más difícil se le hacía considerarla como tal.

¡Parecía tan triste! Luke la había visto sentada junto al lago, llorando y fumando como si quisiera pillar cáncer de pulmón. Esa noche había tenido ganas de acercarse a ella, abrazarla y decirle que no llorase más, que no había motivo.

Un día Helen se había desnudado y se había metido en el agua. Luke, convencido de que intentaba suicidarse, había estado a punto de llamarla; gracias a Dios no era más que un baño, al que se sumó el perro. Él los contempló en el lago, y oyó reír a Helen por primera vez. Como era de noche apenas distinguió el cuerpo desnudo de la joven, pero le bastó para sentirse como un bicho raro, un pervertido. Se marchó de inmediato, resuelto a no volver.

Pero lo hizo.

Había soñado con ella hacía dos noches. En el sueño, Luke estaba tendido sobre las rocas y tenía a sus pies el prado donde en primavera habían hecho su cubil los lobos. El lugar parecía cambiado, pero los lobos eran los mismos, adultos y cachorros al completo, sentados en corro como en aquella ilustración del viejo ejemplar de *El libro de la selva* que tanto le había gustado de pequeño. Helen estaba sentada con ellos, como si formara parte del grupo. Levantaba la cabeza, llamaba a Luke por su nombre y le preguntaba por qué los espiaba. Lo hacía por pura curiosidad, no porque estuviera enfadada. Entonces Luke se levantaba y trataba de decir que no quería hacerles daño, que él también deseaba formar parte del grupo; pero se le trababa la lengua. No lograba pronunciar las palabras. La mujer y los lobos se limitaban a mirarlo fijamente. El sueño acababa así.

Oyó a sus espaldas el lúgubre reclamo de un búho. Dio media vuelta y tuvo que esperar a que se le acostumbrara la vista, que llevaba un buen rato fija en las ventanas iluminadas de la cabaña. El búho estaba a pocos metros, sentado en las ramas inferiores de un abeto y mirándolo con ojos grandes y dorados, tan próximo que aun a oscuras se le veían las rayas del pecho. A Luke le pareció gracioso: el observador observado.

Volvió a mirar el lago. En la cabaña seguían sin apreciarse señales de vida. Se daba el hecho insólito de que Helen hubiera corrido las cortinas y cerrado la puerta; pero tenía las luces encendidas, y Luke estaba seguro de su presencia, por haber visto la camioneta aparcada y haber oído ladrar al perro. Debía de estar leyendo. Para Luke, no verla siempre era una decepción; pero le bastó saber que estaba en casa. Vía libre, pues, para emprender su tarea nocturna.

Se internó en el bosque sin hacer ruido. El búho lo vio pasar, pero no se movió.

Mientras caminaba entre los árboles, trazando una curva en dirección al arroyo, Luke volvió a pensar en el encuentro de la feria. Se había esperado ver a Helen igual de taciturna que cuando estaba sola, y el hecho de encontrarla tan distinta le había quitado de encima el temor de ser el causante de su tristeza, por lo que estaba haciendo con sus trampas.

¿Por qué iba a saberlo? ¡Nunca lo he visto!

¡Había que ser idiota para decir eso! Luke no se cansaba de recriminárselo. El hecho de que Helen fuera simpática no hacía más que empeorar las cosas, al igual que con Cherry o cualquier otra chica a la que quisiera causar buena impresión. Siempre acababa quedando como un bobo. Por supuesto que Helen Ross no era exactamente una «chica», pero aparte de eso a él le había pasado lo mismo de siempre: se había puesto tan nervioso que había acabado por tartamudear, no decir lo que quería y quedar justamente como el cretino por quien lo tomaban fantasmones como Jerry Kruger.

No había nada que hacer. Luke solía desesperar de que alguna chica descubriera su lado bueno. Claro que quizá no tuviera ningún lado bueno. Quizá su destino fuera convertirse en un hombre triste y solo, un anciano condenado a hablar con los pájaros como si estuviera loco.

Le había sorprendido lo guapa que era Helen de cerca, con su sonrisa y su manera de mirar a los ojos. Los suyos eran marrones. ¡Qué bien le quedaban sus shorts de color caqui, y aquella camiseta que dejaba al descubierto unos brazos dorados por el sol!

Miró hacia abajo y vio a *Ojo de Luna* entre los árboles, paciendo en el lugar donde lo había dejado, junto a la parte menos profunda del arroyo, que caía en cascada desde el extremo sur del lago por las angosturas de un conducto rocoso. El rugido de la corriente ahogaba todo sonido que pudiera emitir el caballo. Aun así, *Ojo de Luna* oyó a su dueño y levantó la cabeza. Luke apoyó la cara en la media luna blanca del rostro del caballo, en la que se había inspirado para bautizarlo, y acto seguido se pasó un minuto entero acariciando el cuello del animal entre murmullos cariñosos. Después montó en la silla, cuya pesada carga incluía todo lo necesario para la tarea de aquella noche, y azuzó a *Ojo de Luna* en dirección al arroyo.

La bravía corriente se deshacía en espuma contra los corvejones del caballo, cuyos cascos, sin embargo, hallaron apoyaderos firmes en las rocas resbaladizas, de modo tal que jinete y montura no tardaron en alcanzar la orilla opuesta y meterse por el bosque en dirección a la primera línea de trampas.

De hecho Luke no pensaba que Helen se propusiera perjudicar a los lobos. Ahora bien, ponerles collares era arrebatarles la libertad. Podían ser localizados y eliminados en cualquier momento por quien tuviera interés en ello. Era extraño que los biólogos no lo entendieran así; aunque a fin de cuentas quizá fueran como todos, gente que, incapaz de aceptar la idea de otros seres realmente salvajes, se afanaba por domesticarlos y encadenarlos.

Al principio Luke se había tomado lo de las trampas casi como un juego. Le parecía divertido seguir por bosques y montañas a Helen y el del control de depredadores, Rimmer, averiguando dónde colocaban las trampas y llevándose la sorpresa de que no lo descubrieran. A los seis o siete días había topado con Helen; por suerte ya había acabado con las trampas y volvía a los pastos de su padre, por lo que su presencia nada tenía de extraña.

Luke no había podido descubrir el emplazamiento de todas las trampas de buenas a primeras, y había tardado unos días en encontrarlas. Después Helen había empezado a moverlas de sitio, pero su astucia no había impedido a Luke seguirla cuando iba a revisarlas. El muchacho se había regocijado con la creciente perplejidad de ella, y todavía más con la reacción del perro.

Le había costado un tiempo dar con la fórmula adecuada.

Había empezado yendo a una tiendecita de animales de Helena y comprando unos cristales verdes ideados para impedir que perros y gatos hicieran sus necesidades en el césped. El dueño, sorprendido por la petición de doce frascos, comentó que debía de tener un problema muy serio. Luke contestó que no, pero que el césped era muy grande.

Una prueba con los perros del rancho lo convenció de que acaso los cristales no bastaran para mantener el césped libre de lobos. Ni corto ni perezoso, volvió a la ciudad y compró un líquido contra los insectos, amoníaco y varias clases de pimienta, productos que mezcló con los cristales hasta conseguir una sustancia pegajosa, temiendo en todo momento que le explotara en las narices.

Cuando olió el resultado estuvo a punto de desmayarse. Con los perros funcionó de maravilla. Si se dejaba un trozo de carne en el suelo, bastaba con dibujar un círculo alrededor con la mezcla para que los pobres chuchos no se atrevieran a cruzarlo y se quedaran gimiendo y babeando al otro lado. Hasta bautizó el nuevo producto como «Lobostop».

Recordaba haber leído que los dos olores más odiados por los lobos son el diesel y la orina humana. El primero era fácil de obtener. Al lado de los establos había un depósito de gasolina, y Luke siempre se llevaba un pote lleno para añadir al Lobostop en torno a las trampas. La orina era más difícil. Para veinte trampas hacía falta mucha. Llegó a plantearse si no habría manera de recurrir a los retretes de El Último Recurso a fin de aumentar el suministro propio, pero no se le ocurrió ninguna. Al final no tuvo más remedio que beber mucho y distribuir la orina en pequeñas cantidades, utilizando el sistema de reparto ideado por Dios. Nunca había bebido tanta agua, ni meado tanto.

Las dos primeras líneas de trampas colocadas por Helen cerca de los pastos fueron pan comido. Una vez neutralizadas, apenas haría falta revisarlas. En ambos casos se trataba de una especie de pasillo cuyos extremos habían quedado bloqueados con sendas barreras triples de Lobostop, diesel y orina. Luke también vertió la mezcla alrededor de cuantas trampas hubiera logrado encontrar, aunque no demasiado cerca, no fuera a darse cuenta Helen.

Por último, como precaución final, mojó las trampas y los

excrementos de lobo colocados por Helen junto a ellas con un «antiolores» comprado en una tienda de artículos de caza. Lo más pesado fue borrar las huellas que había ido dejando.

Una mañana en que estaba escondido detrás de unas rocas vio bajar al perro de Helen por la cuesta, justo encima de la barrera. Fue como en los dibujos animados: el pobre bicho pareció chocar con un muro invisible de ladrillos. Husmeó, gimió y salió disparado en dirección contraria. Su dueña ni siquiera se dio cuenta. A Luke le dio tanta risa que también se batió en retirada.

Las trampas de la parte alta del cañón eran otro cantar. El relieve impedía bloquearlas todas juntas. Como los lobos daban la impresión de recorrer la zona poco menos que al azar, Luke no tuvo más remedio que echar el líquido alrededor de cada trampa. Si, de acuerdo con la tónica reciente, a Helen se le ocurría mover alguna y Luke no se daba cuenta, podía perder varias horas buscándola.

Peor había sido lo de hacía un par de noches, al caérsele a Luke la bolsa con todo el Lobostop en el camino de subida. De nada le había servido volver atrás a buscarla. Al final se había visto obligado a hacer saltar algunas trampas, técnica a la que sólo recurría cuando se le acababa la mezcla. Seguro que Helen lo encontraría sospechoso, y eso sin contar el miedo que se pasaba, ya que había que hacerlo sin activar los collares transmisores sujetos a las trampas.

A veces Luke conseguía ocuparse de las trampas a la luz del día, justo después de haberlas revisado Helen. Era más fácil, pero corría el riesgo de que lo descubrieran. Por eso tenía por costumbre hacerlo de noche, no sin antes comprobar que Helen estuviera en la cabaña.

La excusa con que Luke justificaba sus ausencias del hogar era sencilla: propuso a su padre acampar en los pastos para poder vigilar al ganado de noche. A su madre le había parecido una barbaridad; no así a su padre, que, favorablemente impresionado, dio su respaldo a la idea.

En ocasiones, Luke tardaba tanto en ocuparse de las trampas del cañón que en lugar de volver a la tienda se limitaba a buscar un lugar resguardado donde acurrucarse con el saco de dormir que siempre llevaba atado a la silla de montar.

La única noche que solía pasar en casa era la del jueves, a fin de poder presentarse duchado, afeitado y descansado a su sesión de logopedia matinal. Su madre no se cansaba de decirle lo pálido, cansado y en baja forma que lo veía. Comparaba su aspecto al de un drogadicto, aunque a él le pareció difícil que hubiera visto alguno.

–Me parece muy mal que duermas a la intemperie.

–Estoy bien, mamá. Me gusta.

–Es peligroso. Te comerá un oso.

–Te... te... tengo mal sabor.

–Lo digo en serio, Luke.

–Oye, mamá, que ya no soy un niño. No me pa... pasará nada.

Pero lo cierto era que empezaba a resentirse. Al verse en el espejo pensó que su madre no andaba muy desencaminada. A saber cuánto más podría durar.

Dio enseguida con las dos líneas de trampas del bosque. El cielo empezaba a nublarse, pero como había luna apenas le hizo falta usar la linterna para localizar las trampas y refrescar las barreras con una buena dosis de Lobostop, diesel y orina propia. Una hora después había borrado sus huellas y azuzaba a *Ojo de Luna* por la senda larga y empinada que llevaba al cañón.

Ignoraba por dónde se movían los lobos. Durante la última semana había ido dos veces al prado donde habían pasado casi todo el verano, pero no estaban. Según sabía por sus libros, a esas alturas del año, con los lobeznos ya crecidos, los lobos abandonaban los «lugares de reunión» y empezaban a cazar en manada.

Hacía unas noches que los había oído aullar, y, pese a la dificultad de establecer la procedencia de los ruidos en un relieve tan escabroso, supuso que estarían por encima de Wrong Creek, dos kilómetros al norte. Con algo de suerte se habrían hartado de olisquear la porquería con que Luke había rociado la zona.

Ya al pie del cañón, ató a *Ojo de Luna* a un sauce de la orilla. Aprovechando que la cuesta estaba llena de arbustos de salvia, arrancó una rama frondosa y resistente para usarla de escoba. Después volvió a beber agua y, cogiendo la bolsa donde llevaba las botellas de Lobostop, diesel y antiolores, echó a caminar por la orilla pedregosa del arroyo.

Avanzó con tiento, asegurándose de no pisar más que rocas y maleza y evitando dejar huellas en las partes polvorientas.

Helen había colocado tres series de trampas por encima de una estrecha senda de ciervos que bordeaba un bosquecillo de enebro. Al otro lado del camino la cuesta se hacía más pronunciada. Luke se detuvo entre los arbustos, a pocos metros de donde le pareció que estaba la primera trampa.

Miró a ambos lados del camino para orientarse. Buscaba algún matojo o mata de hierba, señal inequívoca de que era ahí donde ella había cavado el agujero para su maloliente cebo. No vio nada.

Las nubes habían ocultado la luna por completo. Se oyó un trueno detrás de las montañas, semejante a un largo redoble de tambor.

Luke sacó la linterna y avanzó poco a poco entre los arbustos, iluminando el otro lado del camino. Vio algo delante, una mancha oscura en el color claro de la tierra. Al acercarse reconoció los excrementos de lobo, y supo que había encontrado lo que buscaba. Ahí estaba la mata de hierba, un poco más atrás; la trampa debía de estar enterrada entremedio, sabiamente camuflada con tierra y ramitas.

Evitando pisar la senda, metió la mano en la bolsa para coger el antiolores, se puso en cuclillas y empezó a rociar los excrementos. Volvió a oírse un trueno difuso, más próximo que el anterior.

–¿Se puede saber qué coño haces?

Fue como si le hubieran clavado una aguijada para el ganado. La voz procedía de detrás de los árboles, y sobresaltó de tal modo a Luke que perdió el equilibrio y se desplomó de espaldas en los arbustos. Se le había caído el spray y la linterna, y no veía ni jota. Notó que tenía el sombrero encima de la cara. Oyendo que alguien salía de los árboles y se abalanzaba sobre él, se apresuró a ponerse en pie y bajar corriendo por la cuesta.

–¡Que te crees tú eso, hijo de puta!

Helen dio un salto de un lado a otro del camino. El desconocido le llevaba unos diez metros de ventaja y seguía alejándose. Ya había cubierto la mitad de la cuesta a base de dar zancadas de gigante por la maleza. De repente un rayo iluminó su silueta, con los brazos separados para mantener el equilibrio. Llevaba el sombrero en una mano y, colgada de los hombros, una especie de bolsa de la que caían cosas.

–Te has metido en un lío. ¡Y muy gordo! –dijo Helen.

Se oyó un trueno que pareció darle la razón. Corrió entre los arbustos, cuyas ramas le azotaban las piernas. Estuvo a punto de torcerse el tobillo, pero estaba demasiado indignada y deseosa de vengarse para detenerse en menudencias.

El desconocido casi había llegado al pie de la cuesta, donde el terreno, cubierto de sauces y alisos, iniciaba un suave descenso hacia el arroyo. Una vez ahí le sería fácil escapar.

–¡Obstaculizar la colocación de trampas por parte del gobierno es un delito grave! –Helen no sabía si era cierto, pero le pareció una buena frase.

De repente, justo cuando el desconocido iba a meterse entre los árboles, ella oyó el choque de su bota contra una piedra y lo vio caer de bruces en el sotobosque.

–¡Sí! –exclamó, exultante.

Llegar a él fue cuestión de segundos; demasiados, sin embargo, ya que el desconocido había empezado a arrastrarse por la maleza, tratando al mismo tiempo de ponerse en pie. Helen se abalanzó sobre él sin pensárselo dos veces, como un jugador de fútbol americano haciendo un placaje, y aterrizó encima de la espalda de su adversario, a quien oyó vaciar los pulmones con un gruñido exhausto.

Se apartó de él y esperó de rodillas a recuperar aliento suficiente para hablar. Entretanto se hizo la siguiente pregunta: ¿Y ahora qué? Acababa de agredir a un desconocido, un hombre más alto que ella y sin duda más fuerte. ¡Si hasta podía ir armado! Los dos solos en aquel lugar solitario... ¡Qué locura!

Se levantó. El desconocido seguía de bruces a su lado, hasta que de pronto emitió un sonido extraño y movió un brazo. Helen pensó: ya está, ahora cogerá el cuchillo o la pistola. Para evitarlo le dio una patada.

–Estáte quieto, cabrón. Soy agente federal. Quedas arrestado.

Antes de acabar la frase se dio cuenta de que el hombre no estaba en situación de atacarla. Se había puesto de lado con las rodillas dobladas, respirando con dificultad. Otro rayo le iluminó la cara, crispada y cubierta de polvo.

Ella no dio crédito a lo que acababa de ver.

–¿Luke?

El gemido del joven quedó sepultado por más truenos.

–¡Luke! ¿Pero qué...? ¿Estás bien?

Helen se quedó de rodillas sin saber qué hacer, mientras Luke intentaba respirar. En cuanto vio que lo había logrado, lo obligó a incorporarse y le puso las manos en los hombros hasta que el muchacho hubo recuperado el ritmo normal de respiración. Después le limpió la espalda de polvo y ramitas, volvió atrás con la linterna y encontró el sombrero y la bolsa donde habían caído al desplomarse su dueño. Advirtió que el muchacho tenía sangre en la frente, sin duda de resultas de algún golpe.

–¿Te encuentras bien?

Luke asintió con la cabeza, sin mirarla. Helen cogió un pañuelo y volvió a arrodillarse a su lado.

–Te has hecho un corte. ¿Quieres que...?

Él prefirió coger el pañuelo y limpiarse la herida él mismo. Era un corte bastante feo. Hasta podía ser que tuvieran que ponerle puntos. Dijo algo que ella no entendió.

–¿Qué?

–He di... dicho que lo siento.

–¿Todo esto era cosa tuya?

Él asintió. Seguía sin levantar la cabeza. Los truenos se alejaban por el valle.

–¿Por qué, Luke?

Negó con la cabeza.

–¿No quieres que coja al lobo? Me consta que tu padre sí.

Luke rió con amargura.

–Sí, él sí. ¡Desde lu... luego!

–¿Y tú no?

Luke no contestó.

–¿Te gustan los lobos?

El muchacho se encogió de hombros y rehuyó su mirada.

–Es eso, ¿no? Mira, Luke, no queremos atraparlo para matarlo, ni para llevárnoslo. Sólo le pondremos un collar transmisor. Es una manera de protegerlo.

–No es uno. Son nueve. To... to... toda una manada.

–¿Los has visto?

Luke asintió.

–Y los co... collares no los protegerán. Sólo harán que sea más fácil matarlos.

–Mentira.

–Ya lo verás.

Guardaron silencio. Una ráfaga de viento recorrió el cañón, haciendo crujir las hojas de los alisos. Helen tuvo escalofríos. Luke miró el cielo.

–Va a llover –dijo.

Se decidió a mirarla, y Helen vio algo en sus ojos que la sobresaltó: soledad, desamparo, como si acabara de ver reflejada una parte de sí misma.

Luke tenía razón. Gruesos y fríos goterones cayeron sobre sus caras y las rocas que los rodeaban, llenando el aire de aquel olor a polvo mojado que a Helen siempre le recordaba los veranos de su niñez, tan lejanos en el tiempo.

Luke se sentó en una silla al lado de la estufa de la cabaña, con *Buzz* acurrucado a sus pies. Tenía la cabeza levantada, a fin de que Helen dispusiera de luz para limpiarle la herida de la frente.

Mientras ella trabajaba, Luke le miró la cara y se fijó en que la concentración le hacía fruncir el entrecejo y morderse el labio inferior. Los dos seguían empapados, y él hizo lo posible por no fijarse en sus pechos, claramente visibles bajo la camiseta mojada. Ella había encendido la estufa al entrar, y ya hacía bastante calor para que Luke viera evaporarse el agua de los hombros de su enfermera. Olía de maravilla; no a perfume, ni a nada en concreto: sólo a ella.

–Te va a doler un poco. ¿Listo?

Luke asintió con la cabeza. Era yodo, y al sentirlo en la herida no pudo contener un gesto de dolor.

–Perdona.
–No, no.
–Así aprenderás a no toquetear mis trampas.
Luke la miró y sonrió, pero tenía una sensación rara y le salió una mueca despectiva.
Le parecía increíble que Helen se lo hubiera tomado tan bien. Al verla salir de los árboles hecha una fiera había temido que fuera a asesinarlo. Pero no, todo lo contrario: en el momento de dirigirse a la cabaña por el bosque mojado, con *Ojo de Luna* llevando atada a la silla la mochila de Helen, ésta se había tomado el incidente a risa. Había pedido a Luke que le enseñara la botella de Lobostop, y casi se había desmayado al olerla. Sus risas habían ido a más al enterarse de lo mucho que le había costado al chico preparar la mezcla y probarla con los perros.
Por unos instantes, cuando ella dijo haberse sentido espiada un par de veces, Luke tuvo un miedo terrible a que se estuviera refiriendo a sus visitas a la cabaña, detalle que lógicamente había evitado mencionar. Hablar de ello habría supuesto quedar como una especie de obseso. Por suerte resultó que Helen sólo se refería a cuando iba a revisar las trampas.
Luke le contó la primera vez que había visto a los lobos, y el seguimiento a que los había sometido desde entonces. Cuando ella quiso convencerlo de que lo más adecuado era ponerles collar, Luke se dio cuenta de que la supervivencia de los lobos le preocupaba tanto como a él.
Helen le puso una tirita.
–Solucionado. De ésta no te mueres.
–Gracias.
El cazo de agua que Helen había puesto a calentar ya hervía. Se dispuso a hacer chocolate caliente.
–¿No le pasará nada a tu caballo con tanta lluvia?
–No, qué va.
–Si quieres déjalo entrar. Sobra una cama.
Luke sonrió, y esta vez no notó nada raro en la boca.
Miró la habitación mientras Helen preparaba el chocolate. Era pequeña pero acogedora. El suelo estaba lleno de cajas de contenido variopinto, desde libros sobre lobos a trampas para ratones.

En la litera de abajo había un saco de dormir rojo; al lado, en el suelo, una vela en un pote y un libro cuyo título fue incapaz de leer. También había una carta escrita a medias, un bolígrafo y una de esas lamparitas con correa que se ponen en la cabeza. Se imaginó a Helen metida en la cama, escribiendo en plena noche. Se preguntó a quién.

Ella había instalado un tendedero al otro lado de la habitación, y lo último que había colgado era una toalla y algunas prendas. El teléfono móvil y la cadena de música estaban debajo de la ventana, enchufados a dos baterías. El ordenador ocupaba el lugar central de la mesa, rodeado de notas, gráficos y mapas amontonados sin orden ni concierto.

En una esquina había un cubo con una lata colgada. Al traer las tazas de chocolate caliente, Helen reparó en la expresión ceñuda de Luke. Le dijo que era una trampa para ratones, y le explicó cómo funcionaba.

–¿En se... se... serio que funciona?

–¡Por supuesto! Mejor que mis trampas para lobos, eso seguro.

Al tiempo que dejaba las tazas en la mesa, lo miró y le dijo:

–¿Seguro que no quieres cambiarte de camiseta? Mira, está tan mojada que sale vapor.

–Estoy bien.

–Vas a resfriarte.

–Hablas co... co... como mi madre.

–¿Sí? Pues resfríate, que a mí me importa un pepino.

Luke rió. Empezaba a notarse más relajado.

–Bien –prosiguió Helen–, yo no pienso pillar ningún resfriado, así que con tu permiso me retiraré unos instantes a mi habitación.

Se acercó al armario y, dando la espalda a Luke, empezó a quitarse la camiseta. En cuanto vio la parte de atrás del sostén, Luke se apresuró a apartar la vista, confiando en no sonrojarse. Trató a toda costa de que se le ocurriera algo que decir, un comentario que diera la impresión de que tener delante a una mujer cambiándose de ropa no era nada del otro mundo.

–¿Si... si... sigo arrestado?

–Me lo estoy pensando.

Helen se sentó a la mesa con una sonrisa rara. Se había puesto un jersey azul claro que daba a su cara un color como de oro. Su pelo seguía mojado, y reflejaba la luz de la lámpara. Cogió su taza de chocolate con dos manos y bebió un sorbo con expresión pensativa.

»Depende –dijo.

–¿De qué?

Helen dejó la taza, cogió uno de los mapas y lo puso delante de Luke.

–De que me enseñes dónde atrapar a los lobos.

15

El viejo alce macho tenía la cabeza inclinada, quizá para ver mejor el bosque a la escasa luz del crepúsculo, o acaso para proporcionar mejor panorama de su astamenta a los nueve pares de ojos amarillos que lo estaban observando. Las astas habían alcanzado su máximo desarrollo, con casi metro y medio de altura. El tamaño del alce era como el de un caballo, y debía de pesar sus buenos quinientos kilos. Sin embargo, era cojo y entrado en años, y tanto él como los lobos lo sabían.

Lo habían encontrado en un recodo del arroyo, paciendo en la orilla, en un bosquecillo de álamos temblones cuyos finos troncos destacaban como rayas de cebra contra su pelaje marrón oscuro. Se había vuelto hacia ellos sin retroceder, y cazadores y presa llevaban cinco minutos esperando, calibrando sus respectivas posibilidades.

Los lobeznos acababan de alcanzar la edad en que podían ir de caza con los otros, aunque solían permanecer en la retaguardia, con su madre o uno de los adultos jóvenes. La madre tenía un pelaje más claro que su pareja, el jefe de la manada, y el crepúsculo le confería un color casi blanco. Los lobeznos y los dos adultos más jóvenes (un macho y una hembra) ostentaban diversos tonos grises intermedios. De vez en cuando uno de los lobeznos se movía, como si estuviera aburrido de esperar; oyendo su aguda queja, un miembro de la pareja reproductora, el padre o la madre, lo regañaban con una mirada y un leve gruñido.

El alce se hallaba a unos veinte metros de distancia. Detrás de él, el arroyo brillaba como bronce bajo el cielo del anochecer. Una nube de moscas recién salidas del estado larval hacía piruetas sobre la superficie del agua, y dos mariposas nocturnas revoloteaban como pálidos fantasmas contra la oscura copa de los pinos de la orilla opuesta.

El macho dominante se movió lentamente hacia la derecha, siguiendo una trayectoria curva en torno al alce sin modificar la distancia que lo separaba de él. Su cola, más peluda que la de los demás, apuntaba hacia abajo, contra la costumbre de mantenerla más erguida que sus compañeros de manada. Después de unos metros se detuvo, volvió sobre sus pasos y recorrió una curva equivalente hacia la izquierda, confiando en que el alce echara a correr.

Un alce que no se movía resultaba más difícil de matar, aunque fuera viejo y cojo. Podía ver de dónde venían sus atacantes, y asestar sus golpes defensivos con mayor precisión. Una coz bien dada era capaz de romper el cráneo de un lobo. Había que obligarlo a correr; de ese modo no podría apuntar con la misma exactitud, ni ver de dónde procedían los mordiscos.

No obstante, lo único que movía el viejo macho eran los ojos, que siguieron los pasos del lobo, primero en una dirección y después en la otra. El lobo se detuvo a la izquierda y se echó en el suelo. La hembra dominante respondió a la señal y avanzó, dirigiéndose a la derecha con pasos tan lentos que parecía estar dando un paseo. Llegó más lejos que el macho, de forma que cuando se detuvo había llegado a orillas del arroyo, por detrás del alce, que no tuvo más remedio que acabar moviéndose para vigilarla.

El alce retrocedió un paso con la cabeza vuelta hacia la hembra, pero enseguida se dio cuenta de haber dejado al macho sin vigilancia y se volvió de nuevo hacia él, dando un par de pasos cortos hacia atrás. Mientras se movía, la hembra joven hizo lo propio y siguió a su madre al amparo de los árboles.

El alce retrocedía hacia el agua con movimientos indecisos, preguntándose tal vez si a fin de cuentas no sería mejor echar a correr.

Quizá su primer impulso hubiera sido meterse en el arroyo, pero al volverse en dicha dirección vio que las dos lobas se habían colocado tras él, al borde del agua. Entre él y el macho no parecía haber espacio suficiente para escapar. La hembra dominante tenía las patas en el agua. Viendo que el alce la miraba, acercó el morro al agua como si sólo se propusiera beber.

Siguiendo alguna señal silenciosa, el adulto joven y los cinco lobeznos habían empezado a moverse hacia su padre, dejando abierta una brecha para que el alce la advirtiera. Y así fue.

Echó a correr de repente, haciendo retumbar el suelo. Sus pezuñas se hundían en la tierra negra y húmeda y su astamenta chocaba con los finos troncos de los álamos, hendiendo la corteza y haciendo caer una lluvia de hojas.

En cuanto echó a correr los lobos salieron tras él. El alce tenía una cojera parcial en la pata delantera derecha que imprimía a su paso un extraño bamboleo. Acaso por haberse fijado en ello, el macho dedicó todas sus energías a la persecución, acortando la distancia por momentos. Los otros lo seguían de cerca, cada cual a su manera, saltando por encima de las rocas y troncos podridos de que estaba cubierto el suelo del bosque.

Corriente arriba, la orilla del arroyo se volvía más despejada. El viejo alce tomó esa dirección, tal vez con la esperanza de acceder a un lugar donde su astamenta no le estorbara la carrera, y donde, con algo de suerte, pudiera llegar hasta el agua; pero justo en el momento de salir de la arboleda el jefe de la manada lo alcanzó de un salto y le clavó los colmillos en la grupa.

El alce contraatacó con las patas de detrás, pero el lobo esquivó las coces sin soltar a su presa, y la hembra dominante tuvo la oportunidad que esperaba. Sus colmillos se hincaron en el flanco del alce, que tropezó en su intento de dar una coz, aunque no tardó en recuperar el equilibrio y seguir corriendo por el claro con los dos lobos colgando y zarandeándose como estolas.

Después de haber cubierto unos cientos de metros y entrar en un prado pedregoso, dejando atrás un segundo bosquecillo, los adultos jóvenes entraron en acción. Si hasta entonces se habían contentado con dejar el ataque en manos de sus padres, llegó para ellos el momento de arremeter contra el otro flanco del alce. Los cachorros corrían detrás. El más valiente daba muestras de querer participar, mientras que los otros dos preferían quedarse un poco rezagados, observando y aprendiendo.

Aprovechando que el jefe de la manada se había visto obligado a soltarlo, el alce le asestó una potente coz en el hombro con una de sus patas traseras, haciéndolo rodar por la maleza en medio de una nube de polvo. Pero el lobo se recuperó y, viendo que el alce torcía hacia el arroyo, hizo una maniobra para cortarle el paso, llegando junto a él en segundos. Entonces, con el cuerpo en torsión, se lanzó contra el cuello del alce y cerró las mandíbulas en torno al largo y barbado pellejo que colgaba de él.

El alce intentó defenderse con sus cuernos, pero el lobo era demasiado rápido. A esas alturas toda la manada parecía haberse dado cuenta de que, por muy poderoso que hubiera sido aquel animal, la edad lo había embotado y debilitado, y había llegado su hora.

Como si quisiera demostrar al alce hasta qué punto era consciente de ello, el macho soltó el pellejo y estuvo a punto de ser aplastado por las pesadas pezuñas delanteras; luego saltó para dar mejor blanco a sus dentelladas. Sus colmillos se hundieron profundamente en el cuello del alce.

Éste sangraba profusamente por delante y por detrás. La sangre salpicaba las caras de los adultos jóvenes, que se ensañaban con los flancos y la grupa. Aun así, el alce siguió corriendo.

Efectuó un giro brusco hacia el arroyo y bajó dando tumbos por una cuesta empinada de sauces jóvenes que llevaba hasta el agua, arrastrando consigo a los lobos y provocando una avalancha de tierra y rocas.

El agua de la orilla apenas alcanzaba treinta centímetros de profundidad, y cuando el alce topó con el lecho del arroyo se le torció una pata y cayó de rodillas, sumergiendo al macho. No tardó en volver a levantarse. Cuando sacó el cuello del agua el macho seguía aferrado a él, chorreando agua y sangre.

Los cachorros, que acababan de llegar al inicio de la cuesta, se detuvieron a observar. El viejo alce volvió la cabeza, quizá para ver qué les había sucedido a los demás durante su caída; la hembra joven aprovechó la oportunidad para saltarle a la cara e hincar los dientes en su hocico. El alce sacudió la cabeza y zarandeó a la loba, sin conseguir que lo soltara.

Todos sus esfuerzos se concentraron en aquellos dientes hundidos en la piel negra de su carnosa nariz. Empezó a dar trompicones a ciegas hacia la otra orilla, y olvidando dar coces a los demás lobos aferrados a él.

Como si se hubieran dado cuenta, la madre y el otro adulto joven redoblaron el vigor de sus dentelladas, primero en los flancos y la grupa y después, bajando la cabeza, en pleno vientre, mientras el jefe de la manada abría otro boquete en el cuello del animal.

Por fin, en el momento de alcanzar la orilla opuesta, el viejo alce fue vencido por el dolor y la pérdida de sangre. Le flaquearon las patas traseras y se derrumbó.

Pasó diez minutos más dando coces y forcejeando, y hasta consiguió levantarse por breves instantes y arrastrar por los guijarros a la sangrienta manada.

Cayó por última vez.

Los lobatos, meros espectadores desde la otra orilla, tomaron la caída del alce como una señal para bajar con cuidado hasta el agua y cruzar el arroyo, ansiosos de sumarse al festín.

Cesaron los estertores y sacudidas del viejo alce. La luna, que ascendía por el firmamento, se reflejó en sus ojos, negros y sin vida. Sólo entonces soltó a su presa el macho dominante. Sentado en sus cuartos traseros, apuntó al cielo con su hocico empapado de sangre y aulló.

Todos los miembros de su familia levantaron la cabeza y le imitaron, tanto los protagonistas de la caza como sus espectadores.

La muerte había ocupado el lugar de la vida; y así, a través de la muerte, la vida veía garantizada su continuidad. En aquel todo sangriento, vivos y muertos quedaban unidos por un ciclo tan antiguo e inmutable como la luna que describía su órbita por encima de sus cabezas.

16

Los pastos que los Calder y sus vecinos arrendaban para el verano se hallaban diseminados por las montañas, semejantes a parches cosidos por un gigante mañoso en el verde oscuro del bosque. Entre ellos, a lo largo de arroyos y barrancos, empezaban a aparecer costuras amarillas, verdes y doradas, a medida que las noches traían las primeras heladas a sauces y cerezos virginianos.

Por estas fechas todo habría estado cubierto de nieve, pero aquel último verano se estaba comportando como el invitado que no se va de la fiesta porque no tiene dónde ir, y hasta las bandadas de aves migratorias, único remedo de nube en un cielo siempre azul, parecían indecisas, como si las tentara la idea de quedarse para una última copa.

Buck Calder concedió una tregua a su caballo, aunque sin desmontar. Se detuvo en un risco que sobresalía del bosque justo encima de sus pastos. El caballo era un Missouri Fox Trotter, un noble ejemplar rucio de porte no menos orgulloso que su dueño. Mientras escrutaba el llano bajo el ala del sombrero, entrecerrando los ojos para que no lo deslumbrara el sol matinal, Buck pensó, como tantas veces, que él y su caballo parecían salidos de un cuadro. Viéndolos en aquella postura, seguro que el viejo Charles Russell habría echado mano al pincel.

Dirigió la mirada más allá de los árboles, fijándose en las huellas paralelas que habían hecho él y Clyde en la escarcha del prado, y en las que había dejado el ganado. Más abajo, a la luz brumosa del sol naciente, el valle se extendía en dirección a Hope.

Junto al río, los álamos de Virginia tenían anudada a sus troncos una cinta de niebla. También sus hojas estaban amarillas, y la hierba que los rodeaba tenía el color claro de la piel de un alce viejo.

A Buck le gustaba mucho el otoño. Las cercas estaban en su sitio, el riego había concluido y todo quedaba en suspenso durante una temporada. Por fin era posible tomarse un respiro y hacer balance hasta mediados de octubre, cuando empezaba todo el trasiego de vender y enviar los terneros. Faltaban pocos días para reunir al ganado y hacerlo bajar al rancho. Buck prefería tenerlo en tierras que le pertenecieran a él y no al gobierno.

No se entienda, ni mucho menos, que los pastos de arriba fueran de mala calidad. Los que arrendaba Buck eran los más extensos y verdes. Tampoco podía quejarse de pagar mucho; de hecho, a menos de dos dólares mensuales por cabeza, salía más barato que dar de comer a un gato; pero el Servicio Forestal siempre daba la impresión de estar haciendo favores. Su manía de dar órdenes sobre cualquier tema sólo conseguía intensificar el resentimiento de Buck y los demás rancheros.

Para Buck el problema era de fondo, y no se había cansado de decirlo desde su posición de legislador del estado, y antes de ello comisionado del condado. ¡Cuántas veces había aporreado la mesa, despotricando contra el escándalo de que el gobierno poseyera una parte tan grande del Oeste, tierras que él y sus mayores, como tantos otros, habían regado con sudor y sangre! Suya había sido la increíble hazaña de llevar la civilización a aquellas tierras salvajes, plantando buena hierba y haciendo posibles los solomillos que acababan comiéndose esos malditos chupatintas en sus lujosos restaurantes de Washington capital, sin siquiera agradecérselo.

La mayoría de los rancheros sentía lo mismo, y por un tiempo Buck había creído posible fomentar una campaña para cambiar la situación. Tardó poco en darse cuenta de que era una misión imposible.

El espíritu independiente que permitía a los rancheros sobrevivir en tan duras tierras era el mismo que los volvía refractarios a todo intento de organización. Podía conseguirse que llegaran a un acuerdo, firmaran una solicitud y hasta, de vez en cuando, se indignaran lo bastante para asistir a una reunión; pero en el fondo todos se habían resignado al hecho de que el trabajo de ranchero fuera una broma cruel concebida por Dios para impartir al hombre una lección de pesimismo. La adversidad formaba parte del trato. El ser humano daba la medida de sí mismo enfrentándose a ella sin ayuda. Y a fin de cuentas, ¿no sabían todos que el gobierno seguiría en sus trece, haciendo lo que le viniera en gana con la misma altanería de siempre por mucho que se desgañitara Buck en la tribuna de oradores?

Pero hacía un tiempo que las cosas habían tomado peor cariz. Los organismos federales no se cansaban de aprobar nuevas restricciones, reduciendo la cantidad de reses que podían pastar en las tierras arrendadas y hasta diciéndole a uno lo que tenía que hacer dentro de los límites de su propiedad. Venían a analizar el agua de los arroyos, te decían que estaba sucia, y venga a poner cercas para que las vacas no pudieran beber. Después te venían con que algún animalejo raro (un hurón, un búho o a saber qué) se había hecho su casa en tus tierras, y te pedían que a ver si podías pasar unos años sin usarlas.

Se había llegado a un punto en que lo que hacía un ganadero no era únicamente cosa suya, sino de todo el mundo. El que quisiera sonarse la nariz o hacer pipí tenía que pedir permiso al gobierno, y éste nunca lo otorgaba sin consultar a los grupos ecologistas. Después de oír lo que tenían que decir esos energúmenos, pardillos de ciudad que vivían en la luna, los memos del gobierno (calcados a ellos, a fin de cuentas) se lo tomaban como palabra del Señor y montaban algún plan disparatado para seguir amargando la vida a los rancheros, cada día un poquito más. Enviaban tal cantidad de papeleo que ya no sabían dónde meterlo. Había normas y límites para todo, y multas a pedir de boca para el que las infringiera. Daba ganas de vomitar.

En fin, allá ellos. Con Buck no iban a poder. Sabía a ciencia cierta que casi todos los funcionarios con los que trataba le tenían miedo, y se divertía haciéndoles pasar un mal rato. Pero había gente más pobre, y por ende más vulnerable, como los Harding. No era fácil plantar cara a los federales sabiendo éstos que podían arruinarte con una multa, o sencillamente con las horas perdidas enfrentándote a su basura burocrática.

Viendo a Abe en la feria, Buck se había compadecido de él, no por el problema de los lobos sino por lo acosado y vencido que se le veía. Casi se sintió culpable de no haberlo ayudado más en los últimos años.

Ése era el motivo de que él y Clyde se dispusieran a reunirse con Abe en sus pastos y ayudarlo a juntar el ganado; pero antes habían subido a los del rancho Calder para ir a buscar a Luke y solicitar su colaboración.

Buck divisó a Clyde subiendo a su encuentro por el bosque. Se habían separado para no tardar tanto en registrar las partes más recónditas de los pastos. Las vacas y los terneros tenían buen aspecto, al menos los que había visto hasta el momento, pero Buck seguía sin encontrar ni rastro de su hijo.

–¿Lo has visto? –preguntó a Clyde.

–No, y no parece que haya dormido nadie en su tienda.

–¿Dónde diantre está ese chico?

–Ni idea.

Buck meneó la cabeza y miró a lo lejos. Como tantas veces, pensar en Luke le había hecho perder el buen humor. Aguardó a que Clyde hubiera subido la cuesta y, sin decir palabra, tiró con fuerza de las riendas para dar media vuelta a su caballo e internarse por el camino de leñadores que atravesaba el bosque en dirección a los pastos arrendados por Harding.

Le había parecido buena idea tener a Luke vigilando al ganado. ¡Con lo difícil que era encontrar alguna actividad que el chico pudiera realizar sin traspiés! Al principio Buck se había llevado una impresión muy favorable de la seriedad con que su hijo se tomaba el encargo, y todavía más desde que Luke había empezado a pasar la noche en los pastos. Ahora ya no estaba tan seguro.

Cada vez que subía, Clyde no encontraba al chico por ninguna parte. Luke parecía calcular la hora del regreso para no coincidir con nadie en casa, salvo dos días atrás, cuando había aparecido a la hora del desayuno con un corte en la cara diciendo que había chocado con una rama, y Eleanor lo había amonestado por enésima vez sobre el peligro de pasar toda la noche solo en la montaña.

Había veces en que Buck pensaba que Luke era un caso perdido. No podía evitar compararlo con el hijo muerto, aun siendo consciente de que era una manera segura de pasar un mal rato. Cada vez que Luke cometía una torpeza, Buck veía a Henry haciendo lo mismo sin dificultad. A la hora de la cena, viendo a Luke silencioso y con cara larga, recordaba la sonrisa inteligente de su hermano y oía el eco de su risa. ¿Qué desliz de la naturaleza era capaz de engendrar a dos hijos tan distintos a partir de la misma semilla?

Si bien todavía no daba muchas vueltas a la idea de la muerte, Buck se preguntó qué sería del rancho en los años venideros. La tradición mandaba dejarlo en manos de su único hijo y heredero, pero la tradición podía tener resultados desastrosos. Nadie en su sano juicio consideraría a Luke capaz de administrar el rancho, aun en el caso improbable de que mostrara algún interés en ello. Y, si bien Buck no lo había puesto por escrito ni había llegado a una verdadera decisión al respecto, cada vez estaba más seguro de que Clyde y Kathy eran los más indicados para tomar las riendas después de su muerte.

Esa posibilidad, la de que después de tantos años las tierras de los Calder fueran gobernadas por alguien con otro apellido, era motivo de vergüenza para Buck. No había sabido engendrar a un heredero varón vivo y en plena posesión de sus facultades, alguien que diera continuidad a su linaje. Lo sabía todo el mundo.

Como el camino era demasiado estrecho para dos caballos, Clyde siguió a Buck sin hacer comentarios, cosa que su suegro siempre le agradecía. La conversación no era el punto fuerte de Clyde; a decir verdad, cabía preguntarse en ocasiones si tenía alguno. Buck siempre había tenido la sensación de que Kathy podía haber aspirado a más, aunque casi todos los padres piensan lo mismo de sus hijas.

La sumisión de Clyde lo irritaba. A veces le recordaba a un perro. Siempre estaba atento a los cambios de humor de Buck, y se excedía en sus esfuerzos por complacerlo. Clyde daba por buenas todas las opiniones de su suegro, fueran de la índole que fuesen; y si Buck cambiaba de postura, si algún día se le ocurría decir que, bien mirado, lo negro no era negro sino blanco, Clyde se apresuraría sin duda a discurrir trabajosamente por tonos grises cada vez más claros, hasta llegar a la misma conclusión.

¡Pero qué demonios! Si ése era el peor defecto de Clyde, Buck podía darse por satisfecho. Kathy tenía inteligencia de sobra para los dos, y su joven marido la adoraba tanto a ella como al bebé. Tampoco tenía miedo de trabajar duro. Hasta podía ser que acabara convirtiéndose en un ranchero aceptable.

Oyó un zumbido de motores, como abejas chocando con una ventana. Al llegar al final del bosque vio a Wes y Ethan, los hijos de Abe, haciendo surcos por el barro con sus motos de trial.

–¿Se puede saber qué mosca les ha picado? –dijo en voz baja.

Un grupo pequeño de vacas y terneros asustados había echado a correr hacia el bosque, y Ethan, el menor de los muchachos, intentaba cortarles el paso. Se metió en el bosque, dejando a su paso una humareda azul.

Abe, montado a caballo, observaba a sus hijos desde el borde del prado. De vez en cuando daba instrucciones a voz en cuello, pero quedaban enmudecidas por el estruendo de los motores. Viendo acercarse a los dos jinetes, los saludó con un hosco movimiento de cabeza.

–Buck.

–Hola, Abe. Perdona que lleguemos tarde.

–No importa.

–Estábamos buscando a Luke.

–Lo he visto hará una hora, al subir. –Volvió a mirar a sus hijos, que se dedicaban a esquivar árboles a velocidad suicida–. Iba hacia Wrong Creek con la de los lobos.

–¿Qué diablos estará haciendo con ésa? –dijo Clyde.

Abe volvió la cabeza y lanzó un escupitajo negro de tabaco.

–A mí no me preguntes.

Guardaron silencio. Buck no quiso que se le notara en la voz lo furioso que lo había puesto la noticia.

–¿Y qué, cómo va? –dijo al cabo de un rato.

–De momento cuatro vacas sin ternero. Se les han secado las ubres.

–¿Crees que han sido los lobos? –preguntó Clyde.

–¿Si no, qué?

Buck y Clyde pusieron manos a la obra e hicieron lo que habían intentado hacer Wes y Ethan. En menos de una hora habían recorrido el terreno en toda su extensión, reuniendo al pie de los pastos a todas las vacas y terneros vivos. Al término de la faena Abe tenía contadas seis vacas sin leche. De los terneros no se veía ni rastro, ni siquiera un hueso.

Abe no había vuelto a abrir la boca, salvo para gritar algo a las vacas o a sus hijos. Se había puesto pálido y le temblaban las comisuras de la boca, como si le estuviera costando trabajo contenerse.

Comparado con el de Buck su hato era pequeño, y una vez hubieron dejado atrás la parte alta, donde las vacas podían perderse entre los árboles, la tarea se hizo lo bastante fácil para que Abe y sus hijos pudieran llegar al rancho sin ayuda. Buck llamó a Clyde y los dos se pusieron al lado de Abe.

–¿Te importa que nos vayamos? Me gustaría dar otra vuelta para ver si encontramos al chico.

–Sí, claro. Gracias por la ayuda.

–Descuida. Cuando todos hayamos bajado el ganado quizá conviniera que nos reuniésemos para hablar un poco del tema de los lobos.

–No creo que hablando se consiga nada.

–Por intentar que no quede.

–Ya.

–Bien, Abe, ya nos veremos.

–Eso.

Enfilaron un sendero lleno de curvas que subía hasta el lago, donde tenía su cabaña la bióloga. Buck pensó que valía la pena ver si Luke estaba allí, y en caso contrario dejarle un mensaje en la puerta diciéndole que volviera a casa de una puñetera vez. Iba a tener que dar algunas explicaciones, y fuera cual fuese el motivo que lo había apartado del ganado más le valía que resultara convincente.

17

Luke se quedó al lado de la camioneta, siguiendo a Helen con la mirada. Ella avanzaba a paso lento, dando vueltas a una antena en forma de hache que llevaba por encima de la cabeza y cambiando las frecuencias de un pequeño receptor de radio colgado del hombro en una funda de cuero. *Buzz*, sentado en el asiento del copiloto, observaba y aguzaba el oído, como si supiera qué esperaba oír su dueña por los auriculares.

Habían aparcado la camioneta a un lado del camino de leñadores que serpenteaba peligrosamente por la ladera oeste de Wrong Creek,[1] frondoso cañón que debía de haber hecho alguna jugarreta cruel al responsable de su nombre. Luke se asomó al borde del camino, que daba a un barranco muy poblado de abetos. Se oía el murmullo del agua treinta metros más abajo. El sol todavía no había llegado a aquella vertiente del cañón, y el aire era frío y húmedo. En la otra ladera, aproximadamente a un kilómetro, una franja de luz se ensanchaba por momentos, haciendo resplandecer las hojas amarillas de los álamos temblones.

Habían tardado día y medio en volver a colocar todas las trampas, y tocaba revisarlas. Wrong Creek era el primer arroyo importante hacia el norte, y Luke tenía motivos para creer que los aullidos habían procedido de ahí. Su ronda con Helen Ross había comenzado por aquel cañón, llegando lo más lejos posible con la vieja camioneta antes de recorrer el último tramo a pie.

1. El Mal Arroyo, o el Arroyo Equivocado. *(N. del T.)*

No habían tardado en encontrar excrementos y huellas recientes de lobo. Después una bandada de cuervos los había guiado hasta el cadáver de un viejo alce macho. Aunque apenas quedaba carne, Helen juzgó probable que los lobos regresaran. Extrajo algunos dientes de la mandíbula, a efectos de llevarlos a analizar para determinar la edad. Explicó a Luke que bastaba serrarlos y contar los anillos, igual que con los troncos de los árboles. Acto seguido, ella misma serró algunas muestras de hueso y dijo que la mala salud del alce se deducía de la poca consistencia de la médula, blanda como mermelada de fresa.

Luke había disfrutado colocando las trampas, pese a tratarse de una tarea dificultosa. Además de enseñarle a enterrarlas, Helen le había explicado todo el proceso. Dijo que meterlas en un agujero servía para que el lobo creyera haber topado con las reservas de comida de otro animal. El mejor emplazamiento era el lado del camino donde llegara antes el viento, a fin de que el lobo lo oliera al pasar. En primer lugar detectaría el olor del cebo (tan fétido que lo lógico habría sido salir corriendo), y después el de los excrementos y la orina de otro lobo. Esto último le haría pensar: ¡Ajá! ¡Un intruso!

Una vez captado el interés del lobo había que asegurarse de que solo tuviera una manera fácil de acercarse a inspeccionar más a fondo. Helen dijo que el busilis de la cuestión era obligarlo a seguir un recorrido concreto, lo cual se conseguía poniendo ramas o piedras para que pasara por encima y cayera justo en la trampa.

La tarde anterior, una vez colocadas todas las trampas, Luke la había llevado a la guarida y lugar de reunión abandonado de los lobos. Al llegar delante de la primera Helen se puso su linterna en la cabeza y, cinta métrica en mano, se metió por el agujero como un topo. Tardaba tanto que él empezó a inquietarse, pero poco después vio salir un par de botas por el agujero. Helen salió dando marcha atrás, cubierta de polvo y desbordante de entusiasmo.

–Te toca –le dijo, tendiéndole la linterna.

Luke sacudió la cabeza.

–¡No, no!

–Vamos. Te desafío.

Así pues, él le entregó el sombrero e inició el descenso. El túnel se internaba unos cinco metros en línea recta por la ladera, y era tan estrecho que tuvo que encoger los hombros y avanzar trabajosamente con la punta de las botas.

A la luz de la linterna, las paredes tenían un color claro y una textura suave, como si estuvieran hechas de barro. Luke esperaba una atmósfera apestosa o húmeda, pero sólo notó olor a tierra. No había huesos ni excrementos; no se veía ni rastro de lobos, salvo algunos pelos blanquecinos prendidos a las raíces que colgaban por arriba. El final del túnel se ensanchaba hasta formar una cueva de un metro de ancho aproximadamente. Al llegar a ella Luke se quedó inmóvil, jadeando un poco por el esfuerzo de arrastrarse. Pensó en la loba madre acurrucada en aquel frío seno de la tierra, dando a luz a sus cachorros. La imaginó limpiando con la lengua sus ciegas cabecitas, y amamantándolos.

Apagó la linterna y contuvo la respiración, arropado por el silencio y la oscuridad. Entonces, sin saber por qué, recordó haber leído algo sobre que la vida es un viaje circular de la tumba del seno materno al seno de la tumba. Nunca había entendido que se pudiera tener miedo a la nada perfecta de la muerte. Él no habría puesto reparos a morirse ahí mismo.

Dando vueltas al mismo tema, salió del cubil y quedó deslumbrado por el sol. Lo primero que vio fue la sonrisa de Helen, que dijo haber empezado a temer que se quedara dentro para siempre. Luke expresó sus reflexiones a bocajarro. Era una tontería, pero Helen asintió con la cabeza y lo miró con cara de haber entendido. ¡Qué extraño! Ya era la segunda o tercera vez que Luke tenía la impresión de que se parecían. Como miembros de una misma tribu, o algo por el estilo.

Debían de ser imaginaciones suyas.

Helen lo ayudó a quitarse el polvo de la espalda y los hombros, y a él le gustó que lo tocara. Después hizo lo mismo por ella, obteniendo sensaciones todavía más agradables. Como ella le daba la espalda, Luke no tuvo más remedio que fijarse en su nuca, donde el pelo se convertía en un vello desteñido por el sol, en contraste con el color dorado de su piel.

Y ahí estaba, caminando por el sendero y sosteniendo la antena por encima de su cabeza. Siguió mirándola. Llevaba pantalones de montaña color caqui y el jersey azul claro. Dio media vuelta y regresó lentamente al punto de partida, mordiéndose el labio, como siempre que estaba concentrada.

De repente se detuvo. Viéndola tensa, tuvo la seguridad de que había oído algo. Helen gritó de alegría.

–¡Sí!

–¿Cu... cu... cuál es?

–Cinco sesenta y dos. La que pusiste tú, donde había tantos arbustos. ¿Te acuerdas?

Corrió hacia él con una sonrisa en los labios, tendiéndole los auriculares para que también pudiera oírlo. *Buzz* empezó a ladrar dentro de la camioneta hasta que Helen le hizo callar. Luke se puso los auriculares.

–¿Lo oyes?

Al principio no oyó nada. Después Helen ajustó el receptor, y él oyó el chasquido rítmico de la señal. Asintió con una sonrisa, y ella le dio una palmada en el hombro.

–¿Qué, trampero? Has atrapado un lobo, ¿eh?

Tardaron veinte minutos en llegar al final del camino. Ella iba tan rápido que Luke consideró una suerte seguir vivo para contarlo. Helen se pasó todo el trayecto bromeando sobre la suerte del principiante, y diciendo cómo aparecía de repente y le ganaba por la mano, después de todo lo que se había esforzado ella. Él rió y prometió no contárselo a nadie.

Aparcaron al borde de un claro y fueron a preparar las mochilas en la trasera de la camioneta. Al otro lado del claro había dos leñadores de la compañía de postes, fumando contra un remolque a medio cargar. Luke no los conocía. Helen los saludó con la mano y les dijo hola, pero los leñadores se limitaron a hacer un gesto con la cabeza, seguir fumando y mirarlos con descaro sin siquiera esbozar una sonrisa.

Mientras cerraba la mochila, Helen puso en boca de los leñadores una conversación fingida que sólo pudo oír Luke.

–¡Vaya, si es Helen! ¿Cómo va eso? ¿Has pillado algún lobo? ¿En serio? ¡Qué bien! Gracias, gracias. Igualmente. ¡Adiós!

–¿Ya los habías visto? –preguntó Luke en voz baja.

–¡Por supuesto! ¡Casi me sacan del camino un par de veces!

–Ató las correas de la mochila y, sonriendo, se la echó a la espalda–. ¿Te has fijado en lo que han hecho con la cabeza? La han movido un poquito. Tú espera, que aún acabaremos siendo la mar de amigos. Dentro de cada leñador hay un amante de la naturaleza esperando el momento de salir.

–¿Tú crees?

–No.

Dejaron a *Buzz* en la camioneta y echaron a caminar.

Helen no había necesitado oír la señal para estar segura de haber atrapado un lobo. Su sueño nunca le había fallado.

Nunca se había atrevido a contárselo a nadie. Resultaba demasiado absurdo. Además, bastante difícil era ya ser mujer en un mundo tan machista como el de la investigación sobre lobos para que encima sospecharan que se había vuelto *tururú*, expresión con que su madre se burlaba de varias cosas, desde la astrología a los complejos vitamínicos. Y a decir verdad, aunque no dudaba de que hubiera más cosas en el cielo y la tierra que las que captaba el microscopio, Helen ocupaba el extremo escéptico de la escala *tururú*.

A excepción, claro está, de sus sueños sobre lobos.

Había empezado a tenerlos en Minnesota, poco después de aprender a poner trampas. Cada sueño era distinto a los demás. Los había muy claros, como cuando veía un lobo en una trampa, esperándola. Otras veces eran más crípticos, hasta el extremo de tocar temas que no tenían nada que ver. En esos casos, el lobo no asomaba la oreja pero su presencia flotaba en el ambiente. Tampoco había un sueño para cada captura. Helen podía pasarse meses cogiendo lobos sin soñar ni una vez. Ahora bien, cuando soñaba siempre tenía un lobo esperándola a la mañana siguiente.

Y por si eso no fuera lo bastante *tururú*, solía darse el caso de que se despertara sabiendo en qué trampa iba a encontrarlo. A veces veía la localización exacta; otras se trataba de algo más simbólico, y sólo disponía de pistas. Tanto podía ver árboles como piedras o agua, y deducir de ello en qué trampa buscar. Esa parte del sueño no era infalible. Podía suceder que el lobo apareciera en otra trampa. Sin embargo, la confianza de Helen en sus sueños era tal que, cuando ocurría esto último, no atribuía el fallo al sueño sino a su interpretación.

En tanto que científica, se recriminaba con dureza tales tonterías. Trataba de convencerse de que sólo era un caso de autosugestión u otras jugarretas de la mente, una especie de equivalente soñado de cuando se tiene la sensación de haber hecho algo antes. Durante su colaboración con Dan Prior se había pasado todo el verano apuntando sus sueños en secreto y cotejándolos con los resultados de las trampas. La correlación era irrefutable, pero no tuvo arrestos suficientes para decírselo a Dan.

Entonces, ¿cómo explicar que se estuviera sincerando con un desconocido como Luke?

Habían iniciado el ascenso del último tramo de ladera, previo al claro donde habían colocado la trampa. Helen no sabía por qué se lo estaba contando. Lo único cierto era que Luke le inspiraba confianza. Estaba segura de que no iba a reírse.

El chico caminaba a su lado, atento a sus palabras. De vez en cuando la miraba con ojos verdes y serios, pero sin perder la prudencia necesaria para no resbalar en un terreno tan traicionero. Helen casi había llegado al final de la historia, y en todo ese tiempo Luke no había abierto la boca. Aun juzgando poco probable que se burlara de ella, Helen activó su viejo mecanismo de autodefensa y añadió un comentario jocoso, por si acaso.

–La verdad es que da rabia. He intentado soñar números de lotería o carreras de caballos, pero no hay manera.

Luke sonrió.

–¿Y el sueño de esta noche en qué co... co... consistía?

–En un lobo que cruzaba un río. Nada más.

No era toda la verdad: siguiendo la extraña dualidad que permiten los sueños, el lobo también era Joel, y había llegado a la otra orilla sin girarse ni una vez. Después se había internado en el bosque.

–Así que no estaba en la trampa.

–No. A lo mejor se ha escapado.

Helen esperó a que Luke dijera algo, pero el muchacho se limitó a asentir con la cabeza y mirar el arroyo, que se debatía entre dos rocas y, convertido en diez metros de espumosa cascada, caía en un pequeño estanque de turbios remolinos.

»¿Qué? ¿Te parezco una loca? –acabó preguntando Helen.

–¡Qué va! Yo también sueño co... co... cosas rarísimas.

–Bueno, pero ¿se hacen realidad?

–Sólo las pesadillas.

–¿Sueñas con lobos?

–A veces.

El agua hacía demasiado ruido para seguir hablando. Permanecieron en silencio hasta detenerse al borde del prado. A aquella altura la hierba apenas había perdido su color verde. Vieron al otro lado el bosquecillo donde habían colocado la trampa. Observaron con atención, pero lo único que daba señales de vida era una pareja de cuervos que sobrevolaba lánguidamente los restos del alce.

–¿Si hubiera conseguido soltarse aún recibiríamos la señal?

–Puede que sí.

Se internaron en el prado. Aproximándose al sendero paralelo al bosquecillo, Helen divisó el agujero que había dejado la trampa al ser arrancada del suelo. Una vez ahí encontraron un surco largo, hecho por el gancho de la cadena al buscar el lobo un lugar donde refugiarse. Si bien el surco les permitía determinar el paradero aproximado del animal, seguían sin oír ni ver nada.

Helen llegó a pensar que Luke podía estar en lo cierto, y que tal vez el lobo se hubiera soltado. Entonces oyó el ruido metálico de la cadena, y supo que lo tenían cogido. Estaba dentro de los arbustos, a unos diez metros de donde se encontraban ellos.

Susurró al joven que se quedara quieto hasta haber evaluado la situación. Después siguió el surco en dirección al bosquecillo, procurando no caminar demasiado deprisa.

Según había explicado a Luke, un preámbulo necesario era comprobar la fuerza con que la trampa se había cerrado en torno a la pata del lobo y ver si la cadena estaba bien sujeta. Cuando se capturaba a un cachorro, un animal de menos de un año o un adulto de bajo rango, la cosa no tenía demasiada importancia; solían adoptar una posición sumisa, sin atreverse siquiera a mirar a los ojos a sus captores. En cambio, tratándose de un macho o hembra dominante todas las precauciones eran pocas. Se corría el peligro de ser atacado a la menor oportunidad; por lo tanto, era crucial saber si estaban bien atrapados, y hasta dónde podían llegar.

Helen volvió a oír el ruido de la cadena. Esta vez se produjo un movimiento de arbustos que permitió entrever una porción de pelaje claro tras el revoloteo de hojas amarillas. Ella sabía por Luke que la hembra dominante era prácticamente blanca, y al pensar que podía ser ella le dio un vuelco el corazón.

Se volvió hacia Luke y articuló en silencio: «Me parece que es la madre.»

Había llegado al borde del bosquecillo, y vio la marca que había dejado la cadena al meterse la loba en él. Se detuvo a escuchar y escudriñar el laberinto de ramas. Intuía que la loba no podía estar a más de metro y medio, dos como mucho, pero no la veía por ninguna parte. Otra vez reinaba el silencio. Sólo se oía el ruido lejano del agua, y el graznido intermitente y burlón de un cuervo al otro lado del prado.

Levantó el pie con lentitud, pensando que quizá pudiera ver a la hembra si se adentraba un poco por los arbustos. Fue como si hubiera bastado con pensarlo, ya que, apenas movido el pie, las ramas se zarandearon en sus narices.

La cabeza de la loba apareció de golpe, toda dientes, encías rosadas y ojos amarillos, embistiendo entre las ramas. Helen se llevó tal susto que dio un salto hacia atrás, perdió el equilibrio y cayó de espaldas en el prado sin quitar el ojo de encima a la loba, cuya cabeza vio desaparecer con una sacudida, señal de que la cadena estaba bien sujeta. Al mirar hacia arriba topó con el rostro burlón de Luke.

–Creo que sí, que es la madre –dijo éste.

–Lo he hecho a propósito. Caerse en cuanto ves al lobo. Procedimiento de rutina.

En cuanto Helen estuvo de pie él señaló una formación rocosa contigua al bosquecillo.

–A lo mejor desde esas rocas se ve algo.

Tenía razón. Lo lógico habría sido empezar por ahí.

–Vale, sabiondo.

Se metieron por el bosquecillo, alejándose de la loba. La peña estaba cortada a pico, sin agujeros donde poner el pie. Luke trepó en primer lugar y echó una mano a Helen, que tuvo que cogérsele del hombro para conservar el equilibrio. Encaramados a una plataforma de roca demasiado estrecha, escudriñaron los arbustos.

La loba estaba a unos seis metros, gruñendo y enseñando los dientes. Tenía el color de una nube sin lluvia, con leves matices de gris en el lomo y los hombros.

–¿A que es preciosa? –susurró Luke.

–Sí.

Tenía la trampa en la pata delantera izquierda. Los ganchos se habían hincado en unas raíces, y los forcejeos de la loba habían enrollado dos veces la cadena en torno a ellos.

–No hay peligro de que se mueva –dijo ella–. Lo mejor será acercarse desde el otro lado.

Saltaron al suelo y regresaron al lugar donde habían dejado las mochilas. Helen sacó su vara y llenó la jeringuilla con la cantidad indicada de xilacina y telezol. Después circundaron el lugar donde estaba la loba y, poco a poco, se metieron por el bosquecillo desde el otro lado. Helen iba en cabeza.

Oyó un gruñido. Cuando apartaron los últimos arbustos y vieron a la loba, ésta intentó atacarlos, pero la cadena frustró su acometida. Se echó en el suelo lentamente sin dejar de gruñir.

–Hola, mamá –dijo Helen con dulzura–. ¡Pero bueno, qué preciosidad!

La loba estaba en perfecto estado, con un pelaje lustroso al que faltaba poco para alcanzar el espesor del invierno. Calculó que tendría de tres a cuatro años, y que debía de pesar casi cuarenta kilos. El sol daba a sus ojos un brillo casi verdoso.

–No te asustes –la tranquilizó–. No vamos a hacerte nada. Sólo queremos que te duermas un rato.

Y, sin cambiar de tono, pidió a Luke que caminara sin prisas hacia el otro lado. Tal como esperaba, la loba desconfió y se dio la vuelta, luchando contra el peso de la trampa para no perder de vista a Luke. Entonces, Helen clavó la jeringuilla en los cuartos traseros de la loba, igual que un torero.

La loba gruñó y dio mordiscos en el aire; pero Helen estaba

preparada y consiguió vaciar la jeringuilla. Acto seguido se apartaron y observaron desde lejos, viendo nublarse los ojos de la loba y aflojársele los músculos. El animal acabó por desplomarse como un borracho en un umbral.

Media hora más tarde estaba casi todo hecho. Le habían vendado los ojos, la habían pesado y medido, le habían extraído sangre y muestras de heces y la habían revisado desde la dentadura a la cola. No tenía piojos, y su salud parecía perfecta. La trampa le había dejado una pequeña herida en la pata, pero no había fracturas que lamentar. Helen aplicó ungüento antibiótico a la herida e inyectó una segunda dosis de somnífero por si las moscas. Sólo faltaba ponerle una etiqueta de identificación en la oreja y colocarle un collar transmisor.

Luke estaba de rodillas al lado de Helen, acariciando el flanco plateado de la loba. Había demostrado ser un ayudante modélico, tomando notas, marcando las muestras y extrayendo cuanto necesitara Helen de la caja donde guardaba su equipo de campo.

Ella se puso en cuclillas y lo miró. Estaba absorto en sus caricias y en sus ojos había tal dulzura, un asombro tan inocente, que Helen tuvo ganas de acariciarlo a él.

Pero se limitó a decir:

–¿A que tiene un pelaje increíble? Fíjate cuántas capas.

–¡Sí, y qué colores! De lejos pa... parece blanca del todo, pero cuando la miras de cerca te das cuenta de que no. Hay varios tonos de negro y marrón, y hasta algún toque rojizo.

Luke sonrió a Helen. Ella le correspondió y volvió a sentir una especie de vínculo que los unía. Fue ella quien rompió el hechizo mirando a la loba.

–Va a despertar dentro de nada.

Tras ponerle la tarjeta en la oreja y apuntar el número le pasó el collar por el cuello, procurando que no estuviera demasiado apretado y comprobando que la señal siguiera funcionando. Después quitó la venda e hizo una serie de fotografías. Empezaron a meter el equipo en las mochilas, y justo al acabar vieron que la loba empezaba a moverse.

–Vámonos –dijo Helen–. Conviene que se sienta a sus anchas.

Luke siguió mirando a la loba sin moverse.

–¡Luke!

El muchacho se volvió, y ella advirtió una mirada de tristeza.

–¿Te pasa algo?

–No.

–El collar podría salvarle la vida.

Él se encogió de hombros de forma casi imperceptible.

–Puede ser.

Dejaron a la loba al lado del camino, cerca de donde había caído en la trampa. Se pusieron las mochilas y cruzaron el prado. Un coyote ahuyentaba del cadáver del alce a la pareja de cuervos, pero se interrumpió al ver a Luke y Helen y, contrariado, se refugió en los arbustos.

Bajo la mirada atenta de Luke y Helen, apostados junto a los árboles del lado opuesto del prado, la loba se levantó con cierta dificultad y, después de dar unos pasos vacilantes, se detuvo para lamerse la pata de delante. A continuación levantó el hocico y olfateó el aire con delicadeza. Al detectar el olor de ellos, se volvió y los miró. Helen la saludó con la mano.

–Hasta otra, mamá.

La loba les volvió la espalda con el mismo desdén que una estrella de cine ofendida y, levantando la cola, subió al trote por el cañón.

18

No se cansaba de mirarla.

Helen caminaba a la orilla del agua, hablando por el teléfono móvil. Se había quitado las botas y los calcetines, y antes de cada paso ponía rectos los dedos de los pies, como una bailarina de ballet. Tenía cerca a *Ojo de Luna*, que se dedicaba a mordisquear las hierbas más altas. Al pasar a su lado, Helen le hizo una caricia sin fijarse mucho en él. Luke se preguntó si se daría cuenta de ser tan guapa.

Estaba sentado en el suelo delante de la cabaña, en el mismo lugar donde habían hecho un picnic. Nada más volver, Helen había tapado la hierba con una vieja manta de color azul y había sacado queso, fruta, galletas, frutos secos y chocolate. Habían comido a pleno sol, comentando con entusiasmo los últimos acontecimientos.

El sol seguía describiendo su trayectoria, y la sombra del techo de la cabaña avanzaba por la manta, cubriendo a Luke hasta las piernas. No tardaría en alcanzar las botas. *Buzz* estaba panza arriba, disfrutando de las caricias de Luke, que no apartaba la vista de Helen. En cuanto a ésta, su jefe la estaba haciendo rabiar adrede.

–¿Cómo que suerte? ¡Y una mierda! Lo que pasa es que domino, Prior, y que soy de lo mejorcito que hay. A ver, ¿cuándo has atrapado tú dos lobos en una noche?

Había ocurrido justo después de ver marcharse a la madre. Durante su segunda exploración del dial, Helen y Luke habían oído otra señal que los había llevado hasta una trampa colocada en el mismo sendero, a doscientos o trescientos metros. Esta vez el ejemplar capturado era un adulto joven.

–Hazme caso, Dan. El sitio que te digo, Wrong Creek, es como una carretera interestatal en versión lobuna.

Oyendo un graznido de ocas, Luke miró el cielo con ojos entornados. En lo alto, dos formaciones en forma de flecha volaban hacia el sur siguiendo la orientación de las montañas. Luke volvió a mirar a Helen y vio que se había fijado en lo mismo. Ya lo había sorprendido varias veces observándola; y es que le costaba no hacerlo. De todos modos, no parecía que a ella le importara. Se limitaba a sonreírle, como si fuera lo más normal del mundo.

Al principio la presencia de la joven había puesto un poco nervioso a Luke, que había tartamudeado mucho; pero lo curioso era que Helen no parecía darse cuenta, y Luke se fue relajando. Se sentía muy a gusto con ella. Helen hablaba mucho y rápido, decía cosas graciosas y a veces, cuando se reía, echaba la cabeza hacia atrás y se pasaba las manos por el pelo, dejándolo revuelto y de punta.

Lo que más le gustaba de ella era cuando le contaba algo y le ponía una mano en el brazo o en el hombro, como si fuera lo más natural. Al oír la segunda señal y darse cuenta de que habían atrapado a otro lobo, Helen le había dado un abrazo muy efusivo. Él casi se había muerto de vergüenza. Se le había caído el sombrero, y se había sonrojado como un tonto. Como lo que era, vamos. ¿Cómo llamarlo si no, siendo ella una mujer adulta y él un chico flacucho y tartamudo?

De repente, *Ojo de Luna* dejó de pastar, aguzó el oído y levantó la cabeza para mirar el lago. *Buzz* ya bajaba ladrando por la ladera. Del bosque habían salido dos jinetes que se acercaban a la cabaña. A Luke se le cayó el alma a los pies.

Habían convenido en mantener en secreto su papel en la colocación de trampas; tanto, que Helen ni siquiera se lo había contado a Dan Prior. De poco servía ya. Al mirar a Helen, Luke comprendió que pensaba lo mismo. Estaba despidiéndose de Prior. Luke se levantó y vio cómo su padre y Clyde cabalgaban por la orilla y subían por la cuesta en dirección a la cabaña. *Buzz*, que corría a su lado, no se cansaba de ladrar.

–Buenos días –dijo Helen con tono cordial.

Hizo callar a *Buzz*. El padre de Luke se tocó el sombrero y dirigió a la joven la típica sonrisa de cuando tenía acorralado a alguien.

–Señorita...

Clyde guardó silencio, limitándose a mirar a Luke. Tiraron de las riendas delante de la cabaña. Luke observó que la mirada de su padre se posaba en los restos del picnic, en los pies descalzos de Helen, y por último en su rostro.

–Parece que esto de trabajar para Fauna y Flora es la buena vida.

–¡Ya lo creo! –dijo Helen–. Mejor que unas vacaciones.

–De picnic en el lago, y sin jefes que te den la lata.

–Exacto. Te levantas a las doce, tomas un poco el sol...

–No está mal.

–¡Y no le digo el sueldazo que nos pagan!

Al tiempo que admiraba el descaro de Helen, Luke tuvo ganas de advertirle que aquel juego era peligroso. Seguro que se daba cuenta de que la sonrisa de su interlocutor era pura fachada, y que jugaba con ella como el gato con el ratón.

Buck todavía no había mirado a Luke. Siempre le había gustado hacer esperar a sus víctimas. Por fin, volvió la cabeza. Luke sintió en él dos ojos grises de mirada fría y reprobadora.

–¡Hijo, me alegro de haberte encontrado! ¡Ya era hora! Empezaba a pensar que se te había comido el lobo.

–No, estaba po... po... po...

–Ya sabes que esta mañana teníamos que ir a ayudar a los Harding con el ganado. Te lo había dicho. Clyde y yo hemos ido a buscarte a los pastos, pero no estabas.

A Luke se le había olvidado por completo.

–Sí que estaba. De... de... debéis de haber llegado justo cu... cu... cuando...

–¿Dices que estabas?

–Sí.

–Entonces, ¿cómo es que Abe te ha visto con esta joven subiendo en camioneta por Wrong Creek?

–Po... po... po...

Luke tenía la lengua clavada al paladar; y quizá fuera una suerte, porque tampoco se le ocurría qué decir. Le dolía el pecho como si se lo estuvieran apretando con un torno de banco, y empezaban a ponérsele rojas las mejillas. Poco antes, a solas con Helen, se había sentido por primera vez casi como un adulto; pero la presencia de su padre acababa de convertirlo una vez más en un niño tonto y tartamudo.

Miró a Helen de reojo, seguro de que también debía de parecérselo a ella; pero ella lo interpretó como que le pedía ayuda.

–Estaba conmigo porque le he pedido que me ayudara –dijo.

El padre de Luke la miró. Seguía sonriendo, pero sus ojos habían adquirido la frialdad del hielo.

–Y le alegrará saber que gracias a él esta mañana hemos atrapado dos lobos y les hemos puesto collar.

Buck bajó un poco la cabeza y arqueó las cejas.

–¿Que ha atrapado dos lobos?

–Efectivamente. Gracias a Luke, que me ha ayudado a encontrarlos.

El padre meditó en silencio, mientras Clyde lo observaba en busca de pistas sobre cómo reaccionar. El caballo de Buck piafó un par de veces.

–¿Y dónde están?

–Ya le he dicho que les he puesto un collar de radio.

–¿Y después?

Ella frunció el entrecejo.

–Perdone, pero no entiendo la pregunta.

Buck contestó con una risita forzada, y dijo mirando a Clyde:

–¿Ya ha hecho que se los lleven?

–Creo, señor Calder, que ya conoce nuestras intenciones. Queremos...

–O sea que ha vuelto a soltarlos.

–Sí, pero...

–Las cosas claras, señorita. Vengo de reunir ganado con un buen amigo y vecino mío, Abe Harding. A lo mejor sus jefes de Washington pueden pasarse la vida malgastando el dinero de los contribuyentes, pero Abe no, y ha descubierto que le faltan seis terneros. Para él eso representa perder unos... digamos que tres mil dólares. ¿Y me dice usted que acaba de atrapar a dos de las bestias culpables de ello y que ha vuelto a soltarlas? ¿Y encima debería alegrarme?

El padre de Luke azuzó al caballo con las botas y, seguido por Clyde, partió al trote en dirección al lago. Luke empezó a recoger sus cosas, sintiéndose demasiado pequeño y avergonzado para mirar a Helen. Al cargar con la mochila, sintió una mano en el hombro.

–Luke...

Se envaró, pero sin mirarla.

–Es culpa mía. Perdona. No debí pedirte que me ayudaras.

–No pa... pasa nada.

Una vez reunidas sus cosas, se encaminó al lago sin añadir palabra. Montó en *Ojo de Luna* y se alejó cuesta abajo sin mirar atrás, sintiéndose observado por Helen en todo momento.

Helen dedicó el resto de la tarde a controlar por radio a los dos lobos con collar. Afortunadamente, las señales no se movieron de la parte alta de Wrong Creek, a distancia considerable del ganado.

Volvió hacia las siete y se duchó. Con el otoño en ciernes, el agua estaba tan fría que le daba dolor de cabeza. No tardaría en tener que lavarse dentro de la cabaña.

No pudo evitar echar un vistazo por encima de la puerta de la ducha con la esperanza de ver aparecer el caballo de Luke en la otra orilla del lago, aunque lo veía difícil, teniendo en cuenta lo ocurrido por la mañana. Tenía ganas de celebrar el triunfo, pero sólo podía hacerlo con *Buzz*.

Corrió temblando a la cabaña, donde se secó y vistió lo más rápido posible. Después de consultar el buzón de voz (ningún mensaje) encendió un cigarrillo conmemorativo (el primero en tres días) y puso a Sheryl Crow, pero cometió el error de escuchar el texto de la canción, y cuando Sheryl empezó a quejarse de lo triste que era su vida, Helen fue corriendo a parar la música. ¡Tenía ganas de fiesta, no de cortarse las venas!

Se le ocurrió escribir a Joel. Otra mala idea. Además, ¿por qué iba a hacerlo? Le tocaba a él. Como por una vez la señal del móvil era buena, decidió llamar a su madre. Marcó el número de Chicago, pero le salió el contestador. Lo mismo con Celia y con Dan Prior. ¿Dónde se había metido todo el mundo?

La respuesta llegó en forma de llamada, cuando todavía no había soltado el teléfono.

Era Bill Rimmer. La felicitó por la captura de los lobos, declarándola vencedora de su apuesta, la de a ver quién cogía el primero. Bill se proponía ir a ver a los Harding para hablar de los terneros que faltaban. Preguntó a Helen si quería acompañarlo.

–Gracias, Bill, pero tendría que ponerme la armadura.

–Bueno, pues a ver qué te parece esto: cuando vuelva te invito a una copa en la ciudad.

Quedaron una hora después en El Último Recurso. Helen pensó que a nivel de relaciones públicas le convenía hacer acto de presencia en el bar. Seguro que ya habían empezado a correr rumores sobre las pérdidas de Harding.

Casi era de noche cuando llegó a Hope y vio el fluorescente rojo de El Último Recurso a mitad de la calle mayor. Frenó un poco y pasó al lado del bar por el otro lado de la calle, fijándose en los coches aparcados con la esperanza de que el de Bill Rimmer se hallara entre ellos. No lo vio.

Como no le apetecía demasiado esperarlo dentro, siguió conduciendo y aparcó delante de la lavandería automática. Dentro había dos vaqueros jóvenes haciendo el payaso y metiendo ropa mojada en una de las secadoras. Helen había entrado un par de veces en el establecimiento, una para lavar ropa y otra para lavar excrementos de lobo.

Se trataba de un método que le había enseñado Dan en Minnesota, y que servía para descubrir qué había comido un lobo. Se metía cada excremento en un trozo de media atado por ambos lados, se le ponía una etiqueta y se introducía en la lavadora. Al salir sólo quedaban pelos y trozos de hueso. Había que ser discreta, porque los demás usuarios de la lavandería no veían la práctica con buenos ojos. Todos los excrementos que había lavado la noche anterior contenían pelos de diversa procedencia: ciervos y alces, pero también terneros, lo cual no tenía por qué significar que los hubieran matado. Cabía la posibilidad de que hubieran encontrado un cadáver.

Quince minutos después Bill Rimmer seguía sin aparecer, y Helen estaba cada vez más incómoda por cómo la miraban desde otros coches, por no hablar de los dos vaqueros de la lavandería. Pensando que Rimmer podía haber aparcado en otro sitio o haber dejado un mensaje en el bar, salió de la camioneta y cruzó la calle.

Le bastó abrir la puerta del bar para lamentar su decisión. Bajo los trofeos astados que colgaban de la pared, unos diez pares de ojos vivos se posaron en ella. Todas las expresiones eran hostiles, y ninguna pertenecía a Bill Rimmer.

Estuvo a punto de dar media vuelta y regresar a la camioneta, pero acabó por prevalecer su faceta testaruda, la que siempre la metía en líos. ¿Quién le impedía entrar a tomar una copa? Respiró hondo y se acercó a la barra.

Pidió una margarita, se acomodó en un taburete y encendió un cigarrillo.

Las únicas mujeres eran ella y la camarera. El bar estaba lleno, pero sólo reconoció las caras de Ethan Harding y los dos leñadores que había visto con Luke en Wrong Creek. Supuso que se trataría de los mismos que había mencionado Doug Millward. Los tres estaban conversando al fondo de la sala. De vez en cuando la miraban, pero Helen no les sonrió. No estaba dispuesta a servirles en bandeja otra oportunidad de despreciarla. Optó por ignorarlos, al igual que a las miradas de reojo procedentes de desconocidos.

Se sentía como una paria, o como el típico forastero de las películas del Oeste de serie B. Tenía ganas de salir corriendo, pero no quería darles ese gusto. Se imaginó a todos los clientes estallando en carcajadas en cuanto cerrara la puerta.

Acabó la copa y pidió otra, fingiendo interés por el partido de baloncesto que pasaban por la tele, mientras se preguntaba cómo diablos se le había ocurrido la idea de que entrar en aquel garito de mala muerte pudiera ser bueno para sus relaciones públicas. Se dio demasiada prisa en beber la segunda margarita. Llevaban mucho tequila. Lamentó estar en ayunas.

Entonces se fijó en el espejo de detrás de la barra y vio entrar a Buck Calder. Lo que faltaba.

El ranchero se abrió camino hacia la barra, repartiendo saludos como un político en plena campaña. Viéndolo reflejado en el espejo, Helen no dejó de quedar impresionada por su entrada triunfal. Se preguntó qué pensarían de él en su fuero interno aquellos a quienes daba la mano y cogía de los hombros. Parecían deslumbrados por su sonrisa y sus bromas, y por que los llamara a todos por sus nombres. Advirtió entonces que Calder se había fijado en ella. De nada le sirvió apartar la vista. Nerviosa, se dio cuenta de que el ranchero iba directo hacia ella.

–No sé qué le ocurre a esta gente. ¿Cómo se les ocurre dejar que una chica beba sola?

Helen contestó con una risa tan falsa como histérica. Calder estaba detrás de ella, mirándola por el espejo.

–Y eso que los de aquí no tienen fama de tímidos.

A Helen no se le ocurría qué decir. El tequila parecía haberle embotado el cerebro. Se miró en el espejo y, viéndose sonreír con cara de tonta, intentó cambiar de expresión. A su lado había un hombre cogiendo una ronda de bebidas. Calder aprovechó que se marchaba para ocupar su taburete, quedando a escasos centímetros de ella. Se produjo un breve roce de piernas. La colonia de Calder, que olía a limón, la desconcertó. Era como la que usaba su padre la última vez que lo había visto.

–¿Me permite remediar su falta de cortesía invitándola a una copa?

–Se lo agradezco, pero es que había quedado con alguien. Debe de haberse...

–¿Qué toma? ¿Una margarita?

–No, en serio. Creo que es hora de...

Calder se apoyó en la barra y dijo en voz alta:

–Oye, Lori, ¿puedes traernos una cerveza y otra margarita? Gracias, guapa. –Se volvió hacia Helen y le sonrió–. Es para demostrarle que lo de esta mañana es agua pasada.

Ella frunció el entrecejo, como si no supiera de qué estaban hablándole.

–Me doy cuenta de que cada cual tiene su trabajo. Quizá haya sido un poco duro.

–No pasa nada. Al mal tiempo buena cara.

–Lo de la buena cara salta a la vista, Helen.

Ella sonrió. Le daba vueltas la cabeza. ¡No estaría intentando seducirla!

–Puede que Luke se lo haya tomado un poco peor.

–Sí, a veces le pasa. Le viene de su madre.

Helen asintió con lentitud, ganando tiempo. Tenía la sensación de pisar arenas movedizas.

–¿Qué quiere decir? ¿Que es sensible?

–Es una manera de decirlo.

–Tampoco está tan mal ser sensible, ¿no?

–No he dicho que lo esté.

Se produjo un silencio que no resultó incómodo gracias a que la camarera se acercó para decirle a Helen que tenía una llamada. Helen pidió permiso a Calder y se abrió paso por el gentío hasta el teléfono, que ocupaba un receso de la pared. Era Bill Rimmer, que se deshizo en excusas por haberla dejado plantada. Dijo que Abe Harding se las había hecho pasar canutas.

–¿Aún estás entero?

–Todavía no lo sé. ¡Vaya perrazos!

–¿Y los terneros?

–Parece que arriba no había ningún hueso, pero Harding está seguro de que han sido los lobos. Dice que los ha visto y oído.

–¿Y tú qué has dicho?

–Tuve que explicarle que para pedir daños y perjuicios hace falta demostrar que ha sido culpa de los lobos.

–Supongo que le sentó de maravilla.

–Es lo que más le gustó. En fin, a lo que iba. He hablado con Dan, y dice que convendría que mañana sobrevolaseis la zona, a ver si ahora que has puesto dos collares podéis controlar a toda la manada.

–Buena idea.

Rimmer volvió a disculparse por no haberse presentado, añadiendo no obstante que estar sola le iría bien para engatusar a rancheros airados. Ella le contó en voz baja que estaba tomando una copa con Buck Calder.

–Pues todo tuyo, Helen. Es un pez gordo.

–Gracias, Bill.

De regreso a la barra vio que Calder estaba hablando con otra persona. Quiso aprovechar para marcharse, pero el ranchero volvió a fijarse en ella. Levantó el vaso y lo hizo chocar con el suyo.

–De todos modos –dijo–, felicidades por haberlos pillado.

–Aunque haya vuelto a soltarlos.

Calder sonrió y se llevó el vaso a los labios, al igual que Helen.

–Como iba diciendo –prosiguió tras limpiarse de espuma los labios–, es su trabajo. Lo entiendo, aunque pueda no estar de acuerdo. Estaba de mal humor porque Luke había dejado al ganado sin vigilancia. Piense que venía de ver al pobre Abe, que ha perdido unos cuantos. Lamento haber sido... descortés.

–No se preocupe.

Helen sacó otro cigarrillo. Calder le cogió las cerillas y se lo encendió. Ella le dio las gracias. Guardaron silencio.

–Luke se sabe las montañas al dedillo –dijo Helen.

–Seguramente.

–Y mi trabajo se le da muy bien.

–Sí, es un melenudo nato.

Rieron.

–¿También le viene de su madre?

–Supongo. Es una mujer de ciudad.

–Que es lo que somos todos los melenudos, claro.

–Eso parece.

Calder sonrió y se dispuso a beber, mirándola por encima del vaso. De repente, y muy a su pesar, Helen comprendió el éxito de Buck Calder con las mujeres. No se debía a su aspecto físico, aunque supuso que no estaría mal para quien tuviera interés por los hombres maduros. El secreto era su aplomo. Irradiaba una tremenda confianza en sí mismo. Según como se mirara, su manera de concentrar la atención en una mujer podía parecer insolente, por no decir cómica; pero Helen imaginó que debía de haber muchas mujeres dispuestas a verlo desde otra perspectiva y sentirse halagadas por ello.

Tras pedir dos bebidas más sin consultarla, Calder cambió de tema y se interesó por su vida: Chicago, su trabajo en Minnesota, su familia, y hasta las inminentes segundas nupcias de su padre. Saltaba a la vista que estaba echando mano de otra de sus técnicas de seducción, pero lo hacía con tal desenvoltura, dosificando tan bien sus muestras de empatía, que Helen tuvo que esforzarse para no revelar cosas que pudiera lamentar a la mañana siguiente, cuando estuviera sobria.

–¿Le molesta que su prometida sea tan joven?

–¿Comparada con mi padre o conmigo?

–No sé... Con los dos.

Helen meditó su respuesta.

–Conmigo no, al menos que yo sepa. Con él... pues sí, para qué mentir. No sé por qué, pero me molesta.

–A veces enamorarse es inevitable.

–Ya, pero ¿por qué no escoge a alguien de su edad?

Calder se echó a reír.

–Que por qué no se hace mayor, vaya.

–Exacto.

–Mi madre solía decir que los hombres nunca se hacen mayores, sólo más gruñones. Todos llevamos un niño dentro, y sigue con nosotros hasta que morimos, berreando: «Quiero esto, quiero lo otro.»

–¿Y las mujeres no quieren nada?

–Seguramente sí, pero cuando no les dan algo lo aceptan mejor que los hombres.

–¡Vaya!

–Yo creo que sí, Helen. Creo que hay cosas que las mujeres ven más claro que los hombres.

–¿Como qué?

–Como que querer algo puede ser mejor que tenerlo.

Se miraron. Helen se estaba llevando la sorpresa de descubrir en Calder a un filósofo, aunque, como siempre, sus palabras daban la impresión de tener un sentido oculto.

Ethan Harding y sus amigos leñadores pasaron por la barra de camino a la puerta. Ethan saludó a Calder con la cabeza, pero ni él ni sus compañeros miraron a Helen.

Ella miró alrededor y comprobó que se había marchado mucha gente. Llevaban casi una hora hablando. Dijo que tenía que marcharse, y resistió los intentos de Calder de invitarla a la última copa. Ya había bebido demasiado. No había más que ver cómo se movían las paredes desde que estaba de pie.

–Me lo he pasado muy bien –dijo Calder.

–Y yo.

–¿Podrá conducir? Yo no tengo inconveniente en...

–Estoy bien –repuso demasiado rápido.

–La acompaño a la camioneta.

–No, gracias. Estoy bien.

Gracias a Dios, estaba lo bastante sobria para darse cuenta de que no le convenía que la vieran salir del bar con Calder. Ya tenía bastante con las habladurías que iban a circular desde esa noche.

La calle estaba vacía. Se respiraba un aire fresco, delicioso. Helen abrió el bolso y buscó las llaves de la camioneta. Después de vaciar el bolso encima del capó, las encontró en el bolsillo de su chaqueta. Tras arreglárselas para dar la vuelta sin chocar con nada, salió de la ciudad a paso de tortuga; aunque ya era consciente de haber hecho el ridículo, todavía estaba lo bastante borracha para no preocuparse de ello. Recordó vagamente que la vergüenza y los reproches sólo llegan con la resaca.

Mientras hacía lo posible por seguir la trayectoria oscilante de los faros, se acordó del vuelo que tenía previsto con Dan, y de que los aviones pequeños no congenian demasiado con las resacas.

Ya se divisaba la fila de buzones. Helen llevaba tres días sin abrir el suyo. Unas horas antes, al bajar a la ciudad, había decidido esperar hasta la vuelta por miedo a que la falta de cartas le estropeara el buen humor. Estando borracha no se lo tomaría tan mal.

Cuando estuvo cerca vio algo blanco en el camino, y no tardó en adivinar de qué se trataba. Dejó los faros encendidos y bajó de la camioneta.

Era su buzón, con el soporte de metal torcido y la caja aplastada. Parecía que alguien la hubiera chafado con algo y después, para rematar la faena, hubiera pasado encima con el coche. Los demás buzones estaban intactos.

Iluminada a medias por los faros, Helen se puso de pie, contemplando el desastre con ceño. Aún tenía problemas de equilibrio, pero se estaba serenando por momentos. El motor de la camioneta traqueteó y se paró. Oyó gemir el viento por primera vez. Había cambiado. Era más frío que antes, y soplaba del norte.

Un coyote aulló en el bosque y calló de repente, como si lo hubieran regañado. Helen miró la punta de su sombra, que cubría la grava del camino hasta confundirse con la oscuridad de la noche. Le pareció ver algo blanco. Se fijó mejor, pero ya no estaba.

Dio media vuelta y regresó a la camioneta. Justo en ese momento la carta volvió a dar un tumbo, con la diferencia de que esta vez pasó desapercibida. Después el viento la hizo girar y se la llevó volando.

19

Dan Prior no era un hombre religioso. A lo más que llegaba su indulgencia era a considerar la fe como un obstáculo para el conocimiento, una excusa para no enfrentarse al presente. A nivel más práctico, era de la opinión de que cuando hay algo que arreglar vale más intentarlo uno mismo que dejarlo en manos de alguien a quien nunca se ha visto, y que hasta puede no presentarse.

Había, sin embargo, dos ocasiones excepcionales en que Dan recurría a la oración. La primera era los sábados por la noche, cuando su hija tardaba más de lo convenido y no llamaba (se había convertido en algo tan habitual que Dios no tardaría en considerar a Dan como un nuevo recluta). La segunda era cuando volaba, y por pura lógica: a miles de metros de altitud en poco podía ayudarse uno a sí mismo, y si por casualidad había Alguien ahí arriba, al menos se estaba bien situado para captar su atención.

Dan estaba procurando que el Cessna no cediera al viento huracanado del norte, y por una vez no rezó ni por su seguridad ni por la de Helen. Escudriñando las zonas más altas del valle de Hope, comprobó hasta qué punto había corrido la voz sobre las supuestas pérdidas de Abe Harding. Por todas partes había ganaderos reuniendo a las reses para hacerlas bajar de sus pastos de verano. Así pues, Dan recurrió al tono del salmista para implorar al Señor que todos los rancheros que se veían desde la avioneta, montados en caballos que parecían garrapatas, encontraran sano y salvo a su ganado.

Después de ver que la sombra de la avioneta adelantaba al último jinete, Dan volvió a mirar hacia adelante. Las montañas describían una curva hacia el norte, semejantes a una columna vertebral en estado fósil con las vértebras espolvoreadas de nieve reciente. El viento había despejado el cielo, barriendo las últimas brumas estivales y dejándolo de un azul nítido y sin confines. Con ese color, tenía uno la sensación de poder hacer un viaje de ida y vuelta a la luna sin más requisitos que algo más de gasolina.

Dan se guardó su lirismo para sí, consciente de que Helen no se hallaba en condiciones de valorarlo. Estaba encorvada en el asiento de al lado, explorando las ondas y ocultando su resaca bajo unas gafas de sol y una gorra vieja de los Minnesota Timberwolves. Cada vez que la miraba de reojo, Dan tenía la sensación de que su cara había adquirido un tono verde todavía más ceniciento.

Helen había llegado al aeródromo de Helena con un vaso grande de café comprado de camino, avisando a Dan que no estaba de humor para bromas. Su estado era tan deplorable que al detectar la primera señal, tres o cuatro kilómetros al sur de Hope, hizo un gesto de dolor y bajó el volumen.

La señal procedía del macho joven. Cambiando de frecuencia, Helen no tardó en captar la de la madre. La intensidad de ambas llegó a su ápice al sobrevolar Wrong Creek; era bueno que así fuera, puesto que significaba que estaban lejos del ganado. Parecían hallarse en la vertiente norte del cañón, sin duda descansando, a unos dos kilómetros de donde Helen había cogido al macho. No obstante, la avioneta llevaba tres pasadas y seguían sin localizarlos.

Haciendo salvedad de algún que otro prado de humildes proporciones, el cañón era muy frondoso, y por mucho que el viento estuviera desnudando a los álamos temblones de sus luminosas hojas amarillas, pinos y abetos formaban una capa verde impenetrable. Para colmo no era ése el único refugio a disposición de los lobos, puesto que las rocas ofrecían cientos de escondrijos.

Al llegar al final del cañón, Dan volvió a subir y dio media vuelta, quedando bruscamente a merced del viento. La avioneta dio un tumbo como el de un coche al pasar por un bache, haciendo que el piloto diera gracias por no haber desayunado.

–¡Dios santo, Prior!

–Perdona.

–Veo que tu técnica de piloto no ha mejorado.

–Lo mismo digo de tu resaca.

Esta vez Dan voló más bajo, pasando por encima de la cresta sur del cañón y ladeando la avioneta para que Helen tuviera mejor perspectiva. Las señales de la antena de estribor fueron cobrando intensidad, hasta que Helen señaló algo con el dedo.

–Ya la veo.

–¿La hembra?

–Como no haya otro del mismo color... Y los demás están ahí. Son cuatro. No, cinco.

Dan se inclinó a un lado, pero no consiguió verlos.

–¿Dónde?

–¿Ves esa plataforma de roca encima de los álamos? –Helen los estaba mirando con los prismáticos–. Sí que es ella. Lleva collar. Y ése es el macho joven que atrapamos. Qué maravilla, ¿no?

–¿Dices que el chico de los Calder cree que hay un total de nueve?

–Cuatro adultos y cinco cachorros.

–¿Ves al jefe de la manada?

–No. Son demasiado grises y pequeños. Parece que hay cuatro cachorros y los dos a los que pusimos collar.

Helen cogió la cámara y Dan voló en redondo para que pudiera hacer fotos con el teleobjetivo. Los lobos descansaban al sol y no se mostraron demasiado inquietos por la avioneta hasta la tercera pasada, durante la cual la madre los obligó a levantarse y meterse en el bosque.

Dedicaron un rato a seguir sobrevolando el cañón y las zonas colindantes, con la vana esperanza de divisar a los otros tres. Durante el trayecto de regreso al aeródromo Helen tomó nota de lo que habían visto, apuntando la hora y la referencia del mapa. Tenía la cara menos verde que antes.

–¿Te encuentras mejor? –preguntó él al ver que había terminado.

–Sí, y perdona que sea tan cascarrabias.

Dan se limitó a sonreír. No volvieron a hablar durante el resto del viaje. Él se preguntó si su mal humor se debería a algo más que la resaca. La veía un poco triste y preocupada.

Después de aterrizar fueron al despacho, cada cual con su coche. Helen no había vuelto desde el primer día, pero Donna la recibió como si fueran amigas del alma y llevaran años sin verse. Después la felicitó por la captura de los lobos. Dan le propuso llevar el carrete a la tienda de fotografía e ir a comer algo durante la hora que tardaría el revelado.

Bajaron a la tienda y después fueron a un bar situado a unas manzanas, donde servían buenos bocadillos de pavo y batidos. Durante la comida hablaron de lo que habían visto en el cañón.

–Estaría más tranquilo si también hubiéramos visto al macho dominante –dijo Dan.

–A lo mejor estaba y no lo vimos.

–Puede ser. Creo que prefiere estar más abajo, cerca de esos novillos tan jugosos.

–¡Vamos, Dan! ¡No irás a creer que a los terneros de Abe Harding se los comieron los lobos!

–¿Quién sabe?

–No es muy buen ganadero que se diga. Seguro que cada verano pierde la misma cantidad. Además, apuesto a que ni siquiera sabe cuántos eran al principio.

–Ya, pero si resulta que los lobos han matado terneros tendremos que hacer algo, ya lo sabes.

–¿Qué?

–¿De qué te sorprendes? Nuestro trabajo tiene una serie de reglas, Helen. No podemos improvisar sobre la marcha. Los lobos que se comen a las reses ponen en peligro al programa de recuperación.

–¿Qué quieres decir con «hacer algo»? ¿Trasladarlos?

–Antes quizá sí, pero ahora no. No hay donde ponerlos. Me refiero a control letal.

–¿Pegarles un tiro?

–Eso.

Ella sacudió la cabeza y apartó la vista. Despierta, Helen, se dijo. Estamos en el mundo real. Lee el Plan de Control.

Acabaron los bocadillos en silencio. Después recogieron las

fotos y las miraron de camino al despacho. Algunas estaban bien. Helen dijo que no entraba. Había dejado a *Buzz* en la cabaña y tenía que revisar las trampas. Tratando en vano de mejorar el ambiente, Dan dijo que quizá hubiera cogido a los otros tres, los que no habían visto desde la avioneta. Ella ni siquiera sonrió.

La acompañó a la camioneta. El reencuentro no había cumplido sus expectativas. Lamentaba haberse excedido con su último comentario. Debía de ser el motivo de que la notara tan hostil. Su llegada a Montana le hacía pensar tontamente en la posibilidad de que ocurriera algo entre los dos. Más valía ir acostumbrándose a la idea de que no.

Helen subió a la camioneta y Dan se quedó a su lado mientras arrancaba.

–¿Qué, funciona?

–Es una porquería.

–Intentaré conseguirte algo mejor.

–Ya me las arreglaré.

–¿Estás bien?

–De fábula. –Viendo que no quedaba convencido, se ablandó un poco y le sonrió–. En serio, estoy bien. Gracias por preguntarlo.

–Para eso estamos. –Dan se fijó en que había algo en el asiento del pasajero–. ¿Y eso qué es?

–Mi ex buzón. Tengo que conseguir uno nuevo. –Le explicó lo sucedido.

–Mala cosa. ¿Tienes idea de quién puede haber sido?

Helen se encogió de hombros.

–No.

Él frunció el entrecejo y guardó silencio.

–Oye, ten cuidado ahí arriba, ¿eh? Prométeme que si vuelve a pasar algo así me llamarás. Sea la hora que sea.

–Seguro que sólo ha sido un accidente, Dan. Algún jornalero que volvía a casa borracho, o a saber qué.

–Prométeme que llamarás.

–Te lo prometo... papá.

–Ángeles sobre tu buzón.

Helen sonrió. Al menos había conseguido hacerla sonreír.

Cerró la puerta y le envió un beso al arrancar. Dan siguió a la camioneta con la mirada, hasta que la vio confundirse con el tráfico y desaparecer colina abajo. Subió a la oficina.

Nada más entrar leyó en la cara de Donna que había pasado algo.

–Han llamado de la prensa, y también aquella reportera de la televisión. Dice que en Hope hay varios rancheros clamando venganza. Se quejan de haber perdido un montón de terneros por culpa de los lobos.

–¿Cuántos?

–De momento cuarenta y tres.

–¿¿Qué?? ¿Te ha dado los nombres de los rancheros?

–Sí, y uno de ellos era Buck Calder.

20

Aunque según el programa todavía faltaba media hora para que empezase la reunión, las vías de acceso al pueblo ya registraban una afluencia constante de camiones. Se estaba haciendo de noche, y casi todos llevaban encendidos los faros. Algunos aparcaban cerca del bar de Nelly, pero el destino más popular era El Último Recurso, lo cual no presagiaba nada bueno para el acto. Helen vio aparcar una camioneta manchada de barro de la que salieron dos hombres con sombrero y camperas. Antes de meterse en el bar, uno de ellos dijo algo y el otro se echó a reír, al tiempo que se subía el cuello del abrigo para protegerse del viento. Empezaba a llover.

Helen estaba tomando su tercer café junto al escaparate de la tienda de regalos de Ruth Michaels. Lo del café era una tontería. Bastante nerviosa estaba de por sí. En realidad, de lo único que tenía ganas era de fumar. Ruth había puesto música relajante, pero sólo sirvió para incrementarle la sensación de desastre inminente que la embargaba.

Una de las puertas de cristal tenía pegado el mismo cartel amarillo que se veía por toda la población:

¡EL LOBO MATA!

REUNIÓN PÚBLICA

SALA DE ACTOS MUNICIPAL

JUEVES. 19 HORAS

Hacía dos días que Buck Calder y sus vecinos habían juntado sus rebaños, y las espadas seguían en alto. Helen se había dedicado en cuerpo y alma a tratar de que las aguas volvieran a su cauce, visitando uno a uno a todos los rancheros que se quejaban de haber perdido terneros. Todos la habían echado con cajas destempladas.

Dan había confiado en que las visitas individuales contribuyeran a evitar una reunión pública cuyo control podía caer en manos de grupos de alborotadores, pero Buck Calder había precipitado las cosas anunciando el acto por televisión dos noches atrás, y diciendo que «esos del gobierno que van por ahí soltando lobos» quizá estuvieran dispuestos a asistir y dar explicaciones a quienes costeaban sus sueldos.

Los equipos de televisión ya estaban preparando los focos en la sala de actos. Su presencia había arrancado un gruñido a Dan, por hallarse al frente la misma reportera lameculos de cuando habían matado al perro. Por lo demás, tanto Dan como Bill Rimmer parecían muy tranquilos. Estaban charlando con Ruth en el pequeño bar del fondo de la tienda, y parecían encarnar la imagen misma de la despreocupación.

Cuando Helen volvió a su lado, Rimmer le dirigió una sonrisa burlona.

–Oye, Helen, ¿sabes el chiste del caballo que entra en un bar y el camarero le dice...?

–«¿Por qué pone esa cara tan larga?» Sí lo sé. ¿Qué insinúas, que parezco un caballo?

–No, pero cualquiera diría que vas a un entierro.

–Pues sí, el mío.

–Venga, Helen –dijo Dan–, que no pasará nada.

–Gracias, Prior. Me lo creería si no me hubieras contado lo que pasó la última vez que organizaron una reunión sobre lobos.

–Yo aún no había llegado –dijo Ruth–. ¿Qué pasó?

–Nada, unos tíos con escopetas y otros que tiraban cubos de sangre a los coches –contestó Helen–. Tonterías.

–Han pasado muchos años –protestó Dan.

–Sí. En esa época todavía no tenían lobos. Ruth, ¿te molesta si fumo? –Advirtió la sorpresa de Dan–. Sí, fumo. ¿Pasa algo?

–Fuma, fuma –dijo Ruth.

Dedicaron un cuarto de hora a ensayar el discurso, que correría a cargo de Helen. Había intentado que quien diera la cara fuera Dan, pero éste había insistido en que le tocaba a ella. El público no iba a serle hostil en su totalidad. Según las noticias de la radio, estaba prevista la asistencia del grupo ecologista Mundo Abierto a los Lobos (o MAL, como preferían llamarse).

Dan había tomado medidas por si las cosas se torcían.

Hope contaba entre sus residentes con Craig Rawlinson, joven ayudante del sheriff que había hablado un par de veces con Helen. Rawlinson no tenía la menor simpatía por los lobos. Era hijo de ranchero, y el padre de su mujer, otro ranchero, figuraba entre los que se quejaban de haber perdido terneros. Así pues, Dan había solicitado un discreto despliegue de refuerzos policiales, así como la presencia de dos agentes especiales de Fauna y Flora vestidos de civil que ya estaban vigilando a posibles agitadores en El Último Recurso. Por último, Dan había colocado un cartel a las puertas de la sala de actos: REUNIÓN PÚBLICA. PROHIBIDO EL ALCOHOL, LAS PANCARTAS Y LAS ARMAS. Alguien había añadido: Y LOS LOBOS.

Se oyeron voces procedentes de la calle. Era gente que desfilaba hacia la sala de actos. El café y la nicotina tenían a Helen con los nervios de punta. Dan se levantó y pagó los cafés.

–Bueno, chicos, creo que es la hora. –Pasó un brazo por los hombros de Helen–. Quiero que sepas que apenas alguien saque una pistola te cubriré las espaldas.

–Gracias, Dan. Me acordaré de agacharme.

Una hora más tarde, el chiste de Dan sobre las pistolas había perdido la poca gracia que tenía.

Helen llevaba veinte minutos de pie, intentando pronunciar un discurso cuya duración prevista era de diez. Empezaba a estar harta de que la interrumpieran.

La sala estaba abarrotada. Había asientos para un centenar de personas, pero otras tantas asistían de pie detrás de la última fila, y era de ahí de donde procedía casi todo el alboroto. Tras los deslumbrantes focos de televisión, Helen vio que las puertas de la sala habían quedado abiertas, y que hasta había gente de pie bajo la lluvia. A pesar de la ventilación el calor era casi insoportable, porque todos los radiadores estaban encendidos y nadie parecía saber apagarlos. A medida que subía la temperatura y se encrespaban los ánimos, muchos se habían quitado el abrigo o se ventilaban con los folletos repartidos a la entrada.

Helen ocupaba el extremo de una larga mesa de caballete, colocada encima del estrado que presidía la sala. Dan y Bill Rimmer se apretujaban a su lado como prisioneros de guerra. En el otro extremo, cómodamente instalado en su silla, Buck Calder observaba a la multitud con semblante majestuoso. Estaba en su elemento.

Bajo el ala de su sombrero se veía brillar una capa de sudor. Su camisa rosa, inmaculada por lo demás, tenía dos manchas en las axilas. Buck estaba radiante. Su discurso de apertura había sido magistral. En atención a quienes lo hubieran oído menos de diez veces, empezó relatando el caso de su nietecito, salvado in extremis de acabar en las fauces de un lobo. A continuación, con persuasiva técnica de fiscal, enumeró las terribles pérdidas sufridas desde entonces por él y sus vecinos. La única sorpresa fue que las primeras increpaciones lo tomaran a él como blanco.

Sucedió al final de su discurso, y fue obra de un reducido grupo de espectadores que acababa de colocarse al fondo, sin que Helen hubiera advertido su llegada; en caso contrario le habría bastado observar la cantidad de barbas y chalecos de borrego para adivinar de qué lado estaban. No podían ser más que los del MAL. Eran cinco o seis, y al principio Helen se sintió reconfortada por su presencia, hasta que vio que sus protestas sólo servían para enardecer a los demás.

Calder había sabido manejar a los descontentos, entre ellos una mujer con gafas de montura metálica y un jersey azul igual que el de Helen.

–¡Los lobos tienen más derecho a estar aquí que vuestras vacas! –exclamó la mujer–. ¡Propongo deshacernos de las vacas!

Se produjo un murmullo de indignación a cuyo término, sonriendo con calma, Buck dijo:

–Veo que ha venido gente de la ciudad.

El público recibió sus palabras con entusiasmo. Llegada la hora de presentar a Helen, Buck mantuvo el mismo tono burlón.

–Si no me equivoco, la señorita Ross procede de la ventosa Chicago.

–Así es, por mis pecados –contestó ella con una sonrisa forzada.

–Bien, Helen, arrepiéntase de ellos, que hay confianza.

Desde que los defensores de los lobos se habían callado, otro grupo del fondo seguía su ejemplo e increpaba a la oradora. Entre sus integrantes se contaban los dos leñadores favoritos de Helen, así como Wes y Ethan Harding. Afortunadamente, Abe Harding no daba señas de hallarse entre el público.

Luke tampoco.

Antes del inicio de la reunión, Helen lo había buscado en la multitud. Llevaba sin verlo desde el día de la captura del lobo. No había subido a la cabaña, ni había hecho acto de presencia al bajar Helen al rancho, donde su padre le había soltado un buen sermón sobre los terneros muertos. Además de preocupada por él, estaba sorprendida de lo mucho que lo echaba en falta.

Ya en la recta final del discurso, Helen confió en poder concluir antes de quedarse sin fuerzas. Hasta entonces había expuesto lo que se sabía de los lobos, poca cosa salvo que eran nueve y que las primeras pruebas de ADN realizadas por ella misma sobre las muestras recogidas no mostraban relación alguna con los lobos liberados en Yellowstone e Idaho. Dijo después unas pocas palabras sobre el plan de Defensores de la Fauna Salvaje,[1] consistente en compensar a los rancheros por toda pérdida que pudiera atribuirse fundadamente a un lobo. Estaba prevista una tanda de preguntas al final de su intervención.

–En resumen, que hemos puesto collar a dos lobos y vamos a someterlos a un seguimiento exhaustivo. Si hay pruebas de que un lobo ha matado reses, será trasladado o eliminado. Ése es un

1. Defenders of Wildlife, grupo ecologista privado, apoya la política de repoblación ofreciendo compensaciones económicas a los ganaderos que han perdido reses por culpa de los lobos. *(N. del T.)*

punto que no se discute. –Miró de reojo a Dan, que asintió con la cabeza–. Comprendo que algunos de ustedes hayan reaccionado de forma tan visceral. Lo único que les pedimos es que nos concedan un poco de margen y…

–¿No tienen bastantes pruebas? Los lobos se comen al ganado, y punto.

–Con todo respeto, le diré que tanto mis investigaciones en Minnesota como las realizadas en Montana, más concretamente en el valle de Ninemile, al norte de Missoula, dan pie para afirmar que los lobos son capaces de vivir cerca del ganado sin molestarlo…

–¡Vaya, parece que en Missoula es liberal todo el mundo, hasta esos lobos de mierda!

Helen esperó a que se apagaran las risas haciendo lo posible por conservar la sonrisa, aunque más que sonrisa parecía una mueca.

–Pues quizá sí, pero un biólogo de dicha población ha realizado estudios muy interesantes. Además de poner collares a los lobos también se los puso a las reses, y descubrió que los lobos se mezclaban con ellas constantemente sin que…

–¡Y una mierda!

–¿Por qué no la deja hablar, caramba? –exclamó uno del MAL.

–¿Y vosotros por qué coño no os volvéis a casita y dejáis de fastidiarnos?

Buck Calder se puso de pie y levantó las manos.

–El amigo de la ciudad tiene razón. Ya que hemos invitado a la señorita Ross a nuestra reunión, deberíamos tener la educación de escucharla hasta el final.

Helen le hizo un gesto con la cabeza.

–Gracias. Por lo visto los lobos prefieren como presas a los ungulados salvajes. En Ninemile, durante un período de seis años, sólo mataron a tres terneros y una ternera…

–Entonces, ¿cómo es que aquí han matado a cuarenta y tres en un par de meses? –preguntó Ethan Harding, suscitando un fuerte murmullo de aprobación.

–Mire, estamos intentando verificar el número de pérdidas que pueden atribuirse a los lobos con toda certeza.

–¿Nos está tratando de mentirosos?

–En absoluto.

Buck Calder se echó hacia adelante en su asiento.

–Disculpe, Helen. ¿Podría decirnos cuántas de esas muertes llevan ustedes atribuidas «con toda certeza» a los lobos?

Ella vaciló. Era la pregunta que más temía. Sólo se habían encontrado cinco cadáveres, y ninguno era lo bastante reciente para poder averiguar la causa de la muerte.

–¿Señorita Ross?

–Aún estamos en ello. Ya sabe lo escasas que son las pruebas...

–Bien, pero en estos momentos, ¿qué número de muertes atribuyen ustedes a los lobos?

Helen se volvió hacia Dan en busca de ayuda. Éste carraspeó, pero Calder le impidió tomar la palabra.

–Creo que quien tiene que contestar es la señorita Ross. ¿Cuántas?

–Ya le digo que aún tenemos...

–De momento.

El público aguardaba la respuesta en medio de un silencio sepulcral. Helen tragó saliva.

–Pues de momento... ninguna.

Se produjo un revuelo tremendo. Todos empezaron a vociferar y parte del público sentado se puso de pie. Al fondo, la integrante más agresiva del MAL andaba a la greña con Ethan Harding.

–¡El lobo es una especie en peligro de extinción, idiota! –berreó.

–¡No, señora, la que está en peligro de extinción es usted!

Calder levantó las manos y pidió silencio, pero de poco sirvió. Helen sacudió la cabeza y cogió un vaso de agua. Mientras bebía miró a Dan, y lo vio encogerse de hombros con aire de culpabilidad. Bill Rimmer estiraba el cuello para divisar el fondo de la sala. Por lo visto pasaba algo. El cámara de la televisión se había dado la vuelta y estaba subiéndose a una silla para conseguir una buena toma.

Helen vio que fuera había una camioneta aparcada con los faros apuntando a la sala. Alguien se había apeado de ella y caminaba hacia la entrada, enmarcado por una cortina de lluvia. La multitud apiñada en el vestíbulo se fue apartando para dejarle paso. Entró en la sala y se abrió paso entre los alborotadores, que al verlo interrumpieron sus soflamas y se echaron a un lado.

Era Abe Harding.

Llevaba algo al hombro, una especie de paquete. Helen miró a Dan de reojo. Ambos fruncieron el entrecejo.

–¿Se puede saber qué lleva?

–Parece una alfombra.

Harding había dejado atrás a los alborotadores y recorría el pasillo formado por las sillas, cuyos ocupantes se habían levantado para verlo mejor. Llevaba un impermeable amarillo, largo y mojado, que hacía ruido al caminar. Como no llevaba sombrero se le veía el cabello gris, totalmente despeinado.

Nadie hablaba. Todas las miradas estaban fijas en él. A cada paso que daba en dirección al estrado, sus espuelas hacían un ruido metálico. La cara de loco con que miraba a Helen habría resultado cómica de no dar tanto miedo. Ella rogó que los dos agentes especiales de Dan tuvieran sus armas a punto.

Cuando tuvo a Harding delante, encima del estrado, se fijó por primera vez en que le caía sangre por el impermeable, y acabó por reconocer el bulto que llevaba al hombro, cubierto de pelo negro.

–Tenga su maldita verificación –dijo Harding.

Y, descargando del hombro al lobo muerto, lo dejó caer encima de la mesa.

Cuando Helen y Bill Rimmer consiguieron salir de la sala de actos, la calle mayor parecía un campo de batalla. Estaba bloqueada por cuatro coches patrulla; otro, el quinto, intentaba abrirse paso con la sirena sonando. Las luces rojas rebotaban por los escaparates, haciendo que los charcos parecieran de sangre. La lluvia había cobrado la intensidad de un monzón. Helen quedó calada hasta los huesos en unos segundos.

Un policía con megáfono pedía a la gente que circulase, y casi todos obedecían, saltando por los charcos en dirección a sus coches. Helen divisó a Dan al otro lado de la calle, al lado de los dos agentes especiales. Estaban discutiendo con uno de los policías que habían arrestado a Abe Harding.

Después vio a Harding con su impermeable amarillo y las manos esposadas por detrás. Lo estaban metiendo en uno de los coches patrulla, mientras sus hijos increpaban a los otros dos policías que les impedían acercarse a él. Algo más allá, bajo el soportal del colmado de los Iverson, Buck Calder concedía una entrevista a la reportera de televisión.

–¿Estás bien? –preguntó Bill Rimmer, mirándola.

–Creo que sí.

Al arrojar el lobo sobre la mesa Harding había armado un buen alboroto. Uno de los del MAL se había enzarzado en una pelea con los dos leñadores, aunque la gente los había separado sin que la cosa llegara a mayores. Durante el caos subsiguiente Helen se había visto empujada contra la pared, y un ranchero corpulento la había pisado sin querer. Aparte de eso sólo se había llevado un buen susto.

–Parece que Dan tiene problemas –dijo Rimmer; y, encogiendo los hombros para protegerse de la lluvia, cruzó la calle con Helen detrás.

–¡No es necesario! –decía Dan al policía.

–Este hombre ha atacado a un agente de policía. Además, fue usted quien pidió refuerzos.

–Sí, pero ¿por qué se lo llevan? No iba a marcharse. Sólo servirá para convertirlo en un mártir. ¡Si es que es justo lo que quiere, caramba!

De todos modos era demasiado tarde. El coche en que habían metido a Abe acababa de arrancar con la sirena puesta, abriéndose camino por una multitud cada vez menos nutrida.

De repente Helen distinguió a Luke a la luz de los faros. Se estaba acercando por la calle, pero no la había visto. Parecía estar buscando a alguien.

–¡Luke!

El muchacho se volvió y la reconoció. Llevaba un impermeable marrón con el cuello subido. Estaba triste y pálido. Cuando llegó delante de Helen intentó sonreír, y la saludó con un gesto de cabeza que hizo caer un chorro de agua del ala de su sombrero.

–Te estaba bu... bu... buscando.

–Yo también, pero dentro de la sala. ¿Has visto lo que ha pasado?

Luke asintió y, mirando de reojo a su padre y la reportera, dijo:

–No puedo que... que... quedarme. –Sacó algo del bolsillo del impermeable y se lo dio a Helen–. Toma. Lo he encontrado al lado del camino.

Era una carta. Aunque el sobre estaba manchado de barro y se había corrido la tinta, Helen reconoció la letra de Joel. El corazón le palpitó.

–Te... tengo que irme.

–Bueno, pues adiós... y gracias.

Luke asintió con la cabeza y se alejó.

–¡Luke! –lo llamó Helen.

El chico la miró. De repente Helen cayó en la cuenta de cómo debía sentirse por lo del lobo.

–¿Vendrás a verme?

Él negó con la cabeza.

–No pu... puedo.

Y se alejó bajo la lluvia, confundiéndose con la muchedumbre.

21

Hospital Mwanda,
Kagambali,
16 de septiembre

Querida Helen:

¿Qué, ya los has atrapado? ¿No? Bueno, pues voy a decirte lo que tienes que hacer: consigues una cuba de metal, pero que sea grande, ¿vale? En principio, con dos metros de hondo y dos y medio de ancho debería bastarte. Después plantas una barra con un bidón de gasolina que gire, y cuelgas lo siguiente: UN ALCE MUERTO. El método tiene el sello de calidad Latimer y hace siglos que se utiliza en Carolina del Norte, lo cual explica que sea un estado donde haya tan pocos lobos. Infórmame del resultado, ¿vale?

Me ha gustado lo de la cabaña. En casa de mi abuela había un sótano igual, lleno de arañas y bichos. De niño me escondía dentro para pegar un susto a mis hermanas cuando pasaran. (Pues sí, lo siento pero era de esa clase de niños. ¿A que no te lo imaginabas?)

Helen rió a carcajadas. Estaba sentada encima de la cama. Nada más recibir la carta de manos de Luke se había alejado del estropicio de la calle mayor, poniendo rumbo a la cabaña con el corazón rebosante de alegría. Por fin le había escrito.

Había retrasado lo más posible el momento de abrirla, como hacen los niños cuando se ponen delante del árbol de Navidad y miran los regalos. La había dejado sobre el cojín y había iniciado el ritual de todas las noches: sacar a *Buzz* a hacer pipí (le costó arrastrarlo bajo la lluvia), cepillarse los dientes y preparar un poco de té. Después se había desnudado y se había puesto la holgada camiseta que le servía de pijama. Una vez en la cama, con su té y su foco en la cabeza, pensó en poner una de las óperas de Joel, por ejemplo *Tosca*, pero no quiso desafiar a la suerte.

Cogió la taza de té y bebió un poco, moviendo la cabeza para iluminar a *Buzz*, que dormía acurrucado delante de la estufa. Arrebujada en su saco de dormir, con la espalda contra la pared de la cabaña y un cojín en medio, Helen se quedó sentada con la carta en las rodillas, oyendo caer la lluvia encima del tejado y sintiéndose próxima a la más absoluta felicidad.

Esto de aquí es una locura, y parece que va a peor. La A.C.L. ha empezado otra tanda de limpieza étnica a unos ciento cincuenta kilómetros de donde estamos, y cada día recibimos a más de mil refugiados, todos ellos en pésimas condiciones. Hay fiebre tifoidea, malaria y casi todos los horrores tropicales de que hayas oído hablar. Por suerte todavía no se ha declarado ningún caso de cólera.

Para colmo, y como era de esperar, no tenemos suficientes medicamentos ni comida. De los niños que llegan aquí (hay centenares que no lo consiguen, quizá hasta miles), muchos llevan semanas sin comer. Están cubiertos de moscas, y tienen unos brazos y piernas que parecen palos. Da mucha pena. Lo increíble es que algunos todavía se acuerdan de sonreír.

Anoche tuvimos un drama en lo que antes eran los jardines del hospital, que es donde viven casi todos los voluntarios de los grupos de ayuda. Las condiciones son tirando a elementales, por decirlo con buenas palabras; o sea, chabolas sin puertas ni ventanas, camas plegables y una mosquitera con muy pocos agujeros (eso si tienes suerte). Bueno, pues resulta que a un alemán, Hans-Herbert, le entró sueño y se fue a dormir temprano, justo después de cenar. Un par de horas más tarde, cuando sus compañeros de chabola se fueron a acostar, vieron que el alemán se había dormido con un brazo colgando de la cama, y que (espero no asustarte, Helen) una boa constrictor estaba empezando a tragárselo. ¡¡Ya había pasado del codo, y el pobre Hans-Herbert seguía durmiendo como un tronco!!

Intentaron despertarlo con suavidad, pero imagínate cómo se pondría el pobre. Le inyectaron un sedante (¡a la boa también!), y *alucina*: consiguieron quitarle la serpiente del brazo. Los jugos digestivos ya habían empezado a surtir efecto en los dedos y la mano, pero aparte de que a lo mejor tengan que ponerle algún que otro injerto de piel, está bastante bien. La serpiente no tanto. La dejaron al lado del río (mucho me temo que sin etiquetas ni collares transmisores), pero justo después la cogieron unos niños de uno de los campamentos, y esta mañana la han guisado para desayunar.

¿Qué, cuál es la mejor anécdota de serpientes, ésta o la de los viejos de Georgia que tenían una pitón debajo de la casa? A mí me parece que ésta.

No recibimos gran parte de la comida (y fármacos) que dicen que nos envían. O la roban funcionarios corruptos en la pista de aterrizaje o la A.C.L. secuestra los camiones antes de que lleguen al campamento. Lo normal es que se queden el cargamento, pero hay veces en que intentan vendérnoslo y no tenemos más remedio que seguirles el juego.

Los últimos que vinieron a negociar eran un grupo de chiquillos de doce y trece años con uniformes de combate y cartucheras. Había uno muy enclenque que no tendría más de diez años; llevaba una ametralladora M16 y casi no podía con su peso. Lo peor son los ojos. Te preguntas qué horrores hay que haber visto o cometido para que se te pongan así.

¡Ya ves, nos lo pasamos en grande!

La verdad es que tampoco está tan mal, sobre todo porque estoy trabajando con gente increíble. Ésa es la razón principal de que te haya escrito, Helen. Me va a costar decírtelo...

Helen notó un nudo en el estómago. Dejó la taza en el suelo por miedo a que se le cayera. No, Joel, suplicó para sus adentros. No lo digas, por favor. El corazón le latía como un bombo. Hizo el esfuerzo de seguir leyendo con manos temblorosas.

Marie-Christine lleva seis meses en el campamento. Es belga, pero vive en París. De formación es pediatra, aunque aquí hay que hacer un poco de todo. Tardamos un poco en conocernos porque...

Helen arrojó la carta al suelo. ¿Por qué tenía que leer esas tonterías? ¿Cómo se le había ocurrido que podía contárselo con pelos y señales? Sí, claro, seguro que Marie-Christine, tan mona ella, era una fiera en la cama y una Teresa de Calcuta en el trabajo; todas las virtudes resumidas en una elegante muñequita con marca de París. ¿Cómo podía tener tanta caradura?

Se quedó sentada, siguiendo con la mirada el haz de luz, que proyectaba un círculo encima de la puerta. ¡Qué estupidez! Al final no pudo evitarlo: cogió la carta y siguió leyendo.

> ... porque se había tomado unos días de vacaciones no sé dónde. Pero cuando nos presentaron... ¡Helen, no sabes lo difícil que me resulta decírtelo! Fue como si ya nos conociéramos.

Aquello le sonaba. Siguió leyendo por encima en busca de alguna referencia a «almas gemelas», pero no la encontró; mejor, porque seguro que se habría puesto a chillar y romperse el puño contra la pared.

> El caso es que acabamos trabajando juntos al frente de la unidad móvil que hacía rondas diarias por todos los campamentos de refugiados. Eso me permitió darme cuenta de la mano que tiene con los niños. Es increíble. No hay ninguno que no la adore. No sé, Helen; quizá no haya hecho bien en contártelo, pero quiero hacerlo y siento que me lo permite el haber tenido una relación tan estrecha contigo, y haber compartido tantas cosas buenas.
>
> En conclusión, que dentro de dos semanas Marie-Christine y yo...

–No –sollozó Helen–. No lo digas, Joel.

> ... nos casaremos.

Helen arrugó la carta y la lanzó al otro lado de la habitación.

–¡Cabrón de mierda!

Cubriéndose la cara con las manos, se quitó el saco de encima a base de patadas. *Buzz*, que también se había levantado, empezó a ladrar.

–¡Cállate, bicho asqueroso!

Helen dio tumbos en la oscuridad hasta llegar a la puerta de la cabaña. Abrió la puerta de golpe y echó a correr sin rumbo bajo la lluvia.

Como iba descalza resbaló en el barro y cayó de bruces, dando con la cara en tierra. Permaneció así un buen rato, jadeando, insultando a Joel, insultándose a sí misma y maldiciendo el día en que había nacido.

Después se incorporó y se quedó sentada con los hombros caídos, cubriéndose la cara con manos enlodadas. Llovía a mares. Helen lloraba.

Buck pensó que a fin de cuentas la noche no había estado nada mal.

Se hallaba en los servicios de El Último Recurso, aligerando la vejiga. Tenía un cigarrillo en la boca y una mano contra la pared, donde un valiente historiador ya había garabateado: ABE HARDING PRESIDENTE.

Buck llevaba una hora en el bar, charlando con sus incondicionales. Como ya no había nada que ver, todo el mundo había entrado a tomar una copa. Buck nunca había visto tanta gente en el local, ni tanta animación. Hasta las cabezas de ciervo que colgaban de la pared ponían cara de estar divirtiéndose.

El éxito de la reunión había superado todas sus expectativas, hasta el punto de hacerle sentir nostalgia por los tiempos en que era legislador del estado. La llegada de aquellos ecologistas melenudos lo había pillado por sorpresa, pero estaba contento de haber contado con su presencia, porque habían hecho un ridículo espantoso.

¿Y lo de Abe con el lobo? ¡Vaya numerito! Publicidad de la que no se compra. A Buck no se le olvidaría nunca la cara que había puesto Helen Ross al ver caer el lobo encima de la mesa, justo delante de sus narices. ¡Qué noche, por Dios!

Se subió la cremallera y volvió a la barra. Entregó un billete de cincuenta dólares a Lori, la camarera, y le dijo que sirviera una ronda a todos los presentes. Después se despidió, prometiendo a los hijos de Harding que haría unas llamaditas a Helena y que tendrían a su padre en casa lo antes posible. El pobre Abe debía de estar compartiendo celda con un montón de drogadictos enfermos de sida.

Antes, sin embargo, tenía otra cosa que hacer.

Durante la reunión había visto a Ruth, pero estaba sentada demasiado cerca de Eleanor y Kathy para hablar con él a solas. La estrambótica ocurrencia de Helen de convertirse en su socia estaba empezando a entorpecer la vida amorosa de Buck. ¡Casi hacía dos semanas que no se daban ni un beso furtivo! Ruth siempre le salía con alguna excusa, por lo general relacionada con Eleanor: que si hacer las cuentas, que si esto, que si lo otro...

Pero pensaba resarcirse esa misma noche. Siempre que ejercía de demagogo se le despertaban los instintos.

Ya no llovía tanto. Al pasar con el coche al lado de la tienda de objetos de regalo, Buck se alegró de ver que estaba cerrada. Eso quería decir que Ruth había vuelto a casa, y hasta era posible que esperara su visita. Desnuda, con su bata negra... Sólo de pensarlo se le disparaba todo.

Salió del pueblo por la carretera de grava mojada y no tardó en divisar las luces de la casa de su amante. En cuanto Ruth abriera la puerta la acorralaría contra la pared del pasillo, como ya había hecho una vez. Al acercarse vio que las cortinas estaban descorridas. Avanzó por el camino de entrada y aparcó donde siempre. Ruth debía de haber oído que llegaba, porque la vio en la puerta apenas salir del coche. No cabía duda de que lo deseaba tanto como él a ella.

–Tienes que irte, Buck.

–¿Qué?

–Eleanor está al caer.

–¿Qué?

–¡No te quedes ahí como un pasmarote, que va a venir!

–¿A estas horas de la noche? ¿A quién se le ocurre?

–Mañana toca reunión con los contables, y tenemos que repasar los libros. ¡Vete!

–Habráse visto...

Buck volvió al coche con mala cara, mientras Ruth cerraba la puerta. ¡Ni siquiera le había dado las buenas noches! Volvía a llover más fuerte. Se metió en la boca el cigarrillo a medio fumar. Al notar que se había apagado por culpa de la lluvia, lo tiró con rabia al otro lado del camino y cerró la puerta del coche con un portazo.

Dio media vuelta derrapando por la grava y volvió a la carretera. Como no quería encontrarse a Eleanor, siguió hasta el final y esperó con las luces apagadas hasta reconocer los faros de su coche.

Sacudió la cabeza, pensando: ¡Pero bueno! ¿Adónde iremos a parar si ni siquiera puede uno acostarse con su amante porque está con su mujer? Se dirigió a casa con expresión ceñuda.

La casa estaba silenciosa como un depósito de cadáveres. Supuso que Luke se habría ido a dormir. Como su hambre de sexo se había convertido en hambre de comida, fue a la nevera con la esperanza de encontrar restos de la cena. No había nada. Abrió una lata de cerveza y se fue a la sala de estar. Se dejó caer en el sofá y encendió la tele con el mando a distancia. Jay Leno bromeaba con un joven mal afeitado (actor o cantante, a saber) que parecía recién salido de la cama. Buck, mal dispuesto hacia ellos, pensó que estaban demasiado pagados de sí mismos.

Justo cuando acababa de ponerse cómodo sonó el teléfono. Bajó el volumen de la tele, se incorporó y cogió el auricular.

–¿Calder?

Era una voz de hombre. Buck no la reconoció. Parecía llamar desde un bar.

–Sí, aquí Buck Calder. ¿Quién es?

–Da igual quién sea. Los hijos de puta como tú se merecen la muerte.

–¿Qué pasa, no tienes huevos para identificarte?

–Los suficientes para librar al mundo de hijos de puta como tú.

–Supongo que estabas en la reunión.

–Te he visto por la tele, y he visto lo que hacía con el lobo el chalado de tu amigo. Queremos que sepas que...

–Ah, porque ahora sois más de uno.

–Vamos a matar tus vacas.

–¡Vaya! ¿Sólo a las vacas?

–No, a los cerdos también. Como tú.

–Y supongo que lo haréis en nombre de los lobos, los bichos más asesinos que existen.

–Tú lo has dicho. Estás avisado.

La comunicación se cortó con un chasquido. Al colgar, Buck

vio que había cuatro mensajes en el contestador. Apretó el botón para oírlos.

«Conque los lobos se comen a tus terneros, ¿eh? ¡Qué pena! –Era una voz de mujer–. Y sin darte la oportunidad de cargártelos antes. ¡Si es que es una injusticia! Mira, tío, queda poca gente como tú, y cuanto antes te mueras mejor.»

Buck oyó un ruido, y al levantar la vista vio a Luke en lo alto de la escalera. Todavía estaba vestido.

–¿Lo has oído?

Luke asintió con la cabeza.

–¿Y los demás son iguales?

–Sí.

–¡Caray!

Buck oyó el siguiente mensaje. Volvía a ser un hombre. Lo primero que se oía era un aullido.

«Aquí Lobo. Mensaje para Buck Calder. Date por muerto, so cabrón.» Otro aullido.

El siguiente parecía de la misma persona que acababa de hablar con Buck. El último era una voz de mujer soltando una larga parrafada; estaba tan alterada que sólo se entendía a medias. Buck sacudió la cabeza y bebió otro trago de cerveza.

–¿Has visto la tele?

Luke asintió.

–Habla, Luke, habla.

–S... s... sí.

–¿Salía lo de Abe tirando el lobo encima de la mesa?

–Sí. To... to... todo.

–No pierden el tiempo. ¿Han dicho qué va a pasarle?

–Está en la ca... ca... cárcel de Helena.

–Pues más vale que telefonee. Le hará falta alguien que pague la fianza. ¡Chico, qué noche! ¿Quiénes son esos locos que me llaman de todo?

–No lo sé. Me voy a la ca... ca... cama.

–¿Una cervecita?

–No, gracias.

Buck suspiró.

–Vale, Luke, pues buenas noches.

–Bu... bu... buenas noches.

¡Qué triste no poder tomar una cerveza con tu propio hijo! Buck apagó la tele y fue a buscar la guía telefónica. Recostado en el sofá, fue pasando páginas hasta encontrar el número de la cárcel de Helena.

A fin de cuentas, quizá la noche no hubiera salido tan bien. La aparición de Abe con el lobo había provocado gran entusiasmo, pero, pensándolo en frío, Buck se dio cuenta de que no había sido una idea muy inteligente. Abe habría hecho mejor en atenerse a la costumbre: disparar, enterrar y callar. Como no lo había hecho, ahora estaban todos en pie de guerra.

Para asustar a Buck hacía falta algo más que un puñado de ecologistas porreros amenazándolo por teléfono. Sin embargo, los mensajes le habían hecho reflexionar.

¿Y si su manera de encarar el asunto de los lobos no era la más indicada?

Al principio le había parecido que lo mejor era convertirlo en un debate público a gran escala, meta que perseguía con la reunión. Lo de la publicidad se le daba muy bien. Por otro lado, había tenido la certeza de poder conseguir que Dan Prior y sus secuaces pasaran a la acción a base de presionarlos.

Ya no pensaba lo mismo. Lo más probable era que la hazaña de Abe tuviera efectos diametralmente opuestos. Iban a cerrarse en banda. Además, si conceder una entrevista significaba recibir un alud de insultos telefónicos más valía replanteárselo.

Quizá lo más conveniente no fuera librar una batalla pública, sino optar por una mayor discreción, recurrir a estratagemas más sutiles y luchar en varios frentes a la vez, como en las guerras de verdad.

Decidió pensárselo.

El sendero que subía por el bosque estaba endurecido por culpa del frío, y a veces, en los trechos más empinados, *Ojo de Luna* resbalaba. Optaba entonces por buscar un camino más seguro entre las rocas. Había dejado de llover poco después de medianoche, y el cielo se había despejado como preludio de la primera helada seria del otoño. El frío repentino había esculpido miles de minúsculos carámbanos con el agua que goteaba de los árboles, los mismos carámbanos que relucían con todos los colores del arco iris bajo la luz del sol naciente, al tiempo que empezaban a fundirse.

Luke llegó al arroyo y lo siguió en dirección al lago, pasando por donde solía dejar paciendo a *Ojo de Luna* antes de conocer a Helen. La hierba estaba tiesa por la escarcha, y el caballo iba dejando huellas a su paso. Al borde del arroyo, donde el agua formaba remolinos, se elevaban cintas de vaho que no se llevaba el menor soplo de viento.

Desde el momento de salir del rancho Luke había estado tratando de descifrar los comentarios de su padre durante el desayuno, extraños cuando menos después de lo sucedido la noche anterior, y de todas las amenazas telefónicas. Su primera reacción fue tomárselo como una broma de mal gusto.

–He estado pensando en lo de los lobos –había dicho su padre, masticando pan con beicon–, y temo haber sido un poco duro con los de Fauna y Flora. ¿A ti qué te parece, Luke?

Su hijo se encogió de hombros.

–No lo sé.

–Me doy cuenta de que se limitan a hacer su trabajo. Quizá con un poco más de cooperación salgamos todos ganando. Lo mejor sería solucionar el problema entre todos; o sea, encontrarlos, vigilarlos y lo que haga falta.

Luke no dijo nada. Siempre reaccionaba con cautela ante un tono razonable por parte de Buck. A veces sólo se trataba de una trampa; y si te relajabas caías en ella, ¡chas! Ya te tenía cogido por la nuca. Luke se sirvió una cucharada de cereales mirando a su madre, al otro lado de la mesa. Leyó en su cara la misma cautela.

–¿Sabes lo que me dijo el otro día esa chica, Helen Ross? Que te agradecía mucho haberla ayudado a cazar al lobo. Estaba entusiasmada contigo. Dijo que se te daban muy bien esas cosas.

Buck se interrumpió en espera de alguna reacción, pero no se produjo ninguna.

–Y eso me hizo pensar que quizá convenga que la ayudes cuando hayamos enviado a todas las reses. –Soltó una carcajada–. ¡Siempre y cuando no pongas esos collares a nuestras vacas!

Luke volvió a mirar a su madre. Eleanor arqueó las cejas, sorprendida.

–Pero dudo que te pague mucho. No obstante, si quieres ayudarla yo no tengo inconveniente.

Luke, que no veía el momento de comunicar la noticia a Helen, fue corriendo a buscar a *Ojo de Luna*; sin embargo, por muchas vueltas que le diera, seguía sin entender ni pizca la actitud de su padre. Quizá estuviera asustado por las llamadas. Era posible, aunque Luke lo dudaba. Seguro que el motivo era más sospechoso. De todos modos no tenía intención de discutir.

Al final de la cuesta, justo antes de salir del bosque, oyó ladrar a *Buzz*. Azuzó a *Ojo de Luna* en dirección al lago, que estaba liso como un espejo y exhalaba tanto vapor como el arroyo. En el prado que llevaba a la cabaña el sol ya estaba fundiendo la capa blanca de escarcha y haciendo asomar manchas verdes por debajo. La puerta de la cabaña estaba abierta. *Buzz* miraba hacia dentro desde el umbral, y ladraba de manera rara.

La camioneta de Helen tenía el parabrisas cubierto de escarcha. De modo que todavía no ha salido a revisar las trampas, pensó Luke. *Buzz* se volvió y, reparando en la presencia del jinete y su caballo, corrió a recibirlos.

–¡*Buzz*, fiera! ¿Cómo estás?

El perro hizo cabriolas y correteó alrededor del caballo. Después los precedió por la orilla. Luke vio huellas y excrementos recientes de ciervos, señal de que hacía poco que habían ido a beber al lago. Seguía sin producirse la esperada aparición de Helen en la puerta de la cabaña. Desmontó y se acercó a la entrada.

–¿Helen?

Nadie contestó. Quizá estuviera detrás de la cabaña, en el baño exterior. Esperó un rato y volvió a llamar. Como no se oía nada, dio unos golpes suaves en la puerta abierta.

–¿Hola? ¿Helen?

Buzz ladró otra vez y se metió en la cabaña rozando las piernas de Luke, que fue tras él quitándose el sombrero. Estaba oscuro, y tardó un poco en que se le acostumbrara la vista. Sólo veía que Helen estaba tumbada en la cama.

No sabía qué hacer. Quizá fuera mejor dejarla dormir y volver más tarde; pero había algo raro que hizo que Luke se quedara. Uno de sus brazos colgaba de la cama, con los dedos ligeramente encogidos y las uñas rozando el suelo. A su lado había una taza volcada en un charquito, junto a un frasco de pastillas abierto. *Buzz* gañó y tocó a su dueña con el hocico, pero Helen no se movió. Luke dejó el sombrero encima de la mesa y se acercó a la cama con pasos cautelosos, al tiempo que hacía salir al perro.

–¿Helen? –dijo con suavidad.

Vio manchas de barro en el brazo y la mano. Miró más abajo, y vio barro y briznas de hierba en la rodilla que asomaba por el saco de dormir. Dio otro paso y comprobó que la cara se hallaba en el mismo estado. Pero Helen no dormía.

Tenía los ojos abiertos y vidriosos.

–¡Helen! ¡Helen!

Vio brillar algo en sus ojos, como si acabara de encenderse la chispa de la vida. Ella lo miró sin mover la cabeza. Daba miedo.

–¿Qué te pasa, Helen? ¿Te encuentras mal?

Helen parpadeó. Pensando que quizá tuviera fiebre, él le tocó la frente, hallándola fría como una piedra. Entonces levantó el borde del saco de dormir y vio que su camiseta estaba sucia y mojada.

–¿Qué te ha pasado, Helen?

De sus ojos brotaron lágrimas que dejaron trazos en el barro de la cara. Luke, incapaz de soportar tanto sufrimiento, se sentó a su lado y la cogió en brazos, obligándola a incorporarse. ¡Qué fría estaba, y qué mojada! La estrechó fuerte y dejó que llorara, intentando tranquilizarla.

Siguió abrazándola hasta perder la noción del tiempo. Tenía la sensación de que la vida de Helen era como un tenue fueguecillo que podía apagarse nada más soltarla. El llanto parecía devolverle cierto calor. En cuanto vio que ya no lloraba la arrebujó en una manta seca. Acto seguido se acercó a la estufa y la encendió para que no hiciera tanto frío.

Cuando cerró la puerta, vio tras ella una bola de papel del mismo azul claro que la carta que le había dado la noche anterior. Después de recogerla y dejarla encima de la mesa, encendió el hornillo Coleman y puso a calentar agua para el té. Helen, entretanto, se había quedado sentada con las rodillas dobladas y la manta encima, temblando y mirando al vacío.

Luke cogió un trapo y lo mojó con agua caliente. Después volvió a sentarse en la cama y, suavemente, le limpió de barro la cara, los brazos y las manos. Helen se prestó a ello sin decir nada. Al final la secó con una toalla.

Miró el pequeño tendedero improvisado y vio colgados el jersey azul y una camiseta de manga larga. Cogió ambas prendas y dijo a Helen que quizá le conviniera cambiarse. Era como hablar a un sordo. No sabía qué hacer, pero como estaba seguro de que era necesario ponerle ropa seca le quitó la manta y la cogió por los hombros, presionando con delicadeza para que se volviera de espaldas. Después se sentó detrás de ella para no verle los pechos y le quitó la camiseta mojada.

En contraste con lo moreno del cuello, la piel de la espalda era blanca y tersa. Al pasar la camiseta por la cabeza de Helen, él se fijó en cómo se le marcaban las vértebras y las costillas, dándole un aspecto frágil, como de pájaro herido. Tuvo que levantarle los brazos para introducirlos por las mangas, como los de una muñeca. Luego repitió el proceso con el jersey.

Preparó té y la obligó a bebérselo, ayudándola a sostener la taza y llevársela a los labios. Después la sostuvo entre sus brazos todo el tiempo necesario.

Ella tardó una hora o más en hablar. Tenía la cabeza apoyada contra el pecho. Sólo le salió un hilillo de voz, como si hablara desde muy lejos.

–Lo siento –dijo–. No soy digna de que te esfuerces.

Él tuvo la delicadeza de no preguntar qué había pasado. Quizá tuviera que ver con la carta. Quizá se le hubiera muerto un ser querido.

Lo único que sabía, lo único que le interesaba saber, era que la quería.

22

Las dos semanas posteriores al arresto de Abe Harding fueron las más duras de toda la carrera de Dan Prior, y las más extrañas. De repente había manadas de lobos haciendo estragos por toda la región, como si quisieran vengar al hermano muerto en Hope.

Al norte de Yellowstone, un granjero perdió a treinta corderos en una noche por culpa de un grupo de lobos que habían cruzado las lindes del parque, y que prácticamente los dejaron intactos. Otra manada mató a un par de potros de raza, justo al este de Glacier, y un lobo que se había separado de una manada de Idaho mató a tres terneros cerca de Salmon River, amén de dejar a un cuarto tan maltrecho que hubo que sacrificarlo.

Bill Rimmer apenas salía de su helicóptero. En diez días había acabado con nueve lobos. Otros quince, cachorros en su mayoría, fueron trasladados con la esperanza de que no volvieran a las andadas. La responsabilidad de corroborar las sentencias de muerte recayó en Dan, para quien cada firma era un fracaso personal. Su trabajo era repoblar, no eliminar. De todos modos no le quedaba otra opción: el recurso al «control letal» constaba con toda claridad dentro del plan que había permitido iniciar la repoblación. Y desde lo sucedido en Hope los medios de comunicación observaban sus movimientos con lupa.

Lo llamaban periodistas a todas horas. El contestador de su casa estaba puesto todo el día, salvo las noches en que se quedaba Ginny, que contestaba haciéndose pasar por la encargada de un restaurante de comida china para llevar o un asilo para delincuentes psicóticos, lo cual no andaba muy lejos de la verdad. En el despacho era Donna quien filtraba casi todas las llamadas de los medios de comunicación, y sólo dejaba hablar con Dan a periodistas que lo conocieran en persona o gozaran de cierto renombre.

El renovado interés por los lobos no se limitaba a los periódicos y emisoras de la zona, sino a los de ámbito nacional y hasta internacional. En cierta ocasión llamó un reportero alemán que no se cansaba de hablar de Nietzsche y marear a Dan con preguntas de contenido filosófico; pero hubo otra llamada todavía más surrealista, la de un periodista de la revista *Time* que dijo que se estaban planteando poner a Abe Harding en portada.

–¿Es una broma? –preguntó Dan.

–Por supuesto que no. –El periodista pareció ofenderse–. En el fondo, podría decirse que es como el último defensor de los valores del viejo Oeste, ¿no cree? Como una especie de pionero acosado, ¿no le parece?

–¿Me promete no publicar lo que voy a decirle?

–Descuide. ¿De qué se trata?

–Yo lo veo más bien como un gilipollas acosado.

Dan se pasó días riéndose de la idea de ver a Abe Harding en portada del *Time*, bajo el titular: «Abe Harding, el último pionero.» Afortunadamente, el artículo seguía en fase de proyecto, sin duda por falta de un mínimo de colaboración por parte del propio Abe, en cuya escala de preferencias los periodistas apenas superaban a los lobos.

Después de pasar la noche en la cárcel, Abe había sido acusado de matar a un ejemplar de una especie en extinción, concretamente un lobo, así como de apoderarse de sus restos y transportarlos. El cargo de agresión a un policía fue retirado, y el juez lo dejó en libertad sin fianza.

Schumacher y Lipsky, los dos agentes especiales de Fauna y Flora presentes en la reunión, fueron al rancho Harding con una orden de registro. El representante del sheriff, cada vez más reacio a colaborar, insistió en acompañarlos, convirtiéndose en fuente constante de problemas. Craig Rawlinson, en efecto, dio claras muestras de estar de parte de los hijos de Harding, que se pasaron toda la visita increpando a los agentes. Schumacher y Lipsky lograron mantener la sangre fría necesaria para encontrar (y confiscar) la escopeta Ruger M-77 con que Abe admitía haber disparado al lobo.

En cuanto a éste, pasó la noche en el congelador del garaje de Dan, encima de cajas de pizza compradas hacía meses. Al día siguiente lo enviaron a Ashland, Oregón, al laboratorio forense de Fauna y Flora, donde la autopsia mostró que el disparo le había destrozado por completo el corazón y los pulmones. Se encontraron trozos pequeños de una bala magnum de 7 mm, pero fue imposible encontrar el resto porque había atravesado todo el cuerpo del animal hasta salir por la parte posterior.

Los científicos de Ashland realizaron pruebas de ADN, averiguando que el lobo no tenía relación con los que andaban sueltos por Yellowstone e Idaho. Le encontraron una etiqueta en la oreja, y gracias a ella supieron que procedía de un rincón remoto de la Columbia Británica; es decir, que había cubierto una distancia superior a trescientos kilómetros. También descubrieron que le faltaba un dedo en la pata delantera derecha. La cicatriz apuntaba a que había caído en una trampa, de la que había conseguido soltarse. Uno de los científicos formuló la hipótesis de que la mutilación había afectado a su habilidad para cazar ciervos o alces, llevándolo a las reses, presas más fáciles.

En principio Abe afirmó haber disparado contra el lobo porque estaba atacando a un ternero en un prado a sólo doscientos metros de su casa. Más tarde admitió que el lobo todavía no había atacado, pero sostuvo que tenía intención de hacerlo. Dijo haber visto dos, y lamentó no haber matado al otro. Se declaró inocente, y dispuesto a llevar el caso al Tribunal Supremo; pero no quería que lo defendiera nadie, por ser de la opinión de que los abogados no eran más que lobos con traje.

Entretanto, y a falta de que se publicase el artículo de *Time*, los hijos de Harding contribuían a convertir a su padre en un héroe popular.

Encargaron dos mil camisetas con el semblante huraño de Abe y, detrás, la inscripción «Miembro oficial del BALA (Bloque por la Aniquilación del Lobo en América)». Fueron puestas a la venta en El Último Recurso a quince dólares y en dos días se habían agotado. La segunda tirada, de quinientos, estaba a punto de seguir el mismo camino, a diferencia de las tazas («Abe Harding, el héroe de Hope»), que no tenían tanta salida. Bill Rimmer había comprado una de cada para Dan, que, si bien todavía no se había puesto la camiseta, usaba la taza para beber café en el desayuno.

A diferencia de sus congéneres del resto del estado, y para alegría de Dan, los lobos de Hope (los que quedaban) apenas daban señales de vida. Dan no estaba dispuesto a permitir que Buck Calder lo empujara a tomar medidas sin haber obtenido pruebas del comportamiento dañino de los lobos. Además, ya tenía bastantes problemas.

Por cada llamada de un ranchero indignado que lo acusaba de ser demasiado blando recibía otra de un defensor de los derechos de los animales que lo trataba de asesino por haber firmado las sentencias de muerte de nueve lobos. Había cuatro demandas en marcha, dos de asociaciones ganaderas que pretendían dar fin al programa de repoblación por considerarlo anticonstitucional y dos de grupos ecologistas cuyo objetivo era impedir por la vía judicial «nuevas acciones ilegales de control letal».

El día después de la reunión, Mundo Abierto a los Lobos había enviado a Hope a un grupo de activistas, con el encargo de realizar una encuesta a domicilio. Dan recibió varias llamadas de gente furiosa. Un ranchero amenazó con pegarles un tiro a la que volvieran a llamar a su puerta. Los llamó «pandilla de rojos terroristas con melenas», y cuando Dan fue a ver a los encuestadores, pensó que el ranchero tenía su parte de razón. Lo que hizo fue hablar con el coordinador regional de Missoula y darle a entender con buenas palabras que en Hope ya había bastantes cosas que andaban MAL, y que quizá la mejor manera de sobrevivir para los lobos fuera no asomar demasiado la oreja.

Lo último que necesitaba eran más problemas. En el fondo, pensaba que quizá Abe les hubiera hecho un favor a todos matando al espécimen más conflictivo. Los rancheros ya no estaban tan enfadados por haber perdido a sus terneros. Al menos Helen podría tomarse un respiro, y con algo de suerte tener suficientemente vigilado al resto de la manada para evitar nuevos incidentes.

Estaba un poco preocupado, porque no la había visto desde la noche de la reunión, y hacía tres días que no lo llamaba ni contestaba a sus mensajes. Estuvo a punto de ir a verla a la cabaña, pero entonces recibió una llamada suya diciendo que acababa de pasar una gripe. A juzgar por la voz no estaba muy animada, tal vez por las secuelas de la enfermedad. Helen añadió que la había estado cuidando Luke, el hijo de Calder, un muchacho encantador.

Dan no pudo evitar una punzada de celos.

Lo que no veía tan claro era que Luke ayudara a Helen a poner trampas y seguir la pista a los lobos. Por supuesto que después del clima hostil de la reunión y el incidente del buzón era mejor que no estuviera sola, pero el hecho de que su ayudante fuera hijo de Buck Calder no resultaba demasiado tranquilizador. Así se lo había dicho por teléfono, al oír la noticia de su boca.

–¿No es como dormir con el enemigo?

–Perdona, pero yo no estoy durmiendo con nadie.

–No lo decía en ese sentido, Helen...

–¡Oye, que sólo me está echando una mano! Deberías estarle agradecido.

–Ya, pero ¿y si dice a Calder dónde están tus trampas, o...?

–¡Venga ya, Dan! Eso son tonterías.

Se produjo un silencio incómodo. Desde su enfermedad, Helen estaba cambiada; cada vez que hablaba con ella por teléfono la notaba susceptible o distante.

–Perdona –dijo–. Es buena idea.

Ella no contestó. Él la imaginó sentada a solas en la cabaña, rodeada de bosque y oscuridad.

–¿Estás bien, Helen?

La réplica fue cortante.

–Sí, muy bien. ¿Por qué?

–No, por nada; es que no tienes voz de estar muy contenta.

–¿Es obligatorio? ¿Era una de las condiciones? «Los biólogos con contrato temporal tendrán que estar de buen humor a todas horas.»

–Pues sí, mira.

A Dan le pareció oír una especie de risa. Ella dejó pasar unos segundos y añadió con tono conciliador:

–Perdona. Debe de ser que me faltan ángeles.

–Me preocupas.

–Ya lo sé. Gracias.

–De nada. Oye, te he conseguido una motonieve.

–¿En el mismo sitio donde compraste la camioneta?

–No, ésta es nueva; bueno, casi. Te va a hacer falta dentro de nada. ¿Te parece que te la suba el fin de semana?

–Perfecto.

Dan le dijo que se cuidara. Después de colgar se quedó un rato pensando en ella, mientras el héroe de Hope, Abe Harding, lo miraba con ceño desde la taza de café.

Se propuso volver a invitarla a cenar, pero esta vez a un sitio más agradable. Desde la primera cena no había salido con nadie. Tras muchas vacilaciones se había atrevido a llamar a Sally Peters para quedar con ella, pero al final se había visto obligado a anular la cita por segunda vez. Al día siguiente la había llamado para pedirle disculpas. Sally le había dicho que daba pena, y que a ver cuándo empezaba a vivir.

Dan tuvo que reconocer que no le faltaba razón.

Kathy desabrochó el cinturón de seguridad del pequeño Buck y cogió al niño en brazos. Un poco más adelante, Ned Wainwright, el habitante más viejo de Hope, estaba siendo sometido a una entrevista por el enésimo equipo de televisión. Los muy pesados llevaban dos semanas invadiendo la ciudad, y la gente empezaba a cansarse, Kathy incluida.

Al acercarse a Paragon oyó a Ned pontificando sobre por qué al gobierno federal le gustaban los lobos.

–Está clarísimo. Quieren cargarse a todos los ciervos y alces para que ya no podamos cazarlos. Después dirán que como ya no queda nada que cazar no hacen falta armas, y las prohibirán. Lo que quieren es quitarnos las armas.

A Kathy le pareció una solemne estupidez, pero el reportero de la tele asentía como si tuviera delante a un sabio. Al verla pasar, un miembro del equipo le sonrió. Kathy se quedó seria.

–¿No tienen noticias más importantes que cubrir? –les preguntó, y entró en la tienda de objetos de regalo sin darles tiempo de contestar.

Como su madre decía maravillas sobre las novedades que había pedido Ruth para la campaña de Navidad, Kathy, movida por la lealtad, había decidido comprar el máximo de regalos en Paragon. Todavía faltaba mucho para las fiestas, pero le gustaba organizarse. Había escogido aquella mañana por ser el día en que su madre se iba de compras a Helena.

Ruth la recibió efusivamente, e insistió en quedarse con el niño mientras Kathy echaba una ojeada.

–¿No estás histérica con tanta gente de la tele? –preguntó Kathy.

–Para nada. Compran. Se llevan todo lo que tenga lobos.

–No se me había ocurrido. ¡Pues menos mal que a alguien le aprovecha!

No tardó en encontrar lo que quería: un chaleco de piel para Clyde, una caja de madera y latón para los puros de su padre y un par de collares de plata la mar de monos para su madre y Lane. A Bob, el marido de Lane, le compró un libro sobre el arte de las tribus indias, y a Luke una cinta de crin de caballo trenzada para poner en el sombrero.

Se negó a que Ruth le hiciera un descuento, pero no a que la invitara a un café. Mientras Ruth lo preparaba, Kathy se sentó en la barra con el bebé encima de las rodillas.

–¿Sabes a quién se le ocurrió poner cosas con lobos en el escaparate? A tu madre. ¡Y fíjate si se han vendido!

–¿En serio?

–Sí. Es muy inteligente.

–Siempre lo ha sido.

–Es un encanto de mujer.

Siguieron hablando de la madre de Kathy, y después, mientras tomaban café, de los padres de Ruth. Su padre había muerto años atrás. Su madre estaba casada por segunda vez y vivía en Nueva Jersey, donde llevaba una vida social de infarto.

–No tiene nada que ver con Eleanor –dijo Ruth–. A tu madre siempre se la ve muy tranquila, muy puesta. La mía es como un huracán. Una vez subió corriendo al piso de arriba después de una pelea tremenda y se encerró en el lavabo. Tuve que convencerla de que saliera. Debía de tener quince años, y mientras hablaba con ella pensé: No, esto no me cuadra. Aquí la adolescente soy yo.

Cuando Kathy se disponía a marcharse, el pequeño Buck tendió los brazos a Ruth, que volvió a cogerlo. Debía de haberse enamorado de ella, porque no paraba de tocarle el pelo.

–Le encantan las mujeres –dijo Kathy.

Ruth se echó a reír.

–Sí, ya se ve.

–¿No te recuerda a su abuelo?

–¿En qué, en...?

–De cara.

–¡Ah! –Ruth volvió a reír, y después miró al bebé con cara seria–. ¿Pues sabes qué te digo? Que lo veo más parecido a tu madre.

Buck Calder tomó asiento en uno de los largos bancos de madera que había al fondo de la sala de subastas. Tenía delante varias hileras de sombreros blancos. Un grupo de novillos de raza Black Angus acababa de ser vendido a un precio absurdo, y se resistía a marcharse.

Viéndolos tan grandes y torpones, Buck no entendió que una persona en su sano juicio quisiera comprarlos. Por supuesto que en algunas cosas el tamaño era importante, pero no en las vacas. Lo único que se conseguía era más hueso. ¡Qué raro que algunos siguieran sin entenderlo! Apenas veían un animal grande y negro (el color de moda, como en todo), pensaban automáticamente que era un buen ejemplar.

Buck tenía al lado a un ranchero joven con ropa de domingo. Viéndolo sonreír, supuso que estaría pensando lo mismo.

–Menos mal que hay tontos –dijo.

El ranchero dejó de sonreír.

–¿Eh?

–¡Mira que pagar por un saco de huesos!

–Los he criado yo.

–Ah...

A Buck no se le ocurrió cómo arreglar las cosas. De todos

modos el joven se había levantado y se estaba marchando. Qué demonios, pensó Buck, concentrándose de nuevo en la subasta.

Los animales eran expuestos en un espacio de unos seis metros de ancho, cubierto de arena y rodeado por barandillas blancas de altura considerable. Dos vaqueros jóvenes estaban recorriendo su perímetro tratando de azuzar a los novillos, que seguían plantados delante de los focos como actores que no se acuerdan de cómo sigue la obra. Los vaqueros manejaban largas varas blancas con banderillas de color naranja en la punta, con las que golpeaban y pinchaban a los novillos; pero el único desalojo que se produjo tuvo como escenario los intestinos de los animales. Uno de los vaqueros resbaló en la sustancia desalojada y cayó de bruces, para alborozo de la multitud.

En el puesto del fondo, el subastador se acercó el micrófono. Se trataba de un joven pulcro con bigote y camisa roja.

–¡No se quejarán ustedes de haberse aburrido, caballeros!

Buck sólo acudía a la subasta de Billings tres o cuatro veces al año, pero siempre lo pasaba bien. El viaje era largo, tres o cuatro horas en coche, y los precios no eran mejores que los que pudieran conseguirse cerca de casa; pero estaba bien salir un poco, tomar el pulso al mercado y mantener los contactos. Con quien más le gustaba mantener contacto a Buck era con la ex logopeda de Luke, Lorna Drewitt.

El plan era el de siempre: comer juntos e ir un par de horas a un motel. Buck consultó su reloj. Eran las doce pasadas; buena hora, porque los dos novillos que había traído en el remolque estaban a punto de salir a subasta. No habían llegado a tiempo de participar en la venta anual del rancho Calder, pero ya estaban bastante maduros para aspirar a buenas pujas.

Los novillos acabaron por encontrar el camino de salida y dar paso al primero de los de Buck. Entró tan rápido que el pobre vaquero, cubierto de bosta, tuvo que refugiarse detrás de uno de los burladeros de metal ideados para tal fin. Los cuernos del novillo golpearon el hierro con un ruido de gong. Sólo le faltaba echar humo por las narices. Buck tuvo ganas de gritar ¡olé!

Cuarenta minutos más tarde, henchido de orgullo, salió a la carretera con el remolque vacío, pasando por debajo del enorme cartel verde y amarillo que rezaba: BIENVENIDOS AL MERCADO GANADERO MÁS GRANDE DEL NOROESTE. En el cartel había un hombre saludando con el sombrero, y Buck estaba tan satisfecho de sí mismo y del precio al que había vendido los novillos que estuvo a punto de devolverle el saludo.

El motel donde había quedado en reunirse con Lorna Drewitt estaba cerca de la interestatal 90, y sólo tardó cinco minutos en llegar. Dejando la camioneta y el remolque en un rincón discreto de la zona de estacionamiento, por si se daba la improbable circunstancia de que lo viera algún conocido, entró en el motel.

Lorna lo esperaba en el vestíbulo, tan guapa y coqueta como siempre, leyendo la gaceta de Billings. Hacía seis años que se había mudado a la ciudad, después de que Luke los sorprendiera juntos en el despacho (aunque por aquel entonces el chico estaba demasiado verde para entender lo que veía). A sus casi treinta años, Lorna estaba más sexy que nunca.

Cuando lo vio entrar se levantó, dobló el periódico y se acercó a él, dejando que la abrazara y ladeando la cabeza para que le diera un beso en el cuello.

–¡Qué bien hueles! –dijo Buck.

–Pues tú a vacas.

–Toros, cariño. Toros Calder, de pura raza.

El restaurante del motel era bastante correcto. Pidieron bistec y una botella de merlot del valle de Napa. Se pasaron la comida tocándose las rodillas y acariciándose por debajo de la mesa, hasta que Buck ya no pudo más y dejó un billete de cien dólares sin pedir la cuenta. Se apresuraron a llegar a la habitación, cuya llave ya obraba en manos de Buck.

Más tarde, mientras descansaban sobre lo que quedaba de las sábanas, Lorna dijo a Buck que no podían seguir viéndose. El ranchero se incorporó sobre un codo, frunciendo el entrecejo.

–¿Qué?

–Me caso.

–¿Qué dices? ¿Cuándo?

–De aquí a dos sábados.

–¡Será posible! ¿Y cómo se llama?

–Lo sabes perfectamente, Buck.

En efecto. Se llamaba Phil y llevaba cuatro años saliendo con Lorna.

–Bueno, ¿y qué tiene que ver que te cases con que sigamos viéndonos?

–¿Por quién coño me tomas, Buck?

Buck estaba seguro de que la pregunta tenía respuesta, pero no supo encontrarla.

–No me llames, ¿eh? –dijo Lorna.

–¡Caray, Lorna! ¡Al menos podrías dejar que te llamara!

–No.

De vuelta en la interestatal, Buck empezó a compadecerse cada vez más de sí mismo. Había nubes bajas de color de granito, y el viento helado del norte hacía dar bandazos al remolque. Últimamente todo le salía mal.

Primero los problemas de conciencia de Ruth por tener a Eleanor como socia, y ahora los de Lorna. Para colmo seguían llamándolo chalado por lo de los lobos. A decir verdad, todo había ido de perlas hasta aparecer esos lobos del demonio. Ya era hora de dejarse de tonterías y librarse de ellos de una vez por todas.

La primera parte del plan ya estaba cumplida: Luke trabajaba para Helen Ross, y aunque Buck todavía no hubiera podido sonsacarle información sobre dónde estaban esas malas bestias, todo era cuestión de tiempo. Cuando dispusiera de ella le haría falta alguien que pusiera manos a la obra. Ése era el tercer punto de su agenda del día, después de vender los novillos y ver a Lorna.

En sus maquinaciones, Buck se había acordado de un viejo trampero que en otros tiempos vivía junto al río Hope, uno de esos personajes de leyenda que ya no existían. El padre de Buck solía contratarlo cada vez que tenía problemas con depredadores, casi siempre coyotes, pero también algún que otro puma u oso.

Buck recordó que el hijo único del trampero había seguido la profesión de su padre, pero no lograba acordarse de su nombre.

Por fin, dos noches atrás, tomando una cerveza en El Último Recurso, se lo había preguntado a Ned Wainwright, cuya edad no debía de bajar de noventa años.

–Lovelace, Josh Lovelace. Murió hace... ¡Uf! Veinte o treinta años.

–¿Verdad que tenía un hijo?

–Sí, J. T. Se fue a vivir a Big Timber. Josh también, cuando se hizo demasiado viejo para cuidar de sí mismo. Lo enterraron ahí.

–¿El hijo todavía vive en el mismo sitio?

–Ni idea.

–Ya debe de estar un poco chocho.

–¿Qué dices, Buck Calder? ¡Si como mínimo tiene veinte años menos que yo! Vaya, que hará cuatro días que le han quitado los pañales.

El anciano se echó a reír con dificultad y acabó sufriendo un acceso de tos. Buck lo acompañó a casa después de otra cerveza a su cuenta.

En la guía telefónica había un J. T. Lovelace. Buck lo había llamado varias veces sin que contestara nadie. Aprovechando que tenía que ir a Billings, se llevó la dirección para ver si lo encontraba en casa durante el camino de vuelta.

Buck, cuyo estado de ánimo era tan negro como el horizonte, siguió conduciendo hasta el desvío de Big Timber. Entonces puso el intermitente y giró a la derecha, abandonando la interestatal.

Paró en la gasolinera para preguntar la dirección al encargado. Diez minutos más tarde, la camioneta y el remolque daban botes por un camino de tierra plagado de curvas y baches.

Anochecía y empezaba a llover. Pasados unos tres kilómetros, el camino atravesaba un bosquecillo de álamos de Virginia. El viento sacudía las pocas hojas amarillas que quedaban. Al llegar al otro lado del bosque, los faros de la camioneta iluminaron un buzón oxidado de color verde con la inscripción «Lovelace».

Pareciéndole arriesgado arrastrar el remolque por el camino de entrada, Buck aparcó fuera y se dispuso a recorrerlo a pie, no sin antes subirse el cuello de la chaqueta para protegerse de la lluvia y el viento.

El camino, de pendiente pronunciada y también con muchos baches, seguía el borde de un barranco. El agua de abajo, oculta por la maleza, se oía pero no se veía. Recorrido poco menos de un kilómetro, Buck divisó sobre la cuesta de una loma una casa achaparrada de madera rodeada de árboles. Dentro había luz. Los árboles cobijaban una caravana de color plateado y esquinas redondeadas, características que la asemejaban a una siniestra nave alienígena.

Buck esperaba oír ladridos, pero lo único que oyó al acercarse a la casa fue el ruido del viento y el golpeteo de la lluvia en el sombrero.

Las ventanas de la casa no tenían cortinas. La luz procedía de una bombilla colgada sobre la mesa de la cocina. No parecía haber nadie, ni en casa ni en la caravana. Llamó a la puerta de la cocina. Mientras esperaba, se volvió distraídamente... y estuvo a punto de sufrir un infarto.

Tenía delante de las narices el cañón de una escopeta de calibre 12.

–¡Dios santo!

El hombre que la empuñaba llevaba un chaquetón negro con la capucha puesta. Buck distinguió unas facciones huesudas, una barba gris y unos ojos negros de mirada hostil. Habría bastado cambiar la escopeta por una guadaña para aclarar cualquier duda acerca de su identidad.

–¿Señor Lovelace?

El hombre siguió apuntándole.

–Oiga, siento mucho haberme presentado sin avisarlo, pero es que tenía miedo de que mi remolque no pudiera subir por la cuesta.

–Está obstruyendo el camino de entrada.

–¿De veras? Lo lamento. Ahora mismo lo arreglo.

–No se mueva.

–Me llamo Buck Calder, señor Lovelace. Soy de Hope.

Se le ocurrió tender la mano a Lovelace, pero no lo hizo. Aquel loco con pinta de monje era capaz de tomárselo como una agresión.

–Su padre, Joshua, solía trabajar para el mío cuando yo era pequeño. De hecho estoy seguro de que no es la primera vez que nos vemos, pero ha pasado mucho tiempo.

–¿Es el hijo de Henry Calder?

–En efecto.

La respuesta no dejó indiferente a Lovelace. Debió de darle crédito, porque bajó un poco la escopeta, que quedó apuntando a la entrepierna.

–Su padre es toda una leyenda por estos pagos –dijo Buck.

–¿A qué ha venido?

–Verá, tengo entendido que usted se dedica a las mismas actividades que su padre.

Lovelace no contestó.

–Y... –Echó un vistazo a la escopeta–. Disculpe, señor Lovelace, pero ¿le importaría mover un poco el cañón?

Lovelace lo miró fijamente con cara de calcular si valía lo que un cartucho. Acto seguido levantó el cañón, puso el seguro y entró en casa dejando la puerta abierta. Buck se preguntó si debía entenderlo como un invitación a pasar.

Tras unos instantes de reflexión, decidió que sí.

Lovelace dejó la escopeta encima de una mesa y se quitó la capucha, aunque no el chaquetón, porque la casa estaba fría. Desde la muerte de Winnie nunca encendía la estufa de la sala de estar. Se dirigió a la habitación del fondo, donde guardaba sus utensilios de trabajo. Buck lo siguió.

En realidad, la habitación de las trampas no era más que un garaje, pero Lovelace la había convertido en su vivienda habitual, llegando al extremo de dormir allí; de ahí que hubiera instalado una pequeña estufa eléctrica y un colchón sacado de la caravana. De todos modos no dormía mucho. Sólo quería un lugar donde estirarse y esperar el alba. Se daba cuenta de que era una locura, que lo normal habría sido acostumbrarse a pasar la noche en el dormitorio sin Winnie, pero no se sentía capaz de ello.

Sin ella todo estaba vacío: dormitorio, cocina... Y sin embargo su presencia seguía llenando la casa. Lovelace había intentado esconder todas sus cosas, pero no había servido de nada. Hasta el hecho de no verlas hacía que se acordara de Winnie. Más valía quedarse en la habitación de atrás, que siempre había sido territorio exclusivamente suyo. Winnie solía negarse a entrar, diciendo que le daba asco el olor a cebos y animales muertos. Lovelace no lo dudaba, aunque su propio olfato era insensible a ello. Advirtió que no era el caso del tal Calder, por mucho que disimulara.

Una vez instalado al lado de la estufa en una silla plegable, se puso entre las piernas el cubo de plástico que contenía la cabeza de ciervo y siguió con su trabajo. La había dejado a medio desollar, al oír a Calder aparcando la camioneta al lado del camino. Pensó que para ser un carcamal de sesenta y nueve años seguía teniendo mejor oído que muchos.

Mientras Lovelace seguía desollando la cabeza, Calder le explicó los problemas que tenían en Hope con los lobos. A falta de más sillas, Buck se sentó en una mesa de trabajo que ocupaba toda una pared. Mientras hablaba se dedicó a examinar la habitación en detalle, fijándose en las vigas de madera, de las que colgaban alambres, cepos, pieles y cráneos de animales.

Lovelace no había olvidado a Henry Calder. Su padre solía llamarlo «el rey Henry», y hacía bromas sobre lo noble y poderoso que era. Lovelace se acordaba de que un verano, allá en los años cincuenta, había habido escasez de bayas en el bosque, y los osos pardos habían bajado a merodear por el ganado. Ese verano, a petición de Calder, J. T. y su padre habían atrapado a tres adultos y matado a cuatro o cinco cachorros.

En cambio, no se acordaba de aquel hombre tan parlanchín; claro que en los años cincuenta Buck Calder debía de ser muy pequeño, además de que en aquella época casi todo el trabajo de Lovelace se desarrollaba ya lejos de casa, en México o Canadá. En el cincuenta y seis se había casado con Winnie y se había mudado a Big Timber. Desde entonces casi nunca había ido a Hope.

–¿Qué, qué le parece?

–Matar lobos va contra la ley.

Calder se cruzó de brazos, apoyó la espalda en la mesa y sonrió. A Lovelace no le gustaba su aire de suficiencia.

–¿Y quién va a enterarse?

–Seguro que no les quitan los ojos de encima.

–En eso tiene razón. –Calder sonrió y guiñó el ojo a Lovelace–. Pero dispondría usted de información confidencial.

Acechó la reacción de Lovelace, pero el trampero no estaba para jueguecitos y aguardó a que Calder le aclarara lo que acababa de decir.

–Mi hijo está echando una mano a la bióloga y sabe dónde están los lobos, lo que hacen... Todo, vaya.

–Pues entonces no hace falta que le ayude nadie.

–Ya, pero mi hijo está más de acuerdo con ellos que conmigo.

–¿Y cómo se explica que vaya a darle la información?

–Ya se me ocurrirá algo.

La cabeza de ciervo casi estaba despellejada del todo. Lovelace dejó el cuchillo y separó la piel de la carne, retirándola con cuidado como una máscara.

–Veo que es todo un experto en taxidermia –dijo Calder–. En casa cazamos bastante. ¿También lo hace por encargo?

–Sólo para mis amigos.

No era verdad. Lovelace no había tenido más amigos que los de Winnie, y ninguno de ellos había llamado en varios meses. Tampoco le importaba.

–¿Y bien, señor Lovelace? ¿Qué contesta?

–¿A qué?

–¿Nos ayudará? Diga usted mismo lo que quiere cobrar.

Lovelace se puso en pie y llevó el cubo al fregadero de acero inoxidable que había al otro lado de la mesa de trabajo. Tiró la sangre y limpió los cuchillos, reflexionando sobre la propuesta.

Hacía tres años que no mataba lobos de forma ilegal, y dos de forma legal, en Alberta. Después de tanto tiempo insistiendo en que se retirara, Winnie había conseguido convencerlo; pero hacía seis meses, justo cuando Lovelace se estaba acostumbrando a no trabajar y hasta empezaba a disfrutar de ello, a Winnie le habían detectado un cáncer. Resultó que la metástasis se había propagado por todo su cuerpo, tan menudo, y tres semanas después estaba muerta.

A decir verdad, Lovelace notaba que le hacía falta trabajar. La oferta de Calder era la primera que le habían hecho desde el entierro. Las trampas colgadas en las vigas se habían oxidado, pero eso tenía fácil arreglo.

Secó los cuchillos y limpió de sangre el fregadero.

–¿Qué es ese alambre de ahí, el que tiene trocitos de metal colgando? Si no quiere no conteste.

Calder señalaba la pared del fondo, concretamente la parte de encima de los congeladores, donde Lovelace colgaba las cadenas, los ganchos y los rollos de cable de acero.

–Es para atrapar cachorros. Una idea de mi padre. Lo llamaba aro Lovelace.

23

Los lobeznos huérfanos de Hope casi habían cumplido cinco meses. Con sus cuerpos esbeltos y su pelaje cada vez más poblado de cara al invierno, eran prácticamente igual de grandes que los tres adultos. A casi todos se les habían caído los dientes de leche. Seguían quedándose rezagados durante la cacería y aún tenían mucho que aprender, pero cada día eran más atrevidos y astutos.

A esas alturas todos tenían un rango en la manada, y los más débiles se sometían a los más fuertes sin rechistar, tanto si jugaban como si descansaban o comían lo que habían cazado: echaban las orejas hacia atrás, metían la cola entre las piernas y, adoptando una posición sumisa, lamían y mordisqueaban las mandíbulas del hermano más fuerte, cuya postura erguida y cola poblada proclamaban su autoridad.

Desde la muerte de su padre, el temible cazador de terneros, tanto los lobeznos como los dos adultos jóvenes seguían el liderazgo de su madre. Sólo ella los despertaba de sus largas siestas y los reunía para cazar, sin prestar atención al collar que llevaba en el cuello; también era ella la que los guiaba en fila india por el bosque, a la luz del crepúsculo otoñal; ella, asimismo, la que se detenía a olfatear el aire frío de la noche, tratando de detectar el rastro de alguna presa; ella, en fin, la que escogía cuándo truncar la vida de seres menos fuertes y cuándo perdonarlos.

La hembra joven había sido la única ayudante de su padre a la hora de matar terneros, aunque todos los demás se hubieran alimentado de los despojos. Sólo ella había visto el disparo que había destrozado el corazón del jefe de la manada. Presa del pánico, había salido huyendo, y desde aquella noche parecía contentarse con obedecer las decisiones de su madre.

Bien por miedo, bien por tendencia innata, dichas decisiones consistían en alejarse de donde los hombres habían llevado a pacer a sus tontas reses, y preferirles como presas a los alces y ciervos en celo que bajaban inadvertidamente a sus dominios. Los alces machos se disputaban sus harenes con terrible vehemencia; su brama, y el entrechocarse de sus astas, retumbaban de monte a monte.

Pero los lobos no eran los únicos cazadores.

Los depredadores humanos habían subido a cobrar sus piezas. Hacía un mes que hombres vestidos de verde y marrón merodeaban por los cañones, con rostros manchados de barro y espaldas cargadas con arcos y afiladas flechas. Dejaban a su paso montones de vísceras que los lobos comían a falta de presas propias, es decir, bastante a menudo.

Faltaba poco para que llegaran otros hombres vestidos de naranja chillón, hombres con armas de fuego. Algunos recorrerían los bosques en sus vehículos, disparando a cuanto se les pusiera a tiro. Los más románticos se impregnarían con sustancias olorosas segregadas por glándulas de ciervo, o cual silvestres sirenas imitarían la brama para atraer a los animales en celo.

Durante un mes todo sería una vorágine de apareamiento y muerte, mientras la vida era esparcida con ardiente desenfreno y cosechada a sangre fría.

Los dos cazadores avanzaban sin hablar por el sendero. Sólo se oía el ruido de sus botas de goma hundiéndose en el barro. Por encima de ellos, un empinado bosque de abetos desaparecía bajo un manto de niebla otoñal, presente en el cañón desde que había amanecido.

Iban pertrechados con equipo completo, incluidos rifles automáticos y cuchillos de sierra sujetos al cinturón. Los dos llevaban mochila, y portaban al hombro sendos rifles magnum. Faltaba un día para el inicio de la temporada de caza general, y ninguno de los dos parecía dispuesto a perderse un minuto de ella. Sin duda tendrían intención de acampar y salir de caza antes del alba.

En el asiento del copiloto de la camioneta, Helen acariciaba distraídamente la cabeza de *Buzz*, dormido en su regazo, mientras veía acercarse a los cazadores por el retrovisor.

No eran los primeros. Poco antes, un chico de unos dieciséis años se había interesado por lo que cazaban ella y Luke, y al oír su respuesta se había embarcado en una enardecida perorata sobre los lobos, diciendo que iban a exterminar a los ciervos y alces cuyos legítimos poseedores eran los cazadores como él. La expresión fanática de sus ojos había hecho pensar a Helen en los jóvenes soldados descritos por Joel en su carta.

Vio bajar a Luke del bosque, llevando al hombro las trampas que había subido a recoger. Era necesario retirarlas todas; en caso contrario se corría el riesgo de herir a algún cazador, con la mala publicidad que ello conllevaría (aunque, viendo acercarse a aquellos dos, Helen pensó que tampoco era tan mala idea).

Al regresar al camino, Luke coincidió con los cazadores. De repente *Buzz* los oyó y se puso a ladrar y gruñir. Helen le hizo callar y subió la ventanilla.

Los cazadores estaban mirando las trampas que Luke dejaba en la plataforma de la camioneta, donde ya había varias. Ella creyó reconocer a uno de los que habían participado en la reunión de Hope, y lo saludó con una sonrisa. El cazador le devolvió el saludo con frialdad, y, recorridos unos metros, volvió la cabeza. El otro le había dicho algo que Helen no entendió. Los dos se echaron a reír. Luke se puso al volante.

–Vaya par de gilipollas –dijo Helen.

Luke arrancó.

–¿Nunca has ca... cazado? –preguntó sonriente.

–No, pero conozco a muchos biólogos que sí, y de los buenos. Por ejemplo Dan Prior. Era un gran cazador. ¡Cuántas horas pasamos discutiendo cuando trabajábamos en Minnesota!

Adelantaron a los cazadores, no sin que Helen volviera a sonreírles. *Buzz* gruñó.

–Dan siempre decía que el ser humano es un depredador, y que no debería olvidársele; según él, nuestro mayor problema en tanto que especie es que nos hemos alejado de nuestra naturaleza profunda. Yo a veces pienso que sí, que tiene razón, y otras que sólo es una buena excusa para hacer muchachadas. «¡Somos asesinos natos, así que a matar se ha dicho!» Pero la verdad es que disparo fatal.

Luke rió.

–¿Y tú? –preguntó Helen–. ¿Nunca has cazado?

–Sí, una vez, a los trece años.

El cambio de expresión de Luke le indicó que había tocado un punto sensible.

–No hace falta que me lo cuentes.

–No pa... pasa nada.

Escuchó el relato de la cacería del alce, de cómo lo habían encontrado herido en el árbol y Buck Calder había obligado a su hijo a colaborar en el descuartizamiento. Luke hablaba sin perder de vista el camino. Helen lo observó por encima de la cabeza de *Buzz*, imaginando la escena.

Desde aquella mañana fría en que el muchacho la había encontrado sucia y mojada en el catre de la cabaña, reinaba entre ellos una intimidad que Helen no había compartido con ningún amigo o amiga. Se daba cuenta de deberle la vida.

Luke la había cuidado mientras se esforzaba por salir del pozo, velando por que comiera, durmiera y no cogiera frío. Cada noche antes de irse apagaba las linternas, atizaba la estufa y dejaba a Helen acostada. Volvía a primera hora para dejar salir a *Buzz* y poner la cafetera.

Helen había pasado los primeros días casi sin hablar, como si estuviera despierta pero en coma. En lugar de sucumbir al pánico o bombardearla con preguntas, él la había atendido en silencio, igual que habría hecho con un animal herido. Parecía entender lo sucedido sin necesidad de que se lo explicaran.

Aguardó unos días para contarle que su padre había dado su visto bueno a que la ayudara con los lobos, siempre y cuando ella estuviera de acuerdo; y así, mientras Helen descansaba en la cabaña o se quedaba sentada al sol, arrebujada en sus mantas como una inválida, Luke se dedicaba a revisar las trampas y rastrear las señales de los lobos que llevaban collar.

Regresaba a la cabaña al anochecer, y después de entregar sus notas a la enferma preparaba la cena, aprovechando para explicarle todo lo que había visto y hecho. Aun hallándose absorta en su dolor, Helen no dejó de advertir que el chico estaba en su elemento.

En ocasiones parecía haber superado la tartamudez. Las dificultades sólo reaparecían al hablar de su padre o ponerse nervioso, como aquella mañana en que había vuelto corriendo para decirle que en una de las trampas había un lobo.

–Ti... ti... tienes que venir.

–No puedo, Luke...

–¡Po... por favor! No sé qué te... tengo que hacer.

La obligó a vestirse y coger el instrumental, y después la llevó en camioneta a un estrecho cañón situado muy por encima del rancho Millward, cañón que los lobos parecían frecuentar desde hacía un tiempo. Conducía tan rápido por los estrechos caminos de leñadores que ella tuvo que cerrar los ojos un par de veces.

Resultó que el lobo cautivo era uno de los cachorros, hembra para más señas. Luke realizó casi todo el trabajo, incluida la toma de medidas y de notas; en cuanto a Helen, se limitó a dar consejos, poner inyecciones y recoger las muestras de sangre y heces. El cachorro pesaba algo más de veinticinco kilos y todavía no había alcanzado su pleno desarrollo, por lo que le colocaron un collar para adultos, rellenándolo con gomaespuma.

Aquel día se convirtió en una fecha crucial para Helen. Fue como si el entusiasmo de Luke encendiera en ella una chispa de esperanza, la de que la vida pudiera volver a ser soportable.

Seguía llorando casi todas las noches hasta quedarse dormida, salvo cuando permanecía despierta con imágenes de Joel en el altar, junto a su novia belga, la mujer perfecta; y eso que no dejaba de recriminarse lo estúpido de su actitud. A fin de cuentas no había cambiado nada: su relación había hecho aguas en el momento mismo de solicitar Joel trabajo en África. Aun así, todo esfuerzo era vano a la hora de evitar la conclusión de que el matrimonio de Joel confirmaba la falta de valía de Helen.

Queriendo castigarse a sí misma, Helen dejó de fumar con una facilidad que se le antojó sorprendente. No obstante, a veces el cambio provocaba en ella cierta agresividad, como la noche en que Dan le había subido la motonieve.

El plan de Dan consistía en llevarla a cenar a un local elegante de Great Falls, pero ella había renunciado en el último minuto, aduciendo que no estaba preparada. Su jefe, dolido, había intentado convencerla por todos los medios, sin conseguir más que negativas por parte de la joven. De todos modos, quizá fuera mejor; así se había ahorrado la vergüenza de verla borracha o derramando lágrimas en el plato.

Con Luke sus cambios de humor carecían de importancia. El muchacho era capaz de detectar sus ataques de rabia o llanto, y se limitaba a abrazarla hasta que se le pasaban, como había hecho por primera vez aquella mañana de crudo invierno.

Oyendo narrar la historia del alce, Helen se extrañó de que el hijo de un padre como Buck Calder se hubiera convertido en alguien tan tierno. Supuso que era herencia de su madre, aquella mujer educada y sonriente con quien todavía no había conseguido establecer una relación cordial.

El relato reavivó la tartamudez de Luke.

–Mi pa... pa... padre se enfadó mucho. Siempre que... que... quería que fuera co... como mi hermano, que ma... mató un alce enorme a los diez años.

–No sabía que tuvieras un hermano.

Luke tragó saliva y asintió con la cabeza.

–Murió hace ca... ca... casi once años.

–Vaya. Lo siento.

–Fue un accidente de co... co... coche. Te... te... tenía qui... quince años.

–¡Qué horror!

–Sí.

Helen leyó en su sonrisa que no quería seguir hablando del tema. Luke señaló con la cabeza el receptor de radio colocado encima del salpicadero.

–¿Po... por qué no pruebas con las señales, a ver si aquí arriba te... te... tenemos suerte?

–Tú mandas.

Helen encendió el receptor. Sólo quedaban dos trampas por

recoger, y las posibilidades de haber atrapado un lobo eran harto escasas; lástima, porque Helen había confiado en poner el collar a por lo menos cuatro miembros de la manada antes del inicio de la temporada de caza (entre ellos, a poder ser, dos cachorros).

Los cazadores solían ser gente responsable y respetuosa con la ley, pero siempre había alguno que disparaba al tuntún. Quizá se lo pensara dos veces antes de abatir a un blanco con collar.

Helen sintonizó la frecuencia del transmisor unido a la primera trampa. No emitía señales.

El segundo sí.

La trampa estaba colocada en una encrucijada de senderos de ciervo, a escasa distancia de donde habían atrapado al lobezno hembra. Se trataba de un sendero encajonado, con maleza y pimpollos de abeto a ambos lados. A juzgar por los excrementos y huellas, venía a ser como una estación de trenes en versión lobuna. Aunque se podía llegar en camioneta, Helen y Luke optaron por la discreción y dejaron el vehículo a pocos minutos, recorriendo a pie el resto del sendero.

Oyeron los chillidos desde lejos, y, superada la última vuelta del camino, vieron moverse los arbustos de la encrucijada. Dejaron las mochilas en el suelo. Mientras preparaba la jeringuilla, Helen percibió un olor extraño, como a perro mojado pero más fuerte. Los chillidos tampoco cuadraban con lo que era de esperar en un lobo atrapado. Le bastó echar un vistazo para entender el motivo.

–Esto... –dijo en voz baja a Luke, que se había quedado atrás.

–¿Qué pasa?

–Nuestro objetivo son los lobos. Has cogido un oso.

Él acudió junto a ella y miró. Era un cachorro de oso gris, de unos ocho o nueve meses. Helen colocó la jeringuilla en la punta del palo y apretó un poco el émbolo para que no hubiera burbujas.

–¿Vas a do... dormirlo?

–Tenemos que sacarle la trampa de la pata, y está un poco crecidito para jugar con él, ¿no te parece? ¿Has visto qué dientes, y qué garras? No es ningún osito de peluche. Además hay que darse prisa. Seguro que su madre está cerca.

Intentando escapar, el osezno había hecho que el gancho se enredara en los arbustos, por lo que no gozaba de mucha libertad de movimientos. Mientras Luke lo distraía, ella consiguió ponerse detrás y asestar un golpe certero con la jeringuilla, clavándosela en los cuartos traseros. El cachorro soltó un gañido y arremetió contra Helen, pero no lo bastante rápido para evitar que le fuera administrado todo el sedante.

Ambos se alejaron, aguardando a que surtiera efecto. Helen era consciente de que su deber era pesar al oso, medirlo y someterlo a las mismas pruebas que a un lobo, a fin de entregar los datos a los funcionarios de Fauna y Flora que se ocuparan de osos grises; pero como estaba casi segura de que la madre andaba cerca (decidiendo sin duda cuál de los dos parecía más sabroso), prefirió no quedarse más de lo necesario.

–¿Vamos a hacerle la revisión?

–Tú haz lo que quieras. Yo me marcho en cuanto hayamos quitado la trampa.

Los gruñidos del cachorro se habían vuelto soñolientos. En cuanto lo vieron dormido, Helen y Luke se arrodillaron a su lado. Helen olfateó.

–Le convendría cambiar de desodorante.

–Sí, mi madre dice que huelen a basura.

Helen abrió el dispositivo. La pata del osezno sangraba; de tanto revolverse se le habían clavado los dientes de la trampa. Luke sabía cómo proceder, y, sin necesidad de pedírselo, Helen recibió de sus manos un trapo con que limpiar la herida, seguido por el ungüento antibiótico.

–Mejor que también le ponga una inyección.

Justo cuando Luke le tendía la jeringuilla oyeron romperse una rama. Quedaron en suspenso, mirándose y escuchando. Todo estaba en silencio.

–Ya es hora de volver –musitó Helen.

Se apresuró a llenar la jeringuilla y administrar el antibiótico al cachorro. Luke estaba tan nervioso como ella, aunque los dos disimularan. Le dio la jeringuilla y examinó la herida de la pata por segunda vez. Ya no sangraba. Cuando volvió a mirar a Luke, advirtió un cambio de expresión en su rostro. Al volverse para averiguar qué estaba mirando, descubrió que un oso gris los observaba a menos de cuarenta metros.

–No es su ma… madre.
–Tienes razón. Es demasiado grande.
Permanecieron inmóviles y hablaron en susurros.
–Si dejamos aquí al cachorro lo matará.
Helen sabía que era cierto. Los osos machos matan a cuantos oseznos de su mismo sexo se cruzan en su camino, aun tratándose de hijos suyos. El oso levantó las patas de delante y se irguió lentamente sobre las de detrás. Debía de medir más de dos metros y medio, aunque parecían seis. Su peso rondaría sin duda los cuatrocientos kilos. Tenía un pelaje marrón claro tirando a amarillo que se hacía más oscuro en las orejas y el cuello, donde se apreciaban algunas mechas plateadas. Levantó el hocico y husmeó.
Helen tenía el corazón desbocado. Se acordó del spray de pimienta que le había dado Dan para tales menesteres, y que estaba criando polvo en un rincón de la cabaña.
–Ve por la camioneta, Luke.
–Ve tú, yo me quedo con el cachorro.
–Oye, que aquí la única heroína soy yo. Ve, pero no corras. Ni se te ocurra correr.
Luke le dio la vara con la jeringuilla.
–Gracias. Se lo daré para que lo use de mondadientes.
Helen miró al oso mientras Luke se alejaba. Había visto muchos, pero ninguno pardo. Eso sí, había leído bastante sobre ellos. Su nombre científico era *Ursus arctos horribilis*, y nada más indicado para aquel ejemplar. Tenía garras del tamaño de cuchillos de cocina, blancas y curvadas. Helen estaba fascinada por ellas.
En cuanto a cómo reaccionar en presencia del *horribilis*, había consejos para todo, casi siempre incompatibles. Estirarse y hacerse el muerto o intentar asustarlo a base de gritos; quedarse de pie sin moverse, ponerse hecho un ovillo o retroceder poco a poco hablando en voz baja y monótona; subirse a un árbol o no subirse. Lo único en que coincidían todos los biólogos era en que no valía la pena huir, puesto que el oso gris corre a más de sesenta kilómetros por hora. Dada la falta de consenso, Dan había propuesto el spray de pimienta como solución más segura. Y ella lo había dejado en la cabaña.
Con toda la lentitud de que fue capaz, y procurando no ha-

cer el menor ruido, empezó a meter el equipo en la mochila sin dejar de mirar al oso de soslayo.

El oso volvió a ponerse de cuatro patas y dio unos pasos hacia la izquierda, bamboleándose con parsimonia e imprimiendo a su cabeza una torpe oscilación, como un marinero con demasiadas cervezas encima. Después dio media vuelta y regresó al punto de partida, a ratos mirando a Helen y otros husmeando el aire como si no consiguiera detectar su olor.

Helen se fijó en su oscura joroba, y en los pelos que empezaban a erizársele en los hombros. Y le asaltó la primera oleada de miedo en estado puro. De pronto se avergonzó de sus penosos arrebatos de autocompasión, y de todas las veces que había deseado morir durante los últimos días. Tal vez fueran esas ideas las que habían provocado la aparición de aquella mortífera criatura, muy capaz de satisfacer sus deseos. Pues bien, no estaba preparada. Se dio cuenta de que en realidad quería seguir viviendo.

Miró de reojo al osezno, que seguía tendido a sus pies. Se preguntó si Luke ya habría llegado a la camioneta, y por qué demonios no había venido a buscarla todavía. ¿A quién se le ocurría arriesgar la vida por un animal que no tendría reparos en mandarla al otro mundo con un zarpazo?

Oyó a lo lejos el motor de la camioneta. El oso, que había reparado en su presencia, interrumpió su paseo circular, pero no parecía asustado; de hecho ni siquiera mostraba gran interés por el vehículo. Helen se preguntó qué hacer cuando llegara Luke, y decidió que lo mejor sería cargar al cachorro en la camioneta... y rezar por que el oso no los atacara.

A juzgar por el ruido, la camioneta se estaba acercando. Oyó ladrar a *Buzz*, y a Luke diciéndole que se callara. Al oso no se le escapaba detalle, y por su manera de echar las orejas hacia atrás no daba la impresión de estar muy contento. Helen recordó haber leído que era mala señal.

Volvió la cabeza poco a poco y vio a Luke saliendo con cautela de la camioneta, cuyo motor había dejado en marcha. *Buzz* estaba dentro, con las patas apoyadas en el salpicadero, ladrando como un descosido. Cuando tuvo a Luke a su lado, Helen pasó el brazo por una de las correas de la mochila.

–Vamos a cargarlo en la camioneta –dijo.

Cogieron al osezno y lo levantaron. Ya pesaba unos treinta kilos. Tanto Helen como Luke vigilaban al oso, que de repente soltó una especie de ladrido, y después otro. Balanceaba la cabeza con rapidez.

–Me temo lo peor.

–Pa... parece que va a atacar.

–Si lo hace, dejamos al pequeñín y nos las piramos, ¿vale?

–Vale.

El oso hizo entrechocar los dientes.

–¡Ya vi... viene!

Helen miró hacia atrás y vio que el animal había echado a correr cuesta abajo. El gesto de volverse hizo que se le cayera la mochila, y al tratar de recuperarla soltó al cachorro sin querer.

–¡Mierda!

Se apresuró a volver a levantar al osezno, al tiempo que vigilaba a su atacante. La cuesta estaba cubierta de arbustos y pimpollos, pero el oso adulto se abría camino con la fuerza de un quitanieves.

Al llegar a la camioneta, Helen se dio tanta prisa en abrir la puerta que estuvo a punto de caérsele el osezno por segunda vez. *Buzz* estaba como loco.

–¿No sería mejor po... ponerlo detrás?

–No. ¡Metámoslo aquí, deprisa!

Lo embutieron en el hueco para los pies del asiento del pasajero. Helen empujó a *Buzz* y se zambulló en el asiento. El oso había llegado al sendero y corría pesadamente hacia ellos. Sólo le faltaban veinte metros por cubrir.

Helen consiguió ponerse al volante, mientras *Buzz*, apretujado contra la ventanilla, le ladraba en el oído izquierdo con todas sus fuerzas. Miró al oso y se quedó de piedra. ¡Luke había ido a buscar la mochila!

–¡Vuelve, Luke!

Casi había llegado. El oso se acercaba a pasos de gigante. Luke agarró la mochila, pero al dar media vuelta resbaló y cayó de bruces en el barro.

–¡Luke!

Helen tocó el claxon con todas sus fuerzas, pero el oso no se inmutó. Sólo le faltaban unos cinco metros para alcanzar a Luke, que intentaba levantarse. No iba a tener tiempo de llegar a la camioneta. Helen chilló.

De repente el oso fue derribado. Por unos instantes Helen sólo vio una mancha indistinta de pelaje pardo, hasta que lo comprendió... el oso había sufrido el ataque de otro miembro de su especie, sin duda la madre del cachorro. El choque hizo que el macho rodara por la maleza, perseguido por la hembra enfurecida.

–¡Corre, Luke!

Él casi había llegado a la camioneta, pero el macho no iba a darse por vencido tan fácilmente. Dio un tremendo empujón a la hembra y reanudó la persecución del cachorro.

–¡Que viene! ¡Corre, sube!

Luke dio un brinco y se sentó con los pies en alto para no pisar al osezno. Cuando iba a cerrar la puerta el macho le ahorró el esfuerzo arrancándola de un zarpazo.

–¡Co... corre, Helen, arranca!

Ella puso marcha atrás y pisó a fondo el acelerador. La camioneta se tambaleó por el camino, resbalando cada dos por tres y lanzando barro y piedras al oso, que se había quedado atrás con aire desconcertado.

–¡*Buzz*, joder! ¿Quieres callarte de una vez? –exclamó Helen.

Estaba sentada de lado, haciendo tres cosas a la vez: mirar por el cristal de detrás, conducir y aplastar a *Buzz* contra la puerta.

–¿Nos persigue?

–No...

–Menos mal.

–Sí.

–¡Mierda!

–Los dos, y el cachorro se está despertando.

–Genial.

Helen se acordó de que a medio camino de donde habían aparcado el sendero se ensanchaba lo suficiente para girar en redondo. La cuestión era saber si tendrían tiempo de hacerlo antes de que los alcanzara el oso. No se atrevía a mirar por miedo a salirse del camino.

–¿Todavía nos persigue?

–Sí, y está ga... ganando terreno.

Viendo aproximarse el lugar que buscaba, Helen decidió probar suerte. Dijo a Luke que se cogiera fuerte y, pisando el freno, intentó dar un giro de ciento ochenta grados. La camioneta quedó con dos ruedas en el aire, y Helen tuvo la terrible sensación de que iba a volcar; por suerte, las otras dos ruedas aterrizaron con una sacudida y se encontraron de cara al oso, que patinó y dio de bruces contra la puerta del conductor, resquebrajando la ventanilla y zarandeando el vehículo. *Buzz* aprovechó para escurrirse por debajo del brazo de Helen y arremeter contra el osezno, que empezaba a despertarse.

Ella cambió de marcha con un gesto brusco. El oso tenía el hocico contra el cristal, haciendo ostentación de su dentadura.

–Perdona, colega, pero vamos llenos –dijo Helen–. ¡Hasta otra!

Pisó a fondo el acelerador, mientras *Buzz* y el osezno luchaban a muerte entre las piernas de Luke.

Helen tenía una mano en el volante y la otra aferrada al collar de *Buzz*, mientras Luke se las tenía con el osezno, que se estaba recuperando rápidamente. Tres kilómetros más adelante el pequeño se sintió lo bastante en forma para desgarrar los tejanos de Luke y arrancarle un trozo de bota con los dientes.

Helen supuso que ya estaban lo bastante lejos de los adultos para que el osezno tuviera posibilidades de sobrevivir. Con algo de suerte volvería a encontrar a su madre. Así pues, frenó y lo empujaron fuera sin contemplaciones. *Buzz* se quedó atado al volante, clamando venganza. Luke y Helen, que se habían apeado, vieron desaparecer entre los arbustos al arisco cachorro.

–¡De nada, tío! –exclamó Helen.

Se apoyó en Luke con una mano y sacudió la cabeza.

–Más vale que sólo nos de... dediquemos a los lobos –dijo él con una sonrisa.

Por la tarde empezó a nevar. Como no hacía viento, los copos caían pesadamente, amontonándose en los alféizares de la cabaña. Helen y Luke cocinaron, cenaron y se rieron de lo sucedido.

Después de la cena, y antes de que él volviera a casa, se abrigaron y subieron por el bosque en la motonieve, con los copos revoloteando a la luz del foco como galaxias desconocidas. Luke iba sentado detrás, y no tenía más remedio que asirse a Helen con ambos brazos. Ella lo encontró muy agradable. Llegaron al lugar donde había más posibilidades de hallar lobos. Justo entonces dejó de nevar, y vieron asomarse la luna entre las nubes.

Se detuvieron y se quedaron escuchando el silencio del bosque, aterciopelado y perfecto. Después cogieron la linterna y el radiorreceptor y recorrieron a pie un tramo de camino, haciendo crujir la nieve con la suela de las botas.

No tardaron casi nada en encontrar las señales, que resonaron con nitidez en la noche cristalina. Los lobos no podían estar lejos. La luz de la linterna iluminó huellas recentísimas.

Helen apagó la linterna. Permanecieron a la escucha sin moverse. Sólo se oía caer de los árboles algún que otro cúmulo de nieve.

–Aúlla –susurró Helen.

Luke se lo había oído hacer varias veces, todas ellas sin éxito; él, en cambio, nunca lo había intentado, y negó con la cabeza.

–Prueba –le pidió Helen.

–No pu... puedo. ¿Có... cómo quieres que...?

Luke se señaló la boca. Al ver su gesto apenas esbozado, Helen cayó en la cuenta de que tenía miedo de que no le saliera la voz, de que le fallara como tantas veces, dejándolo mudo y avergonzado.

–No hay nadie, Luke. Sólo yo.

El muchacho la miró fijamente, y Helen leyó en sus ojos lo que ya sabía que sentía por ella. Entonces sonrió, se quitó el guante y le acarició la piel fría de la cara, provocándole un ligero temblor. En cuanto ella retiró la mano, Luke echó la cabeza hacia atrás, abrió la boca y emitió un largo y quejumbroso aullido que fue adelgazándose en la noche.

Pero antes de que se hubieran apagado sus últimos ecos, otro aullido sobrevoló las copas nevadas de los árboles. Los lobos habían contestado.

INVIERNO

24

Nadie presenció el regreso del lobero a Hope.

En vísperas del día de Acción de Gracias, su caravana plateada entró en la población al amparo de la noche, como un buque fantasma. A ambos lados de la carretera, los montones de nieve parecían tumbas anónimas. El asfalto brillaba, cubierto de sal.

Solo al volante de su vieja camioneta de color gris, la que siempre usaba para remolcar la caravana, J. T. Lovelace frenó en el cruce del antiguo colegio y apagó los faros.

Detrás de los árboles de la acera de enfrente se hallaba el cementerio donde estaba enterrada su madre, a quien no había llegado a conocer. Lovelace, sin embargo, no le prestó la menor atención; es más, ni siquiera se acordó. En lugar de ello echó un vistazo a la calle mayor y, satisfecho de ver que no había nadie, volvió a arrancar, iniciando un lento paseo por las calles de Hope.

Estaba prácticamente igual que como lo recordaba, a excepción de los coches modernos aparcados en las aceras con protectores antihielo en los parabrisas. Habían cambiado algunos nombres de tiendas, la gasolinera tenía nuevos surtidores y un semáforo nuevo colgaba de un alambre tendido por encima de la calle, a merced del viento, con su luz roja parpadeando sin objeto.

Hope no despertaba ningún sentimiento en Lovelace, ni bueno ni malo. De igual modo, su misterioso paso por el que había sido su pueblo no hizo nacer en él recuerdo alguno. Se trataba a sus ojos de una población tan anónima como las demás.

Buck Calder le había enviado un mapa con indicaciones para

llegar a casa de los Hicks, su base de operaciones, pero no le hacía falta. Se acordaba perfectamente del camino. Tenía que pasar cerca del río, al lado de la casa de su padre. Se preguntó si sentiría algo al verla.

Había avisado a Calder de que no lo esperasen despiertos porque llegaría tarde. En aquella clase de trabajos era mejor pasar inadvertido desde el principio; de ahí que hubiera aguardado a que acabara la temporada de caza y las montañas quedaran vacías de imbéciles entrometidos.

Una vez fuera del pueblo volvió a encender las luces, pero sólo las cortas. El camino de grava estaba lleno de baches por culpa de la nieve. La única señal de vida que vio en ocho kilómetros fue un búho en el poste de una valla.

La verja de la casa de su padre había sido invadida por la maleza, y tenía varios centímetros de nieve alrededor. Lovelace frenó delante, a fin de iluminarla con los faros. Le habría bastado parar el motor y bajar la ventanilla para oír el río, pero no lo hizo. La noche era despejada, el frío gélido, y sus huesos demasiado sensibles.

Las ramas desnudas de los álamos de Virginia permitían ver la casa con suficiente claridad para darse cuenta al primer vistazo de que llevaba mucho tiempo abandonada. De la ventana de la cocina, o ex cocina, colgaba una mosquitera hecha jirones. En el patio había una caravana destartalada, abierta por el techo. Había entrado tanta nieve que era como si las ventanas estuvieran cegadas con sudarios.

Aun siendo consciente de que eran momentos proclives a la nostalgia, Lovelace no halló rastro alguno de ella en su interior. Su única reacción fue sorprenderse de que no hubiera venido nadie de la ciudad a echar por tierra la casa y construirse un chaletito para las vacaciones de verano. Volvió a arrancar y puso rumbo a la parte alta del valle.

Al cabo de un rato divisó la épica verja del rancho Calder, con el cráneo de buey cubierto de nieve, vigilando a cuantos se acercaran. Dos kilómetros más adelante divisó la casa principal. Había luces encendidas encima del patio, coches aparcados y un par de perros que habían salido corriendo de los cobertizos, y que dejaron de ladrar en cuanto vieron que la camioneta se desviaba en dirección a casa de los Hicks.

Aparcó donde le habían dicho, bajo los árboles de detrás de los establos. Calder había dicho que era el mejor lugar para que no lo vieran, ni siquiera desde arriba. También le había asegurado que aparte de él los únicos que estaban al corriente del asunto eran Hicks y su mujer, informados asimismo de su llegada.

En cuanto salió de la camioneta Lovelace acusó el frío como un mazazo. Seguro que la temperatura rondaba los diez grados bajo cero. Se bajó las orejeras del gorro de piel y volvió a la caravana, pasando al lado de la motonieve que llevaba en la plataforma de la camioneta. La nieve estaba dura, y crujía con fuerza bajo sus botas. Dentro de la casa ladraba un perro viejo.

Lovelace se detuvo delante de la puerta de la caravana y miró el firmamento sin reparar en las estrellas de que estaba cuajado. Lo que quería eran nubes, nubes que pudieran atenuar el frío. Por desgracia no había ninguna.

Una vez dentro de la caravana encendió una lámpara de gas y puso leche a calentar en el hornillo de queroseno. Esperó sentado en la litera, temblando y con las manos metidas debajo de los brazos (y eso que ya llevaba guantes). Cuando la leche rompió a hervir, Lovelace se llenó la taza y aprovechó para calentarse las manos. Uno a uno, los sorbos se perdieron en la fría caverna de su cuerpo.

Había una estufa de leña, pero no tuvo fuerzas para encenderla. La caravana estaba hecha para trabajar, no para estar cómodo. Era como una versión reducida del cuarto de las trampas, con unos cinco metros y medio de longitud y un pasillito de linóleo que comunicaba la litera y la cocina, situadas en la parte delantera, con la mesa de trabajo del fondo. El instrumental no estaba a la vista, sino guardado en armarios de madera por todo el interior de la caravana.

Los había construido el propio Lovelace, el único que conocía la existencia de paneles secretos cuya misión era ocultar los aparejos propios de su verdadera profesión: trampas, cepos, botes de cebo, la escopeta plegable de fabricación alemana (con su silenciador enroscable y su dispositivo de láser para visión nocturna), el radiorreceptor para localizar a lobos con collar y las cápsulas de cianuro M44 que le explotaban al lobo en la cara. Este último artilugio era la única concesión de Lovelace al veneno. Consciente de cuál habría sido la opinión de su padre, lo usaba muy poco. Había tardado casi un mes en ponerlo todo a punto.

Después de acabarse la leche tenía tanto frío como antes. Se estiró en la litera con todo puesto, chaqueta, gorra, botas y guantes. Apagó la luz en cuanto tuvo encima las mantas de piel de lobo y el rústico edredón que había cosido Winnie para la cama de matrimonio.

Permaneció inmóvil, procurando olvidar el frío a base de pensar en el encargo que lo había llevado hasta allí. Estaba seguro de poder cumplirlo, pese al tiempo que llevaba sin trabajar. Próximo a la vejez, conservaba la destreza de un joven. Quizá no pusiera tanto empeño como antes, pero eso era cosa del corazón, órgano imprevisible del que no podía uno fiarse. Al menos tendría con qué mantenerse ocupado.

Cuando tuvo la vista acostumbrada a la oscuridad vio que la luz de las estrellas, reflejada en la nieve, había convertido la ventana trasera de la caravana en una pantalla plateada. En espera del amanecer, cubierto por sus pieles de lobo, el lobero la miró fijamente como si estuviera a punto de empezar una película.

–¿Nos cogemos las manos? –dijo Buck Calder.

Los comensales estaban sentados en torno a la larga mesa instalada en la sala de estar. Presidía la multitud de platos un gigantesco pavo dorado del que se elevaban volutas de humo. Helen, que estaba sentada al lado de Luke, se volvió hacia él y le tendió la mano. Luke se la cogió con una sonrisa, antes de que ambos bajaran la cabeza para que Buck pronunciase la bendición. Sólo se oían crujir los gruesos leños que alimentaban el fuego de la chimenea.

–Señor, te damos las gracias por guiar a nuestros antepasados en este gran país, llevarlos a buen puerto y ayudarlos a superar los múltiples peligros y privaciones con que se enfrentaron para convertir en lugar seguro esta patria nuestra. Que su coraje y tu espíritu nos guíen, y nos hagan dignos de los frutos de tu amor, dispuestos hoy ante nosotros. Amén.

–Amén.

Todo el mundo se puso a hablar a la vez, señal de que la fiesta había empezado.

En total eran doce, incluido el bebé de Kathy Hicks, que, rodeado por sus padres, ocupaba una trona atornillada a un extremo de la mesa. Lane, la hermana de Luke, había venido de Bozeman con su marido Bob; era profesora de instituto, y no sólo se parecía físicamente a su madre sino que había heredado su amable dignidad. En cuanto a Bob, sus dotes de conversador parecían limitarse al tema de los precios en el sector inmobiliario. Eso era lo que estaba explicando a Doug Millward, que había venido en compañía de Hettie y sus tres hijos. Aparte de Helen la única «forastera» era Ruth Michaels, que había llegado tarde y parecía todavía más cohibida que la bióloga.

Sólo la insistencia de Luke había conseguido que Helen aceptara la invitación. Había acudido sin saber cómo la trataría el ranchero, y no muy segura de haber recuperado el aplomo necesario para discutir con él. Sus temores resultaron infundados, puesto que Buck Calder estaba encantador, al igual que todos los demás.

Antes de la cena Helen ayudó a Kathy a poner la mesa, aprovechando para conversar con ella largo y tendido por primera vez. Quedó impresionada por la inteligencia y sentido del humor de la joven, aunque seguía sin entender qué había visto en Clyde. De todos modos, según sabía por experiencia propia, hay mujeres cuyas inclinaciones amorosas carecen de explicación. Cuando llegó la hora de sentarse a comer, Helen, confortada por la presencia silenciosa de Luke, se alegró de haber asistido.

Era hermoso poder participar en una fiesta de familia y en un hogar de verdad, aunque no fuera el suyo. Además, hacía meses que no comía tan bien. Viendo que repetía pavo por segunda vez, Doug Millward, que ocupaba el asiento de al lado, empezó a tomarle el pelo y a pasarle todas las bandejas.

Se dio por satisfecha después de la tercera porción. Fue entonces cuando alguien sacó el tema de los lobos.

–¿Y qué, Buck? –dijo Hettie Millward–. ¿Esta temporada has cazado algún alce?

–No, ninguno.

–No es muy buen tirador –susurró Doug Millward a Helen.

Todos rieron. A continuación intervino Clyde.

–El otro día estuve hablando con Pete Neuberg, el que vende artículos de caza. Dice que hace años que no veía una temporada tan mala. Según él hay menos alces y ciervos que nunca, y echa la culpa a los lobos.

Kathy puso los ojos en blanco.

–Parece que también tienen la culpa de que haga mal tiempo.

–¿Cómo puede ser? –preguntó el pequeño Charlie Millward.

Su hermana le dio un codazo.

–¡Tonto, que era un chiste!

Se produjo un breve silencio. Helen reparó en que Buck Calder la estaba mirando.

–¿Usted qué piensa, Helen?

–¿Sobre lo de que tengan la culpa del mal tiempo?

Nada más contestar lamentó haberlo hecho con tono irónico. Las risas provocadas por su respuesta indujeron un cambio sutil en la sonrisa de Calder. Advirtiendo la incomodidad de Luke, se apresuró a seguir hablando.

–Lo que está claro es que matan alces y ciervos. Son su principal fuente de alimentación; en ese sentido, seguro que la presencia de lobos tiene repercusiones. Pero no muy grandes.

Clyde resopló por lo bajo, ganándose una mirada de reproche de su mujer. Luke se acercó a la mesa y carraspeó.

–Estas se... semanas hemos vi... visto mu... muchos ciervos y alces.

–Es verdad –confirmó Helen.

Nadie hizo comentarios. Eleanor se levantó para fregar los platos.

–No sé –dijo–. Al menos ya no se comen al ganado.

–Yo no he perdido ninguna res –afirmó Doug Millward.

Luke se encogió de hombros.

–Qui... quizá las tu... tuyas sepan peor.

Todos los comensales se echaron a reír, hasta el padre de

Luke. Después la conversación siguió otros rumbos. Helen aguardó a que nadie los mirara para volverse hacia Luke.

–Gracias, socio –dijo en voz baja.

Luke tardó en olvidar aquella mirada, así como el contacto de sus manos al pronunciar Buck la bendición.

¡Qué orgulloso había estado de que Helen lo llamara socio! Esa noche, sentado a su lado, casi había tenido la sensación de ser su novio. En cenas de grupo como aquélla lo normal era que se quedara callado, por miedo a que su tartamudez lo dejara en ridículo. No obstante, el hecho de tener a Helen al lado le había infundido tal confianza en sí mismo que había salido en su defensa sin la menor vacilación. ¡Si hasta se había atrevido a hacer un chiste!

Las dos semanas posteriores dieron a Luke la sensación de compartir con Helen una intimidad todavía mayor. No así en sus sueños, cosa extraña; desde hacía un tiempo, cada vez que soñaba con ella (y eran muchas), Helen estaba con otro, no lo reconocía o se reía de él.

Salvo la última noche.

Luke caminaba con ella por la orilla del mar. El escenario era una playa con palmeras, de esas playas perfectas que se ven en los folletos de las agencias de viaje. Helen llevaba un vestido amarillo que le dejaba los hombros al descubierto. El manso oleaje lamía la arena y formaba espuma en torno a sus pies descalzos. El agua estaba limpia y caliente, y antes de romperse las olas Luke veía grandes bancos de peces en su curva transparencia.

Se los señalaba a Helen, que detenía sus pasos. De pie en la arena, los contemplaban hombro con hombro. Pese a la gran diversidad de formas y colores, todos los peces se movían al mismo tiempo, evolucionando en perfecta sincronía.

Se trataba de uno de esos sueños en que el que duerme es consciente de estar soñando, de esos sueños que, por mucho esfuerzo que ponga uno en conservarlos, van difuminándose a medida que penetra en ellos el mundo real. No obstante, Luke había descubierto un momento en que conciencia e inconsciencia alcanzaban un fugaz equilibrio y podía influir sobre los acontecimientos. Así había sucedido por la mañana. Había conseguido que Helen se volviera, y justo antes de despertarse la había visto acercar su boca a la de él. A punto habían estado de besarse. A punto.

Pensó en el sueño mientras se afeitaba y se duchaba, a sabiendas de que iba a pasarse el día recordándolo. El motivo del sueño estaba claro: se trataba de la carta recibida por Helen el día anterior, una carta en que su padre le enviaba un billete de avión y la invitaba formalmente a su boda en Barbados. Faltaban tres semanas para la fecha del vuelo. Helen tenía previsto quedarse más de una semana y pasar las Navidades en la isla.

Luke se vistió y bajó a desayunar.

Eran las ocho menos cuarto. Los otros días de la semana despertaba dos horas antes para subir a ayudar a Helen. Los miércoles, en cambio, tocaba logopedia. Ya había oído el coche de su madre, que con la Navidad en puertas iba casi cada día a la tienda de Ruth.

El despacho de su padre daba a la sala de estar. Siempre dejaba la puerta abierta para controlar quién entraba y salía de casa. Al bajar por la escalera, Luke vio a su padre delante del ordenador, con un puro entre los dientes.

–Luke.

–¿Qué?

–Buenos días.

–Bu… buenos días.

Su padre dejó el puro y se puso las gafas de leer, unas gafas pequeñas en forma de media luna.

–¿Hoy no acompañas a Helen? –dijo, reclinándose en su sillón de piel.

–No, hoy me to… to… toca ir a la clínica.

–¡Ya!

Su padre se levantó y entró en la sala de estar. Su aspecto era relajado y cordial, y eso a Luke siempre le parecía sospechoso.

–¿Piensas desayunar?

–Sí.

–Pues te acompaño con el café.

Buck lo precedió en dirección a la cocina. Cogió la cafetera, sirvió dos tazas y las llevó a la mesa, olvidando como siempre que su hijo no bebía café. Luke llenó un tazón de cereales y se sentó delante de su padre.

Ya sabía lo que iba a oír. Desde hacía un tiempo las conversaciones de padre a hijo sobre su trabajo con Helen se habían convertido en moneda corriente. Justo el día antes su padre le había pedido un montón de detalles sobre frecuencias de radio y collares transmisores. Resultaba cómico. Buck habría tenido más posibilidades de no ser aquélla la primera vez que se interesaba por las actividades de su hijo.

–¿Y qué, cómo va la terapia?

–Muy bien.

–Así que la pobre Helen se ha quedado sola, ¿eh?

Luke sonrió.

–Sí.

Su padre asintió con expresión pensativa y bebió un sorbo de café.

–¿Y ayer cómo os fue con las señales?

–Bien.

–¿Por dónde andan?

–Pues... Van ca... ca... cambiando.

–Ya, pero me refiero a días concretos. Ayer, por ejemplo.

Luke tragó saliva. Las evasivas se le daban bien, pero mintiendo era un desastre. Casi siempre lo delataba su tartamudez. Su padre lo observaba con atención.

–Ayer estaban ba... bastante arriba, po... po... por las montañas.

–¿Ah sí?

–Sí, unos qui... qui... quince ki... kilómetros al sur de la pared grande.

–¿En serio?

Viendo endurecerse la expresión de su padre, Luke se recriminó haberla pifiado de tal manera. Ni el niño más crédulo se habría tragado su respuesta. Buscó salvación en el reloj.

–Me te... te... tengo que ir.

–La carretera está practicable. Clyde ha salido a primera hora a quitar la nieve.

Luke se levantó y dejó el tazón en el fregadero. Después cogió las llaves del coche y descolgó su sombrero y su chaqueta del perchero, consciente de que su padre no le quitaba ojo de encima.

–Conduce con cuidado, Luke.

El tono del consejo era frío e inexpresivo. Luke se subió la cremallera de la chaqueta.

–Vale.

Salió huyendo por la puerta.

La sesión de logopedia fue bien.

Joan dijo haber leído un artículo sobre una terapia nueva que consistía en filmar en vídeo al paciente y cortar todos los tartamudeos para que se viera y oyera a sí mismo hablando con fluidez. Por lo visto daba buenos resultados, pero como Luke casi no había tartamudeado en toda la hora Joan se negó a gastar tanto dinero para nada.

Al despedirse de él le tocó el brazo, diciéndole que lo veía muy feliz. De regreso al coche, Luke se extrañó de que se le notara tanto. Era verdad. Estaba más feliz que nunca. Como si se pasara el día cantando para sus adentros.

Helen le había pedido que le comprara un par de cosas. Aparcó el jeep en el supermercado, entre montones de nieve recién apartada. Nada más salir vio acercarse a Cheryl Snyder y Jerry Kruger. Imposible escapar, porque ya lo habían visto. Kruger se pavoneaba con Cheryl cogida de la cintura, sin duda para que se enterara todo el mundo de que eran pareja.

–¡Hombre, Cooks! ¿Qué tal?

–Hola, Luke.

Luke se quedó hablando con ellos un par de minutos, o mejor dicho aguantó a Jerry, cuyos chistes no parecían hacer gracia a Cheryl. ¿Cómo podía salir con semejante individuo? Al cabo de un rato se despidieron, al alegar Luke que tenía que hacer unas compras. Kruger lo llamó desde lejos.

–¡Ah, oye, Cooks! ¡Felicidades!

Luke se volvió frunciendo el entrecejo.

–Me he enterado de que ya no eres virgen.

–¿Qué? –Vio que Cheryl intentaba hacer callar a Kruger con un codazo en las costillas, sin conseguir que se diera por aludido.

–¡No seas tímido! ¡La chica de los lobos! ¡Si lo sabe todo el mundo! –Y acto seguido aulló como el día de la feria. Cheryl se alejó, dejando que se retorciera de risa él solo.

–No le hagas caso, Luke.

–Só... só... sólo la ayudo.

–Sí, claro –dijo Kruger–. Seguro que le engrasas las trampas.

Cheryl estaba tan enfadada que le dio un empujón.

–¡Qué vulgar eres, Jerry! A ver si te callas.

Luke recorrió los pasillos del supermercado sin salir de su asombro. Sabía que Hope era terreno abonado para las habladurías, como todos los pueblos, pero nunca se había sentido protagonista de ellas.

Rezó por que Helen no se enterara.

Eleanor prendió la estrella encima del árbol de Navidad del escaparate y dio un paso atrás.

–Vamos fuera a ver cómo queda –dijo Ruth.

Eleanor se reunió con ella en la acera. Por la calle mayor soplaba un viento helado que enredaba las lucecillas de colores colgadas en zigzag entre los edificios. Las dos mujeres se apartaron el pelo de la cara y contemplaron el escaparate de Paragon, admirando el talento manual de Eleanor.

–Está precioso –dijo Ruth–. Los árboles de Navidad que adorno yo siempre acaban pareciendo judíos.

Eleanor se echó a reír.

–¿Cómo se entiende eso?

Ruth se encogió de hombros.

–No lo sé, pero es verdad. Tú eres católica, ¿no?

–De padres y de educación, aunque ya no practico.

–Se nota. Me refiero a lo de los padres y la educación. Todos los católicos saben adornar el árbol.

Eleanor volvió a reír.

–Me estoy helando, Ruth.

Una vez dentro Ruth atendió a una serie de clientes que llevaban siglos curioseando por la tienda, mientras Eleanor seguía adornándola.

Por la mañana, antes de salir para la tienda, Eleanor había recogido unas cuantas plantas y una escalera de mano. Hacía años que no ponía adornos de Navidad, porque en casa ya no estaban para esas cosas. El hecho de revivir la costumbre hacía nacer en ella un placer nostálgico, casi infantil. Fuera estaba anocheciendo. En el escaparate, las luces del árbol daban una sensación acogedora.

Una vez se hubo marchado el último cliente, Ruth la ayudó a colgar una guirnalda dorada delante de la tienda. Eleanor le dijo que sostuviera una punta y se subió a la escalera para clavar la otra al marco.

–¿Y Luke? ¿Sigue ayudando a Helen Ross con los lobos?

–Sí. Prácticamente no le vemos el pelo.

–Me cae bien esa chica.

–A mí también. Sospecho que Luke está un poco enamorado.

–¿Qué edad tiene tu hijo?

–Dieciocho.

Eleanor clavó la chincheta.

–¡Mira que es guapo! Hasta a mí me dan ganas de tener unos años menos.

Eleanor la miró desde lo alto de la escalera, y le pareció que se había puesto un poco roja.

–¿Clavamos la otra punta? –preguntó sonriente.

–Vamos allá.

Una vez trasladada la escalera al otro extremo de la tienda, Eleanor volvió a subir. Se produjo un intervalo de silencio.

–Perdona que lo pregunte, pero ¿cómo es que ya no eres católica practicante?

Eleanor tardó en contestar, no porque estuviera molesta, sino por ser la primera vez que se lo preguntaban. Una de las cosas que más le gustaban de Ruth era su franqueza. Cogió la caja de chinchetas y sacó una.

–No sé si sabes que nuestro hijo mayor murió en un accidente de coche.

–Sí, sí que lo sabía.

–Verás, yo siempre había sido de las que van a la iglesia. Asistía a misa y me confesaba, y eso que en invierno, viviendo donde vivimos, no siempre era fácil. Buck siempre me tomaba el pelo, preguntándome qué tenía que confesar. Quería que le dijera cuándo pecaba, para no perdérselo. En fin... Como no es católico no había manera de hacérselo entender. –Miró a Ruth, le sonrió y clavó la chincheta–. Ya está.

Bajó de la escalera y se puso al lado de Ruth para contemplar la guirnalda.

–Ha quedado bien –dijo Ruth.

–Sí. ¿La otra dónde la ponemos?

–¿Qué tal al fondo?

Movieron la escalera y repitieron el proceso, mientras Eleanor reanudaba sus explicaciones.

–A lo que iba. Después de morir Henry empecé a ir a la iglesia más que nunca. Casi no me perdía ni una misa. Supongo que es lo que hacen muchos cuando han sufrido una tragedia. Buscas alguna razón, alguna señal de que el que se te ha muerto está en alguna parte y es feliz. Hasta que un día, y no me preguntes por qué, me di cuenta de que... de que no había nadie.

Ruth la miró con ceño, haciendo un esfuerzo de comprensión.

–¿Te refieres a tu hijo?

–¡No, no! Mi hijo sí que está, y estoy segura de que bien. Me refiero al gran jefe.

–¿O sea que crees en el cielo pero no crees en Dios?

–Exacto.

La segunda guirnalda ya estaba colocada. Eleanor bajó de la escalera para echarle un vistazo.

–¿Qué te parece?

Al volverse hacia Ruth, advirtió con sorpresa que la estaba mirando a ella, no a la guirnalda.

–No sé si lo sabes, Eleanor, pero eres una mujer increíble.

–No digas tonterías.

–¡En serio!

–Pues tú tampoco estás nada mal.

Ruth esbozó una reverencia burlesca.

–Gracias, señora.

–Ya que estamos, ¿puedo hacerte una pregunta personal? –dijo Eleanor con tono risueño, mientras plegaba la escalera. Se daba cuenta de que no era justo decir lo que iba a decir, y se sentía un poco mezquina, pero hay momentos en la vida que no pueden desaprovecharse.

–Faltaría más.

–¿Cuánto hace que te acuestas con mi marido?

25

El pequeño Buck Hicks mamaba del pecho de su madre como si no fuera a comer nunca más. Clyde llevaba semanas insistiendo en que Kathy le diera el biberón, porque había leído un artículo donde decían que dar de mamar demasiado tiempo estropea el tipo de la madre. Kathy, sin embargo, no tenía prisa. Disfrutaba tanto como el bebé. Además, ¡qué caray!, ¡si ni siquiera había cumplido un año!

Lo que le pasaba a Clyde era que estaba celoso. Por lo demás, Kathy encontraba rarísimo que se hubiera puesto a leer artículos de esa clase. Seguro que se había confundido con algún comentario publicado en una revista de vacas.

Pese a llevar bastante tiempo despierta, Kathy todavía no se había quitado su acolchada bata rosa. Estaba sentada en el sofá de la salita, hojeando la revista *People* en espera de que el niño se diera por saciado.

Había un artículo de tres páginas sobre Jordan Townsend y Krissi Maxton, que posaban con atuendo vaquero delante de un bisonte, en su «rancho de ensueño» de Hope, Montana. En sus declaraciones, Krissi afirmaba no haberse sentido «centrada» en ningún otro lugar; aun así daba la impresión de no querer acercarse mucho al bisonte. Había otras fotos donde salían de punta en blanco durante el estreno de la nueva película de Krissi *Masacre en el espacio*. Ella llevaba un vestidito de lentejuelas que mostraba todos sus encantos. Jordan tenía cara de haberse sometido a un *lifting*, y aparentaba unos ciento cinco años.

Kathy bostezó y cambió al niño de pecho.

Por la noche había vuelto a nevar. Clyde estaba quitando la nieve de la carretera que unía la casa al rancho Calder. Los rayos del sol matinal entraban por la cocina y casi tocaban el calzado de Kathy, unos cómodos botines de borrego. En la radio habían vuelto a poner aquella canción de uno que se queda sin novia y pasa las Navidades solo en casa.

De pronto vio pasar una sombra por la parte de suelo iluminada por el sol. Después oyó ruido de pasos en los escalones del porche, y dos golpes fuertes en la puerta de la cocina. El bebé rompió a llorar en cuanto su madre se levantó para arreglarse un poco. Kathy se lo llevó al hombro y le dio unas palmaditas en la espalda mientras se dirigía a la cocina.

La cara que vio al abrir la puerta le causó tal impresión que estuvo a punto de soltar al niño. Era toda gris, desde el forro de la gorra a los pelos helados de la barba. Hasta la tersa piel sobre dos pómulos pronunciados era grisácea. Lo único que destacaba eran los ojos, duros y penetrantes, clavados en ella como dos escarabajos negros.

Era el primer encuentro de Kathy con el lobero, pese a haber transcurrido más de dos semanas desde su llegada. Parecía que se pasara el día fuera. De vez en cuando Kathy lo veía subir en motonieve por el prado más alto, en dirección al bosque. En cierta ocasión lo había saludado con la mano, pero el lobero no la había visto, o no le había hecho caso. Clyde y Buck habían ido un par de veces a la caravana para hablar con él. Clyde había vuelto diciendo que era un bicho raro, y aconsejando a Kathy que lo dejara en paz.

Mientras el pequeño Buck destrozaba el tímpano de Kathy, el lobero lo miraba con cara de no haber visto un bebé en su vida. Luego se tocó la gorra, como si acabara de recordar la presencia de Kathy.

–Señora...

–Es el señor Lovelace, ¿verdad?

–Sí, señora. Su marido me ha dicho que...

–Pase. Encantada de conocerlo.

Lovelace se quedó mirando la mano que le tendían, como si

el gesto le resultara inexplicable. Después, poco a poco, se quitó un guante muy grueso y después otro más fino. Cuando estuvo preparado para darle la mano, Kathy se sentía tan violenta que lamentaba haber tendido la suya. La mano de Lovelace era fría y nudosa como el tronco de un árbol congelado.

–Me ha dicho su marido...

–Si no le importa, señor Lovelace, preferiría que entrásemos. No quiero que este monstruito se me resfríe.

Lovelace vaciló. Se notaba que prefería quedarse fuera, pero ella siguió sosteniendo la hoja de la puerta y el lobero tuvo que entrar en la cocina, mirando por segunda vez al bebé, que persistía en sus lloros.

–¿Le apetece una taza de café u otra cosa?

–¿El niño es suyo?

Kathy rió. ¡Qué viejo más raro! ¿De quién iba a ser?

–Sí, aunque cuando se pone así estaría dispuesta a venderlo.

–¿Por qué grita tanto?

–Tiene hambre. Le estaba dando el pecho.

–¿Qué edad tiene?

–A finales de enero cumplirá un año.

Lovelace asintió con expresión pensativa. De repente sus ojos azabache dejaron de mirar al bebé y se hincaron en Kathy.

–Su marido me ha dicho que podía coger la sierra mecánica para cortar un poco de leña.

–Sí, claro, faltaría más.

–Ha dicho que está en el establo, pero no es verdad.

Lovelace miró hacia abajo. La sierra estaba en el suelo, al lado de la puerta, entre varios pares de botas. Clyde la había afilado y engrasado antes de irse a dormir, aprovechando para repetir a Kathy por enésima vez que no hablara con nadie del lobero.

–¿Puedo llevármela?

–Por supuesto.

Lovelace se agachó para recoger la sierra.

–No volveré a molestarla –dijo, abriendo la puerta.

Se marchó tan rápido que Kathy no tuvo tiempo de decirle que no era molestia, ni de preguntarle si estaba seguro de no querer una taza de café.

Lovelace ya llevaba quince días buscando a los lobos, rastreando metódicamente bosques y cañones en busca de huellas y buscando señales con el radiorreceptor. Seguía sin encontrar el menor indicio, ni oír aullido alguno.

Había empezado por el norte, según Calder su localización más probable. Después se había desplazado hacia el sur, registrando escrupulosamente todos los senderos, gargantas y cañones del mapa. Como sabía que la bióloga y el hijo de Calder recorrían la zona para localizar señales de radio siempre escogía las rutas donde juzgaba menos probable topar con ellos, dando rodeos por la parte alta de las montañas y bajando por el oeste.

Hacía un tiempo desastroso. Desde la llegada de Lovelace había nevado casi a diario, como si Dios estuviera de parte de los lobos y se propusiera esconder sus huellas. Para colmo, era una clase de nieve que entorpecía la marcha. Hacía bastante que Lovelace no trabajaba en una zona tan amplia y con tan mal tiempo, tanto que ya no se acordaba de lo duro que era.

La motonieve era demasiado ruidosa para utilizarla constantemente. Lovelace, que prefería oír y no ser oído, sólo la usaba para la subida inicial; después la dejaba en lugar seguro y se ponía esquís o raquetas, según el terreno y el estado de la nieve.

Sólo había metido en la mochila lo imprescindible, pero entre tienda, víveres, escopeta y radiorreceptor seguía pesándole como un muerto. A veces, después de todo un día de caminar por la nieve, casi no le quedaban fuerzas ni para montar la tienda y meterse en ella a gatas.

Dentro del saco de dormir, examinó el mapa con la linterna, pensando dónde iría después de haber comido, descansado y esperado a que amainara la ventisca. Había detectado su olor cuando todavía hacía sol, antes de que el cielo se encapotara con nubes bajas y amarillas. La temperatura exterior era de casi treinta grados bajo cero, y el proceso de montar la tienda le había dejado las manos insensibles y rígidas. Encendió el hornillo Coleman para beber un poco de nieve fundida. Poco a poco la sangre fue circulando por sus dedos, que empezaron a escocerle.

Consultando el mapa, vio que estaba por encima de un lugar llamado Wrong Creek. El nombre le traía reminiscencias de su niñez. Circulaba una historia sobre su origen, pero no la recordaba. Reparó en dos picos cruzados a mayor altura, el símbolo de las minas. Sin duda aquélla estaría en desuso. Se propuso ir a verla, por si le servía para dejar los lobos muertos. Suponiendo que los cazara...

Metió la mano en la mochila y extrajo el radiorreceptor, un trasto que pesaba una tonelada y no servía de nada. A falta de pistas sobre las frecuencias de los collares, era como buscar una aguja en un pajar; y aunque se diera el caso de captar una señal nadie le aseguraba que fuera la de un lobo. Seguro que por la zona corrían otros animales con collar, porque había biólogos para todo. Tanto podía tratarse de osos como de pumas, coyotes o ciervos.

Encendió el receptor y repitió lo que ya había hecho diez veces a lo largo de la jornada. Tardó media hora, y como era de esperar no oyó más que crujidos de estática. Apagó el receptor, resuelto a tirarlo a la basura la próxima vez que bajara por provisiones.

A continuación hizo el esfuerzo de comer un trozo de cecina de ciervo y puso nieve a fundir en el hornillo. Tras apagar la linterna se tendió de espaldas y miró el techo de la tienda hasta verlo teñido con los tonos amarillos del crepúsculo.

Se había pasado el día pensando en el bebé de la señora Hicks. ¡Ni un año tenía la criatura! Había quedado hipnotizado por aquellas manos minúsculas y rosadas, por sus muecas y su manera de berrear para que su madre le diera el pecho. El ruido, la energía, la fuerza vital que brotaba con ímpetu de algo tan pequeño, le habían causado una honda impresión.

Lovelace estaba familiarizado con cachorros de especies muy diversas; conocía su olor, su tacto y las distintas voces que emitían, tanto en vida como a punto de morir. En cambio lo ignoraba todo acerca de los bebés. A pesar de su edad nunca había tocado a ninguno, y menos aún cogido en brazos. El olor cálido y dulzón del hijo de Hicks lo había sorprendido.

Poco después de casarse Winnie y él habían descubierto que no podían tener hijos. Winnie, defensora de la adopción, no había conseguido vencer la resistencia de su marido, reacio a criar al hijo de otro hombre.

Lovelace siempre había evitado tener contacto con niños, y huía de los bebés como de la peste, acaso por temor a que le tocaran algún punto débil. Tanto Winnie como él eran hijos únicos, sin sobrinos que pudieran haberlos visitado ni, con el tiempo, enseñado a sus propios hijos.

De repente, y sin saber por qué, se acordó de la última tarde pasada con Winnie en el hospital.

Los médicos se habían acercado en el pasillo para decirle en voz baja que estaba en las últimas. Al entrar y sentarse al lado de la cama, Lovelace la había dado por muerta. Tenía los ojos cerrados, y no parecía que respirara. Estaba palidísima. Su frágil cuerpecillo estaba cubierto de moratones, de resultas de haberse introducido en él infinidad de tubos y cables. Su rostro, en cambio, reflejaba una gran serenidad. Al cabo de un rato abrió los ojos, vio a su marido y sonrió.

Luego se puso a hablar en voz tan baja que Lovelace tuvo que acercarse para entenderla. Parecía haber reanudado una conversación iniciada mucho antes en su cabeza. Él supuso que se debía al empacho de medicamentos y sedantes; en todo caso, era como si ya estuviera a medio camino del cielo y se hubiera parado a descansar, a echar un último vistazo a la vida antes de abandonarla definitivamente.

–Estaba pensando en los animales, Joseph. Quería calcular cuántos han sido en total. ¿A ti qué te parece?

–Winnie...

Lovelace le cogió una mano sin saber de qué estaba hablando. Su voz era como la de un niño soñando en voz alta.

–¿Cuántos? Seguro que más de mil. A lo mejor diez mil o veinte mil. O cientos de miles. ¿Tú crees que llegarán a tantos, Joseph?

–¿Qué animales, Winnie? –preguntó él con dulzura.

–¿O un millón? No, un millón no. Es demasiado.

Winnie sonrió a su marido, y éste, con la misma dulzura, volvió a preguntarle qué animales.

–¿Cuáles van a ser, tonto? ¡Los que has matado en todos estos años! He intentado sacar la suma. Son muchos, Joseph. Y cada uno era una vida distinta a las demás.

–No deberías preocuparte por esas cosas.
–No, si no me preocupo. Sólo pensaba.
–¿Pensabas?
–Sí. –De repente frunció el entrecejo y miró a su marido con intensidad–. Joseph, ¿tú crees que tienen una vida como la nuestra? Lo que llevan dentro, esa chispa, o espíritu, o lo que sea... ¿Crees que es igual que la nuestra?
–No, cariño, por supuesto que no. ¿Cómo va a ser igual?
La duda parecía haber acabado con las energías de Winnie, que cerró los ojos y volvió a hundir la cabeza en el cojín con una vaga sonrisa de satisfacción.
–Tienes razón –suspiró–. ¡Qué tonta! ¿Cómo va a ser igual?

La ventisca duraba ya dos horas. Procedía del noroeste, del otro lado del lago. Helen la oyó gemir alrededor de la cabaña como si fuera el coro de los condenados. Se alegraba de haber desistido a tiempo de salir de noche a buscar señales. Abrió la tapa de la estufa haciendo palanca y dejó caer otro leño, convirtiéndola en un pequeño surtidor de chispas. El ruido sobresaltó a *Buzz*, que estaba despatarrado en el suelo, disfrutando del calor en primera línea. Reparando en su expresión ofendida, Helen se arrodilló junto a él y le pasó la mano por la coronilla.
–¡Perdonad, marqués! ¡Qué torpeza la mía!
Buzz se echó panza arriba para que Helen lo acariciase.
–¡Habráse visto chucho más feo y mimado!
Sentado a la mesa de espaldas a Helen, Luke tecleaba las últimas anotaciones del día en el ordenador portátil. Interrumpiendo su trabajo por breves instantes, volvió la cabeza y sonrió.
A esas alturas, su dominio del software S.I.G. no tenía nada que envidiar al de Helen. Sabía crear mapas nuevos y hacer toda clase de combinaciones (desconocidas a veces para la propia Helen), a fin de mostrar que los lobos podían haber seguido tal o cual camino o descansado en tal o cual lugar. Ella nunca había visto a nadie que aprendiera tan rápido. Lo mismo sucedía durante las rondas diurnas. Luke era un biólogo nato.
Desde que había empezado a nevar siempre hacían lo mismo:

desplazarse en camioneta o motonieve y, nada más encontrar una buena señal, ponerse los esquís y buscar huellas. Una vez halladas las seguían en dirección contraria hasta dar con la última presa, de la que podían llegar a separarlos varios kilómetros. Las manchas de sangre en la nieve daban una impresión bastante truculenta, tanto que la primera vez Helen había temido por Luke, máxime habiéndole oído contar la historia de la caza del alce.

Por la tarde de ese mismo día habían encontrado un cervatillo hembra de cola negra que sólo llevaba muerto unas horas. Los lobos le habían dado caza en un claro, dejando correr la sangre varios metros a la redonda. Al disponerse a tomar las medidas y recoger muestras Helen había observado a Luke de soslayo, quedando sorprendida por su serenidad.

Más tarde, de regreso a la cabaña, habían hablado de ello durante la cena, y Luke había explicado la diferencia sin tartamudear ni una sola vez. Según él, no había matado al alce para sobrevivir; pese a toda la presión que suponía querer complacer a su padre, la elección final seguía en sus manos. Había truncado una vida sin necesidad. No era el caso de los lobos, ni de los cazadores Pies Negros de antaño. Para ellos no había elección posible: se trataba de matar o morir.

Arrodillada junto a *Buzz* a la luz de la estufa, Helen observó al muchacho. Sus tardes juntos eran para ella una bendición. Siempre volvían de noche, y antes de entrar pisaban fuerte con las botas y se ayudaban a quitarse la nieve de la espalda. Después uno de los dos iba a la motonieve a buscar los esquís y el resto del equipo, mientras el otro encendía las lámparas y la estufa. Para quitarse las gorras, los guantes y las chaquetas esperaban a que desprendiesen vapor, señal de que había subido la temperatura de la cabaña. Si el teléfono móvil tenía línea, ella escuchaba los mensajes y devolvía las llamadas. Después, uno de ellos preparaba la cena, mientras el otro empezaba a transferir las notas de la jornada al ordenador portátil.

Habían cenado macarrones con queso, especialidad de Helen de la que Luke seguía declarándose entusiasta a pesar de comerla tres veces o más por semana. Faltaba poco para que se marchara; lo haría en cuanto acabara de introducir la última nota, y como siempre Helen notaría un vacío en su interior, un vacío hecho de soledad. Si no encontraba enseguida algo que hacer, caería de forma inexorable (poco menos que rutinaria) en un pozo de reproches e insultos a sí misma, motivados por lo que le había pasado con Joel.

La estufa chisporroteó. A juzgar por el ruido la ventisca estaba amainando. Luke hizo clic en el icono de guardar archivo y se apoyó en el respaldo.

–¿Ya está todo?

–Sí. Ven a ver.

Ella se levantó y miró la pantalla desde detrás de la silla.

Luke había creado una secuencia nueva de mapas, haciendo constar todos los puntos donde él y Helen habían encontrado «centros olfativos», lugares donde los lobos orinaban con regularidad para marcar los límites de su territorio y disuadir a los invasores. El invierno era la mejor época para encontrarlas, gracias a que la nieve las hacía detectables a simple vista. Cada día encontraban alguna nueva.

La nueva secuencia de mapas mostraba que los lobos habían establecido un territorio claramente definido, de unos ciento treinta kilómetros cuadrados, y que lo patrullaban cada pocos días. El extremo norte se hallaba al pie de Wrong Creek, desde donde el territorio se extendía por el sur y el este hasta el límite occidental del rancho de Jordan Townsend.

Luke hizo una superposición con otro mapa.

–Mira qué curioso. Parece que bajan a visitar a Townsend cada fin de semana.

–¡Hombre, claro! Con el cine ese que tiene...

Él se echó a reír, y en ese momento ella cayó en la cuenta de que llevaba todo el rato apoyando las manos en sus hombros.

–A lo mejor les pa... pasa películas de su novia.

–Eso. Y seguro que les sirve hamburguesas de bisonte.

–¡Mira que son peligrosos los bisontes! Yo si fuera lobo me quedaría con los ciervos.

Helen le dio unos golpecitos en la espalda.

–Pues nada, profesor, felicidades.

Luke echó la cabeza hacia atrás y sonrió a Helen, que tuvo un impulso repentino de agacharse y darle un beso en la frente. Se retuvo justo a tiempo.

–Va siendo hora de que te marches –dijo.

–Ya.

El coche de Luke estaba en el camino, aproximadamente un kilómetro más abajo del lago, en el mismo lugar donde aparcaba Helen la camioneta desde las primeras nieves. A veces, si era tarde, ella lo acompañaba al coche con la motonieve.

–¿Te llevo?

–No hace falta. Iré esquiando.

Mientras Luke se abrigaba para salir, Helen se dedicó a ordenar la cabaña, confiando en disimular la turbación que le había producido la mirada del muchacho.

¿En qué clase de beso había estado pensando? ¿De hermana? ¿De madre? ¿U otro muy distinto? Desechó la idea por ridícula. Luke era un amigo con quien se encontraba a gusto. Así de sencillo. A diferencia de Joel, nunca la juzgaba ni la criticaba. La había cuidado y ayudado a salir del abismo.

Helen conocía los sentimientos de Luke, a quien había sorprendido más de una vez mirándola de modo inequívoco. Se le notaba a la legua que estaba un poco enamorado. Y Helen tenía que admitir que en ocasiones (como aquella misma noche, sin ir más lejos) sentía algo similar. Añoraba los momentos de bienestar físico que le había deparado su abrazo en los días de mayor desesperación, tras recibir la carta de Joel. Añoraba la sensación de poder llorar refugiada en su pecho.

No obstante, sus emociones seguían en carne viva, hechas añicos. Era capaz de pasar de la euforia a la desesperación en menos de un segundo. En todo caso, la idea de que sucediera algo entre los dos resultaba absurda. Luke no era más que un muchacho a quien llevaba diez años. ¡Por Dios, si a su edad Helen, en la universidad...! No, no era buen argumento. De hecho Helen había salido con hombres mayores que ella. Uno tenía treinta y cinco años, es decir que casi le doblaba la edad. De todos modos, con los hombres no era lo mismo. Bastaba ver a su padre y Courtney; aunque a decir verdad todavía no lo había digerido del todo.

Luke estaba delante la puerta, a punto de marcharse.

–¿Mañana a qué hora? –preguntó.

–¿A las ocho?

–Vale. Pues bu... buenas noches.

–Buenas noches, profesor.

Nada más abrir la puerta Luke se vio sepultado por un montón de nieve, seguido por una ráfaga de viento. Helen se había equivocado al dar por finalizada la ventisca. La nieve acumulada contra la cabaña había ahogado el ruido, pero nada más. Luke tuvo que empujar con todas sus fuerzas para contrarrestar la intensidad del viento y el obstáculo de la nieve amontonada en el suelo. Después de conseguirlo apoyó la espalda en la puerta y se puso a reír, cubierto de nieve.

–¡Sí que vuelves pronto! –dijo Helen.

Luke se despertó. La oscuridad era total, y tardó un poco en acordarse de dónde estaba. Tendido de espaldas en la litera de arriba, cuyo colchón estaba lleno de bultos, oyó el sordo gemido del viento, y se preguntó qué lo habría despertado.

Aguzó el oído para distinguir la respiración de Helen en la litera de abajo, pero sólo oyó los ronquidos del perro y algún que otro chisporroteo procedente de la estufa. La habían llenado de leña antes de meterse vestidos en los sacos, para no tener frío cuando se apagara. Luke echó un vistazo a la esfera luminosa de su reloj. Eran las tres pasadas.

–Luke –susurró Helen.

–¿Qué?

–¿Estás bien ahí arriba?

–Sí, muy bien.

Oyeron desplazarse el último tronco, que hizo caer un montón de ceniza en la rejilla e iluminó la cabaña con un fugaz resplandor anaranjado.

–Todavía no te he dado las gracias.

–¿Por qué?

–Por todo. Por haberme cuidado.

–No hace falta que me las des.

–¿Cómo es que nunca me has preguntado qué pasó?

–Me imaginaba que si te... tenías ganas de decírmelo ya lo harías sin que te lo preguntara.

Y así fue. Mientras escuchaba, Luke intentó imaginarse lugares donde no había estado y ver la cara del hombre a quien había amado Helen. Si había sido capaz de abandonarla es que estaba loco de remate. El tono de voz de Helen era tranquilo, casi como si la cosa no fuera con ella, aunque de vez en cuando interrumpía el relato y Luke la oía tragar saliva, señal de que estaba intentando no llorar.

Mantuvo las lágrimas a raya. Sólo se le quebró la voz cuando llevaba cierto tiempo hablando de la carta, la que le había dado Luke después de encontrarla en el camino la misma noche en que Abe Harding había matado al lobo. Luke adivinó que estaba llorando; pero Helen no se arredró, ni siquiera al hablar de la mujer con la que Joel ya debía de haberse casado. Tendido a oscuras en la litera de arriba, Luke guardó silencio.

–Lo siento –dijo Helen al término del relato–. Pensaba que podría contártelo sin lloriquear. –Luke la oyó sollozar y enjugarse las lágrimas–. Nada, que me lo había creído. Ya tenía claro que sería el hombre de mi vida. En fin, qué se le va a hacer. En la vida unas veces se pierde y otras se gana. Espero que sean muy felices. –Hizo una pausa–. La verdad, espero que se pudran en el infierno.

Subrayó el comentario con una risa forzada. Luke tenía ganas de contestar que Joel no la merecía y que estaba mejor sin él, pero no era quién para decirlo.

Se produjo un largo silencio. Al lado de la estufa, *Buzz* hacía unos ruiditos agudos, soñando con que perseguía osos.

–¿Y tú qué? –acabó por preguntar Helen.

–¿Qué de qué?

–¿Cómo andas de novias? Me acuerdo de que en la feria te vi hablar con una chica guapísima.

–Sí, Cheryl. ¡Pero no es ninguna novia! Es simpática, pe... pero...

–Perdona. No es de mi incumbencia.

–No, si no me importa; es que las chicas... Entre que soy ta... tartamudo y to... todo lo demás, nunca he acabado de...

Luke notó que se sonrojaba como un niño, y se alegró de que Helen no pudiera verlo. No había querido decirlo de esa manera, o mejor dicho no decirlo. Odiaba la idea de inspirar lástima a Helen, porque no era así. Desde muy pequeño había aprendido que compadecerse a sí mismo sólo sirve para empeorar las cosas.

Oyó el roce del saco de Helen. De pronto la tuvo delante, y distinguió en la oscuridad el blanco óvalo de su rostro a la altura del suyo.

–Abrázame, Luke –la oyó susurrar–. Abrázame, por favor.

Estaba a punto de llorar. Luke se incorporó, abrió el saco y bajó de la litera, poniéndose de pie al lado de Helen. Se abrazaron, primero ella y después él. Sintiendo el cuerpo de Helen contra el suyo, sintiendo en el pecho el peso de su cabeza, Luke se quedó sin aliento.

–Te... te... te...

Se le trabó la lengua. No podía decirlo. Helen lo miró, aunque había tan poca luz que su rostro era poco más que una impresión, como la parte de la luna que queda a oscuras. Ni siquiera así pudo decírselo Luke. No pudo decirle que era su primer y único amor. Sintió que Helen deshacía el abrazo y le asía la cara con dulzura. Vio sus ojos, oscuros e insondables. Vio que su boca se acercaba a él. Entonces inclinó la cabeza, cerró los ojos y, después de tanto imaginárselo, sintió al fin el anhelado tacto de sus labios.

Tras besarle la frente como si lo bendijera, Helen le rozó los pómulos y besó los párpados de sus ojos cerrados. Acto seguido descansó su mejilla, fresca y húmeda, en la de Luke, quien, pasados unos instantes de inmovilidad, abrió los ojos y siguió el mismo recorrido por la cara de Helen, percibiendo en las mejillas y las comisuras de la boca un sabor salado a lágrimas.

Cuando llegó el momento supremo de unir sus labios con los de Helen, todo el cuerpo de Luke se puso a temblar. Respiró su olor, su sabor, su tacto, su presencia, llenándose los pulmones con la avidez de quien se ahogaría gustoso en todo ello.

26

Cuando Buck llegó a Hope el mercadillo navideño seguía muy concurrido, incluida la venta de pasteles. Buck, que había tardado mucho en dar de comer al ganado, temía llegar demasiado tarde, pero delante de la sala de actos había muchos coches aparcados, y no paraba de entrar gente.

Se apreciaba un esfuerzo mayor que otros años por parte del grupo de mujeres que organizaba el mercadillo. Hettie Millward y sus compañeras habían decorado el porche e instalado un árbol de Navidad con luces de colores, muy favorecido por el sol y la nieve fresca. Por si fuera poco, y por primera vez en años, Hettie había logrado convencer a Eleanor de que participara. Debía de estar en la sala de actos. Buck, en todo caso, confiaba en ello.

No le había sido nada fácil conseguir que Eleanor saliera de casa, y menos después de pasarse toda la noche preocupada por que Luke pudiera haberse perdido en la tormenta. Antes del desayuno Eleanor había estado a punto de telefonear a Craig Rowlinson y pedirle que organizara una batida, pero justo entonces había llamado Luke para decir que se encontraba bien, y que se había pasado la noche refugiado con Helen Ross en la cabaña.

Buck pensó que era una lástima. A veces Dios reparte sus dones de forma harto extraña. Los caminos del Señor son inescrutables.

Dejó atrás la sala de actos y, siguiendo por la calle mayor, frenó a la altura de Paragon para ver si estaba Ruth, pero se lo impidió lo abarrotado del escaparate. Así pues aparcó cerca del bar de

Nelly y rehízo el camino a pie, volviendo la cabeza hacia ambos lados por si había alguien mirando, como solía ser el caso. No vio a nadie. Por lo visto todo el mundo estaba en el mercadillo.

Encontró a Ruth en la barra sirviendo a Nancy Schaeffer, la maestra. No debía de estar muy contenta de verlo, o no lo habría mirado de esa manera al oír la campanilla de la puerta.

–¡Buenos días! –dijo Buck alegremente.

–Hola, Buck –contestó Nancy–. ¡Feliz Navidad!

–Igualmente.

Buck saludó a Ruth con la cabeza y le sonrió.

–Ruth.

–Señor Calder...

Ruth siguió hablando con Nancy de asuntos del colegio, mientras Buck fingía echar un vistazo por el fondo de la tienda. No había más clientes.

Hacía más de un mes que no veía a Ruth. Llevaba un jersey marrón ceñido y estaba guapísima. Por fin Nancy se decidió a marcharse. Buck le dijo adiós. La campanilla de la puerta resonó de modo extraño, igual que cuando había entrado Buck.

–¿Se puede saber a qué vienes?

Ruth caminó hacia el fondo de la tienda con cara de enfadada.

–Feliz Navidad, ¿eh?

–No me vengas con ésas.

–¿Yo?

Ruth se detuvo a distancia prudencial y, cruzándose de brazos, miró a Buck con el entrecejo fruncido.

–¡Pero hombre, Ruth! ¡Estamos en Navidad! ¡La gente compra regalos, y ésta es una tienda de regalos! Tengo todo el derecho del mundo a estar aquí.

–A lo mejor es que no captas por culpa del sombrero. Lo nuestro se ha acabado, ¿te enteras?

–Ruthie...

–No, Buck.

–Te echo tanto de menos...

Buck quiso acercarse, pero Ruth dio un paso atrás. De repente se oyó un fuerte estornudo. Buck, sobresaltado, dio media vuelta sin ver a nadie, hasta que bajó la vista y reparó en un bebé que lo miraba fijamente.

–¡Anda! ¿Y ése quién es?

–¿No reconoces ni a tu nieto?

–¿Cómo es que está aquí?

–¡Si es que no te enteras de nada! Kathy está ayudando a Eleanor en el mercadillo, y yo hago de canguro.

–Ah.

La mirada del niño puso nervioso a Buck, que tenía la sensación de haber sido sorprendido con las manos en la masa.

–Y ahora vete.

–Oye, que sólo...

–Me parece increíble que te presentes aquí sabiendo lo que ha pasado.

–¿Y qué es «lo que ha pasado»?

Ruth lo miró con recelo.

–¡No me dirás que no te lo ha contado!

–¿El qué?

–¡Que está al tanto de lo nuestro, pedazo de animal!

–Imposible...

–De imposible nada.

–¿¿Se lo has dicho tú??

–No ha hecho falta porque ya lo sabía.

–¿Pero lo has admitido?

Ambos se volvieron al oír la campanita, cuyo tintineo fue imitado por el pequeño Buck.

–¡Señora Iverson! –exclamó Ruth con cordialidad–. ¿Cómo está? –Miró a Buck y dijo entre dientes–: Vete de una vez.

Buck se marchó sin despedirse ni de su nieto. Fue a la gasolinera para comprar cigarrillos y encendió uno de camino al coche, pensando constantemente en lo que le había dicho Ruth. Iba tan distraído que al arrancar estuvo a punto de ser arrollado por un camión de dieciocho ruedas. El bocinazo fue tan tremendo que lo puso al borde del infarto, haciendo que soltara el puro y se chamuscara el pantalón.

Eleanor no había soltado prenda. No es que hablaran mucho, pero siendo Ruth su socia habría sido de esperar algún comentario, la verdad. La llegada de la señora Iverson había dejado a Buck con muchas preguntas pendientes de respuesta. Por ejemplo: ¿cómo diantres lo había descubierto Eleanor? ¿Y por qué seguían siendo socias ella y Ruth? ¡Joder, si es que no tenía sentido!

Recorrió el camino de vuelta al rancho con la cabeza en ebullición, barajando ideas a cuál más deprimente. Como venía siendo norma, acabó echando la culpa de todo a los lobos.

Pensando que llevaba días sin ver al viejo lobero, torció a la izquierda en el desvío de debajo del rancho y siguió hasta casa de Kathy.

Quizá Lovelace pudiera alegrarle el día con alguna buena noticia.

Lovelace fue esquivando árboles con la motonieve hasta salir a campo abierto en el prado de encima de la casa. La abundancia de baches empeoró su dolor de espalda, consecuencia de haberse deslomado quitando nieve con la pala, primero de la tienda y después de la motonieve. De todos modos estaba tan acostumbrado a los achaques que no lo pusieron de mal humor. Hacía años que no acampaba con una ventisca tan fuerte, y si bien todo dependía de tener buen equipo y un mínimo de agallas, lo satisfacía comprobar que todavía no estaba demasiado viejo para esos trotes.

Pero había algo más importante: ya sabía dónde estaban los lobos.

Hacia las cuatro de la madrugada, al amainar el viento, Lovelace los había oído aullar, y por la mañana había encontrado huellas a menos de cien metros de la tienda. Era como si los lobos hubieran oído algo y se hubieran acercado a investigar. Como ya estaba al tanto de las condiciones del terreno, el lobero volvía a la caravana a fin de preparar el plan y coger el instrumental necesario para matarlos.

Al pie del prado, una hilera de vacas negras pacía el heno esparcido a propósito por la nieve. Más abajo todavía, Lovelace vio el coche de Buck Calder aparcado junto al de Hicks, al lado de la casa.

Al acceder a terreno más llano y tomar la dirección del establo reparó en que su caravana tenía la puerta abierta. Un segundo después vio salir a alguien. Era Buck Calder, seguido por su yerno, que cerró la puerta después de bajar por la escalerilla. Hicks parecía algo avergonzado; Calder, en cambio, sonrió y saludó con la mano, aguardando a que Lovelace frenara a su lado con la motonieve.

–Me alegro de verlo, señor Lovelace.

El lobero paró el motor.

–¿Qué hacen en mi caravana?

–Nada, buscarlo para ver si estaba bien.

Lovelace no dijo nada. Tras dedicar unos momentos a observar a Calder se apeó del vehículo y entró en la caravana, no sin advertir que Hicks ponía cara de niño travieso. ¿Qué se habían creído?, pensó al subir. ¡Fisgonear sin permiso! Comprobó que no hubieran tocado nada. Le pareció que todo estaba como antes de marcharse. Volvió a abrir la puerta y miró a los intrusos.

–Que no se repita –dijo.

–Hemos llamado a la puerta, y como no contestaba nadie hemos temido que...

–Si necesito ayuda ya se la pediré.

Calder levantó las manos.

–Está bien, está bien, perdone.

–Perdone, señor Lovelace –repitió Hicks como si fuera un loro.

Lovelace asintió fríamente con la cabeza.

–¿Y qué, cómo va? –preguntó Calder, todo cordialidad, como si no hubiera pasado nada–. ¿Ya los ha cogido?

–Se lo diré cuando sea el momento.

Dicho lo cual les cerró la puerta en las narices.

Kathy intentaba cerrar la cremallera del traje de invierno del pequeño Buck, que, sentado al borde de la mesa de la cocina, proclamaba su insatisfacción a los cuatro vientos. Estaba resfriado, el pobrecito, con la cara roja y la nariz tapada. Eleanor se dedicaba a cortar cebollas al otro lado de la mesa.

Era martes, único día en que Luke volvía a casa antes de cenar, y único asimismo en que Eleanor ponía cierto empeño en preparar la cena. Iba a hacer pastel de pescado, y ello por dos motivos: que era uno de los platos preferidos de Luke y que su padre lo odiaba.

El bebé les destrozó los tímpanos con un berrido.

–Quiere quedarse con la abuela –dijo Eleanor–. ¿Tú no, cielo?

–Oye, que por mí puedes quedártelo. ¡Te he dicho que te calles, monstruito! ¿Yo también era así? –preguntó Kathy.

–Peor.

–Ah, pero ¿todavía existe algo peor?

Justo cuando Kathy empezaba a poner los guantes al bebé los faros de un coche iluminaron las ventanas de la cocina. Poco después, mientras el pequeño tomaba aliento para otro berrinche, oyeron los pasos de Luke por el camino de entrada. Estaba silbando, cosa que Eleanor nunca le había oído hacer.

–Menos mal que hay alguien contento –dijo Kathy.

El bebé volvió a llorar.

Luke entró y saludó. Una vez despojado de su sombrero, chaqueta y botas, y después de dar un beso a Eleanor, cogió en brazos al pequeño Buck y se lo llevó a dar una vuelta por la cocina. El niño dejó de llorar enseguida.

–¿Buscas trabajo? –preguntó Kathy.

–Ya tengo.

–Sí, y se pasa la noche en plena ventisca –dijo Eleanor.

–Estamos bien, mamá.

Al tiempo que acababa de picar la cebolla Eleanor observó los pasos de Luke por la cocina, feliz de verlo tan contento. Durante el camino de regreso del mercadillo al rancho Kathy le había hablado de las incipientes habladurías acerca de Luke y Helen Ross, habladurías que Eleanor consideraba absurdas.

Luke volvió a dejar al pequeño Buck en manos de Kathy y subió a su habitación. Kathy no tardó en llevarse al niño al coche y marcharse a casa, dejando a Eleanor sola con sus guisos.

Eleanor no tenía ni idea de dónde estaba su marido; seguro que escondido en alguna parte, pensando en qué actitud adoptar cuando volviera a casa. Eleanor sonrió al pensarlo.

Ruth le había contado la visita matinal de Buck. La pobre todavía no las tenía todas consigo. Se supone que las esposas traicionadas quieren vengarse de la «otra mujer», y hasta matarlas. Eleanor se daba cuenta de que a Ruth la tranquilidad con que había reaccionado seguía pareciéndole un poco sospechosa. Saltaba a la vista su estupefacción al ver que el adulterio no ponía en peligro ni su amistad ni algo más importante, su relación comercial. Todo ello hacía que Eleanor disfrutase todavía más.

De hecho, los amoríos de Ruth y Buck no habían vuelto a ser mencionados desde el día en que Eleanor había revelado estar al corriente de ellos. ¿Acaso quedaba algo que decir? A veces Eleanor se arrepentía un poco de haber planteado el tema de forma tan brusca, preguntando a Ruth a bocajarro cuánto tiempo llevaba acostándose con Buck. No había sido del todo sincera, ya que a esas alturas casi estaba convencida de que el adulterio había tocado a su fin.

Ruth había tenido la decencia de no negar nada. Lo que sí hizo fue preguntar a Eleanor cómo se había enterado.

–¿Verdad que tú has estado casada? –le preguntó Eleanor.

–Sí.

–¿Cuánto tiempo?

–Unos cinco minutos.

–Supongo que es demasiado poco, pero bueno; la cuestión es que en esos temas llega un momento en que lo adivinas. Además, Ruth, confieso que no me falta práctica.

Ahorró a Ruth los detalles de cómo había llegado a percatarse de la última infidelidad de Buck; de cómo, al ir a la tienda por primera vez para ofrecerse como socia, había notado algo familiar en el perfume de Ruth, antes de caer en la cuenta, un poco más tarde, de que era el mismo que detectaba en Buck cuando lo oía acercarse neciamente de puntillas a la cama creyéndola dormida. De cómo había oído su coche cerca de casa de Ruth, y encontrado después uno de sus puros en el camino de entrada.

–Siempre hay alguna que otra mujer –siguió diciendo Eleanor–. Hasta varias a la vez, aunque no siempre sé quiénes son. Si es que ya ni me importa, Ruth.

–No me lo creo.

–Pues es verdad. Antes sí, claro, pero se me pasó. Lo siguiente fue preocuparme de que la gente me compadeciera, cuando la verdad es que deberían compadecerse más de Buck que de mí. Ahora no me importa ni eso. Que piensen lo que quieran.

–¿Por qué sigues con él?

Eleanor se encogió de hombros.

–¿Adónde quieres que vaya?

La pobre Ruth se había quedado de piedra. Desde entonces, por mucho que Eleanor le diera garantías de que su relación comercial no corría riesgo alguno, Ruth la trataba con respeto y cautela. En la tienda, después del mercadillo, y mientras Kathy estaba en el lavabo cambiando los pañales al bebé, Ruth, hecha un manojo de nervios, había susurrado a Eleanor lo de la visita de Buck, y el contenido de su conversación.

Así pues, Buck sabía que Eleanor estaba al tanto de su aventura con Ruth. Dando los últimos toques a la cena, Eleanor se permitió experimentar una pizca de satisfacción por cómo debía de sentirse su marido.

Tardó una hora más en oír el coche de Buck, que la encontró atareada poniendo la mesa. Al levantar la cabeza Eleanor lo vio tenso, con cara de arrepentido, y se regodeó en su palidez.

–Huele bien. ¿Qué es? –preguntó Buck.

Eleanor, sonriente, contestó que iban a cenar pastel de pescado.

27

Sólo se habían besado; eso y abrazarse en la litera, y hablar hasta que el alba iluminara las ventanas cubiertas de nieve. Nada más. ¿Qué tenía de malo?

He ahí la pregunta que obsesionaba a Helen desde que Luke había vuelto a casa la noche anterior, dejándola sola en la cabaña a merced de un nuevo espectro, el de su sentimiento de culpa. De momento Helen insistía en considerarlo infundado, aunque no siempre lo lograba. Intentaba convencerse una y otra vez de que sus necesidades habían sido iguales a las de Luke. ¿Que ambos habían hallado consuelo en lo sucedido? ¿Y por qué no? ¿Cómo iba a empañarlo una pequeña discrepancia de edad (y de inocencia, sí; también de inocencia)?

Siempre estaba a un paso de convencerse.

Una vez, Joel le había dicho que más que en biología debería haberse especializado en sentimiento de culpa, y que su verdadera vocación era trabajar en una constructora, vista la destreza con que elevaba cárceles donde encerrarse a sí misma. Resultó que Luke no le iba a la zaga.

Acurrucada con Luke en la litera, Helen había confesado sentirse culpable de que sus padres hubieran estado casados sin quererse. Luke había hecho lo propio con la muerte de su hermano, y ambos habían puesto un empeño tan apasionado como inútil en calificar de absurdos los remordimientos del otro. Siempre es fácil ver lo absurdo de las cárceles ajenas.

Habían quedado en Great Falls, donde Helen pensaba comprarse un vestido para la boda de su padre. Faltaban dos días para el vuelo a Barbados. Un viento cálido bajaba de las montañas, modesto remedo del clima caribeño, y la nieve se estaba fundiendo a ojos vistas.

Llegaron en coches distintos, y de acuerdo con lo convenido se encontraron en el aparcamiento del centro comercial, como dos amantes furtivos. Helen, que llegó temprano, dejó anclado el coche en un mar de fango gris y se quedó sentada diez minutos en espera de que el jeep de Luke se acercase por la carretera. Venía de Helena, donde había tenido sesión de logopedia. Durante la espera Helen empezó a temer que lo ocurrido entre ellos introdujera cierta tensión en su trato, pero Luke borró sus temores a base de naturalidad y simpatía, llegando a cogerla brevemente por la cintura al entrar en el centro comercial.

Todas las tiendas estaban adornadas con profusión de guirnaldas y luces navideñas. La música ambiental era un encadenado de villancicos. Las tiendas de moda sólo vendían ropa de invierno, y Helen empezó a preguntarse si destacaría mucho presentándose en Barbados con parka y pantalones de esquí. De repente Luke vio algo en un colgador de oportunidades. Se trataba de un vestido amarillo sin mangas, un modelo muy sencillo. Helen, no estaba muy entusiasmada, entró en un probador.

Llevaba cuatro meses sin verse en un espejo de cuerpo entero, y se quedó boquiabierta. Su pelo había crecido de una manera que hacía que pareciera paja saliendo por las costuras de un espantapájaros. Otra cosa que la sorprendió fue lo mucho que había adelgazado. Se le marcaban los pómulos, y la luz cruda del fluorescente acentuaba sus ojeras de forma espeluznante. Aún fue peor al quitarse la ropa. La piel de las costillas y las caderas estaba tan tersa que le pareció ver el hueso a través. Como el vestido era de tirantes tuvo que probárselo sin sostén. Al quitarse este último tuvo la sensación de haber perdido varias tallas de pecho. ¡Dios mío, pensó, parezco uno de los niños africanos de que habla Joel! Se apresuró a ponerse el vestido para no seguir viéndose desnuda.

Aunque pareciera mentira le quedaba bien. Era demasiado largo y se abolsaba un poco debajo de los brazos; además, como

Helen tenía blanco todo el cuerpo salvo la cara y lo que le quedaba de moreno en los brazos, el resultado no dejaba de ser cómico. No obstante, el color la favorecía. Con un poco de maquillaje (o con mucho) hasta podía dar el pego.

Luke la estaba esperando a la entrada de los probadores, mirándose las botas con expresión retraída, cerca de dos chicas que comentaban los méritos del jersey que acababa de probarse una de ellas.

–Luke...

Levantó la cabeza y la vio acercarse descalza. Helen se sentía vulnerable y avergonzada, como una niña que se pone un vestido por primera vez para ir a una fiesta. Se detuvo delante de Luke y, cohibida, giró en redondo. Al volver a la posición de partida, advirtió que Luke fruncía el entrecejo y movía un poco la cabeza.

–¿Qué? ¿No? ¿No te gusta?

–No, di... digo sí, pero es que...

Miró el suelo y al cabo de un rato respiró hondo, como hacía de vez en cuando al trabársele la lengua, en espera de que las palabras se decidieran a salir. Después volvió a mirar a Helen.

»Es bonito –dijo.

Nada más. Pero a Helen su sonrisa le llegó al corazón.

Lovelace olfateó el aire de la noche, igual que un lobo.

Se había pasado una hora entera preocupado por que cambiara el viento. Temía que soplara hacia el oeste y llevara su olor cañón abajo, hasta el arroyo donde había dejado el animal muerto. En ese caso ya podía despedirse. Por suerte el viento siguió soplando hacia el norte, difundiendo el olor de la sangre del ciervo en la dirección que deseaba Lovelace.

Hasta primera hora de la tarde había soplado un viento cálido que arrancaba nubes negras de la cordillera y las hacía planear sobre los llanos a velocidad endiablada. Los árboles no habían dejado de gotear durante toda la mañana, ni las rocas de encauzar el agua. Por todas partes se oían los crujidos de la nieve al fundirse, cambiar de posición y estabilizarse de nuevo. Lovelace había visto dos aludes y oído unos cuantos más cuyo retumbo, semejante al sordo redoble del trueno, había resonado por los cañones más altos. Finalizado el proceso de reorganización, todo había vuelto a endurecerse.

Eran las nueve de la mañana. Lovelace llevaba casi dos horas esperando.

Estaba tendido boca abajo en su saco de dormir, bajo un saliente que recorría la pared del cañón. Tenía debajo más de sesenta metros cortados a pico, y casi otro tanto por encima.

Para llegar ahí había tenido que deslizarse como una lagartija, pero valía la pena, tanto por el resguardo que le proporcionaba la roca en voladizo como por el panorama del arroyo, cubierto por una placa de hielo. El suelo de la cueva estaba seco y cubierto de trozos de huesos. Olía a puma.

Volvió a escudriñar el cañón por el dispositivo de visión nocturna de su escopeta, desplazando suavemente el círculo luminoso, verde y fantasmal. Su atención se concentraba en el arroyo y el sendero paralelo a él. Si los lobos se decidían a venir lo más probable era que utilizaran el segundo. Vio moverse algo entre los árboles y se le aceleró el pulso; pero sólo era un lince rojo que avanzaba con tiento entre las rocas nevadas. Mientras Lovelace lo observaba, el felino notó algo raro y se detuvo en seco. A través de la mira sus ojos adquirieron una luminosidad irreal. De pronto se internó en el bosque y desapareció en un abrir y cerrar de ojos.

Lovelace volvió a enfocar el arroyo hasta encontrar el pedregoso islote donde había dejado al cervatillo, cuyo cadáver permanecía intacto. Lovelace lo había matado al anochecer, junto al curso superior del arroyo; después lo había arrastrado corriente abajo, caminando por el agua con sus botas de goma para no dejar huellas. El lecho del arroyo era resbaladizo, peligro al que se añadía el del hielo en la parte menos honda. El esfuerzo había sido tan agotador que lo había obligado a hacer varios altos para recuperar el aliento.

Al llegar al islote había extraído la bala con sumo cuidado, antes de sajar la barriga y el cuello para que la sangre se mezclara al agua. Acto seguido había dispersado las tripas alrededor, a fin de que el olor se difundiera más fácilmente por el cañón.

Las posibilidades de que funcionara a la primera eran escasas. Las huellas que Lovelace había encontrado por la mañana demostraban que los lobos habían rondado la zona la noche anterior, pero nada les impedía haberse alejado treinta o cuarenta kilómetros. Podía pasarse varias semanas vigilando sin conseguir nada. Además, aun en el caso de que apareciera algún lobo, la distancia hacía difícil dar en el blanco.

La había medido el día anterior, al encontrar la cueva. El arroyo estaba a unos doscientos cincuenta metros, buena distancia para disparar de día pero excesiva para un tiro nocturno. Lovelace había ajustado la mira a la trayectoria parabólica de la bala, pero el ángulo planteaba dificultades, agravadas por un viento lateral que soplaba a más de treinta kilómetros por hora. Habría que calcular al menos sesenta centímetros de desvío.

Lovelace estaba casi seguro de que la bióloga y el muchacho no estaban de ronda, y aunque lo estuvieran no podían subir por el cañón sin que el ruido de la motonieve o la luz del faro delataran su presencia. No obstante, cabía la posibilidad de que otra persona oyera el ruido del silenciador. Quizá hubiera sido más acertado poner trampas.

Después de tres horas de vigilancia continua Lovelace empezaba a tener sueño, además de que se le enfriaban los pies. Dejó la escopeta en el suelo, apoyó la cabeza en el codo y cerró los ojos.

Cuando volvió a abrirlos para consultar su reloj de pulsera vio que había pasado una hora. Recriminándose su estupidez, cogió el rifle y encendió el dispositivo de visión nocturna. El ciervo seguía intacto. Sin embargo, al mover la mira un poco a la derecha, Lovelace vio pasar una sombra por el foco invisible de luz verde.

Había dos. Tres. Cuatro. Trotaban en fila india por un recodo del camino. Lovelace supuso que el que iba delante debía de ser prácticamente blanco, aunque él lo veía de un verde lechoso. A juzgar por su tamaño, posición en el grupo y altura de la cola, debía de tratarse de la hembra dominante. Lovelace vio que llevaba collar, al igual que el siguiente. Los otros dos todavía no habían alcanzado la corpulencia de la edad adulta.

Lovelace notó que el corazón le latía más rápido. Le parecía increíble haber tenido tanta suerte. Quitó el seguro sin hacer ruido y activó la mira de láser.

Como Calder le había dicho que la manada constaba de ocho ejemplares, siguió vigilando el recodo en espera de que pasaran los demás. No vio nada. Le pareció extraño que no cazaran todos juntos, pero al menos tenía dos para empezar. Su intención era dejar para el final a los que llevaban collar; así, mientras siguiera oyendo la señal, la bióloga juzgaría a salvo a toda la manada. Además podían llevarlo hasta los otros. ¡Si lograra encontrar de una vez las malditas frecuencias!

Los lobos se detuvieron antes de internarse por un bosquecillo de sauces poco crecidos. El ciervo estaba a unos veinte metros corriente arriba. La loba blanca permaneció inmóvil con el hocico en alto, haciendo temer a Lovelace que el viento hubiera llevado su olor hasta la nariz del animal. Apuntó al pecho de la loba con el punto rojo del láser, preguntándose si no sería mejor matarla ya y olvidarse de lo del collar. Lo malo era que los sauces le impedían ver bien a los que iban desprovistos de él. Disparar sólo serviría para ahuyentarlos. Pero ahí estaba de nuevo la loba blanca, avanzando con mayor lentitud al frente del grupo.

Tras diez minutos rondando por la orilla la loba decidió que no había peligro en cruzar la extensión de hielo y agua que los separaba del altar de piedra, y por ende del ciervo. Lovelace podría haber disparado diez o doce veces, pero prefirió esperar y observar. Quería que toda la manada llegara al ciervo y comiera lo suficiente para que quien encontrara el cadáver atribuyera su muerte a los lobos.

Dejó que comieran y, pasado un buen rato, puso el dedo en el gatillo. Los dos lobos sin collar estaban hombro con hombro, hurgando en el ciervo con el hocico. Lovelace colocó el punto rojo del láser a la altura del que tenía el pecho más a la vista. El lobo levantó la cabeza para tragar. Lovelace vio en su hocico un brillo verde de sangre.

Apretó el gatillo.

El impacto de la bala echó al lobo hacia atrás, dando con él en el agua. Lovelace no esperaba matar a más de uno; pensaba que los demás huirían asustados. En lugar de ello se limitaron a dejar de comer y quedarse mirando a la víctima del disparo, llevada por la corriente hasta detrás del islote, donde Lovelace ya no podía verlo. El viejo lobero se apresuró a meter otra bala en la recámara.

Alcanzó al segundo en plena cabeza, y lo vio derrumbarse sin vida junto al ciervo. Esta vez los otros dos saltaron como gatos escaldados. Se tiraron al agua sin perder ni un segundo, y una vez alcanzado el hielo de la orilla salieron disparados en dirección al bosque.

Lovelace casi tardó una hora en bajar al arroyo y arrastrar a los lobos fuera del agua, cogiéndolos por las patas traseras. Aun siendo todavía cachorros cada uno pesaba entre veinticinco y treinta kilos, y el esfuerzo de cargarlos en la parte trasera de la motonieve y subir hasta la mina apenas le dejó fuerzas para apearse del vehículo.

Los dejó al lado de su hallazgo del día anterior, un conducto de ventilación medio obstruido por la maleza. Después apartó con tiento los troncos de pino en proceso de putrefacción, colocados tiempo atrás para cubrir el pozo.

Arrastró a los lobos uno por uno hasta el borde del conducto y los bajó cogiéndolos por la cola. Cada vez que soltaba a uno prestaba atención a su caída, acompañada por un desprendimiento de rocas y coronada por un chapuzón que subía de lo más hondo de la mina.

Después se quedó quieto, escuchando el silencio.

«–Joseph, ¿tú crees que tienen una vida como la nuestra? Lo que llevan dentro, esa chispa, o espíritu, o lo que sea... ¿Tú crees que es igual que la que tenemos dentro nosotros?

»–No, cariño, por supuesto que no. ¿Cómo va a ser igual?»

Ya no hacía viento, pero volvía a nevar. Por la mañana todas sus huellas se habrían borrado.

Le seguía costando asumir que Helen se marchara.

El avión tenía que salir a las seis de la mañana. Luke había insistido en llevarla en coche al aeropuerto, sin ceder a sus protestas. La bolsa de viaje ya estaba en la litera.

El padre de Helen había enviado un folleto con fotos del hotel donde iban a alojarse. Se llamaba Sandpiper Inn y tenía un aspecto paradisíaco, con palmeras y césped hasta la playa. Y el mar, por supuesto; un mar azul claro que hasta superaba al de sus sueños (de los que no había hecho partícipe a su hija). El comedor, abierto por los lados, estaba rodeado de plantas exóticas. El padre de Helen decía haber intentado no idealizar demasiado su estancia en la isla, con su hija.

Teniendo en cuenta el madrugón que lo esperaba, hacía tiempo que Luke debería haber vuelto a casa, pero le apetecía tan poco que fingía hacer algo importante en el ordenador. Helen cosía al otro lado de la mesa, mordiéndose el labio. Estaba tan absorta que no se daba cuenta de que la miraban. A veces alzaba la vista y sorprendía a Luke in fraganti, aunque no parecía darle mayor importancia. Después de comprarse el vestido había aprovechado su estancia en Great Falls para ir al peluquero, y el nuevo peinado le prestaba un aire más juvenil.

Ya había entrado los lados del vestido, y le faltaba poco para acabar de acortarlo. Antes de cenar se lo había probado con los zapatos nuevos, subiéndose a una silla en el centro de la cabaña para que Luke prendiera los alfileres. Tardaron una eternidad, en parte por ser la primera vez que Luke hacía algo por el estilo, pero sobre todo porque ninguno de los dos era capaz de aguantarse la risa. La escena no cuadraba mucho con el emplazamiento, una cabaña en pleno invierno. Para colmo Helen se empeñaba en inclinarse hacia un lado u otro, y después se quejaba de que Luke no había sujetado bien el vestido.

Iba a pasar diez días fuera.

Lo tenían todo planeado. En ausencia de Helen Luke se instalaría en la cabaña para cuidar a *Buzz* y ocuparse del rastreo. Helen le prometió que si se portaba bien tendría derecho a unas horas libres el día de Navidad. Los padres de Luke no habían puesto ningún reparo, y Helen se lo había explicado todo a Dan Prior, a quien le pareció muy bien siempre y cuando fuera «extraoficial» (según Helen, se refería a no tener que pagar nada). Dan se había ofrecido a llevar a Luke en avioneta un día de la semana siguiente y sobrevolar la zona en busca de señales.

Helen dio la última puntada y rompió el hilo con los dientes, antes de sostener el vestido en alto para examinarlo.

–Todavía me hago cruces de que lo encontraras. ¡El único vestido de verano de todo el estado de Montana!

–Debe de ser que soy un comprador nato.

Helen rió, al tiempo que *Buzz* rompía a ladrar con todas sus fuerzas, sin duda por haber olido el paso de algún animal por fuera de la cabaña. Sucedía a menudo. Helen le mandó callar. Después se levantó y llevó el vestido a la cama, donde lo dobló para meterlo en la bolsa.

–¿No piensas probártelo?

–¿Tú quieres?

Luke asintió con la cabeza. Helen se encogió de hombros.

»Bueno.

Luke se volvió y aparentó interés por la pantalla del ordenador, igual que cuando Helen se había cambiado. Siempre hacía lo mismo, porque nunca le había resultado fácil oír a Helen cambiándose, e imaginársela, y sentir una mezcla de excitación y vergüenza. Desde el beso era como una tortura china, algo casi superior a sus fuerzas. Estaba sumido en el desconcierto. ¿Cómo saber lo que sentía Helen por él?

Quizá su experiencia en esas lides fuera prácticamente nula, pero nadie podía acusarlo de tonto. El beso de Helen le decía que ya eran algo más que amigos. Bien, pero ¿y en adelante? ¿Qué tenía que hacer?

Tal vez lo mejor hubiera sido tomar la iniciativa cuando estaban juntos en la litera. Acaso fuera lo que Helen había esperado de él. Sin embargo, para Luke era la primera vez, y no estaba seguro de cómo actuar. En definitiva, que no había pasado nada, ni entonces ni más tarde, y Luke tenía la intuición, triste y casi desesperada, de que la partida de Helen ponía punto final a toda posibilidad de que sucediera.

Oyó acercarse por detrás un taconeo de zapatos nuevos.

–¿Me subes la cremallera?

Luke se levantó, al tiempo que Helen le daba la espalda. Hacía un rato, al probarse el vestido para entrarlo, ella se había dejado puesto el sostén, pero él reparó en que esta vez se lo había quitado, igual que en la tienda. Subió la cremallera y contuvo el estúpido impulso de besarle los hombros desnudos. Ella caminó en dirección a *Buzz*, que estaba echado delante de la estufa. Después se volvió y adoptó una pose burlona en espera del veredicto.

–¿Qué?

–Estás gu… guapísima.

Helen rió.

–Lo dudo.

–¡En serio!

Luke sacó del bolsillo el regalo que le había comprado. La dependienta se lo había puesto en una cajita, envuelta a su vez en un bonito papel dorado. Se acercó a Helen con el regalo en la mano.

–¿Qué es?

–Nada, sólo un… Toma.

Ella lo cogió y quitó el papel bajo la mirada de Luke. La caja contenía una cadena con un colgante en forma de lobo, todo ello de plata y con un envoltorio de papel de seda blanco. Helen lo admiró.

–Luke…

–Es una tontería…

Ella siguió contemplando el colgante. Luke pensó que tal vez no le gustara.

–Se pu… puede cambiar; o sea que si no te…

–¡Si me encanta!

–En fin… –Luke sonrió e hizo un gesto con la cabeza–. Fe… feliz Navidad.

–Yo no te he comprado nada.

–Da igual.

–¡Oh, Luke!

Helen le echó los brazos al cuello. Al abrazarla, él le tocó la espalda desnuda. Se inclinó para besarla dulcemente en el hombro.

–Ojalá no te fueras.

–No me agrada nada. Voy a echarte de menos.

–Te quiero, Helen.

–¡Luke! ¡No digas eso!

–Es verdad.

Se separó de ella para mirarla a los ojos. Helen frunció el entrecejo.

–Soy demasiado mayor para ti. No está bien. Lo de la otra noche fue un error...

–¿Que no está bien? ¿Po... por qué? Tampoco me llevas ta... tantos años. Además, ¿qué más da?

–No sé, pero...

–¿Aún estás enamorada de Joel?

–No.

–Te hizo sufrir. Yo no sería ca... capaz.

–Pero es que... –Helen dejó la frase a medias.

–¿Qué?

–Yo podría hacerte sufrir.

Se miraron largamente. Luke sentía su presencia en todas las fibras de su cuerpo. La atrajo hacia sí, sintiendo la presión de sus pechos. Entonces la besó, temiendo que lo rechazara, pero no fue así. La boca de Helen se relajó y ella respiró entrecortadamente. Él notó que le apretaba más los brazos.

–No me importa –susurró.

Se despidieron una hora más tarde, y Luke emprendió el camino a casa bajo una intensa nevada. De haberse fijado aún podría haber reconocido las huellas que pasaban por debajo de la ventana de la cabaña, medio cubiertas por la nieve. Su cabeza, sin embargo, había emprendido el vuelo por otras esferas, en pos de su corazón.

28

Courtney Dasilva tenía tanto talento para ejercer de novia como para todo lo demás. Era de esas novias a cuya vista se derrite el más curtido hombretón, aunque siempre hay quien, menos generosa, se retuerce de envidia. Helen se contaba entre estas últimas, sin que ello le produjera graves problemas de conciencia.

El vestido, un modelo de raso color marfil abierto por los hombros, había sido diseñado para insinuar la rodilla y el escote de la novia, sin por ello alejarse del buen gusto. Lo había confeccionado un diseñador italiano de Madison Avenue cuyo nombre, desconocido para Helen, arrancó exclamaciones de embeleso a los demás invitados (también el precio era para quedarse boquiabierto). El efecto de conjunto venía a ser como si alguien hubiera metido en una licuadora a la buena de Courtney y después la hubiera vertido por el cuello del vestido, como quien sirve un daiquiri de plátano. Era como un plato de nata, y hasta un marciano de vacaciones habría visto en el padre de Helen, con su sonrisa de despistado, al gato que lo saboreaba.

Se casaron la mañana de Navidad, con el objetivo de que tanto los novios como los invitados que por su importancia habían llegado antes tuvieran unos días para ponerse morenos como Dios manda. La ceremonia, dirigida con hábil mezcla de júbilo y solemnidad por el reverendo Winston Glover, tuvo lugar en una glorieta florida con vistas a la bahía. Más tarde, copa de champán en mano, los invitados vieron acercarse algo por la superficie azul turquesa del océano. Se trataba de un Papá Noel barbadés en moto acuática, que aparcó en la playa y se paseó entre la concurrencia sin pantalones y con las piernas mojadas, deseando feliz Navidad y repartiendo regalos con etiquetas individuales envueltos en papel de Saks Fifth Avenue, establecimiento donde la propia Courtney los había escogido atendiendo a los gustos de cada invitado. Helen recibió un neceser de imitación de piel de lagarto.

Había veinte invitados, y aparte de a su hermana Celia, Bryan y sus hijos, Helen sólo conocía al hermano menor de su padre, Garry, y a su mujer Dawn, temible experta en aburrir al personal. Helen y Celia se habían pasado los tres días huyendo de ellos, arte en que ya eran muy duchas.

Garry nunca había entendido bien en qué consistía el papel de tío, y en prueba de ello llevaba flirteando con sus sobrinas desde que habían entrado en la adolescencia. Para saludarlas les daba besos en los labios en lugar de en la mejilla, y hacía comentarios picantes que por algún misterioso motivo hacían estallar en carcajadas a Dawn. Hablando entre ellas, las hermanas los llamaban Ego (Especialista en Guiñar Ojos) y Patosa.

Helen se alegró de volver a ver a Celia y tener tiempo de estar con ella a solas (Bryan casi siempre estaba ocupado ejerciendo de padre de Kyle y Carey). Mientras padre e hijos se dedicaban con fervor a la natación, la vela o el esquí acuático, las dos hermanas se quedaban en sus tumbonas leyendo y charlando. Aparte de algún que otro paseíto hasta el mar, más que nada para refrescarse, lo más agotador que hacían era pedir otro ponche de ron a Carl, el camarero joven y musculoso de la playa.

Como era de esperar, Helen se había olvidado de llevar traje de baño, pero lo solucionó comprándose un biquini negro, el primero que encontró en la tienda del hotel. Nada más vérselo puesto Celia se comprometió personalmente a engordar a su hermana. Pasó los primeros días pidiendo toneladas de galletas, bocadillos y helados, y obligando a Helen a comérselos. Durante la cena prohibía cuantos platos bajaran del millón de calorías, y si Helen no se los acababa le daba patadas por debajo de la mesa. Poco a poco, el rigor de la campaña se había ido relajando, aunque más por lo morena que se puso Helen que por los pocos kilos engordados.

El vestido amarillo fue muy alabado, aunque Helen sólo tuvo en cuenta el comentario de Courtney, que lo calificó de «comodísimo».

Al cabo de sus duras jornadas de tumboneo, las hermanas solían dar unas brazadas hasta un pequeño pontón anclado a doscientos metros de la playa. Sentadas en la borda, con los pies chapoteando en el agua tibia, se disponían a contemplar otra puesta de sol extravagante. Lo convirtieron en el ritual de cada tarde, y la única concesión que hicieron el día de Navidad, con la boda todavía en su apogeo, fue llevarse al pontón un par de copas y una botella de champán.

–Me parece que no te cae bien –dijo Celia, llenando la copa de Helen.

–¿Quién, Courtney? Parece buena chica, pero no la conozco.

–A mí sí me cae bien.

–Mejor.

–¿Y sabes qué? Me parece que está enamorada.

–Dichosa palabreja.

Con Celia, Helen siempre se hacía la dura. En otras circunstancias su hermana la habría regañado por semejante comentario, pero hacía dos noches que Helen le había contado lo de la carta de Joel, y quizá fuera ése el motivo de que no contestara. El silencio no tardó en hacer que Helen se sintiera un poco culpable. Miró a su hermana y le sonrió.

–Perdona. Supongo que lo digo por envidia. –Bebió un sorbo de champán.

–Todo llegará –se limitó a decir Celia.

Helen se echó a reír.

–¿Que llegará el qué? ¿Un príncipe azul? ¿A mí?

–Estoy segura.

–Segura, dices.

–Sí.

–Pues ya sois dos. Ayer por la noche nuestra nueva madrastra me dijo que estaba segura de que al volver a Montana me enamoraría perdidamente del hombre del anuncio de Marlboro.

–¿Y tú qué le dijiste?

–Que ha muerto de cáncer.

–¡Mira que eres tremenda, Helen!

–La verdad es que ya lo he conocido.

Celia no respondió. Helen movió sus pies en el agua, que empezaba a ponerse oscura, aunque todavía permitía ver la cadena del ancla. Se curvaba hacia el fondo hasta hundirse en la arena, rodeada por un banco de pececillos plateados. Al volverse, Helen reparó en que Celia la estaba mirando con ojos muy abiertos, en espera de que dijera algo.

–Odio que me mires de esa manera.

–¿Qué quieres que haga si me dejas en ascuas?

–De acuerdo. Es alto, moreno, y delgado. Y tiene los ojos verdes más bonitos del mundo. Es hijo de un ranchero muy importante. Es tierno, educado y de buen corazón. Y está loco por mí.

–¡Helen! ¡Qué...!

–Y tiene dieciocho años.

–Ah... Ya. Bueno...

–«Bueno...» –repitió Helen, imitando a Celia. Siempre que la veía poner cara de profesora repipi le entraban ganas de matar.

–¿Y es...? –siguió Celia, en busca de alguna pregunta que viniera al caso–. ¿Has...?

–¿Que si me lo he tirado?

–¡Helen, por favor! Ya sabes que no me refería a eso.

–De todos modos la respuesta es no. –Hizo una pausa–. Todavía no.

–¿Por qué tienes la manía de pensar que me escandalizan esas cosas? ¿Tan reprimida te resulto? ¡Pareces verme como una especie de bruja!

–No digas eso. –Rodeó cariñosamente los hombros de su hermana–. Perdona.

Permanecieron en silencio, contemplando el horizonte. El sol se consumía en un último y fogoso estallido, antes de ser devorado por el añil del océano.

–Si es que no sé ni por qué hemos venido –acabó diciendo Celia.

–¡Caray, hermanita, qué pregunta más metafísica!

Celia perdió los estribos y se liberó del brazo de Helen.

–¡Estoy hasta el coño de que te rías de mí, Helen!

La botella de champán se tambaleó y cayó de lado. Helen nunca había visto tan enfadada a su hermana, ni le había oído decir un exabrupto tan gordo. Eso seguro.

–¡Oye, lo siento!

–Ya sé que Bryan y yo te parecemos un par de yuppies aburridos y cerrados, y que tú te crees la única que vive de verdad, siempre en primera línea de combate, haciendo cosas importantes, arriesgándote...

–No es verdad. Te aseguro que no...

–Sí es verdad. Y siempre pareces la única que se emociona de veras, la única que sabe lo que es la pasión y el dolor, la única que lo pasó mal al separarse papá y mamá. Yo sólo soy la santita, la que siempre sonríe, con su familia feliz, su casita y la vida arreglada. Pues no es verdad, Helen. A veces los demás también tenemos sentimientos, y lo pasamos mal. No sé si lo sabes.

–Sí, lo sé.

–¿Seguro? Hace dos años tuve cáncer de pecho.

–¡Qué dices!

–Tranquila. Me lo detectaron a tiempo y estoy curada del todo.

–Dios mío, Celia... No dijiste nada...

–¿Decirlo? ¿Por qué? No hay que obsesionarse. La vida sigue. Ésa es la diferencia entre tú y yo. Sólo te lo he dicho para convencerte de que no tienes la exclusiva del sufrimiento. Así que haz el favor de no esperar que te compadezcamos a todas horas.

–¿Yo?

–Sí, tú. Vas por ahí como si tuvieras un destino trágico, o qué sé yo; pero eso son tonterías. Es una pena que lo de Joel no haya salido bien, pero a lo mejor era inevitable. De hecho, igual ha sido una suerte que lo hayas descubierto ahora. Mamá y papá tardaron diecinueve años. Diecinueve años perdidos.

Helen asintió. Celia tenía razón. En todo.

–Sólo tienes veintinueve años, Helen. ¿Dónde está el problema?

Helen se encogió de hombros y sacudió la cabeza. Estaba a punto de llorar, pero no porque se compadeciera a sí misma, sino de vergüenza. Se avergonzaba del cáncer de Celia, y de todas las verdades que le había dicho. Celia pareció darse cuenta de que había puesto el dedo en la llaga, y sonrió con dulzura. Ahora le tocaba a ella abrazar a Helen. Ésta apoyó la cabeza en el hombro de su hermana.

–Aún no creo que no me lo dijeras.

–¿De qué sirve hacer que la gente se preocupe? Estoy curada.

–¿Te lo extirparon?

–Sí. Mira. –Se bajó la parte de arriba del bañador, mostrando una pequeña cicatriz rosada debajo del pezón izquierdo–. ¿A que queda bien? Bryan dice que es sexy.

–Eres increíble.

Celia se echó a reír, al tiempo que se subía el bañador y recogía la botella de champán. Aún quedaba un poco, pero como no le apetecía a ninguna de las dos la dejó en el suelo y volvió a coger a Helen por los hombros. Empezaba a hacer un poco de frío.

–¿Cómo se llama?

–¿Quién?

–El chico Marlboro.

–Luke.

–¿Luke?

–Sí.

–¿Qué tal las manos? ¿Bien?

–Preciosas.

–¿Y el cuerpo? –Celia adoptó un tono insinuante–. ¿También es precioso?

–Sí.

Rieron.

–Mira lo que me regaló.

Helen enseñó a Celia el lobo de plata. No se lo había quitado desde el momento de recibirlo.

–Muy bonito.

Celia la meció en sus brazos y le acarició el pelo, como Helen le había visto hacer con sus hijos. Un pelícano se acercó planeando hasta posarse en la playa detrás de unas palmeras. Lo observaron en silencio.

–¿Recuerdas lo que dije antes, que no sabía por qué habíamos venido a Barbados? –dijo Celia.

–Sí.

–¿Pues por qué va a ser? ¡Por la boda, mujer! Courtney tiene veinticinco años y papá... cincuenta y seis, ¿no? ¿Y qué? La cuestión es que sean felices. ¿Sabes que se ha hecho budista?

–¿Papá budista? ¡Por favor!

–¡Que sí! Y ella también.

–¡Pero bueno, si trabaja en un banco! ¿En serio se ha convertido al budismo? ¡Será posible! ¿Mamá lo sabe?

Celia se echó a reír.

–¿Qué, que se ha vuelto *tururú*? ¡No, qué va! Pero hazme caso, Helen. Courtney es lo mejor que le ha pasado a papá desde que nació. ¿Sabes qué me dijo ayer por la noche? «Courtney me ha enseñado el secreto de la vida.»

–¿Y piensa contárnoslo?

–Me dijo que le ha enseñado a «ser».

–¿Ser qué?

–Menos ironía, que es importante. «Ser» y punto. Vivir al día. ¿Y sabes qué? Que la chica tiene más razón que un santo. Y a ti el consejo te iría mejor que a nadie.

–¿Tú crees?

–No lo creo, lo sé. En tanto que hermana, psicóloga y asesora en budismo, te digo lo siguiente: tranquilízate. Diviértete un poco. Vive al día y acepta las cosas como son. Vuelve con Luke y... Ya me entiendes.

–¿Que me lo tire?

–No tienes remedio, Helen.

La habitación de Helen estaba al final de un largo edificio de dos pisos, y tenía un balcón con vistas a la bahía. Por la noche, una vez finalizada la fiesta, dejó las puertas abiertas y escuchó el oleaje desde la cama, jugueteando con el lobo del colgante mientras pensaba en su hermana.

Había sido una revelación. Se sentía estúpida por haber subestimado a Celia desde siempre, y también un poco asustada de que la conocieran tan a fondo. Celia había dado en el blanco con lo de su «destino trágico» y tendencia a compadecerse de sí misma. No había vuelta de hoja.

En cuanto a lo que le había dicho sobre Luke, ya no lo veía tan claro. Celia se lo había aconsejado con cierto tono provocador, pero estaba segura de que lo decía en serio. El problema del consejo era su parcialidad. Reflejaba las necesidades de Helen, no las de Luke.

Hasta entonces, siempre que se había relacionado con hombres, el miedo a verse rechazada y acabar por los suelos había corrido de cuenta suya, como si le hubiera tocado en gracia ese papel. Y nunca fallaba. pensó que el miedo mismo debía de influir bastante. Por lo visto los hombres lo notaban. Con Luke, en cambio, todo era distinto.

Helen no sabía a qué atribuirlo; quizá a la edad del muchacho. El caso era que no tenía ningún presentimiento de que él pudiera hacerle daño o dejarla, y sí de lo contrario. De todos modos Luke ya estaba avisado, y había dicho que le daba igual. Entonces, ¿a qué tantas preocupaciones? ¿No había bastante con amar y ser amada? Porque quererlo sí lo quería, de eso estaba segura; y no sólo porque la hubiera salvado de la desesperación. Lo quería por él mismo, sólo que de una manera desconocida hasta entonces, y extrañamente liberadora.

Y por si fuera poco, se había llevado la sorpresa de desearlo casi tanto como parecía desearla él.

La última noche, en la cabaña, Helen le había dejado desabrocharle el vestido y besarle los pechos, y en lugar de frenarlo con buenas palabras, como mandaba la sensatez, le había abierto la camisa con dedos ansiosos y se lo había llevado a la cama. Una vez ahí había cogido la mano de Luke y se la había puesto entre las piernas, al tiempo que desabrochaba el cinturón del muchacho y se apoderaba de su virilidad, dura y ardiente. Luke había eyaculado tan rápido que le había dado vergüenza. Entonces ella lo había abrazado, y entre beso y beso le había dicho que no tenía de qué avergonzarse. Para una mujer, susurró, pocas cosas había tan hermosas como sentirse deseada con tal intensidad.

En la playa, el viento zarandeaba las palmeras. Ecos de música reggae flotaban en una brisa cálida, procedentes de alguna fiesta lejana. Se tumbó de lado y cerró los ojos, deseando que Luke estuviera en la cama con ella e imaginándoselo a cinco mil kilómetros de distancia, con frío y nieve. Siguió pensando en él hasta dormirse, y no soñó.

Luke nunca había pasado de oír unos pocos compases de ópera, casi siempre en la radio pública y buscando otra emisora. En general no tenía nada contra la música clásica. Había cosas buenas. Ahora bien, la idea de que dos personas se cantaran en lugar de hablarse siempre le había parecido un poco tonta. A veces también hablaban, con lo que resultaba todavía más raro cuando se ponían a cantar.

Desde que estaba solo en la cabaña se había acostumbrado a poner música siempre que volvía de sus rondas. Solía escoger entre los discos favoritos de Helen (Sheryl Crow, Van Morrison o Alanis Morissette), porque así tenía la sensación de estar con ella. Por una vez, sin embargo, había decidido buscar algo nuevo, y buscando había dado con la caja de discos de ópera. Puso la primera que encontró, *Tosca*, por mera curiosidad.

Encendió las lámparas y la estufa y puso nieve a fundir para beber algo caliente. Después de toda una semana, estar con *Buzz* en la cabaña casi le parecía normal, aunque apenas pasaba un minuto sin que se acordase de Helen. Lo había llamado al móvil el día de Navidad, dejándole un largo mensaje con divertidas anécdotas de la boda y su nueva madrastra. Finalizó el mensaje diciendo lo mucho que lo echaba de menos, y deseándole feliz Navidad.

En el rancho Calder, el grado de felicidad había sido más o menos el de siempre. Como la hermana mayor, Lane, había ido a pasar las fiestas con la familia de su marido, sólo quedaron Kathy, Clyde y los padres de Luke. Buck, que estaba de mal humor, se encerró en el despacho. Las mujeres hablaron en la cocina. En cuanto a Clyde, se quedó dormido delante de la tele con unas copas de más. Luke se dedicó a jugar con el bebé casi todo el rato hasta que vio llegada la oportunidad de volver a la cabaña, alegando que tenía que dar de comer a *Buzz* y ver si había algún mensaje. Una vez arriba escuchó el de Helen diez o doce veces.

Desde entonces ella no había vuelto a llamar. Luke volvió a escuchar el buzón de voz, pero sólo había un mensaje de Dan Prior. Tenían previsto salir el día siguiente a dar una vuelta en avioneta, y Dan le pedía que estuviera en la pista a las siete. También le comunicaba que habían llegado los resultados de la prueba del ADN hecha al macho joven que llevaba collar (¡por fin!), y que eran interesantes porque mostraban la diferencia entre sus genes y los del resto de la manada, señal de que se trataba de un ejemplar procedente de otra manada.

Luke se preparó un poco de té y comió un trozo del pastel de Navidad de su madre. Cuando acabó, la cabaña estaba caldeada y la ópera en su apogeo. La cantante italiana, que a juzgar por su voz era una mujer de armas tomar, estaba disgustada por algo, y no se andaba con chiquitas a la hora de demostrarlo. Luke pensó que no estaba mal, aunque no se entendía nada.

Se quitó la parka y se sentó en la litera de Helen para desatarse las botas. Justo entonces oyó una nota rara, y pensó que uno de los músicos había desafinado. O quizá fuera problema del reproductor de compacts. Ya no la oyó más. Seguro que *Buzz* también se había dado cuenta, porque estaba más nervioso de lo normal.

–Es *Tosca* –le dijo Luke, tirando de los cordones–. En italiano.

La segunda vez reconoció el ruido y se acercó a la ventana para echar un vistazo. El cielo estaba despejado, y empezaban a verse estrellas. Aún había bastante luz para ver al lobo.

Era la madre. Estaba casi en el bosque, al otro lado del lago, justo donde, en un pasado que parecía remoto, Luke se había escondido para espiar a Helen. El pelaje blanco de la hembra destacaba contra la masa oscura de los árboles. Distinguió el collar con claridad. La loba levantó la cabeza y aulló. El aullido, distinto a cuantos había oído hasta entonces, empezaba con una serie de ladridos iguales a los de un perro. Luke fue en busca de los prismáticos de Helen.

Buzz estaba como loco. Luke le dijo que se callara, aunque la potencia vocal de la cantante italiana hacía difícil que se oyera algo más que la música. Apagó las luces y decidió abrir un poco la puerta para tener mejor vista. En cuanto la empujó un par de centímetros, *Buzz* se escurrió por la rendija sin que tuviera tiempo de detenerlo. El perro corrió hacia el lago. Luke fue tras él.

–¡No, *Buzz*!

Pero de nada servía gritar. La loba interrumpió su aullido y se quedó quieta con la cola en alto, observando al perro. Ya de por sí la situación de *Buzz* no era muy prometedora, pero si andaba cerca toda la manada lo harían trizas.

Luke escudriñó los árboles con los prismáticos. No se veían más lobos, aunque podían estar en el bosque. Emprendió el descenso de la cuesta, pero tropezó con la nieve y cayó de rodillas. No había manera de llegar lo bastante rápido para intervenir. De nuevo en pie, volvió a mirar por los prismáticos.

Buzz casi había cruzado la superficie helada del lago, y la loba seguía esperándolo. ¿Qué se proponía aquel perro de los demonios? No parecía furioso, sino dispuesto a saludar a una vieja amiga. Ya estaba subiendo por la cuesta. De repente, cuando sólo le faltaban diez metros para llegar hasta la loba, ésta empezó a mover la cola con lentitud. *Buzz* fue agachándose a medida que se aproximaba, hasta rozar el suelo con la barriga. Cuando llegó delante de la loba se tumbó de espaldas. La loba se limitó a menear la cola como si fuera un banderín, apuntando a *Buzz* con el hocico.

Luke creía que la loba iba a lanzarse sobre *Buzz* y darle una dentellada en el cuello, pero sus temores no se cumplieron. La hembra siguió mirando al perro, tendido a sus pies. *Buzz* levantó el hocico y le dio unos lametones, como había visto hacer Luke a los cachorros en verano, cuando pedían comida a los adultos. ¡No podía ser tan tonto para no darse cuenta de que sus posibilidades de comer eran menores que las de ser comido!

Y de pronto la loba se agachó, descansó el pecho en la nieve y se quedó con la cabeza encima de las patas, sin dejar de mover la cola. Luke no daba crédito a sus ojos. ¡Tenía ganas de jugar! En cuanto *Buzz* captó el mensaje la hembra echó a correr alrededor de él, metiendo la cola entre las patas de manera harto cómica. El perro la perseguía sin alcanzarla. La loba se detuvo y volvió a agacharse, al igual que *Buzz*. Al primer movimiento por parte de uno de los dos, reemprendieron la persecución, con la diferencia de que esta vez el perseguido era *Buzz*.

Pasaron varios minutos intercambiando los papeles, y a Luke no tardó en darle un acceso de risa que lo obligó a sentarse en la nieve, apoyando los codos en las rodillas para estabilizar los prismáticos.

De pronto la loba dio media vuelta y se metió en el bosque,

dejando a *Buzz* desconcertado. Luke se levantó y lo llamó, pero el pobre estaba divirtiéndose demasiado y optó por correr en pos de la loba hasta desaparecer detrás de los árboles.

Tosca seguía atronando desde la cabaña, indiferente a cuanto sucediera. Estaba anocheciendo por momentos. De repente, el juego de la loba ya no parecía tan gracioso.

El lobero también oyó la música. Estaba recorriendo el valle por la parte alta, de camino al lugar donde había matado al tercer lobo el día de Navidad.

Había dedicado varios días a seguir las huellas del muchacho, cuidando de no hollar la nieve más que en los lugares donde Luke había apoyado los esquís y los bastones. De ese modo, sólo un experto en huellas como el propio Lovelace podía darse cuenta de que había pasado más de una persona.

Resultaba a la vez irónico y gracioso verse guiado hasta los lobos por quien se proponía salvarlos. Anteriormente, en presencia de la chica, Lovelace lo había juzgado demasiado peligroso. Los biólogos podían ser muy listos. El muchacho no era más que un aficionado, aunque no tenía un pelo de tonto; de hecho no se le escapaba detalle.

Lovelace siempre reconocía los lugares donde Luke se había detenido a recoger excrementos o inspeccionar una marca territorial olfativa. Se imponía la prudencia, por si al chico le daba por volver atrás, cosa que todavía no había sucedido; de todos modos, aunque se encontraran, Luke no tenía por qué sospechar. Seguramente tomaría a Lovelace por un viejo loco de paseo por el bosque. Aun así valía más pasar inadvertido.

El muchacho seguía prácticamente los mismos pasos que cuando lo acompañaba la bióloga. Trabajaba las mismas horas, salía de ronda las mismas noches y realizaba las mismas actividades: seguir las huellas en sentido inverso y recoger muestras de los cadáveres devorados por los lobos. De momento, ni el chico ni la bióloga habían pasado dos veces por el emplazamiento de un mismo cadáver; y era ese hecho tan sencillo el que había permitido a Lovelace cazar su tercer lobo.

Una manada de lobos puede devorar lo que ha cazado en una única sesión, sin dejar más que unas pocas sobras para los coyotes y cuervos. No obstante, a veces hay algo que los lleva a dejar la presa a medio comer o esconder pedazos de carne debajo de la nieve para comerlos más tarde. Lovelace había tenido la esperanza de encontrar uno de esos casos, y el muchacho, sin saberlo, lo había guiado hasta uno el día de Nochebuena.

Se trataba de un alce macho de edad avanzada. El chico había hecho lo de siempre: extraer un par de dientes, serrar trozos de hueso y marcharse. Tras encontrar el escondrijo donde los lobos habían dejado parte de la carne, Lovelace colocó trampas en las vías de acceso más probables. Eran de las que aprisionan las patas. Habría preferido las de cuello, pero tenían el peligro de estrangular al lobo aunque se les hubiera puesto un tope. Lovelace no quería arriesgarse a matar antes de tiempo a los ejemplares con collar.

El emplazamiento de las trampas estaba demasiado cerca de la cabaña, pero Lovelace pensó que valía la pena intentarlo. Acampó a un par de kilómetros en el sentido del viento. Regresó esquiando al despuntar el alba, y descubrió que Papá Noel había sido sumamente generoso. No le había dejado un lobo, sino dos: una cachorra y un adulto joven con collar.

Se descalzó los esquís y sacó de la mochila el hacha y dos bolsas negras, observado de soslayo por los lobos. Estaban asustados, y al verlo acercarse no se atrevieron a mirarlo a los ojos.

–¡Eh, lobito! –dijo al cachorro con tono tranquilizador–. ¡Vaya monada estás hecho!

Se detuvo a cierta distancia, consciente del peligro que representa un lobo asustado. Después levantó el hacha por encima de la cabeza del animal, que lo miró. En ese momento, Lovelace vio algo en sus ojos dorados que le hizo vacilar, pero sólo unas décimas de segundo. Olvidando lo que acababa de ver, le partió el cráneo con dos limpios hachazos.

Le envolvió la cabeza con una de las bolsas, sin esperar siquiera a que dejaran de temblarle las patas; de ese modo no habría manchas de sangre en la nieve. Tras quitarle el cepo de la pata, volvió a levantarse y dobló el alambre. Su agitada respiración formaba nubes de vaho. Un graznido de cuervo arañó el silencio del amanecer. Al levantar la cabeza, el lobero vio dos manchas negras dando vueltas por las alturas, contra un cielo plateado que recordaba las escamas de un pez.

Miró al lobo que llevaba collar.

Estaba medio de espaldas y lo vigilaba por el rabillo del ojo. Era mayor que el otro. Lovelace calculó su edad en dos o tres años. Sangraba en abundancia por una pata delantera, porque en sus esfuerzos por escapar se le había clavado el alambre de la trampa. Si Lovelace lo mataba, el radiocollar empezaría a emitir una señal distinta y levantaría sospechas. Quedaba la posibilidad de destrozar el aparato y desembarazarse de él, haciendo que la señal desapareciera sin dejar rastro; pero se corría el riesgo de alarmar al muchacho, y con toda certeza a la muchacha, una vez hubiera regresado. Eran capaces de cambiar de estrategia y empezar a hacer cosas imprevisibles.

Era una pena mirarle el diente a un lobo regalado, y más aún el día de Navidad. No obstante, Lovelace decidió dejar con vida a los tres lobos con collar, y no pensaba cambiar de idea. Ya les llegaría el turno.

Tapó la cabeza del lobo con la segunda bolsa y le ató una cuerda al hocico para que no lo mordiera. Acto seguido se sentó a horcajadas encima de él para tenerlo sujeto mientras soltaba el alambre, metido hasta el hueso en la pata delantera izquierda. Vio que se había mordido a sí mismo para soltarse. Con una o dos horas más habría sido capaz de cortarse la pata a mordiscos. Lovelace ya había visto algún que otro caso.

Le costó arrancar el alambre de la herida, pero al final lo consiguió. Después quitó la cuerda, se levantó y tiró de la bolsa. El lobo se puso a cuatro patas y cojeó en dirección a los árboles. Justo antes de desaparecer se detuvo con la cabeza vuelta hacia atrás, como si tomara nota mentalmente.

–¡Feliz Navidad! –exclamó Lovelace.

Visto que la carne escondida seguía intacta, no era probable que los lobos no volvieran; por lo tanto, volvió a colocar las trampas antes de llevarse a la mina al lobo muerto y tirarlo por el agujero para que se reuniera con sus hermanos. Aún quedaban cinco por matar.

De eso hacía dos días. Desde entonces Lovelace había ido a ver las trampas dos veces al día, al amanecer y a última hora de la tarde, encontrándolas invariablemente vacías. Ya olía demasiado a él. Era hora de quitarlas. Eso era lo que se proponía en el momento de oír la música.

Se detuvo a escuchar. Justo entonces oyó los ladridos del perro, y el lobo se sumó a ellos con un largo aullido. El dúo no casaba mucho con un bosque en penumbra. Después oyó al muchacho llamar al perro, e intuyó que algo iba mal.

Sólo averiguó hasta qué punto media hora después, al acercarse al emplazamiento de las trampas y oír los gañidos. No parecían de lobo. Tampoco lo que iluminó con su linterna tenía aspecto de lobo.

El perro había caído en la misma trampa que la cachorra. Debía de hacer muy poco, porque aún daba vueltas como un poseso, aumentando la presión del alambre. Al ver a Lovelace, el chucho (un chucho bastante raro, por cierto) se puso a menear la cola.

Lovelace se apresuró a apagar la linterna. Seguro que el muchacho estaba buscando al perro, y las huellas lo llevarían hasta él. Si estaba cerca ya debía de haberlo oído quejarse. Quizá fuera mejor largarse; pero eso suponía que el chico encontrara las trampas y lo mandara todo al traste. ¡Maldición! El lobero se recriminó su estupidez. Había hecho mal en arriesgarse a poner trampas. Pero ¿cómo iba a suponer que el perro caería en una de ellas?

De pronto oyó la voz del muchacho un poco más abajo. Escudriñando los árboles, divisó el haz de la linterna. ¡Buena la iba a armar el perro si se ponía a ladrar!

Sólo le quedaba una salida. Se desabrochó las correas de los esquís y los dejó a un lado. El perro gimió por lo bajo.

–¡Eh, perrito! –dijo, con la misma cantinela de cuando estaba a punto de matar a un lobo atrapado–. ¡Tranquilo, bonito! ¡Míralo qué guapo!

29

Lo buscó al salir al vestíbulo del aeropuerto detrás de los demás pasajeros, y vio que estaba delante de un enorme oso disecado, justo donde Dan la había esperado la primera vez.

Luke llevaba su sombrero de siempre, tejanos y botas, con el cuello de su vieja chaqueta de lana marrón vuelto hacia arriba. Helen sonrió, pensando que correspondía punto por punto a la imagen de vaquero joven que se había hecho su hermana. Luke la miró fijamente con cara de no reconocerla.

–¡Luke!

–¡Eh!

Se acercaron y de repente Helen se puso nerviosa. ¿Qué tenía que hacer? ¿Abrazarlo? A lo mejor a él le daba vergüenza. Se detuvieron cara a cara y se miraron con expresión tímida, entre gente que iba y venía. La pareja de al lado se abrazaba y se besaba, deseándose feliz Año Nuevo.

–Se te ha pu... pu... puesto el pelo to... todo rubio.

Helen se encogió de hombros y se pasó la mano por el pelo.

–Sí. Es por el sol.

–Te queda bien.

Helen no sabía qué decir. Como ya era demasiado tarde para abrazarlo, se quedó sonriendo con cara de tonta.

–¿Te llevo la bo... bolsa?

–No te preocupes.

Aun así, Luke la cogió.

–¿Está to... todo?

–Sí.

–¿Vamos?

–Sí, claro. Adelante.

Caminaron hacia el aparcamiento sin decirse nada.

Un viento gélido desbarataba la obra del quitanieves, haciendo que los copos desprendidos revolotearan entre las filas de coches cubiertos de blanco. *Buzz* estaba en el asiento delantero del jeep y se puso loco nada más ver a Helen, hasta el punto de que casi la tiró al suelo en cuanto vio la puerta abierta. Helen reparó en la venda que tenía en una pata delantera.

–¿Qué, ya has vuelto a meterte con algún oso?

–Co... con lobos.

–¿En serio?

Mientras se acercaban a la carretera interestatal, él le explicó todo lo que había pasado desde el momento de poner el disco de ópera hasta el episodio en que, siguiendo las huellas del perro por el bosque con la linterna, lo había visto acercarse cojeando por el sendero.

–Sangraba mucho, y supuse que lo habría mordido la loba, pero luego fui directo a casa de Nat Thomas y me dijo que parecía una herida de alambre. Según él, *Buzz* cayó en una trampa.

–¿Una trampa? ¿Por aquí hay alguien que ponga trampas?

–Sí, a veces sí. Ca... cazadores furtivos y gente así.

–¿Encontraste algo?

–No, pe... pensaba dar una vuelta el día siguiente, pero nevó toda la noche, y por la mañana ya no quedaban huellas. –Estaba a punto de decir algo pero se calló, como si se lo hubiera pensado mejor.

–¿Qué? –dijo Helen.

Él negó con la cabeza.

–No, nada.

–Vamos, dímelo.

–Es que... es que esa noche tu... tuve la sensación de que había alguien. La verdad es que últimamente la he tenido un par de veces.

–¿Qué quieres decir? ¿Quién?

–No lo sé. Alguien.

Cambiando de tema, le contó que había dado una vuelta en avioneta con Dan Prior, y que habían visto cinco lobos, entre ellos los tres que llevaban collar. Estaban más arriba del rancho Townsend, comiéndose un ciervo. Dan había dicho que los otros tres también debían de estar, pero que lo frondoso del bosque impedía verlos.

–¿Y sa... sabes qué?

–¿Qué?

–Que he pedido plaza en la Universidad de Minnesota.

–¿Sí? ¿Para este otoño? ¡Genial!

Luke dijo que lo había discutido con Dan al volver juntos al despacho. Como la universidad tenía una dirección en Internet, se habían sentado delante del ordenador de Dan para hacer una visita virtual al campus. Después habían reunido todos los formularios, y Luke los había enviado debidamente cumplimentados. Le faltaba poco para acabar un trabajo bastante largo sobre su experiencia con los lobos, y se proponía enviarlo a la universidad.

–Dan conoce a algunos profesores del departamento de biología, y me va a recomendar.

–¡Ajá! Tráfico de influencias, ¿eh?

–Tú lo has dicho.

Helen se quedó mirándolo sin decir nada, pensando en lo agradable que era volver a estar con él y verlo contento. Luke apartó la vista de la carretera y le sonrió.

–¿Y esa sonrisita? –preguntó Helen.

–Nada.

–¡Venga, dímelo!

Luke se encogió de hombros y dijo:

–Nada, que vuelves a estar en ca... casa.

Habían abandonado la interestatal para adentrarse por una blanca extensión de colinas en dirección oeste, bajo un cielo azul de restallante pureza. Helen reflexionó sobre lo que acababa de decirle Luke. Ya no sabía cuál era su casa. Si era cuestión de sentirse bien, sólo sabía una cosa: que prefería estar al lado de Luke que en cualquier otro lugar. La carretera se perdía en la distancia, totalmente vacía. Helen vio brillar a lo lejos la nieve de las montañas, que el sol pintaba de rosa y oro.

–¿Te importaría parar, Luke?
–¿Por qué, qué pasa?
–Tengo que hacer una cosa.
Luke frenó en el arcén. Helen se desató el cinturón, y después desató el de él. Acto seguido se acercó, le puso la mano en la cara y le dio un beso.

El Año Nuevo estaba siendo bautizado por todo lo alto. Durante tres semanas se derritió la nieve y llovió, después hubo heladas y más nieve, y por último volvió a deshacerse la nieve y a llover. Los caminos de montaña se convirtieron en barrizales, y la cuenca baja del río en un ancho mar pardusco dividido por cercas irrelevantes y sinuosas hileras de álamos de Virginia que marcaban el extinto trazado de sus orillas.

Hope quedó aislado bajo la amenaza de una catástrofe que se demoraba día a día. El agua invasora remoloneaba tras los primeros edificios de la calle mayor, meditando sobre si los últimos metros eran dignos del esfuerzo. Había sacos de arena a la entrada de las casas, en cuyo interior se habían enrollado las alfombras, al tiempo que los objetos de valor eran puestos a salvo en el piso de arriba o encima de los armarios.

De vez en cuando, el señor Iverson, Noé de la ciudad por decisión propia, bajaba en coche de la tienda e iniciaba la navegación de la zona inundada, a fin de leer la altura del agua en los postes dispuestos junto al puente a tal efecto. Al regresar informaba con cara solemne y voz de Juicio Final que el agua había subido ocho centímetros antes de bajar cinco y volver a subir quince. Tiempo al tiempo, decía, sacudiendo la cabeza y emprendiendo el camino de regreso a la tienda; tiempo al tiempo.

Hacía veinte años que la ciudad no sufría inundaciones, y difícilmente iba a volver a sufrirlas tras la instalación de colectores por valor de un millón de dólares; pero nada más tradicional en el Oeste que crecerse en la adversidad, y Hope se dedicó a ello en cuerpo y alma. Noche tras noche, tanto El Último Recurso como el bar de Nelly se llenaban de héroes, cada uno con su pequeña hazaña que contar. Quién rescataba una vaca, quién ayudaba a un vecino, y quién llevaba a un niño al colegio a través de la zona inundada.

Los habitantes de la cabecera del valle sólo tenían que vérselas con el barro, pero había tanto que casi todos se quedaban en casa. De los caminos de leñadores, sólo los más anchos seguían siendo transitables, y aun en éstos había lugares donde hacía falta algo más que un todoterreno normal para no hundirse en el fango.

J. T. Lovelace había realizado tres intentos de subir a pie por el bosque, y en todos se había visto obligado a regresar. Se pasaba los días solo en su caravana, contento de poder descansar.

Los esfuerzos de los últimos días lo habían dejado baldado. No podía estarse quieto más de un par de minutos sin que se le entumecieran las articulaciones, que al doblarse crujían como ramas secas. Estaba cansado. Hecho polvo. Y aun así, hiciera lo que hiciera, se pasaba las noches en blanco, como si hubiera olvidado cómo conciliar el sueño. Durante sus horas de insomnio, el viejo trampero cerraba su mente a ideas importunas. De día tenía tendencia a dormirse, pero en cuanto echaba una cabezadita su cuerpo se sobresaltaba como en señal de advertencia, como si el mero hecho de dormir fuera peligroso.

Nunca había sido un gran lector. El único libro presente en la caravana era la biblia con tapas de piel que le había regalado Winnie al casarse. En otras épocas, Lovelace había tenido afición a algunas historias del Antiguo Testamento, como la del pobre Job o la de Daniel y los leones; también la de Sansón, que se queda sin ojos y sepulta a sus enemigos bajo el templo. Desde hacía un tiempo, sin embargo, se distraía a las pocas líneas, y leía tres o cuatro veces el mismo fragmento.

Aparte de cortar leña para la estufa y hacer el esfuerzo de comer y beber, la única manera de matar el tiempo era tallar cuernos. Llevaba años haciéndolo. Winnie siempre le había dicho que tenía condiciones para ser un escultor famoso, y había adornado toda la casa con las tallas, pero Lovelace había visto cosas mejores en las tiendas de objetos de regalo.

El mejor material era el cuerno de alce. A veces se limitaba a cortarlos en redondeles y hacer botones y hebillas, pero lo que le gustaba más era utilizar el asta entera para esculpir varios animales en actitud de perseguirse. En la base ponía los más grandes, como lobos, osos y alces, e iba reduciendo su tamaño hasta las puntas, reservadas a ardillas y ratones.

La talla que estaba a punto de acabar le había llevado casi tres semanas. No era de las mejores, pero tampoco de las peores. Sólo faltaba grabar el nombre en la parte inferior. Lovelace encendió la lamparilla y se inclinó para tener más luz. Sólo eran las cuatro de la tarde, pero ya se había hecho de noche y volvía a llover. Lovelace oía la lluvia en el tejado de cinc del establo, y el ruido de los goterones al caer de los árboles encima de la caravana.

Una hora después salvaba los charcos en dirección a la cocina de los Hicks. Dentro habían puesto música. Dio unos golpes, y al cabo de un rato se asomó una mujer. Siempre que lo tenía delante ponía cara de susto.

–¡Señor Lovelace! Lo siento, pero Clyde todavía no ha vuelto.

Pensaba, por lo visto, que Lovelace pasaba a recoger la caja de provisiones que Clyde había ido a buscarle a la ciudad.

–No vengo por eso.

Él había envuelto la talla con un trapo viejo, y al ofrecérselo a Kathy ésta dio un paso atrás como si estuvieran apuntándola con una escopeta.

–¿Qué...?

–Para el niño.

–¿Para Buck?

Lovelace asintió con la cabeza.

–Dijo usted que faltaba poco para su cumpleaños.

–Sí, es mañana. ¡Pero no hacía falta que se molestara! –Aceptó el regalo. Llovía a cántaros–. Entre, por favor.

–No puedo. Tengo trabajo. Sólo quería dárselo al niño.

–¿Puedo ver qué es?

Kathy quitó el trapo. Lovelace deseó haber tenido un poco de papel para envolverlo. Kathy levantó el cuerno, y el trampero se dio cuenta de que le parecía un regalo un poco raro para un niño.

–Es precioso. ¿Lo ha hecho usted?

Él se encogió de hombros.

–Bah, no es nada. Quizá cuando sea mayor... Mire, tiene su nombre grabado.

–¡Qué detalle más bonito! Gracias.

Lovelace asintió con la cabeza y se marchó.

Sentado al volante, Buck aguardó a que Clyde descargara de la camioneta la última bala de heno y la esparciera por el suelo, delante de una hilera de reses de aspecto desconcertado. La lluvia tamborileaba encima de la cabina. Caía tan a chorro que se interponía en la luz de los faros como una cortina plateada.

Próximo el momento de parir, la hora de dar de comer al ganado se había trasladado a la tarde. Según una teoría desarrollada por un ganadero de Canadá, las vacas que comen por la tarde paren por la mañana, facilitando las cosas al personal especializado. El sistema solía funcionar, aunque siempre había vacas que disfrutaban haciendo pasar la noche en vela a sus cuidadores más allá de la hora en que se les diera de comer.

Si ya de por sí el trabajo era difícil, más lo iba a ser aquel año; sólo con que siguiera lloviendo igual de fuerte la pesadilla estaba asegurada. Buck ya se veía siguiendo los pasos de aquellas rusas locas que unos años atrás habían hecho parir a las vacas debajo del agua.

Clyde subió a la camioneta resoplando. El agua le chorreaba del ala del sombrero, cayendo en el impermeable manchado de barro. Cerró de un portazo. Quizá se debiera al mal tiempo y a que Buck estaba de un humor de perros, pero el caso era que cuanto hacía su yerno lo sacaba de sus casillas. Puso en marcha el motor mordiéndose el labio, procurando que las ruedas no tuvieran ocasión de girar en falso y hundirse en el barro.

Clyde retomó el tema de la casa de Jordan Townsend. La había visitado el día antes con el administrador, y desde entonces no se cansaba de hablar de ella.

–Pues se ve que a Jordan le preguntaron por qué se había construido un cine de treinta butacas, ¿y sabes qué contestó?

–Ni idea –dijo Buck, a quien le importaba un comino.

Clyde rió como un tonto.

–Dijo: «¿Por qué los perros se lamen los huevos?»
–¿Qué?
–¡Porque pueden!
Clyde se retorció de risa en el asiento.
–Pues no le veo la gracia.
De tanto que se reía, Clyde no pudo contestar. Buck hizo un gesto de incredulidad con la cabeza.
Entre patinazos, dejaron atrás los pastos y se metieron en la carretera. Clyde salió a cerrar la verja. El reloj del salpicadero indicaba las cinco y media. Iban a llegar una hora tarde a la fiesta de cumpleaños del pequeño Buck.
–¿Lovelace aún se pasa el día en la caravana? –preguntó Buck de camino al rancho.
–Sí. Dice que llueve demasiado.
–¡Joder! También llueve demasiado para dar de comer a las vacas, pero alguien tiene que hacerlo.
–Ya no está para esos trotes. Es demasiado viejo.
–No te lo he preguntado –replicó Buck.
–¿Qué?
–Que no te he pedido tu opinión. Ya que eres tan listo, ¿por qué no encuentras a alguien mejor?
–Perdona, hombre...
–Le pago yo, no tú. Ya ha matado a tres. Si acaba con los demás antes de que empiecen a parir las vacas, yo encantado.
Clyde levantó las manos.
–Vale, vale.
–¡Y no me vengas con «vale, vale», caray!
Buck aporreó el volante. Ninguno de los dos volvió a hablar durante los veinte minutos que tardaron en llegar a casa.
Kathy, Eleanor y Luke los estaban esperando. La cocina estaba adornada con globos y serpentinas. Kathy insistía en que todo el mundo se pusiera sombreritos de cartón, incluidos Buck y Clyde. El ambiente estaba un poco tenso, porque el bebé tenía hambre y en cuanto Buck y Clyde se hubieron quitado las botas y las chaquetas Kathy lo puso en la trona y encendió la única vela de su pastel de cumpleaños. Lo había hecho ella misma, y tenía forma de revólver.

–¡Pum! –dijo el bebé, y todos lo imitaron entre risas.

Formaron un círculo alrededor y le cantaron el *Cumpleaños feliz*. Kathy lo ayudó a apagar la vela, pero los gritos del bebé la obligaron a encender otra. Después de unas cuantas veces Buck se aburrió del jueguecito, y dio paso al reparto de tazas de café y trozos de revólver.

–¿Qué le han regalado a este granujilla? –preguntó Buck.

Kathy leyó la lista mientras el bebé trataba de meterse en la boca su trozo de pastel de chocolate, con tan poco éxito que la mayor parte acabó en su cara o en el suelo.

–Y Lane le ha enviado un mono precioso, blanco y plateado. Clyde dice que cuando se lo pone parece Elvis Presley.

–Le queda superridículo –dijo Clyde.

–¡Qué va! ¿A que no, cielito mío? A ver qué más... Ah, sí. Aunque parezca increíble, Lovelace trajo una especie de cuerno tallado con formas de animales.

Todo el mundo se quedó callado. Clyde miró a Buck de reojo.

–¿Puede saberse quién es ese Lovelace? –inquirió Eleanor.

Kathy se dio cuenta de su metedura de pata y puso cara de estar pensando en una respuesta, pero Clyde se le adelantó.

–Nada, un viejo que nos hace de carpintero.

Eleanor frunció el entrecejo.

–El nombre me suena. ¿De dónde es?

–De Livingston. Trabajó mucho para mi padre. ¡Eh, Kathy, ten cuidado, que el pastel está a punto de caerse!

Pasó el peligro. Luke no parecía muy interesado, y Eleanor no formuló más preguntas. Después de pedir a Luke que trajera un poco de leche fue a la cocina para preparar más café.

–Pero bueno, ¿qué te ocurre? –dijo Clyde a Kathy entre dientes, por encima de la cabeza del bebé.

–Se me había olvidado.

–Tranquilos –los apaciguó Buck–. No ha pasado nada.

Se acercó a Eleanor y Luke. Con lo de los lobos, el chico había estado yendo y viniendo a horas muy raras, y hacía tiempo que Buck casi no lo veía. Estaba diferente, como más mayor. Pero así son los chicos de esa edad: a la que te distraes ya han crecido dos o tres centímetros.

–¿Qué, desaparecido? –dijo Buck, dándole una palmada en la espalda–. ¿Cómo va eso?
–Bi... bien.
–¿Se puede seguir a los lobos con tanta lluvia?
–Hay mucho ba... barro.
–¿Y cómo matáis el tiempo ahí arriba?
Clyde soltó una risita. Luke se volvió hacia él.
–¿Pe... perdón?
Clyde puso cara de inocente.
–Nada.
Kathy gruñó.
–No hagas el tonto, Clyde.
–¡Si no he abierto la boca!
Buck estaba al corriente de los rumores sobre Luke y Helen Ross. Los había oído la noche anterior, en El Último Recurso, y le parecían absurdos. Ni siquiera le apetecía pensar en ello, y menos con su vida amorosa hecha un desastre. Luke nunca había dado indicios de interesarse por las chicas. En ese tema, los genes Calder los había copado su hermano. De hecho, Buck había llegado a temer que Luke tuviera otras inclinaciones.
Ignorando la estúpida sonrisita de Clyde, el muchacho siguió contestando a su padre.
–Estamos juntando to... to... todos los datos que tenemos.
Buck engulló un pedazo de pastel.
–¿Y por dónde andan?
–Es que últimamente ca... casi no hemos po... po... podido seguirlos...
–Ya, ya. Me refería a la última vez que salisteis a rastrear.
Luke lo miró a los ojos. Se notaba que no confiaba en él. Buck lo encontraba desesperante.
–Ah, ya. Pues un po... po... poco por todas partes.
–¿Tienes miedo de que se lo diga a Abe, o qué?
–No...
–Entonces, ¿por qué no me lo dices? ¡Soy tu padre, caray!
En ese momento intervino Eleanor, con su exasperante manía de ayudar al muchacho.
–No puede revelar información secreta, ¿verdad, Luke? No

olvides que trabaja para el gobierno de Estados Unidos. A ver, ¿quién se acaba el pastel? Toma más café, Clyde.

Era curioso, pero hasta entonces Buck no lo había considerado desde ese punto de vista. ¡Su propio hijo trabajando para el maldito gobierno! ¡Y encima gratis! La idea no lo puso de mejor humor. De repente cayó en la cuenta de ser el único que hacía el tonto con el sombrerito de marras. Lo arrugó y lo tiró encima de la mesa. Después, hosco y silencioso, se acabó el pastel, mientras las dos mujeres charlaban.

–Espero que esa chica sepa que te vamos a necesitar todo el día en cuanto empiecen a parir las vacas –dijo Buck al cabo de un rato.

Todos advirtieron lo frío de su tono y guardaron silencio. Luke frunció el entrecejo y empezó a contestar, pero Buck lo interrumpió sin miramientos. Estaba harto. Ver al chico tartamudeando lo enfureció todavía más.

–No te lo pido, te lo ordeno.

Y se marchó haciendo chocar el plato contra la mesa.

Desde que el barro acosaba a los humanos, los lobos de Hope tenían todo el bosque para sí. Gran parte de la nieve se había fundido, pero su presencia había debilitado a ciervos y alces, haciendo que fueran presa fácil hasta para una manada con sólo dos adultos.

La muerte de un macho dominante y la posterior rivalidad entre los candidatos a sustituirlo pueden escindir una manada. No fue así en la de Hope. Las dudas sobre la sucesión ni siquiera se plantearon, por el simple hecho de que sólo había otro macho adulto. Se trataba del macho radiomarcado que, aun no perteneciendo a la manada, se había sumado a ella dos otoños atrás, a la edad de un año.

Tras la muerte del viejo lobo negro, terror de perros y terneros, los componentes de la manada habían tardado cierto tiempo en reconocer el liderazgo del otro macho, pero finalmente habían acatado su autoridad. Así pues, se habían acercado a él con la cabeza gacha y la cola entre las piernas y se habían puesto panza arriba en señal de sumisión, lamiéndole las mandíbulas. Él los había contemplado con altivez y benevolencia.

El nuevo jefe tenía el derecho y el deber de aparearse con la hembra dominante blanca. Aun en caso de haber otros adultos sexualmente maduros, no se les habría consentido hacer otro tanto. De cada manada, sólo podía procrear la pareja dominante.

Por desgracia, el nuevo rey estaba lisiado. Pasado un mes, la herida infligida por la trampa del lobero se había infectado. El lobo había pasado muchos días escondido en una grieta próxima al arroyo, lamiéndose la pata entre rocas y madera podrida. Cada día estaba más flaco y débil.

Conscientes tal vez de que su supervivencia como manada dependía de él, la madre y los tres cachorros supervivientes lo habían cuidado, vigilado y alimentado con el fruto de sus cacerías.

Al aproximarse enero a su fin y declararse una nueva ola de frío, la hembra dominante empezó a sangrar, señal de que estaba lista para aparearse. Acostada en la cueva junto al macho, le lamía la cara y (si no encontraba resistencia) la herida. También el macho la lamía, y a veces hacía el esfuerzo de levantarse para ir con ella a beber al arroyo. Una vez ahí la acariciaba con el hocico y le ponía la pata herida en el lomo.

De haber pasado por ahí un macho desgajado de otra manada, podría haber reclamado sus derechos sobre el maltrecho grupo y su hembra dominante. Nada habría impedido a ésta dejarse cortejar, y ceder a las pretensiones del recién llegado. Sin embargo, no pasó ningún lobo.

Y así, la primera semana de febrero, en un mundo donde el viento había dejado paso a nuevas heladas, la reina blanca y su tullido rey se aparearon bajo la nieve, mientras los blancos copos se posaban como plumas encima de su pelaje. Permanecieron unidos mucho rato, mientras los tres lobeznos supervivientes observaban en silencio desde la otra orilla del arroyo.

Esa misma noche, al otro lado del bosque silencioso, Luke y Helen yacían desnudos y abrazados a la luz de las velas.

Ella dormía, acurrucada contra él en posición fetal y usando su pecho de cojín. Luke percibía el calor de su respiración, tenue y pausada. La pierna izquierda de Helen descansaba sobre la parte superior de los muslos de Luke, y su estómago palpitaba suavemente contra la cadera del joven, sensible a cada centímetro de su cuerpo, a cada matiz y textura de su piel. Luke nunca había imaginado que su cuerpo pudiera alcanzar tal grado de vida, tan ininterrumpida plenitud.

Sus primeros intentos de ejercer de amante habían sido torpes e indecisos. En los días posteriores al regreso de Helen, después del beso en el coche, la precipitación había empañado el placer. Luke se había sentido infantil y desdichado, y se había extrañado de que ella no se le riera en la cara ni lo mandara a freír espárragos, como creía él que hacían las mujeres con los hombres de poco aguante.

Helen, sin embargo, le había dicho que no tenía importancia, y lo había ayudado a relajarse hasta que, pasado un tiempo, él había descubierto que sí podía hacerlo. Y que era más maravilloso de lo que se había atrevido a soñar o imaginar; no sólo por intenso y estremecedor, sino porque le permitía no seguir viéndose como un chiquillo inútil y tartamudo, y vislumbrar el inicio de su vida adulta. Todo ello, y mucho más, se lo debía a Helen.

La vela, en una silla al lado de la litera, estaba a punto de consumirse y la llama empezaba a temblar, haciendo agitarse en la pared contigua dos sombras fundidas en una. Luke estiró el brazo con cuidado, tratando de no despertar a Helen, y apagó la llama con los dedos. Ella se movió un poco y murmuró algo; debía de tener la mano fría, porque la metió debajo del brazo de Luke. Movió una pierna. Después, su sueño volvió a hacerse tan profundo como antes. Luke le tapó los hombros con el saco de dormir y la cogió con un brazo, pegándose a ella y respirando su maravilloso olor.

Recordó aquel día de principios de otoño en que ella lo había llevado a la guarida de los lobos, y una vez allí lo había convencido de que se metiera por el agujero, como había hecho ella. Recordó el momento en que, solo y a oscuras, había pensado que era un lugar perfecto para morir.

Ahora sabía que no era así. Aquella otra oscuridad, tan cerrada como la primera, pero con otro ser vivo a quien abrazar, ése sí era el lugar perfecto.

30

El juicio de Abraham Edgar Harding se celebró a finales de febrero. El tercer y último día se estaba aproximando a su fin, un fin a la vez triste y previsible. Como hacía demasiado calor para que nevase y demasiado frío para que lloviese, el aguanieve, solución de compromiso, caía al sesgo sobre el apenado grupo de partidarios de Harding, calándolos sin compasión mientras paseaban delante del juzgado federal bajo un cielo plomizo.

Dentro reinaba un calor sahariano. En espera de que Helen volviese del baño, Dan miró al grupo por una ventana del pasillo. El jurado llevaba media hora reunido. Se preguntó por qué diantre tardarían tanto.

Fuera sólo quedaban ocho manifestantes, uno de los cuales, cabizbajo, volvió a su coche justo cuando Dan estaba haciendo el recuento. Para contrarrestar la deserción, los demás redoblaron el vigor de sus consignas, si bien, desde dentro, todo quedaba en una letanía apenas audible, semejante al agónico zumbido de una abeja en una campana de vidrio.

¿Qué queremos?
¡Que no haya lobos!
¿Cómo los queremos?
¡Muertos!

Durante la primera mañana, el número de partidarios de Harding, cincuenta o sesenta, había obligado a casi otros tantos policías a mantenerlos a distancia de un grupo de defensores de los lobos, menos nutrido pero parejo en locuacidad. El contingente de fotógrafos y reporteros de prensa y televisión no había ocultado su alegría al ver que ambas facciones polemizaban, gritaban y enarbolaban pancartas de variable fortuna expresiva y ortográfica.

Algunas consignas mostraban una agradable simetría. Al «¿Lobos? ¡No!» de unos respondía el «¿Lobos? ¡Sí!» desde el otro lado de la calle. Otras eran más oscuras, como la que salmodiaba un joven de barba hirsuta a quien Dan recordaba haber visto la noche de la reunión. Llevaba gorra y chaqueta de camuflaje, y botas hasta las rodillas. Su pancarta rezaba: PRIMERO WACO Y AHORA LOS LOBOS.

De las pancartas favorables a Harding, muchas daban la impresión de haber sido escritas por la misma persona o por varias con nivel de instrucción afín, ya que coincidían en acusar al «gobierno».

El primer día, Abe había protagonizado una aparición de famoso que se ha dejado el carisma en casa. Persistía en su valiente postura de no querer abogado; de ahí que quien lo llevara en coche al juzgado (amén, sin duda, de instruirlo sobre cómo enfrentarse al juicio) fuera el testigo estrella de la defensa, Buck Calder. Desde la escalinata del edificio, flanqueado por sus hijos (cuya sonrisa de suficiencia no había manera de borrar), Abe se había visto sometido a varias preguntas, pero sus dientes sucios de tabaco sólo habían articulado una respuesta, repetida hasta la saciedad: que era americano (nadie lo dudaba), y que había venido a defender sus «derechos inalienables» a la vida, la libertad y la caza de lobos.

Dispuesto acaso a demostrar que, de dichos derechos, el segundo podía ser efectivamente alienable, el juez Willis Watkins había exhortado a Abe a replantearse tanto su declaración de inocencia como su decisión de no ser representado por ningún profesional. Abe se negó en redondo, insistiendo en que era cuestión de principios. De resultas de ello, doce pacientes ciudadanos de Montana habían asistido a tres días tediosos de declaraciones, en espera de llegar a una conclusión de la que sólo podían dudar los más acérrimos defensores de Abe.

Dan y Helen habían prestado declaración el segundo día por la mañana, antes de que Abe los sometiera a un contrainterrogatorio entrecortado y surrealista. El que lo tuvo más fácil fue Dan, porque Abe se dedicó a barajar montones de notas e incurrir en pausas de tan épicas proporciones que Willis Watkins tuvo que preguntarle dos veces si había terminado. En cuanto a Helen, lo primero que le preguntó Abe fue si, como él, había defendido a su país en Vietnam. Al señalar la joven que el final de la guerra la había pillado poco menos que recién nacida, Abe emitió un estentóreo y triunfal «¡Ajá!», como si hubiera demostrado algo.

Parecía convencido de que Helen había soltado a los lobos de Hope siguiendo las directrices de un programa secreto del gobierno cuyo supuesto propósito era enseñar a los lobos a cazar ganado para que los rancheros se quedasen sin trabajo, y así poder apoderarse de sus tierras. Intentó que ella admitiera haber sido sorprendida merodeando por su propiedad, llevando a cabo una inspección clandestina para cumplir los objetivos susodichos, y, al calificarla de «maldita entrometida», se ganó una severa reprimenda por parte del juez. Helen, modelo de compostura y buenos modales, confirió a su rostro la impasibilidad de un marine en pleno desfile.

Buck Calder hizo lo posible por dar buena imagen de Abe, encomiando su habilidad como ranchero, afabilidad y abundantes cualidades personales; pero Abe era un caso perdido. En su alegato final al jurado, y después de negarse a testificar, se mostró orgulloso de haber matado al animal, a sabiendas de que era un lobo; es decir, ni más ni menos que lo que quería demostrar la acusación. Acabó diciendo que sólo lamentaba una cosa: no haber matado al otro lobo, y de paso a algunos melenudos. Tratárase o no de un chiste, el juez Watkins no se lo tomó nada bien.

Fuera empezaban a encenderse las farolas, y Dan vio que dos manifestantes más habían arriado sus pancartas, de todos modos ilegibles por efecto del aguanieve. Se habían dado por vencidos.

–¡Dan!

Al volverse, él vio a Helen acercándose a toda prisa por el pasillo.

–Está entrando el jurado.

No tardaron mucho.

Abe Harding fue hallado culpable de todos los cargos, sin que se oyeran exclamaciones de asombro, gritos ni sollozos. Unos pocos seguidores murmuraron y sacudieron la cabeza. Mientras Abe miraba fijamente el techo, Willis Watkins lo amonestó con mesura por haber provocado la pérdida de varios miles de dólares pagados por los contribuyentes. Tras declarar que la sentencia se pronunciaría una vez elaborados los informes pertinentes, el juez abandonó la sala con la absoluta convicción de que a Abe lo esperaban varios meses de cárcel, y quizá una multa considerable.

Wes y Ethan Harding se volvieron hacia Helen y la miraron con odio, pero Helen no se dio cuenta o fingió no dársela.

–Vamos a tomar algo –dijo a Dan en voz baja.

Se apresuraron a salir del juzgado, pero no fueron lo bastante rápidos para eludir a los medios de comunicación, cuya reagrupación cabía adjetivar de milagrosa, dado el escaso tiempo transcurrido desde el veredicto. Los equipos de televisión se dedicaban a recabar opiniones de los manifestantes, tanto los empapados como los que, menos fervorosos, habían esperado en sus coches el momento de unirse a ellos.

–¡Señor Prior! ¡Señor Prior! –exclamó una mujer.

Era la admiradora de Buck Calder.

–No le hagas caso –dijo Helen.

Pero la reportera logró alcanzarlos, seguida a pocos pasos por el cámara. Dan reparó en la lucecita roja, señal de que ya estaban grabando. Como rehuir a los informativos locales no daba buena impresión, se detuvo con una cálida sonrisa, esperando sin gran convicción que Helen siguiera su ejemplo.

–Quería saber qué les parece el veredicto –dijo la reportera entre jadeos.

–Pues creo que se ha hecho justicia, aunque no es buen día para nadie, ni para los hombres ni para los lobos.

–¿Cree que Abe Harding debería ir a la cárcel?

–Por suerte no depende de mí.

La reportera apuntó a Helen con el micrófono.

–¿Y usted, señora Ross? ¿No cree que cualquiera tiene derecho a defender su ganado?

–Prefiero no contestar.
–¿Cárcel para el señor Harding?
–Prefiero no contestar.
–¿Cómo le sentó que la llamara «maldita entrometida»?
–¿A usted cómo le sentaría?
–Tenemos que irnos –intervino Dan–. Muchas gracias.
Empujó a Helen por la muchedumbre.
–¿Por qué no os buscáis un trabajo como Dios manda? –exclamó alguien.
Dan reconoció la gorra de camuflaje del del cartel de Waco.
–¡Oye, si buscas a alguien yo estoy disponible!
–A ti no te contrato ni para limpiarme el culo.
–Pues menos mal que sólo lo usas para hablar –dijo Helen en voz baja y sin mirarlo, pero Dan vio que el barbudo había oído el comentario.
–¿Y ése quién es? –inquirió Dan, una vez se hubieron zafado de la multitud.
–Uno de mis amiguetes leñadores. Trabaja para la compañía de postes. Compartimos momentos de meditación en el bosque.
Como los dos tenían coche, se dirigieron cada uno en el suyo al bar donde Dan juzgaba menos probable que los partidarios de Harding fueran a ahogar sus penas colectivas. Todo lo que servían estaba hecho con productos ecológicos, desde las tiras de maíz hasta la cerveza, y casi todos los clientes eran estudiantes o vegetarianos, cuando no ambas cosas a la vez. Sólo ponían música New Age, y no había ningún trofeo de caza colgado de la pared.
Se sentaron a una mesa y pidieron dos cervezas de trigo. Dan, que no entendía la manía de poner limón en la cerveza, tuvo que meter los dedos para sacar una rodaja enorme.
–¿Luke sabe algo de la universidad? –preguntó.
–Todavía no. Les ha enviado un trabajo buenísimo sobre lo que ha estado haciendo con el S.I.G.
–Seguro que le dan plaza.
–Seguro. Sólo falta que se lo diga a su padre.
–¿Qué dices? ¿Aún no lo ha hecho?
–No. –Helen bebió un trago de cerveza–. ¿Sabes qué? Casi he conseguido poder tomar algo sin que me entren ganas de fumar.

–¿Cuánto hace que lo dejaste?
–Cuatro meses.
–No está mal.
Transcurrieron unos instantes de silencio. Dan no sabía cómo abordar un tema conflictivo, pendiente desde hacía varias semanas. Cogió la jarra, bebió de ella y volvió a dejarla encima de la mesa, considerablemente más vacía.
–Tengo que decirte una cosa, Helen.
–¿Me vas a despedir? Ya dimito yo.
Él sonrió.
–No. –Hizo una pausa–. Es que hace un tiempo que no paran de llamarnos a la oficina.
Helen frunció el entrecejo.
–Cada vez parece la voz de otra persona, y nunca dicen quiénes son. Estoy seguro de que sólo es una maniobra relacionada con lo de Abe Harding, y la verdad...
–¡Por Dios, Dan! ¿Piensas decírmelo o vas a pasarte todo el día hablando?
–¡Oye, que no es tan fácil! Tiene que ver con Luke.
Vio que Helen se ponía en guardia.
–¿Qué le pasa?
–Mira, ya sé que entre que salís a rastrear de noche y todo lo demás tiene que estarse mucho tiempo en la cabaña, y que a veces tiene que quedarse a dormir, pero se ve que más de uno lo está confundiendo con lo que no es.
–Ya. ¿O sea?
–Venga, Helen, ya sabes a qué me refiero.
–Perdona, pero no.
Dan empezaba a perder la paciencia.
–Pues te lo diré más claro. Dicen que tú y Luke estáis... enrollados, o algo así.
–¿Algo así?
Dan apartó la mirada y masculló entre dientes.
–¿Y quieres que te diga si es verdad?
–No –mintió–. Sabes perfectamente que no es a eso a lo que voy. –Oyó sonar su teléfono móvil–. ¡Maldita sea!
Lo sacó del bolsillo de la chaqueta. Era Bill Rimmer. Contó

a Dan que unos lobos habían matado a tres terneros cerca de Boulder, y le pidió que fuera cuanto antes a ver si podía apaciguar los ánimos.

–Lo siento, Helen, pero tengo que irme.

–Vale.

Ella lo miró ponerse la chaqueta y terminar la cerveza. Dan se sentía como un perfecto gilipollas.

–Te llamaré por la mañana.

–Vale. Yo me quedo a tomar otra cerveza.

–Perdona que te lo haya dicho de esta manera.

–No te preocupes.

Acababa de alejarse uno o dos pasos cuando Helen lo llamó. Se volvió y la miró. Parecía ofendida, y estaba guapísima.

–Por si te interesa –dijo–, sí lo es.

–¿Que es qué?

–Verdad.

Durante todo el camino a Boulder, Dan se sintió medio mareado, al tiempo que se le caía el alma a los pies.

Cuando estaba a punto de terminar la segunda cerveza y pedir otra, Helen oyó una voz a sus espaldas.

–Siempre da lástima que una mujer guapa tenga que celebrar algo a solas.

Lo que me faltaba, pensó, volviéndose y reconociendo a Buck Calder. Tenía el sombrero y los hombros de la chaqueta llenos de nieve.

–¿Y qué se supone que celebro?

–Ya tiene su veredicto –contestó él con una sonrisa–. Parece que el pobre Abe va a estar un tiempo a la sombra. Supongo que es lo que quería.

Helen sacudió la cabeza y miró hacia otro lado.

–¿Le importa si me siento?

–¿Le importa si le pregunto qué hace aquí?

–Pues iba de camino a casa, y al ver su camioneta se me ha ocurrido pasar a saludarla.

–Ya. Pues me doy por saludada.

Vino la camarera, y Buck pidió dos cervezas de trigo.

–Gracias, señor Calder, pero...

–Buck.

–Gracias de todos modos, pero ya me iba.

Calder se volvió hacia la camarera.

–Da igual, guapa. Trae dos, que ya me las bebo yo.

Viéndolo acomodarse en el banco opuesto, Helen se propuso no perder los estribos. Por muy mal que le cayera aquel hombre, no dejaba de ser el padre de Luke, y a ninguno de los dos les convenía enfrentarse con él.

–Quería hablar de Luke –dijo Calder.

Ella soltó una risita, pensando: Otro que tal.

–¿De qué se ríe?

–No, de nada.

Calder se quedó mirándola con una vaga sonrisa de complicidad.

–Quiero que sepa que digan lo que digan las malas lenguas...

–Señor Calder...

–Buck.

–Buck, no entiendo nada de lo que dice.

La camarera trajo las cervezas. Calder le dio las gracias y aguardó a que se marchara para seguir hablando.

–Lo que quería decir es que Eleanor y yo le estamos muy agradecidos por lo que ha hecho por el muchacho, dejando que trabajara con usted. Claro que eso supone no verlo demasiado, y no le ocultaré que ahora que las vacas empiezan a parir voy a necesitar que me ayude. Confío en que lo entienda.

Helen asintió con la cabeza.

–De todos modos, la otra noche su madre me dijo que nunca lo había visto tan feliz. Parece que por fin se ha hecho un poco mayor. Hasta tartamudea menos. Así que... gracias.

Calder tomó un trago. Helen no sabía qué decir. La había pillado por sorpresa, como de costumbre. Quizá fuera mejor vencer el impulso de salir corriendo y, aprovechando que estaban de buenas, plantear el tema del ingreso de Luke en la universidad.

–Ha quedado usted muy bien en el banquillo de testigos –dijo Calder.

Ella se encogió de hombros y sonrió.

–En serio. Ha estado fantástica.

–Gracias. Usted también.

Calder inclinó cortésmente la cabeza. Guardaron silencio. Sonaba un disco de esos para gente que no puede dormir, una mezcla relajante de olas electrónicas y gemidos de orcas. A Helen siempre la ponían nerviosa.

–¿Sabe qué le digo? Que si no hubiéramos empezado con mal pie puede que ahora fuéramos buenos amigos.

–No, si por mí ya lo somos.

–Bueno, pues más que amigos.

Helen fingió desconcierto, y él sonrió con aplomo de seductor. Luego metió la mano debajo de la mesa y le tocó la pierna. Ella respiró hondo y se levantó.

–Lo siento pero me voy.

Después de ponerse la chaqueta, sacó dinero del bolso para pagar las bebidas. Calder se quedó sentado sin inmutarse, tan sonriente como antes. Se estaba burlando de ella. Helen tuvo que hacer un esfuerzo para no arrojarle encima la cerveza que seguía llena.

–Adiós –dijo.

Nevaba mucho. Al dirigirse a la camioneta, Helen resbaló y estuvo a punto de caerse. Estaba tan rabiosa que tardó en encontrar las llaves. ¿Cómo se atrevía? Tenía ganas de matarlo.

Al meter la llave en la cerradura, alguien la tocó en el hombro y ella gritó. Calder la obligó a dar media vuelta y, cogiéndola por los antebrazos, la sujetó contra la camioneta.

–¿Para qué quieres a un niño si puedes tener a todo un hombre? –dijo.

Helen se esforzó por que no le temblara la voz.

–¡Suélteme!

–Venga, no disimules, que ya sé que te mueres de ganas.

Calder acercó su cara. Su aliento olía a cerveza. Helen le propinó un rodillazo entre las piernas y un fuerte empujón en el pecho. Calder resbaló en la nieve y cayó con todo su peso, perdiendo el sombrero, que rodó a un lado.

Ella se metió en la camioneta a toda prisa, cerró de un portazo y puso el seguro. Afortunadamente, el motor arrancó a la primera. Calder seguía de espaldas en la nieve, gimiendo con la mano en la entrepierna. Helen bajó la ventanilla.

–¡No se le ocurra volver a ponerme la mano encima!

Acto seguido pisó el acelerador. De repente, y a pesar de su indignación, recordó una frase de Calder. Entonces frenó bruscamente, haciendo derrapar la camioneta, y puso marcha atrás hasta volver a la altura del ranchero.

–Querer algo puede ser mejor que tenerlo, ¿se acuerda? Considérelo un favor.

Y volvió a arrancar, salpicando a Calder con nieve medio derretida.

Acabaron de cenar en silencio. Para ser más exactos, Luke acabó de cenar mientras Helen se dedicaba a remover la comida en el plato. Habían quedado en que ella compraría algo fresco en la ciudad al salir del juzgado, pero se le había olvidado; así pues, él había recurrido al socorrido paquete de pasta, mezclándola con queso, una lata de atún y otra de maíz. El resultado, sin ser obra de un gran cocinero, podía comerse sin problemas.

Luke se había dado cuenta de que pasaba algo nada más verla entrar, pero Helen no parecía dispuesta a sincerarse. Quizá siguiera disgustada por lo que le había dicho Abe durante el segundo día de juicio. En cuanto a la sesión final poco había explicado ella, aparte del veredicto y el posterior encuentro con su amigo leñador. Luke había previsto exponer sus inquietudes acerca de los lobos, pero no le pareció buen momento. Helen dejó los cubiertos.

–Lo siento –dijo Luke–. No era gran cosa.

–Si estaba muy bien; lo que pasa es que no tengo hambre.

–Cuando vaya a la universidad me apuntaré a clases de cocina.

Helen hizo un esfuerzo por sonreír. Luke se levantó y se acercó a ella rodeando la mesa, no sin pisar a *Buzz*, que como siempre estaba estirado delante de la estufa. Se puso en cuclillas y le cogió las manos.

–¿Qué pasa?

Helen negó con la cabeza. Él se inclinó para darle un beso en la frente.

–Dímelo.

Ella suspiró.

–Mira, Luke, creo que lo mejor es que no te quedes más a dormir.

–¿Po... por qué?

–Ya sabes cómo es la gente.

Luke asintió.

–No estaba se... seguro de si lo sabías.

Helen contestó con una risa irónica.

–¡Desde luego que lo sé!

Explicó a Luke lo de las llamadas anónimas a la oficina de Dan. El muchacho se preguntó a quién se deberían. No conocía a nadie capaz de tanta mezquindad.

–¿Y qué propones? ¿Que dejemos de vernos?

–No. ¡Ay, Luke, no sé qué decirte!

–Si tanto te molesta...

Ella le acarició la cara.

–No soportaría dejar de verte.

–¿Cambia algo lo que piensen los de... demás?

–No lo sé.

–Para mí no.

–Mira, Luke, hay una serie de personas que siempre intentan echar por tierra lo que no entienden, o lo que ellos no pueden tener.

–Pe... pero hacerles caso sería darles la razón.

Helen le sonrió. A veces bastaba con que lo mirara para que Luke recordara lo joven que era, y lo mucho que tenía que aprender sobre las malas pasadas de la vida.

–Yo te quiero.

–Luke, por favor...

–No hace falta que ta... también lo digas.

–El último que me lo dijo me abandonó por una niñata belga.

–Yo no conozco a ninguna.

Helen estuvo a punto de reírse.

–De todos modos, te aviso que voy a estar unas semanas casi sin subir. Mi pa... padre quiere que lo ayude en cuanto empiecen a parir las vacas.

–Ya me lo ha contado.

–¿Has hablado con él? ¿Y qué te ha dicho?

Helen se encogió de hombros.

–Nada más.

El lobo yacía en una estrecha quebrada, atrapado entre dos rocas como una rama arrancada por la corriente. Tenía el hocico sobre las patas, como a punto de dar un salto, y los ojos abiertos, de un amarillo mate, mortecino. Cubría el pelaje una fina capa de espuma. Resultaba difícil calcular el tiempo que llevaba muerto.

Poco después del alba, Helen y Luke habían captado una señal distinta al pitido intermitente al que estaban acostumbrados. Se trataba de una larga nota sin variaciones, señal de que había ocurrido algo.

–No tiene por qué estar muerto –había dicho ella al cargar los esquís y el resto del equipo en la motonieve–. A lo mejor el collar se ha soltado solo. A veces pasa.

Pero ella misma lo dudaba. Enfilaron por el camino paralelo al arroyo, y a medida que recorrían el tramo accesible a la motonieve la señal fue creciendo en intensidad. Casi no hablaron, conscientes de que iban a pasar un mes o más sin salir a rastrear juntos. Cuando se hizo imposible seguir con la motonieve, se pusieron los esquís y empezaron a esquivar árboles y rocas. Había huellas recientes de lobo, pero ninguna otra señal. La manada había seguido adelante. Quizá hubiera venido a presentar sus últimos respetos.

El cadáver estaba tan rígido que les llevó bastante tiempo desencajarlo de las rocas sin empeorar su condición. Después lo tendieron al lado del arroyo.

–Mira la pata y verás de qué ha muerto –dijo Helen.

Se agacharon a examinarlo. La pata estaba completamente despellejada, y la hinchazón había multiplicado por tres su tamaño normal, visible en la de al lado. Un corte profundo la circundaba.

–¡Pobre! ¿Qué te ha pasado? Parece como si hubiera caído en un cepo.

–O una trampa de alambre, como *Buzz* –dijo Luke–. Es la misma pata.

Helen retiró el collar e interrumpió la señal.

–Sólo quedan siete –dijo, levantándose y suspirando.

–Dudo que aún haya ta... tantos.

Ella lo miró.

–¿Qué quieres decir?

–¿Te acuerdas de que Dan y yo sólo vimos cinco de... desde la avioneta, y que dijo que los demás debían de estar en el bosque? Pu... pues desde que empezó el juicio llevo unos días con la sensación de que no quedan más. Más bien puede que haya menos. Ya sé que muchas veces pisan las huellas del que va delante, pe... pero cuando se separan, tengo la impresión de que sólo son tres o cuatro. Además, los he oído aullar y me ha parecido un ruido diferente, co... como más flojo.

Llevaron el lobo a la cabaña, cargado en la parte trasera de la motonieve. Helen llamó a Dan, que le prometió enviar a Donna a recogerlo sin dilación. Añadió que haría que Bill Rimmer echara un vistazo al cadáver, y que después lo enviaría a Ashland para que elaborasen un informe completo de la autopsia. Ella le dijo que la herida parecía deberse a una trampa de alambre.

–Según Luke hay alguien que está intentando cargárselos.

–Los cazadores furtivos ponen trampas para toda clase de animales. La mejor manera de matar lobos sigue siendo el veneno.

–Con la única pega de que deja una ristra de animales muertos, y de que todo el mundo se entera de lo que estás haciendo.

–Con las trampas también. Para mí que son imaginaciones del chico.

Helen contó a Dan lo que le había dicho Luke, que nunca se veían más de cuatro o cinco huellas diferentes. Dan adoptó un tono más severo.

–Mira, Helen, no quiero parecer ingrato, pero la bióloga eres tú. Te pagamos a ti, no a Luke.

Hasta entonces, ella había sido lo bastante tonta para no sospechar que Dan pudiera estar celoso. Ya no podía contar con él. En adelante, su único aliado sería Luke.

31

De pequeña, Kathy siempre había tenido predilección por la época en que parían las vacas, la más divertida del año. Se despertaba con Lane en plena noche y oía ruido en el piso de abajo. Era su padre, reunido con sus ayudantes en la cocina, donde mataban el tiempo riendo, cocinando y descansando, mientras las vacas mugían en los corrales. Las dos niñas solían asomarse de puntillas a las ventanas de su habitación para ver trabajar a los hombres a la luz de las lámparas de arco, extrayendo terneros ensangrentados y resbaladizos del seno materno, y riendo a carcajadas cuando las recién nacidas criaturas trataban de sostenerse en sus piernas quebradizas.

Cuando Kathy y Lane alcanzaron cierta edad su padre empezó a dejar que le echaran una mano, aunque tuvieran que levantarse pronto para ir al colegio y aunque su madre se lo hubiera prohibido. Iba a buscarlas cuando Eleanor estaba durmiendo, y bajaban de puntillas por la escalera.

Kathy recordaba una ocasión en que ambas habían llorado por un ternero que había nacido muerto. Su padre les había dicho que no fueran tontas, que eso era lo que hacía Dios con los que eran demasiado débiles para vivir.

La madre de Kathy tenía en la cocina una maceta con bulbos de azafrán. Las niñas le habían arrancado todas las flores y habían ido al vertedero con uno de los ayudantes de su padre. Reunidos los tres junto al pobre ternero muerto, primero habían rezado y después lo habían cubierto de flores. A la mañana siguiente, su madre había montado en cólera por el estado de la planta.

Sin embargo, desde que vivía en la casa roja, Kathy odiaba la época de los partos. El motivo era que Clyde se pasaba más de un mes durmiendo en casa de sus suegros, colaborando con los hombres de Buck. Kathy sólo lo veía cuando iba a ayudar a su madre a preparar la comida para todo el grupo, o cuando Clyde pasaba por casa a cambiarse; y aun en esas ocasiones estaba demasiado fatigado para prestar atención a nadie (si bien solía esperar que Kathy se fuera con él a la cama a la menor insinuación, aunque no estuviera ni remotamente de humor para ello).

Hacía poco más de una semana que las vacas habían empezado a parir, pero Kathy ya sufría de aburrimiento y soledad, sobre todo las largas tardes en que no había nada en la tele; de ahí que cada vez que viera luz encendida en la caravana del lobero inventara una excusa para ir a verlo.

A veces le devolvía la ropa que había insistido en lavarle. Otras le llevaba restos de comida, sopa o galletas hechas en casa. Cuando el bebé estaba despierto y no lloraba, Kathy se lo llevaba a la caravana a sabiendas de que el viejo disfrutaba con su presencia.

Por supuesto que Lovelace no era un modelo de anfitriones. Durante la primera visita de Kathy ni siquiera la invitó a pasar, y cuando lo hizo, la caravana olía peor que una pocilga. Kathy, sin embargo, no tardó en acostumbrarse a ello, satisfecha con tener un compañero de tertulia. Además, los modales bruscos del viejo no impedían que le resultara simpático. Quizá fuera pura lástima. En todo caso, Kathy se daba cuenta de haber caído en gracia.

Lovelace se había pasado dos días en el bosque. Una vez enterada de su regreso, Kathy le concedió algo de tiempo para ponerse cómodo y, finalizada la breve tregua, le llevó un tazón de caldo. Él se lo acabó en dos minutos exactos, antes de rebañar un trozo de pan que también le había llevado ella.

Estaba sentada en un taburete, con el pequeño Buck encima de las rodillas. La estrecha mesa de la caravana tenía manchas cuya procedencia no osaba siquiera adivinar. El viejo comía con voracidad, hasta el punto de parecer él mismo un lobo, según pensó Kathy. La luz de la lámpara exageraba lo rudo de su rostro castigado. El pequeño Buck no abría la boca. Sus ojos, asomados al borde de la mesa, seguían todos los movimientos del lobero.

–Muy bueno.

–¿Quiere repetir? Hay de sobra.

–No, señora, ya estoy lleno.

Lovelace se sirvió un poco de café sin tomarse la molestia de ofrecérselo a Kathy, que nunca quería por asco a las tazas. Guardaron silencio. El viejo se puso tres cucharadas de azúcar, como siempre sin quitar ojo al bebé.

No era fácil juzgar si estaba de humor para charlas. A veces casi no decía nada, y Kathy acababa hablando sola. Había tardado poco en darse cuenta de qué temas convenía evitar. En cierta ocasión había cometido el error de preguntarle por su mujer, y Lovelace se había cerrado en banda. Lo mismo había sucedido al preguntarle cuántos lobos había cazado.

En contraste con esos momentos, Lovelace era capaz de la más incontenible verborrea. Era como destapar un tonel y dejar salir el líquido a chorros, sobre todo cuando la conversación versaba sobre su padre. Aficionada desde siempre a oír hablar del pasado, ella se imaginaba a Joshua Lovelace como el viejo cazador de osos de *Las aventuras de Jeremiah Johnson*. Habitualmente bastaba con un pequeño acicate para que Lovelace hijo se pusiera a hablar. Kathy lo intentó una vez más.

–Un día me habló usted de un invento de su padre.

–¿El aro?

–Exacto. ¿De qué se trata exactamente?

Él siguió removiendo el café.

–¿Quiere verlo? –dijo.

–¿Aún lo tiene? ¿En serio?

–Sí, y a veces hasta lo uso.

Se acercó a un armario y tuvo que ponerse de rodillas para llegar al fondo. Después de hurgar un poco sacó un rollo de alambre que llevaba colgados varios conos finos de metal. Volvió a la mesa y dejó el artefacto delante de Kathy, pasando a desatar las dos cintas de cuero con que estaba sujeto. A continuación desenrolló un par de metros de alambre. El bebé estiró el brazo para tocar uno de los conos de metal.

–No, cariño –dijo Kathy–, no toques nada.

–Bien dicho. Nada de tocar. Puede que parezca un juguete, pero no lo es. Voy a enseñárselo.

Cogió un trozo de pan que se había quedado encima de la mesa y lo ensartó cuidadosamente en la punta de un cono.

–Mi padre decía que lo que va mejor es el pollo, y siempre que tengo lo uso, pero sirve cualquier carne. Imagínese que este trozo de pan es un trozo de carne. Hay que poner el alambre en torno al cubil cuando los cachorros tienen alrededor de tres semanas y empiezan a sentir ganas de salir. Entonces...

De repente se quedó callado. Kathy, que había estado fijándose en lo que hacía con las manos, levantó la vista y vio que observaba al bebé con cara rara. El pequeño Buck miró a los ojos del lobero.

–Entonces...

–¿Le pasa algo, señor Lovelace?

La mirada del viejo se posó en Kathy. Parecía sorprendido de verla, como si no supiera ni quién era ni qué hacía en la caravana. Después volvió a mirarse las manos. En ese momento se le refrescó la memoria y retomó el hilo de la explicación.

–A lo que iba. El cachorro huele el cebo, y como no sospecha nada se lo mete en la boca por la parte más estrecha. Es un detalle importante, porque no conviene que accione el mecanismo antes de tener el cebo bien dentro... Volvió a mirar al bebé.

–¿Bien dentro? –repitió Kathy para que siguiera hablando.

–Bien dentro... bien dentro de la boca. Entonces, justo cuando cierra las mandíbulas en esta parte más gorda, esta de aquí...

El lobero la apretó un poco con los dedos. Se oyó un fuerte chasquido, y tres ganchos se clavaron en el pan desmigajándolo.

El pequeño Buck se asustó y rompió a llorar. Kathy lo sujetó, tratando en vano de tranquilizarlo. De nada le sirvió levantarse con el niño en brazos y acariciarle la espalda.

–Perdone. Será mejor que me lo lleve.

El viejo miró el gancho fijamente sin contestar.

–Señor Lovelace...

Kathy no sabía si quedarse, pero los chillidos del bebé estaban haciéndose inaguantables. Antes de abrir la puerta se volvió para decir buenas noches, pero le pareció que Lovelace no la oía.

Al cerrar la puerta vio brillar algo en la mejilla del lobero. Como Lovelace tenía la lámpara detrás y media cara a oscuras no se distinguía demasiado bien, pero a Kathy le pareció una lágrima.

Más tarde, en plena noche, oyó ponerse en marcha el motor de la motonieve. Se levantó de la cama sin despertar al bebé y miró por la ventana. Vio alejarse una luz por el prado más alto, en dirección al bosque.

Fue su último encuentro con Lovelace.

Los Calder eran partidarios de que las vacas primerizas parieran antes que las demás. El padre de Luke se enorgullecía casi tanto de la calidad de sus madres como de la de sus toros, y la mayoría de sus primíparas expulsaban a los terneros con la misma facilidad con que una pastilla de jabón resbala por la bañera.

No obstante, siempre había algunas que precisaban ayuda; por eso, al tiempo que se permitía a las vacas de más edad parir en el prado, las primerizas se quedaban en los corrales, donde era más fácil vigilarlas.

Todas las fechas de inseminación habían sido registradas, y al aproximarse la fecha prevista del parto cada vaca fue rociada con líquido para piojos, amén de recibir inyecciones contra la diarrea y otras enfermedades. Transcurrida ya la primera semana de partos, los terneros estaban llegando a un ritmo de veinte al día, y había tanto trabajo que era para volverse loco.

Para colmo, el tiempo no ayudaba. Había años en que los últimos días de marzo eran casi de primavera, pero no estaba siendo el caso de aquél. Día tras día se sucedían las ventiscas, y la temperatura casi nunca superaba los veinte grados bajo cero. En cuanto una vaca primeriza daba señales de estar a punto de parir, los hombres tenían que obligarla a meterse en uno de los compartimentos del establo dispuesto a tal efecto; y si ya se había echado en el suelo para dar a luz, cargaban al ternero en una carretilla nada más cortarle el cordón y se lo llevaban dentro antes de que se le congelasen las orejas. A veces, si la madre no se las lamía con suficiente rapidez, había que descongelarlas con un secador de pelo para no acabar con un montón de crías deformadas imposibles de colocar en el mercado.

El establo no andaba sobrado de espacio, y en cuanto un ternero empezaba a mamar y la madre daba muestras de controlar la situación, los dos eran devueltos al frío. En ocasiones, los pobres salían con las orejas envueltas con cinta para que no volvieran a congelarse. Sacarlos tan pronto era arriesgado, porque quizá no hubieran tenido tiempo de reconocerse, y a los dos días la madre podía estar dando de mamar al ternero equivocado.

Los hombres trabajaban toda la noche en turnos de dos y tres horas, y ninguno dormía más de cuatro. Luke, que había relevado a Ray a las cuatro en punto, no había tenido demasiados problemas. Lo único dramático había sido ver a dos coyotes merodeando por los corrales. Eran capaces de hacer incursiones rapidísimas y llevarse un ternero antes de que la madre se diera cuenta; por eso siempre había una escopeta en el establo. Su padre y Clyde los habrían matado, pero Luke se limitó a ahuyentarlos, dando gracias a Dios de que no fueran lobos y rezando por que se mantuvieran lejos de los demás ranchos.

Después de limpiar el establo fue a los corrales para echar un último vistazo a una vaca primeriza que había salido de cuentas. Hacía una hora que estaba un poco inquieta, y Luke empezaba a temer que algo fuese mal. De camino a los corrales, volvió a pensar en Helen y en su triste encuentro del día anterior.

Llevaba una semana sin verla, y el hecho de saber que estaba tan cerca hacía que la echara todavía más de menos que cuando había estado a miles de kilómetros. El encuentro fue así: de camino a la ciudad para comprar más antidiarreico, Luke vio la camioneta de Helen. Acercaron los vehículos, bajaron las ventanillas y charlaron un par de minutos. Más que enamorados, parecían amigos que ya no supieran de qué hablar.

–Habría subido, pero es que no puedo alejarme del rancho –dijo Luke–. Mi pa... padre...

–No te preocupes. Lo entiendo perfectamente.

–¿Has sa... salido a rastrear?

–Sí, y creo que tienes razón. Parece que sólo quedan tres o cuatro. Tampoco cazan tanto como antes.

–¿Has encontrado alguna trampa?

–No, pero creo que hay alguien merodeando.

–¿Po... por qué?

Helen se encogió de hombros.

–No sé; huellas y otras cosas. Además, he encontrado un sitio donde habían plantado una tienda; aunque no creo que tenga importancia.

Dijo que a juzgar por las señales los lobos estaban bajando y acercándose a algunos ranchos, como si quisieran vigilar de cerca la parición.

–¿El nuestro ta... también?

–Sí.

Helen hizo una mueca y puso cara de pena. Guardaron silencio. Lo que tenían que decirse era a la vez demasiado y nada. Helen tuvo escalofríos.

–Estoy harta de esta temperatura.

–¿Estás bien?

–No, ¿y tú?

–Tampoco.

Luke la cogió de la mano. Fue entonces cuando se fijó en la puerta de la camioneta. Alguien había escrito la palabra PUTA en letras grandes, rascando la pintura.

–¡Oh, no!

–Son simpáticos, ¿eh?

–¿Cuándo te lo han hecho?

–Anoche.

Luke vio acercarse un camión. Estaban obstruyendo la carretera de salida de Hope. Helen también lo vio, y se apresuró a soltar la mano del muchacho.

–¿Lo has denunciado a la oficina del sheriff?

–De ahí vengo. Rawlinson, el ayudante del sheriff, ha estado muy comprensivo. Según él, deben de haber sido chicos de la ciudad que estaban de juerga por el bosque. Me ha dicho que si me da miedo lo mejor es que me compre una escopeta.

Luke sacudió la cabeza. El camión casi había llegado a su altura.

–En fin –dijo ella–, ya nos veremos.

–Me inventaré algo pa... para subir.

–Tú tranquilo, Luke. Quizá sea mejor que dejemos de vernos por una temporada.

El conductor del camión hizo sonar el claxon. Se despidieron con tristeza y arrancaron en direcciones opuestas.

Luke llegó al corral. Disipado el recuerdo del encuentro con Helen, se apoyó en la valla y buscó a la vaca con la linterna.

–¿Cómo va eso?

Miró alrededor y vio a Clyde, que venía a relevarlo.

–Bien. Hay una que me preocupa un po... poco. Parece nerviosa. A lo mejor tiene el útero torcido. Algo le pasa.

Clyde le pidió que se la señalara.

–Qué va –dijo nada más verla–. No le pasa nada.

Luke se encogió de hombros, y después de contarle lo de los coyotes volvió a casa para dormir una hora antes del alba.

Durmió más de la cuenta. Se duchó y se vistió mientras los demás desayunaban en la cocina. Al bajar, advirtió que había pasado algo. El ambiente podía cortarse con un cuchillo. Ray y Jesse comían sin decir nada. Su padre ponía cara de ogro.

Aprovechando que le servía un vaso de leche, Eleanor dirigió a su hijo una mirada de advertencia. Al principio nadie dijo nada.

–¿Por qué has dejado que se muriera la vaca? –acabó por preguntar su padre.

–¿Co... cómo?

–No me vengas con co... cómos, hijo.

–¿Qué vaca?

Luke se volvió hacia Clyde, que siguió mirando el plato.

–Clyde ha encontrado una vaca muerta en el corral. Tenía el útero torcido.

Luke volvió a mirar a Clyde.

–¡Pe... pero si te la enseñé!

Clyde levantó la cabeza lo suficiente para que Luke viera que estaba asustado.

–¿Qué?

–Te enseñé qué vaca era, y tú di... dijiste que no le pasaba nada.

–¡Venga ya! ¿Pero qué dices, Luke?
–¡Chicos, chicos! –dijo la madre de Luke–. Siempre se muere alguna que...
Su marido la interrumpió con dureza:
–Tú no te metas.
–¡Si hasta te dije lo que me pa... parecía que le pasaba! ¡Y tú contestaste que no era nada!
–¡Eh, eh! ¡Ahora no intentes cargármelo a mí!
Luke se levantó, haciendo rechinar la silla contra el suelo.
–¿Adónde te crees que vas? –preguntó su padre.
–No pu... pu... puedo más.
–¿Ah no? ¡Mira qué bien! Pues yo sí. Siéntate.
Luke negó con la cabeza.
–No.
Su padre puso cara de no saber cómo reaccionar. No estaba acostumbrado a que le plantasen cara. Ray y Jesse se levantaron y salieron de la habitación con la cabeza gacha.
–¡Tú no te vas de aquí hasta que me hayas oído! ¿Te enteras? Dice tu madre que piensas apuntarte a la Universidad de Minnesota. ¿Es verdad?
La madre de Luke se levantó.
–¡Por Dios, Buck, que no es el momento!
–Que te calles. A estudiar cosas de melenudos. ¿Es verdad?
–Bi... bi... biología.
–Así que es verdad. ¿Y ni siquiera se te ocurre consultar a tu padre?
A Luke empezaron a temblarle las piernas, pero no de miedo. Por primera vez en su vida no tenía miedo de aquel hombre que lo miraba con rostro airado. Lo único que sentía era rabia, una rabia depurada y destilada con el paso de los años. Era una sensación próxima a la euforia.
–¿Te ha comido la lengua el gato?
Luke miró a su madre, que estaba al lado del fregadero procurando no llorar. Volvió a mirar a su padre. «¿Te ha comido la lengua el gato?» Respiró hondo, sintiendo una extraña tranquilidad. Sacudió la cabeza.
–No –se limitó a contestar.

–Pues más vale que te expliques. –Su padre sonrió con arrogancia.

Era el momento. Una paloma volaba por la cocina, y Luke no tenía más que levantar la mano y cogerla para conseguir la libertad. Volvió a respirar hondo.

–Pe... pensaba que no te interesaría.

–¡Vaya! –repuso su padre con una sonrisa sarcástica, apoyándose en el respaldo de la silla.

–Sabía que no te pa... parecería bien.

–Pues te equivocas en lo primero y tienes razón en lo segundo. Interesarme sí me interesa, pero ten por seguro que no me parece bien. ¡Tú te vas a la Universidad de Montana, a ver si te enseñan a ser lo bastante buen ranchero para que no se te mueran las vacas!

–Si es tan co... cobarde que no se atreve a decirlo, allá él. Y no pi... pienso ir a la Universidad de Montana. Iré a la de Minnesota. Si me aceptan, claro.

–¿Conque esas tenemos?

–Sí.

Su padre se puso en pie y se acercó a él, haciendo flaquear el valor del muchacho.

–¿Y según tú quién coño va a pagarlo?

–Ya se me ocurrirá algo.

–Pagaré yo.

Era la voz de su madre. Padre e hijo se volvieron a mirarla.

–Te he dicho que no te metas.

–Po... po... po...

Dios mío, por favor, no me abandones justo ahora, pensó Luke. No dejes que la paloma se vaya.

–Po... po... po... –lo imitó su padre.

La rabia se apoderó de Luke y le arrancó las palabras de la boca.

–¿Por qué te gusta ta... tanto dar miedo a los demás? ¿No te parece que ya has hecho sufrir bastante? Todos te... tenemos que ser como quieres tú, ¿verdad? Siempre atacas lo que no entiendes. ¿No será que tienes miedo?

–No vuelvas a hablarme con ese tono.

–¿Lo tienes o no?

Su padre se acercó y le dio una violenta bofetada con el revés de la mano. Su madre gritó y se tapó los ojos. Clyde se levantó.

Luke notó en la lengua un gusto a sangre, salado y metálico. Miró fijamente a su padre, que sostuvo su mirada con ojos como brasas, respirando con fuerza, rojo el cuello de rabia. Luke se acordó del oso que los había perseguido por el bosque. Se extrañó de que ya no le diera miedo.

–Me voy –dijo. Se dio cuenta de que le corría sangre por la comisura de los labios, y de que su padre también lo había visto. Le pareció ver un asomo de duda en sus ojos grises y fríos.

–Ahora mismo vuelves al trabajo.

–No. Me voy.

–Si te marchas no volverás a entrar en mi casa.

–Da igual. De todos modos no es mi ca... casa. Nunca lo ha sido.

Y salió de la cocina haciendo un gesto a su madre con la cabeza.

Una vez en su habitación, sacó del armario dos bolsas grandes de tela y metió algo de ropa, sus libros favoritos y un par de cosas que podían hacerle falta. Oyó cerrarse de un portazo la puerta de la cocina, y al mirar por la ventana vio a su padre dando zancadas por la nieve en dirección a los corrales, con Clyde detrás. Empezaba a clarear. Luke no dejaba de preguntarse si su nueva tranquilidad lo abandonaría. La respuesta, de momento, era que no.

Antes de bajar por la escalera miró por la puerta del dormitorio de sus padres, y vio que su madre estaba haciendo la maleta encima de la cama. Dejó las bolsas en el suelo y se acercó.

–Mamá...

Ella se volvió. Al principio sólo se miraron. Después Eleanor se acercó a su hijo con los brazos extendidos. Luke la abrazó. Cuando notó que ya no lloraba tanto, le dijo:

–¿Adónde pi... piensas ir?

Eleanor se enjugó las lágrimas.

–He llamado a Ruth, y dice que puedo quedarme unos días en su casa. ¿Tú te vas con Helen?

Él asintió con la cabeza. Su madre separó la cabeza de su pecho y lo miró.

–La quieres mucho, ¿verdad?

Luke se encogió de hombros y trató de sonreír. De repente, sin saber por qué, también tenía ganas de llorar; pero no lo hizo.

–No lo sé –dijo–. Supongo que sí.

–¿Y ella a ti?

–Mamá...

–Perdona. No es cosa mía.

Eleanor le dio un último abrazo y lo besó en la mejilla.

–¿Me prometes que vendrás a verme?

–Te lo prometo.

Luke dejó las bolsas en el salón y fue al despacho de su padre para coger el Winchester que había pasado a pertenecerle al morir su hermano, aunque casi no lo hubiera utilizado. Sacó una caja de cartuchos del cajón que había debajo de las armas y la metió en la misma bolsa que la escopeta. Después fue a la cocina, donde había dejado su chaqueta, su sombrero y su impermeable. Los bajó del colgador, cogió otro par de botas y se lo llevó todo al jeep.

Mientras se alejaba de la casa miró el prado, y vio a *Ojo de Luna* y los demás caballos cerca del árbol que salía del viejo Ford. La distancia impedía distinguirlos bien, pero Luke tuvo la impresión de que *Ojo de Luna* lo miraba.

Cuando pasó por debajo de la calavera de la entrada, volvió la cabeza para echar un último vistazo al rancho. Su padre y Clyde estaban llevando vacas al establo. Clyde se detuvo para verlo pasar, pero su padre siguió andando.

El lobero quería pedir perdón antes de morir, pero no tenía a nadie a quien decírselo.

La única persona capaz de entenderlo era su mujer, y estaba muerta. Se preguntó cuándo habría descubierto Winnie lo que llamaba «esa chispa», y por qué no se lo habría dicho. De todos modos, estaba seguro de que no la habría escuchado.

Se le ocurrió ir a la cabaña de la bióloga y pedirle perdón, pero no la conocía, y estaba demasiado avergonzado para contarle lo que había hecho. Además, lo que tenían que perdonarle no eran sus últimas acciones, sino toda una vida. Al final decidió ir a la mina. Era lo mejor.

En el momento de llegar, reinaba en su mente tal descontrol que pensó que el lobezno al que había pegado un tiro la noche anterior podía no estar muerto, y que si encontraba la entrada de la mina quizá llegara a tiempo para salvarlo. Recorrió la zona sin hallar ningún acceso, hasta que recuperó la sensatez y recordó los efectos devastadores de la bala.

Poco después estaba totalmente desnudo, apoyado contra un árbol al borde del claro donde desembocaba el conducto de ventilación. Había arrojado toda la ropa por este último, imaginándosela tirada encima de los lobos. Su piel, llena de arrugas, casi estaba tan blanca como la nieve. Vio palidecer las estrellas, desaparecer una a una del cielo matinal.

El frío estaba apoderándose de él; lo sentía invadir sus piernas y sus brazos, aproximándose con sigilo a su corazón. Lo sentía aferrado al cuero cabelludo como una gorra, mientras se le hacía más lenta la respiración y el aliento se le helaba en la barba.

Tenía tanto frío que estaba como insensibilizado. De hecho, una soñolienta placidez se estaba difundiendo por todo su cuerpo, haciendo que su mente perdiera el contacto con la realidad. Le pareció que Winnie lo llamaba; intentó contestar, pero no tenía voz. Al final se dio cuenta de que no eran más que una pareja de cuervos que sobrevolaban el claro, moteando de negro el cielo rosado.

Su única profesión había sido la muerte, y no le tenía ningún miedo. Cuando llegó, no fue con estridentes trompeteos e hirientes saetas de dolor, ni recitando sus pecados en vengadora letanía.

Soñando despierto, vio una cara de bebé que lo miraba a la luz de una vela. Tal vez se tratase del de los Hicks, aunque no se parecía. Quizá fuera el hijo que no habían podido tener él y Winnie. De repente, el lobero supo que se estaba viendo a sí mismo; y justo entonces, la sombra de la madre que no había conocido se acercó a la vela y la apagó, soplando suavemente.

PRIMAVERA

32

El segundo deshielo del año fue más discreto que el primero. No hubo esta vez inesperados vientos ardientes que derritieran la nieve en pocas horas. El río Hope, satisfecho acaso con sus extravagancias pasadas, se atuvo a su cauce, colmándolo con benignidad.

Era la primera semana de abril. La nieve había abandonado los prados llanos, dejándolos secarse bajo los tímidos rayos del sol y retirándose al valle como una marea. Se dedicó por un tiempo a hacer incursiones más allá de los confines del bosque y, convertida en espuma, corrió por las umbrías hondonadas y torrenteras de los ranchos más altos. Todavía era pronto para que los árboles lo tomaran por algo más que un nuevo truco del invierno, y, si bien los claros más soleados, listos para germinar, se llenaron de crujidos y susurros, las hileras de álamos de Virginia que serpenteaban por el valle montaña arriba se encastillaron en su cinismo, permaneciendo grises y desnudas como mínimo otro mes.

No así el reloj sito en el útero de la loba blanca, que no admitía demoras. Hacía tres semanas que la loba había encontrado una zorrera abandonada al borde de una zona de tala, y, bajo la mirada perpleja de los dos cachorros supervivientes, se había pasado horas cavando y cavando hasta rehacerla a su gusto.

Ya tenía la barriga muy hinchada. Cada vez le resultaba más difícil cazar, y más con la nieve a medio derretir. Pese a hallarse en su segundo año de vida y haber alcanzado el peso y corpulencia de la edad adulta, los dos lobeznos tenían mucho que aprender en astucia y técnicas de caza. Habían colaborado en varias cacerías, pero nunca se habían puesto al frente de ninguna. Mermada hasta tal punto la agilidad de la madre, la manada ni siquiera representaba un peligro serio para el ciervo más debilitado por el invierno.

Los dos lobatos salían juntos diez o doce veces al día, a rastrear, perseguir y dejar escapar a la presa. A veces cazaban conejos o liebres, y los compartían con su madre; pero la presa casi nunca compensaba el gasto de energía. Inquietos y errabundos, seguían el olor de la carroña y robaban comida a depredadores más pequeños que ellos.

Un día percibieron un olor desusado cuyo rastro los llevó a un claro, en cuyo borde encontraron a un viejo apoyado contra un árbol. Los dedos de sus pies sobresalían de la nieve, hollada a distancia prudencial por coyotes y pumas. Los lobos se mostraron todavía más cautelosos, porque el olor de aquel hombre les resultaba a la vez aterrador y conocido. Sin embargo, había algo todavía más aterrador en el lugar donde lo habían encontrado. Se alejaron con las orejas pegadas a la cabeza y la cola entre las patas, dejando al cadáver a merced de los osos, que empezaban a salir de su letargo.

Infinitamente más tentador era el aire cálido que subía de los ranchos del valle. Había llegado la hora de que pariera el grueso de los rebaños, y los lobos ya habían encontrado los vertederos de reses muertas. Bastaba con ahuyentar a los coyotes para poder comer tranquilos. Recorriendo barrancos y cauces secos, asistieron al nacimiento de las mismas criaturas cuya carne habían paladeado, juzgándolas lentas, torpes y vulnerables.

La loba blanca vio acercarse su hora, y despareció a solas dentro de la guarida. Sus dos hijos se pasaron toda la noche y el día siguiente aguardando a que saliese. Mataron las horas paseando o descansando con la cabeza sobre las patas, sin perder de vista la entrada del cubil. De vez en cuando metían la cabeza y gañían, hasta que un gruñido llegado de las profundidades les advertía que no siguiesen adelante. Por la tarde del segundo día, y viendo que su madre no se decidía a salir, se alejaron por el bosque, impelidos por el hambre y la impaciencia.

Así, mientras su madre daba a luz a seis nuevos cachorros, los dos lobos siguieron los pasos de su padre muerto, y bajando del bosque con sigilo mataron a su primer ternero sin hallar la menor resistencia.

Su elección fue impecable: un Black Angus pura raza del rancho Calder.

En el momento de alejarse de la cabaña le había parecido buena idea, pero ya no. Mientras aparcaba al otro lado de la tienda de objetos de regalo, Helen tuvo ganas de dar media vuelta. Probablemente fuera demasiado tarde. La madre de Luke ya debía de haberla visto por el escaparate.

A Luke le había dicho que iba a Hope a comprar provisiones en la tienda de los Iverson, por estar prácticamente segura de que el muchacho no habría visto con buenos ojos una visita a su madre. Pensaba que Eleanor se merecía una explicación, aunque no sabía muy bien qué decirle. ¿Que la perdonara por haberle robado a su hijo? ¿Por haberle hecho perder la virginidad? Bastantes dificultades tenía para explicárselo a sí misma.

¿Cómo transmitir a otra persona lo que había sentido al ver a Luke delante de la cabaña con dos bolsas enormes al hombro? ¿Cómo explicar su reacción al oírle decir que se había marchado de casa, y que a ver si podía quedarse «unos días»? Se había limitado a abrazarlo, y habían tardado mucho en separarse.

–Así estarás protegida –había dicho Luke. Y era cierto.

Vivir con él en aquel espacio minúsculo, que sólo les pertenecía a los dos, parecía lo más natural del mundo. Luke decía en broma que vivían como lobos; y en cierto modo era verdad, porque compartían una especie de animalidad desinhibida. Muchas veces, antes de acostarse, calentaban un barreño de agua en la estufa, se metían desnudos en él y se lavaban mutuamente con un trapo. Helen nunca había tenido un amante tan tierno; tampoco recordaba haberse sentido tan despierta y deseosa físicamente, ni siquiera con Joel.

Entre Joel y ella había habido pasión, placer y también amistad. Nunca, sin embargo, habían estado unidos por una intimidad comparable a la que había descubierto con Luke. De eso se daba cuenta. Con Joel siempre había estado pendiente de sí misma, de personificar los deseos de Joel tal como los veía desde su punto de vista, y todo para no ser rechazada.

La relación con Luke le había enseñado que la verdadera intimidad sólo se consigue cuando dos personas se limitan a ser ellas mismas en lugar de vigilarse a todas horas. Luke hacía que se sintiera hermosa y deseada; pero más importante aún era librarse, por primera vez en la vida, del miedo a ser juzgada.

Bien, pero ¿cómo hacérselo entender a Eleanor, siquiera en parte? ¿Cómo ser remotamente fiel a la verdad? A fin de cuentas, quizá fuera mejor renunciar a ello y volver a casa. Pero no. Helen se santiguó mentalmente y salió de la camioneta.

La puerta, recién pintada, estaba casi tan fea como con la inscripción. Luke había encontrado el color exacto en un concesionario Toyota de Helena, y le había quedado muy bien. Por desgracia, el resto del vehículo estaba tan oxidado y descolorido que lo nuevo destacaba demasiado, como si pidiera a gritos otra rayada.

Helen abrió la puerta de Paragon, haciendo que la campanilla sonara con fuerza. Afortunadamente no había ningún cliente, y Ruth Michaels estaba sola delante de la caja.

–¡Hola, Helen! ¿Cómo estás?

–Bien, gracias. ¿Y tú?

–Imagínate. Ahora que ya no hay nieve...

–Ya. ¿La señora Calder está?

–Sí, al fondo. Voy a avisarla. ¿Quieres un café?

–No, gracias.

Mientras esperaba, Helen tarareó nerviosamente una melodía. Oyó hablar a las dos mujeres, pero no las entendía. Ruth volvió poniéndose la chaqueta.

–Tengo que salir. Te veo luego, ¿no?

–Sí.

Volvió a sonar la campanilla. Helen reparó en que antes de marcharse Ruth daba la vuelta al cartel de ABIERTO/CERRADO y ponía el seguro.

–Buenos días, Helen.

–Hola, señora Calder.

No la había visto desde el día de Acción de Gracias, y volvió a sorprenderla su parecido con Luke: la misma piel clara, los mismos ojos verdes preciosos... Le sonrió.

–¿En qué puedo servirte?

–Pues...

–Mejor que nos sentemos al fondo. Así no nos verán.

Helen la siguió hasta donde se servían cafés y se sentó en uno de los taburetes. Eleanor Calder se colocó detrás de la barra.

–¿Te preparo un café?

–Sólo si usted también toma.

–Me parece que voy a tomarme un No Vale la Pena.

–Pues el mío que sí la valga. Grande y con un chorrito de algo.

Helen aún no sabía por dónde empezar. Guardó silencio, mientras la madre de Luke preparaba los cafés como una experta. Le pareció increíble que una mujer pudiera estar casada tanto tiempo con Buck Calder y conservar semejante elegancia y dignidad.

–He venido a explicarle lo de Luke y yo; bueno, más que explicar... Sólo quería decirle que... Jo, ya la he cagado.

La señora Calder sonrió.

–Deja que te lo ponga más fácil. –Sirvió a Helen una taza de café y luego la suya–. Has hecho muy feliz a Luke. Por lo que a mí respecta, ha tenido suerte de encontrarte.

Se sentó al otro lado de la barra, removiendo el azúcar con esmero. Helen estaba atónita.

–Gracias –dijo como una estúpida.

–En cuanto a que viváis juntos, sólo puedo decir que por esta zona hay mucha gente chapada a la antigua; pero eso es cosa vuestra. Además, para serte sincera, no sé a dónde más podría haber ido.

–Dice Luke que usted también se ha marchado de casa.

–Sí.

–Lo siento.

–No lo sientas. Debería haberme ido hace años. Imagino que sólo me quedaba por Luke.

Hablaron un poco de la solicitud de ingreso de Luke a la universidad, y después de los lobos. Helen dijo que no debían de quedar más de tres o cuatro. Movida por la superstición, no habló de que llevaban un día sin captar la señal de la madre. Con un poco de suerte querría decir que se había retirado a su cubil.

–¿Y a los otros qué les ha pasado?

–No lo sé. Puede que los haya matado alguien.

Eleanor Calder frunció el entrecejo.

–Ahora que hablamos de esto, me olvidé de comentárselo a Luke y no sé si hago bien en decirlo, pero mi yerno tiene a alguien en su casa trabajando para él, un tal Lovelace. Al principio no sabía de qué me sonaba, pero después lo recordé. Hace años, en Hope había un trampero famoso que se llamaba Lovelace. Decían que era un «lobero».

Dan se dio cuenta de que esta vez Calder y su yerno habían seguido al pie de la letra las directrices de la asociación de ganaderos. Habían puesto una lona con pesas encima de los dos terneros muertos, y después habían encuadrado pulcramente con listones las huellas y excrementos, tarjeta de visita de los lobos.

Por suerte no habían llamado a la televisión, pero Clyde Hicks compensaba la falta de cámaras con la suya. La puso en marcha nada más aparecer por el prado la camioneta de Dan y Bill Rimmer. Dan, como siempre, traía lo necesario para filmar la autopsia, pero Hicks no había querido arriesgarse.

–Con ustedes nunca se sabe –dijo–. Pueden manipular la cinta para que las imágenes demuestren lo que les conviene. Queremos asegurarnos de tener nuestra propia grabación.

Se notaba que Hicks tenía pretensiones de artista, porque se dedicó a hacer panorámicas, zooms y cambios de ángulo con la intención de que no sólo se viera la autopsia, sino a Dan filmándola. Sólo le faltaba otra cámara para conseguir un efecto triple de cine dentro del cine.

Calder ni siquiera los había saludado. Guardaba un silencio sepulcral. Al llamar a Dan a la oficina y contarle lo sucedido, se había atenido a los hechos, sin añadir más que una advertencia: no traer a Helen Ross. No la quería en sus tierras. Dan había dejado un mensaje en el contestador de Helen, informándola de ello.

Rimmer acababa de despellejar el segundo ternero en la parte de atrás de la camioneta. Tanto las marcas de dientes como la hemorragia permitían afirmar que el primero había sido víctima de uno o más lobos.

Calder asistía a la operación cruzado de brazos, sin asomo del encanto de cocodrilo que había derramado sobre ellos en las anteriores visitas de Dan y Rimmer al rancho. Estaba pálido y demacrado, con las típicas ojeras del ranchero cuyas vacas acaban de parir. Sus mandíbulas estaban apretadas. Era como un dedo acariciando el gatillo.

El silencio de Bill Rimmer informó a Dan de que sucedía algo raro. Había marcas de dientes, pero casi sin hemorragia. Rimmer empezó a abrir el pecho del ternero.

–Está claro que a éste también le han hincado el diente –dijo. Se irguió y miró a Dan antes de volverse hacia Calder–. Pero no lo han matado.

–¿Qué? –dijo Calder.

–Ya estaba muerto al nacer.

Calder se quedó mirándolo.

–Aquí no nacen terneros muertos –dijo con frialdad.

–Pues le aseguro que éste lo estaba. No se le han abierto los pulmones. Si quiere se lo enseño...

–Váyanse.

Dan intentó mediar.

–Estoy seguro de que estarán dispuestos a compensarlo a usted por los dos, y al precio más alto del mercado. Los de Defenders of Wildlife son muy comprensivos...

–Es dinero sucio. No lo quiero.

–Mire...

–¡He dicho que salgan de mis tierras!

Luke casi se perdió en un laberinto de caminos de leñadores. No se atrevía a pasar cerca del rancho, por miedo a que lo vieran. El único camino alternativo pasaba por el bosque, y hacía tiempo que no lo seguía.

Se había puesto en marcha nada más volver Helen y contárselo. Era mediodía, y Kathy debía de estar en la casa principal haciendo la comida a los ayudantes de su padre. El tiempo, sin embargo, pasaba deprisa. Kathy solía regresar a las tres. Tenía poco más de media hora.

Al final encontró el camino que buscaba. Estaba lleno de barro y baches, y Luke tuvo que bajar del coche para apartar un árbol caído; pero acabó por reconocer el terreno, y supo que estaba por encima de la casa de Kathy. Entonces aparcó y recorrió a pie el trayecto.

Desde lo alto del prado no parecía que hubiera nadie. Vio una caravana plateada y un viejo Chevy gris medio escondidos detrás del establo. ninguno de los dos era propiedad de Clyde y Kathy. Al llegar a la tumba de *Prince* vio salir de detrás de la casa a *Maddie*, la vieja collie. Estaba hecha una fiera, pero en cuanto reconoció al intruso se puso a mover la cola. Luke se agachó a acariciarla, alerta por si alguien había oído los ladridos. Todo estaba en silencio.

Como no quería correr riesgos, llamó a la puerta y dio voces por el establo. No había nadie. Fue corriendo a la parte de atrás y dio un par de golpes en la puerta de la caravana. A falta de respuesta, movió el pomo. No estaba cerrada.

No tardó en darse cuenta de que ahí no vivía ningún carpintero. Bastaba con ver cómo olía. En la cama había una piel de lobo, aunque no quería decir gran cosa. Encontró los armarios secretos. Dos estaban llenos de trampas, cepos, alambres y otras cosas que no había visto en su vida. Otro contenía frascos numerados pero sin nombre. Destapó uno y se lo acercó a la nariz. Olía igual que lo que tenía Helen: pipí de lobo.

Entonces oyó el motor de un coche.

Se apresuró a meterse en el bolsillo de la chaqueta el frasco y una de las trampas de alambre, antes de devolverlo todo a su lugar. Después bajó de la caravana e intentó cerrar sin hacer ruido, pero la puerta chasqueó al ajustarse.

–¿Señor Lovelace?

Luke se quedó de piedra y soltó un juramento entre dientes. Era Clyde. Se estaba acercando.

–Señor Lovelace...

Al ver a Luke, la expresión de Clyde pasó de amistosa a hostil. Kathy apareció a sus espaldas con el bebé en brazos.

–¡Luke! –exclamó.
–Hola.
–¿Qué haces aquí? –preguntó Clyde.
–Que... quería ver a mi hermana.
–¿Ah sí? ¿Y cómo has venido, volando?
Luke movió la cabeza en dirección al bosque.
–He aparcado arriba.
–Hay que tener mucha cara para fisgonear en propiedad ajena.
–¡Clyde, por Dios! –dijo Kathy.
Los ojos de Clyde se posaron en la caravana.
–¿Por ahí también te has metido?
–No, sólo he llamado a la pu... puerta, pero no hay nadie.
Notó que se sonrojaba. ¿Cuándo demonios aprendería a mentir como Dios manda?
Clyde asintió con la cabeza.
–No me digas.
Luke se encogió de hombros.
–Pues sí.
–Venga, lárgate.
–¡Clyde! –exclamó Kathy–. ¡Ha venido a verme a mí!
–¿Y? Ya te ha visto, ¿no?
–A mí no me hables en ese tono...
–¡Cállate, joder!
–Tranquila, Kathy. Ya me voy.
Al pasar junto a ellos, Luke hizo acopio de coraje y sonrió a Kathy y el niño. Ella dio media vuelta y se alejó. Una vez junto a la tumba del perro, Luke echó a correr y no se detuvo hasta llegar al coche.
Tardó menos que en el camino de ida. Al llegar a la cabaña vio aparcado el coche de Dan Prior al lado de la camioneta de Helen. *Buzz* salió a recibirlo, brincando por el barro.
En cuanto entró en la cabaña, el silencio le indicó que Dan y Helen habían estado discutiendo. Dan lo saludó con la cabeza.
–Hola, Luke.
–Hola.
Helen parecía sumamente disgustada.
–Dan quiere matar al resto de los lobos.

–Helen, por favor...

–Es la verdad, ¿no? O tenemos que llamarlo... ¿Cómo era? ¡Ah, sí! «Control letal».

Luke miró sucesivamente a uno y otra.

–¿Por qué?

Dan suspiró.

–Han matado a un ternero de tu padre.

–Y Dan va a dejar que tu padre lo obligue a hacer lo que quiere: cargarse a los lobos. «¿Lobos? Ni hablar». El que grite más se sale con la suya.

–Parece que la política no es lo tuyo.

–¡Política!

–Sí, política. ¡Si dejamos que la situación empeore, el programa de repoblación podría sufrir un retroceso de varios años! Además, bastantes oportunidades han tenido ya estos lobos. A veces para ganar la guerra hay que perder una batalla.

–Menos cháchara, Dan. Lo que pasa es que no quieres plantar cara a Calder. ¿Te acuerdas de lo que me dijiste, que Hope era una prueba decisiva? Si no te enfrentas con gente como él nunca ganaremos la guerra.

–Seamos realistas, Helen. En Hope no quieren lobos.

–Haz lo que dices y nunca los querrán. La verdad, no sé por qué demonios me llamaste.

–¿Sabes qué? Lo mismo me pregunto yo.

–Antes tenías más cojones.

–Y tú más cabeza.

Se miraron con odio. Luke metió la mano en el bolsillo y sacó la trampa de alambre y el frasco de pipí de lobo.

–¿Esto cambia algo? –preguntó, dejándolos encima de la mesa.

Nada más recibir la llamada de Clyde, Buck había ido a verlo a su casa. Lo primero que hicieron fue ir a la caravana de Lovelace.

–¿Cuánto hace que no lo ves? –preguntó Buck.

–Unas tres semanas. Kathy lo vio salir con la motonieve en plena noche. Está preocupada, porque nunca había estado fuera tanto tiempo. Según ella le ha pasado algo.

De ser ciertas las sospechas de Kathy, Buck no iba a sentirlo demasiado. El viejo loco había tardado una eternidad en matar a unos lobitos de nada, y le había costado a Buck una pequeña fortuna. Aun así, los muy malditos seguían devorando el ganado.

Entraron en la caravana. No parecía que Luke hubiera tocado nada. A menos que hubiera sido muy cuidadoso.

–¿Estás seguro de que ha entrado?

–Creo que sí.

Buck reflexionó. Luke no habría bajado a fisgar si no sospechara algo. Juzgó muy posible que hubiera ido corriendo a decírselo a Dan Prior. Por lo tanto, nada impedía que una patrulla de federales se presentara en cualquier momento.

–Más vale que nos libremos de la caravana –dijo–, y de la camioneta también.

–¿Y qué hacemos? ¿Las quemamos?

–A veces eres tan tonto que me desesperas, Clyde. De quemarlas nada. Sólo dejarlas en algún sitio.

–Ya. –Clyde se quedó callado unos segundos–. ¿Y si vuelve el viejo?

–Pues le decimos dónde están. ¿Entendido?

Pusieron manos a la obra sin dilaciones. Mientras Clyde ordenaba el interior de la caravana para que no se cayera nada, Buck fue a llamar a Ray. Le dijo que había salido algo urgente en el tema de los lobos, y que entre él y Jesse tendrían que cubrir turnos suplementarios. Ray protestó un poco, pero acabó por acceder.

–¿No habría que ir al bosque a buscar a Lovelace, por si ha tenido un accidente? –dijo Kathy.

–Tienes razón. Se lo diré en privado a Craig Rawlinson. De todos modos, cariño, tenemos que andarnos con cuidado con lo que decimos. Lo que le habíamos encargado cazar eran coyotes, ¿de acuerdo? Ni se te ocurra hablar de lobos.

–¡Papá, que no soy idiota!

–Ya lo sé, cariño. Eres mi favorita.

Buck la abrazó y le dijo que se iba con Clyde a cambiar de sitio la caravana, por si Luke había ido con el cuento a sus amiguetes de Fauna y Flora. Si venía alguien mientras estaban fuera, que les dijera que no sabía nada.

Clyde, entretanto, había encontrado las llaves del viejo Chevy del lobero. Lo engancharon a la caravana entre los dos y, después de comprobar que no hubieran dejado ninguna de las posesiones de Lovelace por el suelo, emprendieron la marcha. Buck conducía la camioneta del lobero, y Clyde lo seguía con la suya.

Dejaron la camioneta y la caravana al lado de un bar de carretera frecuentado por camioneros. Buck pensó que tendría que pasar mucho tiempo para que alguien se diera cuenta.

Al oír los coches, Kathy supuso que eran Clyde y su padre volviendo de donde hubieran dejado la caravana; pero, transcurridos unos segundos, miró por la ventana de la cocina y vio dos camionetas beige que aparcaban al lado de la de su padre. En cada vehículo iban dos hombres, todos con sombrero. De repente tuvo mucho miedo.

Los cuatro desconocidos se apearon. Dos de ellos se quedaron delante de la camioneta, mientras los otros se dirigían a la casa. Kathy abrió la puerta y un hombre alto y bigotudo le enseñó una placa. Los nervios le impidieron leerla.

–¿Señora Hicks?

–Sí.

–Soy el agente especial Schumacher, del Servicio de Fauna y Flora. Mi compañero es el agente especial Lipsky.

Kathy los reconoció. Los había visto el otoño pasado, en la reunión sobre lobos. Cuando Schumacher se guardó la placa, Kathy entrevió una pistola en el forro de la chaqueta. Procuró fingir calma y dijo, con una sonrisa forzada:

–¿En qué puedo ayudarlos?

–¿Es usted la mujer del señor Clyde Hicks?

–Efectivamente.

–¿Podría hablar con él, por favor?

–Ahora mismo no está. ¿Ha pasado algo?

Kathy reparó en que tanto el agente Lipsky como los otros dos miraban el establo con insistencia.

–Verá, señora, tenemos constancia de que alguien ha estado

poniendo trampas ilegales en tierras del Servicio Forestal, con captura probable de animales en peligro de extinción.

–¡Vaya! ¿De veras?

–Sí, señora. Y el informador tiene motivos para creer que la persona o personas responsables operaban desde aquí.

–¿En serio? –Kathy intentó reír, pero le salió un ruido raro–. Seguro que se trata de un error.

Entonces vio acercarse el coche de Clyde, seguido por otro al que no tardó en reconocer como el de Rawlinson, el ayudante del sheriff. Su padre iba sentado al lado de este último. Los agentes se volvieron y se mantuvieron a la espera.

Cuando Clyde salió del coche, Kathy vio que estaba furioso, y rezó por que no se metiera en líos comportándose como un idiota. Suerte que estaba ahí su padre para tomar la iniciativa. Kathy se echó a un lado, mientras el agente Schumacher repetía sus explicaciones.

Su padre lo escuchó sin interrumpirlo. A juzgar por su expresión, Craig Rawlinson tampoco estaba muy contento de ver a los agentes. Clyde trató de intervenir, pero se lo impidió una severa mirada de Buck.

–A alguien se le han cruzado los cables –dijo éste después de oír al agente Schumacher.

–¿Han tenido últimamente a alguien con una caravana?

Buck frunció el entrecejo y miró a Clyde.

–Oye, Clyde, ¿verdad que el viejo que estuvo aquí hace poco, el de los coyotes, tenía una caravana?

–Sí, creo que sí.

El agente Schumacher asintió con la cabeza, al tiempo que se mordisqueaba el bigote con expresión meditabunda.

–¿Les importa si echo un vistazo?

–¡Pero bueno! ¡Pues claro que me importa! –le espetó Clyde.

El padre de Kathy levantó la mano para que se callara.

–No creo que podamos ayudarlo en nada más, señor Schumacher. Y, en tanto que ex legislador del estado, me declaro ofendido por la sospecha de que pueda haber dado cobijo a un criminal.

–Nadie ha dicho eso, señor Calder. No hacemos más que seguir una pista que nos han dado. Cumplimos con nuestro deber.

–Pues cumplido está. Y les agradeceré que se vayan.

El agente sacó un papel del bolsillo.

–Tenemos orden de registro, señor Calder.

El padre de Kathy levantó la cabeza. Craig Rawlinson salió en su defensa.

–Estáis cometiendo un grave error, chicos. ¿Sabéis con quién estáis hablando? El señor Calder es uno de los miembros más respetados de nuestra comunidad. Resulta, además, que ha perdido terneros por valor de miles de dólares, y todo por culpa de esos malditos lobos que tantas ganas tenéis de proteger. Anoche mataron a dos más. Si alguien los mata a ellos mejor que mejor.

–No he dicho nada de lobos, sheriff –dijo Schumacher–. Sólo he hablado de «animales en peligro de extinción».

–Ya sabemos cuáles –dijo Clyde.

–Nos gustaría registrar la propiedad.

Kathy vio brillar los ojos de su padre, con la misma expresión que de pequeños solía hacer que salieran huyendo.

–Por encima de mi cadáver –dijo Buck con voz ronca.

Kathy apenas pudo contenerse. ¡Que miraran! ¿Y qué? La caravana ya no estaba. No obstante, tuvo la prudencia de seguir callada.

Todos guardaron silencio, tensos y expectantes. Schumacher miró a sus tres compañeros. Por lo visto, ni él ni los demás sabían cómo reaccionar. Kathy vio que Craig Rawlinson tragaba saliva antes de ponerse al lado de su padre y Clyde, plantando cara a los agentes.

–Están en mi jurisdicción. Como sheriff de este condado tengo el deber de mantener la paz. Más vale que os marchéis, y rápido.

Schumacher lo miró, fijándose brevemente en la pistola que llevaba al cinto. Después se volvió hacia Lipsky, que, pese a no haber dicho nada en todo el rato, daba la impresión de ser el jefe. Tras unos instantes, Lipsky asintió con la cabeza.

Schumacher señaló a Craig Rawlinson con el dedo.

–El grave error está cometiendolo usted –dijo–. Pienso llamar a su superior.

–Como quieras, chico.

Los agentes volvieron a sus coches. Nadie habló nada hasta verlos desaparecer al otro lado de la colina. Clyde dio un puñetazo en el aire.

–¡Bien!

Craig soltó un suspiro de alivio. El padre de Kathy, sonriente, le dio una palmada en la espalda.

–Me enorgullezco de ti, muchacho. Así se conquistó el Oeste.

Se volvió hacia Kathy, que estaba a punto de llorar, pero no de alivio sino de rabia.

–¿Estás bien, cariño?

–¡No, no estoy bien! ¡Y no intentéis que vuelva a ayudaros con vuestras mentiras!

Dicho lo cual, les dio la espalda y volvió a casa.

33

El Bell Jet Ranger rojo emergió estruendosamente del cañón, hendiendo el aire con sus palas. Las copas de los árboles parecían espectadores enfebrecidos de un partido de fútbol, haciendo la ola.

Dan lo siguió con los prismáticos, observando que trazaba una curva cerrada y se dirigía al frente montañoso que tenía delante, a unos sesenta metros por debajo de donde estaban él y Luke. Al pasar junto a ellos, el helicóptero realizó una maniobra que les permitió ver a Bill Rimmer. Llevaba las piernas colgando fuera.

El arnés de nailon que lo sujetaba era invisible desde lejos, lo cual, añadido a su traje rojo y su casco, lo asemejaba a un paracaidista a punto de saltar. Helen estaba sentada a su lado, pero Dan no logró verla. A los reflejos del sol en el cristal del helicóptero se sumaron otros más fugaces en las gafas de espejo que llevaba Rimmer, al volverse éste para coger la escopeta.

Dan pasó a Luke los prismáticos.

–Toma, para qué veas cómo se me va el presupuesto.

Estaban apoyados en el capó del coche de Dan, al borde de un acantilado con vistas a dos kilómetros de bosque orientado al valle de Hope. Dan acababa de hablar por radio con el piloto del helicóptero, a quien había comunicado el punto del mapa en que se hallaba el lobo joven con radiocollar. Lo habían localizado por telemetría, una vez captada la señal.

Se dio la suerte de que estuviera en tierras del Servicio Forestal, por encima del rancho de Jordan Townsend, el presentador de la tele; por lo tanto, no necesitaban permiso de nadie para disparar o aterrizar. Luke y Helen suponían que la madre tendría su cubil por la misma zona. Se habían pasado dos días sin captar su señal ni por asomo. Cabía deducir que ya había dado a luz a toda una camada de lobos de Hope. Justo lo que le hacía falta a Dan.

Después de dar unas vueltas por debajo del acantilado, el helicóptero descendió hacia el este. El piloto debía de haber introducido la referencia del mapa en su escáner, hecho lo cual bastaba con seguirlo hasta encontrar a la loba, sola o acompañada. Cuando Dan y Luke llegaran al mismo punto, Rimmer ya habría efectuado todos los disparos.

–¿Vamos? –dijo Dan.

–Sí.

–¡Fieras al noreste! –avisó el piloto.

Helen sólo vio pasar árboles a velocidad endiablada. De pronto los árboles desaparecieron, y el helicóptero proyectó su sombra por un claro espacioso, con cicatrices de roca y un entramado de pinos talados.

Entonces los vio. Eran dos, y estaban tomando el sol encima de unas rocas. Los vio sobresaltarse y alzar la vista hacia el dragón rojo que se cernía sobre ellos, cada vez más ensordecedor.

Distinguió el collar que llevaba el de pelaje más claro. Los dos lobos se levantaron y se dirigieron al bosque, primero al trote y después a paso más largo, volviendo la cabeza para vigilar al helicóptero. Bill Rimmer ya los apuntaba con su escopeta Palmer. Helen le oyó quitar el seguro.

–No puedo bajar más, chicos –dijo el piloto por el micrófono incorporado a los auriculares. Era un hombre alto, con barba, coleta y muchos anillos de oro. Se había pasado la mañana contando chistes divertidos pero políticamente incorrectos; por suerte, lo que acababa de decir iba en serio.

–Vale –dijo Rimmer–. Ya lo tengo.

Estaban sobrevolando un claro a menos de cinco metros de altura. Al final de la cuesta había árboles el triple de altos que se abalanzaban sobre ellos.

–Cinco para subir –dijo el piloto–. Cuatro... Tres...

Helen vio que la espalda de Bill Rimmer daba un respingo a causa del disparo. Se apresuró a mirar hacia abajo y vio que el lobo sin collar tropezaba en plena carrera, alcanzado por el proyectil. Lo perdió de vista enseguida, porque el piloto acababa de iniciar una subida muy brusca. Tuvo la impresión de que habían estado a punto de rozar la copa de los árboles.

–¡Toma ya! ¡Buen disparo! –exclamó el piloto con entusiasmo.

Rimmer sonrió.

–Modestia aparte... El vuelo tampoco ha estado mal. ¡Pero bueno, Helen! ¡Alegra esa cara, que sólo era un dardo!

Dan había aplazado la ejecución de los lobos, pero sólo en el último minuto. Ni siquiera el frasco de pipí de lobo y la trampa de alambre descubiertos por Luke habían podido con su determinación: había que sacrificar a todos los lobos con excepción de la madre, que sería evacuada a Yellowstone junto con los posibles cachorros.

Helen no había escatimado protestas, gritos ni ruegos. Según ella, a falta de otros lobos que le llevaran comida la hembra se moriría de hambre al fondo de su cubil, y con ella toda la camada; pero Dan no le había hecho caso. Sólo cambió de opinión al volver a la oficina y explicarle Schumacher lo ocurrido en casa de los Hicks.

Si ya antes había estado furioso con Buck Calder, su abierto desafío a agentes del gobierno lo sacó de sus casillas. Schumacher le dijo que habían registrado la casa de Lovelace en Big Timber, y que aparentaba llevar bastante tiempo deshabitada. Esa misma mañana habían vuelto al rancho de los Hicks después de hablar con el sheriff del condado, pero detrás del establo sólo había un grupo de vacas comiendo dentro de su redil. El barro hacía imposible averiguar qué había habido antes.

Dan dijo que era hora de ponerse firmes. En lugar de matar a los lobos que quedaran, los sedarían y les pondrían radiocollar y después controlarían sus movimientos. Si alguien se atrevía a toserles siquiera, el propio Dan amenazó con arrastrarlo a la cárcel por los huevos. Helen se guardó para sí sus comentarios irónicos sobre que Dan hubiera redescubierto los suyos tan de repente.

El piloto había emprendido un amplio vuelo circular para que pudieran vigilar al lobo y supieran dónde estaba exactamente al surtir efecto el tranquilizante.

–¿Crees que sólo quedan dos? –preguntó Rimmer.

–Me temo que sí. Sin contar a la madre. ¿Te parece que las rocas donde descansaban podrían ser la guarida?

–Igual sí.

En tal caso, la situación distaba mucho de ser ideal. Aun estando rodeada por bosques frondosos y empinados, la guarida era fácilmente visible desde el camino de leñadores paralelo al borde superior del claro, ahí donde Helen acababa de ver el coche de Dan.

El lobo casi había llegado al bosque, pero se derrumbó justo antes de adentrarse en él. El que llevaba collar ya se había escondido entre los árboles.

–Venga, chicos. Bajemos. Primera planta: ropa interior femenina y fieras.

Helen y Rimmer tardaron cerca de media hora en hacer todo lo necesario con el lobo. Dan y Luke observaron la operación de cerca. El lobo estaba muy flaco y descuidado. Además de una pastilla contra lombrices y una inyección de penicilina, todo ello de rigor, tuvieron que ponerle polvos por todo el cuerpo para matar los piojos.

–Parece que ha pasado una mala racha –dijo Rimmer.

–Sí, y seguro que su hermana también. Quizá hubiera sido mejor dormirlos a los dos.

Luke se volvió hacia Dan.

–¿Es po... por eso que han empezado otra vez a matar terneros?

Dan se encogió de hombros.

–Puede ser.

Una vez colocada la etiqueta en la oreja, activado el collar y comprobado su funcionamiento, Rimmer se despidió y volvió al helicóptero. Habían decidido llevárselo para no asustar al lobo por segunda vez cuando se despertara. Helen guardó el instrumental y volvió a subir por la cuesta con Luke y Dan. Las relaciones entre Helen y Dan seguían tirantes, y llegaron hasta el coche sin que nadie hubiera dicho nada.

Mientras esperaban a que el lobo empezara a moverse, Helen recurrió a los prismáticos de Dan para enseñarles las rocas donde le parecía que la hembra podía hacer cavado su cubil. Como mucho había medio kilómetro de bajada.

–¿Y si decimos al Servicio Forestal que cierren el camino? –dijo Helen.

Dan casi se le echó al cuello.

–¿Pero qué dices? ¡Es propiedad pública, Helen! Pública. Entiendes, ¿no? La verdad, si es tan tonta como para tener su cubil al lado de un camino, peor para ella.

–De acuerdo.

–¿Qué te crees, que podemos cerrar caminos públicos así como así?

–Ya lo he entendido, Dan. Perdona.

–Joder, si es que...

Luke miraba por los prismáticos, tratando de pasar desapercibido.

–Se está levantando.

Después de tambalearse un poco, el lobo se sacudió y estornudó, sin duda porque el polvo contra los piojos se le había metido por la nariz. Después se quedó quieto, preguntándose quizá qué le habían hecho y si había soñado lo del dragón rojo. Olfateó el aire y, volviéndose hacia quienes lo observaban, los miró un buen rato con desdén, antes de adentrarse en el bosque por el mismo camino que su hermana.

Dan llevó a Helen y Luke a la cabaña, sin que nadie hablara durante todo el camino. Una bandada de ocas se había posado en el lago, haciendo un alto en su largo viaje hacia el norte. Dan paró el motor, y los tres se quedaron mirando los pájaros.

Al cabo de un rato, Luke dijo que tenía que ir a Hope a ver a su madre y recoger unas cosas. Helen sabía que sólo era una excusa para que Dan y ella tuvieran ocasión de hablar a solas. Lo vieron caminar hacia su coche y marcharse.

–Me parece que también me voy –dijo Dan sin mirar a Helen.

–Muy bien. –Ella abrió la puerta y salió del coche–. Dan...

Dan se volvió mirándola con frialdad.

–¿Qué?

–Perdona.

–¿Por qué?

Helen se encogió de hombros.

–No sé. Supongo que por todo. Parece que ya no seamos amigos.

–¡Qué tontería!

–Ya sé que no te parece bien. Lo de Luke y yo, digo.

–Mira, Helen, lo que hagas con tu vida es cosa tuya.

–Ya.

Él suspiró y sacudió la cabeza.

–Lo que pasa es que... En fin, ya me entiendes.

Ella asintió con la cabeza. Dan volvió a mirar el lago, al igual que ella. Las ocas estaban reemprendiendo el vuelo. Helen oyó silbar y repiquetear sus alas de puntas negras.

–Hace un par de noches Ginny encontró una cosa por Internet –prosiguió Dan–. Iba del polo sur, y de que un científico ha descubierto que no está donde pensaba todo el mundo, sino a unos cuantos metros. Así que toda la gente que durante años y años se ha dedicado a arrastrarse por el hielo para plantar una bandera, arriesgando la vida y a veces perdiéndola, se equivocaba de lugar. O sea que en realidad no ha llegado nadie, ni siquiera el pobre Amundsen. –Sonrió a Helen con tristeza–. Pero bueno, tú sigue.

Volvió a arrancar. Helen metió la mano por la ventanilla. Él se la cogió y tardó un tiempo en soltarla.

–Ya sabes dónde estoy –dijo.

–Sí, lo sé.

Tal vez fuera por miedo al dragón rojo.

O por un ataque repentino de sensatez. Fuera cual fuese el motivo, durante dos semanas el comportamiento de los dos lobos jóvenes fue modélico. La causa más probable era el clima: algunas noches seguía habiendo heladas, pero de día hacía cada vez más calor y los animalillos que despertaban de su letargo eran presa fácil y abundante.

Aun así, los lobos seguían sin constituir amenaza alguna para los alces que poco a poco volvían a subir a las laderas y cañones más soleados. Si bien los machos ya habían mudado la cornamenta, observaban con majestuoso desprecio a los dos novatos. No por ello dejaron éstos de cazar algunos ciervos jóvenes o debilitados, y, orgullosos, volver a la guarida con suculentos bocados.

Al presenciar esto último, Helen y Luke tuvieron la primera prueba sólida de que la madre y su nueva camada tenían que estar necesariamente bajo tierra. Espiaban desde lo alto, a un lado del claro, a veces juntos y a veces por separado, y sólo cuando el viento les era favorable. De noche utilizaban el visor de infrarrojos que les había prestado Dan, y, precavidos, nunca se les olvidaba dejar bien oculto el vehículo dos kilómetros al sur, a fin de poder cubrir en silencio el resto del camino.

Desde su puesto de observación se veía el camino paralelo al borde superior del claro. Se alegraron de comprobar que casi no transitaba nadie por él. En cierta ocasión, a mediodía, vieron acercarse un camión de leñadores, mientras uno de los lobos jóvenes descansaba en las rocas de encima de la guarida, completamente expuesto. Aguardaron a que pasara con el corazón en un puño; por suerte el conductor no frenó ni dio muestras de haber observado nada inusual.

Entretanto, bajo tierra, en la fresca oscuridad de su cubil, la loba blanca daba de mamar a sus cachorros a salvo de miradas indiscretas. Los trozos de carne que le traían los dos lobos jóvenes apenas bastaban para mantener el suministro de leche. Todos los cachorros, seis en total, seguían vivos, pero eran inferiores en fuerza y tamaño a los de la camada del año anterior.

Ya se les habían abierto los ojos azules, y las orejas se les estaban atiesando. Los más atrevidos habían empezado a explorar la cueva; no obstante, en cuanto metían la nariz por el túnel su madre los cogía suavemente con la boca para devolverlos a lugar seguro. En uno o dos días les saldrían los dientes de leche y empezarían a comer carne. Sólo entonces les otorgaría permiso su madre para aventurarse fuera del cubil.

Eran más de las ocho, y Kathy estaba a punto de pasar de la irritación a la rabia más descarnada. Se había puesto su mejor vestido, el bebé estaba en la cuna, la cena en el horno... ¿Y Clyde? ¿Dónde diantre estaba Clyde?

Casi no quedaban vacas por parir. Iba a ser la primera velada que pasaran a solas en casa en más de un mes; eso, en todo caso, era lo previsto. Desde que su madre se había marchado de casa Kathy había pasado todas las tardes en la casa grande, cocinando para los trabajadores; los mismos que por una noche se habían ido a cenar al bar de Nelly, a fin de que ella y Clyde pudieran disfrutar de una cena romántica y reencontrarse. Seguro que Clyde se había ido con ellos a tomar una copa.

Desde el episodio con los agentes, las relaciones entre Kathy y Clyde habían estado un poco tensas; o, mejor dicho, Kathy había estado fría y Clyde cauteloso, por miedo a que la primera diera rienda suelta al enfado que seguía vivo en su interior. Kathy siempre se había extrañado de que los hombres lo convirtieran todo en un pretexto para ver quién la tiene más grande; pero bueno, ya había hecho sufrir bastante a Clyde. Era hora de hacer las paces.

Con esa intención se había pasado la tarde cocinando una elegante cena francesa, llegando al extremo de imprimir un pequeño menú con el ordenador: *vichyssoise*, *boeuf en croûte Napoléon* y *gâteau* de pacanas (de acuerdo, esto último no era francés, pero resultaba el postre favorito de Clyde). Pues bien, todo ello se estaba echando a perder por momentos.

Se puso a envolver el regalo de Lucy Millward, más que nada para no empezar a romper cosas contra la pared. La boda iba a celebrarse el día siguiente por la tarde, con asistencia de la ciudad en pleno.

Kathy le había comprado un cuadro en Paragon, obra de un joven artista que vivía en Augusta y, a decir de Ruth, tenía cierto parecido con Mel Gibson. El tema era un atardecer en las montañas; quizá no fuera muy adecuado como regalo de bodas, pero seguro que a Lucy no le importaba. Su marido era un tal Dimitri, de Great Falls, empresario del petróleo y propietario de una fortuna considerable.

Justo cuando Kathy ponía el punto final a la dedicatoria, los faros del coche de Clyde iluminaron la ventana de la cocina. Entró con tal expresión de arrepentimiento que Kathy casi le perdonó el retraso, aunque no pensaba demostrárselo. Dejó que la besara en la mejilla. Olía a alcohol.

–Perdona, cariño.

–¿Cuándo te doy la puñalada, ahora o más tarde?

–Como quieras.

–Pues más tarde. Enciende las velas y siéntate.

La comida todavía no se había echado a perder del todo. Clyde estaba lo bastante sobrio (o lo bastante borracho) para decir que nunca había cenado tan bien; y al llegar al pastel de pacanas, ingeridas ya unas cuantas copas de vino, Kathy empezó a ablandarse. Nada más meterse en la boca el primer trozo, Clyde miró el menú con el entrecejo fruncido y dijo que el *gâteau* sabía un poco a pastel de pacanas. Kathy le explicó que era parecido pero que se hacía con masa francesa.

Y justo entonces Clyde lo estropeó todo volviendo por enésima vez al tema de los lobos. Dijo que antes de ir a casa había estado en El Último Recurso, hablando con dos empleados de la compañía de postes que decían saber dónde estaba la guarida de los lobos.

–Así que si nadie hace nada tendremos otra camada de bichejos. Es increíble. ¡Qué mundo de locos!

Kathy, que no quería seguir oyendo historias de lobos, se levantó a fregar los platos. Pensó en el pobre señor Lovelace, y en la visita de los agentes de Fauna y Flora. Clyde fue al salón. Kathy lo oyó hurgar en el armario.

–¿Qué, Clyde, no piensas acabártelo?

–¡Voy, voy!

Regresó con algo. Kathy tardó un poco en reconocerlo. Era el aro de Lovelace.

–¿Se puede saber de dónde lo has sacado?

–Es lo que te enseñó, ¿verdad?

–¿Lo robaste de la caravana?

–Lo cogí prestado, que no es lo mismo.

–¡Por amor de Dios, Clyde!

–Sólo te pido que me enseñes cómo funciona. –Dejó el artefacto encima de la mesa y abrazó a Kathy–. Venga, cariño, ayúdame. Quiero hacerlo por tu padre.

34

La carta había llegado por la mañana. Helen la encontró en su buzón, dentro de un sobre de aspecto importante con el remite «Universidad de Minnesota, Campus de Twin Cities, Oficina de Matrículas». Luke había sido admitido en el primer curso de la facultad de biología, cuyas clases empezaban en otoño.

Helen gritó, abrazó a Luke y encomió su inteligencia. Él quiso decírselo a Dan enseguida, pero como el móvil volvía a no querer recargarse bajaron a Hope para llamarlo desde una cabina. Dan insistió en que fueran a Helena, para poder invitarlos a comer y celebrarlo juntos.

–Parece que los lobos se están portando bien –dijo–. Por quedarse unas horas sin niñera no les pasará nada.

Era el día de la boda de Lucy Millward, que los había invitado a los dos, y a Luke le daba mala conciencia no ir. Habían enviado regalos por separado y hecho depender su asistencia de que lo permitiera el trabajo con los lobos. A decir verdad, ninguno de los dos tenía ganas de topar con el padre de Luke o Clyde, presentes ambos en la ceremonia. Aceptaron, pues, la invitación de Dan.

Éste los llevó a The Windbag, un local que le gustaba, y donde comieron y bebieron más de la cuenta. Dan estaba más alegre que la última vez que lo habían visto, y parecía haber hecho las paces con Helen. Por la tarde, de camino a Hope, Luke y Helen apenas hablaron. Estaban tranquilos, un poco en las nubes, contentos de estar juntos.

Una vez en la cabaña bajaron al lago, donde Luke tiró palos

para que los recogiera *Buzz*. Helen, tendida en la hierba junto a la vieja barca, se limitó a mirarlos. Cuando el perro se cansó Luke fue a sentarse al lado de Helen, que descansó la cabeza en su regazo, contemplando las nubes rojas, naranja y violeta que se deshilachaban en el cielo.

–De pequeña me gustaba esconderme.

–Co... como a todos los niños, ¿no?

–No; digo esconderme de verdad. En el salón había unas puertas de cristal que daban al patio de atrás, con largas cortinas de terciopelo rojo. Una vez, a los ocho años, volví temprano del colegio, entré en casa de puntillas y me escondí detrás de las cortinas. Cinco horas.

–¿Cinco horas?

–Sí. Cinco horas sin moverme y casi sin respirar. Mis padres estaban como locos. Llamaron al colegio, a los vecinos y a todos mis amigos. Como no me había visto nadie, creyeron que me habían raptado y llamaron a la policía. Una mujer dijo haber visto a una niña pequeña paseando por un río que corría cerca de casa. La policía trajo un equipo de buzos que registró el fondo. Por la noche pusieron reflectores y enviaron helicópteros para buscar con focos por todo el barrio. Debió de costarles cientos de dólares, o miles. Yo lo oía todo: las llamadas de teléfono, a mi madre llorando y gritando... Lo que había hecho era tan... tan tremendo que no me atrevía a salir.

–¿Y qué pasó?

–Me hice pipí encima, lo vio mi hermana y me encontraron.

–¿Qué te hicieron?

Helen respiró hondo.

–Se llevaron un buen disgusto. Estaban aliviados y al mismo tiempo furiosos. Yo dije: «¿Por qué no habéis buscado detrás de las cortinas antes de empezar? ¡Tantos policías y asistentes sociales y ni siquiera se les ocurre mirar detrás de las cortinas!»

–¿Te ca... castigaron?

–Sí, estuve un año yendo al psiquiatra. Dijo que tenía «problemas con la realidad», y que por eso me gustaba tanto esconderme.

–¿Y tú qué crees?

Helen lo miró.

–¡Oye, tienes madera de psiquiatra! Siempre dicen lo mismo: «¿Y tú qué crees?»

Él sonrió.

–Pues contesta.

–Yo creo que tenía toda la razón.

Luke estuvo a punto de contar que al principio de estar Helen en la cabaña la había espiado desde el bosque, pero no lo hizo. De repente entendió lo que quería decir ella con la anécdota.

–Lo dices po... porque piensas que estamos haciendo lo mismo, ¿verdad? Que nos escondemos de la realidad.

–Ajá.

–A mí me pa... parece muy real.

Helen le acarició la mejilla.

–Ya lo sé.

–Mira, se me ha ocurrido una cosa. Po... podríamos pasarnos el verano viajando, a Alaska, por ejemplo, y a principios de otoño te vienes conmigo a Mineápolis.

Helen rió.

–¿Po... por qué no? Así podrías acabar la tesis.

–Ay, Luke... –suspiró–. No sé.

–¿Por qué no? Dímelo.

Luke escrutó su rostro, sumido en la oscuridad. Sus ojos ya no reflejaban los colores del anochecer. Inclinó la cabeza y le dio un beso. Helen tiró suavemente de él, haciendo que se tendiera a su lado. Luke sintió despertar en las bocas y cuerpos de ambos aquella ansia mutua, aquel milagro de deseo.

Se dio cuenta de que los dos se habían acostumbrado a ello, a contestar con el cuerpo a las preguntas que sus mentes rechazaban por brutales.

Al penetrar a Helen, le cruzó por la cabeza la imagen de una niña pequeña detrás de una cortina roja, inmóvil como una estatua. La imagen se perdió en la noche, y con ella todo el miedo y toda la tristeza, engolfados en el olvido de dos cuerpos fundidos en un único ser.

Lucy Millward parecía más cómoda a caballo que su futuro esposo. Doug y Hettie se habían asegurado de dar a este último la montura más tranquila del rancho, un caballo castrado cuyo verdadero nombre era *Zack*, si bien Lucy solía añadir una sílaba y llamarlo *Prozac*. Informado o no de ello (habría sido difícil decirlo con certeza), el hecho es que Dimitri parecía temer que el animal sólo se estuviese tomando un breve respiro antes del apocalipsis, y pudiera llevarlo directo al infierno con sólo proponérselo.

–Es de ciudad –había dicho Hettie a Eleanor en voz baja, viendo montar a todos los presentes–. Pero ¿qué falta hacen los caballos cuando se tienen cien pozos de petróleo?

Ya estaban todos los invitados en el corral, sentados en balas de heno para presenciar la ceremonia. En el extremo oeste del recinto, contra un paisaje de montañas y cielo cada vez más rojo, envueltos por cintas rojas, blancas y azules que agitaba la brisa vespertina, Lucy y Dimitri se declaraban su amor.

Sus dos caballos estaban juntos delante del del párroco, una yegua que de vez en cuando meneaba la cola como si quisiera poner énfasis en la gravedad de los votos. Damas de honor y pajes (tres y tres, a caballo, por supuesto) formaban sendas hileras a un lado y otro de la pareja. Las chicas llevaban vestido blanco; los chicos, traje negro y sombrero, a excepción del hermano menor de Lucy, Charlie, a quien se le había ido volando el sombrero dos veces seguidas hasta acabar por fin donde quería, bajo las patas del poni Shetland.

La rubia cabellera de Lucy estaba adornada con lirios, y su vestido blanco de raso se ensanchaba con elegancia hasta mostrar dos botas blancas de charol. Pese a su manifiesta incomodidad, Dimitri estaba a la altura de su papel. Llevaba sombrero negro de ala recta, terno negro con chaqué, botas, espuelas y una corbata negra de lazo. Salvo por las cámaras de vídeo y algún teléfono móvil poniéndose a pitar, el conjunto parecía sacado del viejo Oeste.

Eleanor compartía bala de heno con Kathy. Clyde y Buck ocupaban la de al lado. Eleanor veía a Buck por primera vez desde que se había marchado de casa, y no le estaba resultando tan violento como presagiaban sus temores.

Había llegado temprano con Ruth, a fin de ayudar a Hettie con la comida. Desde el momento de entrar y verla, Buck había hecho todo lo posible por ignorarla, procediendo a repartir saludos y bromas a todos menos a su mujer. Eleanor, consciente de que lo hacía por ella, había tenido la curiosa sensación de tener delante a un desconocido. Estaba cambiado, más pálido, más viejo, como si su piel se hubiera quedado sin lustre. Tenía enrojecido el borde de los ojos. Por fin, en el momento de salir todos de casa y dirigirse al corral, le dirigió la palabra.

–Eleanor.

–Buck.

Ella sonrió, pero él permaneció serio y sólo hizo un gesto con la cabeza. Nada más. A Eleanor no le importó. En cierto modo facilitaba las cosas. Los demás se mostraron solícitos, preguntándole cómo estaba con la misma cara de preocupación que si acabaran de operarla de algo grave. Y quizá fuera así, en cierto modo.

En realidad llevaba años sin sentirse tan cómoda, tan dueña de su vida. Viviendo en casa de Ruth, con todas sus pertenencias en una maleta, se sentía libre y joven. Le parecía que el mundo volvía a estar lleno de promesas, aunque no supiera muy bien cuáles.

Ruth se había convertido en una gran amiga. Pasaban horas hablando, hasta bien entrada la noche. Sus comentarios eran enriquecedores para Eleanor, incluso en lo tocante a su matrimonio. Siempre había dado por supuesto que las aventuras de Buck nacían de un amor excesivo a las mujeres. Ruth, en cambio, opinaba casi lo contrario. Según ella podía deberse a desdén, o incluso miedo. De acuerdo con su teoría, Buck utilizaba el sexo para demostrar su superioridad.

No todas sus conversaciones eran igual de intensas. De hecho, Helen llevaba mucho tiempo sin reírse tanto, hasta el punto de que a veces se acostaba con dolor de costillas.

Lo único que echaba de menos de su vida anterior era a Luke; pero iba a verla cada pocos días, y hasta había ido una vez con Helen a cenar. Eleanor había hecho lo posible por convencerlo de que asistiera a la boda; no obstante, se daba cuenta de que era inútil y entendía sus motivos.

–Puedes besar a la novia –oyó decir al párroco.

–Se caerá del caballo –murmuró Charlie Millward, provocando risas unánimes.

Lucy se inclinó hacia Dimitri, ahorrándole riesgos innecesarios. Los congregados prorrumpieron en vítores.

Muchas bodas acababan con el novio y la novia marchándose juntos al galope; no así Lucy y Dimitri, que, temerosos de que la muerte los separara antes de tiempo, se limitaron a un majestuoso paseíllo por el corral, antes de dedicar a los fotógrafos la misma media hora que los demás aprovecharon para trasladarse al corral adyacente, el de las copas.

Todo estaba engalanado para la fiesta, con mesas largas, hileras de bancos y una pista de baile de madera instalada en el centro. Tocaba el violín Elmer, el hijo de Nelly, ataviado con su mejor camiseta de *Motoristas con Jesucristo*. La puesta de sol era digna de un cuadro, como el que había comprado Kathy. Los farolillos de colores que adornaban la cerca empezaban a surtir efecto estético.

Justo entonces sucedió.

El primero en oírlo fue Doug Millward, que, finalizada la sesión de fotos, estaba yendo de uno a otro corral en pos de los novios. Eleanor vio que se detenía y se volvía hacia los prados frunciendo el entrecejo. Doug hizo callar a los que tenía más cerca, pero tuvo que esperar a que corriera la voz y alguien dijera a Elmer que dejase de tocar el violín. Acallada la música, impuesto el silencio, la brisa permitió oírlo con claridad.

Los mugidos de alarma del ganado.

Hacía una noche fresca y despejada. Helen y Luke cargaron el equipo en la camioneta a la luz de una luna en cuarto menguante, que proyectaba sus sombras por la cuesta. Se habían abrigado bien, y aunque después de la comilona con Dan ninguno de los dos tenía hambre, llevaban bocadillos y un termo de café para más tarde.

Luke dijo que si hacía falta estaba dispuesto a quedarse toda la noche en el claro. La loba llevaba veintitrés días bajo tierra, y Luke estaba convencido de que esa noche podrían ver a los cachorros.

Buzz seguía sin asimilar que no lo llevaran consigo en sus noches de observación. Helen tuvo que sacarlo del coche, cogerlo del collar y meterlo en la cabaña. En el momento de cerrar con llave, vio las luces de un coche detrás de los árboles.

No era una hora normal para visitas. Además, desde que le habían pintarrajeado la camioneta Helen recelaba de ellas. Volvió con Luke, y esperaron en silencio a ver quién era.

El coche iba muy rápido y dando tumbos, a juzgar por los vaivenes de las luces; y nada más lógico, dada la cantidad de baches y surcos donde se había secado el barro del invierno. Ni Helen ni Luke reconocieron el vehículo. Tuvieron que esperar a que les frenara en las narices para reconocer a Ruth Michaels al volante, y a la madre de Luke en el asiento de al lado. Salieron las dos. A Helen no le hizo falta escucharlos para saber que sucedía algo.

–¡Mamá! –dijo Luke acercándose a Eleanor–. ¿Qué pasa?

–Los lobos han matado unos terneros de Doug Millward. Tu padre les ha pegado un tiro.

–¿A los lobos?

–A dos. Ha cogido la escopeta que llevaba uno de los hombres de Doug y les ha pegado un par de tiros. Doug ha intentado evitarlo, pero tu padre no le hizo caso. Ahora ha juntado a todo un grupo, y piensan subir a matar a los que quedan en el cubil.

–¿Saben dónde está? –preguntó Helen.

–Clyde dice que encima del rancho de los Townsend.

–Han bajado a El Último Recurso en busca de los Harding y de un par de leñadores amigos de Clyde –dijo Ruth–. En cuanto estén todos, subirán. Irán un poco bebidos.

Luke sacudió la cabeza con incredulidad. Helen se concentró.

–Voy a llamar a Dan.

Cogió una linterna y corrió a la cabaña. Una vez dentro marcó el número a toda prisa. Lo lento de la conexión hizo que empezara a mascullar entre dientes.

Ruth y la madre de Luke aparecieron en la puerta. Luke estaba encendiendo una lámpara. Como era la primera vez que veía el nuevo hogar de su hijo, Eleanor no dejó detalle sin observar. Helen se dio cuenta de que el teléfono móvil no daba señal.

–¡Mierda!

Lo dejó con un gesto de irritación.

–¿Aún no se ha recargado?

–No. ¡Mierda! –Pensó un poco–. Luke, ve al claro con tu madre y Ruth, a ver si podéis convencerlos. Yo intentaré sacar a los cachorros.

–Van muy embalados, Helen –dijo Ruth.

–Ta... tampoco nos hará caso.

–Pues bloquead el camino. Haced lo que se os ocurra. Intentad ganar tiempo como sea.

–Tú tienes más posibilidades de que te hagan caso, Helen –dijo Eleanor.

–A los ca... cachorros los saco yo.

–Nunca lo has hecho. Tendrías que meterte hasta el fondo del cubil, y estando la madre puede ser peligroso.

–Me las arreglaré.

–Pero Luke...

–¡Puedo hacerlo, Helen!

Ella vaciló. Probablemente fuera cierto.

–¡Date prisa, que no hay ti... tiempo!

–Te hará falta algo para llevarlos. Tus bolsas de tela.

Luke fue corriendo al fondo de la cabaña, sacó las bolsas de debajo de la litera y empezó a vaciarlas.

–Tenemos que localizar a Dan, Ruth. ¿Podrías ir a llamarlo a la ciudad?

–Por supuesto.

Helen garabateó el número en un trozo de papel y se lo dio.

–Y llama a la policía, al número de emergencia del Servicio Forestal... Todo lo que se te ocurra. Diles que estamos en el claro de encima del rancho de los Townsend.

–Voy.

Ruth se puso al volante en un santiamén. Luke ya había vaciado las bolsas y estaba cargando su escopeta.

–No te hará falta.

–No, pero a ti quizá sí.

Comprobó que estuviera puesto el seguro y le tendió la escopeta.

–No.

–¡Cógela!

Helen obedeció. Después cogió la sierra mecánica, encerró a *Buzz* en la cabaña y siguió a Luke y su madre en dirección a los coches. Ruth ya estaba lejos. Helen dejó la escopeta y la sierra en la camioneta, cogió otra linterna y la vara con la jeringuilla y volvió junto a Luke, que estaba subiendo al jeep.

–Baja a la guarida poco a poco. Y piensa que la madre puede salir en cualquier momento.

–Ya lo sé.

–Ve con la vara por delante. Intentará atacarte, pero en algún momento bajará la guardia.

–Vale. –Luke arrancó y encendió las luces –. ¿A los ca... cachorros los traigo aquí?

Helen no había pensado en ello. Quien los buscara empezaría por la cabaña.

–Llévalos a casa de Ruth –dijo Eleanor.

–Vale.

–Luke... –dijo Helen.

–¿Qué?

–Ten cuidado.

Él asintió con una sonrisa y cerró la puerta. Mientras giraba, Helen y Eleanor subieron a la Toyota. Al principio parecía que no iba a arrancar, pero lo hizo al tercer intento. No tardaron en alcanzar a Luke y seguir sus luces traseras por el sinuoso pasillo de árboles.

–Gracias por haber subido a decírnoslo –dijo Helen.

Eleanor, sin perder de vista el coche de Luke, le tocó el hombro con dulzura.

35

La loba blanca se detuvo en la boca de la guarida, mientras los dos cachorros más grandes y atrevidos le pasaban por debajo de las piernas y salían tambaleándose al mundo exterior, iluminado por la luna.

La tierra amontonada al excavar el cubil había sido prensada por los pasos de los dos lobos jóvenes, hasta adquirir la dureza del cemento. Había excrementos y trozos de hueso desperdigados. Un cachorro probó a morder uno con sus dientes de leche, pero lo dejó caer. Cerca tenía algo que olía mejor.

La madre llevaba oliéndolo todo el día. Quizá pensara que lo había traído la pareja de lobos jóvenes, a los que no había vuelto a oír desde que habían venido seres humanos la noche anterior. Tal vez lo hubieran dejado estos últimos. Había detectado su olor mucho antes de oír sus voces, y había permanecido en suspenso, oyendo el trasiego de sus pies a la entrada del cubil. También había oído un ruido metálico, y seguía oliendo a metal por debajo del aroma a carne fresca. Era un olor punzante y antinatural, como el de lo que le había apresado la pata.

A los cachorros, en cambio, no les recordaba nada. Sólo olían a carne. Llevaban todo el día intentando salir al exterior y topando con la resistencia de su madre, pero después de varias horas esperando a que sus hijos mayores le trajeran comida la loba acabó por ceder. Seis bocas le tiraban de las mamas con desesperación, y se moría de hambre.

El primer cachorro avanzó hacia el olor con paso torpe pero

decidido, seguido por su madre, que empujaba al otro con el hocico, animándolo a probar su primera comida digna de ese nombre. Detrás de ella, dos cachorros más parpadeaban en la boca de la guarida, deslumbrados por la luna.

La loba vio un trozo de carne de tono claro. Después olió y vio otros iguales a ambos lados, a escasos metros de distancia. El olor punzante procedía de algo fino que los unía, algo que tenía que ver con seres humanos. Titubeó con el hocico en alto.

El cachorro ya estaba husmeando la carne. La tocó con el hocico y le dio un mordisco, arrastrándola por el suelo. La loba vio moverse la línea y dio un respingo, como si hubiera visto una serpiente. Aquello era peligroso. Y no era una serpiente. Saltó hacia el cachorro.

Pero éste ya tenía la carne en la boca, y la mordió.

Al abandonar el camino, Luke se despidió con la mano. Helen, que estaba detrás, hizo parpadear las luces y siguió en dirección al claro. Luke dejó el coche donde siempre, cogió las bolsas y la vara y corrió por el bosque.

No era fácil. Enfocó el suelo con la linterna y corrió en el círculo de luz. Como todo estaba lleno de rocas, raíces y ramas secas, tropezó varias veces, cayendo de bruces en el matorral.

Trató de calcular el tiempo que le quedaba.

Si venían de El Último Recurso, subirían por el norte. Tomarían la carretera que salía de Hope por el este y llegaba al bosque pasando por el rancho de los Townsend. Después doblarían a la izquierda por el camino de leñadores. Pero de nada servía hacer cálculos desconociendo la hora de partida. Luke sólo sabía una cosa: que tenía que seguir corriendo.

Al cabo de un rato los árboles le permitieron entrever el claro, bañado por la luz de la luna. Apagó la linterna y metió la mano en el bolsillo para coger el visor nocturno de Dan, al tiempo que se dirigía al final del bosque. Una vez allí encendió el visor, y justo al enfocarlo oyó aullidos de lobo.

Era la madre, ladrándole a pocos metros desde la entrada del cubil. Algo se movía detrás de ella. Luke tardó un poco en darse cuenta de que eran los cachorros, y de que estaban metiéndose bajo tierra a toda prisa. Eran mucho más oscuros que la madre. No pudo contarlos. La loba los estaba guiando cubil abajo, pero no parecía tener intención de seguirlos.

Una vez desaparecido el último, la loba empezó a moverse de un lado a otro mirando a Luke y ladrando sin descanso. De vez en cuando se acercaba a un lugar concreto, siempre el mismo, y bajaba el hocico para olfatear. Después levantaba la cabeza y ladraba, con la diferencia de que cada tanda acababa con un aullido. Luke deseó con todas sus fuerzas que se callara. Todo el mundo iba a saber dónde estaba.

Dejó el visor y avanzó por el claro. La loba estaba a unos cincuenta metros, y, viendo acercarse a Luke, pareció perder confianza en sí misma. Bajaba la cola, se alejaba unos metros y después volvía con nuevos arrestos, ladrando y aullando al intruso. Luke se fijó en el lugar al que volvía una y otra vez, y vio algo oscuro a la luz de la luna. Entre tanda y tanda de ladridos, oyó gemidos que no procedían de la madre.

Recorrió los últimos metros que lo separaban de la guarida. La loba se alejó unos veinte metros y se lo quedó mirando, súbitamente silenciosa. Volvió a oírse un gemido. Luke encendió la linterna.

–¡Dios mío! –murmuró.

Helen había dejado la camioneta atravesada en el camino y escondido las llaves debajo de una roca. La camioneta de por sí no era gran cosa como obstáculo, pero ella había reforzado la barrera cortando un abeto con la sierra mecánica y dejándolo caer delante del vehículo. Estaba cortando otro. La linterna de Eleanor iluminó una lluvia de serrín.

En un minuto lo tuvo cortado. Se apartó y gritó a Eleanor que hiciera lo mismo. El árbol fue inclinándose y crujiendo hasta caer justo donde quería Helen. El silencio herido del bosque volvió a cerrarse en torno a ellas.

Se hallaban dos kilómetros al norte del claro, en un lugar escogido por Helen por su buena vista de la carretera, que ascendía desde el valle con curvas muy cerradas. Si se acercaba alguien, los faros se verían desde lejos. De momento no era el caso.

Helen dejó la sierra mecánica en la plataforma de la camioneta. Eleanor le dio la linterna.

–¿Te molesta que la apague? Para que no se gasten las pilas.

–No. Me gusta la oscuridad.

Eleanor aparentaba una tranquilidad absoluta, para asombro de Helen, cuyo corazón iba en una montaña rusa. Permanecieron en silencio junto a la camioneta, contemplando la luna. Se oyó el reclamo de un búho, bosque arriba.

–¿No tiene frío? –preguntó Helen.

–No; estoy bien.

–¡Lo que daría por fumar!

–Yo antes también fumaba, y me gustaba mucho.

–Pues dicen que sólo fuma lo mejorcito de las mujeres...

–Y lo peorcito de los hombres.

–¿Entonces qué? ¿La que lo deja baja de categoría?

–¡Qué va!

Se echaron a reír. Volvió a reinar el silencio.

–A lo mejor no vienen –dijo Helen.

–Seguro que sí. –Eleanor frunció el entrecejo–. ¿Tú qué crees que tendrán esos animales, que tanto los odia la gente?

–¿Los lobos? No lo sé. A lo mejor se nos parecen demasiado. Los miramos y nos vemos a nosotros mismos. Seres afectuosos y sociables, y al mismo tiempo máquinas de matar.

Eleanor reflexionó sobre ello.

–También podría haber parte de envidia.

–¿De qué?

–De que sigan formando parte de la naturaleza, mientras que nosotros nos hemos olvidado de cómo se hace.

Eleanor parecía dispuesta a seguir, pero vio algo en el valle que le llamó la atención.

–Ya vienen –dijo.

Dos faros estaban doblando en la primera curva. El corazón de Helen volvió a subirse a la montaña rusa. Vieron aparecer otro vehículo, y después otro. Ya se oían los motores, y también ladridos de perros. Cada vez había más camionetas. Cinco, seis... hasta un total de ocho, subiendo juntas por las curvas.

–Pues bien, aquí nos tienen –dijo Helen.

Buck no los había contado, pero supuso que serían unos veinte, incluidos unos cuantos a los que habría preferido no llevarse. Los dos hijos de Harding iban bastante borrachos, tanto como los leñadores que habían estado tomando copas con ellos en el bar. Algunos tenían botellas, y Buck había tenido que parar a medio camino para decir que el que quisiera seguir cantando y pegando gritos se fuera a casa. Por otro lado, cuantos más fueran mejor. ¿Quién iba a meter en la cárcel a todo Hope?

Buck lideraba la comitiva en la camioneta de Clyde, presente asimismo en el vehículo. Llevaban a uno de los leñadores apretujado entre los dos, para no perderse. Era uno de los que habían subido con Clyde la noche anterior para poner aquella imbecilidad de los alambres, cuando lo lógico habría sido arrojar veneno por el agujero, o gasolina, o lo que fuera. Pero eso tenía fácil arreglo.

La furia de Buck había ido depurándose. En el momento de disparar a los dos lobos estaba prácticamente fuera de sí, como si algo hubiera prendido fuego en su cabeza, haciendo estallar toda la presión acumulada en los últimos meses, meses de ofensas, desaires y frustraciones. El humo había desaparecido, dejando a la vista el frío resplandor de su rabia como un hierro de marcar candente, silencioso y abrasador.

–¡Eh, mirad! –dijo Clyde escudriñando el camino–. Hay alguien delante.

A punto de dejar atrás la última curva, el camino se estaba haciendo más llano. Vieron a alguien con una linterna a unos cien metros. Después los faros iluminaron dos árboles atravesados en el camino, y al lado una camioneta.

–¿Qué demonios...? –dijo Clyde–. Es la bióloga. ¿Y la otra?

Buck ya la había reconocido. Al ver quién era, Clyde se volvió hacia él.

–¿Se puede saber qué pinta Eleanor en este fregado?

Buck no contestó. Seguro que Eleanor había ido con el cuento a Helen Ross. ¡Su propia esposa!

–Para aquí –dijo.

Frenaron a unos veinte metros de la barrera. En ese momento Helen Ross pasó por encima de los árboles caídos y se acercó a ellos, protegiéndose los ojos contra los faros de Clyde. Buck salió y caminó lentamente hasta ponerse delante del parachoques. Esperó a Helen con la espalda apoyada contra el capó. Los demás hombres fueron bajando de los camiones y acercándose a Buck para ver qué pasaba.

–Hola, señor Calder.

Buck se limitó a mirarla fijamente. La muy puta tenía miedo.

–Me temo que el camino está cortado.

–¿Ah sí? ¿Y con qué autoridad?

–La del Servicio de Fauna y Flora.

–Este camino es público.

–Ya lo sé, señor Calder.

Eleanor se acercó a Helen, pensando sin duda que podía ponerlo en ridículo delante de todo el mundo. Buck la ignoró.

–¡Craig! –exclamó, mirando a Helen con insistencia–. ¿Está Craig?

–¡Sí!

Craig Rawlinson se abrió camino entre la multitud.

–Buck... –dijo Eleanor a su marido, que no le hizo caso.

–Sheriff Rawlinson, ¿tiene autoridad esta mujer para cerrar un camino público?

–No, a menos que tenga un documento que lo demuestre.

–Buck –repitió Eleanor–, por favor. Déjalo ya.

–¿Que lo deje? –Buck se echó a reír–. ¡Pero cariño, si ni siquiera he empezado!

La bióloga se dirigió a Craig Rawlinson.

–Me parece increíble que vaya usted a ayudar a estos hombres a cometer un delito.

–Que yo sepa, la única persona que está cometiendo un delito es usted. Obstrucción de vía pública.

Helen señaló a Buck.

–Este hombre acaba de matar a dos lobos con una escopeta...

–La risa fue unánime–. Debería arrestarlo, y no ayudarlo a matar a más.

–No sé de qué me habla. Llévese la camioneta o la arresto.

Rawlinson intentó cogerla del hombro, pero fue rechazado con un empellón en el pecho. Uno de los leñadores jaleó a Helen en son de burla.

–Es de las que no se dejan, ¿eh? –vociferó Wes Harding, provocando un nuevo coro de risas.

–¡A ver si crecéis! –exclamó ella.

Eleanor dio un paso adelante y le puso una mano en el hombro.

–¿Qué os pasa, chicos? –dijo–. A muchos os conozco desde niños. Conozco a vuestras madres. Creo que lo mejor es que volváis a casa.

Su tono, sosegado y persuasivo, hizo que a Buck le hirviera la sangre.

–¡A ver si se callan los perros, joder! ¡Clyde!

–Dime.

–¡Aparta esos árboles del camino!

Luke llevaba diez minutos intentando quitar los ganchos de la boca del cachorro, pero los tres estaban clavados hasta el fondo, y no podían desprenderse sin empeorar la herida. Lo único que consiguió fue sacarle de la garganta el trozo de carne, para que el pobre no se ahogase. Al final supuso que iba a desangrarse sin remedio. Si perdía más tiempo corría el riesgo de que murieran todos. Así pues, dejó al cachorro donde lo había encontrado, cogido al alambre como un pez medio ahogado.

La madre se había pasado todo el rato ladrando y aullando desde el otro lado del claro, dando vueltas sin parar, creyendo que Luke estaba matando a su hijo. Él siguió oyéndola desde dentro del cubil.

Se arrastró lentamente boca abajo, enfocando el túnel con la linterna. Era más estrecho que el que había investigado con Helen el verano anterior; también parecía más largo, con recodos en los puntos donde la loba había topado con roca viva. Percibió un vago olor a amoníaco que fue haciéndose más fuerte a medida que bajaba. Supuso que procedería del pipí de los cachorros, y que debía de estar acercándose a la paridera.

Apuntó con la vara hacia adelante, siguiendo el haz de la linterna, por si a la madre se le ocurría entrar por el lado que daba a las rocas. No tenía ni idea de cuántos cachorros iba a encontrar. Según Helen a veces había hasta nueve o diez.

De pronto los oyó gañir. Poco después dobló el último recodo y los vio a la luz de la linterna. Estaban al fondo de la cueva, hechos un ovillo peludo y marrón, deslumbrados por la luz y quejándose con chillidos agudos. Luke no pudo ver cuántos eran. Cinco o seis.

–Hola –dijo con dulzura–. Tranquilos, no va a pasaros nada.

Dejó la vara y la linterna para coger la bolsa de tela que se había metido debajo de la camisa. Una vez abierta, avanzó con los codos hacia los cachorros. Eran cinco. Se preguntó si podría llevárselos a todos en un viaje. El túnel era estrecho, y no quería arriesgarse a que se hicieran daño. Decidió, pues, empezar con tres y volver por los otros dos.

Cogió al primero. Tenía un pelaje suave y mullido. Lo oyó gemir.

–Ya, te entiendo. Perdóname.

–Mueva la camioneta –dijo Buck Calder.

–No.

Helen se cruzó de brazos y le plantó cara, procurando adoptar una actitud dura y oficial. Su cabeza le llegaba a Buck a mitad del pecho. Notó que las piernas le flaqueaban. Estaba de espaldas a la puerta del conductor, y deseó haberla cerrado antes de esconder la llave. Había perdido la noción del tiempo. Sólo sabía que Luke necesitaba más tiempo para sacar a los cachorros.

Eleanor había renunciado a convencer a su marido, y dedicaba sus esfuerzos a hacer entrar en razón a su yerno, que supervisaba el traslado del segundo árbol. El primero ya había sido apartado del camino por los hijos de Harding. Hicks se limitaba a negar con la cabeza sin mirar a Eleanor.

–¡Eh, zorra! –gritó alguien–. ¡Mueve tu puta camioneta!

Helen se giró a ver quién era y descubrió a su amigo de la barba, el de fuera de los juzgados. Iba armado, y no era el único. Otros habían arrancado ramas y las estaban envolviendo con trapos rociados de queroseno.

–¡Genial, chicos! –dijo Helen–. ¿No pensáis hacer una cruz y pegarle fuego?

–¿Contigo clavada?

–¡Craig! –llamó Buck–. ¿La camioneta es una obstrucción?

–¡Por supuesto!

Buck se volvió hacia Helen.

–¿Va a moverla o no?

–No.

Miró el interior de la camioneta.

–Déme las llaves.

Viendo su mano tendida, Helen tuvo que aguantarse las ganas de escupirle. Miró por encima del hombro de Buck y vio que Eleanor estaba hablando con Abe Harding, diciéndole que bastantes problemas tenía ya, y que corría el riesgo de pasar una buena temporada en la cárcel. Abe no la escuchaba. El segundo árbol estaba siendo arrastrado por la camioneta de sus hijos, en cuya plataforma los dos perros se desgañitaban con la correa al cuello.

Empezaron a encender las antorchas.

Buck Calder intentó pasar la mano por detrás de Helen para abrir la puerta, pero ella se lo impidió dando un paso atrás. De repente se acordó de la vez que la había arrinconado contra la camioneta. Buck también debía de recordarlo, porque se apartó un poco, sin duda para ponerse a salvo de rodillazos.

–Clyde, ata una cuerda. –Se alejó.

–¿A ella o a la camioneta? –exclamó Ethan Harding.

Todos rieron. Alguien dio una cuerda a Hicks, que se acercó a la camioneta. Helen abrió la puerta, hurgó bajo el asiento y sacó la escopeta de Luke.

Apuntó a Hicks y amartilló el arma. Hicks se detuvo y todo el mundo guardó silencio. Buck Calder, de espaldas a Helen, se volvió poco a poco y vio la escopeta. Ella tragó saliva.

–Ahora mismo os largáis de aquí.

Los hombres la miraron sin moverse. Por primera vez Eleanor parecía asustada. Calder contemplaba el arma con ceño. Dio un paso, y Helen movió el cañón hacia él. Buck vaciló, pero siguió avanzando.

–¿De dónde lo ha sacado?

Helen no contestó. Respiraba demasiado rápido, y no quería delatar su miedo diciendo algo (suponiendo que no se le notara ya). Buck siguió caminando hasta tener la escopeta a pocos centímetros del corazón.

–¿Cómo se atreve? –susurró–. ¿Cómo se atreve a apuntarme con la escopeta de mi hijo muerto?

Y, apoderándose del cañón, le arrebató el arma.

Cuando Luke salió de la guarida con la primera bolsa de cachorros encontró a la loba madre en la boca misma, y pensó que iba a saltarle encima. La loba retrocedió, ladrando y gruñéndole con los dientes y las encías al descubierto. Luke gritó y la ahuyentó con la vara.

Sin embargo, sólo consiguió que se alejara unos veinte metros sin dejar de ladrar. Temió que si dejaba la bolsa fuera de la guarida la loba se la llevara mientras él bajaba por los otros. Tal vez lo más seguro fuera meter la primera bolsa en el jeep; pero probablemente no tuviera tiempo, y de todos modos la loba podía aprovechar su ausencia para meterse en el cubil y escapar con los cachorros que quedaban.

Metió entre dos rocas la bolsa con los cachorros, y después fue a recoger piedras para apilarlas delante. No disuadiría a la loba, pero al menos ganaría un poco de tiempo. Mientras se dedicaba a ello, intentó no prestar atención a los chillidos del cachorro atrapado en la trampa, que según acababa de descubrir trazaba un amplio círculo en torno a la guarida.

¿Qué clase de persona, se preguntó, era capaz de idear algo semejante?

Al final no pudo seguir soportando los gritos y realizó un nuevo intento de extraer el gancho de la boca del cachorro, aun a sabiendas de que no había ni un minuto que perder. Le fue imposible. La madre, mientras tanto, corría como loca alrededor de él.

De repente dejó de aullar, y Luke oyó a lo lejos un ruido sordo de motores al que se sumaron los ladridos de un perro. Miró hacia el bosque y entrevió un resplandor de faros.

Soltó al cachorro, cogió la linterna y la bolsa vacía y se metió de cabeza en el cubil.

Una vez aparcados en fila coches y camionetas, los hombres se apearon al borde del claro. Casi todos llevaban escopeta, y los otros, linternas y antorchas encendidas. Abe llevaba atados a sus perros, que ladraban furiosamente.

Buck estaba al lado de la camioneta de Clyde, armado con la escopeta de Henry. Aún le duraba la rabia de haber visto a aquella puta apuntándolo. Le habían entrado ganas de partirle esa cara tan bonita. Menos mal que Craig Rawlinson se la había llevado a la fuerza, mientras varios hombres quitaban de en medio aquella porquería de camioneta. Buck había sentido prácticamente lo mismo por Eleanor. ¡Su propia mujer apoyando a semejante puta! Era increíble.

Rawlinson, todo discreción, dijo que se quedaba con ellas en el coche. De ese modo, según sabía Buck, podría alegar no haber visto nada de lo que estaba a punto de suceder.

–¿A ver, dónde está? –preguntó Buck.

Clyde señaló el centro del claro.

–Ahí, justo en medio. Calculo que a unos cien metros. ¿Ves las rocas?

–Sí.

–Pues la guarida está debajo.

–¡Mirad! –exclamó Wes Harding, señalando el borde del claro–. ¡Hay uno!

Las linternas enfocaron el lugar señalado. Pocas tenían suficiente potencia para llegar tan lejos, pero bastaron para iluminar a un lobo blanco que los miraba con descaro. Para colmo, mientras lo observaban tuvo la desfachatez de aullar.

Buck levantó la escopeta, pero se le adelantaron tres o cuatro. Se oyó una descarga atronadora.

Habría sido imposible calcular cuántos tiros dieron en el blanco; en todo caso, los suficientes para hacer saltar al lobo por los aires. Al caer ya estaba muerto.

–¡Escuchad, chicos! –exclamó Buck–. Tengo una faena pendiente. Me he cargado a dos de esos bichos, y el primero que se va a la cárcel soy yo. ¿Vale? Si sale otro es para mí. ¿Entendido? –Se oyó un murmullo de asentimiento–. Abe y yo vamos a ser compañeros de celda. ¿A que sí, Abe? –Éste no sonrió–. ¿Lleváis las palas y la gasolina?

Unos cuantos contestaron que sí.

–Entonces vamos.

El terreno era más difícil de lo que parecía. Había que saltar por encima de troncos caídos y no meter el pie en las raíces. Buck dejó que Clyde fuera en cabeza con la linterna. No había vuelto a poner el seguro de la escopeta de Henry, y caminaba sin quitar ojo al cubil, resuelto a evitar que uno de esos gilipollas borrachos volviera a adelantársele cuando les saliera al paso otro lobo.

Ya estaban a medio camino, y Buck veía recortarse claramente la boca negra del cubil a la luz de la luna. De repente vio que cambiaba de forma. Otro lobo. No quiso gritar, seguro como estaba de que a pesar de lo dicho los otros echarían mano a las escopetas.

Susurró a Clyde que se detuviera.

–Está saliendo uno. Enfoca la linterna en cuanto te lo diga.

Levantó la escopeta y apuntó con la mira a lo que estaba emergiendo de la boca de la guarida.

–¡Ahora!

En el momento exacto en que la luz de la linterna alcanzaba su objetivo, Buck apretó el gatillo.

Se oyó un grito, agudo y terrible.

Cuantos lo habían oído, entre ellos Buck, supieron enseguida que no era un lobo.

–Luke... Luke...

Era la voz de la luna. Luke no sabía por qué lo llamaba ni qué quería de él. Tampoco entendía que quedara sumida en un torbellino de nubes rojas, con súbitas e inesperadas reapariciones. Sólo que eran demasiado fluidas y próximas para ser nubes, como si las tuviera en los ojos. Descubrió que podía dominarlas, porque cada vez que se le llenaban los ojos y la luna se teñía de rojo, no tenía más que parpadear para que todo se despejase, dejando a la vista el disco claro de la luna, que seguía llamándolo.

–¡Luke! Dios mío... ¡Luke!

Parecía la voz de su padre, pero no podía ser. Su padre ya no quería saber nada de él. Y había otras voces que no lograba reconocer. A veces sus sombras tapaban la luna; pero él sólo quería que lo dejaran en paz, y poder contemplarla.

Pensó en pedirles que se fueran, puesto que ya tenía voz. Se la había descubierto Helen. Ignoraba, sin embargo, dónde encontrarla. Quizá Helen hubiera vuelto a llevársela. En lugar de voz notaba en su garganta un hueco frío, como un agujero en un montón de nieve. Aparte de eso no tenía ninguna sensación. Salvo cuando parpadeaba. Entonces notaba algo raro en un ojo, y ya no estaba seguro de estar viendo por él. Parecía obstruido por algo húmedo y espeso, algo que no podía quitarse parpadeando.

Chac chac chac.

Había aparecido otra luna en el cielo. O quizá fuera una estrella, o un cometa. Pero no; volaba demasiado bajo y desprendía una luz muy intensa. Cegadora. Le hacía daño en el ojo. Oyó un ruido cada vez más fuerte... más fuerte...

Chac chac chac chac.

De repente, la fuente de luz quedó sumida en nubes rojas, al igual que la luna.

No, no eran nubes. Eran cortinas rojas que tapaban el cielo. Y esta vez parpadear no servía de nada. Alguien intentaba echarle una mano.

Cortinas rojas.

Chac chac chac chac chac.

¿Dónde estaba?

Deseó que Helen le trajera la voz, para poder hablar con ella, tocarla y sentir algo más que aquel gélido vacío en la garganta. Había mucha gente, muchísima. Algunos acababan de llegar y le metían cosas en el cuerpo, tapándole la cara con una especie de máscara.

Pero ¿y Helen?

Le pareció que una de las voces que oía era la suya, y que lo estaba llamando; pero sólo fue un segundo. Después notó que lo levantaban y se lo llevaban, y que las cortinas rojas se habían corrido por última vez. Quizá volviera a verla cuando se abrieran. Quizá entonces también estuviera él, a su lado.

Dos estatuas de piedra cogidas de la mano.

VERANO

36

Eleanor estaba sola en el bar del centro comercial, tomándose un refresco y viendo pasar a grupos de turistas. Era el fin de semana del 4 de Julio, y el centro estaba abarrotado. El bar se hallaba en un rincón, al lado de la escalera mecánica. Contaba con varias barras que servían platos étnicos, siempre y cuando fueran fritos y pudieran hacerse al instante. La decoración consistía en macetas con plantas de plástico. Las mesas eran muy sencillas, de plástico blanco, con sus correspondientes sombrillas a rayas azules y blancas. Eleanor no se explicaba su presencia en un bar de interior. Quizá sirvieran para proteger a los clientes de eventuales proyectiles arrojados desde la escalera mecánica.

En la mesa de al lado un grupo de jovencitas se probaba el maquillaje y la laca de uñas que acababan de comprarse. De vez en cuando prorrumpían en risas alborotadas, o llamaban todas a la vez a algún conocido que subía por la escalera mecánica. La camarera ya les había advertido dos veces que no hicieran tanto ruido. A poca distancia, una pareja joven daba de comer a dos gemelas rubias, felizmente instaladas en el cochecito doble más lujoso que Eleanor había visto.

Consultó su reloj. Pasaban diez minutos de la hora de la cita. Quizá le estuviera costando encontrar el bar. Siempre había odiado los centros comerciales; sin embargo, al recibir su llamada a Eleanor no se le había ocurrido otro lugar de encuentro. El centro estaba justo en la otra acera del piso donde vivía.

La perspectiva de volver a ver a Buck después de tantas semanas no la ponía nerviosa, sino triste. Su último encuentro se había desarrollado en el hospital, en circunstancias que los sobrepasaban a ambos. Ni siquiera habían podido mirarse, y mucho menos hablar. Eleanor no pensaba dejar que se repitiera.

Le había costado reconocerlo por teléfono, tan diferente sonaba su voz. Buck había tenido que identificarse, haciendo que Eleanor pensara: ¡Qué extraño no saber quién es después de tantos años de matrimonio!

Por fin lo vio, caminando al lado de los escaparates y reflejado en ellos. Tenía la cabeza ligeramente inclinada, y el rostro medio oculto por el ala del sombrero. Avanzaba con paso vacilante, casi torpe, como si desentonara con el lugar. Llevaba una camisa azul clara y unos tejanos negros que parecían irle demasiado grandes. Cuando lo tuvo más cerca, Eleanor reparó en su delgadez.

Las chicas de la mesa de al lado salieron del bar después de pagar la cuenta. Una de ellas iba distraída y chocó con Buck, que estuvo a punto de caerse, pero recuperó el equilibrio. La muchacha se disculpó. Acto seguido se la llevaron sus amigas, a quienes Eleanor vio reír y burlarse de su compañera.

Buck se detuvo en la entrada, calándose el sombrero y observando a la clientela. Eleanor le llamó la atención con la mano.

–Perdona que llegue tarde –dijo él al aproximarse–. Hay tantas entradas que me he hecho un lío.

Eleanor sonrió.

–No pasa nada.

Viendo sentarse a Buck, la camarera acudió a la mesa a tomar nota. Él pidió café y preguntó a Eleanor qué quería, pero ella dijo que ya tenía suficiente con el refresco. Como ninguno de los dos sabía de qué hablar, guardaron silencio.

–¿Y bien? –dijo Buck al cabo de un rato–. Te vas mañana, ¿no?

–El lunes.

–Ah, sí, el lunes. A Londres.

–Pasando por Chicago.

–Ya. ¿Y luego?

–Pasaremos una semana en Irlanda. De ahí a París y Roma. Después unos días más en Londres, y otra vez a casa.

–¡Menudo viajecito!

Eleanor sonrió.

–Ya sabes que siempre me ha gustado viajar.

–Así es.

–Creo que a Lane le hace ilusión.

–Sí, me lo ha dicho. Está muy bien que podáis pasar unos días juntas.

–Sí.

La camarera trajo el café de Buck, que se lo quedó mirando y lo removió con la cucharilla, a pesar de que no hacía falta porque siempre lo tomaba solo y sin azúcar. Eleanor tuvo ocasión de observarlo con detenimiento. Estaba casi demacrado y tenía la barbilla mal afeitada, con un resto de pelos grises. Su camisa no parecía planchada.

–Lane me ha dicho que la casa que te estás comprando en Bozeman está muy bien.

–Sí, es preciosa. Un poco pequeña, pero no necesito más.

–Claro.

–¿Te has enterado de que Ruth se va a Santa Fe?

–Sí. –Él asintió con la cabeza–. Sí me he enterado.

Guardaron silencio. El hilo musical del centro dio paso a un comunicado sobre un niño perdido. La locutora decía a los padres dónde podían recogerlo.

–Oye, Eleanor, lo de Ruth y yo nunca fue nada...

–No sigas, Buck. Es inútil.

–Ya, pero...

–Ya no tiene remedio.

Él asintió con la cabeza, mirando fijamente el café. Volvió a removerlo con la cucharilla.

–En fin –dijo.

–¿Y el rancho?

–Bien, muy bien. He dejado que Kathy se encargue de muchas cosas.

–Sí, ya me lo ha dicho.

–Es tremenda. Clyde nunca llegará a ser ni la mitad de buen ranchero que ella.

–Ya aprenderá.

–Puede ser.

–El bebé está creciendo muy rápido.

Buck se echó a reír.

–Se está poniendo precioso. Ya verás cómo en un par de años está al frente de todo.

Tomó su primer sorbo de café. Eleanor le preguntó si sabía algo sobre el juicio.

–Parece que será en septiembre. ¿Kathy te ha contado lo de Clyde?

Ella asintió. Habían encontrado sus huellas dactilares en aquella cosa horrible de alambre; aun así acababan de retirarse todas las acusaciones contra él, sin duda porque Buck se había declarado culpable de todo.

–¿Tienes idea de por dónde puede ir la sentencia?

–Nueve meses, un año... Puede que más. La verdad, me da igual que sea mucho o poco.

–Buck...

Eleanor tuvo ganas de cogerle la mano, pero no lo hizo. Vio que apretaba la boca, esforzándose por no llorar. Como si no tuviera suficiente castigo, pensó. Buck respiró hondo y esperó un poco antes de vaciar los pulmones. Lo hizo poco a poco, entrecortadamente. Al cabo de un rato se despejó la nariz y miró alrededor. Soltó una risa forzada.

–Pero bueno, los hijos de Abe dicen que es como tomarse unas vacaciones. Parece que el viejo está pasándoselo en grande.

Eleanor sonrió. La pareja de los gemelos se estaba marchando. Observó la cara de Buck al ver pasar el carrito con los dos bebés. Uno de ellos le dirigió una sonrisa encantadora que hizo rebrotar sus lágrimas. Estaba con los nervios de punta. Eleanor esperó en silencio a que se le pasara. Al final, Buck se atrevió a mirarla a los ojos.

–Sólo quería decirte que... lo siento. Lo siento.

Siguieron subiendo por las montañas, y al llegar al punto más alto accesible en camioneta vieron al este una franja de cielo rosa. Dos horas antes, Hope les había parecido un pueblo fantasma. Al cruzar el río, Helen se había vuelto para mirar la iglesia, recordando el día en que Dan le había contado lo del camino de calaveras. Hacía casi un año.

A diferencia de entonces, Dan y Helen no se dijeron nada. Los únicos ojos que los vieron recorrer la calle mayor pertenecían a un gato negro que se detuvo un momento a la luz de los faros, y que después de observarlos siguió cruzando la calle a toda prisa.

La camioneta que habían alquilado era verde oscura, sin distintivos de ningún tipo a excepción de las salpicaduras de barro que le habían infligido sus correrías nocturnas. En cuanto hubieran acabado tenían intención de llevarla a la cabaña, donde Dan la utilizaría para trasladar lo que no quisiera Helen. Cuando se hiciera de noche, la cabaña estaría igual de vacía que cuando ella había empezado a instalarse. Que volvieran a quedársela los ratones.

El camino estaba haciéndose difícil. La camioneta traqueteaba al pasar por los baches. Helen oyó vibrar las jaulas que llevaban en la parte trasera. No había vuelto a subir tan alto desde que Luke le había enseñado el primer cubil de los lobos. Recordó la mirada que tenía al salir, cubierto de polvo, y su comentario sobre lo bien que habría estado morirse ahí abajo.

–Supongo que no se puede seguir –dijo Dan.

–Parece buen sitio.

–Ya.

El camino se estaba cubriendo cada vez más de flores y hierbajos, hasta difuminarse en una pequeña plataforma de roca. Al este se convertía en un pasillo estrecho y empinado que descendía por el bosque. Helen miró hacia abajo. La luz del alba le permitió ver un prado cubierto de flores incoloras, y más allá una cresta cubierta de nieve a medio derretir.

Dan dio la vuelta a la camioneta hasta quedar con la parte de atrás tocando al principio de la cuesta. Paró el motor y miró a Helen.

–¿Estás bien?

–Sí.

–Igual que en los viejos tiempos, ¿eh? Prior y Ross. No hay lobo que se les resista.

Ella sonrió.

–¿Qué piensas hacer? –preguntó.

–¿En general? No lo sé. Supongo que conseguir un trabajo como Dios manda. Mi madre siempre me aconsejaba «trabajar con gente», y yo le decía que qué tal director de una funeraria.

–O sea que de joven ya hacías chistes malos.

–Es verdad.

Dan había presentado la dimisión el día después de que le pegaran un tiro a Luke. Sus jefes le habían pedido que se quedara, insistiendo en que no tenía ninguna responsabilidad en lo sucedido; pero Dan dijo que estaba harto, agotado. De todos modos, convino en quedarse hasta que le encontrasen sustituto. El nuevo tenía que empezar el mes siguiente.

–Imagino que me quedaré por aquí hasta que Ginny haya salido del colegio, y que después me iré. –Se produjo un silencio. Dan levantó la vista al cielo–. Está amaneciendo. ¿Ponemos manos a la obra?

–Vamos.

Bajaron de la camioneta y fueron a la parte trasera. Helen sostuvo la linterna mientras Dan quitaba el candado de la puerta y la abría de par en par.

Sacaron las lonas. La linterna hizo brillar dos jaulas de aluminio que casi se tocaban. Se parecían a las utilizadas para trasladar lobos de Canadá a Yellowstone: una especie de cajón agujereado, de metro veinte de ancho por noventa centímetros de alto, con puerta corredera. En cada esquina había una barra extraíble que servía para trasladarlas.

–Espero que alguien les haya contado qué les hacen a los lobos por aquí –dijo Dan.

–¿No decías que eran lobos vegetarianos?

–Sí, pero igual se les pasa. Nunca se sabe.

Helen no pensaba preguntar de dónde procedían; eso era cosa de Dan, que se había ocupado de todo. Sólo sabía una cosa: que se trataba de una pareja reproductora sin etiqueta ni collar, ilocalizable. Había ido a buscarlos justo antes de medianoche, a un lugar apartado que distaba quince kilómetros de la frontera canadiense. No habían visto a nadie; sólo los cajones, tapados con lonas y alguna que otra rama.

Helen se colocó detrás del primer cajón y extrajo las dos barras.

–¿Listo?

–Sí.

–Uno, dos, tres y... ¡arriba!

La dejaron en lo alto de la cuesta y repitieron la operación con la otra jaula. Después quitaron los pestillos y levantaron ambas puertas correderas. Detrás había otra puerta de barras cuadradas verticales, y más atrás dos pares de ojos amarillos que los observaban con recelo.

–¡Buenos días! –dijo Dan–. Servicio de despertador. Son las cuatro de la mañana.

–¿Separados, o los dos a la vez? –preguntó Helen.

–Juntos. A la de tres. Uno, dos, tres...

Abrieron la puerta interior. Al principio no pasó nada. Después los lobos saltaron de las jaulas como dos misiles Tomahawk y aterrizaron en un pedregal, pero siguieron cuesta abajo sin tropezar ni caerse. Eran del mismo color, un gris que se confundía con las rocas.

–¡Vaya! ¡Parece que se les han pasado los efectos del sedante!

Se detuvieron a medio camino de la estrecha bajada, y aunque la luz del alba aún no permitía ver con claridad, pareció que se volvían para mirar la camioneta. Helen sollozó.

Dan la abrazó.

–¡Oye, que no pasa nada! Tranquila.

–Ya, ya. Perdona.

Volvió a mirar hacia abajo en cuanto se lo permitieron las lágrimas, pero los lobos ya no estaban.

Aparcaron delante de la cabaña bajo un cielo luminoso y azul, sin ninguna nube. El sol evaporaba el rocío de las flores primaverales que cubrían la cuesta que llevaba al lago. *Buzz* se puso a correr por el prado, y como no reconocía la camioneta ladró hasta que Helen se apeó del vehículo. Entonces se acercó a ella meneando la cola para pedir disculpas. De camino a la cabaña, Helen y Dan notaron que olía a comida.

Luke estaba en la puerta.

Les sonreía, entrecerrando el ojo sano para que no lo deslumbrara el sol. Helen no acababa de acostumbrarse al parche negro que cubría el otro. Seguro que con el tiempo lo encontraría muy atractivo.

Advirtiendo que ella había estado llorando, Luke fue a su encuentro y los abrazó a los dos. Permanecieron unidos sin decir nada, bajando la cabeza en tácita comunión, mientras *Buzz* brincaba a sus pies preguntándose qué estaría sucediendo.

La bala había atravesado el cuello por el lado y se había alojado en el ojo izquierdo. Habían trasladado a Luke en helicóptero al hospital, donde había ingresado con hemorragia grave. Casi era un milagro que siguiera vivo.

La herida del cuello no revestía importancia. En cuanto a la operación del ojo, había durado varias horas, pero los médicos habían conseguido salvárselo (aunque sólo recuperaría una parte ínfima de visión). Al volver en sí, lo primero que quiso saber Luke fue qué les había pasado a los cachorros.

Sólo había muerto el que cayó en la trampa. Los demás fueron trasladados a Yellowstone e integrados con éxito en otra camada. El padre de Luke había informado a la policía de dónde estaba la caravana del lobero. Después, un guarda forestal había descubierto su motonieve en un claro, por encima de Wrong Creek. Del propio Lovelace no volvió a saberse nada.

Luke quiso ir con Dan y Helen a buscar y soltar a los lobos, pero Dan le dijo que era mejor que se quedara al margen, por si surgía algún problema.

–¿Qué, ha ido bien?

–Perfecto.

–Ojalá pudiéramos quedarnos y oírlos aullar.

–A lo mejor un día puedes –dijo Dan.

–Espero que vengáis con hambre.

–¡No te lo imaginas!

Se sentaron en la hierba, delante de la cabaña. El desayuno consistió en huevos con beicon, patatas doradas en la sartén, café y zumo de naranja recién exprimido. Hablaron de Alaska y los lugares que Helen y Luke pensaban visitar en el transcurso de los dos meses siguientes, antes del inicio de las clases. Más allá de eso no habían hecho planes.

Luke quería que ella fuera a vivir con él a Minnesota. Propuso buscar un piso para que pudiera seguir investigando y acabar la tesis mientras él iba a clases. Los fines de semana podía hacerle de guía en las montañas.

Quizá lo hiciera. Tenía tiempo para decidirse.

Por primera vez en su vida, Helen tenía la curiosa sensación de que el futuro no le importaba. Era como si lo sucedido durante aquel último año la hubiera librado de una parte de sí, la parte ansiosa, descontenta, siempre preocupada. Ninguna preocupación podía cambiar el curso de los acontecimientos para bien. Quizá fuera cierto lo que había insinuado Celia en su última carta: que Helen había acabado por aprender a *ser*, al igual que el aprendiz de budista en que se había convertido su padre. Sólo importaba el presente, y estar con la persona amada.

Después del desayuno Dan no quiso que lo ayudaran a sacar las cosas de la cabaña, alegando que les esperaba un viaje muy largo. Así pues, Helen y Luke cargaron las últimas cosas en el jeep de éste, y también a *Buzz*, cómo no. Helen dio a Dan las llaves de su vieja camioneta.

–¿Lo ves? –dijo Dan–. Ha durado todo el año.

–Yo también.

Como ninguno de los tres tenía ganas de despedirse con grandes aspavientos, se limitaron a abrazarse y desearse buena suerte. Dan bromeó sobre que lo dejaran plantado con el trabajo a medias. Mientras Helen y Luke subían al jeep y se abrochaban los cinturones, Dan se quedó al lado del vehículo con el sol detrás.

–Ángeles sobre tu cuerpo –dijo.

–Y sobre el tuyo, Prior.

Pasaron al lado del río, bajo las copas verdes y plateadas de los álamos de Virginia, cuyas ramas oscilaban con el viento. La casa abandonada donde había vivido el viejo lobero tenía un cartel de VENDIDA clavado a un árbol de la entrada.

Atravesaron el pueblo sin ver a nadie. Después se dirigieron al este, hacia los llanos. Al cruzar el río, Helen frenó a mitad del puente. Se volvieron para echar un último vistazo a la iglesia.

–Mira –dijo Luke.

Señalaba el cartel del otro lado de la carretera, el que rezaba: «HOPE (819 HABITANTES).» Por los agujeros de bala pasaban tres finos rayos de sol.